U0008762

# Golden Slumbers

ゴールデンスレンバー

# 宅配男
# 與
# 披頭四搖籃曲

伊坂幸太郎

李彥樺♠譯

# 目錄

導讀

# 奇想・天才・傳說

張筱森

雖然是篇談論伊坂幸太郎的文章，不過請先讓我稍微離題談一下二〇〇六年的第一百三十四屆直木獎。這屆的大事當然是東野圭吾在五度鎩羽而歸之後，終於以《嫌疑犯X的獻身》獲獎；可說是了卻他一樁心願，也替其出道二十年錦上添花一番。東野連續五度提名五度落選的事蹟，讓日本大眾文壇和讀者之間開始悄悄地流傳著一個聽來有點辛酸的名詞「東野圭吾路線」，意指不斷被提名、不斷落選，然後過了該得直木獎年紀的作家。而東野總算在第六次的提名擺脫了這個看似不太名譽，不過差一步就會變成傳說的不幸陰影。但是在東野終於獲獎的這樣可喜可賀的事實背後，其實也存在著一名極為有力的「東野圭吾路線」候選人，那就是本文主角——伊坂幸太郎。

伊坂幸太郎，一九七一年出生於千葉，畢業於位在仙台的東北大學法學部。小學時和一般小孩一樣閱讀各式各樣的兒童讀物，年紀稍長之後開始看當時流行的國產娛樂小說，如：都築道夫、夢枕獏、平井正和等人的作品，高中時因為看了島田莊司的《北方夕鶴2／3殺人》後，成了島田書迷。而在高中時，因為一本名為《何謂繪畫》的美術評論集，啟發伊坂認為能使用想像力生存是件非常幸福的事情，而小說恰好可以一人獨立從頭開始，自己應該也辦得到；因此他決定在進入大學之後開始創作，再加上喜愛島田的作品，便選擇了寫推理小說。進入大學之後則開始閱讀純文學，尤其喜愛諾貝爾文學獎得主大江健三郎的作品。

也因為他將對運用想像力的憧憬著力於小說創作上，於是各項具有想像力的元素都漂浮在其作品中，如法國藝術電影、音樂、繪畫、建築設計等等，使得讀者在閱讀推理小說的同時，也彷彿看了一場交織著奇異幻境寓言、生命哲思與青春況味的文藝表演。

巧妙地融合脫離現實生活的特殊經歷以及不可思議的冒險活動，一向是伊坂作品的創作主軸，這種奇妙組合，正是伊坂風靡了無數熱愛文學藝術的青年讀者的重要原因。

這樣的他，在一九九六年曾經以《礙眼的壞蛋們》獲得山多利推理小說大獎佳作，不過一直要到二〇〇〇年以《奧杜邦的祈禱》獲得第五屆新潮推理小說俱樂部獎後，才正式踏上文壇。奇特的故事風格、明朗輕快的筆觸，讓他迅速獲得評論家和讀者的熱烈歡迎，不光是在年度推理小說排行榜上大有斬獲。二〇〇三年以《家鴨與野鴨的投幣式置物櫃》拿下吉川英治文學新人獎，二〇〇四年則以《死神的精確度》獲得日本推理作家協會短篇部門獎，更在二〇〇三到二〇〇六年間以《重力小丑》、《孩子們》、《死神的精確度》、《沙漠》四度獲得直木獎提名，可以看出日本文壇對他的期待和重視。

伊坂到二〇〇六年為止總共發表了八部長篇、四部短篇連作集和一篇短篇愛情小說。因為喜歡島田，而決定創作推理小說的伊坂，打從一出道就以推理小說新人獎得獎作《奧杜邦的祈禱》獲得各方注意；然而《奧杜邦的祈禱》卻長得一點都不像讀者們所熟悉的推理小說模樣。伊坂曾經說過，「寫作的時候，我並不喜歡描寫真實的現實生活，而是想寫十分荒唐無稽的故事。」一《奧》正是這樣特殊，有著前所未有的奇特設定的一部作品。一個因為一時無聊跑去搶便利商店的年輕人伊藤，意外來到一座和日本本土隔絕一百五十年的孤島，孤島上有個會說話、會預言未來的稻草人優午。優午告訴伊藤，自己已經等了他一百五十年，而伊藤這個外來者將會帶來島上的人所欠缺的東西。留下這般謎樣話語之後，優午就死了，而且還是身首異處、死得相當悽慘。這短短幾句描寫，就能夠看出伊坂作品最顯而易見的特殊之處「嶄新的發想」，我想很難有讀者在看了這樣奇異至極的開頭，而不繼續往下翻去，畢竟「會講話的稻草人謀殺案」實在太過特殊。而這種異想天開、奇特的發想，就成了伊坂作品中一個非常重要而且難以模仿的特色，在他往後的作品當中都可以看到這樣的特色，以死神為主角的《死神的精確度》便是個好例子。

然而空有奇特的發想，沒有優秀的寫作能力也無法讓伊坂獲得現在的地位。第二作《Lush Life》便是讓讀者更認識伊坂深厚筆力的作品，畫家、小偷、失業者、學生、神、心理諮商師等等眾多人物各自在五個故事線中登場、彼此的人生互相交錯。如何將這五條線各自寫得精采絕倫，而在彼此交錯時又不落入混亂龐雜的境地，最後將所有故事線收束於一個點上。伊坂在敘事文脈構成上展現了高超的操控能力，就像不斷地在本作出現的艾雪的畫一般地令人目眩神迷。複雜的敘事方式中包含著精巧縝密的伏線，並且前後呼應，而此極為高明的寫作方式，在第四作《重力小丑》、第五作《家鴨與野鴨的投幣式置物櫃》中也明顯可見。

筆者和大部分的台灣讀者一樣對伊坂最早的認識來自於《重力小丑》一作，對於本作中那幾乎只能以毫無章法來形容、或者可說是某種文字遊戲的章節名稱印象深刻。但在閱讀了伊坂的其他作品之後，便能夠理解日本文藝評論家吉野仁所指出的伊坂作品的一種極為另類的魅力來源——「將毫無關連的事物組合在一起」，像是「鴨子」和「投幣式置物櫃」明明是毫無關聯的東西，卻成了小說。或是書名為《蚱蜢》內容卻是殺手的故事，這樣的奇妙組合讓伊坂的作品乍看書名就能吸引讀者的目光一探究竟。而更引人注意的是，這樣看似胡鬧的做法，也散見於每部作品的內容和登場人物的言行之中。在《家鴨與野鴨的投幣式置物櫃》中，主角的鄰居甫一登場就邀他一起去搶書店，而目標僅僅是一本《廣辭苑》!?在《重力小丑》中，春劈頭就叫哥哥泉水一起去揍人。然而在這些登場人物的異常行動，或是令人不由得笑出聲來的詞句背後，其實隱藏著各種人性的黑暗面。《奧杜邦的祈禱》中，仙台的惡劣警察城山毫無理由的殘虐行徑、《重力小丑》中的強暴事件、《魔王》中甚至讓這樣的黑暗面以法西斯主義的樣貌出現。伊坂總以十分明朗、輕快並且淡薄的筆觸，描寫人生很多時候總會碰上的毫無來由的暴力。如此高度的反差點出了一個伊坂作品世界中的重要價值觀，在面對突如其來的暴力時，該如何自處？該怎麼找出最不會令自己後悔的生存方式？

如果將毫無理由的暴力推到最極致，莫過於「死亡」了，只要是人難免一死，那麼人類該怎麼和終將來臨的死亡相處？從《奧杜邦的祈禱》中的稻草人謀殺案起，這個問題意識就一直在伊坂作品的底層流動，筆者想隨著此次伊坂作品集出版，讀者在全部讀過一遍之後，應該也都能得出屬於自己的答案。

而在熟讀伊坂作品之後，讀者便會發現伊坂習慣讓他筆下所有人物產生關聯，先出現的人物一定會在之後的作品登場。像是深受台灣讀者喜愛的《重力小丑》兩兄弟，也會在之後的某部作品出現，這樣的驚喜也十足地展現了伊坂旺盛的服務精神。

在文章開頭提到伊坂是極有力「東野圭吾路線」候選人，如實地反應出日本讀者和評論家對於伊坂遲遲不能獲獎的難以理解。但是筆者忍不住想，就這樣成為直木獎史上的傳說，似乎無損於伊坂的成就。畢竟就像日本推理天后宮部美幸說的：「伊坂幸太郎是天才，他將會改變日本文學的面貌。」作為一名讀者，能夠和一位不斷替我們帶來全新小說的天才作家相遇，就是一種十足的幸福。

作者介紹

**張筱森**，喜愛所有恐怖和推理相關產品。目前任職於傳統產業。

## 【Golden Slumbers】

①golden

1.黃金的、金的。

2.最棒的、最美好的。

slumber

1.睡覺、打瞌睡。（vi.）

2.睡眠。通常指淺眠、瞌睡。（n.）

②英國伊麗莎白時期的劇作家托馬斯·德克（Thomas Dekker【1572～1632】）筆下的搖籃曲〈*Golden Slumbers Kiss Your Eyes*〉中的名句，亦被收錄在英國童謠《鵝媽媽》（*Mother Goose*）之中。

Golden slumbers kiss your eyes,
Smiles awake you when you rise.
Sleep,pretty wantons,do not cry,
And I will sing a lullaby;
Rock them,rock them,lullaby.
Care is heavy,therefore sleep you;
You are care,and care must keep you.
Sleep,pretty wantons,do not cry,
And I will sing a lullaby;
Rock them,rock them,lullaby.

③披頭四（The Beatles）的專輯《*Abbey Road*》（1969年發行）中所收錄的歌曲名稱。這張專輯當初是以唱片的形式發行，B面從〈*You Never Give Me Your Money*〉到〈*The End*〉是一連串壯麗的組曲，〈*Golden Slumbers*〉則是其中的第六首。

據說是保羅·麥卡尼到父親家中遊玩時，偶然在《鵝媽媽》中讀到上述②的這首童謠，從中獲得了靈感。

# 第一部 事件的肇始

## 樋口晴子

樋口晴子與平野晶兩人相約在蕎麥麵店碰面，姍姍來遲的平野晶一句道歉也沒說，只丟了句：「四年了，都沒變呢。」便往椅子上一坐，接著朝穿白工作服的店員說：「兩份今日特餐。」

這家麵店在仙台車站附近一家壽險公司大樓地下室，位於一整排餐飲店最角落的位置。平野晶任職的家電製造商辦公室就在附近，當年樋口晴子與她還是同事時，兩人常常相約到這家麵店用餐。作為四年後重逢的地點，這樣一家餐廳頗為合適。

「都沒變呢。」平野晶又說了一次。

「是啊，菜單都沒變呢。不過，蕎麥涼麵附的山葵改成了山葵醬，不是現磨的了。」

「我指的不是這家店，是妳。晴子，妳真的生小孩了？」

「女兒四歲又九個月了。」

「我三歲又三百三十九個月。」平野晶滿臉認真地說道。

「考心算？」

「這一招在聯誼的時候常用呢。」

「我也好想參加聯誼啊……」樋口晴子一邊說著一邊瞇起了眼睛，仔細打量著四年未見的平野晶。纖細而瘦小的體型，頭髮染成了咖啡色並燙卷，深邃而明顯的雙眼皮，嘴唇有點厚，臉上的妝很淡。十一月下旬的仙台頗為寒冷，路上行人都穿上了厚外套，平野晶身上卻只套著一件黑色長袖毛衣。

「對了，有個問題我憋在心裡很久了。晴子，以前在公司時，妳對我有什麼看法？坐在妳隔壁老是聊一些關於男人的話題，妳一定覺得我很蠢，很瞧不起我吧？那時候妳總是叫我『晶小姐』，是不是故意要跟我保持距離？」

「我很佩服妳呢。」

「什麼？」

平野晶的年紀與自己相仿，卻可以大剌剌地聊一些露骨的話題，不是某某公司的男職員好帥，就是如今在交往的男朋友有著什麼性癖好，要不然就是找到了連身為女人的自己看了也不禁要臉紅心跳的性感內衣。晴子以羨慕的口吻說：「感覺妳充滿了生命力。」

「充滿了生命力……這句話通常是用來形容蟑螂吧。」平野晶垂眉，滿臉苦澀地說道。

「而且，即使是上班時間，只要男朋友打電話來，妳就會大喊『課長！我今天能不能請特休？』，做這種事卻依然可以在公司吃得開，實在令我不得不佩服。」

「這種事我也沒做過多少次吧？」

「次數可不少呢。」晴子笑道。

「這個嘛，我也會看狀況。只有在感覺『今天提早走應該沒關係』才會這麼做。」

「已經捉到訣竅了？」

「不過，若是遇上什麼讓我無心工作的趣事，不論任何狀況我都會開溜。」

「如果下次我打電話給妳說『我要離婚了』呢？」

「我一定馬上大喊『課長！我今天能不能請特休？』」

晴子心想她真的會這麼做，不禁笑了出來。

店內的客人不算少，但以平常日的中午用餐時間來說，還是挺讓人擔心這家店能不能維持下去。不過，看見西側牆上裝設了一台新的薄型電視，讓晴子放了心，既然有錢買新電視，應該沒問題。電視上正播放著午間新聞。這是一個全國性的民營電視台，畫面裡是熟悉的仙台站前景色。自己所居住的環境出現在電視上，讓人有一種奇妙的新鮮感與害羞感，有點類似把自家簡陋的模樣在電視上公開。畫面上以跑馬燈打出一排字：「金田首相的遊行即將開始」。

「今天整個仙台都為金田瘋狂呢。」單手拄在桌上撐著下巴的平野晶，用著歌唱般愉悅的語調說：「我們公司的人一到午休都跑去看遊行了。」

「到處都是警戒狀態，無法通行呢。」晴子想起剛剛街上的景象，警察都穿上了護具，看起來就像棒球捕手，胸前印著「宮城縣警」四個字。

「當今最受社會關注的新首相來到仙台，要是發生什麼意外，警方高層人士可是會吃不了兜著走，想來他們也是戰戰兢兢吧。」平野晶歪著腦袋，朝電視看了一眼。此時店員剛好端了今日特餐的餐盤過來，平野晶伸手接下。

兩人一邊吃著蕎麥麵，話題轉到了平野晶的男朋友身上。兩人是在聯誼認識的，他比平野晶小三歲，平日是個勤奮的上班族，長相稚氣，總是想盡辦法實現平野晶的任何願望。

「他從前一定住在神燈裡，一有人擦神燈就跑出來，才會養成這種對別人唯命是從的習慣。」

「神燈精靈嗎？」

「對了，他的名字叫做將門，很臭屁的名字吧？如果跟我的姓氏『平野』組合，就變成『平野將門』，簡稱『平將門』（註）。」

「他在哪裡上班？」

「妳問到重點了。」平野晶微微提高了音調，宛如終於找到男友可以被拿來炫耀的地方。

「妳知道保安盒嗎？」

「架設在街上的那些東西？」

「到處都有，對吧？看起來就像《星際大戰》裡面的R2–D2的玩意。」

「那東西真的可以蒐集情報嗎？」晴子歪著頭問道。雖說是為了保護居民安全而設置的儀器，她卻不太能體會這樣的機器能擷取多少情報，也不明白這麼做對防止犯罪能發揮多大功效。

「根據將門的說法，那玩意似乎沒什麼大不了。」

平野晶轉述男友的論點：與其裝這種東西，倒不如發射一顆好一點的衛星，從空中監視要來得正確且有效率。

「不過，據說那玩意會把周圍的景象拍下來，還會監聽手機的通話內容呢，根本就是監視社會的做法，可怕的監視社會！」

「將門的工作就是監視社會？」

註：平將門是日本平安時代中期的武將，桓武天皇的後裔，曾舉兵造反，自稱「新皇」，後為平貞盛、藤原秀鄉等人討伐而身亡。

「……的清潔員。」

「監視社會的清潔員？」

「保安盒的清潔員，負責把攝影機的鏡頭擦乾淨之類的。開一輛廂型車，定期巡視保安盒，還要檢查有沒有故障。很有意思吧？」

「妳沒打算跟那個將門結婚吧？」

「妳對結婚有什麼感想？」

「這問題挺難回答。」

「小孩可愛嗎？男生還是女生？」

「女生，很可愛。」晴子板著臉，惜字如金地說道。如果不克制自己，恐怕就會打開話匣子，叨叨絮絮地談起自己的女兒多可愛了。「總之，妳不打算跟那個將門結婚嗎？」晴子又問了一次。

平野晶雙眼皮下的眼睛張得大大的，以筷子夾著正吸到一半的麵條，一動也不動，目不轉睛地看著晴子。過了一會，平野晶又動了動嘴巴，把麵條給吸進去後，說：「假設有副撲克牌，一次只能抽一張。」

「什麼？」

「打個比方啦。假設我抽到了黑桃10，那麼到底該就此停手，還是繼續抽呢，如果是妳，相信也會很困惑吧？10這個數字，說大不大說小不小的，下一張說不定會抽到更好的牌。如果抽到的是A，或是4，就不會這麼煩惱了。」

「將門是黑桃10嗎……」晴子想像那位不在場的好青年一臉沮喪的模樣。「說不定他其實是張王牌呢。」

「不可能、不可能。」平野晶強力否定，接著又微笑說：「不過，他倒是有侍衛的架式，長得很像那個騎士J。」她的微笑似乎帶了三分對將門的同情。「哪像晴子妳，第一張就抽到老K，換都不用換，直接攤牌決勝負。」

「那也不是我的第一張牌。」晴子苦笑道：「不過，確實來得早一些。」

「聽著晴子吹捧老公，連蕎麥麵也變得更好吃了呢。」平野晶將麵條吸進嘴裡，呼嚕有聲。「啊，我想起來了。」吞下之後，平野晶彈了一下手指，說：「這麼說來我倒是想起，以前我們還是同事時，妳說過在大學時代有個長得帥卻靠不住的男朋友？」

晴子點頭說：「沒錯、沒錯。」腦中浮現了青柳雅春的臉，接著還浮現了釀酒木桶的畫面。一大堆橫躺的木桶高高堆在牆邊。每個木桶上都有一個小栓子，只要將突起的栓子拔掉，葡萄酒就會從中流瀉而出。此時平野晶的這一句話，拔掉了晴子腦中的栓子，她可以感覺到過去與青柳雅春共度的種種回憶正傾洩而出。晴子急忙找回栓子，兩手沾滿了如同葡萄酒液的回憶，她將栓子塞回木桶，雖然回憶的泉流頓時止歇，但已經流出的零碎回憶卻形成片段畫面在腦海中翻滾飛舞，就好像洗好的照片，搖曳、墜落、時而翻轉。在這些照片中，可以看見剛入學時初識稚氣未脫的青柳雅春，也可以看見自己提出分手時滿臉錯愕的青柳雅春。

「對了，妳還記不記得，大約兩年前，有個本地的送貨員變成了名人？」晴子說道。吸著蕎麥麵條的平野晶皺著眉，眼珠轉啊轉，接著又彈了一次手指。

「記得！就是那個在送貨途中抓到強盜，大大出名的傢伙吧？他長得滿帥的，所以我有印象。那時候大家都為他瘋狂，連我也迷上他。」平野晶說道。「他雖長得帥，卻有點傻頭傻腦的。話說回來，為什麼那件事會被炒得那麼大呢？」

「因為他救的那個女生是個偶像明星。」

「那個女明星叫什麼名字啊？」

「我忘了。」

「我也不記得了。」平野晶一邊嚼著麵條，一邊將麵湯倒進醬汁內。

「什麼東西都會消失，真的。」晴子用力搖搖頭說：「不管女明星、送貨員，還是前男友。」

「對我們來說消失了，不過這些人還是活在某處吧？啊，妳那個可愛的女兒今天去哪了？」

「幼稚園。」

平野晶聽到這句話，愣愣地看著晴子說：「妳還真的是個媽了。」

晴子將視線轉向電視機，畫面上出現了熟悉的建築物。那是在仙台市區，從南邊的國道連接縣廳及市公所的大馬路上，公車站牌聚集的地方。在十一月的寒冷街道上，擠滿了圍觀群眾。晴子一方面懷疑這麼多人平常都躲在仙台的哪裡，一方面又感慨即使有那麼多人跑去看熱鬧，世界還是正常運作。這讓她想起了一個有名的論點：據說工蟻有百分之三十沒有在工作。現在跑去看遊行的，想必就是那百分之三十吧，她茫然地想著。

「這些人那麼想看首相嗎？」

「首相是宮城縣（註）出身的，大家把他當自己人吧。」

「一開始，他出來參加首相初選時，大家根本不看好呢，真是太會見風轉舵了。據說他第一次來拜訪縣知事時，縣知事還笑說『你還那麼年輕，將來機會多的是』。現在他當上了首相，縣知事就換了一張嘴臉，懇求他回鄉遊行。」

「就跟奧運選手一樣吧。」

「不過，金田當上首相後整整半年沒有返鄉，就是在鬧脾氣吧？」平野晶犀利地斷定說：「他心裡一定在怪我們一開始沒有支持他。」

「喔喔，不知道會不會拍到金田。」晴子聽見背後的客人輕聲說道。

車陣從寬螢幕電視的左手邊往右手邊緩緩前進。空中似乎飄著雪，讓晴子一瞬間愣了一下，仔細一看才明白是紙花之類的東西。優雅飄落的亮片及長紙帶雖然帶了點土氣，卻也將遊行裝飾得十分華麗，讓人感受到熱鬧的氣氛。在前開路的警車率先緩慢通過鏡頭前，接著出現了一輛車體極長的敞篷車。

「來了來了，金田來了。」背後又傳來男人的說話聲。由於電視的位置頗高，有些聽不太清楚，但大致聽得出播報員正興奮地不停喊著：「是金田首相！」

畫面上映出金田首相坐在敞篷車後座揮著手。攝影機將鏡頭拉近，放大了金田的側臉。不愧是才五十歲便當上首相的人，身上釋放的威勢及靈氣不是常人能比擬的。粗厚的眉毛、高聳的鼻

註：仙台市位於宮城縣內。

梁、炯炯有神的大眼睛、沉著冷靜的儀態，看起來像個很有味道的帥氣中年演員。除了洗練的清爽感，同時還帶了一股頑強的狡獪。自然不做作的頭髮烏黑油亮，難怪同屬自由黨的議員會語帶調侃地說他「沒吃過苦，所以沒有白髮」。金田的嘴唇緊閉，看不出來是嚴肅還是帶著笑意。身旁嬌柔瘦弱的金田夫人，展現著安祥沉穩的儀態，散發出一種貴族般令人難以接近的氣質。

平野晶指著電視裡的金田首相說：「我對他很期待呢。」

晴子的腦中閃過某個電視節目的影像。影像中，金田正與深沉老練的競選敵手鮎川真進行辯論。金田在學生時代打過橄欖球，穿上西裝卻顯得斯文，反而像個書生，態度雖然謙和低調，注視對手的眼神卻銳利異常。當鮎川批評他說「你太年輕，只會唱高調」時，金田淡淡地回了一句：「我從政的目的，就是為了實現理想。」

「對了，我老公曾說過……」晴子說道。

「能夠娶到這麼漂亮的老婆，真是幸福？」

「不是啦。」晴子苦笑了一下，接著說：「能夠為了國家犧牲自己人生的政治人物，可以說是少之又少。」

「我想也是。政治人物只會死於疾病及貪污被揭穿後的自殺。」

「不過，我老公又說，金田可能是那少數中的一個。」

「我有同感。」

一開始，晴子不明白出現在電視畫面上的東西是什麼。在載著金田蝸步前行的敞篷車上方，有個白色物體逐漸下降，看起來好像是一隻原木停在大樓招牌上的鳥兒，因為對遊行隊伍感到好奇而張翅飛下，但以鳥來說，那個物體的尾巴也太長了點。晴子默默地看著螢幕，茫然地想著那或許是類似紙花或紙帶之類用來製造氣氛的東西吧。

電視的聲音聽不清楚。

斜斜下降的物體逐漸靠近敞篷車。

「遙控直升機？」

晴子無法分辨這個聲音是來自平野晶，還是背後的客人，又或者，是來自自己的內心。

那是一架遙控直升機，不疾不徐地轉動著螺旋槳，在空中一面飄移一面降低高度。接著發出了一陣聲響，一陣短暫的爆破聲之後，一股白煙從畫面中央擴散，畫面開始扭曲。

原以為是麵店的電視故障了，但事實並非如此。畫面又恢復了，可以看見馬路上瀰漫著煙霧，在煙霧中可見逃竄的人群及搖曳的火舌。

店內一片安靜，只有播報員的聲音不斷透過電視喇叭傳來：「炸彈！炸彈！」

Golden Slumbers

11

# 第二部　事件的訊息接受者

## 第一天

田中徹將頭靠在枕頭上，望著吊在半空中的左腳，心想，被繃帶包住的地方好癢。他坐起身子，想要找一根可以伸進繃帶的掏耳棒，卻怎麼也找不到。

「田中。」隔壁床有人叫他。這裡是醫院的集體病房，病床之間的簾子並未拉上，轉頭一看，只見一個抬起雙腳呈仰躺姿勢的白髮男人正露出微笑。他有一張大餅臉，雙眼之間的距離頗寬。「你在找掏耳棒，對吧？」

被猜中心思的感覺很差，田中徹搖頭否認了。

當初田中徹入院時，這個自稱保土谷康志的男人便已躺在隔壁病床上了，當時他的雙腳就打上了石膏。對於今年三十五歲的田中徹來說，這個年過花甲的男人幾乎可以當自己的爸爸，但是保土谷康志卻莫名其妙地把他當成了哥兒們，還稱呼兩人是「骨折同盟」。不僅如此，保土谷康志還一天到晚說些「我跟你不一樣，我雙腳都骨折了，可比你難受得多」或「就算只有一隻腳能自由活動，感覺也完全不同」之類的話，明顯地強調著雙腳骨折的優越感，令田中更加不耐。

更甚者，保土谷康志還愛看將棋節目，常語帶輕蔑地說「沒救了，要被困死了」，聽在田中徹耳裡實在不舒服。其實，田中徹對將棋一無所知，也不知道這傢伙的大放厥詞有多少正確性。

只見保土谷康志三不五時便離開病床，撐著枴杖走出病房，大半天也沒回來，有時還若無其事地走來走去，連枴杖也沒撐。有好幾次，田中徹忍不住想問他：「其實你早就好了吧？」

「田中，你知道剛剛來探望我的客人是什麼人物嗎？」保土谷康志說道。

「我怎麼會知道。」

「你聽了之後一定會大吃一驚。」

「那我不想聽。」

如果是任職於一般公司，也差不多該是退休的年紀吧，但保土谷康志從事的似乎是一些不太能見光的工作，而且這個人一抓到機會，就愛提起那神祕的工作內容，向田中徹炫耀兩句。不是對以前的勇猛戰績大吹牛皮，就是說他跟某犯人經常喝酒，或是某大哥經常交代工作給他等等。事實上，長相凶惡的探病客人確實不少，每次結束後他都會興奮地對田中徹說：「剛剛那個客人來頭可不小！」令田中徹大感厭煩。

此時，病房門口出現一個人影，一個撐著枴杖的少年站在門口，伸手敲了敲門。原來是隔壁病房的病人。

「喔喔，什麼事？」回應他的不是田中徹，而是躺在旁邊的保土谷康志。

「田中。」少年喊道。被一個國中生直呼名字，令田中徹頗不舒服，但心想或許這證明他把自己當朋友吧，所以田中徹一直忍著。「你看電視了嗎？」少年問道。

「電視？」田中徹將視線往左移，望向小矮櫃上的電視機，伸手抓起遙控器按下電源。電視採預付卡方式，付了錢便可自由觀看，要聽聲音則須戴上耳機。

「怎麼了？」

「發生大事了。」少年說：「看來住院生活有好一陣子不會無聊了。」說完之後呵呵一笑，轉眼間便不見人影。「什麼大事啊？」如此想著的田中徹，看見電視上出現了一個表情凝重的男人，拿著麥克風，頭上包著繃帶，背景是田中徹頗為熟悉的地點。田中想了一下，那是仙台市的街景，應該是在南北向的東二番丁大道上。

「對了，今天有遊行。」一旁的保土谷康志說道。「金田會來呢，金田首相。」

田中徹才答了一句「喔」，一排「金田首相遭遙控炸彈暗殺」的文字便映入眼簾。「咦？」田中徹一愣，反射性地抓起耳機，塞進耳裡。

「騷動總算逐漸平息了，但是馬路上依然大塞車，擁擠得不得了。」電視上的記者看起來似乎受了傷，聲音異常亢奮。

田中徹兩隻眼睛直盯電視。不知何時開始，保土谷康志也轉頭盯著自己的電視，戴上耳機。電視報導充滿了混亂與激動的氣氛，還夾雜著喇叭聲與警察的怒吼聲，簡直毫無條理可言，但看了十分鐘之後，也大致了解狀況了。

半年前當上首相的金田是在野黨的第一位首相，他在仙台市區的遊行本來相當順利，沒想到後來卻出現了一架遙控直升機。

遙控直升機從教科書倉庫大樓的上方降落，接近金田首相乘坐的敞篷車，接著發生爆炸。電視台不斷重播爆炸瞬間的影像，簡直像是在強調自己的功勞似的。敞篷車被炸得不成模樣，連路邊櫸樹的粗大樹枝也被炸斷了。由於爆炸地點離馬路尚有一段距離，所以沒有路人被炸死，卻有十幾個人在混亂中摔倒受傷，甚至有人失去意識。「目前尚未確認金田首相與首相夫人的遺體。」播報員說道。但是他用的「遺體」兩個字似乎說明了一切。

「這可真是不得了。」田中徹喃喃說：「看來這陣子有好戲看了。」

田中徹心想，幸好現在正在住院，恐怕沒有人比住院病人更有時間鉅細靡遺地掌握事件發展了。謝謝你，骨折。

田中徹的預測，或者該說是願望，在那天傍晚實現了。電視台製作了特別節目，針對暗殺首相一案進行深入報導。

根據報導，警方立即展開大規模的路檢行動，包含國道二八六號及四號在內，所有方向的主要幹道都部署了為數驚人的警力。「警方反應相當迅速。」節目來賓如此稱讚，接著擺出一副無所不知的表情說：「五年前那起女律師逃亡案就是因為實施路檢的動作太慢，才讓事態惡化。」另一位女性來賓則戳了他一刀：「特地在律師前面加一個女字，實在令人不敢苟同。」

在警方召開記者會之前，節目只能不斷重播爆炸的影像及目擊群眾的採訪內容。沒有任何正式發表的期間，電視台也只能拿一些無關痛癢的東西來重複使用吧。

遊行路線沿途都是因壅塞與混亂而亂了方寸的群眾，所以取得目擊證詞輕而易舉。每一個被採訪的對象都一樣亢奮，激動地描述爆炸那一瞬間的聲音與煙霧，以及自己後來採取的行動。當然，絕大部分的人都只是倉皇逃走，其中有幾個年輕人自豪地表示用手機拍下了爆炸當時的影像，但拿來一看，全都是模糊不清的畫面。

副首相海老澤克男曾經一度在官邸面對攝影機鏡頭。年近七十的海老澤克男有著現任橄欖球選手的體格，站在年輕的金田旁邊，看起來就像是個壯碩的保鑣，因此經常有人以「牛若丸與弁慶（註一）」來形容這兩人。

因爆炸而失去牛若丸的弁慶努力隱藏內心的慌亂，只說了一句「如今正在蒐集情報中，剩下的去問警察吧」便躲了起來。

下午兩點，警方召開了記者會。對於媒體記者、其他觀眾及電視機前的田中徹來說，這是第一場重頭戲。

出現在攝影機前面的，並不是宮城縣警總部的人，而是一個隸屬於警察廳的男人，頭銜是警備局綜合情報課的課長補佐，名叫佐佐木一太郎。

「真像文書處理軟體的名字（註二）。」隔壁的保土谷康志戴著耳機喃喃說道，接著又說：「而且這男人長得真像保羅。」

「圖騰柱（註三）？」

「麥卡尼。」

或許是因為佐佐木一太郎有著微卷的頭髮、眼尾下垂的大眼，以及看起來比實際年齡年輕的長相吧。被保土谷康志這麼一說，確實有點像披頭四的保羅．麥卡尼。「怎能把搜查工作交給保羅呢？」保土谷康志不以為然地說：「這傢伙有辦法把凶手困死嗎？」

記者不斷提出各種問題，佐佐木一太郎卻是惜字如金，偶爾還做出看錶的動作。這樣的小小舉動，似乎給了記者壓迫感。他不作任何臆測性的發言，只有最簡潔的回答，同時散發出一股不容他人置喙的氣勢。

「遙控直升機是從哪裡飛來的？」

「根據推斷，應該是從爆炸地點旁邊的教科書倉庫大樓某處。」

「某處是指哪裡？」

「大樓裡面或是頂樓。詳細位置，我們還在調查中。」

「警方不但在國道進行路檢，又要求新幹線與電車全面停駛，與其說是盤查，根本是將仙台封鎖了。不止是物流業者，就連一般市民的生活也大受影響吧？」

只見佐佐木一太郎一副八風吹不動的姿態說：「現在還無法斷定凶手幾人，但我們須防止凶手從現場逃離。目前估計大概只會維持數個小時，我們已經向企業及交通運輸機構等各方面請求協助，並且獲得承諾。之後，我們會在強化路檢及監視的前提下，讓新幹線恢復行駛。我國的首相遭到計畫性的暗殺，凶手依然逍遙法外，如此緊急事態，我們只能以非常手段來應付。何況，我們並不是要永遠封鎖仙台。難道你希望警方為了討好企業與業者，眼睜睜地看著凶手自由來去嗎？」佐佐木一太郎瞪著提問的記者，接著說：「如果你如此建議，我們會重新檢討。」

「警察廳與宮城縣警總部之間的聯手調查是否順利？」另一個記者問道，接著又說：「這次警察廳的速度真快呢。」

註一：牛若丸爲日本平安時代末期武將源義經的小名，弁慶則是他的隨從，體型高大。

註二：日本某知名文書處理軟體便叫做「一太郎」。

註三：圖騰柱（Totem pole）是流傳於美國西北岸原住民族之間的一種木刻圓柱，上面雕刻著各種動物或人臉。保羅．麥卡尼（James Paul McCartney）則爲二十世紀著名樂團披頭四（The Beatles）的成員之一。由於「保羅（Paul）」與「柱（pole）」的發音相近，因而有此誤會。

「速度快，」佐佐木一太郎答道：「不好嗎？」

發問者頓時語塞。

「我們會請縣警總部提供最大的協助。這麼說或許有點不妥，不過……」佐佐木一太郎在記者會結束的前一刻說：「這起事件發生在仙台，可說是不幸中的大幸。去年才裝設的保安盒，對於情報的掌握幫助相當大。我相信在不久的將來，一定可以查出凶手的身分並將其繩之以法。」接著他又說：「由於事態緊急，我們希望各大媒體也能夠提供協助，請向仙台市居民蒐集情報，再反映給我們。我相信這樣的做法也可以促使市民提高警覺。」

就這樣，電視台獲得了「協助調查」這麼一個炒作新聞的正當名義。

在攝影棚內，播報員馬上對記者會的內容展開各項解讀，或是不斷重複說明目前的狀況。

田中徹從床上爬起，撐著柺杖走向廁所，小解之後，朝吸菸區走去。果然，吸菸區的談論話題也都是這起爆炸案。

「命名是很重要的。不同的名稱可以給人不同的印象，而印象則會左右人的想法。」坐在長椅上侃侃而談的人，就是對著田中徹直呼「田中」的那個國中生。雖然很想告訴他「吸菸區不是國中生應該來的地方」，但見他沒有在抽菸，也就罷了。

「你們在聊什麼？」田中徹在國中生身旁坐下。

「山田剛剛在說，不知道警察廳何時成立了一個綜合情報課。」國中生指向一個看起來像仙人，滿臉皺紋的老人。老人說：「我只聽過公安、搜查一課這一類的部門。」田中徹見國中生對這樣的老人也直呼其名，開始對他有點佩服。

「到底是什麼時候成立的啊？」

「三年前啦，警備局重新編制的時候。」

「為什麼你那麼清楚？」

「田中，住院病人可是很閒的。」國中生一臉認真地答道。「回到原本的話題，公安之類的字眼在人們心中已經有各式各樣的刻板印象了，治安維持、安全保障什麼的也容易給人此地無銀三百兩的感覺，就連國家這個字眼，也會讓人覺得怪可怕的。」

「我說你啊，能不能說一些適合國中生說的話？」田中不禁覺得這個國中生跟一般年輕人完全不同。

「所以啦，最好的方法就是取一個抽象又平凡的名稱，例如綜合情報課。大家雖然搞不清楚這個課到底在做什麼，但一般人都認為情報很重要，於是會對這個部門產生好印象。至少，比公安課要好多了。」

「真會扯。」田中徹為手中的香菸點了火。

「再舉一個例子，不是有所謂的慈善預算嗎？」

「哪有那種東西。」田中徹其實不清楚，總之先否定了再說。

「就是有啦，田中。這其實是駐日美軍的駐紮經費中，日本幫忙出資的部分。慈善預算這個名稱，乍聽之下似乎是用在慈善事業的經費，但其實是用來付給美軍的錢。對美國的慈善行為，你不認為簡直是莫名其妙嗎？這當然也是命名的技巧。所以，名稱越好聽的越值得懷疑，例如慈善、故鄉、青少年、白領階級等等。」

「真是說得頭頭是道啊，青少年。」田中徹揶揄道。

「哼。」國中生皺了皺鼻子後說：「田中，我跟你說，那些所謂的政治人物跟高層人士是不會將最重要的事情告訴一般民眾，淨是在檯面下搞一些有的沒的，勸你還是提防點吧。」說完又對著老人說：「還有山田也一樣。」

聽到田中跟山田這兩個名字被相提並論，令田中徹有種錯覺，彷彿這個老人是自己的同班同學還是好朋友。

「就像那個保安盒，莫名其妙就出現了，光明正大地監視個人隱私，卻沒有人提出抗議，這才是最可怕的一點。」

「嗯，你說的也有道理啦。」田中徹吐出一口細細的煙霧，慢條斯理地說：「不過，總比讓重大犯罪不斷增加來得好吧？這不就是設置保安盒原本的用意嗎？」

「但是，那個連續殺人犯，到頭來還不是沒抓到？」

如今的仙台市裝設了保安盒系統，成為全國第一個情報監視區域的模範都市，乃是起因於兩年前發生的連續殺人案。

當時，仙台車站附近發生多起尖刀殺人案，且案發時間一定在星期五夜晚，受害者涵蓋男女老幼，既有臉頰被割花的中年男子，也有脖子被鋸開一半的女性受害人。由於凶手總是以尖刀在受害者身上切割出明顯刀痕，市民將他命名為「切割之男」，簡稱「切男」。這種可笑的命名法反而有一種說不上來的親切感，因而在全國蔚為話題。

有幾名運氣好撿回一條命的受害者向警方表示，凶手下手之後還會向受害者問一句：「嚇一跳吧？」如此詭異的舉動更增添了民眾的恐懼，也引發了好奇心。

儘管警方大規模搜索「切男」的行蹤，但因其行凶目標是隨機決定的，且留下的線索極少，是以在一年多內增加了二十名受害者，凶手卻依然逍遙法外。

「警方已經組成了專門對付切男的特殊部隊」之類的傳聞也繪聲繪影地流傳開來，甚至還有謠言指出這些特殊部隊已不受法律拘束，被允許攜帶並使用武器。當然，這部分的可信度極低，但沒有人能證實真偽，也沒聽說特殊部隊成功逮捕了切男。

只有一次，某地下寫真週刊以「切男與警察的對決」這樣煽情的標題刊登了一張照片，呈現一個相貌平凡、看起來像中年上班族的男人正從一個手持霰彈槍的彪形大漢身旁逃走的畫面，整張照片的風格簡直像是美式漫畫，文章的結尾還寫著「吃了子彈的切男雖然倉皇逃走，但為了向霰彈槍男復仇，他現在一定還隱身在仙台市內」這樣老掉牙的句子，配上漫畫風格的對話框中所寫的一句「嚇一跳吧？」。徹頭徹尾只能以一句荒謬來形容，再加上照片本身模糊得很，所以幾乎沒有引發任何討論。

此外，某全國性電視台曾經嘗試對切男進行獨家專訪，倒是引起了一陣騷動。

據說一開始是個自稱是切男的人祕密聯絡電視台，表示「希望說出真相」。電視台起初也抱著懷疑的態度，但聯繫數次之後便逐漸信以為真。於是，電視台決定在不通報警方的前提下，讓這個自稱是切男的人進入攝影棚，結果卻有某員工基於社會觀感的考量，認為這麼做不妥，而事先報警。所以在節目開始的前一刻，這個自稱是切男的人即被警方逮捕，經過調查之後卻發現，這個人跟切男一點關係也沒有。至於被一時的收視率及超越同業的誘惑給迷了心竅的電視台則飽受社會大眾批評，最後甚至有高層人士因而丟了飯碗。

總體來看，市民已經對這個神祕的攔路殺人魔感到恐懼，因其詭異的行徑陷入恐慌，其結果是導致夜晚外出的人大幅減少，也直接衝擊了餐飲業的生意。

最後，連本地企業的某社長千金也遇害了，於是「藉由機器設備改善治安之法案」在國會裡被提了出來。此法案的提出顯得頗為匆促，想來是因為那個女兒被殺害的社長，是勞動黨某資深議員的岳父之故吧。話雖如此，也沒有人明顯抱持反對立場。

「難道要眼睜睜看著無辜百姓繼續被殘殺嗎？」這樣一句話，就足以堵住所有反對者的嘴。

此法案的內容乃是對個人情報及隱私權的重大侵害，若是在平時，勢必會引發強烈反彈，但仙台市民以至於全國人民已經在切男的恐怖陰影下生活了一年以上，因此該法案在國會也就這麼順利通過。

不久，政府便在仙台市區內裝設了情報蒐集裝置，那就是所謂的保安盒，目的是為了遏止犯罪，提升搜查情報的質與量。保安盒日夜不停地將行人的影像經過壓縮後儲存起來，同時也會錄下行人所使用的手機、ＰＨＳ的通訊情報。

「美國自從經歷過自爆式恐怖攻擊後，不是馬上通過了愛國者法案嗎？」國中生以他三寸不爛之舌滔滔不絕地說著。

「這法案聽起來不錯。」

「這也是我剛剛所說的，命名的技巧。愛國這兩個字聽起來很高尚，其實裡面根本不是那麼一回事。政府可以靠這個法案合法竊取人民的通話紀錄、電子郵件收發信紀錄等各種情報。」

「什麼？」

「以前是先找出某個可疑人物，再申請搜索票，擷取這個人的情報。但這年頭已經不同了，任何地方都可能隱藏恐怖分子，所以只能先掌握所有人情報，再從中找出可疑人物。」

「我還以為美國很注重人權呢。」田中徹語帶諷刺地說道。

「為了防止恐怖攻擊再度發生，大多數的人也只有默許政府的監視行為。看看我們日本，在仙台設置監視系統也毫不費吹灰之力。」

「這是因為大家不認為自己會受到嚴格監視吧？能抓到殺人凶手就睜隻眼閉隻眼。」

「話是沒錯，不過，我認為就連那個切男的案件也是被設計出來的。」

「被設計出來的？」

「為了順利設置監視系統，必須先讓人民害怕，一定是這樣。我們這個國家的人啊，只要一害怕，什麼事情都可以答應。那個『嚇一跳吧？』的台詞，你不覺得很假嗎？又不是漫畫。」

「這世界上的事可沒你這個國中生所想的那麼單純。」田中徹笑道。接著說：「人民不會那麼簡單就被騙的。」

「但現實是，監視系統確實已經裝上了，不是嗎？」

田中徹回到病房後立刻坐在電視機前，戴上了耳機。螢幕上已經列出電視台的電話、傳真號碼以及電子信箱地址，開始接受民眾提供情報，真是一秒鐘也不浪費。電子信箱地址的開頭竟是「kaneda_tokudane@」（註）簡直毫無品格可言。

如雪片般飛來的目擊情報，讓電視台攝影棚內的氣氛熱絡了起來。

遊行開始前，在混亂的人群中，有一個臉上戴著口罩、比別人高出一個頭的壯碩男子，行跡可疑地操作著手機。

站前大樓的頂樓展望台，好幾個西裝男子一起看著同一張地圖。

距離事發現場數十公尺遠的小巷子內，有兩名男子坐在一輛白色車子內，看來像是在吵架。

有兩個男人在天橋上討論色狼的話題，其中一人很明顯經過變裝。

爆炸的前一瞬間，有一個年輕女子在人群中突然揮手，似乎在下達某種指示。

互相矛盾的種種目擊證詞，湧進了電視台。

「公開這些真偽不明的情報，不是會造成更大的混亂嗎？」擔任助理主持人的女藝人如此說道，令主持人頓時語塞，臉上露出不快的表情。此時來賓之一趕緊打圓場說：「事件才發生不久，我們不能顧慮太多，應該把所有可能性攤在桌面上，增廣大家的視野，這是很重要的。過於謹慎，反而會綁手綁腳，什麼事也無法進行。」當然，他內心想說的恐怕是「只要節目精采，管他情報是真是假」吧。

就在此時，勞動黨的鮎川真也召開了記者會。勞動黨雖然在首相選舉上意外地敗給了金田，但在議會所占的席次依然遠超過金田所屬的自由黨。鮎川真身為長期支撐著戰後日本的執政黨黨主席，面對鏡頭可以說是威勢赫赫，一派泰然自若的模樣。「願金田首相一路好走。」他表情嚴肅地說著，接著又說：「現在已經不是分什麼勞動黨、自由黨的時候了，大家應該同心協力，儘早逮捕凶手。」

「殺死金田的凶手說不定就是鮎川真呢。對吧、對吧？」保土谷康志笑道。此時兩人關了電視，正要開始吃飯。

「首相選舉輸了，想報復嗎？」已經做好萬全準備，打算拿下第三次連任首相寶座的鮎川真竟然輸給年輕的金田，想必是個極大屈辱。「不過，再怎麼樣也不至於下手殺人吧？」

吃過晚飯後打開電視，節目上出現了幾個對遙控直升機頗有研究的來賓，這些人都是住在仙台市內的遙控直升機玩家。他們的模樣天差地遠，有蓄著美麗白髮的斯文男子、與黑框眼鏡十分速配、看起來像是業務員的男人，也有穿著土氣的T恤、看起來像學生的男孩。

「這是九〇吧。」看完爆炸的影像之後，白髮男如此說道。

其他幾名來賓也幾乎同時點頭說道：「沒錯、沒錯，是九〇。」

九〇似乎是直升機所使用的引擎大小。

「這麼說來，可以看得出製造商或型號嗎？」

「大岡的AIR HOVER。」年輕男性道。不知是因為緊張還是心急，他的聲音顯得頗為高亢，其他人立即附和。接下來，他們又重複看幾次影像，一邊頤指氣使地提出一些「我要看放大

註：「金田超級八卦」之意。

畫面」或是「找個不同角度的」之類的要求，一邊高談消音器如何如何、陀螺儀？又如何如何。

「據說遙控直升機是從這棟教科書倉庫大樓的某處飛下來。」主持人拿出一張貼在大板子上的靜止照片，指著遙控直升機後面的一棟紅磚色大樓說道。「以遙控器操縱直升機，最遠可以拉到多長的距離呢？」

幾名來賓互看了一眼，似乎在猶豫該由誰來回答。

「這要看遙控裝置的性能及天線的種類，至少兩公里以內應該沒有問題吧。」

「不過，」白髮男立刻補充：「基本上，如果沒有實際看見機體，是沒辦法操縱直升機的，研判凶手應該是站在可以看見現場的地方。因為操縱者必須根據直升機的傾斜角度來調整平衡，從看不見的地方進行遠端操控，就現實而言不太可能做得到。」

「今天沒什麼風，算凶手運氣好。風很強或天氣不好，操縱起來會非常困難。何況上面還裝著炸藥，操縱者一定相當緊張，一個不留神就完蛋了。」穿著T恤的年輕人嘟著嘴說道。

「的確如此。」其他人也用力點頭。接下來，他們指著板子上那個遙控直升機的影子，你一言我一語地評論起來。「這個部位的形狀跟大岡的AIR HOVER有著微妙差異，可見炸彈便是裝在這裡。」「最重要的機體隨著爆炸而化成灰燼，真是可惜。」「如果可以實際看見機體，一定會有更多發現。」

「操縱遙控直升機，對外行人來說是件很困難的事嗎？」

「這要看學會空中懸停需要花多少時間而定。」

「每個週末都勤加練習，只要兩、三個月就可以上手了。」

「不過，」白髮男皺眉說：「載著炸彈這種危險的物品犯下這麼重大的案子，而且沒有重來的機會，生手應該做不來吧。我想凶手應該是個老練的玩家。」其他人也點頭同意。

「玩遙控直升機的人很多嗎？」主持人這麼一問，玩家中的一人語帶強調地說：「很多。」

「不過，」白髮男又再一次淡淡地補充：「能玩的場所有限，如果犯下這件案子的人是仙台人，目標還滿容易掌握的。何況賣遙控直升機的店也不多，鎖定購買大岡AIR HOVER的人，或許能找出凶手。」

「凶手有沒有可能郵購？玩遙控直升機有沒有可能從仙台以外的地方帶進來？」

「這當然也有可能。」

「這麼一來，要鎖定犯人就沒那麼容易了。」

「是啊。」

「何況，凶手既然計畫這麼重大的犯罪，想必不會輕易露出馬腳。」主持人自以為是地分析。

當天晚上十一點多，佐佐木一太郎再次召開記者會說：「我們已經掌握了幾項可靠的情報，目前正在調查中。這幾天在仙台市內，尤其是發生爆炸的東二番丁大道附近，將進行出入管制，懇請各界協助配合。」

他的語氣強而有力，那張第一印象很不可靠的保羅．麥卡尼的臉突然變得值得信賴了。

佐佐木一太郎的記者會結束後，由來賓發表言論的特別節目也告一段落了。或許是炒新聞炒累了，也或許是對重複播放爆炸瞬間影片的做法終於產生了罪惡感，取而代之的是看起來像臨時趕工的金田首相生涯特集。從他的出生開始談起，敘述他的上班族時代、議員選舉、直來直往的說話方式與果敢面對的態度、與狡獪的議員之間的辯論、首相選舉的初選、在仙台地區的戲劇性勝利、複選時與鮎川真進行的辯論、就任首相時的威風儀態，最後的高潮當然是仙台的遊行，結束前再播放一次遙控直升機爆炸的畫面。整個節目的內容就算不看也能想像得出來，於是田中徹關掉了電視，靠在枕頭上，閉起眼睛。

## 第二天

田中徹起床一看時鐘，是早上七點。拉開分隔病床的簾子，發現隔壁床的保土谷康志已經盯著電視看。他轉過身子，一看見田中徹，便取下一邊的耳機說：「田中，不得了了。」眼神流露出些許對錯過熱鬧祭典的人所寄予的同情。「大約兩個小時以前，警方召開了臨時記者會，就在我們還在睡覺的時候。」

「說了些什麼？」

「查到嫌犯了。」

打開電視一看，警方確實已鎖定嫌犯，畫面上出現一張大頭照，上頭寫著「青柳雅春」幾個大字。「喔，凶手竟是這麼一個斯文男子。」田中徹如此想著。接下來，電視開始播放青柳雅春的錄影畫面，田中徹嚇了一跳，不禁大感疑惑，嫌犯還沒被抓到，這影片是哪裡來的？只見畫面的右邊角落寫著兩年前的日期。這影片並非來自連續劇或綜藝節目，而是某時事談話節目的採訪畫面。兩年前的青柳雅春正對著麥克風說話，他所穿的白色衣服上有藍色圖案，那是一家知名貨運公司的制服。

「因為是突然發生的，」身材瘦削、雙腿修長的青柳雅春搔了搔額頭，垂著眉說：「我只能拚上性命。」

此時，田中徹終於明白這段影片是怎麼回事了。

當年曾經發生一件當紅偶像明星遇襲事件，這名女明星的老家在仙台，她每次放假就會悄悄回到仙台，在出租公寓內度假。有一次，當她一個人在公寓時，遭到歹徒侵入襲擊。

就在那時候，青柳雅春剛好送貨到她的公寓。

青柳雅春按了對講機，並沒有得到回應，本來打算要把包裹帶回去了，但就在他寫送貨通知單時，門的彼端響起了乒乓聲及女性的尖叫聲。青柳雅春一度懷疑聽錯，但有股不好的預感襲上心頭，於是再次按了對講機，仍舊沒有回應。他小心翼翼地轉動大門把手，發現門未上鎖，於是開門往屋內一看，便看見一名女性被歹徒壓倒在地，青柳雅春急忙衝上前制伏歹徒。

「您從以前便知道凜香小姐住在那棟公寓嗎？」男記者問道。

「不，我不知道。」青柳雅春戰戰兢兢地回答。

「您是什麼時候發現她是凜香的？」

「呃，不……」青柳雅春不知如何措辭，結結巴巴地說：「我對這種事不太清楚，我不看電視的。」模樣顯得頗為膽怯。

採訪記者全都笑了出來。「她可是當紅的偶像呢。您不看電視節目嗎？」

青柳雅春微微低著頭，以極小的聲音說：「我送貨很忙。」記者又發出一陣笑聲。青柳雅春那自然不做作的髮型與表情生硬的臉孔看起來就像性格明星，但不習慣接受採訪的反應卻又帶著一股樸實純真，讓記者備感新鮮。不只是記者等媒體工作者，就連許多觀眾也開始對他感興趣。於是，理所當然地，他一時成了風雲人物。

時事談話節目接著報導了青柳雅春平日的工作狀況，以及同事與上司對他的評價。一段時間後，他在仙台市內的送貨路線被摸清了，許多人為了見他一面，埋伏在送貨路線上，其中不乏來自外縣市的仰慕者，這件事又被當作新聞炒了一次。為了不讓業務受影響，貨運公司剛開始曾要求電視台別再報導，但風潮依然遲遲不退，於是貨運公司決定乾脆請青柳雅春來拍廣告，卻被他斷然拒絕，最終沒有付諸行動。青柳雅春的理由是「這麼做會影響送貨的工作」，而這也讓民眾對他的好感度再次提升。

「歹徒有刀子，您不害怕嗎？」在過去的錄影中，採訪記者繼續提出問題。

「因為是突發事件。」他接著回答。

「您一下子就把歹徒摔出去了，請問您是不是練過柔道？」

「那是學生時代的朋友教的，我只會那一招。」青柳雅春搔了搔鼻頭。看見他這副困擾的模樣，就算不是女人，也會興起保護他的念頭。「那招叫做大外割。朋友告訴我，用大外割把敵人摔倒之後，拚命揮拳就對了。」

原來那是兩年前的事了，田中徹不禁感到懷念。結果，這個送貨員的話題不到半年便平息了。一時的風雲人物過了那個時間點，也只是個平凡的小人物。

如今，那個平凡的小人物在兩年之後，竟成了殺害首相的嫌犯。

「沒想到竟然是他。」過去的錄影畫面播完之後，主持人語重心長地感嘆道。

「事實上，」某個擅長採訪演藝圈醜聞的女記者說：「當時我也曾經採訪過他。這個人乍看之下雖然是個清爽的好青年，但常常會有一些焦慮不安的舉止呢。」

「喔，原來如此。」主持人呼應道。接下來，剛剛那個錄影畫面的一小部分又再次被播放出來。帶著靦腆與緊張感對著麥克風說話的青柳雅春，右手被局部放大。或許是找不到合適的擺放位置，青柳雅春的手指劇烈抖動，蹺起的二郎腿也不停更換。接著，青柳雅春回答最後一個問題的影像被慢速播放，此時可以發現他的嘴角曾一度微微上揚，兩端翹起，目光銳利，露出藐視的表情，只有慢動作重播才能發現瞬間消失的另一張臉孔。

在田中徹眼中，青柳雅春這個乍看清爽帥氣的優質送貨員，似乎露出陰險狡猾的本性。據節目主持人表示，青柳雅春在三個月前便已辭職了。對貨運公司來說，這算是不幸中的大幸吧，離職員工犯罪總比現職員工犯罪要來得好一些。

「田中，有了戲劇性發展呢，真有意思。」來到吸菸區，看見國中生坐在椅子上，興奮地如此說道。「這麼快就找出嫌犯，看來警察也很拚呢。」

「首相被殺了，這可關係到警察的威信問題，當然非拚不可。」田中徹答道。「不過，」田中徹接著說起一件掛心的事，「那個青柳不見得是凶手吧？現在就公布他的姓名好嗎？」

「警方不是握有確切證據，就是認為這次情況特殊，為了早日逮捕凶手，顧不得人權了。」

「真的有所謂的確切證據嗎？」

「誰知道呢。不過，據說保安盒連電話的通訊紀錄也可以擷取，只要好好利用，應該頗有幫助吧？」

「看來你真的很喜歡監視社會呢。」

「我才不喜歡。難道你喜歡『老大哥在看著你』（註一）的世界嗎？」

「誰是老大哥啊。」

「我只是試圖敲響警鐘。」

「盡量敲吧。敲響那個警鐘的人就是你（註二）。」

上午八點，佐佐木一太郎在記者會上公布了最新消息。

前一天的中午過後，也就是金田首相的遊行在教科書倉庫大樓前發生爆炸後不久，附近一條狹窄車道內也發生了一起小規模的爆炸，一輛汽車起火燃燒，並毀壞了附近的圍牆。一開始，警方以為是遙控直升機的爆炸所引發的，但調查之後發現爆炸點來自汽車內部。

警方並在駕駛座上發現一具男屍。

「死者的頭部有槍擊痕跡，目前警方正在調查身分。根據未被燃燒殆盡的駕照初步研判，死者可能是住在仙台市青葉區的森田森吾，此人是如今正在逃亡的青柳雅春大學時代的同學。」

「請問警方是以什麼證據判定青柳雅春為嫌犯呢？」記者提出問題。

「昨天，在爆炸發生後，警方在教科書倉庫大樓附近發現了一名形跡可疑的男子，員警上前盤問，這名男子企圖逃走，員警立刻與隨後趕來的同仁一同展開追捕，最後無功而返。」

「結果被他逃脫了？」

「有一位酒類專賣店的老闆被他開槍擊中。」佐佐木一太郎雖然面無表情，但下垂的眼睛流露出些許困惑之色。

「後來呢？」

「數個小時之後，我們獲得了仙台市某遙控飛機用品店所提供的店內監視影像。」

「就是賣那台用來犯案的遙控直升機的店嗎？」記者紛紛將上半身湊向前來。

佐佐木一太郎嚴肅地點點頭。「店內的監視器原本是為了防盜裝設的，影像中拍到一名男子正在購買與本事件中的犯案機款相同的遙控直升機。根據調查結果發現，這名男子與從現場逃走的男子頗為相似。」

「那個人就是青柳雅春嗎？」

「我們拿照片給店長看，他一口斷定此人就是青柳雅春。」佐佐木一太郎又說：「另外我們還調查了青柳雅春的經歷，發現此人在學生時代曾經於仙台市一間名為轟煙火的工廠打工。」

「轟煙火？」

---

註一：「老大哥在看著你」是英國作家喬治．歐威爾（George Orwell）在一九四九年出版的政治諷刺小說《一九八四》（*Nineteen Eighty-Four*）中，經常出現的標語。「老大哥」（Big Brother）是權力的象徵。

註二：「敲響那個警鐘的人就是你」影射日本歌星和田アキ子於一九七二年演唱的歌曲〈敲響那個鐘的人就是你〉（あの鐘を鳴らすのはあなた，阿久悠作詞、森田公一作曲）。

「煙火就是打上天空的那個煙火。」佐佐木一太郎的口氣非常平淡，注視記者的目光卻銳利無比。「換句話說，他可能很熟悉煙火所使用的黑色火藥。」

「所以才會製造炸彈！」數名記者高聲大喊。

「這一點我們目前還無法斷言，但已經向當時的雇主請求協助，正在詳細調查。」

「是不是還有其他證據？」

佐佐木一太郎一瞬間露出了彷彿是對野狗表示同情，一副「說了這麼多，你們還不滿足？」的態度，開口說：「事實上，我們接到了嫌犯本人打來的電話。」

記者群一陣譁然。

「詳細內容不能公布，但青柳雅春已經在電話中承認自己是兇手了。」

接下來，佐佐木一太郎開始說明將稍微放寬仙台市周邊的路檢，交通網絡也可以逐漸恢復，卻引不起記者太大的興趣，比起交通網絡，他們更在意青柳雅春。

節目在這裡插入廣告，一個滿臉鬍鬚、手上握著平底鍋的男人帶著笑容說：「請嘗嘗我的特製白醬，這才是道地的口味。」這個人似乎是一家高級連鎖餐廳的主廚，在仙台市內也開了分店。「不專心做自己的工作，卻跑來拍廣告，大概快不行了吧。」田中徹在腦中胡思亂想著。

節目的氣氛頓時變得非常活絡。原本話題只能緊抓著遊行時的爆炸畫面打轉，現在則加進了青柳雅春的情報，兩邊的要素雙管齊下，內容變得更豐富了。節目將青柳雅春過去被拍到的影像輪番播放出來。

影像中有好幾幕都是青柳雅春在送貨途中對不請自來的年輕女性說：「抱歉，我在工作。」並面無表情地揮著手，彷彿在驅趕小狗的畫面。照正常方式播放，也看不出來什麼異常之處，但是以慢動作播放，就可以發現他的表情透著一股歇斯底里的嚴峻之色。

「這傢伙看起來很帥，卻是個危險人物呢。」田中徹想著。

與此同時，過去青柳雅春工作的貨運公司高層急忙出面召開記者會。田中徹突然覺得好笑，怎麼記者會開不完呀，他甚至開始胡亂想像，該不會哪天媒體也為了說明「我們沒有足夠的記者可應付所有的記者會」而召開記者會吧。

貨運公司社長的第一句話便強調青柳雅春已經在三個月前辭職，現在不是該公司的員工，接著又說了一句「如果他真的是凶手，我們深感遺憾」這種說了等於沒說的話。一名曾經是青柳雅春直屬上司的男性則被記者詢問「青柳雅春在辭職前是否有什麼怪異的舉止」，顯得一副欲言又止，最後還是將青柳雅春遇到騷擾的事說了出來。

「什麼樣的騷擾？」

「他負責的遞送區域經常出現寄件者不明的包裹。收件者也常常向我們客訴無故收到這些來路不明的包裹，而且不知為何，委託單上寫的是他的名字。」

鏡頭帶到這名上司的臉部特寫，嚴肅表情與貓咪圖案的領帶形成強烈對比，相當滑稽。

「寄件者姓名欄上寫著青柳雅春？」

「是的，這當然不可能是他自己做的，應該是別人對他的騷擾吧。」

「有沒有可能真的是青柳雅春自己寄的？您沒有這麼懷疑過嗎？」

「不可能吧。」上司結結巴巴地說道，或許是感到困擾時的習慣動作吧，他撫摸著領帶上的貓咪圖案。「他怎麼可能做出那種奇怪的事。」

記者群一片譁然，幾乎快要破口大罵「你這上司一點識人的眼光都沒有」。

青柳雅春所居住的公寓也經常出現在鏡頭前。由於警方正在進行搜索，媒體不能進入屋內，只好以攝影機將公寓團團包圍。

有個攝影師試著跑到對面辦公大樓內，以望遠鏡頭拍攝青柳雅春的房間。可惜，房間內只有鑑識人員及刑警。不過，在人影後面的牆壁上卻貼著一張小小的照片。將照片放大一看，雖然畫質很差，卻依稀可以看出是金田首相的照片，臉部被畫了一個╳，這讓電視台如獲至寶。

「他對金田首相懷有什麼怨恨嗎？」某位來賓提出這樣的問題，「或許是個人的妄想作祟吧。」另一名來賓如此回答。

在節目中，一名曾經擔任過警視廳搜查官的男性說：「大約一年前，為了改善市區內路邊停車所造成的塞車問題，以嚴格取締違規停車為訴求的全民運動時有所聞。金田首相當時便大力推動取締，或許對身為送貨員的他來說，金田首相是妨礙他工作的敵人吧。」這段發言令其他來賓大感認同。

節目上還播放了一段遙控飛機用品店的監視器影像，但節目聲稱「不確定與警方獲得的影像是否相同」。影像雖然是黑白畫面，但可以清楚看見一名男子將一個盒子放在櫃檯上。這名客人雖然沒有察覺監視器的存在，卻還是不停地將頭轉向一邊，似乎不想讓臉曝光，還做出以手遮嘴的動作，最後他付錢買了一台「大岡AIR HOVER」。

「雖然無法一口咬定，但模樣非常神似。」節目來賓作出了跟一口咬定沒什麼差別的發言。

在田中徹的眼中看來，這個客人跟青柳雅春根本就是同一個人。

在仙台市內，距離遊行通過的東二番丁大道只隔了一條巷子的一間炸豬排店也通報警方，宣稱在事件發生的前一刻，青柳雅春曾在店裡吃定食。

「那時候還不到中午，店裡還很空，他就坐在那個位子一邊看電視，一邊吃著炸豬排定食。」穿著白色衣服，頭髮稀薄，戴著眼鏡，看起來像店長的男性如此說道。只見他憤然怒視著那個座位，彷彿沾惹了什麼不吉利的東西。「在遊行開始前，電視上出現好幾次金田先生的畫面，他每看一次便咂嘴一次，一副陰陽怪氣的模樣。我從一開始就覺得不太對勁。」

「您確定那個人就是青柳雅春嗎？」拿著麥克風的女記者再次確認。

「妳不相信我嗎？是真的啦。在我們店裡吃定食，白飯是無限供應的，那傢伙吃完又添了兩次，把碗裡的飯粒吃得一粒也不剩。我就知道會幹出那種詭異行為的傢伙，一定不是普通人。一般人如果準備要殺人，怎麼會那麼有食慾，添了好幾次飯，還吃得乾乾淨淨？妳說對吧？」

「那個人真的是青柳雅春嗎？」

「妳不相信我嗎？真是失禮的傢伙。好吧，我讓妳看看這個東西。」店長走進廚房，拿出一張卡片。「妳看，這是他忘記帶走的。」

手握麥克風的女記者伸手接過，攝影機慌忙湊上前來。原來是張信用卡，上面寫著

「AOYAGI MASAHARU」（註）。

「這下妳信了吧。」店長自豪地說道。

「既然有這種東西，一開始就該拿出來吧。」手握麥克風的女記者說出心裡話。

「那傢伙嘴裡一直碎碎念著金田如何又如何，真是個危險的傢伙。」

「而且，這麼重要的證物，應該趕快交給警察吧？」

此外，節目還播放了某公寓的監視器影像。該防盜用監視器面對著停車場，在昨天傍晚時分拍到了形跡可疑的人物。

「我聽見某處傳來玻璃破裂聲，打開窗戶往外看，結果看見有個男人在停車場，正在拉汽車的車門。」一個聽來像附近住戶的男子如此說道，臉部被打上馬賽克。

監視器是黑白影像，而且頗為昏暗，看不清楚細節，但能看出一個人影從停車場的車子旁邊跑過，並試圖拉開數輛車的車門。

「他在物色逃走用的車子。」節目來賓自信滿滿地解說著。

「如今警方正全力搜索中，但是青柳雅春到底藏身在何處，正在做什麼事，沒人知道。」旁白顯得憂心忡忡，畫面上出現青柳雅春的臉部特寫，接著進入廣告時間。田中徹吐出了一口氣，似乎看得太專心了，導致肩膀僵硬。隔壁床的保土谷康志也「呼」的一聲，吐了一口氣。

「他到底為何要幹這種事？兩年前的他不是還被當成偶像，大受歡迎嗎？」

「媒體拿他來炒新聞，又把他丟下不管，他應該很寂寞吧，或許是想要再嘗一次當年那種受注目的感覺。」

「金田首相也真可憐，竟然為了這種理由被殺死。對吧，田中。」

「是啊。」身為首相，因政治鬥爭或國家機密而死，或許還比較名譽一點。

「這麼看來，凶手馬上就會被困死了。」保土谷康志又做出了彷彿是在看將棋比賽的發言。

廣告結束，電視上出現一個只拍到脖子以下部位的男人，地點不是在攝影棚，這是預錄影片，男人的聲音沒有經過變聲處理。

「其實從一開始，」男人語帶不滿地說：「我就覺得那個闖空門案件有點可疑，從一開始。」

畫面的右邊角落打出發言者的身分說明。原來他是兩年前，女明星凜香的住處發生歹徒入侵時，住在隔壁的男子。

「那棟公寓雖然是出租公寓，但隔音很好，聲音不會傳出去。那個送貨的老兄說什麼從外面聽見聲音，才衝進去救人，我一直覺得很不可思議，從一開始。」

只見這名慣用「從一開始」這四個字的發言者滔滔不絕地說著，這個專訪影像似乎是在某住宅區拍攝的，男子背後可以看見一排獨棟的新建住宅。

「我猜從一開始那件事，就是基於某種理由設計出來的。」

鏡頭轉回攝影棚內，主持人為了剛剛播出青柳雅春的信用卡畫面時，沒有將卡號隱藏處理而向觀眾道歉，接著又補上一句，那張卡片現在已經失效了。

註：青柳雅春的羅馬拼音。

「我們剛剛獲得了觀眾所提供的珍貴影片。」

主持人慌慌張張地說道。影片是一名住在仙台市泉區的婦人以電子郵件提供，是數個月前，在仙台北部郊區的河堤邊以攝錄影機所拍攝的。

拍攝主題是當時正在河邊空地進行的少棒賽。畫面上，隔著本壘後方的鐵絲網、一群制服少年背後，還可以聽見充滿稚氣、為了干擾敵方投手的呼喊聲。

遠方的天空似乎有某樣東西。

仔細一看原來是架遙控直升機。直升機以白雲高掛的水藍色天空為背景緩緩上升，接著懸浮在空中。此時傳來女性話聲：「啊，原來是遙控直升機。」這應該是拍攝者的聲音。畫面接著改變角度，拍攝到站在河邊的男子。鏡頭被拉近。男子拿著遙控器，正在操縱遙控直升機。

那名操縱者看起來很焦慮，一副畏畏縮縮的模樣，長相跟青柳雅春極為相似。

「他在練習操縱直升機。」畫面一轉，回到了攝影棚內，某位來賓喃喃說道。「看來是鐵證如山了。」

此外，節目還採訪了一家連鎖餐廳的女店員。

「他昨天晚上來到我們店裡，就坐在那裡，點了義大利麵。」女店員略顯激動地指著店內的一張桌子說：「我跟他說話，他一副愛理不理的態度，讓我很不舒服。後來還來了一群警察，情況簡直一團亂。」

「發生了什麼事？」握著麥克風的女記者問道。

「他把椅子丟出去，打破了玻璃。」

「啊，天啊！真是太可怕了。」

鏡頭此時轉向那扇完全沒有玻璃的窗戶。破了這麼大一個洞，怎麼可能一開始沒發現？這個記者卻彷彿是現在才看到一樣，還裝模作樣地喊什麼「天啊」，令田中徹苦笑不已。

節目此時也公布了青柳雅春打電話給警方的錄音帶內容。

與搜查方向有關的對談似乎被剪掉了，因此只有片段的聲音。

「我是青柳雅春。」

「兇手就是我。」

錄音帶中確實出現這樣的對白。準備周到的製作單位還請了聲紋鑑定專家來鑑定。專家激動地說，錄音帶的聲音確實跟兩年前接受媒體採訪時的青柳雅春本人的一模一樣。

特別節目持續進行著。自由黨的弁慶，也就是海老澤克男在官邸前召開了記者會。他公開宣布自己身為副首相，將會按照法律就任代理首相，並強調現今正積極蒐集案件相關的情報。

「關於青柳雅春，我們自由黨也會提供情報，協助警方調查。」

「例如什麼樣的情報？」記者如此問道。這只是反射性的詢問，連記者本人也不期待得到回答，海老澤克男卻回了一句「就是……」一副要認真回答的模樣，反而讓記者大感吃驚，透過攝影畫面可以感受到記者有點慌了手腳，似乎想說：「咦？你真的要說？」只見海老澤克男點點頭，脖子上的贅肉因而擠出層層的下巴。

「從兩個月前開始，我們黨內便不定期地收到一些毀謗金田首相的信函。金田首相的家裡似乎也收到了相同的毀謗信，我們在上面採集到青柳雅春的指紋。」

記者一陣騷動。

吵雜的聲音讓田中徹感到耳朵疼痛，他於是取下耳機，伸了個懶腰，抓住枴杖，站了起來。偶然間回頭一看，發現隔壁床的保土谷康志已經關掉電視，正在看漫畫。「喔，上廁所？」

「是啊。」田中徹回答。「你不看電視了？」

「膩了。」

「重頭戲不是才要開始嗎？」事實上，田中徹確實認為好戲才要上場。

「凶手雖然努力在逃，但一定很快就會被抓到的。一個送貨的老兄，畢竟只是門外漢。」聽他一副認為自己不是門外漢的口氣，便讓田中徹有了戒心，知道他又要開始大吹牛皮了。果然不出所料，只聽他接著以內行人的語氣說：「要是我，就會從地下逃走。」

「地下道嗎？」田中徹不禁想要笑出來，如果有用，凶手也不會那麼辛苦了。

保土谷康志將鼻孔撐得大大的，露出了奸笑。「田中，下水道是可以通到每一條街的喲。說得嚴謹一點，下水道還可以分為兩種，一種是將馬路側溝的雨水蒐集起來的雨水管，一種是蒐集廁所污水的污水管。」

「要花很多時間解釋嗎？我快憋不住了。」田中徹懶得理他，趕緊尿遁逃走。

田中徹小解之後，順道走下一樓，到便利商店內繞了繞，最近已經開始習慣靠枴杖移動了。

他在店內拿了雜誌來看，但翻了一些週刊，沒有看到任何與金田首相爆炸事件相關的報導。事發才經過兩天，可能沒那麼快吧，只好改看幾份體育報。

旁邊站著兩個年輕女性，或許是來探病的，手上拿著水果，也正在看雜誌。

「真是超受打擊的。」其中一人說道。「怎麼證據一樣一樣冒出來，虧我以前還很喜歡他呢。兩年前，我還是高中生的時候，超仰慕那個貨運小哥呢。」

「我那時也很崇拜他，送貨員當時好紅呢。」

她們應該是在討論青柳雅春吧，田中徹豎起耳朵聆聽。

「炸彈什麼的我是不懂啦，但性騷擾的行為真是太糟糕了。」

「真是令我太失望了。比起爆炸案的凶手，說他是色狼這件事更讓我驚訝。」

色狼？田中徹皺眉，自己怎麼不知道這項消息？是別台的嗎？別台的節目所公開的消息？一刻也無法等待的田中徹，拚命杵著枴杖走回病房。

「大約兩個月前吧。兩個月前，我為了打工搭仙石線去仙台。雖然還是傍晚，人已經滿多的，那時我聽到一個靠在窗邊的女生突然大喊『住手』。」

田中徹轉了轉頻道，看見一個戴著墨鏡的短髮年輕人正對著麥克風說話。

「大家都轉過頭看，心想應該有色狼。就在仙台前幾站，那個女生拉著一個男人的手腕，下了電車。他們在月台上爭論起來，我覺得那男的很眼熟，仔細一想才認出來是那個送貨員。」

目擊證詞不止這一件。主持人將寫著目擊情報的電子郵件內容念了出來，絕大部分都是「兩個月前看見一個長得很像青柳雅春的男人疑似騷擾女性而被拉下電車」之類的內容。

不久又出現了另一個爆料者。一個身材嬌小、皮膚白皙、看起來像粉領族的女性在鏡頭前拿出自己的手機，說：「大約兩個月前，我在月台上看見一個女生跟一個男人在吵架，我覺得很有趣，就用手機拍下來了。」

手機照片的畫質並不佳，但能看出是一對男女在月台上面對面站著，那名男子確實長得很像青柳雅春。

「一會兒之後，出現另一個男人來幫這男的解圍，他們就逃走了。」她接著說道。

「真不配當男人，太爛了。」來賓之一的女演員板起臉來說：「色狼行徑已經是不可原諒，事後逃走更是罪大惡極。」

「確實令人髮指。」主持人雖然如此附和，聲音卻不帶感情，似乎只是敷衍敷衍她而已。接著，主持人「啊」地驚叫，或許是從無線耳機接到了新的指示吧，只見他壓著隱藏在耳內的耳機，說：「我們剛剛接到了最新消息。」

田中徹吞了吞口水，兩眼睜得大大，調整一下耳機位置。主持人接著念出以下情報：

數十分鐘前，有民眾目擊到疑似青柳雅春的男子出現在仙台市青葉區柏原町附近。

警察雖已趕到現場，但男子坐上汽車，在單行道逆向逃逸。

男子所駕駛的汽車與對向來車相撞，接著又撞上牆壁，他馬上又換其他汽車逃走。

當時路旁有一名老婦人被撞傷，隨後被送上了救護車。

「看來他還潛伏在仙台市內。藉由保安盒所提供的情報，逮到他的機率應該相當高。」節目來賓如此說道。

「昨晚在仙台市區也發生了一起車禍事故，雖然細節尚未確認，但事故中一方的車輛據說是警車，說不定那起車禍也是青柳雅春造成的。」

「有這個可能。」

田中徹一時興起，拿起遙控器轉了台，畫面上出現一個過去沒見過的女記者。「我們現在收到最新消息，有觀眾目擊到疑似青柳雅春的男子正開著車，由國道四號向南逃逸。」

這一台雖然是全國性的頻道，但負責從仙台進行現場轉播的卻是地方電視台的記者。看來面對這個跟校慶園遊會沒什麼兩樣的突發性騷動，全國性電視台也已經急忙跟地方電視台取得合作，共同攜手發布消息了。

接著出現一個自稱在事件發生前曾與青柳雅春交談過的中年男子的採訪畫面。這個滿臉鬍碴的男子據說是從事自營的貨運業，專門遞送零星貨物，只見他用低沉的聲音說：「我跟青柳先生以前常常在送貨途中遇到。」他看起來年紀比青柳雅春大上兩輪，卻以「先生」來稱呼青柳雅春。「那天接近中午的時候，他跟我打了招呼，因為很久沒見了，我看到他還滿開心的。」他如此說道。「不過，他身旁還有另一個男人。」

「另一個男人？」

「是啊。說起來，他也真可憐。」

「看來您是站在青柳雅春那一邊的？」握著麥克風的記者詫異地問道。

「沒那回事。」男子癟著嘴說：「我的貨物被他壓爛了，說真的，造成我很大的困擾。」雖然不知道男子這句話的意思，但他看起來沒有嘴巴說的那麼不滿，臉上反而帶著些許笑意。

田中徹又轉了台。

畫面上出現一名中年婦女。這名身材結實的婦女指著右邊說：「他往那邊逃了，那邊。」只見她嘮嘮叨叨地說：「就是啊，有個很高大的人，拿著好大的一把槍，往那邊去了。」嘴巴完全停不下來。

「那個人是否就是嫌犯青柳？」記者早已未審先判。

「或許吧，總之我嚇得不敢在街上走了。」

連電視台都把這件事炒得那麼凶，不難想像網路上的騷動肯定一發不可收拾吧。田中徹不禁慶幸著：「這時能住在醫院裡真好。」要是手邊有電腦，自己大概二十四小時都掛在網路上吧。

傍晚時分，電視台的播報員再次大喊：「我們又獲得了觀眾提供的最新消息！」到目前為止已經公布了無數真假難辨的消息，播報員竟然還是每次都能夠說得如此興奮，令田中徹哭笑不得。不過，接下來畫面上出現的影像確實讓人印象深刻。

這是一名住在仙台市北部住宅區的男性，在自家陽臺以家用攝影機拍攝的影片。時間似乎是數個小時以前，幾名看起來像警察的男人正舉著手槍，其中有的穿著制服、有的穿便服。他們圍成了小小的半圓形，面對兩名男子。這兩名男子一前一後，後者靠在前者的背上，以刀子抵住前者的脖子，兩名男子的背後有一輛貨車。

「這個人很明顯就是青柳雅春。」難掩激動情緒的播報員如此說道。「青柳利用人質來牽制警察，最後以徒步方式逃逸！」

從影像中看得出來，這個人確實是青柳雅春。他站在身材瘦削的男子身後，拿著刀子。鏡頭有點搖晃，但影像拍得很清楚。青柳雅春拉著人質節節後退，最後消失在住宅區的小巷道。

「後來在距離此處數十公尺遠的地方找到這名被當作人質的男子，沒有生命危險。」

「唉，不曉得那個青柳現在在哪裡。」隔壁床的保土谷康志嘲諷地大聲說道。

「說不定已經在某個地方自殺了。」田中徹忍不住說道。

「唉，死了可就什麼都完了。」

「可是就算活著，也是什麼都完了。」

「是啊，你說的對，什麼都完了。」

或許保土谷康志的個性天生就是三分鐘熱度吧，此時他似乎已經對電視上的報導失去了興趣，開始把玩自己的手機。每次聽到他的手機響起，田中徹便告誡他：「這裡可是醫院呢。」他卻毫不在意，總是喜孜孜地跑到走廊上講電話，令田中徹大感無奈。

數十分鐘後，佐佐木一太郎再次召開記者會。「這個案子可望在短時間內獲得解決。」接著又補上一句：「不過，事情的嚴重性與危險性也愈來愈大。」兩句話可說是前後矛盾。「青柳雅春目前已經自暴自棄。」他嚴肅地對著攝影機說：「在青柳雅春的逃亡過程中，已經造成五人受傷及兩人死亡，我們感到十分遺憾。」

「請問死者是警察嗎？」記者詢問。「是一般民眾。」佐佐木一太郎回答。記者此時都擠上前追問：「造成一般民眾傷亡，請問該由誰來負責呢？」追究責任歸屬，正是媒體的專長。

「昨晚，青柳雅春搶了一輛輕型汽車，企圖駕車逃亡。後來與警車相撞，他下車改以徒步方式逃逸。我們在車內發現了高中教師加賀幸代小姐的遺體。」

「她是因撞車致死的嗎？」

「不，」佐佐木一太郎搖頭說道：「她的胸部被刺傷，凶器應該是銳利的刀子。」

記者群一片譁然，彷彿在高聲歡呼。

「基於這個緣故，」環視著這片騷動的佐佐木一太郎保持著神似保羅·麥卡尼的好好先生模樣，開口宣布：「我們已經讓追捕嫌犯的員警配備對人用麻醉槍。」

「喔喔！」記者精神一振。

就連田中徹也跟著喊出了「喔喔！」。

或許是因為「對人用」這個把人當作標靶的字眼聽起來太殘酷，也或許是「麻醉槍」這個把人當成猛獸對待的字眼聽起來太野蠻，令田中徹在一瞬間有種追捕獵物的興奮感。

田中徹過去也曾經藉由新聞報導得知，儘管重大犯罪不斷增加，但民眾對於警察開槍的行為依然帶有強烈的反感，所以警方正在研發一種強力而準確度高的麻醉槍，作為因應對策。這種麻醉槍可以將對肉體的損傷降至最低，不會致命，只會讓人暫時昏睡。也許是社會大眾在情感上較能接受吧，促使警方在研發上相當積極。

如今麻醉槍已經完成實驗，進入量產階段，將被使用在青柳雅春的逮捕行動中。聽聞此事的記者眼睛再度亮了起來。

看來從今晚到明天早上，將要輪到槍械專家亮相了，田中徹心想。

接著，青柳雅春在白天逃亡時抓來當人質的那名男性也出現在畫面上。他自稱是青柳雅春以前的公司前輩。「青柳那傢伙跟以前在公司的時候完全不一樣了，他真的想要置我於死地，看來腦袋已經不正常了。」他皺著眉，不停搖頭說道。

晚上八點過後，田中徹往隔壁床的保土谷康志看了一眼。只見他連電視也關了，心情煩悶地躺在床上，看來他對這個事件已感到厭煩，雖然他還是自豪地向田中徹炫耀：「你知道今天誰來看我嗎？」但聲音已經感覺不到霸氣。

「你不看電視了嗎？」

「愈來愈無聊了。」

「確實都是相同的內容哩。」

接下來的時間，保土谷康志也不太常開電視，反而一天到晚拿著手機走出病房，好一陣子也沒回來。這讓田中徹心中湧起了一股「就算只剩下自己，也得守著這個事件到最後」的使命感。

電視上出現了青柳雅春的父親接受採訪的畫面，看起來應該是錄影重播的。自己竟然錯過了這段採訪的即時轉播，田中徹不禁為自己的疏失感嘆不已。

青柳雅春的父親站在埼玉市老舊住宅區的一戶獨棟住宅前，面對麥克風。記者和播報員不停地湊上去，青柳雅春的父親將他們擠了回來。青柳雅春的父親身材矮小卻毫無贅肉，看起來非常結實。他的皮膚呈現健康的黝黑色，眉毛很粗，留著平頭，簡直像個海軍陸戰隊員。面對記者的質問，他的回答相當粗魯。父母總是相信自己的孩子是清白的，田中徹可以體會他的心情，但是像這樣毫無根據地主張「我兒子沒有犯罪」卻不是個聰明的做法，只會徒增大家的反感。何況他還說了一些疑似鼓勵兒子逃亡、幫兒子加油打氣的話，難怪連播報員也跟著騷動了起來。

有其父必有其子，田中徹無奈地想著。這對父子已然是全民公敵了。

接下來的一段時間，電視上的新聞節目報導幾則在仙台市內發生的事故及案件：開車載著年幼孩童到處遊蕩的三十多歲男子在盤查後被逮捕；一群專門偷竊車內財物的年輕人因目擊者報案而被逮捕；還有數年前曾在東京犯下凌虐致死命案，因而遭到通緝的某詐欺集團成員，意外地在仙台市旅館內被發現。

這些人與金田暗殺事件並不相關，似乎是因為仙台進入警戒狀態，居民的危機意識高漲，不斷向警方提供可疑人物的情報，才剛好讓這些人落網。

「他們靠著保安盒之類的系統，將居民的情報摸得一清二楚呢。」田中晚上走到吸菸區，果然又看到了那個國中生，只見他依然在感嘆著監視社會的來臨。「不管是電子郵件還是電話，都在他們的監視之下，連帶讓其他毫無關聯的案子也被查出來了。」

田中徹意外地發現這傢伙明明只是個國中生，卻很神經兮兮。

此外，國中生還不知去哪裡弄來了網路上的消息。「現在網路上好多人自稱是青柳雅春呢。」他笑著說：「不過，跟無孔不入的恐怖分子比起來，找出一個特定的青柳雅春，對那些監視的人來說應該不太難吧。」

## 第三天

田中徹感覺右肩被人用力敲打，因而醒了過來。敲打的力道急促而有力，田中徹雖然睡得迷糊，心中也不禁湧起一股怒火。張眼一看，保土谷康志那滿是皺紋的臉近在眼前。這個人明明已經過了花甲之年，卻老是像個頑童一樣。

「幹麼啦。」田中徹難掩心中的怒氣。「現在到底是幾點啊。」

昏沉的睡意讓田中徹似乎一個恍神便會再度進入夢鄉。

「現在是四點。」

「四點？早上四點？」

「當然是早上。」

「七早八早把我叫醒要幹什麼？」四點雖然是早上，卻也早得過頭。田中徹感到難以接受，也無法理解究竟為什麼要那麼早醒來。「天應該還很暗吧？」

保土谷康志對田中的抗議絲毫不理會，從床邊拿起電視遙控器，說：「看看電視吧，好戲上場了。」說著便按下了按鈕。

「什麼好戲？」田中徹一邊將手指頭伸進石膏內抓癢，一邊望著電視。他在枕頭邊找到了掏耳棒，心想好久沒用它來搔腳上的癢處了，正想拿來好好利用，卻被螢幕中傳來的一陣緊張感給吸住，停止了手上的動作。

畫面上照出仙台市公所前的中央公園。公園內有一塊寬廣的空地，經常用來舉辦活動或演唱會。由於完全沒有多餘的遊樂設施或圍牆，視野極佳。畫面中的天空相當昏暗，顏色介於黑色與深灰色之間，看來應該是現在這個時間，也就是清晨四點的即時轉播吧。

公園內的一塊區域在燈光的照射下，明亮得像是打上聚光燈的舞台。

鏡頭緩緩掃過周圍的建築物。一群身穿制服的人正站在公園周圍的建築物頂樓，每個人手上都舉著槍。從市公所到銀行大樓，四面八方的頂樓都是裝上望遠鏡頭的狙擊槍，正對準著公園。

「如同各位觀眾所見，經過特別訓練的員警已備妥麻醉槍，在各個定點待命。」

或許是因為公園周圍是禁止進入的區域，手持麥克風的記者站在距離公園有點遠的馬路上。空中有直升機，公園內的畫面應該是從直升機上拍攝的。

「青柳雅春真的會出來投降嗎？」記者興奮地說道：「他聲稱手上握有人質，警方已封鎖公園，所以我們沒辦法靠近。」

什麼時候演變成這樣的局面了？「這是怎麼回事？」

「警方數十分鐘前宣布，青柳雅春已跟他們聯絡，決定投降了，連電視台也接到消息。」

「為什麼突然決定要投降？真是好大的陣仗啊，那麼多燈光照著。」從頂樓照向公園的巨大照明燈數也數不清。一想到這些費用也是人民的血汗錢，田中徹便大感無奈。「話說回來，這畫面還真嚇人，一群人拿著槍準備要對準青柳雅春。」

「嗯，不過不會輕易開槍啦，又不是公開處刑，何況還有電視台的即時轉播呢。對吧，田中。」

「的確，在電視上看得一清二楚。」

「是啊，要是在這種情況下開槍的話，整個社會大概會吵翻天。」

「但是警方可能會採取不造成騷動的做法。」

「有那種做法嗎？」

「嗯，就是麻醉啊，使用麻醉槍。不是公開處刑，而是公開麻醉。」

「麻醉槍？」保土谷康志重複念了一遍，彷彿第一次聽到這個名詞。

「昨天電視上說的。警方將使用最近研發的麻醉用子彈。」

「我竟然沒看到。」他嘆了口氣，一副十分惋惜的模樣。

「如果青柳雅春天真地以為在眾目睽睽之下，警方應該不會開槍，恐怕他沒有把麻醉槍這玩意列入考慮呢。」

「原來如此。」保土谷康志老實地開口認同，接著又說：「真是可惜。」

「可惜？」

「你看，那邊不是有個下水道人孔蓋嗎？」他以食指指著電視畫面。仔細凝視公園中央附近的地面，確實有個圓形的東西。

「那是下水道人孔蓋嗎？」

「從那裡可以通到下水道。在地下六公尺深的地方有條雨水管。」

「你怎麼會知道？」

「以前因為工作的關係，曾經詳細調查過。」

「你到底是做什麼工作的啊？」

田中徹戴回耳機。此時，電視上的記者開始大聲呼喊。

記者重覆地喊著：「來了、來了！」

突然間，所有的聲音都消失了。耳機彷彿失去了傳遞聲音的功能。

在寬廣的公園內，出現了一個高舉雙手的男人。

沒有人知道他是從哪裡冒出來的。

身材瘦削，穿著普通，看起來像是黑色毛線衣配上牛仔褲。模樣平凡得令人失望。

「看來真的要被困死了。」保土谷康志輕聲說道。

青柳雅春在公園的正中央緩慢前進，接著停下腳步，抬頭往周圍的建築物看了一圈，彷彿想要確認有多少槍口正指著自己。或許是因為疲勞，他的神色極為銳利，簡直像隻猙獰的瘋狗。

「啊啊，看來這場騷動到此結束了。」田中徹心想。雖然興奮，卻也感到些許寂寥。他將掏耳棒伸進繃帶內，卻已經不知道癢處在哪裡了。

Golden Slumbers

11

# 第三部　事件發生的二十年後

二十年前，首相金田貞義在仙台被暗殺，這起案件在當時掀起了一場騷動。但如今冷靜地回頭審視，會發現那只是一場難以收拾的鬧劇。電視新聞及報紙將警察廳所發表的消息毫不保留地公開，又將一般民眾提供的真偽不明情報全播報出來，藉此煽動觀眾的情緒。當初青柳雅春被認為是凶手的根據其實只是一些表面的證據，電視台卻在初期階段便已經公布了他的真實姓名。這種處理手法雖然粗糙得令人驚訝，但令人遺憾，類似的事情直到現在依然時有所聞。

為了寫這份調查書，筆者對當時的狀況做了一些研究。雖然筆者只是區區一名報導文學作家，卻也可以感受到這個事件有多麼詭異。在安穩和平的狀態下，大道理人人會說，每個人都能夠主張人權，說出一些正經八百的言論，但是一旦狂風暴雨來襲，所有人都會慌了手腳，再也沒有能力思考什麼才是正確的做法，只能隨著騷動起舞。我想整件事就是這麼回事吧。

關於金田貞義暗殺事件的真相，雖然已經歷時二十年，卻依然有如五里迷霧。事件發生的一個月後，海老澤克男首相接替了金田貞義的位置，並公開調查委員會所提出的調查報告書。由於該委員會的最高領導者是最高法官鵜飼，所以該調查報告書被暱稱為鵜飼報告書。這份報告書中使用了大量的抽象用詞，但說穿了只是將「為什麼我們查不到真相」的理由條列出來而已。

此外，當時首相海老澤克男更決定將鵜飼調查委員會及警察廳等各單位機關所蒐集到的資料列為機密一百年，所以我們幾乎找不到任何可以用來追查真相的線索。事實上，就連為何要將資料列為機密一百年的理由，也未有定論，總之當時的政府所提出的唯一方針就只有一句話：「忘了這件事吧。」

如今大多數國民心中所認定的事實真相，恐怕是當時身為副首相的海老澤克男在背後的陰謀操控吧。數年前，海老澤克男的顧問律師山本實也曾經在他的自傳中暗示，海老澤克男與該事件確實有牽連，引起了廣泛討論。

民眾把金田貞義比喻為牛若丸，把海老澤克男比喻為牛若丸的隨從弁慶。身為弁慶的海老澤克男若正是最渴望牛若丸遭到暗殺之人，確實讓整起事件更有衝擊性，也最能刺激民眾的好奇心，而且由海老澤克男的易妒性格與政治生涯來看，這樣的謠言恐怕並非無稽之談。

二戰過後，海老澤克男離開了當時幾乎是一黨獨大的勞動黨，靠自己的實力建立自由黨。有好長一段時間，他身為在野黨黨主席，可以說是威風八面，對其他議員有著不小的影響力。每次首相選舉的時候，他都是代表自由黨的候選人。但是面對勞動黨的首相候選人，海老澤克男從沒贏過，票數有時大幅落後，有時只是些微之差。

然而就在二十年前，終於有了絕佳的反攻機會。

當時的勞動黨因思慮不周的稅制改革而走上了白滅之途。稅制改革雖然有其必要性，但勞動黨的做法激起了民怨。想要在不惹火人民的前提下增加稅收可以說是難如登天，執政黨嘗試完成這樣的壯舉，卻也如同預期地壯烈成仁了。

於是政權交替的契機出現了。海老澤克男想必深信，自己坐上首相寶座的時刻終於來臨了。

然而就在這時，黨內卻殺出了程咬金，那就是年輕的政治家金田貞義。海老澤克男一定沒有料到自己竟然會在黨內初選敗北，他的內心肯定充滿悔恨。

表面上，他豁然大度地說：「像金田這樣的年輕人，才能帶領我們開創新的道路。」而且就在金田貞義即將單槍匹馬挑戰勞動黨的首相複選前一刻，他還發表了有力宣言，表示願意擔任金田的副手。但是根據顧問律師在自傳中的描述，其實海老澤克男在此時私下聯絡了勞動黨的幹部，提供了一些選舉宣傳活動上的祕密情報。

當時，某週刊登了一則報導，宣稱金田貞義的母親曾經是酒家女，因為與熟客發生爭吵，被尖刀刺死。據說這項消息也是在海老澤克男的指示下洩露出去的。或許經過他的評估之後，認為與其把登上首相寶座的光榮讓給一個乳臭未乾的毛頭小子，倒不如讓給勞動黨的鮎川真這個長久以來的宿敵，才是比較好的做法吧。

比較好，是對誰比較好呢？

對日本？對國民？還是對黨？

顧問律師寫下這番結論：「不，是對海老澤克男自己比較好，至少維持自身尊嚴。」

金田貞義在首相複選中獲勝之後，海老澤克男再次選擇了一個「比較好的做法」，那就是殺害金田貞義，讓自己成為接替者，取得首相寶座。

以上的訊息，在顧問律師的自傳中隱隱透露了出來。

二十年前那場仙台遊行曾在事發當天臨時變更路線，但知道這件事的人恐怕不多。決定變更路線的是當時的市長佐藤左千夫，他是海老澤克男大學同學。此外，路線變更後所通過的教科書倉庫大樓，其持有者佐藤祐子是佐藤左千夫的姊姊。這些事實再再補強海老澤克男謀害說。

仙台凱旋遊行的企畫者雖然是金田貞義手下負責宣傳工作的事務官，但有人說這個計畫實際上是出自海老澤克男的提案。海老澤克男與仙台市長的交情匪淺，他的目的可能就是要將金田貞義引誘到仙台來。

除了認為海老澤克男是幕後黑手的說法，還有另一派同樣有力的說法則認為金田貞義是被勞動黨殺害的。根據謠傳，勞動黨背後有一股龐大勢力。每當日本國內發生怪事時，人們都會把矛頭指向那股邪惡的勢力，大喊「都是那傢伙在搞鬼」。那股邪惡的勢力，指的就是美國。

筆者以前曾經聽一些年輕人滿懷感慨地說：「世界上的壞事全都被推到年輕人頭上，我們簡直跟美國一樣倒楣。」或許，被當成壞蛋也是美國的宿命吧。

二十年前的日本有幾個被當成燙手山芋的議題，是否該持有核子武器就是其中之一。在金田貞義贏得首相選舉的前一年，當時的首相，也就是勞動黨的鮎川真，在與美國總統會談之後，突然發表「日本應該對是否有必要將核子武器納入自衛武力進行檢討」這樣的言論，造成極大爭議。當然，這也引來了自由黨與新聞媒體的撻伐與質問，他卻不斷地強調「我只是說有必要檢討，並沒說應該持有」，並以強硬的態度提出「完全不討論也不檢討，只是把問題藏起來假裝沒看到，這算是政治嗎？這算是外交嗎？」這樣的反駁，更是引發了各方的辯論。

另一方面，也有人批評日本追求核武的行動只是聽從美國的指示。這些人認為一切只是美國為了對抗中國，希望日本能夠持有核武，而金田貞義便是抱此看法的人物之一。

「美國政府對亞洲的態度並沒有一貫性，就連他們自己也不知道該如何處理亞洲問題。自從太平洋戰爭之後一直如此。日本的憲法搞出這麼大的麻煩，追根究柢，不也是因為美國的判斷錯誤嗎？」金田貞義坦率地說出每個人心中的疑惑。第二次世界大戰結束後，美國為了瓦解日本的武力設置憲法第九條，要求日本解散軍隊。但是後來進入冷戰時期，日本成了重要的軍事據點，他們反過來催促日本在維持憲法第九條的前提下重整軍備。現在，他們甚至鼓勵日本更改憲法。「日本人總以為一切都是出於自己的意志，其實只是被巧妙操控。」金田貞義以這句話批評鮎川真。

金田貞義雖然經常被認為是護憲派人物，對日本的軍事化採消極的態度，其實他也曾做過「只知道對美國唯命是從的政治，會讓日本受到美國及其他國家的輕蔑，何況，美國自己也沒有解決亞洲問題的具體策略，所以日本必須擁有自己的軍備與方針」的發言，並主張「在此前提之下，日本應該持有核武，取得制衡的力量」。

金田貞義還進一步主張，如果持有核武的目標難以達成，那麼就應該積極地針對情報偵察及監視部門的技術進行研發。也就是說，如果沒辦法擁有攻擊敵人的武器，那麼就應該擁有一個迅速準確地掌握各國飛彈攻擊徵兆與軍事作戰行動的系統，這是一個可以與憲法共存的方法。金田貞義認為除了強化飛彈防衛技術外，對於取得情資的技術也不能疏忽。這點憑藉著日本的科技，也不是不可能的事。「就算力氣不大，只要擁有準確率高的情報，一樣可以受他人仰賴與需要。」金田貞義如此說道。

還有一點，也是後來才知道的事。海老澤克男的顧問律師在自傳中寫到，剛就任首相的金田貞義，已經決定要訪問中國及朝鮮半島，預定針對歷史解釋及領土問題進行深入對談。由於他經常將「我不會做沒有必要的道歉。中國和其他國家也發生過戰爭，例如跟英國之間有過鴉片戰爭，為什麼中國只特別強調對日本的仇恨呢？英國向他們道歉過了嗎？」這樣的論點掛在嘴邊，可見得他不打算做出單方面的讓步。

「日本的政治人物只敢在國人面前囂張，對外交既沒有興趣，也沒有使命感，也不打算與海外的政治領袖進行溝通。」金田貞義在選舉期間便不斷主張：「那不是政治家該有的行徑。」

總而言之，金田貞義的這些主張惹火了某些人。

惹火了誰？

美國人。

所以，他被殺了。這也是說法之一。

另一方面，也有人將著眼點放在金田貞義首相被殺害的地點「仙台」。換句話說，這些人認為金田貞義是被仙台地區的有力人士抹殺掉。

毫無知名度、年紀也較輕的金田貞義在首相選舉時能夠獲得勝利，有幾項理由。例如前面所描述的，勞動黨因稅制改革而引發國民的不滿，造成選票外流，這個絕佳的局勢也是理由之一。但是影響更重大的原因則是首相選舉制度為他帶來的好運。仙台地區是全國第一個公布初選開票結果的地區，而這裡是金田貞義的出身地。

日本的首相選舉跟美國的總統大選一樣，大致上可分為兩個階段。

首先由勞動黨、自由黨的黨員各自進行黨內初選，決定兩黨的最終候選人。接著，複選再由全國人民投票，決定兩黨候選人中的勝利者。

初選的時候，黨員依地區來進行投票，各地區最高票的候選人可以在該區贏得勝利，等到所有地區的投票都結束後，贏得最多勝利地區的候選人就可以成為該黨的最終候選人。然而，初選並非在全國同時舉行。最先實施選舉的地區，就是宮城縣的仙台。

金田貞義的選舉宣傳活動周到而嚴謹。他四處拜訪仙台當地的企業家，從半年前便開始舉辦許多活動，每一次都會上台演講，提高知名度。他年輕而強悍，又具備打動人心的說話技巧，不僅是自由黨黨員，就連勞動黨的支持者也開始對他抱有好感。

另一方面，自由黨的另一名候選人海老澤克男身為前輩，本來就應該要堂堂正正地打一場選戰，但海老澤克男卻因為對自信滿滿四處遊說的金田貞義產生了危機意識，因而喊出了「不能將我們的未來交給年輕人」這種搔不到癢處的攻擊性口號，結果造成了反效果，更是讓金田貞義的好運錦上添花。

不管是初選或複選，針對敵方候選人設計攻擊性口號都不是什麼稀奇的事情，但是在海老澤克男的電視宣傳廣告中，將神情高傲的金田貞義與躺在床上接受照顧的老人影像重疊在一起，引起觀眾的不快。但海老澤克男的宣傳團隊沒有料到的是，觀眾的反感情緒竟然是衝著製作了該廣告的己方而來。

選舉結果一公布，金田貞義在仙台地區大獲全勝。

身為自由黨招牌的海老澤克男輸給了年輕又沒名氣的金田貞義，確實是引人注目的新聞，但是以整場選舉來看，金田貞義只是在一個選舉區上獲得勝利，仙台地區的選票也沒有在全國占太高的比重。然而，仙台的這場勝利奠定了金田貞義在後續的初選及複選上獲勝的基礎。

為什麼？

因為媒體的幫忙。

當時不管是社會還是體育新聞，剛好沒有什麼重大的案件或消息，也是理由之一。正煩惱著早上和中午的新聞節目沒有題材可報的電視台，全都把金田貞義在仙台獲勝的消息拿來炒作。一旦被電視節目當成題材，知名度就會上升，結果下一場選舉就會拿到更多票，獲得勝利，這就是新聞報導所帶來的滾雪球現象。

屢戰屢勝的金田貞義被媒體喻為「新旋風」，接連受到大肆報導，名氣也愈來愈響亮，就像雪球一樣愈滾愈大，讓金田貞義成了風雲人物。當年美國的吉米．卡特（註）也曾經引發類似的效應，被稱為卡特旋風。

如此想來，讓金田貞義坐上首相寶座的兩大推手，就是一開始在仙台的獲勝及媒體的力量。

在仙台地區的自由黨初選中，金田貞義的主要支持者為仙台的醫師協會及公營賭場的經營者。醫師協會的幹部是金田貞義大學時的朋友，公營賭場的幹部則是他國中時期的朋友，這些雖然並未被提出來特別強調，卻都是眾所周知的事。在金田貞義出馬角逐首相前不久，公營賭場高級幹部中的一人還接受了寫真週刊的採訪，說：「國中時，連老師都放棄我了，只有當時跟我是同學的金田沒有放棄我。」因而引起了一陣討論。行為正派、成長背景單純的金田貞義與處於灰色地帶的公營賭場經營者，這樣的組合不但沒有引發民眾的不滿，反而給人一種新鮮感。

醫師協會與公營賭場這兩個選舉時的支持團體，在金田貞義就任後，卻都與他反目成仇，因

註：Jimmy Carter，美國第39任總統。

此，他們殺害了金田貞義。這就是各家說法中第三多人支持的一派。

至於反目的理由，則是因為金田貞義在就任後不久，便與交情良好的自由黨議員討論起醫療改革，又與海老澤克男商量要刪減公營賭場預算。這些事情被公開後，才讓這一派的說法逐漸浮上檯面。

想必金田貞義不認為自己背叛了誰吧。因為，他從以前便相當重視婦產科醫師不足及急診醫院工作環境太差的問題，認為有必要對醫師的開業地區及待遇採取某種程度的控管。

此外，由於全國的公營賭場皆有客源明顯增加的現象，收益大幅提升，因此金田貞義主張刪減國家對公營賭場的預算，把這些錢挪為醫療改革之用。

但是對於那些在初選中支持他的朋友們而言，想必遭到背叛的感覺相當強烈，形容成養鼠為患或許是誇張了點，但至少也會不理智地認為那是一種恩將仇報、過河拆橋的行為。

「金田根本搞不清楚狀況。」在金田貞義遇刺的半年後，一名公營賭場的高級幹部對某時事作家說出了這樣的話。

除了上述幾點之外，關於金田貞義暗殺事件的真相還有著各式各樣的謠言。

有人說，被大家認為是金田貞義情婦的小林光子，因不甘心永遠當地下情人而心生恨意，所以委託勞動黨內人士將金田貞義殺死；也有人強力主張金田貞義是因為不認同同性戀者而引來不滿，因此遭到同性戀團體暗殺。小林光子在金田貞義過世後確實自殺了，金田貞義首相也確實開除過一名身為同性戀者的祕書，但除了這兩點，這兩派說法完全沒有其他可以佐證的根據。

過了二十年，真相依然不明，其中最大的原因在於絕大部分的相關人士皆已身故。自由黨的海老澤克男、勞動黨的鮎川真，以及金田貞義在醫師協會的那些朋友，一個個都因年紀大而死於癌症或腦中風，這固然無可爭議，但除了這些上了年紀而去世的人之外，許多相關人士卻是死於非命，人數之多，可說是極不尋常。

最有名的就是前面也提到的，情婦小林光子的自殺。在金田貞義遇害的兩個月後，小林光子也被人發現在旅行途中的福岡某飯店上吊自殺，現場沒有留下遺書。她在東京的寓所被不明人士弄得一團亂，她的妹妹事後指出，原本放在書桌抽屜中的日記本不翼而飛。

金田貞義首相被遙控直升機炸彈炸死時，在現場採訪遊行活動的大倉秀雄也在事件發生的隔年，於鬧區街上遭到攔路殺人魔殺害身亡。身為仙台當地電視台播報員的他，事發當時也在現場，曾對外宣稱「看到教科書倉庫大樓頂樓有個人影」。在鵜飼報告書中雖然寫著事發當時，凶手青柳雅春站在教科書倉庫大樓的頂樓操縱遙控直升機，但是大倉秀雄在接受當地雜誌採訪時，卻表示「看見一個跟青柳雅春長相完全不像的人，站在頂樓操控遙控器」。

遙控飛機用品店的店長也死了。這名店長是個年近六十的男性，在仙台市南方郊區經營一間小店。據說事件中的遙控直升機機型是「大岡AIR HOVER」，而將這台遙控直升機賣給青柳雅春，並將監視器影像提供給電視台的人就是這名店長，名叫落合勇藏。在事件發生半年後，他駕車行駛於高速公路上，撞上中央分隔島身亡。警方宣稱他死前曾喝了大量的酒，但家屬質疑落合勇藏幾乎滴酒不沾，況且在酩酊大醉的狀態下，如何將車子開上高速公路，也是疑點之一。

經過筆者的調查，由前述大倉秀雄的目擊證詞中發現，大倉秀雄所看見的那個操縱遙控直升機的男人，與這個落合勇藏的外貌極為相似。

仙台市內的連鎖餐廳「NOKKIN」的女服務生楠見純子也是在事件後死亡的人物之一。她在自家附近的便利商店買東西時不幸遇搶，頭部遭到鐵鎚重擊致死，但該案凶嫌在被逮捕之後卻否認犯行。金田貞義暗殺事件當時，楠見純子曾在電視上公開指出，青柳雅春跑到店裡打破玻璃，大鬧了一場。但是據她的友人後來表示，楠見純子似乎對做出這些指證感到非常後悔，還經常說一些「警察拿著可怕的武器，把店裡搞得一團亂」之類，彷彿看到幻覺的話。

還有一個頗耐人尋味的人，名叫久保田毅，他是一名三十五歲的上班族，住在仙台市內，曾犯下多起竊盜案。事件發生的兩年前，他曾侵入女明星凜香的住處，卻因為遇上送貨上門且發現異狀的青柳雅春而遭到制伏。由於他所犯下的罪行不少，加上又有前科，法官對他具體求刑七年，但他在第五年時獲得假釋，不過並沒有受到注意，只有某週刊以極小的篇幅報導這件事。假釋出獄不到半個月，他便因捲入鬧區的街頭鬥毆事件死亡。據說久保田毅在服刑期間經常將送貨員青柳雅春的事掛在嘴邊，常喃喃自語：「我一定要殺了他。」

另外還有一名叫倉田愛的女性，也在事件發生的兩年之後身亡。事件發生當時，媒體報導青柳雅春過去曾騷擾過女性，因而引起一陣騷動。當時那起性騷擾事件的受害者就是這名女性。倉田愛酒後駕車，在牡鹿半島的山路因轉彎不及墜崖死亡，當時副駕駛座上還有另一名女性井之原小梅，也是當場死亡。奇妙的是倉田愛與井之原小梅沒有任何交集，如果要勉強找出她們之間的關聯性，大概只有一點，那就是她們當時皆背負著龐大的債務。

此外還有一名金田貞義大學時的學長大河內恒夫，據說選舉期間一直在背後支持著金田貞義，關於此人的奇怪傳聞也是從沒停過。在事發當時，也就是二十年前，他擔任仙台醫療中心的院長，後來由於內部人士的告發，大家才知道他當時與警察廳達成了某種協議。其協議內容雖然不明，但他為此做了一些見不得光的可疑行為卻是無庸置疑的。有一個謠言是，他在當時曾將兩具因案死亡的遺體當成一般病死屍處理。某週刊還報導，當時曾協助他處理屍體的兩名醫師也在事後相繼上吊自殺。大河內恒夫後來在醫師協會內的地位不斷晉升，但於日前因肝癌過世。

若是帶著先入為主的想法來看事情，確實會顯得杯弓蛇影，把柳葉當成幽靈，把自然現象都當成敵國的陰謀詭計。但是與金田貞義首相暗殺事件相關的人在短短幾年之內相繼死亡，實在很難不讓人做出聯想。

當時把青柳雅春當成凶手追捕的警察廳課長補佐佐佐木一太郎，如今也已不在人世。事件之後悄悄退休的佐佐木一太郎，據說隱居在宮城縣北邊的小村子，開了間花店。事發當時，大家便覺得他長得很像保羅・麥卡尼，沒想到邁入老年之後，更是愈來愈酷似了。

佐佐木一太郎在退休之後對這個事件自始至終三緘其口，也引來眾人的揣測。

根據後來才公開的情報顯示，佐佐木一太郎在追捕青柳雅春之際，他的獨子在東京發生車禍，最後雖然撿回一命，但這件事情讓佐佐木一太郎開始將工作與家庭放在天秤上衡量，他終究選擇了家庭，這是最常見的一種說法。

還有另一種說法是，佐佐木一太郎在追捕青柳雅春的過程中，無意間發現一些重要祕密。事件發生的那三天（嚴格來說是兩天，因為事件在第三天的清晨便畫下了句點），仙台市內的保安盒持續蒐集情報。當時到底蒐集了哪些情報雖然一直沒被公布，但肯定是難以數計的電話通訊紀錄、電子郵件，以及道路攝影畫面。換句話說，那是默許警方對人民隱私權的嚴重侵害。

若在平時，像這樣竊取個人情報的行為肯定會引發人民的強烈反彈，在當時卻沒有變成嚴重的問題。或許是因為警方將目標鎖定為「青柳雅春」，對於跟青柳雅春非親非故的一般民眾來說，有一種「我們被排除在外」的安心感吧。

然而，有謠言指出佐佐木一太郎在龐大的情報當中，得知一些國家層級的機密。基於這個緣故，使得他對自己的警察身分開始感到恐懼，最後他以絕不洩露機密為條件，換取了平安退休及渡過餘生的退休金。

此外也有人說，他是在追捕青柳雅春的過程中太專注，心力交瘁而退休的。還有另一種謠言是，佐佐木一太郎接受了整形手術，改變成另一個人的模樣，如今依然在追查金田貞義暗殺事件的真相。換句話說，開花店的那個佐佐木一太郎是被整形成佐佐木一太郎模樣的另一個人。

在筆者看來，這謠言當然荒誕無稽，但是經過調查之後，發現支持這項謠言成立的原因在於某位美容整形外科醫師的存在。在事件發生的十年後，也就是距今十年前，這名醫師在仙台市寂然過世了。據說他過去曾幫偶像歌星及知名演員動過整形手術，後來從東京搬到了仙台，藏身在仙台某處。有人說，他根本沒有醫師執照。根據傳聞，他在死前曾經偶然看到電視上出現佐佐木一太郎。筆者猜測，那應該是金田貞義暗殺事件的十週年紀念特別節目吧。據說他當時看著電視喃喃說：「這個事件我也曾經參與。」所以才有人根據這句話，推測「佐佐木一太郎接受了整形手術」。但平心思考之後，筆者認為他指的應該是曾經幫凜香動過整形手術，而凜香就是青柳雅春在當送貨員時救過的女明星。

此外，當時跟佐佐木一太郎同樣參與過事件調查的一名刑警近藤守，也在事件發生的一年後離職了。在他過世之後，他的家屬將他的日記在網站上公開，日記中隱約指出，當時近藤守的上級長官曾命令近藤守對「青柳雅春的學弟」進行違法調查，還要求近藤守殺人滅口並湮滅證據。近藤守不肯服從命令，為了保護青柳雅春的學弟而起身反抗上級，最後被迫離職。一般看法是這個日記的可信度並不高，不過這讓我們多了一層想像空間，說不定那個青柳雅春的學弟沒有被滅口，全是因為近藤守成功說服了上級。

此外，大約十年前，任職於宮城縣警總部的刑警松本太郎死於意外的消息，也在網路上引發了廣泛討論。據說這個人曾利用休假，獨自針對金田貞義首相暗殺事件的真相進行了一連串的調查。他對這個事件開始產生興趣的契機，是事發當時以「青柳雅春」的名義在網路聊天室發表的幾則留言。在當時，網路上自稱是青柳雅春的人不可勝數，但是其中有幾則留言讓松本太郎認為值得深究，因此根據這些留言展開調查。後來，他不顧自己身為警察的立場與身分，在網路上架設了一個專門探討該事件真相的網站。

他擁有很強的調查能力，加上豐富想像力，曾斷言「金田首相遭到暗殺時，青柳雅春只是被拱出來當成代罪羔羊。而且，原本一開始預定被當成代罪羔羊的人並不是他」。松本太郎還提出了獨特的論述，認為事發當天在仙台市的地下鐵某個突然因心臟衰竭死亡的中年男性才是第一順位的代罪羔羊。

也就是說，金田貞義暗殺計畫的規模相當龐大，就連代罪羔羊也準備了好幾個候補人選。由於第一順位的人選突然因心臟衰竭死亡，所以才由青柳雅春遞補。「真正的犯人設了好幾道防線，就連主角的替代人選也安排了好幾個」他如此寫道。松本太郎這番在網路上公開的言論引起許多人的興趣，但最後，他慘遭計程車輾斃。

如上所述，太多關係人如今已遭滅口。到底真相是什麼，除了猜測，我們恐怕只能在刻著「青柳家之墓」的墓碑前雙手合十，問一聲「當時到底發生了什麼事」。著手撰寫本文前，筆者確實曾前往森林中的那個墓園合掌膜拜。當然，並沒有得到回答，在那裡也聽不見森林的聲音。

唯一可以肯定，二十年前那個在新聞媒體喧騰一時，被全日本人窮追猛打的離職送貨員青柳雅春，如今應該沒有人還認為他是殺害首相的凶手了。

在那東逃西竄的兩天之中，青柳雅春究竟想了哪些事情，沒有人知道。

11

# 第四部　事件

## 青柳雅春

上午十一點，青柳雅春走在仙台市車站東口的一排中古電腦賣場前，看見前方路邊停著一輛貨車，不禁露出笑意。

「你在笑什麼啊？」走在右邊的森田森吾問道。向來怕冷的他，穿著橙色羽絨大衣。十一月底的寒風確實凍人，但現在就穿上那玩意，明年的二月又該穿什麼呢？

「那邊那個老伯，我在當送貨員的時候跟他滿熟的。」青柳雅春看著前方說道。前方的男人正把紙箱堆上貨車，偶一抬頭看見青柳雅春，說了聲：「嗨。」青柳雅春看看手錶，走上前說：「前園先生，你還是這麼準時，真是一點也沒變呢。」

「意思就是委託送貨的客人也沒變啦。」前園一笑，嘴角出現了皺紋。如果青柳雅春沒記錯，前園今年差不多五十五歲了，但他那腰桿筆直、抬頭挺胸的模樣，看起來至少較實際年齡年輕十歲。前園穿著樸素的深藍色制服。「工作沒增加，也沒減少。」他說道。

「那不是很好嗎？」

「當初你在電視上大受歡迎的時候，我還以為工作都會被你搶走呢。」前園撫摸著黑白參半的短髮說道，他輪廓很深，眼窩彷彿像樹洞。貨車後方平台上罩著帆布，裡面整齊地堆著紙箱。

「今天有一件貨物指定在夜間送達。」前園小聲地嘆了口氣。「但我晚上九點有非看不可的電視節目呢。」

「連看電視也這麼準時？」

「那當然。」前園說道：「不過，送貨地點是位於北四番丁的公寓，只要提早在八點半左右送到，應該趕得及吧。」

「看電視比工作重要？」青柳雅春苦笑道。看到一旁的森田森吾露出不耐煩的模樣，青柳只好說聲：「下次再聊吧。」便繼續往前走。

「最好別做出惹人注意的舉動。」走了幾步之後，森田森吾如此說道。

「為什麼？」

「你現在最好別太惹人注意。」

「這是森林的聲音告訴你的嗎？」青柳笑道。

「沒錯，寧靜湖畔森林的聲音。」森田森吾點頭道。

「我這個人啊，名字裡有兩個『森』字，所以跟森林之間的關係是很深厚的，常常聽見森林的聲音。」自從十年前跟森田森吾在大學認識以來，便經常聽他把這句話掛在嘴邊。同學們如果語帶調侃地問：「可以聽見森林的聲音，有什麼好處？」森田森吾就會滿臉嚴肅地開始吹起牛皮：「可以知道未來的事情。大部分都逃不過我的眼睛。」就連參加聯誼的時候，森田森吾也會把這套詭異的言論搬出來說嘴，如果參加聯誼的女生也客套地稱讚說：「這麼說來，森田是個預言者嗎？」森田森吾就會挺著胸膛回答：「可以這麼說。」讓場面頓時尷尬無比。

「你今天找我有什麼事？」青柳問道。一個星期前，森田森吾打了通電話來，說：「下個星期能不能一起吃個午餐？我有重要的事要告訴你。」接著又強調：「對你而言相當重要的事。」

自從大學畢業後，兩人已經八年沒通過電話，這樣一通電話實在頗為唐突。

「跟那個性騷擾事件有關嗎？」青柳試探著問道。兩個月前，青柳雅春在仙石線的電車內被誤認成色狼。那時候，他遇見了大學畢業後就再也沒見過面的森田森吾。

「沒錯，有關係。」

對於依然靠失業救濟金過活的青柳來說，反正時間多的是，何況跟朋友見面也不是什麼苦差事。不過，他心裡完全猜不到森田森吾想說什麼。

「剛剛那家店不行嗎？」兩人走過一間全國連鎖餐廳的門前，青柳開口問道。兩人並未事先說好吃飯地點，但森田森吾看起來完全沒有想要走進那家店的意思。

「那間店沒位子了。」

「你連看都沒看，怎麼會知道？」

「我就是知道。」

「森林的聲音？」

「沒錯。」

青柳苦笑道：「森田，你真是一點也沒變。」

「人是不會改變的。」

「說到不會改變的人，剛剛那個送貨員前園先生也可以算是個代表人物吧。」

「怎麼說？」

「他是個自營的貨運業者，做的幾乎都是熟客生意，固定幾點到哪裡收貨，幾點將貨送到哪裡。十二點半到下午一點半會把車停在我家附近的天橋下，吃午餐並睡午覺，四點在國道旁的書店站著看書，六點到餐館吃飯，永遠按照時間行動。前園先生在我們貨運界很有名呢，他的貨車甚至被拿來當成時鐘了。」

「這麼規律的生活，有趣嗎？」

「之前聽前園先生說過，就像按照設計圖把模型玩具組裝起來，很有成就感。」

右手邊出現了一間速食店，森田森吾伸手一指，說：「就這裡吧。」青柳也不反對。跟森田森吾一起吃飯，選這種地方也正合適。走進店內，櫃檯前有客人正在結帳，只好排在後面等了一會。點完餐後，往二樓移動。二樓很空，兩人毫不遲疑地選擇了最裡面的桌子。

「你現在還是會反射性地觀察店裡的客人嗎？」青柳雅春問道，森田森吾笑著回答：「不，早就不幹那種事了。」

森田森吾的表情似乎在懷念過去，也好像為自己的改變感到不好意思。

「青少年飲食文化研究會，不知道現在還在不在。」青柳突然想起了某所位於仙台的私立大學，那是兩人的母校。

「那個又名速食之友會的社團嗎？」森田森吾的笑意更深了。「應該早就消失了吧。我們那一屆常露臉的也只有你、我跟樋口而已，學弟也只有阿一。」森田森吾所說的阿一是學生時代一個社團學弟的綽號。那個學弟叫小野一夫，所以綽號叫阿一，真是簡單易懂。

「可是我聽說在我們畢業後，阿一努力招募新人，後來人數增加到十個人呢。」

「不過好像沒有維持很久。拜託，這種跑遍市內與縣內的速食店，做做紀錄、調查新商品的社團有可能受歡迎嗎？」

「當初最熱中的人不就是你嗎？」

「那時候太年輕啦。」森田森吾將薯條折成兩半，從折斷的部分開始咬。「你吃薯條的方式也沒變。」青柳說道。「不會變的。」森田森吾再次強調，接著又說：「你知道人類最大的武器是什麼嗎？」

「是什麼？」青柳一邊啃著漢堡，一邊反問。

「習慣與信賴。」

「嘻噢嗚哼嗨。」塞得滿嘴的青柳重複了一遍。

「你還不是沒變。」森田森吾指著青柳雅春說道。先從周圍將漢堡咬一圈，再將中間剩下的部分塞進嘴裡，青柳從以前就喜歡這樣的吃法。

「不過，這間店不太優。」青柳雅春將漢堡的包裝紙摺起來，然後指著頭頂的一台監視器說：「店員年紀大並不是壞事，但是他們對客人連看都不看一眼。而且你瞧，這台監視器竟然朝著毫無意義的方向。」

「大概是C或D吧。」森田森吾使用了大學社團所制定的評分等級。「這個新商品也不怎麼樣，C吧。『在剩餘的人生中，如果哪天興致來了，可能還會再點一次』的等級。」

青柳細細觀察眼前這個老朋友的臉孔。畢業到現在已經八年了，森田森吾的頭髮變成了波浪狀的長髮，看起來有點新鮮感，但臉上的黑眼圈很難教人忽視。

「對了，我沒想到森田你又回到了仙台呢。」

「我沒告訴過你嗎？」

「當初賀年卡被退回，我才知道你搬家了。學生時期的我們一定沒想到畢業後竟然會音訊全無吧。」青柳雅春原本想就這件事好好數落森田森吾一頓，但最後還是選擇了輕描淡寫的語氣。

「很多原因啦。」森田森吾抓著吸管在杯中翻攪。

「什麼樣的原因？」

「例如青柳跟樋口分手了、青柳救了女明星之後爆紅、青柳……」

「那麼想把錯推到我頭上？」

「還有就是……我在東京當業務，拚了老命作業績，所以沒空聯絡，也是原因之一啦。不過，跟樋口分手，你應該有一陣子很難過吧？那時候怎麼不打電話給我？」

「我打了。」青柳雅春立刻反駁。「但只聽到『這個號碼已停用』。」

「喔。」森田森吾微微低下了頭。「可能是我太忙了吧。」

「我真的打了。」

「好啦好啦。」

「是你沒接。」為了不讓氣氛變得凝重，青柳雅春笑說：「你現在還是業務？」

「去年被派到仙台分部。」

「你到底適不適合當業務，我也說不上來。」

森田森吾那頭看起來像藝術家的髮型絕對不適合當業務，但是憑他的三寸不爛之舌似乎又可以拉到不少業績。

「當然不適合。」森田森吾想也不想地回答，接著又將薯條折成兩半。

「為什麼？」

「這個嘛，因為我能看穿不久會發生的事。」

「森林的啟示？」

「沒錯。所以我知道客戶會有什麼反應，會買我的商品，還是大發雷霆，我一清二楚。這樣雖然很有效率，卻讓我提不起勁，這就是惰性、惰性。不過，該做的事我還是會好好做，你知道為什麼嗎？」

就在青柳雅春正想反問「為什麼？」時，腦中閃過一句台詞。

「因為，你是專家？」他笑道。

「因為，我是專家。」森田森吾回答。接著又說：「作煙火的那個轟廠長，不知道過得好不好。」轟廠長是兩人大學時打工的工廠老闆。剛剛那句「因為我是專家」正是轟廠長經常掛在嘴邊的一句話。「不知道廠長的兒子回來了沒有。」

「我也不清楚。」青柳的腦中也浮現了轟廠長那副熊的模樣。「不過，森田，如果你真的可以聽見森林的聲音……」

「我是真的可以聽見。」

「為什麼不去賭博？」

森田森吾沒回答，只是露出悲傷的表情，看起來蒼老了許多。

「看來你還是半信半疑。你能從性騷擾事件中得救，全是靠我的直覺呢。」

「唉唉。」青柳雅春想起兩個月前發生的事，哀號了兩聲。「說起來，你那時候為什麼會出現在那裡？」

「直覺。森林的聲音。」森田森吾滿臉認真地說道。「那時候我剛好也搭了那班電車，坐在別的車廂，就在電車抵達仙台前一站時，突然有了感覺，某個我認識的人正惹上麻煩。於是我下車，在月台上四處張望，就看到你。我看見你面對一個穿著暴露的女人，腦中又閃過了一個念頭，看來你被冤枉了。」

「連我被冤枉是色狼你也知道？」

森田森吾不疾不徐地點點頭。「這就是直覺。倒是你為什麼會在那班電車上？」

「因為我接到一通奇怪的電話。」青柳開始解釋。「那一天，警察突然打電話到家裡，」青柳當然感到狐疑，卻聽見那警察說：「我們在松島海岸找到你的駕照。」青柳吃了一驚，趕緊翻找，才發現駕照真的不翼而飛，原本一直以為駕照應該好端端在皮夾裡，有好一陣子沒查看了。

「駕照怎麼會跑到松島？」森田森吾笑道。

「我也很納悶。」青柳自己也是一頭霧水，這幾年根本沒去過松島。「又不能置之不理，所以我就搭電車去拿駕照了。」如今回想起來，青柳還是不明白到底是怎麼回事。

「回程時就變成色狼？」

「我是冤枉的。」

「性騷擾這種罪啊，在被受害者抓住的瞬間，就算是被受害者以私人名義逮捕了，那時候你已經被認定是犯人了。如果你為了證明自己的清白而進了警察局，恐怕在認罪之前別想回家。」

「不會吧？」

「騙你幹麼。性騷擾幾乎百分之百都被認定有罪，這個社會就是這樣，我才拉著你逃走。」

青柳雅春回想當時電車上那個女人大喊「你幹什麼」的聲音。一開始以為事不關己，但那個女人卻惡狠狠地盯著自己，還抓住自己的手腕，那一瞬間青柳雅春突然感覺到腹部有股寒意上衝。「你從剛剛就一直摸我的屁股！為什麼這麼變態？」女人繼續大喊，青柳雖然丈二金剛摸不著腦袋，卻立刻滿臉通紅、胃抽痛，完全慌了手腳。

「你雖然長得很帥，卻很散漫，所以才容易被騙。」

「她是騙子？」回想起來，在月台上跟自己面對面爭吵的女人確實看起來濃妝豔抹，似乎很擅長打扮得花枝招展。當時只見那女人兩眼一翻，滿臉怒氣地對著自己大喊「色狼」，神情非常激動。「森田，你沒懷疑過我真的是色狼嗎？」

「你真的是色狼嗎？」森田森吾以薯條指著青柳說道。

「不，我不是。可是我們從畢業以後就沒見過面了，難道你沒想過我可能在這段期間變成了一個貨真價實的……」

「不可能。」青柳還沒說完，森田森吾便打斷他。「學生時期的你，最討厭的不就是色狼嗎？你可以原諒態度高傲的教授，可以原諒讓女生痛哭流涕的花花公子，可以原諒出租店裡被租走的A片遲遲沒還，可以原諒在人來人往的車站隨意攔路殺人的凶手，卻說什麼也不肯原諒色狼。」

「等等，我可不記得自己原諒過攔路殺人魔了。」青柳愣了一下，露出苦笑。而且，A片什麼的又是哪時發生的？「或許吧，我老爸是個絕不原諒色狼的人，我可能受了他的影響。」一想到父親痛毆色狼的畫面，青柳雅春不禁皺起了臉。「不過，八年的時間也可能改變了我。」

「從一個厭惡色狼的人變成了色狼？嗯，這也不是沒有可能。如果真是這樣，或許事情更有趣些。」森田森吾如此說道，聽不出來到底有幾分認真。「說不定，是因為跟樋口分手受到打擊，讓你心中燃起怒火，為了向女性復仇而變成了色狼呢。」

「聽起來很合理，真可怕。」

「對了，我在東京工作時，曾經在地鐵站遇到阿一。就是他告訴我，你們已經分手的消息，當時我很驚訝呢。」

「不會比我更驚訝。」

「你是被甩的吧？」

「你怎麼知道？」

「森林的聲音。這還用得著問嗎？」森田森吾皺眉。「話說回來，現在樋口已經是人家的老婆，還生了小孩呢。」

青柳雅春兩眼睜得老大，說：「這也是森林的聲音告訴你的？」

「不，我跟樋口見過面。」森田森吾輕描淡寫地說。「去年我剛回仙台時，在車站前的大型購物店裡遇到她，當時她老公跟女兒也在場。」

「這年頭沒人把百貨公司稱作大型購物店了。」青柳雅春故意挑了無關緊要的部分回應。「有件事或許你已經知道了。」

「我應該不知道。」

「樋口現在還是樋口。」

「什麼意思?」

「因為她老公也姓樋口。」

青柳雅春詫異地回了兩聲「喔喔」。除了感到驚訝,也不禁有種奇妙的感覺,原來真的會有這種事。

「是樋口先認出我,把我叫住。那種落落大方的作風,還真符合她的性格。她還把我介紹給她老公認識。她老公度量也很大,還用輕鬆口氣跟我說『我常常聽她提起學生時代的事』呢。」

「我沒見過那個跟她結婚的人。她老公姓樋口,我也是現在才知道。」

「想聽嗎?」

「聽什麼?」

「你跟她老公之間的比較。」

「不,我不想聽。」

「平分秋色吧。」森田森吾瞇著眼睛說:「你有他沒有的優點,他有你沒有的優點。不過他的體型有點胖,長相遜了點。」

「他是那種可以豪邁地將巧克力片折成兩半的人嗎?」青柳皺眉問道。

「巧克力片?什麼意思?嗯,不過倒也不能說跟你完全不同類型啦。」

「今天你把我叫出來,就是為了拿我過去的失戀來調侃我?」青柳故意誇張地嘟起下唇說道。「分手六年了，都已經是過去的事了。」

「其實我更想問你的是，」森田森吾將上半身湊了過來，口氣雖然輕浮，眼神卻異常銳利，讓青柳感到有點緊張。「你跟那個女明星玩過了嗎？」

「玩過是什麼意思？」

「你不是在送貨的時候救了那個女明星嗎？你是她的恩人，發展進一步關係的機會很大吧？如何，玩過了嗎？快說、快說。」

森田森吾從學生時代就是這樣，只要一提到關於女人的事，馬上會興奮地把「玩過」、「沒玩過」之類的字眼掛在嘴邊，真是一點也沒變。不過他雖然嘴上很愛說這些，個性卻是內向害羞，一旦跟不認識的女生獨處便安分得很，曾經有好幾次跟女朋友連手都沒牽過便分手的經驗。

「玩過好幾次了。」青柳雅春低頭苦笑道。森田森吾一聽，立刻「喔喔喔」地吼叫了起來。

「真的假的？你跟女明星玩過了？感覺如何？」

「她看起來很清純，其實很難應付呢。我們玩了整晚，她好幾次大叫『我快死了、我快死了』。」

森田森吾兩眼睜得大大，眨了幾下。「沒想到你這麼行。」

青柳突然哈哈大笑，「我說的玩過，指的是電動啦。我跟她玩過格鬥遊戲，兩人對戰的那種。每次她的角色快被我幹掉時，就會大叫『我快死了』。」

森田森吾臉上的肌肉抽動了幾下。「這是我聽過最爛的謊話。」

「我跟她之間真的沒什麼啦。為了向我道謝，她確實找我吃過飯，但她很怕被電視或報紙拿來大作文章，所以後來只是偶爾邀我打打電動。」

「你這個人真的是太老實了。」

「個性是改不了的。我送貨也很認真呢。」

「那為什麼要辭職？」

「怕給公司添麻煩。」

「你不是貨運公司的活招牌嗎？」

「有人故意找我麻煩，把我害慘了。」青柳搔了搔頭說道。

## 青柳雅春

這件事要從半年前開始說起。那一天，青柳雅春一如往常開著貨車，沿送貨路線前進。此時手機響了，在制服左邊的口袋不停震動，並且發出閃光與聲音，彷彿像隻小動物。青柳心想，或許是剛剛放了貨物招領通知單的那戶人家打來的吧。

青柳以右手抓起手機，將車子開過狹窄的單行道，在十字路口左轉停車，迅速按下通話鍵。

「你就是青柳嗎？」手機中傳來男人的聲音。

「啊，是的。請問您是哪位？」青柳雅春在回答的同時，腦中浮現了當初被新聞節目大肆報導的回憶，感覺胃開始收縮，臉部肌肉緊繃。被媒體炒成風雲人物的那段期間，真的非常難熬。當時公司剛開始將送貨員的管理情報系統化，在管理系統中只要搜尋一下便可以找到每一個送貨員的負責區域、排班表及手機號碼。雖然該系統只有公司員工與簽約的送貨員才有使用權限，但不知怎麼搞的，青柳的送貨路線資料遭人盜取，並外流出去。

從此不但送貨路上常常有人攔阻，手機也老是接到與工作無關的電話。有些固然是好意為自己加油打氣，卻也不乏警告自己別太囂張的威脅電話。而不論哪一種，都讓青柳疲於應付。最近電視漸漸不再報導自己的事情，像這樣的電話也幾乎銷聲匿跡，才讓他好不容易有鬆一口氣的感覺。一想到這可能又是類似的電話，青柳便煩躁不已。

「請問您是哪位？」青柳再次詢問。

「你要送貨送到什麼時候？」

「有些貨物必須在指定時間送達，所以會送到晚上九點或十點。」青柳坦言。

電話的另一頭傳來冷笑。「我的意思是你要在那家公司待到什麼時候？」

「待到什麼時候是什麼意思？」

「快辭職吧，別把我惹火了。」電話的另一頭說：「要是惹火我，你就麻煩大了。」接著，電話便掛斷了，青柳只能愣愣地看著手機。

「這算什麼？好奇怪的威脅。」森田說道，兩手還是將薯條折成V字形。

「一開始，我當然以為這只是普通的惡作劇電話。」

「後來發現不是？」

「我快被煩死了。不但我常常接到威脅電話，公司也常接到『快把青柳開除』的電話。這樣也就算了，後來就連在工作上也發生了詭異的事。」

「詭異的事？」

「我要送的貨物突然變多了。」

「上門的生意變多，不是很好嗎？」

青柳將原本裝著薯條的盒子壓平疊好，一邊說：「是我負責的那個區域的貨物突然爆量，委託單上的筆跡都很像，寄出地點都是東京，而且不知為什麼，寄件者一欄都寫我名字。」

「跟你同名同姓？」森田皺眉說：「不可能吧？貨物內容是什麼？」

「都是些羊羹、酒之類的，沒有什麼可疑物品。可是，收到的人都不知道為什麼會收到這些東西，而且寄件者是我的名字，感覺也很不舒服。要怎麼處理這些包裹，公司也很煩惱。」

「以惡作劇來說，也太捨得花錢了。」

「很恐怖吧？」

「真是莫名其妙。」森田森吾聳聳肩，在鬈髮上抓了抓。「不過，你也沒必要辭職吧？」

「打電話來騷擾我的人又威脅我，如果我不辭職，將會發生更麻煩的事。當然公司報了警，但我還是決定辭職了。」

「我還是想再說一次，你沒必要就這麼辭職吧？」

「是啊，話是沒錯。」青柳老實點頭。像這種毫無道理可言的威脅，根本沒必要乖乖聽從。

「你大可不必辭職的。」

「老實說，或許是我自己剛好在找一個離開的機會吧。」

「好像乖孩子都會幹這種事呢。平常努力把工作做到最好，卻在某一天突然想要丟下一切不管了。」

學生時代的老友森田森吾這種一口咬定的言詞，跟不負責任的態度突然讓青柳雅春好懷念，心情不禁愉快了起來。

「在我的遞送區域裡面，有一位稻井先生。」

「什麼？」

「你聽我說完嘛，總之有一位稻井先生。」

「老是不在的稻井先生？」（註）

「沒錯，你說對了。」青柳笑道：「他老是不在家，我完全猜不到他何時才會回到住處。而且他好像很喜歡郵購，經常有他的包裹，招領通知單簡直像廣告目錄，把他家門縫塞得滿滿的。」

「那又怎麼樣？」

「有一天，稻井先生真的不見了。」

「不在先生不見了。」

「他家門口貼著一張紙，上面寫著『短期間內不會回家，包裹請寄放在管理員處，等我長大了就會回來』。很好玩吧？」

「這傢伙是傻子嗎？長大？要長大成什麼？他想變成巨人嗎？」

「回想起來，稻井先生的包裹大部分是郵購的旅行用品或戶外休閒用品，後來我跟幾個同業聊過之後都認為，那些東西是為了『冒險之旅』準備的。」

註：在日文中「稻井」音同「不在」。

「冒險之旅？」森田聽到這個幼稚的字眼，不禁皺眉。「真是長不大的傢伙。」

「不過，自從這件事後，我也開始思考自己是不是應該要改變了。」

「一個年過三十的大人還想要改變？」

「正因為已經超過三十歲，再不改變就來不及了。」

「青柳先生竟然被一個想要成為巨人的瘋子給打動了？」森田揶揄說：「你對送貨員的工作有什麼不滿嗎？」

「不是不滿，而是對盲目過活、毫無準備的自己感到疑惑。」

「準備？準備什麼？」

「準備某件值得我去準備的事。」為了掩飾自己的靦腆，青柳故意加重語氣：「總之，受到騷擾後，我想這也是個好機會吧，所以就辭職了。」

「那個騷擾你的傢伙，或許是那個女明星的崇拜者吧。」

「如果是強盜事件剛發生的時候或許有可能，但是現在都已經過了那麼久，應該不是吧？」在青柳因拯救女明星凜香而出名的那段時期，確實遇到了一些看起來像是崇拜凜香的男性。不過，這些人絕大部分都自認為是凜香的監護人，向青柳說些「謝謝你救了凜香」之類的話，明顯露出敵意的例子反而不多。青柳甚至感到佩服，原來所謂的偶像崇拜者就是這樣啊。

「我猜啊，那個性騷擾事件說不定也是他搞的鬼呢。你這麼老實，長得又滿帥的，而且在兩年前因為救人一舉成名。你這樣的人竟然是個色狼，大家一定會非常感興趣，再也沒有比名人跌個狗吃屎更令人感到有趣了。」

「啊，原來如此。」青柳一聽，頓時覺得有道理。這麼說來，駕照出現在松島的那個神祕現象應該也是計謀一環了。「這也是森林的聲音說的？」

「這是我說的。」森田嘆了口氣，往店內的時鐘看了一眼，說：「該走了。」青柳直覺反問：「去哪裡？」心想，看來終於要進入今天的主題了。

「今天車站西邊很熱鬧呢，還進行了交通管制，人多得不得了。」

「因為金田要遊行吧。」

「你想看嗎？」

「不特別想。」青柳老實回答。金田這號政治人物出現在電視上的時候雖然讓青柳雅春頗感興趣，但還不到想擠在人群中見他一面的程度。就連首相選舉，青柳也因為忘記投票日期而沒去投票。「如果我還在當送貨員，一定會覺得很煩吧。一旦執行交通管制，送起貨來就很不方便。東二番丁大道如果無法通行，可是很麻煩的。」

「我們現在要去的地方就是東二番丁。」

「去那裡做什麼？」

「我的車停在那裡，上車再談吧，抱歉。」學生時代的同學森田森吾輕聲說道，接著便起身，走在前面帶路。青柳雅春見他後腦勺藏著幾根白頭髮，不禁感到些許寂寥。為什麼會有這樣的感覺，自己也不明白。

## 青柳雅春

數個月前的青柳雅春坐在貨車上，熄掉引擎，把副駕駛座上的送貨單拿起來再看一眼。其實何時該卸什麼貨物已經記在腦海了，這個動作只是再次確認。「愈有自信的時候，愈是容易出錯」，這是當初剛進公司時，教自己如何送貨的前輩所給的忠告。那個前輩梳了個飛機頭，只比青柳雅春大一歲，卻在二十歲的時候已經有了小孩，建立起自己的家庭。不過即使是一家之主，那個前輩還是常常滿臉認真地說：「總有一天，我會用搖滾樂來撼動這個世界。」而且說得臉不紅氣不喘。此外，他也常得意洋洋地說：「我姓岩崎，岩這個字的英文就是『Rock』（註），真是命中注定啊。」

研修結束後，青柳開始一個人送貨，跟搖滾岩崎這個前輩也慢慢疏遠了。不過聚餐的時候，有時大家明明去卡拉ＯＫ，卻還是會看見前輩帶著吉他，豪邁地彈起披頭四的歌曲。青柳每次看見他那自我陶醉的模樣，總覺得很開心。

前輩的口頭禪當然也是「搖滾」。要是被分派不合理的工作或瑣碎的雜務，他就會憤怒地說：「這實在太不搖滾了。」如果遇到開心的事，他就會一邊點頭一邊說：「真是搖滾。」就連加薪時，他也會喜孜孜地說：「夠搖滾。」不過薪水增加跟搖滾到底什麼關係，青柳也想不透。

總之，青柳在新人時期從這個前輩身上學到了很多東西，如今都已成為身體的一部分，再也忘不掉了。其中有些是技術，例如箱子的拿法與推車的使用方式；有些是精神上的建言，例如

「面對客戶的時候絕不能露出痛苦的表情，再重的東西也要搬得輕輕鬆鬆，再熱的夏天也要一副涼爽自在的模樣，這才是服務業該有的精神」；有些則是忠告，例如「開車打瞌睡是最糟糕的行為，這麼做可能會毀了你的人生」。此外，不知為什麼，前輩總是在副駕駛座前的置物匣放一把蝴蝶刀。他的理由是「臨時要用的時候很方便」，事實上一次也沒用過，連蘋果也不曾削過。

有時，前輩開車開到一半會突然停車，衝下駕駛座，對著路上的上班族大吼：「把菸熄掉！」接著口沫橫飛地罵道：「你手上的香菸要是碰到小孩子的眼睛怎麼辦？這一點也不搖滾吧？」而且是一副隨時要衝上去揪住對方領口的態度。「我女兒就曾經被別人的香菸碰到眼眶，差一點就瞎了。你能原諒這種人嗎？」事後前輩如此告訴青柳。「當然不能原諒。」青柳如此回答之後，只見前輩一邊將亂掉的飛機頭梳理整齊，一邊說：「你這個人挺好溝通的。」

除此之外，前輩也常告訴青柳：「別聽嘻哈樂。」

「為什麼？」

「因為那一點也不搖滾。」

這樣的偏見讓青柳不知如何回應，但仔細回想，森田森吾似乎也曾說過類似的話。「聽了之後，說不定會覺得不錯呢。」青柳說道。

「我再說一次。」前輩斬釘截鐵地說：「別聽嘻哈樂。」

那種絲毫不講理的說話風格，反而令青柳十分懷念。

註：搖滾樂（rock-and-roll）的雙關語

青柳雅春走下駕駛座，從載貨平台上取下一個小紙箱，再次確認委託單上的住址，反射性地在腦海中複習一遍：仙台市青葉區東上杉三丁目八番地二十一號，波左間公寓三〇二號室。

他將紙箱夾在腋下，走向公寓入口，有點想要哼出「不在先生今天也不在」的歌兒。

「辛苦了。」一個身穿黃色制服的男子從公寓裡走出來，這個人是其他貨運公司的送貨員，由於負責區域跟青柳大同小異，兩人經常碰到。對方大概快五十歲，如果沒記錯，他曾說過有個正準備考高中的女兒。

「啊，辛苦了。」

「稻井先生的包裹？」

「他今天也不在嗎？」

「最近好像都不會回來呢。」

「最近都不會回來？為什麼？」

「他家門口貼了張紙，上頭寫著包裹請寄放在管理員處。」

「門口貼了張紙？是出門旅行嗎？長期旅行？」

「看那紙上的寫法，好像是一趟勇敢的冒險之旅。」

「稻井先生出門冒險去了？」

青柳走進公寓，搭電梯上了三樓，來到稻井家的門口。看了那張紙之後，雖然露出了苦笑，卻也莫名地感到心情愉快。拿著包裹來到管理員室，滿臉鬍碴的管理員卻皺眉說：「這可真是麻煩，東西放在我這裡，也不知道他何時會回來。」

「不知道他何時回來嗎？」

「他已經預繳了一年份的房租，搞不好一年之內都不會回來呢。」

「那可真是麻煩。」青柳小心翼翼地跟管理員應對，盡量不惹惱他，一邊偷偷摸摸把包裹放在管理員室。

「我跟你說，稻井家的門口不是有個滅火器嗎？」管理員一臉不悅地說道。

「咦？」仔細回想起來，似乎有具滅火器。

「他好像把家裡的備分鑰匙黏在滅火器底部。你就用那把鑰匙開門，把包裹放進他家吧。」

「可以這麼做嗎？」

「可以啊。」管理員似乎不想管了，毫不遲疑地說道。「啊，還有這個也拜託你。這是另一個送貨員剛剛送來的。」他一邊說，一邊遞過一個紙箱。

青柳伸手一接，發現比想像中要輕得多。

「裡面好像是飛鏢組合。」管理員指著箱子說：「上面有寫吧？」

仔細一看貼在紙箱上的委託單，上面確實寫著「飛鏢組合」。

「飛鏢？是那種對著靶子丟出去的飛鏢嗎？」

「還有別的東西叫飛鏢嗎？你告訴我吧。」管理員冷言冷語地說道。接著，只見他舉起右手慢慢晃來晃去，彷彿在模仿射飛鏢的動作，然後又開口說：「要去旅行也不把包裹收完了再走，一般人應該都會這麼做的，不是嗎？」

「可能是臨時起意吧。」青柳說完之後偶然想起一件事，問道：「請問，稻井先生出門時，有沒有跟您碰面？」

「出門時？你指的是最後一次嗎？有啊，碰到了。他揹了好大的背包呢。」

「他看起來怎麼樣？」

「喔。」管理員微微露出笑意，說：「好像要去遠足的小孩，看起來很興奮，兩眼閃閃發亮呢。人家說長不大的孩子，就是指他這種人吧。」

「這樣啊。」青柳說道。接著，便上樓把兩個包裹放進了稻井先生的屋裡。

「如果我……」回到貨車上，發動引擎，駛出停車場時，青柳心想：「如果我也像稻井先生一樣充滿了冒險精神，或許她就不會跟我分手了吧。」

## 青柳雅春

六年前的青柳雅春結束了送貨的工作之後，並沒有回家，而是直接前往樋口晴子的寓所。兩人已經約好了，青柳會在她家過夜，隔天再一起去看電影的首映。

「工作辛苦了。」門一開，晴子出現在眼前。青柳從學生時代便常常來訪，晴子的住所他已經熟得像自家一樣，就連鞋子也有固定的擺放位置。

「我剛訂了披薩呢。」晴子一邊說，一邊在地毯上坐下，青柳也在她身旁坐下。接著晴子開始抱怨起工作。

「因為是我企畫的，上司完全不幫忙呢。」

「這跟是不是妳企畫的應該沒關係吧？」

「給的預算又少，卻要我拿出成果，這不是很沒道理嗎？」

「嗯，確實沒道理。」

「我跟上司抱怨，他卻叫我自己想辦法。上司如果這麼好當，我也做得來。」

電視開著，畫面中，一群諧星正激動地跳來跳去。

「我去洗澡。」晴子說著便站起來。此時，青柳偶然發現眼前的小桌上有盒長板狀巧克力。

「巧克力能分我一半嗎？」

「可以啊、可以啊。你折吧。」聲音從浴室內傳來。

青柳從薄薄的盒子內取出包在錫箔紙中的巧克力片，以兩手握著，小心翼翼折成兩半。

「那是公司同事送的。」晴子走回來說道。

青柳看著折成兩片的巧克力，雖然折得相當謹慎，斷面還是斜斜的。他比較過後，將左手那片遞給晴子，晴子卻沒有反應，過了好一會，臉色突然沉下來，低頭望著青柳遞過來的巧克力。

「嗯？怎麼了？」青柳問道，卻沒有立即得到她的回答。

「我在想……」晴子吞吞吐吐地開口。接著，她輕輕嘆了口氣，換了副輕鬆、爽快的態度說：「我在想，我們還是分手吧。」

「咦？」青柳感到不知所措。「啊，巧克力，拿去吧？」再次試著把手上的巧克力遞出。

「這句話我很早就想說了。」

「青柳，你剛剛折斷巧克力之後，先看了看哪一半比較大，才將稍微大一點的那一半給我，對吧？」晴子的表情非常平靜，甚至帶點微笑。

「啊，嗯，是啊。」確實如此，青柳點點頭。

「你在這種小地方也非常仔細，真是太貼心了。」

青柳知道她這句話並不是讚美。晴子將手上那半片巧克力以兩手握著，粗魯地再折成兩半。斷面非常尖銳不平，還濺起了一些碎片。她將右手的巧克力往前一遞，說：「拿去。」

「什麼？」

「我比較喜歡這種隨性的感覺，一些無關緊要的小細節，何必那麼在意？就算巧克力小了點，我也不會生氣的。青柳，我跟你交往這麼久了，畢業之後雖然因為工作使得相處時間變少，但大部分時間還是在一起，以我們的關係根本不需要這麼拘束，你不認為嗎？」

「可是有句話說『親近生侮慢』。」

「確實沒錯，但那不是我想表達的重點。」

「不過是折巧克力，有必要反應這麼激烈嗎？」

「你總是會把比較大的那一塊給我。」

「為什麼這樣做反而惹妳不高興了？」

「我知道這有些莫名其妙。」

晴子露出了痛苦的表情。

「為什麼？」

「巧克力的事情只是個契機，對吧？」青柳說道。

「如果巧克力的事情是主因，我自己反而會嚇一跳吧。上次你不是跟我說過嗎？習慣了送貨之後，就漸漸分不出來昨天跟今天的差別。」

「是啊，確實有這種感覺。」

「我們之間就是已經太習慣了，太常在一起，讓在一起變成理所當然，開始在意一些無關緊要的小事。」

「等等……」

「我們這樣一直在一起，也只是漫無目的地膩在一起。」

「等等。」青柳舉起手上那片包著錫箔紙的巧克力揮了揮，說：「晴子，妳這番話有點顛三倒四，聽起來好像有道理，卻又沒道理。」

「我們跟進入倦怠期的夫妻沒兩樣了。」晴子笑說：「我開始覺得痛苦了。」

青柳腦中突然想起了大約一個月前，兩人利用暑假到橫濱遊玩的回憶。當時好不容易才找到旅遊手冊介紹的那間港式飲茶餐廳，但是店員的態度相當惡劣，兩人在討論之後認為就這麼離開也有點不甘心，因此決定採取拖延戰術，故意以最慢的速度進食，把位子占住。後來，兩人都笑說那實在是一場沒什麼意義的抗議行動。難道在那時候，她就已經覺得跟自己在一起很痛苦嗎？

到底，不覺得痛苦的日子是在什麼時候結束的呢？

「之前，我不是玩了一陣子的遊戲機嗎？」晴子說著，把視線移向房間角落的那台家用電視遊樂器。那是很舊的機型，不過她最近又從壁櫥裡挖出來，以懷舊的心情玩了一陣子。

「妳養了一隻很醜的魚。」青柳點頭說道。那是一款非常奇妙的遊戲，內容是飼養一隻會說話但模樣一點也不可愛的魚。

「那隻魚上次跟我說了一句話。」

「那玩意看起來一點也不像魚呢。」

「總之，牠在吃完飼料後，跟我說了一句話。」

「什麼話？」

「『不要再活在小框框裡了。』」

青柳聽了之後，開始煩惱著是否該哈哈大笑。

「我一聽，受到很大的打擊。我感覺牠指的似乎是我們。」

「活在小框框裡，有什麼不好？」

「小時候，老師不是會幫我們蓋印章嗎？例如包在花朵裡寫著『優』，或是『甲』。」

「嗯。」

「我總覺得，我們繼續在一起，頂多也只能拿到『甲』。」

「簡直是莫名其妙。」

接著兩人低頭陷入了沉默，雖然搞不清楚後來到底僵持了多久，但是在披薩送達之前，青柳已經離開晴子家。當時的青柳，心中既沒有悲傷也不寂寞，有的只是一團混亂與想要大喊「那些話根本都是無理取鬧」的怒氣。他心想，只要過一段時間，晴子應該就會主動打電話來道歉，告訴他「那天我怪怪的，一時無法控制情緒才會那樣說」之類的吧。

一個星期過去了，一通電話也沒有，但青柳並未因此特別慌張，反正以前吵架或發生爭執的時候，不管錯的是哪一方，最後低頭要求和好的人總是自己，只要過一陣子自己主動跟她聯絡就沒事了，青柳一派輕鬆地想著。何況每天的工作都很忙，也沒時間煩惱那麼多。

十天之後，青柳打了電話，但是一談之下，卻意外發現她的態度完全沒變。「我們還是先分手一次看看吧。」她如此堅持著。「分手一次，難道還能再分第二次、第三次嗎？」青柳心裡雖然這麼想，卻也沒有轉圜的餘地。

與晴子分手之後，青柳只剩下空洞，在胸口、頭上都有看不見的空洞。為了讓自己不去注意這些空洞，他努力檢查貨物、堆積貨物、抱著貨物東奔西跑。此時的青柳常常慶幸，幸好自己做的是勞動身體的工作。但是，每當他在送貨途中看見一些有趣的事情，例如牽著庇里牛斯犬的婦人自暴自棄地像在滑水一樣被狗拉著走，或是高樓大廈的擦窗工人隔著落地窗與裡面的女職員互相尷尬地點頭問好，每當看到類似這樣的趣事時，他都會想到再也沒辦法把這些趣事告訴晴子了，因而湧起一股想要蹲在地上的衝動。受不了鬱悶心情的青柳打了電話給森田森吾，卻只得到「這個號碼已停用」的回應。

某個星期天，青柳雅春坐在公園的長椅上發呆，有一個小學生走過他面前，一張被揉成一團的圖畫紙掉在地上。

「啊，東西掉了。」青柳撿起圖畫紙，交給看起來應該是小學低年級的小朋友。「叔叔，我畫得很好吧？」小學生將畫攤在青柳雅春面前。那是張蠟筆畫，角落蓋著章，上面印著「優」。

「嗯。」青柳雅春不禁露出苦笑。「好羨慕啊，我永遠都是『甲』呢。」

「你沒有拿過寫在花裡面的『優』嗎？」小朋友絲毫不掩飾心中的驕傲。

「好想要一個『優』啊。」青柳打從心底如此說道。

過了半年左右，青柳在二手遊樂器專賣店買了電視遊樂器與遊戲軟體，開始玩起那個養醜魚的遊戲。沒什麼特別理由，只是一時興起，或許有一部分原因是為了撫平傷痛，確認胸口還有多大的空洞沒被填滿吧。

一開始也不特別起勁，只是半機械式地操縱著把手。但是漸漸地，青柳開始把每天工作上遇到的事情拿出來跟那隻醜魚說，對於這樣的行為，連青柳自己也不禁莞爾。就這樣玩了兩個星期左右，有一天晚上，醜魚在畫面中翻了一圈，轉身對他說：「不要再活在小框框裡了。」

青柳咂了個嘴，不由得露出苦笑。

「這句話，你之前也對樋口說過吧？」青柳指著醜魚說：「都是你害的。」

當然，畫面中的醜魚接下來也只是繼續悠哉地游著。「不過……」青柳喃喃說：「那時候就算把比較小的那一片給她，她一定也會生氣吧。你覺得呢？」

醜魚不停地游著，一副事不關己的模樣。最後，牠停了下來，看著畫面另一頭的青柳，傲氣十足地說：「咦？你剛剛說了什麼？」

# 青柳雅春

「你剛剛說了什麼？」

這句話讓青柳雅春醒了過來。

「我睡著了？抱歉。」腦袋頗為沉重，搖了一下，甚至感到一絲疼痛。此時青柳才發現自己正身處在車內的副駕駛座上，椅背被放倒了，自己一直睡在上面。

「你剛剛一直在說夢話，作了什麼夢？」駕駛座上的森田森吾握著方向盤，望著擋風玻璃說道。引擎並未發動，車子是靜止的，不過森田森吾的側臉卻顯得非常專注，彷彿正在專心開車。

或許是因為剛睡醒，青柳有一種在搖晃的感覺，好似車體正在左右飄移。

一看時間，接近中午時分。兩人從仙台車站的東口開始步行，穿過狹窄通道，一邊側眼觀望遊行前的交通管制，一邊進入市中心，原來還只是十分鐘前的事。

整條街上，一些事前不知有交通管制的車輛亂鑽，造成了局部壅塞。前來觀看遊行的群眾，有些人因來不及穿越斑馬線而擋在車道上。不過除此之外，倒是沒什麼特別混亂的場面。雖說是目睹首相這個當紅人物的好機會，但畢竟是平常上班日的中午，擁擠的情況與七夕祭典或煙火大會時期比起來可說是小巫見大巫。從東口穿過車站聯絡通道出口時，青柳看見路上站著一個雜誌小販。小販穿著紅色體育服，上面繡著某運動品牌的黑豹圖案，正借用了電動遊樂場屋簷下方的空間販賣雜誌。青柳走上前去，買了一本。穿著紅色體育服的小販很有禮貌地鞠躬道謝。小販賣的這類雜誌每個月發刊兩次，總是由街友、遊民沿街叫賣。

「這種東西好看嗎？」森田森吾走在拿著薄薄雜誌的青柳身旁問道。

「以三百圓的價位來說，內容還滿豐富的。」手上這本雜誌的封面人物是一個在日本也很有名氣的外國搖滾樂團吉他手。「聽說三百圓之中，賣的人可以淨賺一半以上呢。」

「這麼說來有點類似捐款嗎？」森田森吾的口氣帶了些許嘲諷，青柳出言訂正：「不能這麼說，這是工作的收入。我買雜誌，他賣雜誌。」

「總覺得聽起來有點慈善。」

一開始，青柳以為他說的是「偽善」，後來才明白是「慈善」（註一）。對森田森吾而言，「慈善」似乎也是個負面的辭彙。

「像他那樣喊著雜誌名稱向路人兜售，也不是件輕鬆的工作。要是我，大概三天就受不了了。」

「那是因為他們沒有其他工作。」

「他們是指誰？」

「那些遊民。」

「努力工作的遊民，跟躲進漫畫網咖鬼混的上班族，你覺得哪一個好？」

「可以選的話，我寧願當個整天窩在漫畫網咖的上班族。」

「我也是。」青柳老實回答。

「不過，」森田森吾似乎也不是特地要說好話圓場，只是很自然地補了一句：「剛剛那個遊民不是把雜誌名稱用唱歌的方式唱出來嗎？那個旋律是披頭四的〈*Help*〉，還滿行的，歌也選得好，help，救救我。」

「或許吧。」

「不過，他那樣隨便亂唱，不會被JASRAC的人抗議嗎？」（註二）

「聽起來挺可怕。」不過，JASRAC再怎麼樣也管不到披頭四吧，青柳心想。

「擁有權利的人都是很可怕的。」

穿過了西口，沿著南町道繼續向西前進。不知不覺，便走到了東二番丁大道的後方巷道內。一輛中古輕型汽車就停在一座小公園旁，森田森吾指著說：「這就是我的車。」

上車後，森田森吾不知從何處拿出一個寶特瓶，說：「喝吧。」

青柳喝了那瓶水之後就什麼也不記得了，甚至不知道自己睡著了。

「你該不會下了藥吧？」青柳笑道。

「什麼？」森田森吾還是一樣注視著前方。

「沒有啦，只是我突然睡著，該不會是因為你在寶特瓶內下藥吧？」青柳一邊說，一邊為這句無聊的玩笑話感到不好意思。

「確實下了。」

註一：日文中，「僞善」與「慈善」的發音相近。

註二：日本音樂著作權協會。

「咦？」

「我下了藥，用針筒將安眠藥注射進寶特瓶。」

「我所認識的森田森吾，不曾說過這麼無聊的笑話。」

「你作了什麼夢？」此時森田森吾轉頭問道。

「喔。」青柳感覺自己臉紅了。「跟樋口分手時的事。」

「分手的原因是巧克力吧？」

「咦？」青柳一愣，說道：「你怎麼知道？」

「你認為呢？」

明明是晴朗的中午，車內卻陰暗異常，或許是車子停在陰影處的關係吧。駕駛座上的森田森吾那波浪狀的鬈髮壓迫著空間。

「第一種可能性，」森田森吾面無表情，以彷彿是朗讀條文的語氣，一邊豎起手指一邊說：「樋口晴子本人將你們分手的詳細情形告訴我了。」

「在大型購物店遇到的時候？我想她應該不會說這些吧。」

「第二種可能性，」森田森吾豎起第二根手指說：「是學弟阿一告訴我的。」

「阿一不知道這些細節。」

「第三種可能性，你剛剛睡覺時說夢話，把巧克力的事說出來了。」

「真的嗎？」

「第四種可能性，」老友舉起四根手指頭說：「森林的聲音把真相告訴我。」

「應該是這個吧。」

森田森吾此時嘆了一口氣，雖然短暫，卻是很沉重的一口氣。青柳反射性地想起六年前，自己將半片巧克力遞給晴子時，她所嘆的那口氣，現在就跟那時候一樣。換句話說，森田森吾可能也像當年的晴子一樣，正準備說出一件很重要的事，青柳有不祥的預感。

「根本沒有什麼森林的聲音，青柳。」森田森吾雙頰緊繃，像在哭又像在笑。

「沒有？」

「我想你應該不會真的相信吧？什麼森林的聲音會告訴我未來的事那種鬼話。」

「倒也不是完全不信，你不是常常說中很多事嗎？」

「例如說？」

「大學一年級的期末考，你不是猜中了資訊處理課的考題嗎？」

「那個教授出的幾乎都是相同的題目啦。考題是每三年循環一次，知道的人不多，我是看了考古題之後才發現的。」

青柳不明白森田森吾到底想要表達什麼，突然感到有點恐懼。

「可是，當我跟你說，我想要跟樋口告白時，你不是預言一定會成功嗎？」青柳說道。

「那只是隨便說說而已啦。最好的說法當然是告訴你會成功，難道要告訴你希望不大，故意潑你冷水嗎？」

「好吧，但你不是也常常猜中速食店接下來會流行的商品嗎？今年夏天會出現芒果甜點，或是秋天的時候以芝麻麵包做成的商品會增加什麼的，大部分都猜對了。」

「速食業界總是跟著潮流走，只是慢半拍。芝麻那件事也一樣，在那之前有好一段時間，電視上的健康節目都在報導芝麻的好處，我只是猜想芝麻混在麵包裡應該不錯，就這麼說了出來。那都是根據資訊，胡謅一些應用的方法，剛好被我猜中而已。」

「以前夏天我們不是常常去海邊嗎？附近的停車場，不是常常客滿？」

「你又想說什麼，青柳？」

「那時候，你總是建議我們『往那邊』之類的。我們照著你說的方向走，就真的找到空位了，簡直像是你早就知道哪裡有停車位似的。」

沒錯，當時森田森吾確實是大言不慚地強調「這是森林的聲音告訴我的」。

「其實我只是故意引導你們開進比較難走的小路。停車場的位置愈是不便，來停車的人就愈少，不是嗎？這只是機率與可能性，如果真的到處都客滿，怎麼樣都是找不到空位。」

青柳此時閉上了嘴，看著眼前的老友，「你到底想說什麼？」不解地問道。為什麼事到如今，突然全盤否定了森林的聲音？

「告訴你吧，剛剛我跟你提到樋口的老公時，你不是說了一句巧克力片如何如何的話嗎？或許你自以為很鎮定，但我一看就知道你還耿耿於懷。因此我就猜想，你們分手的原因一定跟巧克力片有關，所以就套了你的話。」

「原來你只是套我的話？」青柳一陣無力。「可是，對了，我被當成色狼、不知如何是好的時候，你不是救了我嗎？那肯定是森林的聲音告訴你的吧？」確實，森田森吾當時是這麼說的。

森田森吾此時將手從方向盤上放開，看起來就像一個沮喪的孩子。

「喂，難不成你要說，連那也是猜的？」

「你聽著。」森田森吾看了手錶一眼，說：「沒時間了，我只說重點。」他的雙眼睜得很大，布滿了血絲。

「什麼重點？」

「那時候你確實是被誤認成色狼，但那並不是偶然，你是被陷害的。」

「你的意思是，我在當送貨員時騷擾我的那個人，刻意安排了這個陷阱嗎？」

「對了，得從那個騷擾事件開始說起才行。」森田森吾搔了搔頭說：「那個騷擾事件也是被設計的，應該吧。目的是讓你沒辦法在公司待下去，或是讓大家對你的評價變差。為了這個目的，才故意騷擾你的。接下來，如果再讓社會大眾認為你是個色狼更好，所以又安排了性騷擾。」

「更好？對誰來說更好？」

「我接到的命令則是誘導你的行動。」森田森吾加快了說話速度。

「命令？你接到誰的命令？難不成是森林的命令？」青柳被老友的嚴肅語氣搞得坐立不安，雙手找不到合適的擺放位置，只好無意義地來回撫摸著安全帶。

森田森吾突然出言制止：「別繫安全帶。」

「咦？」

「仔細聽好，你被陷害了。現在的你正身處陷阱之中。」

「你在說些什麼啊，森田。」

「我從簡單易懂的部分開始說明好了。你聽著，我成家了，我有老婆跟孩子。」

「什麼時候？」

「開始工作後不久。我兒子已經上小學了，很難相信吧？」

「真的假的？」

「一點也不假。我到東京後不久，女朋友就懷孕了，我們只好奉子成婚。但我老婆是個超級小鋼珠迷，根本可以說中毒，每天帶著小孩到小鋼珠店，聽著音樂，彈那些珠子，不知不覺竟然欠下一大筆債。」森田森吾的聲音簡潔而有力。「這很莫名其妙，對吧？小鋼珠店應該只是玩小鋼珠的地方，怎能讓人欠下那麼多錢？我老婆一直瞞我，等我發現時，她已經是個多重債務者了。沒想到我竟然在法律課以外的地方用到債務者這樣的字眼，我嚇死了，真的嚇了一大跳。」

「森田，這一點也不簡單易懂。」無法理解狀況的青柳吞吞吐吐地說道。

「今年，就在我被債務逼得走投無路時，一些奇怪的人找上了我，問我願不願意接下一件奇怪的工作。他們說，只要我幫忙做幾件事，欠債就可以一筆勾銷。」森田一次又一次地看手錶確認時間。

「幾件事？」

「在你被當成了色狼的時候，拉著你從現場逃走；或是像今天這樣，把你帶到某個地方。」

「這就是你的工作？」青柳環視車內一番，目光停留在那個寶特瓶。

「細節我也不清楚。一開始，他們只是叫我搭仙石線，然後把你找出來。如果發現你在月台上被當成色狼，就帶著你逃走。雖然是件很詭異的工作，但我心想，既然能幫你的忙也不是件壞事。唉，其實我只是如此說服自己而已。」

「但你確實是救了我。」

「不，你錯了。」森田森吾再次露出欲哭無淚的表情，這跟以前的他完全不同，讓青柳感到胸口一陣疼痛。「那些傢伙的目的根本不是要讓你因性騷擾被捕，只是要讓那個現場被目擊。」

「那些傢伙？目擊？被誰目擊？」

「周圍的乘客。這樣一來，如果以後你又犯了什麼罪，可能就會有人跳出來說『此人也曾經當過色狼』，如此，大家就會更相信你是犯人了。」

「我還會犯下什麼罪嗎？」青柳很想笑著對他說：「別哭，該哭的人是我。」

「我也不清楚整個計畫內容，他們只命令我今天把你帶來，並且讓你睡到十二點半，為了讓你安分一點，可以讓你喝寶特瓶內的水。」

青柳看了看寶特瓶，又看了看時間，離十二點半還有半小時。「讓我睡在這裡有什麼目的？」

「我明知很奇怪，明知其中一定有鬼，但我決定不去想，欠債已經讓我要精神崩潰，所以原本我什麼也沒想，只打算聽命行事，只要照著做，欠債就能一筆勾銷。但剛剛在走向這輛車的路上，我突然有感覺，這樣下去會發生無法挽回的事，何況我們很久沒見了，你卻沒變。」

「等一下，我不知道你到底想說什麼，但接下來這些話，我是不是別聽比較好？」

「你別囉唆。」森田森吾提高音量說道。他似乎想靠著這股氣勢讓副駕駛座上的青柳雅春閉嘴。

「仔細聽好。」

「聽什麼？」

「我現在想到的可能性。」

「我從來沒看你這麼認真過。」

「聽著，在我們走來的路上，不是看到很多前來看遊行的人嗎？金田今天來到仙台。青柳，你還記得我們當初還是學生的時候，在速食店聊得很起勁的話題嗎？」

「聊過的話題那麼多，我怎麼知道你指的是哪個？」

所謂的青少年飲食文化研究社，說穿了就是聚集在速食店內天南地北閒聊的社團，姑且不論話題內容是否有意義，單論話題數量可說是數也數不盡。雖然主要的活動成員只有青柳雅春等四個人，但話題所涉及的領域相當廣泛，有時聊其他學系的女生，有時聊對新電影的評價，有時聊中了彩券之後想買什麼之類的無聊妄想，有時聊憲法第九條與集團自衛權等學生最喜歡討論的議題。四個人經常坐在速食店最裡面的座位，在閒聊中虛度光陰，卻感覺自己正在做相當有意義的事。青柳雅春的腦海中浮現了圍在桌旁的樋口晴子及阿一的臉。

「我印象最深刻的話題，是那個。」記憶中的畫面彷彿再次出現在青柳眼前。「阿一說他懷疑女友劈腿，想偷看女友的手機那件事。」

「有這回事嗎？」

「那件事應該讓人印象很深刻吧？當時你也很興奮呢，真的忘了嗎？」

「太久以前的事了。」森田森吾顯得相當心不在焉。

「真的忘了？」青柳頗為不滿地說：「後來大家還聯手，偷看了他女友的手機呢。」

「不，我不記得了。」森田森吾無情地斬斷了話題。

「真的嗎？」青柳又問了一次。

森田森吾靜靜地搖搖頭。「我想要說，」他開口說：「甘迺迪被暗殺與披頭四的話題。」語氣非常簡單俐落。

「咦？」

「有一次，阿一不是嘮嘮叨叨地一直說甘迺迪被暗殺的話題嗎？還有，我們不是都喜歡披頭四？」

「啊，我想起來了。」青柳拾回了記憶。有一次，阿一不曉得在哪裡獲得了關於甘迺迪暗殺事件的知識，激動地跟大家說：「甘迺迪絕對不是奧斯華殺的，但是奧斯華卻被冤枉是凶手，真是太可怕了。」大家一開始只是愣愣地聽著，但是後來都對甘迺迪被暗殺的事件產生了興趣，各自去找了相關書籍，這個話題不知不覺在四人之間引起了一陣小小的風潮。阿一不知為何非常為奧斯華抱不平，憤怒地說：「那些人一定是認為『把一切都推給奧斯華（註）就沒事了，只要不被抓到就沒問題』。」

「那些人是指誰啊？」當年的青柳等人不耐煩地問道。「某些高層人士。」阿一回答。

「不是有人說，在甘迺迪暗殺案中，被認為是凶手的奧斯華其實是美國中央情報局特務嗎？」

「是有這派說法。」

「奧斯華在事發前，曾在某條街上散發共產黨相關文宣，其實他是被上級命令這麼做的，這

註：李・哈維・奧斯華（Lee Harvey Oswald, 1939-1963）曾被認爲是暗殺美國總統甘迺迪（John F. Kennedy, 1917-1963）的凶手，但是後來此人又被另一個名叫傑克・魯比（Jack Ruby）的人殺死，而魯比最後也死於獄中。在十年之內，又有一百多名與此案有關的人士先後喪命，讓這個案子成爲歷史上的一大懸案。

是為了讓大家認為他是共產主義支持者。」

「確實有人這麼說。」

「你的性騷擾事件或許也是一樣的意思。當我接到幫助你逃走的命令時，或許已經隱約猜到了吧，但是我故意不去多想。」

「森田，你冷靜一點。」

「我想，這應該是為了要將某個重大的罪名套在你身上的前置作業吧。」

「森田，你到底在說什麼啊？」

「你辭職後，是否還遇過其他不尋常的事？」

森田森吾的強勢語氣讓青柳雅春難以駁斥，只能乖乖地思考他丟出的問題。「不尋常的事，應該只有駕照在松島被找到那件事吧。」青柳一邊在心中如此說著，一邊仔細回想。「為了領失業救濟金，去了幾次Hello Work（註），但是倒也沒特別遇到什麼……」話才說到一半，想起了一件事。「啊。」青柳的腦中浮現了井之原小梅的模樣。

「幹什麼扭扭捏捏的？」森田森吾還是跟以前一樣觀察入微。

「我沒有扭扭捏捏的。」

「你在Hello Work遇到什麼事？」森田森吾的模樣不像在半開玩笑地逼朋友說出祕密，而是充滿了嚴肅與認真，兩眼充血，令人不忍多看。「有什麼可疑的事，就說說看吧。就像性騷擾事件跟我的事情，你身邊到處都是陷阱，我們必須懷疑任何一件小事。」

「不是什麼大不了的事，真的。」

「說說看吧。」

「真拿你沒辦法。」青柳輕輕嘆口氣，搔了搔頭，想起了學生時代，每次去參加聯誼時，森田森吾總會在廁所激動地湊過來，說：「喂，你選哪個？你選哪個？我選的是……」就跟那時候一樣，如今坐在身旁的森田森吾看起來也相當激動，但是兩種激動在本質上有明顯的不同。

「我在Hello Work認識了一個女的。」

「什麼樣的人？」

青柳以為森田森吾會吹起口哨，笑說：「什麼嘛，原來是這種事啊。」沒想到他依然板著臉。

「什麼什麼樣的人？就是很普通的一個人，小我五歲。」

井之原小梅的身材嬌小，大約只有一百五十公分高，光看體型有點像十幾歲的少女。

「是她主動接近你的嗎？」

「我在使用搜索系統查工作情報時，她剛好坐我旁邊。」

「你跟她交往嗎？」

「只是朋友。」青柳聳聳肩說道。確實是如此。

「真可疑。」

「真的只是朋友。」青柳微微加強了語氣，或許期待著能跟她有進一步發展，但現階段真的只是朋友。

註：Hello Work是隸屬於日本勞動厚生省下的一個組織，正式名稱爲公共職業安定所，負責業務爲提供失業者就業輔導，以及支付失業救濟金等。

「我說的可疑不是指你跟她的關係，我是說這女的很可疑。」

「喂。」

「包含我在內，看起來不像壞人的人，都是你的敵人。」

「但你看起來像壞人，而且不是我的敵人，不是嗎？」

此時森田森吾閉上了眼，摸了摸著鼻子，停頓了片刻，似乎在調整呼吸。「或許是我想太多了吧。」他張開雙眼，如此坦承道。「可是，小心一點總是好的。保持警覺，懷抱戒心，否則你就要當第二個奧斯華了。」

青柳一瞬間不知道該回答什麼，只能看看手錶。「還有十分鐘，我真的不用躺著睡覺嗎？」

青柳半開玩笑地說道。

「我猜，金田應該會在遊行中被暗殺。」

「這句話的笑點在哪裡？」

「這是我最後想出來的結論。直到看見你喝了寶特瓶的水便馬上睡著，我才終於察覺這件事的嚴重性。而且，你剛剛睡覺時，我下去看了一下車底。」

「車底怎麼了？」

「電影不是常常這樣演嗎？車子下面裝了炸彈，重要證人或相關人士一坐上車，就會轟地一聲……」

「滿常見的老套劇情。」

「我們現在就處於那個老套的劇情裡。」森田森吾笑道。青柳見他終於露出笑容，這才鬆了一口氣，但是一咀嚼說話內容，又是一驚。

「就連我這個門外漢，也能夠一眼就看出那是一顆炸彈。」森田森吾露出笑意，令人無法分辨他到底有幾分認真。「雖然知道是炸彈，但不知道怎麼拆也沒用。」

「我們快逃吧。」青柳立刻說道：「這不是太危險了嗎？」

「你一個人逃吧。」

「森田，你也一起逃吧。」

「逃去哪裡？」森田森吾的眼神非常嚴肅，一點也不帶開玩笑的成分。「以前，我們在聊披頭四的話題時，不是聊到過《*Abbey Road*》的組曲嗎？」

「什麼？」

「《*Abbey Road*》的組曲。」

《*Abbey Road*》是披頭四第十一張專輯的名稱。在《*Abbey Road*》之後，披頭四又出了一張專輯《*Let It Be*》，這算是披頭四的告別之作。但以錄音的時間來看，《*Abbey Road*》其實比《*Let It Be*》還要晚，所以《*Abbey Road*》才是披頭四最後錄製的專輯。當時的披頭四早已呈現分裂狀態，但保羅．麥卡尼努力嘗試讓成員凝聚在一起。專輯後半段的八首歌原本是些各自錄好的歌曲，保羅．麥卡尼將它們連結起來，變成了一長串壯麗的組曲。森田森吾以前常說，組曲中的最後一首就叫做〈*The End*〉，真是再明白也不過了。

「剛剛你在睡覺的時候，我一直哼著其中的一首〈*Golden Slumbers*〉。」

「因為是搖籃曲？」歌名如果直接翻譯，應該可以翻成「金色搖籃曲」，以歌詞內容來看幾乎可以說是一首搖籃曲。保羅．麥卡尼所擠出來的高亢歌聲，讓這首歌充滿著不可思議的魄力。

「你還記得一開始是怎麼唱的嗎？」森田森吾說完，便哼起了開頭：「Once there was a way to get back homeward……」

「曾經有一條通往過去的路，是這個意思沒錯吧？」

「在我的腦中聯想到的是學生時代跟你們一起玩樂的那段時光。」

「學生時代？」

「對我而言，說到想要回歸的過去，我腦中浮現的畫面是當年的那段時光。」森田森吾瞇著眼睛說道。沿著他的視線向前望去，時空似乎被扭轉，彷彿能夠看見當時四個二十幾歲的年輕人，在速食店內聊天聊得忘我的景象。兩人沉默了片刻，這一次，青柳也不再忙著找話題了。

森田森吾向副駕駛座伸過手來。不明就裡的青柳只是愣愣地看著，只見森田森吾打開置物匣，取出了某樣東西。一開始，青柳沒有理解出那是什麼，只以為是大型的無線電通話器什麼的，過了片刻，才看清楚了那個物體的真面目。「槍？」

「很奇怪吧？」森田森吾露出苦笑看著手上的手槍。「一般老百姓怎麼可能弄得到這種東西？就算弄到了，也不會隨便放在置物匣。」

「那當然。」青柳微微點頭，第一次看到手槍，讓他渾身僵硬，根本不敢伸手去摸，怕一個不小心就擦槍走火。

「何況這玩意是怎麼通過路檢的？」

「不止是那個問題吧？」

「我今天接到的命令是讓你留在這輛車內。他們告訴我，可以讓你喝下寶特瓶的水，如果這樣還不行，就使用置物匣內的東西。我很好奇置物匣內的東西到底是什麼，剛剛打開來一看，就看見了這玩意。」

「到底是怎麼回事？」

森田森吾手上的手槍呈現暗黑色，似乎不是轉輪式的，他看著槍口喃喃地說：「這裡沒有用金屬板封住，看來應該不是玩具。」接著又說：「換句話說，委託我做這些事情的人，可以輕而易舉地弄到這玩意，還能通過路檢。」

就在這一瞬間，車子開始搖晃。一種不能稱為聲音的聲響在車外迴響。似乎是某個地方的空氣瞬間炸裂，震動的衝擊波讓車子產生晃動。

「怎麼了？」青柳慌張地問道。

森田森吾顯得異常冷靜，雖然他也在尋找著聲音的來源，卻是一副不怎麼感興趣的模樣。

「或許是爆炸吧。」他喃喃說道。

「爆炸？」

「沒時間了，你快逃吧。你繼續待在這裡，情況恐怕很不妙。」

「你也一起逃吧。」

「我如果逃走，我家人會有危險，沒有奉命行事，他們是不會放過我的。」森田森吾以充滿埋怨的語氣說道。此時的他跟剛剛比起來，似乎顯得沉著冷靜了點，讓青柳感覺大學時期在學生餐廳大放厥詞、一臉幸福的老友好像又回來了，不禁湧起一股懷念與安全感。同時，也產生了絕對不能對這個好不容易清醒的好友見死不救的想法。車外喧囂震天，很明顯是發生了異常事端，莫名其妙的聲音此起彼落，宛如地鳴般的聲響撼動著地面。

「我本來以為你喝下那個之後應該至少有一個小時不會醒來，如果真是如此，我也只能丟下你逃了。不過，假使你在中途醒來，或許這也是我的宿命吧，我是這麼想的。」

「你的宿命？」

「所以我稍微搖晃了車子。我就坐在這裡左右搖擺，本來以為這樣一定沒辦法把你搖醒，沒想到你真的醒了。」

青柳此時想起來，自己剛剛清醒時，確實感覺車子宛如停泊的船隻般左右搖晃。森田森吾把手伸向車內後照鏡，調整角度。「總之你快逃吧，別再說了。」他揮著手槍說道。「我留在這裡，雖然不知道委託我的那些傢伙會有什麼反應，但應該不至於把我怎麼了。與其跟你一起逃走，我寧願乖乖跟他們道歉，告訴他們任務失敗了。」

「我已經完全搞迷糊了。」

森田森吾看著後照鏡的雙眼微微瞇起，說：「有兩個制服警察從後面走過來。要走的話，就趁現在，不然我要開槍了。你也知道，我這個人很急性子的。」他笑了一下，又說：「我們在學生時代曾經做過市立游泳池的臨時清潔工，你還記得嗎？」

「這一切到底是怎麼回事？」

「那時候我們拚命打掃，頭頂上不是有架監視器嗎？」

「我不記得了。」

「你不記得我那時候說了什麼嗎？」

「森田，你到底怎麼了？」

「總之你只能逃走。知道嗎？青柳，快逃吧。就算把自己搞得再窩囊也沒關係，逃吧，活下去吧。活著才是一個人最重要的事。」

青柳感到臉部僵硬，雖然想說話，卻不知該說什麼，一張嘴只能開開合合。

「對了，你救了那個女明星那時，不是在電視上說過嗎？你用大外割將歹徒摔出去。」

「那一招，」青柳雅春說：「那一招大外割是你教我的。」

「我那時候正抱著兒子看電視，聽到你對著記者這麼說，讓我不禁向兒子炫耀了起來。」

「你在說什麼啊，森田，你不要緊吧？」

「不要緊。」森田森吾的臉上隱隱重現了學生時代悠閒自在的神情。

「好孩子都可以上天堂。」森田森吾突然說道，露出了牙齒，笑著說：「對吧？」

青柳雅春默然無語，森田森吾開始唱起了那首〈*Golden Slumbers*〉。

一開始，他唱著：「Once there was a way to get back homeward.」接著，繼續唱道：「Golden slumber fill your eyes. Smiles awake you when you rise.」青柳沒辦法確切聽懂英文歌詞的意思，不過腦中反射性地浮現了「你帶著微笑醒來」的句子。

青柳想要呼喚森田的名字，但就在那一刻，森田森吾將駕駛座的椅背放倒，閉上了眼，以歌唱般的聲音說：「晚安，別再哭泣。」聽起來像是〈*Golden Slumbers*〉的歌詞，卻只有這一句是日文。說不定這是他說給自己聽的真心話，青柳雅春如此想著。就在青柳看見好友的眼角滲出淚光的瞬間，他打開了副駕駛座的車門，衝了出去。

## 青柳雅春

衝出車外關上車門，回頭一看，背後正站著兩個制服警察，他們似乎是才走進這條巷道裡。兩個警察的身後有一棟大樓，而那棟大樓的另一面就是東二番丁大道。在東二番丁那邊似乎發生了什麼事，雖然被大樓擋住了看不清楚，但能感覺到有許多人正在東逃西竄，拉起嗓子吼叫，完全陷入混亂中。消防車及救護車的聲音愈來愈近，抬頭往上看，可以看見白煙。「發生火災了嗎？」原本如此猜測的青柳突然想起森田森吾剛剛所說的字眼「爆炸」。

轉頭望向車內，森田森吾正閉著眼坐在駕駛座上。「還是不該丟下他，一個人離開這裡。」青柳如此想著，伸手正想打開副駕駛座的車門。就在此時，他聽見了「不准動」的警告聲，兩名警察的其中一人正對著自己大喊，只見那個警察雙腳微蹲，將右手放在褲頭皮帶附近。青柳還來不及思考，便已挺直腰桿，舉起雙手。

「保持這個姿勢不准動！」警察邊說邊拔出手槍。警察可以如此隨便就拔槍嗎？這個疑問閃過了青柳雅春的腦海，看來真的是發生了相當緊急的重大事件了。

「奧斯華。」青柳腦中響起了森田森吾的聲音：「你就是第二個奧斯華。」

甘迺迪被暗殺之後，奧斯華遭到逮捕，並且在移送途中被槍殺。槍殺奧斯華的人，是個名叫傑克．魯比的男子。警方宣稱，奧斯華是基於「私人理由」殺了甘迺迪，傑克．魯比也是基於

「私人理由」殺了奧斯華，其中並沒有任何政治人物或組織牽涉其內。「天底下有比這個更巧的事嗎？」那個在速食店內宛如當起辯護律師，說得口沫橫飛的人是誰呢？是學弟阿一。

「這也沒辦法，歷史都是為了某些人的利益而寫的。舉個例子來說，大家都認為蘇我馬子跟蘇我入鹿是壞人，而中大兄皇子（註）看起來像個好人，但這也有可能是被某人捏造的歷史。」一邊啃著漢堡一邊這麼說的人是誰呢？是森田森吾。記憶在青柳的腦海裡四處亂竄。「好吧，就讓我為蘇我氏獻唱一首歌吧。」森田森吾如此毛遂自薦之後，裝模作樣地說了聲：「請聽這首『大化革新敘事曲』。」接著便在沒有人回應的狀況下自顧自地以即興的旋律唱：「令人懷念的蘇我氏繁榮啊……」就像這樣，一幕又一幕的回憶出現在青柳的腦海中。

耳邊傳來了槍聲。

在還沒聽到聲音以前，青柳雅春便已看到車尾被打出了一個洞，破碎的零件散落在地面，原來是警察開槍了。只見警察嘴裡喊著「不准動、趴在地上」，步步進逼。

青柳望了一眼車內的森田森吾。胡亂開槍的警察，跟看了電視上的自己而向兒子炫耀的老友，應該相信哪一邊？

他拔腿奔逃。

青柳雅春斜越馬路，雖然背對著手槍需要極大勇氣，但是如今的局勢已沒辦法慎重行事了。

註：中大兄皇子是日本飛鳥時代天智天皇的別稱，他原本是舒明天皇的第二皇子，後來與心腹中臣鎌足共謀發動政變，消滅了當時掌握權勢的蘇我勢力，並推行了各種改革制度，史稱大化革新。

反正不管怎麼跑，會被打中就會被打中。青柳猶豫了一下，不知該逃進別條巷子，還是附近的建築物。稍稍思考之後，認為逃進建築物太危險了。

「站住！」、「不准跑！」背後傳來警察的喊叫，銳利的聲音彷彿要刺穿背部，警察的兩隻手臂彷彿會從大老遠延伸過來，穿過自己的腋下，將自己緊緊捉住。

青柳看見轉角有一間酒類專賣店。從前當送貨員時，這裡雖然不是自己負責的區域，但也走過好幾次。青柳攤開了腦袋裡的地圖，左轉之後右邊應該有一條小路。

此時，酒類專賣店走出了一個滿頭白髮的男人，只見他一邊在圍裙上擦手，一邊轉頭對著店內的某人說：「喂，外面怎麼這麼吵。」男人似乎沒有察覺青柳正狂奔而來差點撞上他，青柳趕緊閃身避開。

槍聲響起。青柳一愣，轉過頭去，看見一個警察正蹲著馬步，握著手槍。青柳明白警察又開槍了，但是自己的身體並沒有感受到衝擊力，只見身旁那個賣酒的老闆突然向後倒，動作異常緩慢，他張大了眼，臉上的表情彷彿在向青柳詢問：「你能不能告訴我，這是怎麼回事？」接著身體浮在半空中，整個人斜斜地倒了下去，鮮血從左肩冒出。店內傳出了尖叫聲，一名女子跑了出來。青柳停下腳步，想要在老闆身旁蹲下，但是眼角一瞄到警察，又趕緊奔逃。那賣酒的老闆意識似乎還是清醒的。

「站住！」警察再次怒吼。

太奇怪了。警察怎麼會那麼輕易開槍？而且明明打中了毫無關係的人，卻一點也不在意，依然不肯放棄繼續追趕自己。這實在太奇怪、太不尋常了。

青柳跑進了巷子，馬上轉進右邊的巷道內，來到一個十字路口，再往左轉，繼續往前奔跑，來到了一條東西向的大馬路上。身後的警察應該還在窮追不捨，但是距離尚遠。青柳從肩上的背包中取出手機。該打給誰呢？青柳氣喘吁吁。沒想到辭了送貨的工作才三個月，體力就變得這麼差，令他愕然。

道路兩旁的建築物內陸續有人走出來。抬頭一看，站在窗邊向外觀看的人也很多。一瞬間，青柳以為這些人都在看著、凝視著、瞪著自己，甚至可說是監視著自己，為了將自己的所在位置告訴後面追上來的人而站在那裡，令青柳感到無比恐懼。敵我勢力實在太懸殊了，自己再怎麼倉皇逃命也只是徒費工夫。這樣的想法讓青柳不禁想要往地上一坐，舉白旗投降。但是仔細一看，這些人的視線全都射向了東邊的遠方，原來他們的注意力都集中在東二番丁大道上的遊行為何會傳出喧鬧聲。

到底發生了什麼事？

「金田會在遊行過程中遭到暗殺。」森田森吾曾經如此斷言。「是森林的聲音告訴你的？」「根本沒有什麼森林的聲音。」

青柳雅春跑到一條單行道上。整條路亂得不像是現實中會出現的場景，路上的行人東奔西走，別說是人行道，就連馬路中央停擺的車陣之間，也有無數行人穿越。青柳慌張地環視左右，剛剛看見的白煙依然不斷向上竄出。

「請問……」青柳叫住了一個從右邊奔來的西裝男子。

「幹什麼？」男子明顯露出不悅的表情，停下腳步。

「發生了什麼事？」

「聽說遊行隊伍中發生了爆炸。」

「大家都在跑，是想跑去哪裡？」

「不是跑去現場，就是跑去躲起來吧。」

「爆炸造成了多大的傷亡？」

「金田大概當場斃命了吧。」男子接著展現一股身為看熱鬧群眾的使命感，說了聲「我得趕快過去看看」之後，便跑得不見蹤影。遊行隊伍發生爆炸、金田當場斃命，青柳雖然可以理解這些話的意思，卻沒有真實感。「奧斯華！」森田森吾的聲音再次在腦中迴盪。

下一瞬間，青柳感受到從自己的後方，也就是剛剛跑過來的方向，有一股彷彿氣球爆開、空氣向外噴散的衝擊力，伴隨著炸裂聲，颳起了一陣風。有人持續地高聲尖叫，人行道上往來的路人皆停下腳步，張大了嘴，抬起視線。

「咦？又發生爆炸了？」某個人如此說道。

「喂，怎麼回事？」另一人如此喊道。

青柳腦中一片混亂，原本朝左邊踏出了一步，又馬上轉向右邊。路人都因爆炸聲及震動而停下腳步，在人群之間，青柳看見一輛停在路邊的計程車。車上亮著空車的燈號。已經沒有時間猶豫了，青柳打開車門，滑進了計程車後座。

「您好，剛剛好像又發生爆炸了呢。」司機如此說道。這司機的頭髮很長，覆蓋了耳朵。青柳往後照鏡看了一眼，可以看見司機的額頭，上面有幾道皺紋。透過後照鏡，兩人四目相交。

「剛剛那也是爆炸聲嗎？」

「真不曉得到底怎麼了。」

「載不載客？」

「您要到哪裡？」

總不能告訴他「我也不知道」，於是青柳回答：「車站東口。」沒特別理由，只是想去一個跟這裡完全相反的地方。這裡相對於仙台車站的反方向當然就是東口，這是一個直覺的念頭。況且，在青柳的心中，有著想要回到剛剛跟森田森吾待過的那間速食店的強烈欲望。如果能夠回到那裡，似乎這些莫名其妙的事情都會被倒轉，再次遇見那個將薯條折成V字形的森田森吾。

「東口嗎？不知道到不到得了。老實說，我完全忘了有遊行這回事，明明實施交通管制，還跑到這裡來。我剛剛正在思考要怎麼繞過這個區域呢。」

「能走多遠就算多遠吧。」

「好吧，我會堅持到再也走不下去為止。」

剛好此時，前面的車子前進了，計程車才終於關上車門向前駛去，並立刻往右回轉。「我在這裡掉頭，繞一圈到車站另一邊，可以吧？」司機的語氣突然變得強而有力。青柳雅春雖然心裡想著「已經轉了才來問我，不是先斬後奏嗎？」不過還是回答：「那就麻煩你了。」

青柳的身體隨著橫衝直撞的車子搖晃，腦中想著森田森吾的事。「車底裝了炸彈，電影不是常常這樣演嗎？」森田森吾方才是這麼說的。此時青柳才領悟到，剛剛聽見的爆炸聲很可能來自森田森吾乘坐的那輛車，不禁全身寒毛直豎，他試著把臉靠在窗邊向外張望，卻看不出什麼。

「我剛剛從後照鏡看到警察握著手槍，這還是我第一次看見警察掏槍呢。」

「咦？」

「就在您剛剛出來的那個巷口，跑出幾個警察，看來真的是緊急狀況吧。看見手槍讓我有一種感覺，好像這裡已經不是我所熟悉的仙台了。」

## 青柳雅春

「這裡真的是我熟悉的仙台嗎？」握著方向盤的阿一對著坐在副駕駛座的青柳雅春說道。

「仙台其實很大。」青柳回答。這是大學二年級的青柳。他打開了懷裡的背包，拿出一本剛剛在校園書店買的文庫本小說。

「那是什麼？」坐在駕駛座上的阿一轉頭問道。

「書啦。每天老是吃漢堡，跟森田還有你聊些沒營養的話題，腦袋會生鏽，偶爾該看看書。」

「我猜一定是杜斯妥也夫斯基（註一）吧？」

阿一的這句話讓青柳嚇了一跳，愣愣地看著他。

「我猜對了嗎？」

「你怎麼知道？」

「森田昨天晚上在電話裡跟我說的。他告訴我『青柳最近會開始看杜斯妥也夫斯基的書』。」

「他怎麼知道？」

「三天前，我們幾個不是一起去喝酒嗎？那時候，樋口不是說過一句『你們沒看過杜斯妥也夫斯基的書嗎？』，又說『真是的，竟然連杜斯妥也夫斯基也沒讀過』嗎？森田說，青柳聽了這兩句話，一定偷偷下定決心要買來看了。」阿一淡淡地說道，話裡似乎並沒有什麼深意。

「青柳，沒想到你這麼可愛。」阿一接著說道。

「『沒想到』是什麼意思？『可愛』又是什麼意思？」

「不過呢，事實上，那兩句話是森田叫樋口說的呢。他們只是惡作劇，想要試試看你會不會真的受影響。」

「什麼？」青柳一瞬間無法會意。

「樋口還笑著說她自己也沒讀過杜斯妥也夫斯基呢。」

「咦？不會吧？」

「她說她只看過手塚治虫畫的《罪與罰》。」

「漫畫喔？」

「像我，一直以為杜斯妥也夫斯基是一個拿著短刀的愛斯基摩人（註二）呢。」

註一：費奧多爾．杜斯妥也夫斯基（Fyodor Dostoevsky，1821-1881），知名俄國作家，被認爲是存在主義的先驅，代表性著作有《罪與罰》等。

註二：日文中「杜斯妥也夫斯基」音近「拿著短刀的愛斯基摩人」。

青柳整個人變得垂頭喪氣，有種想要把手上的書丟掉的衝動。

「阿一，我想你一定是走錯路了。」

「我也這麼覺得。」手握方向盤的阿一靦腆地笑了，但看起來並不懊惱，反而像在享受迷路的感覺。「還不都怪森田的地圖畫得太差了。」

「他怎麼畫？」

阿一從外套胸前的口袋掏出一張紙，遞給青柳。攤開一看，確實是一張非常糟的地圖。上面只畫著東南西北的標記，以及一個箭頭由仙台車站沿著國道四十八號彎曲前進，在西邊的一個點大大寫著「這裡」兩字。事實上途中必須經過一塊由數條道路交錯而成的區域，那裡的路口非常複雜，但是地圖上只是把那附近用一條線圈起來，然後寫著一句「這附近很複雜，挺麻煩的」。像這種複雜的區域，不是更應該寫下詳細而明確的指示嗎？

「話說回來，森田為什麼要搬到那麼偏僻的地方？」

「那傢伙剛進大學時，住的是很高級的出租公寓，地點又在鬧區，房租很貴呢。」

「我知道。有一次，我喝完酒，在森田的住處借住一晚。市區裡的房子住起來那麼方便，為什麼要搬呢？」

「可能是突然覺得方便會讓人失去活力吧。」

「又是森林的聲音告訴他的嗎？」阿一乾笑了幾聲。「森田那句『我可以聽見森林的聲音』到底是從什麼時候開始說的？」

「第一次見面的時候就說了。」青柳回想剛入學的那場新生交流會說道。當時理著三分頭的森田森吾彷彿吃錯藥，突然向大家說：「我的名字叫做森田森吾，因為有兩個森字，所以不論何時何地，都有寧靜深遠的森林之聲在引導著我。」青柳一聽之下，心裡暗暗警惕：「原來大學生一旦趁興喝了太多酒，就會變成這個樣子。酒真是可怕，我得小心一點。」

「青柳，你對森林的聲音有什麼看法？」

「很愚蠢。」

「我也這麼覺得。比起森林的聲音，我還比較希望聽到汽車衛星導航的聲音，告訴我森田的新公寓到底怎麼走。」

此時青柳拿起手機，撥了森田森吾住處的電話，想跟他確認路線。但不知為何，沒有人接。

「森田為什麼不辦手機？」

「因為他有森林的聲音吧。」

結果，阿一駕駛的輕型汽車完全開錯方向，鑽進了一條死巷。事實上也是因為兩人相信了「在這邊往右轉的話說不定會到呢」這種毫無根據的直覺，才陷入這樣的窘境。眼見道路愈來愈狹窄，開始向上爬坡，青柳明知這絕對不是正確的路徑，卻也沒有勇氣叫阿一回頭。上坡路段的終點是一處看起來像登山道入口的地方。兩人在此停車，走出車外。

「這裡是哪裡？」

「別問我。」

由坡上往下看，可以清楚看到剛剛開上來的那條車道，兩側零星散布著小小的平房，每一棟建築物都有圍牆包圍著。

總之也只能先掉頭回去再說了。就在青柳正要上車時，突然「啊」的一聲叫了出來。他發現一輛停在右邊圍牆旁的黃色輕型汽車，看起來相當眼熟，連車牌也相當熟悉。此時阿一也察覺了，拉高嗓子「咦」了一聲，接著說：「那不是樋口的車嗎？」

「是啊。」青柳走向那輛車，指著保險桿上的凹陷處說道。

就在這時，耳邊傳來了說話聲：「喔，這不是青柳跟阿一嗎？」抬頭一看，樋口晴子正站在坡道下方，舉著右手。

青柳與阿一對看了一眼，皺起眉頭往坡下走去。晴子身穿牛仔褲與黑色連帽外套，旁邊站著一個身材矮小、蓄著鬍子的男人。那個男人從頭髮、鬢角到下巴的鬍子，整張臉被毛髮覆蓋了一圈，鼻子很長，眼角下垂，嘴唇很厚。青柳在心中茫然地想著，這個人與其說是人類，看起來更像一隻可愛的小熊。看起來像熊的男人慢條斯理地說：「喂喂，我為了不引人注目，才把工廠開在這種偏僻地方，怎麼還是一天到晚有陌生人闖進來呀？」男人大約五十歲左右，卻連一根白頭髮也看不到，他脖子上圍著一條白色圍巾，彷彿是亞洲黑熊脖子上的白色斑紋。

「是啊是啊，」晴子點頭說：「你們怎麼可以隨便跑到這裡來。」

「妳也一樣。」像熊的男人立刻罵道。

「請問，」阿一小心翼翼地問說：「您是哪位？樋口學姊的父親嗎？」

青柳一聽到這句話，下意識地挺直身子，拉了拉領口。

「不是啦。」男人滿臉不悅，撇著嘴說：「我是這家工廠的老闆。」

「這位是轟先生。你們沒聽過鼎鼎大名的轟煙火嗎？」

「妳自己還不是到剛剛為止都沒聽過？」男人再次罵道。

「轟煙火？」青柳將聽到的這個字念了出來，卻無法理解其意義，以為是某種演歌。（註）

「就是煙火啊，煙火。」晴子的眼中閃耀著光芒，興奮地說：「仙台的煙火大會，不是會放一些超級大的煙火嗎？轟先生的工廠就是專門製作那種煙火的地方。」

按照慣例，仙台每年都會在八月上旬的某三天舉辦七夕祭典，而在祭典前一天晚上，則會在廣瀨川河堤上舉辦煙火大會。整整兩個小時，無數煙火會被打上天空，伴隨著聲音綻放出繽紛色彩，極為壯觀。青柳連續兩年都與森田森吾及班上的同學一起待在大學的校舍頂樓欣賞。

「煙火就是……」青柳看一看左右的建築物，喃喃說：「在這裡製作的？」

「畢竟是使用火藥的工作，最近治安又不好，所以每次有陌生車輛開進這條偏僻的死路，我就很緊張。」轟廠長皺眉，搔了搔額頭說道。

「所以像你們這樣，隨便跑到人家的工廠用地，會給人家添麻煩的。我猜一定是迷路了，對吧？」樋口晴子以食指指著兩人說道。

「妳有資格說別人嗎？」轟廠長板著臉說道。

「所以說，轟煙火的煙火指的就是打上天空的那個煙火。你們知道煙火裡面裝的火藥叫什麼嗎？」晴子問道。

註一：「煙火」跟「演歌」的發音相同。

「這也是剛才從轟先生那裡聽來的吧，妳這現學現賣的傢伙。」阿一嘟著嘴說道。

「叫作藥星呢。在煙火裡面塞星星，打上天空，真有意思。」

「煙火是從很久以前就有了嗎？」青柳轉頭向轟廠長問道。「江戶時代的人放煙火，不是都會大喊『玉屋』或『鍵屋』（註一）嗎？」

「以前的煙火比較樸素，花俏程度跟現在沒得比。仙台從前是由最喜歡華麗事物的伊達政宗（註二）統治，所以煙火特別盛行，他還曾經招募全日本的煙火師傅來仙台舉辦煙火大會呢。」

「轟先生，能不能讓我們幫忙放煙火？」過了一會兒，晴子說：「就當作是打工吧。」

「真是個好主意。」阿一立即大加贊同。

轟廠長雙眉一擠，搖頭說：「這是使用火藥的工作，不能隨便讓你們幫忙。何況我剛剛也說過了，最近治安又不好。不行不行，別開玩笑了。」

「至少，施放煙火的時候，讓我們在旁邊觀摩嘛。」阿一像個小孩子一樣，完全沒有考慮會不會給對方造成困擾，只是強調自己的願望。「我好想近距離看一次在放煙火的管子上點火的那一瞬間呢。」

「我為什麼要讓你們……」轟廠長冷淡地搖頭拒絕，但是話說到一半，突然又改口說：「除非你們願意鏟雪。」

「鏟什麼雪？」晴子問道。

「每年年初都會下雪，這附近積雪很深，我的員工在開工前都必須先鏟雪，實在很累人，不如你們幫我鏟雪吧。」

「幫你鐽雪，你就願意讓我們在旁邊看？」晴子露出了笑容。

「我可以考慮考慮。」轟廠長給了個吊人胃口的回答，聽起來倒像是開玩笑。

「其實不瞞您說，我們都是鐽雪社的社員呢。」青柳滿臉認真地吹了個無聊的牛皮。

「鐽雪是我們生存的意義。」晴子也如此說道，阿一接著又補了一句：「只要能讓我們鐽雪，這輩子就別無所求。」

「既然如此，那也不需要看煙火了吧？」轟廠長笑道。

隔了一會，青柳的手機響了。一接通，馬上便聽見了森田森吾的聲音：「喂喂，你們怎麼還沒來，迷路了嗎？」

「不，我們總算到了目的地了。」

「少騙人了，我現在在家裡，沒看見你們啊。」

「你也快點過來吧。」

「你才快點過來哩。」

「不趕快來的話，就看不到煙火了喔。」

「喂，你們現在到底在哪裡啊？」

「你不來，我們都不知道該怎麼辦呢，社長。」

註一：「玉屋」跟「鍵屋」都是江户時代著名煙火師的名稱，後來變成了日本人觀看煙火時的歡呼聲。

註二：伊達政宗是日本自戰國時代到江户時代前期的武將，陸奥仙台藩的第一代藩主，由於右眼失明，又被後世稱爲「獨眼龍伊達政宗」。

「社長？我什麼時候變社長了？」

「你是鏟雪社的社長，忘了嗎？」

## 青柳雅春

「果然到不了呢。」計程車司機的這句話，讓青柳雅春張開了眼睛。他不知自己是何時閉上雙眼的。

「到不了嗎？」

「整條路上都是車，動也動不了。」

司機指著前方說道。計程車為了前往仙台車站的東口而打算從新幹線的高架橋下穿越過去，卻被車陣堵在高架橋前。數公尺前方的紅綠燈雖然亮著綠燈，但是車陣絲毫沒有動靜，前後望去都是車，能夠開到這個地方，幾乎已經是奇蹟了。

「首相被殺了，造成的混亂果然不小。每一條路都被封鎖了，國道也無法通行。」司機一邊轉著收音機的音量鈕，一邊說道。「剛剛公司用無線電宣布，叫我們暫時回公司待命，但是這種狀況根本回不去呢。」

「真是抱歉。」

「這不是你的錯。反正不管怎麼樣都動不了。與其坐在車上，倒不如用走的。剛剛無線電說東口那邊還滿順暢的，所以建議你用走的過去。」

青柳雅春付了錢下車。一瞬間，街上的喧囂聲如潮水般湧來，淹沒了他的身體。救護車及消防車的聲音、路人的呼喊聲及喘息聲彷彿在空氣中四處蔓延。明明什麼都沒做，卻感覺非常慌張，彷彿有什麼在催促著自己。路上的行人每一個都面色凝重地快步而行，青柳也不由自主地邁開大步前進。

先回家吧，青柳心想。先回家一趟，把目前的狀況好好整理一番。靠電視和網路，應該可以搞清楚到底發生了什麼事，何況森田森吾的安危也令人擔憂。

來到仙台車站的東口，發現計程車司機說的根本是錯的，這裡的車陣也是一樣大排長龍，紅綠燈幾乎失去意義，路人在馬路中央任意穿越。

青柳通過一間電器量販店的門口，朝北方走去。此處距離自己的公寓大約徒步二十分鐘。他取出手機，無暇細想便按下了森田森吾的號碼，無論如何，很想知道他是否平安。

「森田，你什麼時候辦手機了？」

「身為業務，不辦手機也不行。」

這兩句對話還是短短兩個小時前說的。青柳按下剛登錄沒多久的手機號碼，卻連通話鈴聲也沒聽見，只傳來「您撥的電話未開機，請稍候再撥」的電腦語音。他皺眉，在心裡罵：「稍候再撥，是要等到什麼時候呀？」心中有種預感，似乎這個朋友將從此消失，電話再也打不通了。

市中心的混亂局面，並沒有波及青柳雅春的公寓所在區域。公寓前的小公園，幾個推著嬰兒車的女人正站著聊天；砂堆區裡，小朋友默默地堆著砂山。或許是為了下個月的聖誕節做準備，地上間隔排列著可愛的綠色聖誕樹。

青柳朝著公寓門口走去。在車內與森田森吾交談過的那些對話，以及被警察追趕的回憶，全都失去了真實感，不禁想要指著公寓陽台上晾曬的衣物說：「如果那些都是現實，那這片悠閒景象又是怎麼回事？」

推開公寓入口處的沉重大門，先到一樓的信箱看了看，接著走到電梯前，按下上樓的按鈕。青柳一開始沒有發現，身旁兩邊各站了一個男人。正確來說，其實早就看到這兩個男人，原本只當他們是住戶，並未多留意。「你是青柳先生嗎？」被其中一人這麼一問，青柳才一驚。說話的是右邊的男人。凝神一看，這個人眉毛很濃，眼睛細細的，鼻子很扁，正在看著自己。「咦？」青柳才發聲，左側的男人突然踏近了一步。

「有什麼事嗎？」

「你是青柳雅春嗎？」左側的男人問道，他很高，戴著一副眼鏡。兩人都穿著深色西裝，胸口別著像公司徽章的東西，但青柳從來沒見過。

「我是青柳雅春沒錯。」青柳回答，身體因緊張而動彈不得。「請問兩位是？」

右邊的男人突然抓住青柳的右腕，夾在左邊腋下用力一扭，青柳瞬間感到一陣劇痛，只能彎下腰，成了一副可憐兮兮的姿勢，嘴裡不禁大喊：「幹什麼啦。」

「閉嘴。」男人說：「不准動。」

青柳試著搖動身體，男人的西裝因而被扯歪，露出裡面的襯衫及看起來像吊帶的背帶，在腹部的位置還塞著一把看起來像手槍的東西，讓青柳嚇了一跳。

左邊那個高大的男人此時試著要抓住青柳的腰際。

青柳並沒有多想，腦中只是閃過了森田森吾在車上拚命喊著「你快逃」的畫面。他踏穩了腳步，維持平衡後，用力轉動身體，兩手朝著右側那個男人的胸口推去。男人向後飛去，一屁股跌坐在地上。

高大男人的雙手此時已經伸來，青柳轉過來面對他，將肩上的背包推到背後，然後伸出雙手向他推去，對方立刻又用力推了回來，青柳兩手往前伸，伸到對方的肩膀位置。「在對方踏出右腳的瞬間，就要把自己的左腳放在那隻右腳旁邊。」腦中響起了聲音，那是森田森吾的聲音。學生時代，青柳在學生餐廳內抓著阿一當練習對象時，森田森吾那傲氣十足解說的聲音。「只靠腳的力量是絕對沒用的，一定要連帶使出上半身的力量才行。」就像兩年前在送貨途中將歹徒摔出去的那一次，身體下意識地做出了動作。自己的左腳往對方右腳的旁邊踏出，同時把右腳奮力往前伸，以左手拉住對方的胸口用力扯，將對方的右腳踢開。「把上半身湊上去！」森田森吾的聲音在後腦勺響起。「咚！」的一聲，高大男人的背部狠狠摔在公寓大門旁的地面上，甚至連壓在他上面的青柳雅春也感受到那股衝擊。

青柳回過神來趕緊滾向一旁，站起來，奮力狂奔。我成功了，森田！這下闖大禍了，森田！

青柳雅春奔出公寓，朝右向前跑，與一個正推著腳踏車的老人四目相交。這個老人與青柳住在同一棟公寓，每次見面都會打招呼，不過不知道彼此的名字。「啊，午安。」老人說道。「午安。」青柳奔跑的速度絲毫沒有放慢，慌慌張張地與老人擦身而過。

這條路相當筆直，青柳開始感到呼吸急促。過了一會兒，背後傳來劇烈的乒乓聲響。他邊跑邊回頭一看，老人的腳踏車已被推倒，而推倒腳踏車的，就是剛剛在電梯前包圍自己的那兩個男人。他們露出不耐煩的表情，避開正想扶起腳踏車的老人，朝自己追來。

青柳跑到縣道上。這是一條雙向四線道的馬路，車輛往來頻繁，但似乎沒有因東二番丁附近的大塞車受到影響，車流量並不算大。他沿著縣道旁的人行道往前跑，呼吸愈來愈困難，每吸一次空氣都感到相當難受，隨著這股痛苦加劇，步伐也愈來愈紊亂。

他看見一座天橋，立刻便決定跑上橋，到馬路對面去，腦中並沒有想太多，只是希望逃得愈遠愈好。可是兩腳踏上階梯，才跑沒幾步便失去平衡，差點摔倒。此時一名年輕女性正巧從階梯上走下來，見狀趕緊避開。她一定是把青柳當成一早就現身的醉漢了，只見她小跑步下了天橋。

青柳抓住扶手，維持身體平衡，再次跨步爬上階梯，回頭一看，沒有人追來。走上天橋，看見車子一輛一輛從橋下穿越。

雙腳的疲憊與呼吸困難讓青柳忍不住想一屁股坐在地上。「別停下腳步」他在心裡如此警惕自己。腳下用力一蹬，卻感覺到一陣暈眩，眼前的景色變得模糊，宛如貧血的症狀。天橋的兩側有護欄，青柳不禁將身體靠在護欄上，俯視縣道。此時的馬路不知為何看起來竟像一條搖曳著銀色光芒的河川，水流反射著光芒緩緩向前流去，水中的魚兒頂著本田、馬自達等廠牌標誌奮力向前游。

青柳彎著身子，走到了天橋的中央。

此時，有三個人影從對向的階梯口轉了出來，是三個制服警察。青柳心想，如果裝作若無其事從他們身旁走過，或許不會被懷疑，但沒想到其中一個警察一見青柳，立刻臉色大變。青柳不得已，只得轉頭狂奔。警察喊了一些話，聲音非常大，似乎是威脅要開槍吧，雖然聽不清楚，但不會是什麼好話。

青柳奮力往來時路狂奔，但是就在奔下階梯的途中，驟然停下了腳步。

兩名西裝男子正沿著他剛剛跑來的那條路，朝他衝過來，其中一人正是在公寓內吃了自己一記大外割的那個高大男人。

青柳不禁輕輕喊出了一聲「啊」。接下來，彷彿看見了這個聲音不斷地沿著階梯往下滾，沾滿了塵埃，體積逐漸膨脹，變成一塊巨大的聲響，撞在西裝男身上。

被驚叫聲撞個正著的兩個男人抬頭望向天橋。青柳一步、兩步地向後退，再次回到了階梯頂端。另一頭的三個警察也正逐漸逼近。

「大外割」三個字再次浮上腦海。或許可以說是黔驢技窮吧，老實說青柳已經想不到其他的手段可突圍了。把警察摔出去？連續摔三個？真的這麼做，成功的可能性微乎其微。他沮喪萬分，兩眼朝馬路上望去。

從對面階梯跑上來的三個男人身穿警察制服，而一路從公寓追來的兩個男人雖然未穿制服，但既然腰際掛著手槍，身分應該也跟警察差不多。既然如此，自己又沒有犯罪，就算被逮捕，只要好好說明前因後果，再讓他們詳細調查，應該可以獲釋。

青柳如此想著，如此期望著。

但是，此時耳邊再次響起了森田森吾的聲音。那個老友斬釘截鐵地說：「你會變成第二個奧斯華。」接著悲傷地哼起了〈*Golden Slumbers*〉。另外，老友也曾這麼說：「如果你為了證明自己的清白而進了警察局，恐怕在認罪之前別想回家。」接下來，青柳又回想起那個酒類專賣店的老闆被槍擊中，鮮血從肩膀冒出的畫面。他不禁抖了一下，那顆子彈本來會打在自己身上。

如今的狀況非比尋常，快逃吧，就算把自己搞得再窩囊也沒關係，逃吧，活下去。

回憶似乎已經不再是回憶，彷彿森田森吾附身在自己身上，正在體內如此呼喊。快逃吧，青柳，別再遲疑了。體內的森田森吾似乎已經對青柳雅春這不聽使喚的肉體感到不耐煩了。

逃？往哪裡逃？

青柳向下一看，兩個西裝男已經爬上一半的階梯，掏出手槍了。從天橋另一側跑來的三個警察也已近在咫尺。他舉起雙手，仰望天空。

左腕上的手錶偶然映入眼簾，現在是下午一點十分左右，原來已經過了這麼久了。就在這一瞬間，一個念頭閃過腦海，他不禁「啊」的一聲叫了出來，急忙環視左右，確認所在位置。森田森吾在身體裡不斷嘶喊。不是剛剛遇到的那個疲憊、滿嘴抱怨的森田森吾，而是學生時代那個玩世不恭、說話總是一臉高傲的森田森吾。從他嘴裡冒出來的那句話是：「習慣與信賴。」

「沒錯。」青柳如此告訴自己，轉身面向天橋的護欄，奮力向上一跳，踏在天橋的護欄上。

「不准動！」耳畔傳來某人怒吼，另一個人則撲過來。雖然沒看見，但青柳感覺得出來。

就在那一瞬間，他低頭望著腳下。天橋的高度讓他感到腹部有一股涼意，但還是毫不猶豫地雙腳一蹬。

踏足之處消失了，身體開始墜落，體內的水分迅速蒸發，體溫不斷下降，自己正在墜落，速度愈來愈快，青柳感到一陣恐懼，害怕自己就這麼撞上路面，摔得稀巴爛。

雖然很想閉上雙眼，但他還是勉強睜開眼睛，看著下方。

他的目標是一輛停在路邊的貨車後方的載貨平台，平台上張著帆布。做事一板一眼的前園先生總是按照計畫行事，時間一到，就會出現在那裡。

青柳縮起了身子，整個人沉入帆布中。他抱膝，以身體側面朝下。帆布向下凹陷，他的手腕撞到了帆布下的紙箱，極為疼痛，墜落的恐懼感引得心臟劇烈跳動。帆布伴隨著巨大聲響往回彈，微微向上翻起。青柳勉強維持住身體的平衡後，爬出帆布外。

## 樋口晴子

樋口晴子與平野晶在蕎麥麵店內愣愣地看著電視機。一開始，兩人只是茫然地在心裡自問：「咦？怎麼了？為什麼會爆炸？」但是狀況漸漸明朗之後，整個店裡都騷動了起來。「這可不得了了。」某人說道。就連老闆也從廚房裡跑了出來，雙手交抱胸前，說「喂喂，這不是在拍電影吧」，倒也沒有客人要求他趕快煮麵。

「這裡在地下室，所以沒有感覺，外面恐怕是一陣混亂吧。」平野晶說：「消防車跟救護車應該都來了，肯定亂成一團。」

忽然間，晴子有一種店裡似乎變暗的錯覺。她感到呼吸困難，甚至產生一種幻想，彷彿只有這間店才是唯一的安全地帶，外面已經沒辦法住人，想出去也出不去了。

「妳還是早一點去幼稚園接女兒吧，免得遇上大塞車，回不了家。」

「啊，也對。」晴子對平野晶的冷靜判斷大感佩服，點了點頭。但是當她起身時才發現，店裡的客人似乎也都想到了同樣的問題，櫃檯前已大排長龍。

「不知道是誰幹的。」平野晶一邊從錢包裡掏出零錢，一邊說道。

「會不會是某種政治陰謀？」

「說不定是一個想要自殺的人，決定在自殺前幹一件轟轟烈烈的大事。」

「用遙控直升機？」晴子皺眉說：「也不是沒有可能。」

終於輪到了兩人結帳。她們各自付了錢之後，走出店外，爬上樓梯，走到大樓外面，沒想到外頭竟是一片明亮，晴子微感吃驚。

「那是煙嗎？」望著東二番丁大道方向的平野晶指著天空。淡藍天空中飄著絮絮雲朵，這些雲卻帶了一條尾巴，直通地面。想來應該是爆炸的煙霧升到天空，和雲朵混在一起了吧。

「事情真的發生在這個城市？」晴子有點難以置信。沿著腳底下這條路往前走十五分鐘，就可以抵達剛剛在電視上出現的那個遊行現場。一國元首遭到暗殺，這種驚天動地的大事件竟然就發生在自己身邊，實在讓人難以想像。

「啊，簡訊。」平野晶一邊說一邊從口袋裡掏出手機。樋口晴子忍不住也拿出自己的手機看了一眼。接著平野晶突然爆笑出聲，於是晴子問：「怎麼了？」

「剛剛跟妳提過的那個將門傳來的簡訊，上面寫著『這個星期六要去哪裡？要不要去松島看電鰻？』。」

晴子也笑了出來。「真是悠哉啊，他不知道發生大事了嗎？」

「可能不知道吧。他今天放假，似乎正窩在漫畫網咖打發時間。不過，想起來也真奇妙，即使發生了這麼嚴重的事，我們還是會去上班、工作、看電鰻。就算哪一天發生戰爭了，當天的聯誼恐怕還是會照常舉辦吧。個人的生活應該是與世界息息相關，卻好像完全沒有關聯。」

「是啊。」晴子點頭同意。就算世界發生再大的騷動，自己最關心的還是只有女兒的健康、丈夫的出差計畫、晚餐的菜色以及在網路上看到的化妝品價格吧。

晚上七點過後，在大阪出差的樋口伸幸打電話回家。「我今天一直在開會，回到飯店後打開電視才知道發生這麼大的事，嚇了一大跳。仙台現在應該亂成一團吧？妳跟七美沒事吧？」樋口伸幸問道。

「真是稀奇。」晴子笑道：「難得聽你講話那麼快。」

「那還用說，擔心妳跟七美的安危，急也急死了。」

「那麼擔心的話，現在就回來吧。」樋口晴子故意加重了語調說：「如果真的擔心，一定會回來的。如果我是你，一定會回來。」

「喂喂……」樋口伸幸回答。每次不知該說什麼的時候，他就會像這樣故意把聲音拉長。「我聽不太清楚。訊號不良嗎？晴子，妳說什麼？我沒聽清楚。」

晴子此時將話筒移向身旁的女兒，湊在她耳邊。「爸爸，你還不回家嗎？」七美問道。

「喔喔，七美，妳好嗎？爸爸在這邊很努力工作喲。」

「訊號沒問題嘛，你明明聽得到。」晴子再次將話筒拉回耳邊說：「馬上回來吧？」

「沒辦法啦，明天還有會要開。」

「如果現在我跟七美發生了意外，你會怎麼做？」

「當然是立刻趕回去囉。」

「那你就這麼想不就好了？」晴子調侃說：「這只是有沒有心的問題。」

「不行啦、不行啦。總之妳們都沒事吧？」

「沒事。勉強要說有事的話，大概只有七美的幼稚園為了安全考量決定明天放假一天。」

「那就好。」樋口伸幸的語氣很明顯像放下了心中大石。接著便掛了電話。

「爸爸說了什麼？」七美湊過來，拉著晴子的衣服下襬問道。

「爸爸說，如果七美願意把最討厭的小黃瓜吃下去，他就會回家。」

「那他不用回來也沒關係。」

「酷。」

一直開著的電視，正重複播放著金田首相的遊行以及遙控直升機出現的畫面，彷彿那是一件發生於遙遠國度的事情。

到了隔天，原本宛如發生在遙遠國度的事對樋口晴子而言竟變得近在咫尺。一早打開電視一看，嫌犯竟然是自己熟知的男人。

「他在搞什麼鬼啊。」晴子不禁對著電視喃喃自語。原本坐在餐桌前，手持麵包正在塗果醬的她凝視著電視機發了好一會愣。「青柳在搞什麼鬼啊。」

「這個人是誰？是凶手嗎？」七美指著電視問：「什麼事情的凶手？」

晴子專注地聆聽。畫面上播放的是兩年前的影像，青柳雅春在送貨途中救了女明星，因而接受某時事節目採訪的影像。

「沒想到竟然是他。」節目主持人語重心長地嘆道。晴子不禁點頭同意，沒想到竟然會是青柳，該不會是惡作劇吧？

根據節目公布的消息，青柳雅春在三個月前辭去了工作。

至於為何他會被當成凶手，則沒有明確說明。

晴子坐立難安，果醬也不塗了，直接拿起麵包咬了一口，卻嚥不下，只好喝一口牛奶，勉強讓麵包通過喉嚨。她站起來，拿起手機，原本只是單純想要打電話給青柳，但仔細一想，根本不知道他的電話號碼。

「媽媽要打電話給誰？爸爸嗎？」七美問：「媽媽怎麼了，為什麼在發呆？」

## 樋口晴子

「妳怎麼了，為什麼在發呆？」被這麼一問，樋口晴子才察覺自己正在發呆。問這個問題的人是竹田恭二，在她打工的補習班擔任教師一職。晴子此時大學還未畢業，只有寒假期間在這間補習班擔任臨時講師。她的薪水是以鐘點計費，而竹田恭二是正式職員，年紀也比晴子大了五歲左右。之前曾聽其他工讀生說過，竹田恭二是一年前從另一間知名補習班被挖角過來的。事實是否如此不得而知，但竹田恭二確實很受學生歡迎，也相當受到信賴。

「我只是恍神一下。」晴子趕緊將視線移回到桌上的考卷。

「小學生很可愛吧？」竹田恭二在她隔壁的椅子坐了下來。她所帶的是小學生的班級。

「是啊，雖然任性，但也很天真。」

「一旦上了國中，就會突然像大人了。」

晴子回想自己的國中時代，說：「好像真的是這樣。」

「小學六年級跟國中一年級只差了一年，但是一旦升上國中，看起來就會比小學生成熟得多，妳知道為什麼嗎？」

「開始懂得打扮了。」晴子想也不想地豎起食指回答。

竹田恭二開懷地笑了。「這麼說也沒錯啦。」又愉快地搖搖頭說：「事實上人是一種很容易受到周圍年長者影響的動物。以小學生來說，最年長的就是六年級生，所以六年級生可以維持自己的觀感不受影響。但是進了國中之後，最年長的卻是三年級生，而一年級生會受到三年級生的影響。這現象是好是壞姑且不談，總之正值青春期的三年級生會變成一年級生的榜樣，因此小學六年級跟國中一年級雖然只差一歲，感覺卻有三歲的差距。」

「這麼說來，小學六年級可以很自然地穿短褲，但是上了國中之後就會突然害羞起來，也是相同道理吧。」晴子的腦中浮現了小短褲緊貼在屁股上的可愛小學生模樣，至於國中生，印象中則幾乎都穿著制服。

「嗯，也可以說是開始懂得打扮了。」竹田恭二露出牙齒笑道。他柔軟的頭髮帶著淡淡的褐色，戴著黑框眼鏡的臉龐散發出一種知性的氣質，說起話來十分爽朗，個性也平易近人。

「竹田先生，你為什麼想當補習班老師？」晴子一邊問，一邊將教科書塞進包包。其實她並不特別想知道答案，只是覺得這樣的問題在找不到話題時還滿好用的。

沒想到竹田恭二卻認真地思考了起來。「這個嘛，到底為什麼呢？」他歪著腦袋說：「或許是因為我喜歡十幾歲的小孩子吧，我喜歡年輕人。」

「這樣啊。」晴子隨口敷衍。她雖然不討厭竹田恭二，但是一看見他那副什麼事情都可以對答如流且絲毫沒有自卑感的模樣，總讓她難以應對。

「竹田先生，你也是年輕人呀。」

「大家都這麼安慰我。」

「是真的呀，你不是還不到三十歲嗎？」

「晴子小姐，妳有沒有想過希望在幾歲結婚？」

「嗯，應該是三十歲左右吧。」對於這個過去想也沒想過的問題，晴子以一副好像想得很透澈的口氣回答。「不過，我有預感很有可能過了三十歲還是孤家寡人。」

「沒有想要結婚的對象嗎？」

「沒有呢。」晴子擺出一副沮喪的表情。

「咦？」竹田張大了眼問：「難道妳沒有男朋友？」

「演得好假。」晴子一瞬間如此想著，又重複說了一次：「沒有呢。」接著問：「竹田先生呢?有沒有想結婚的對象?」她並不特別想知道答案,但基於禮貌似乎非得回問不可。

「沒有呢。」

「啊,這樣呀。」

接下來,彷彿空氣開了一個大洞,兩人陷入沉默。晴子感到不自在,於是站了起來。

「我送妳吧,反正我也要回家。」竹田隨即如此說道。語氣非常自然,不帶半點緊張或焦急。

「到仙台車站可以嗎?」

竹田說著,望向牆壁上的時鐘,晴子也跟著他的視線,往時鐘看了一眼,快要九點了。

竹田的開車技術非常好,車子流暢行駛於國道,不斷變換車道,超越前方速度較慢的車子。

「啊,對了。」他們在一座大橋前等紅綠燈時,竹田問:「晴子小姐,妳等一下有空嗎?」

「啊?」或許是車內暖氣太舒服,晴子不知不覺已昏昏欲睡,回答得有些遲鈍。「應該有吧。」一邊回答,一邊心想:「閒到快睡著了。」

「要不要去佛舍利塔看夜景?」竹田恭二接著又以輕鬆自然的口吻問道。

「為什麼要去看夜景?」晴子雖然想這麼問,卻沒有說出口,只是愣愣地聽著,幾乎要有氣無力地回答「喔……」但是就在此時,燈號剛好轉變成綠燈,綠色光芒映入她那半開半闔的眼中,腦中浮現了青柳雅春的臉。或許是因為綠燈的「青色」讓她很單純地聯想到青柳的名字吧,總之她「啊」的大叫一聲,整個身體彈了起來。

「怎麼了?」握著方向盤的竹田嚇了一跳,車子一瞬間左右晃動。

「我忘了。」

「忘了什麼？」

「能不能請你送我到廣瀨路一段那一帶？」晴子雙手合十懇求：「我忘了今天有約。」

晴子緊閉雙眼，不敢看竹田的表情，直至竹田回答「可以啊」。接著感覺車子的速度似乎變快了，或許竹田恭二是為了她而加速吧，晴子不禁心中充滿感激，說：「真是非常謝謝你。」

「啊，嗯。」竹田的態度突然變得冷淡，接著不知為何拿出手機，開始打起電話。「啊，是我。等等要不要見面？對，去喝一杯吧。」彷彿已經忘了晴子還坐在副駕駛座上，跟電話裡的人喋喋不休地聊了起來。

「我還以為妳不來了。」青柳雅春穿著黑色外套，站在時尚百貨大樓前，這裡是兩人約好的會合地點。只見青柳將手塞進口袋裡，縮著脖子，看起來實在惹人疼愛。夜晚的街景顯得繁華熱鬧，商店街內人來人往，廣瀨路上擠滿了車輛，百貨大樓周圍都是正在等人的年輕人。

「別這麼說嘛，我當然會來囉，畢竟是我約的。」晴子用力點著頭說道，似乎也是說給自己聽。當初可是她聽說「二十年前的恐怖電影名作將在仙台特別上映一場午夜場」的消息，還興奮地喊著絕對不能錯過這個好機會，怎麼好意思到了上映當天反而說「我完全忘了這回事」？

「但是，開場時間早就過了。」

「咦？已經過了嗎？」晴子看著手錶，誇張地裝出吃驚的模樣，彷彿現在才知道時間已過。

「也不等我們一下。」

「哪一間電影院會等人？」

「真是對不起，讓你特地趕來卻發生這種狀況。」

「我有幾個問題想要問妳。」青柳說道。

「請說、請說。」雖然站在寒冷的馬路上交談實在是種折磨，但是因遲到而心虛的晴子不敢有任何怨言。旁邊也有一群差不多年紀的年輕人圍成小圈子在聊天，每個人都將手插在口袋裡，想要指著某人的時候，就用腳尖代替。

「第一個問題是，妳一直不來，我打了好幾次電話給妳，也傳了簡訊，妳沒發現嗎？」

「啊！」晴子一面尖叫，一面將手伸進口袋掏摸，拿出手機一看，說：「看到了看到了，現在看到了。」

「現在才看到啊？」青柳又好氣又好笑。

「打工時我會把鈴聲關掉嘛。」

「即使如此，也應該拿出來確認一下吧。」

「我原本打算在九點半看的。」

「看什麼？」

「看手機。」

「妳使用手機的方法真的有問題。」

「有什麼關係。」晴子加強語氣說：「反正很少遇到什麼急事。」

「真的遇到什麼急事，九點半才看就來不及了吧。」青柳再次嘆了一口氣，抬頭往天空看了一眼，或許是想到自己傳送的簡訊沒有獲得回音，他開始哼起了兒歌：「白山羊寄出了信，黑山羊看也沒看就吃掉了……」（註）唱到一半還把白山羊替換成青柳，變成了「青柳傳出了簡訊，黑山羊看也沒看就吃掉了……」

「夠了、夠了，還有什麼要問的嗎？」

「那是誰？」青柳的語調微微改變了。

「你問我嗎？我叫樋口晴子，幸會、幸會。」

「我說的是剛剛那個開車的人。」

青柳指著廣瀨路，晴子也往車道上看了一眼，才恍然大悟地說：「喔，他是竹田先生，我打工的那間補習班的老師。」

「喔。」青柳滿臉不悅地說道。只見他嘟著下唇，像個小孩子。「喂，」他接著又指著晴子說：「妳身上這件不是打工專用的西裝嗎？」

「是啊，我們那間補習班要求老師一定要穿西裝呢。」

「我為了今天跟妳一起看電影，煩惱了好久才挑了這件衣服呢。」

「很不錯啊，挺適合你的。」

「我想說的不是這個。」青柳搔了搔頭，看起來還是像個鬧彆扭的孩子。「算了，隨便啦。要不要去吃晚餐？」

註：這是日本著名的童謠〈山羊的信（やぎさんゆうびん）〉中的歌詞。

「好啊，有家速食店營業到滿晚的。」

「今天可不是社團活動。」

「啊，也對。」

「我說啊，」青柳的口吻變得小心翼翼，彷彿正拿著看不見的印章蓋在某種文件上。「這是我們兩個人第一次單獨約會吧？」

「啊，也對。」晴子又重複了相同的回答。這麼說來，確實是如此。

青柳此時再次長長地嘆了一口氣，不知為何輕輕笑了。「算了，隨便啦。」他再次這麼說道，接著便邁步前行。

晴子趕緊跟上，走在他旁邊。

「九點半的時候妳真的會看手機嗎？」青柳問道。

「那當然，一定會看的。」

「我說啊，」青柳說：「麻煩妳下次別遲到。」

「下次絕對不會遲到了。」晴子語氣堅定地答道。

## 青柳雅春 

一看時間，已經是下午四點。青柳雅春往遮住窗戶的厚重窗簾望了一眼，擔心房內的燈光從外面看來會不會很明顯。他靠著牆壁，環視室內。過去曾經好幾次送貨來這裡，如今自己卻站在這間屋子裡，這種感覺真奇妙，甚至令人產生一種錯覺，好像穿著送貨員制服的自己隨時會在門口按電鈴，喊著：「有您的包裹。」

牆壁上有圖釘釘著一張地圖。青柳不知道那是哪個國家的地圖，只見上面排列著各種英文字母，各區域隨著標高的不同而著上不同顏色，似乎是一片廣大的土地。凝神細看，彷彿可見稻井先生正在這塊土地上緩緩邁步前進。

大約三個小時前，青柳從天橋上跳下來，摔在前園先生停在路邊的貨車後面的帆布罩上，然後拚命從帆布裡爬出來。青柳往駕駛座一瞧，前園先生依然悠哉地睡著午覺。有人掉到車子後面的載貨平台上，他竟然沒發現，未免睡得太熟了吧。驚訝的青柳原本想敲敲窗戶跟他打聲招呼，但想一想還是算了，現在不是悠閒打招呼的時刻。

天橋上的幾個男人雖然被青柳突然跳下天橋的舉動嚇了一跳，但遲早還是會追過來。他越過護欄來到人行道上，拚命狂奔，在轉角處拐進了小巷裡。

他一邊跑，一邊喊著：「這到底是怎麼回事、這到底是怎麼回事？」

很想找個地方讓自己冷靜一下。雖然想過再搭一次計程車，但是又怕被堵在塞車的路上；也考慮過躲進咖啡廳或電影院，但轉念一想，躲進那些地方，要是對方衝進來，就無路可逃了。

這麼看來，只能先到某人的家了。好好跟某人解釋清楚，拜託對方讓自己躲一陣子，等自己冷靜下來再說。「躲一陣子」這樣的字眼不禁讓他苦笑，明明什麼壞事也沒做，為什麼非得要拜託別人讓自己躲一陣子呢？

「這一切到底是怎麼搞的。」青柳從背包裡取出手機，卻不知該打給誰。有沒有哪一個住在仙台的朋友，在聽了他的解釋之後會收容他呢？腦中第一個想到的人竟是森田森吾。其實是除了森田森吾，他根本想不到任何可以信任的朋友，不禁一陣愕然，接著再次苦笑，如今已無法投靠森田森吾了。

青柳接著想，打給阿一好了。穿過幾條小巷後拿著手機，邊跑邊按下按鍵。不知道阿一現在是否還住在那棟公寓裡。青柳跟他兩年以上沒有聯絡了。當初自己成了電視上的名人時，阿一曾打電話來興奮地說：「青柳，真是不得了，你見到凜香了？好羨慕啊。下次聯誼的時候，我可以把你的事拿出來炫耀嗎？」此時，青柳趕緊找出當初阿一打來時的手機號碼，按下撥號鍵。

通話鈴聲響起。跑步時呼吸不順加上身體晃動，難以將精神集中在電話上，青柳不知不覺放慢了腳步。

阿一沒有接，進入了語音留言系統。正當青柳煩惱著該不該留言時，旁邊的矮樹牆中跳出一隻貓，嚇了他一跳，此時錄音開始的訊號聲已經響了。

「啊，我是青柳。」他來不及多想便開始說話，但是接下來又不知道該說些什麼，只好保持沉默，沒過多久，訊號聲再次響起，錄音結束。

他切斷電話，煩惱下一步該怎麼走，突然開始擔心會不會有人追了上來，趕緊往四周看一看，此時才發現，原來自己已經進入了當初送貨的負責區域。

他利用滅火器下面的備用鑰匙進入稻井先生的家中，將窗簾全部拉上，看起電視。一開始，他關掉聲音，只是看著畫面。但是看節目來賓的表情一個比一個嚴肅，讓他很想聽聽他們到底在講什麼。

屋子裡非常凌亂，壁櫥前堆了數個紙箱，宛如搬家前的整理，桌上也堆滿了東西。

其實，青柳也不確定稻井先生是否還在旅行，雖然管理員說稻井先生在出發前預繳了一年分的房租，但那可能只是為了保險起見，在他的計畫裡，這趟旅行可能不到一年。更何況，就算原本想進行長期旅行，但如果完全感覺不到自己「長大了」，也很有可能在中途喪失興致，臨時中斷返家。不過，就算稻井先生的旅行結束了，這種下午的時間也不可能在家吧，青柳如此猜想著。過去還在當送貨員時，從來沒遇過稻井先生這個時間在家的狀況。

稻井先生在或不在雖然是場生死立判的賭注，青柳卻相信這場賭注贏面極大。剛剛來到門口的時候，門上還是貼著「短期間內不會回家，包裹請寄放在管理員處，等我長大了就會回來」的紙條。青柳雅春看了之後心想：「果然還沒回來。」紙條早已褪色，卻還沒被撕掉。

此時，他發現桌上放了一台隨身聽，心念一轉，在抽屜內翻翻找找，在最下層找到了一大堆看起來像訊號線的東西。他把看起來像耳機的東西挑了出來，首先找到手機用的小型麥克風與耳機。過去曾經看過有人用麥克風講電話，但一直很懷疑這樣的道具用起來是否方便。接下來，他又在抽屜深處找到一副黑色小型耳機。

不管轉到哪一個頻道，都在重複報導金田首相的遊行畫面，載著金田的敞篷車沿著東二番丁大道緩慢前進，接著出現金田的臉部特寫，安祥的臉孔，散發出強韌的意志與氣度，下個畫面則是拍到了從教科書倉庫大樓上空，有一架遙控直升機飛了下來。

接著，爆炸了。

青柳緊握著遙控器，心裡不禁如此默念著「裝了炸彈的遙控直升機」。他看著不斷重複的畫面，凝視著遙控直升機的機體，皺眉心想：「會不會只是單純的巧合？」

他拿起自己的手機，慢慢地按下按鍵，電話簿出現井之原小梅的名字與電話號碼。

「請問我這台為什麼完全沒反應？是我做了什麼嗎？還是有人在整我？」

井之原小梅的說話方式混雜了親暱的語氣及客套的措詞，從一開始就是這樣，嬌小的身材、粗魯的講話方式與好強的個性似乎取得了微妙平衡。在Hello Work的求職情報觸控式螢幕前按了好幾次之後，她朝著隔壁的青柳如此問道。

「我也不清楚。」青柳一邊說，一邊伸手到井之原小梅的螢幕上按了按，確實毫無反應。他滿懷疑惑，又按了按自己的螢幕，這一台倒是很正常。

「喔，太好了，不是只有我按才沒反應。」井之原小梅笑道。她的頭髮是淡棕色，長度在肩膀上面一點點。

「為什麼沒反應？連面試都還沒開始，在搜尋工作這一關就被刷掉，會不會太過分了點？」她如此抱怨道，令青柳啼笑皆非。

「會不會是因為我剛剛吃了零食？」青柳開玩笑道。「啊！」她輕輕叫了出來，說：「我剛剛也吃了。原來凶手是零食。」

就這樣，兩個人成了朋友，那是兩個月前的事。青柳每次到Hello Work找工作的時候，就會遇到井之原小梅，有時兩人還會一起吃午餐。

「青柳的興趣是什麼？」井之原小梅曾如此詢問。青柳只是淡淡地回答：「沒什麼特別的興趣。」接著青柳反問她的興趣是什麼，只見她瞇起了眼，先說了一句：「我的興趣啊，可能會讓你感到意外。」接著才回答道：「遙控直升機。」

青柳按下手機上的撥號鍵，心想，還是跟井之原小梅聯絡看看吧。

「保持警覺，懷抱戒心！」腦中響起了森田森吾說過的這句話。「不，」青柳在心中反駁。「我不是在懷疑她，我只是想要確認一下。」通話鈴聲持續響著，卻沒有人接。接著，進入了語音留言系統。「又是你喲。」青柳帶著苦笑想著，不管是打給阿一還是井之原小梅，聽到的都是語音留言系統。

「我是青柳，好久不見了。我剛剛看了電視新聞嚇了一跳，有人用遙控直升機幹下好大的案子呢。其實沒什麼特別的事，只是想告訴妳這件事。」青柳完全不知道該說什麼，只留下了這樣愚蠢而毫無意義的錄音內容，就這麼掛了電話。

「一起玩遙控直升機吧，心情會變得很舒暢喲。」井之原小梅向他這麼說的時候，臉上的表情非常天真，怎麼看都只是一次很單純的邀約。

青柳雅春轉頭望向電視。金田首相乘坐的敞篷車被爆炸的火焰掩蓋，濃煙瀰漫整個畫面，陷入混亂的人影四處竄動。這場爆炸事件發生時，青柳正與森田森吾坐在後巷的車裡。接下來，青柳又回想起後來發生的第二次爆炸，森田森吾的車子爆炸了嗎？雖然很想否定，卻偏偏做不到。

「別想那麼多了。」青柳如此告訴自己。

根據電視公布的消息，仙台的國道全部封鎖，新幹線、非新幹線鐵路及公車也幾乎停駛。

「雖然目前還不確定凶手是個人還是集團，但至少有一個會操縱遙控直升機的人，而這個人現在應該還在仙台市的某個角落。」

某電視台的節目中，一個頭銜是小說家的來賓滿臉嚴肅地說道。仔細想來，這幾句話並沒有什麼精闢的推論，但是對青柳而言，卻跟透過電視台的攝影機被人指出「凶手正在稻井先生的公寓裡，戴著耳機坐在電視前」沒什麼兩樣，全身不禁因害怕而顫抖。

接著，青柳也看到了警方召開的記者會，這也是不斷被重播的影像。

一個自稱是警備局綜合情報課課長補佐的男人面對著麥克風，淡淡地回答記者的問題。當青柳聽到這個人的名字是佐佐木一太郎時，笑說：「真像文書處理軟體的名字。」說完之後，屋裡依然鴉雀無聲。

佐佐木一太郎看起來很年輕，態度卻非常沉著冷靜。

兩年前曾經成為媒體追逐焦點的青柳相當清楚面對麥克風的壓力有多大。當記者問了問題，並且將麥克風湊過來的時候，總是會不知不覺產生「一定要回答才行」的想法，就算是沒有必要回答或是不可能回答的問題，也會被逼著說出一個答案。

因此，青柳看見佐佐木一太郎在麥克風前對於記者的不斷追問卻依然維持沉著冷靜，不禁大感佩服。對於記者語帶挑釁的問題，他竟然可以泰然自若地回答「如果你如此建議，我們會重新檢討」，實在很了不起。

佐佐木一太郎在記者會的最後一刻說：「這起事件發生在仙台，可說是不幸中的大幸。去年才裝設的保安盒，對於情報的掌握幫助相當大。我相信在不久的將來，一定可以查出凶手的身分並將其繩之以法。」

青柳也知道保安盒的存在，只是不清楚細節。據說是因為警方遲遲無法逮捕連續攔路殺人魔，才突然決定要裝設這東西。飯店周圍的矮樹叢下、地下道的角落、公共停車場等等，全市各處都可見蹤影。像青葉路或廣瀨路這種大馬路上，甚至看見保安盒像行道樹一樣等間隔排列。

「那些機器大剌剌地鎮守在各個角落，據說什麼情報都逃不過法眼呢。」之前曾經聽一名送貨同業繪聲繪影地說道。

「任何情報嗎？」

「還可以當測速照相機，找出超速的車子，並偷偷拍照呢。」

「不可能吧？」實在很難想像這機器能有那麼高的性能。

「至少違規停車是一定會被拍到，勸你小心一點。據說連手機的通話內容也會被監聽呢。」

「竊聽通話內容，不就是侵犯個人隱私，這應該是很嚴重的問題吧？」

「正因為是很嚴重的問題，才會偷偷摸摸幹呀。」

青柳當時一聽，心裡很想反駁：「說是偷偷摸摸，但是保安盒的設置不是挺光明正大的嗎？」

他看著手上的手機，雖然不清楚竊聽的通話內容如何被利用，但至少有一點可以肯定的是，手機是一種持續接收與傳送電磁波的機器，想起來確實挺可怕的。為了安全起見，他打算把手機電源關掉，正要按下開關的同時，忽然有了來電，沒有鈴聲，只有震動，螢幕上顯示著「阿一」。

「啊，阿一。」青柳迅速按下通話鍵說道。

「青柳學長，好久沒聯絡了。」

「幹麼叫我學長。」過去阿一從來沒叫過自己學長，青柳不禁笑出來。「何必這麼拘謹。」

電話中傳來阿一咂嘴的聲音。「你是學長，當然叫你學長囉。」

總之現在可不是談論怎麼稱呼的時候，青柳於是說：「抱歉，突然打電話給你。我想暫時住在你家，不知道方不方便？」

「住在我家？」

阿一的聲音明顯流露出難色，青柳趕緊又說：「啊，不過，應該不必過去麻煩你了，反正還不至於流落街頭。」

「怎麼了？被趕出公寓了嗎？」

「我把鑰匙搞丟了。」青柳胡謅道，臨時想出來的理由也還不差。「想叫鎖匠來開，又遇到些麻煩。你現在還是住在從前那棟出租公寓嗎？」

「是啊，我還是住在這裡。鑰匙的問題明天之內能夠解決嗎？」

青柳在腦袋裡努力盤算，反正稻井先生的家應該還可以待一陣子，沒必要非得到阿一家去打擾他，於是回說：「應該沒問題。」

「對了，青柳學長，你最近過得好嗎？」

聽到阿一又叫自己學長，青柳愣了一下，說：「我辭掉送貨員的工作了，現在靠著失業救濟金勉強生活。」

「啊，這樣呀。」

「你呢，阿一。」

「電話講那麼久，不要緊嗎？」

「電話？不要緊啦。」原本以為阿一在替自己擔心電話費的問題，但仔細一想，這通電話是由阿一那邊打來的。「我們那麼久沒見面了，告訴我一些近況嘛。」

「青柳，你現在在做什麼？」

「我剛剛說過了，現在待業中。」

「我的意思是，你現在這個時間在做什麼？」

「在跟你講電話呀。」

「話是沒錯，但你人在哪裡？」

「在飯店裡。」

青柳撒了個謊，總不能告訴他，自己蒙上不白之冤，遭警方追捕，只好侵入民宅，如今正大剌剌地坐在別人家裡。接著，阿一只說了一句「如果遇到什麼麻煩可以再打給我」便掛了電話。

突然間，屋裡變得異常安靜。青柳凝視著手機。電視上依然播放著遊行的畫面，但他完全不想戴上耳機聆聽內容。

目前所能掌握的狀況只有一個，就是目前還沒有人能掌握狀況，因此，電視台也只能不斷重複播放相同的影像，就連到底發生了什麼事、真相究竟是什麼，也沒有人能冷靜地分析，可以說完全陷入混亂的局面。青柳拿起遙控器，關掉電視。

屋內明亮度銳減，黑暗向外滲透擴散。青柳再次起身，審視屋內，站在成堆紙箱前，不禁露出苦笑，好幾個紙箱上還貼著委託單，其中幾個看起來很眼熟，應該是自己送來的。青柳有種跟過去曾一同旅行的老友偶然重逢的感覺，不禁想開口打招呼說：「哦，原來你還在這裡呀。」

他漫不經心地從左邊角落開始一箱一箱看過去，偶然發現一個箱子上印著某食品公司的標誌。他開始移動箱子，宛如在玩堆疊遊戲，清出一個空間，將那個箱子拉了出來。打開一看，裡面都是些便於攜帶的小包裝營養食品。他以前沒時間吃飯或懶得找餐廳時，也曾吃過幾次這種既不像零食又不像餅乾的食物。眼前這些營養食品不曉得是大量訂購後沒吃完，或是去打小鋼珠之類贏來的贈品，他抓起一些塞進自己的背包中。雖然稻井先生從來不曾出現過，但是擅自取走他人之物還是讓青柳頗有罪惡感。不過仔細一看，這些東西都已經過期半個月左右，他告訴自己，等到事情結束之後，再買一些新的來補充就好了。

青柳將紙箱稍微往兩邊移動，終於能夠打開壁櫥瞧瞧，裡頭有大量的旅遊書籍、介紹野營活動，以及看起來像昆蟲或植物圖鑑的書，看來稻井先生真的是個探險家。壁櫥下層放著一條摺妥的棉被，旁邊還有一捆白色繩索。他蹲下身子將這些東西拿出來之後，發現後頭還有一個看起來像圓筒型靠枕的東西。拿出來仔細一看，原來是個睡袋。

此外，青柳還發現一些摺好的衣服。毛衣、襯衫都被摺得整整齊齊，看起來好像擺在服裝店裡的商品。裡頭有一頂毛線帽，由三種顏色編織而成，雖然顏色過於鮮豔，青柳還是將它拿起來戴在頭上。走到浴室內照一照鏡子，心想，這帽子很適合遮臉。

他回到客廳，打開背包，將繩索及毛帽塞了進去，卻發現拉鍊拉不起來，他繼續在屋裡四處翻找，希望能找到一個大一點的提袋或背包。

青柳雖然有種「我竟然在別人家幹這種事」的罪惡感，但如今已身不由己了。不久，找到一個深藍色背包，造型樸素，比自己的大一些。於是他拉開拉鍊，將東西全都移到新的背包裡。

接下來，青柳發現冰箱內竟然塞滿了ＣＤ，著實嚇了一跳。冰箱的插頭並未插上，並不冰涼，但是很難理解為什麼要把ＣＤ塞在冰箱。冰箱裡的空間當然不適合放ＣＤ，因此ＣＤ全都是胡亂塞著。青柳不禁感到好奇，這麼一來食物要放在哪裡？或許是因為稻井先生經常外食，不需要冰箱，於是拿來當ＣＤ櫃了吧。仔細一看，冰箱門上貼了張小小的貼紙，上面寫著「從今天開始你是ＣＤ櫃」，後面還寫上日期。真不曉得這麼做是想要催眠冰箱，還是想要提醒自己。不過可以確定的是，這個稻井先生真的是怪人。正當青柳想要將這個曾經是冰箱的ＣＤ櫃關上時，疊得老高的ＣＤ堆坍塌，有幾張滑了出來。青柳看見其中一張ＣＤ是那張披頭四的四名成員正在穿越馬路的經典封面，才發現它就是披頭四的《*Abbey Road*》。

他回到客廳，取下插在電視上的耳機，改插在旁邊的迷你組合音響上，將ＣＤ放了進去。他找不到音響的遙控器，只好直接按音響上的按鈕，選擇曲目，從後半段組曲的第一首〈*You Never Give Me Your Money*〉開始播放。

沉穩的鋼琴聲響起，讓青柳的全身放鬆，不知不覺，他已經側躺在地板上，蜷曲著背，雙手抱住膝蓋。他伸手壓著耳機，聽見了極盡寂寥而抒情的歌聲在耳畔迴盪，曲調相當輕快，青柳感覺意識逐漸被耳機中傳來的旋律吸走。雖然才傍晚時分，他卻頗有睡意，或許應該稱之為疲勞吧，也或許是心中隱隱期待，等到一覺醒來，一切都會恢復原樣。保羅．麥卡尼彷彿不斷地在耳旁喃喃細語：「好孩子都可以上天堂。」

ＣＤ不知何時已停止播放。就在青柳幾乎要進入夢鄉時，聽見了門口對講機的鈴聲，他心裡一驚，迅速坐起身來，望向門口，將耳機取下，往背包看了一眼，接著輕輕站起，將視線移到屋內走廊上，走廊的前端是一塊水泥地板。

鈴聲再次響起。

青柳轉頭望向牆壁。在電燈開關的旁邊有對講機的螢幕，上面顯示門外的影像。

「我們這邊現在只有這間是空屋吧。」門外傳來了說話聲。公寓管理員出現在螢幕的角落，大門正面則站著兩個男人。兩人都穿著西裝，但不是青柳在自家公寓遇到的那兩個男人。

「把門打開。」西裝男子之一對著身旁的管理員粗魯地說道。

由於鏡頭的角度是由上往下，三個人都變成了可愛的大頭小身模樣，但是對青柳雅春來說，現在當然沒時間去管誰可不可愛，只覺得心臟激烈跳動，胃開始抽痛。「為什麼他們會知道我在這裡？」這是內心的第一個疑問。

這兩個人來這裡的目的幾乎可以肯定是為了逮捕自己。但是青柳完全想不透，為什麼他們會知道自己躲在這棟公寓內。當然，把整個仙台市的房屋全都查過一遍的做法也不是毫無可能，如果真是如此，那麼他們能找到自己的藏身地也只是地毯式搜索的成果。但是，這樣的做法真的能夠這麼快就找到這裡來嗎？或許是時間過了太久，螢幕上的影像消失了。

青柳首先躡手躡腳地走向門口，感覺走廊好長好長。門外的人隨時都有可能衝進來。他擔心如果氣勢鬆懈下來，自己恐怕會嚇得坐倒在地板上。他慢慢移動腳步，踏上水泥地板，隔著大門可以感覺門外有人。首先確認門口鏈條已扣上，接著蹲下來拿起鞋子，再走回屋中，把空紙箱壓扁，在上面穿鞋，接著拿起背包，轉頭看著窗戶，從窗簾的縫隙可以稍微看到外面，天色已晚。

背包中有自己的東西與剛剛跟屋主暫借的營養食品及繩索。青柳轉頭望向紙箱山，猶豫著該不該再放點什麼東西進去。

對講機的鈴聲再次響起，青柳望向螢幕。

兩名西裝男子出現在畫面上，管理員站在他們身後，似乎正拿起滅火器，尋找著下面的備用鑰匙。「啊，不見了。」管理員大喊：「這裡原本有備用鑰匙。」

「應該是被人拿去用了。」西裝男之一說道。

「那個人就在屋裡。」另一個人接著說道。

螢幕上照出管理員低著頭從懷裡取出鑰匙的畫面，他將鑰匙交給了兩人。接著，門把開始發出聲響。

青柳站起來，再次看著窗戶，沒時間猶豫了。他從背包中取出繩索，走向陽台。

感覺背後的大門被打開了，鏈條被拉扯的聲音也同時響起。「啊！」某人喊著：「喂，鏈條扣上了。」

青柳揹起背包，轉過身來將旁邊整座的紙箱山推倒。雖然紙箱比預期還重，但奮力一推，堆疊的紙箱全崩塌，形成一面牆壁。高度只到成人的腰部，但多少可以發揮阻擋作用。有幾個箱子在撞擊地面時裂開，裡面的東西掉了出來。「稻井先生對不起。」青柳在心裡喊著。此時，他偶然看到一個扁盒內散落的東西，反射性地拿起一個，不及細想，總之先塞進口袋再說。

此時，門口鏈條似乎被撞斷了，整扇門完全打開。屋內傳來「青柳！」的喊叫與腳步聲。

青柳粗魯地拉開窗簾，扳動窗戶上的鎖扣，將窗扉往旁邊推開，風灌進屋內，高鼓起窗簾。接著他衝入陽台，將繩索綁在欄杆上。從這個三樓陽台看出去的景色雖無獨特之處，但視野還算不錯，傍晚的住宅區散發出一種安祥恬靜的氛圍。

男人的吼叫聲從屋內傳來，坍塌的紙箱似乎發揮了阻擾的效果。

青柳將繩索在欄杆上綁了兩圈後丟向樓下。長度不足以延伸到地面，但已相差不遠。就在這時，響起了某種東西碎裂的聲音。

青柳還來不及細想是怎麼回事，便看見身旁的窗玻璃破了，原來是有人開槍。他將雙手放在頭上，哀叫起來。玻璃碎片飛入陽台。

他的腦袋一片空白，爬上欄杆，舉腳跨過，繩索是否已綁緊，自己也不敢肯定。

「青柳，站住！」他聽見男人的吼叫，自己則在欄杆外側，抓著繩索吊在半空中，欄杆發出吱吱聲響，背上的背包比預期還重，身體一度左右搖擺，欄杆再次發出了令人不安的聲響。

青柳兩手緊抓繩索，將雙腳勾在繩上，開始往下爬，滿心焦急地爬到了二樓的高度。一邊確認身體與地面之間的距離，一邊想著，再下降一點、再下降一點就可以跳下去了。

欄杆發出的聲響更大了。青柳擔心繫著繩索的欄杆撐不住，不禁抬頭往上看。

一張男人的臉，就在自己的正上方。

「不准逃！我要開槍了！」男人站在陽台上，低頭看著青柳說道。他一驚，雙手差點就放開繩索。

男人上半身探出欄杆，看著吊在繩索上的青柳，他手上的槍已經確實瞄準，他真的會開槍，並非只是單純的威脅。瞪著青柳的男人有著淡淡的眉毛、長長的下巴，年約三十多歲，表情看起來像爬蟲類。

只見他將槍口對準著青柳的身體，手指放在扳機上。

青柳全身一震，心想「他要開槍了」，右手趕緊伸進口袋中，僅以左手抓住繩索，左手手腕的肌肉高高隆起，當初搬運沉重貨物的感覺重新回來了。

腦袋還無暇細想，身體已經感到恐懼。「一開槍就完了、一開槍就完了。」青柳一面心急如焚地想著，一面從口袋中取出一樣東西——飛鏢。

他抓直飛鏢，左腕施力，讓上半身向後仰。根本沒時間瞄準，對方隨時會開槍。「他快開槍了、他要開槍了。」內心充滿著焦急不安，他奮力抬起右腕，左手緊握繩索，將飛鏢朝著陽台欄杆的方向迅速投出。

「飛鏢？是那種對著靶子丟出去的飛鏢嗎？」

「還有別的東西叫做飛鏢嗎？你告訴我吧。」

以前曾經跟管理員交談的內容閃過腦海。由於揮出的動作太大，繩索承受不了負擔，突然傳來一聲類似金屬片彈開的聲音，欄杆扭曲變形，繩索完全鬆脫。

看見飛鏢插入握著手槍的男人耳邊的瞬間，青柳的身體也開始下墜。背包差點脫手飛出，他趕緊用力勾住背帶。

下面剛好是花叢，幾株杜鵑花整齊排列。青柳以彎曲膝蓋著地，下巴撞在膝蓋上，腦袋因衝擊陷入一片混亂，枝葉割傷了腳，但沒時間去管痛不痛了。

他試著站起來，確定關節還能動、膝蓋也沒有受傷後，便跨步狂奔。

回頭一看，那兩個男人還站在稻井先生家的陽台上，其中一人因為被飛鏢射中，正用手摀著耳朵，另一人則舉起手槍對準了自己，或許是距離太遠，並沒有開槍。

公寓南側是平面停車場，地上畫著白線，一輛輛車子整齊排列。青柳雅春一邊跑，一邊觀察每輛車的門鎖。如果能夠開車逃走，當然最好。路檢及道路封鎖的問題雖然一度浮上腦海，但馬上被拋在一旁。比起未來才會遇到的路檢，當下的疲勞與恐懼才是更大的問題。

一包營養食品跌出背包，但他沒時間回頭去撿。偶然發現一輛門鎖沒鎖的轎車，便趕緊奔了過去，打開駕駛座的車門，伸手在方向盤旁邊一摸，很可惜，鑰匙並沒有插在鑰匙孔上。在活動遮陽板及置物匣內翻找一陣，很遺憾，也沒找到鑰匙。

關上車門，繼續跑。

青柳離開了公寓周圍區域，在狹窄的人行道上奔跑，靠車道的一邊有護欄，右側則等間隔排列著電線桿。途中曾經一度撞上電線桿，身體幾乎向後翻，但他不敢有片刻停下腳步，只能撫摸著疼痛的肩膀，咬緊牙關向前跑。

為什麼藏身地點會被發現？想得到的理由只有一個。出現在電視上的那個警察廳的佐佐木一太郎曾說過，這起事件發生在裝設了保安盒的仙台，可以說是不幸中的大幸。

青柳雅春一邊跑，一邊從口袋中取出手機。如果自己的行蹤已經被掌握，那麼送出情報的應該就是這支手機了。或許警方可以靠手機訊號鎖定自己的位置，也可能是自己用這支手機打電話才暴露了位置，雖然不知道真正原因是哪一個，但至少可以肯定手機的通訊是受到監控的。

當然，即使警方靠手機的訊號找出自己的所在區域，也無法得知高度之類的精確情報，就算知道自己躲在那棟公寓裡，也不知道到底躲在哪一間。想來，應該是向管理員詢問過了吧。

青柳腦中浮現了阿一的臉。想要打電話給他，但是又遲疑了一下，說不定一按下撥號鍵，自己的所在位置又會曝光，最後還是關機，將手機塞回口袋。

他來到了一條大馬路上。馬路中間有中央分隔島，雙向各兩線車道，兩旁的人行道也有將近十公尺的寬度。青柳放慢了腳步，不再奔跑，從背包中取出毛帽戴上，一直拉到眼睛上方。或許是因為這裡距離爆炸的現場頗遠，也或許是已經過了不算短的時間，路上的行人不再慌張奔跑。前方右手邊有個公車站牌，青柳一邊拉著毛帽一邊走過去。在公車時刻表旁邊站著一個穿高跟鞋的女子，明明是冬天，卻穿著性感的露背裝，裙子也極短，簡直像是參加耐冷大賽的高手。

「公車快來了嗎？」

「我也很想問這句話。」原本蹙眉瞪著時刻表的女子站直了身子轉頭望向青柳雅春。「我已經等好久了，一輛也沒來。」

「道路好像被封鎖了，公車的營運公司可能也手忙腳亂吧。」

「封鎖？怎麼回事？」女子再次皺起眉頭。

「中午不是發生爆炸嗎？國道好像都被封鎖了，到處都有警察的路檢據點。」

「什麼爆炸？」女子的兩眼綻放光芒，尖聲問：「發生了什麼事？」

一輛輛車子駛過車道。雖然公車沒出現，但一般車輛還是自由來去，看來短距離的移動是沒有問題的。不過，應該到處都在塞車吧。

「什麼？金田首相被炸死了，妳不知道嗎？」青柳忍不住在句尾加重了語氣，有點擔心這句話會不會惹惱了她，但是她一點也不生氣，反而更加深了好奇心。「不知道，你告訴我吧。」她湊了過來說：「金田是誰？為什麼被炸死？」

青柳往左右看了看，又回頭望向身後。雖然已經從稻井先生的住處跑到這麼遠的地方，但那兩個西裝男還是有可能隨時追上來。

「啊，抱歉，我有點急事要辦。」

「說完再走嘛，不是有個名人說過『欲速則不達』嗎？」

「誰說的？」

「上次我在電視上看到的，一個正在挑戰骨牌新紀錄的人說的。」

「以他的狀況來說確實是欲速則不達，我想他只是在說自己。」

「告訴我嘛，為什麼會爆炸？凶手是誰？」女子的雙唇在青柳的眼前開闔。

此時，他忽然感覺背後有人，向後偷瞄一下，剛剛在公寓內拿槍指著他的兩個西裝男正站在遠處，不過似乎還沒有看到他。

「啊，妳在這裡幹什麼？」耳邊傳來這句話，青柳吃了一驚。轉過頭來，看見一輛車在路邊停下。開車的人打開窗戶，往這邊看來，那是一輛駕駛座在左邊的車（註）。「釣男人？還是被男人釣？」開車的男子說道。男子滿頭鬈髮，從窗戶伸出來的左腕像巨木一樣粗，一張圓臉，戴著墨鏡，就連鼻子也很圓。車子的造型也是圓滾滾的，宛如巨大的蝸牛。

「公車一直不來，我正在煩惱呢。」青柳身旁的女子說著便彈了一下手指，走向那輛蝸牛車。

「載我一程嘛，快要來不及參加聯誼了。」

「啊，可以呀，上來吧。」駕駛座上的圓臉男子說道。「咦？可是妳去參加聯誼做什麼？妳不是已經有我了？」

「法律規定有你就不能參加聯誼嗎？」女子說著走向車子，右手拎著的小皮包不停搖晃。

「有啊，憲法第九條還是第十條。」

「我可以肯定第九條絕對不是。」

「啊，可能是我搞錯憲法了吧。」

「哪來另一套憲法讓你搞錯？」

「對了，你是誰？」駕駛座上的男子指著青柳問道。

「不認識的人。話說回來，你知道那個叫金田的首相死掉的事嗎？」女子一邊走向副駕駛座，一邊說道。

「咦？不知道。」

青柳哭笑不得地想著，又一個不知道的。好羨慕他們這種與世隔絕的太平生活，女的去參加

註：一般日規汽車駕駛座在右邊。

聯誼，男的開著可愛的車子，只有我陷在難以想像的異常世界之中，天底下怎麼會有這種蠢事。

「啊，難怪到處都是警察。」圓臉男子恍然大悟。

「既然如此，小哥你也上車嘛，在車上告訴我這件大新聞。」

青柳還沒有搞清楚狀況，已經被女子推了一把，往停在路邊的車子走近了一步。青柳也不反抗，進入車子後座之後，感覺車內瀰漫著芳香劑的味道，雖然還不到嗆鼻的程度，卻也一時呼吸困難。座椅上有大量的CD，堆得像山一樣高，不時發生雪崩現象。為了不被外面那兩個西裝男發現，青柳盡量壓低身子，湊向車窗往外偷看，那兩個人還站在步道上。

「小哥，你想去哪裡？」坐在副駕駛座上的女子說：「我們載你去，你將剛剛說的那件事詳細說給我聽嘛。」

「太遠可不行，到處都有警察，要是被堵在車陣就慘了。今天到底是什麼日子？交通安全宣導週嗎？」駕駛座上的男人悠哉地歪著腦袋說道。

「發生了一件大事。」青柳小心翼翼地解釋。

「對，我就是想知道這個，快說吧，誰死了？」

「喔？有人死了？凶手是誰？」

聽這一對傻頭傻腦的男女這麼問，青柳反而鬆一口氣。雖然不知道警察如何得知自己住的公寓地址及藏身地點，也不知道警方如何掌握自己的名字及長相，但對於一般民眾而言，例如像車上這對男女，他們並不認為青柳是個帶有特別意義的人物。仔細一想這也是理所當然，但或許是青柳早已陷入錯覺，以為所有人都在追捕著自己，因而此時感覺輕鬆不少，內心也開始產生「或許還有其他藏身之處」的希望。接著，青柳想到了阿一的家。總之，先到阿一家看看吧。

## 青柳雅春

「怎麼突然跑來了？」阿一打開門看見青柳雅春與森田森吾，立刻明顯地露出不悅的表情。「你們以為現在是幾點啊？」阿一右手指著沒戴手錶的左手手腕說道。

「我想，」十年前的青柳看了看自己的手錶後，笑著說：「應該是晚上十一點吧。」阿一住的是木造公寓，距離仙台市中心徒步約三十分鐘。

「你們今天不是去喝酒了嗎？」阿一穿著全套的深藍色體育服，模樣樸拙，頭髮微濕。

「啊，你已經洗過澡啦？」森田森吾靠在青柳的肩上，露出戲謔笑容說：「已經要睡了？」

「當然是要睡了。你們喝醉了嗎？」阿一嘆了一口氣說道。

「總之先讓我們進去吧。」森田森吾頂著泛紅的臉任性地說。「仙台的十二月可是很冷的，這麼寒冷的夜晚，讓兩位學長站在門外，這樣不好吧？」

「也沒什麼不好。」阿一說道。但不管再怎麼不高興也不會發脾氣，這是阿一的優點，也是他最吃虧的地方。「等我一下，我先進去整理整理。」

青柳雅春與森田森吾就這麼被留在門外，兩個人肩並著肩，靠在二樓走廊的欄杆上，假裝有情調地仰望著星空。「森田，如果阿一就這麼不出來，該如何是好？」「那也不錯，多了一件年紀大了之後可以聊起的回憶。」「如果要這麼想，乾脆再下一場雪，回憶會不會更深？」「如果下起雪，再怎麼說阿一也會讓我們進去吧。」「如果我是阿一，就不會讓我們進去。」「為什麼，青柳？」「因為我想看看你被雪埋住的模樣。」「那畫面的確挺有意思的，除了對當事者之外。」兩人隨口閒談著。

「好了，進來吧。」過了一會兒，阿一再次出現，對兩人如此說道。

「老實說，」阿一坐在青柳與森田的面前，開始說教。「到了十二月才因為不想過寂寞的聖誕節而拚命參加聯誼，想找女朋友，這種想法實在太天真，動作也太慢了。」

屋內有兩個房間，分別為四坪與三坪大小，看起來簡單清爽，壁櫥拉門上的破洞令人莫名感到一股涼意。

「確實如此。」青柳坦率地說道。

「沒辦法，」森田哭喪著臉說：「青柳說要跟樋口一起過聖誕，就連阿一你，應該也不打算跟我一起過吧？」

「那當然，我要陪我女朋友。」

森田一聽，微微張著嘴，下巴不停顫抖，身體像痙攣似地輕輕晃動。「你什麼時候……」臉上浮現了遭受背叛的淒涼表情。

「很久以前就交了，在打工的地方認識的。」

「穿著這麼呆的體育服，也能交到女朋友？」森田不屑地說道。

「這是睡衣。」

「這麼呆的衣服，就算當睡衣，我也不穿。」森田訕笑說：「我跟你打賭，設計這套體育服的人，也不肯把它拿來當睡衣。」

阿一或許是察覺到跟森田抬槓下去恐怕沒完沒了，轉頭向青柳問：「青柳，你們怎麼跑來了？發生什麼事？」接著又說：「你今天不是要幫森田介紹女生嗎？」

「聖誕節快到了，森田說他真的很想交女朋友……」青柳滿臉苦澀地說：「所以樋口把一個以前在打工地方認識的女生介紹給他。」

「結果呢？玩得不開心嗎？」

「很開心啊。」森田宛如交響樂指揮家般搖晃著手指，說：「至少我是玩得很開心的。」

「那個女生呢？」

「看起來也滿開心的。而且森田表現得比平常乖多了，那些什麼森林的妖精之類的話題一次都沒提。」

「是森林的聲音，不是森林的妖精。我再怎麼墮落也不會用妖精這個字眼。」

「我們在居酒屋快樂地吃吃喝喝，後來又去了卡拉ＯＫ。」青柳說明道。

「森田這麼會唱歌，這樣的安排很好啊。」阿一不知何時拿來了馬克杯，在杯裡放入茶包倒進熱水，然後遞給青柳及森田，接著背靠在壁櫥上，拿起自己的杯子喝了一口。

「是啊，森田還大展歌喉呢，他唱的是現在最流行的那個五人團體……」青柳說到這裡，卻怎麼樣也想不起那個團體的名字，支支吾吾了起來。

「你說的是光纖樂團嗎？」阿一張大了眼睛說道。

「對，就是那個。」青柳點頭說道。阿一拉高了音量問：「森田，你以前不是很鄙視光纖樂團嗎？」

「呃，是啊。」森田吞吞吐吐地說道。

「因為那個女生非常崇拜光纖樂團啦。」青柳忍著笑意說道。

「你會唱光纖樂團的歌？」

「呃，」森田的頭垂得更低了。「練過了。」

「森田，這麼做好嗎？」

「森田唱得非常棒呢。」

「這麼簡單就出賣了自己的靈魂？」

「你不懂啦。」森田紅著臉露出了淡淡的笑意說：「只要不要渡過寂寞的聖誕節，唱唱那個什麼光纖樂團的歌，也沒什麼大不了的吧。」

「還加上『那個什麼』是什麼意思啊？後來呢？進行得不順利嗎？」

「離開卡拉ＯＫ店之後，一開始的氣氛也不錯。」青柳說：「我跟樋口走在一起，森田則跟那個女生走在後面。我看他們好像聊得很開心，本來以為搞定了呢，後來才知道，那個女生好像沒有玩得很愉快。」

「這樣啊。」阿一對森田投以同情的眼光。那股充滿慈愛的眼神讓青柳不禁想笑，心裡暗暗點頭說，阿一果然是個正直又善良的男人。

「她離開後，我傳了一通簡訊給她。」

「森田，你不是沒有手機嗎？」

「我借青柳的手機。」

「用別人的手機，沒意義吧？」阿一愣住了，似乎無法相信竟然有人會這麼做。

「總之，她完全沒有回覆。」森田垂著頭說：「這表示大概沒希望了。」

「不見得啦。」阿一提高了音量說道：「你寫了什麼？」

「『今天很快樂。下次有機會再來聊天吧。』」森田像念課文一樣念了出來。

「很不錯呀，難得森田你會寫出這麼正常的句子。」

「我也這麼覺得。可是，她沒有回音。」

「可能是她沒有習慣馬上回覆，也可能是你沒收到她回的簡訊。打到電信公司問過了嗎？」

「問過好幾次了，如果我是客服人員，大概已經抓狂了吧。每次問都說沒有。其實不用問，我自己也很清楚。」森田說道。青柳則帶著似笑非笑的表情在一旁聽著。

森田接著低頭沉默不語，青柳也沒有開口說話，廚房的冰箱發出了低鳴聲，牆壁的某處也傳來嘎嘎聲響。或許是因為阿一移動了身體，連壁櫥的拉門也發出了怪聲。

「不過，我想，」過了一會，阿一開口說：「既然那個女生不了解森田你的優點，就不用再理她了。別那麼沮喪嘛，真不像我所認識的森田。」

森田森吾抬起頭，皺著眉，顯得相當失望，嘆了一口氣說：「啊……不會吧？」

「咦？」森田這樣的反應讓阿一十分錯愕。

「怎麼會這樣。」森田亂扯著頭髮說道。

「太好了，我贏了。」青柳拍著手說道。

「咦？什麼意思？」

「老實跟你說吧。」森田搔著頭，以非常失望的口氣說：「其實聚會延到明天了。」

「到底是怎麼回事？」阿一完全無法理解眼前的狀況，腦袋一片混亂，望著青柳，露出請求說明的眼神。

「森田為了明天的聚會很緊張，所以我們兩個剛剛以會前會的名義跑去喝酒。森田一直吵著『如果明天不順利的話該如何是好』，我說『萬一失敗的話，阿一會安慰你的』，可是他卻堅持『阿一那個人沒那麼善良』。」

「什麼啊？」

「所以我們決定做個實驗，今天先到阿一你這裡來，跟你說森田被甩了，看看你的反應。」

「而且我們打了賭。青柳賭你一定會說一些安慰我的話，我賭你不會。」

「阿一真的是個善良的學弟。」青柳發自內心說道，一臉滿意地點了點頭。

阿一本人則是傻了眼，除了錯愕，還帶了一股被欺騙的憤怒感，喃喃說：「這算什麼嘛。」

青柳喝了一口馬克杯中的紅茶，吐著溫熱的氣息說：「總之，明天你可以安心參加聚會了，森田。」

「明天，如果森田真的被甩，你們又會跑來我家嗎？」阿一詫異地問道。

「到時候就再麻煩你了，像剛剛那樣說就行了。」

# 青柳雅春

「怎麼突然跑來了？」阿一打開公寓大門，一看見青柳雅春，便說了這句話，一開始是張大了雙眼，接著又愕然地皺眉。

「抱歉，今天能不能讓我住一晚？」

跟數年前相遇時比起來，阿一的頭髮變長了，整個人也穩重了些，或許是變胖了一點，臉上的表情像在笑又像在哭。

「剛剛突然打電話跟你聯絡，真是抱歉。」

「後來我又打了一次電話給你。」

「啊，我關機了。」

「青柳，要進來嗎？」阿一用彆扭的語氣說道，伸手比了比屋內，做出「請進」的動作。青柳跟在他身後，脫掉鞋子，走進屋內，將背包取下。

房間裡鋪了木頭地板，顯得有點空蕩，有一張拿掉毯子的桌爐、電視機，以及看起來像是最新機種的電視遊樂器。青柳坐了下來，靠在衣櫥旁的牆壁上，喃喃說：「得救了。」趁著阿一走向廚房的時候，做了幾次深呼吸，檢視一下肩膀撞到電線桿的部位，全都瘀血了。

「你突然打電話來，我嚇了一跳呢，我們已經幾年沒聯絡了？」阿一拿著兩個馬克杯回來，將其中一杯遞給青柳。杯裡放了茶包，熱氣溫暖了青柳的臉頰。

「上次見面是什麼時候的事了?我從以前那間公寓搬走的時候你還來幫忙,後來是不是就沒見面了?」

「好像是。」阿一也坐了下來,抓起身旁的一個坐墊,問說:「要不要用坐墊?」青柳婉拒了,問:「今天公家機關放假嗎?」阿一從大學畢業後,便一直在縣廳工作。「你在家,我當然很開心,但平常日的傍晚,你怎麼會在家?」

「我辭掉縣廳的工作了,兩年前吧。」

「咦?為什麼?」對於這個意外的答案,青柳很驚訝。

「不知道為什麼,突然覺得很空虛。」阿一羞赧地說:「不是我在自誇,我工作一向很認真呢,精神非常集中,做事有效率,很少加班,每天準時回家。」

「那很了不起啊。」

「是很了不起啊。可是,那些年紀比我大的前輩卻一天到晚懶懶散散的,天天加班,領加班費。結果,每天都很早回家的我反而被認為工作太少,所以愈來愈多工作丟到我頭上。那些做事慢吞吞的傢伙不但工作沒有增加,反而還減少了。這不是很不公平嗎?他們拿到的加班費,也都是人民繳的稅金呢。」

「這麼說也是。」青柳露出笑意,順著話頭敷衍道。阿一這種宛如淳樸青年大談理想的激動語氣,從學生時代到現在都沒變。

「所以我就辭職了。我要讓上面的知道,沒有我,他們的日子會多麼難過。」

「那你辭職以後,他們的日子有沒有非常難過?」

「這個嘛，」阿一笑說：「似乎一點也沒有。」

「看來你太衝動了，阿一。」

「確實是太衝動了，我每天都在後悔呢。」阿一說道。雖然不曉得這句話有幾分是認真的，但他看起來確實頗為懊惱。

「那你現在在做什麼工作？」

「在服飾店當店員。」阿一接著說了一個服飾品牌的名稱，店面就在市中心的時尚百貨大樓內。青柳回答沒聽過。「沒聽過這個品牌，我想算是滿丟臉的一件事。」阿一說道。

「青柳，你長得這麼帥，要是多注重打扮，一定更完美。看看你的背包，真是遜斃了。」

青柳看著手邊的背包，輕輕撫摸，「或許吧。」只能如此回答。「不過，我也邁入三字頭了，不再是注重外表的年齡了。」

「剛好相反，青柳。年紀大了之後如果不注重外表，就會愈來愈像中年大叔。一個人大叔化的速度可是比滾下山坡的速度還快。對了，青柳，你跟樋口分手後，有沒有交新的女朋友？」

一瞬間，青柳幾乎忘了自己正處於被追捕的窘境，回到了學生時代的悠閒氣氛中。

「沒有，不過最近跟一個女生關係不錯。」他想起了井之原小梅。在Hello Work遇到的那個喜歡玩遙控直升機、身材嬌小、個性好強的女生，期待有一天能跟她成為男女朋友。

「既然覺得不錯，就應該加把勁。」阿一半客套地出言鼓勵。青柳不知該怎麼回答，只好改變話題：「你跟森田見過面嗎？」數個小時前在車上用布滿血絲的雙眼以嚴峻的語調催促自己趕快逃走的那個森田森吾的模樣再次浮現，胃又抽痛了起來，不知道森田是否平安，青柳緊咬著臼齒，不讓身體顫抖。為了不被阿一察覺，裝模作樣地拿起馬克杯喝了一口。

「是啊。」阿一的思緒似乎也被拉回現實世界。「我還在縣聽上班時，曾經到東京出差，那時候找他一起喝酒。」

「他變了很多吧？」

「他結婚了。」

「小孩也生了吧？」

「我嚇了一跳呢。」

「真不像他會做的事。」

「那時候，森田好像還不知道你跟樋口分手的事呢。」

接下來，兩人都沒有再說話，房間裡只聽得見兩人把紅茶當成綠茶一口接一口喝著的聲音。青柳煩惱著該告訴阿一多少真相。好想看電視，青柳心想，好想知道金田暗殺事件到目前為止的發展情況。

「對了，阿一……」青柳打算問：「你還記得當年聊過的甘洒迪暗殺事件嗎？」

「對了，青柳。」但是阿一卻先開口，問：「有件事想問你。」

「什麼事？」青柳將原本要說的話吞了回去，催促阿一繼續說下去。

「你做了嗎？」阿一假意檢查馬克杯，完全不看青柳，如此問道。

「咦？」一瞬間，青柳半句話也說不出來。

金田首相那個事件，你做了嗎？

心中明白阿一接下來會這麼問。青柳不禁說：「你為什麼會知道？」為什麼阿一會懷疑金田暗殺事件是自己做的？難道電視上已經把自己的事情報導出來了嗎？青柳忽然一陣恐懼。

「你真的做了？」阿一揚起眉毛，張大了嘴說：「真是太厲害了。」

「我沒做。我怎麼可能做那種事。」

「咦？你沒做嗎？」阿一說道。青柳聽出阿一這句話似乎帶了些許失望，不禁也「咦」了一聲，愣愣地看著阿一。「你希望我做嗎？」

「當然呀，跟女明星做，可不是一般人能有的經驗呢。雖然你長得很帥，但要追到女明星可也沒那麼容易。」

青柳感到全身虛脫，大大地吐了一口氣，說：「什麼啊，原來你指的是這個。」

「這可是一件不得了的事呢。當初那個強盜事件之後，你簡直變成了正義使者，擁有超多崇拜者。那個凜香似乎也很感激你，我還以為你跟她一定做過了呢。」

「怎麼跟森田說的一樣啊。」青柳帶著複雜的心情說道。「我能看一下電視嗎？」

「當然可以。」阿一將馬克杯放在地板上，伸手拿起遙控器遞給他。就在這時，聽見一陣輕快的聲響，原來是電視旁邊的電話響了。阿一說：「啊，抱歉。」便迅速拿起電話，似乎是沒有顯示來電號碼，阿一丟下一句「你先看看電視」之後，便拿著電話走到走廊上。

青柳打開電視，螢幕上還是那個遊行畫面。播完之後，接下來節目開始公開一些似乎是由觀眾提供的各種目擊情報。例如戴口罩的高大男人一直操作手機、幾名男子在站前的展望台研究地圖、一名女子在爆炸前一刻突然用力揮手等等，一件又一件的情報在節目中毫無秩序地被公開。

當青柳聽到「距離現場數十公尺遠的小巷道內，一輛白色車子中有兩個男人在吵架」這項情報時，全身彷彿被潑了一盆冷水。「那是我。」心想：「那是我跟森田。」

一陣恐懼感襲上青柳心頭，害怕自己被當成犯人公布出來。青柳當場就要起身，但馬上又坐下來，心想媒體及一般民眾應該還不曉得自己的事。他轉頭望向走廊，大門敞開著，阿一的側臉看起來相當嚴肅，正將電話放在耳邊，不停微微點頭，表情有點灰暗，看來十分不安。

電視上開始播放廣告。就在青柳愣愣地看著電視時，阿一回來了。

「沒事吧？」

「啊，沒事。」

「女朋友打來的？」青柳調侃道，只是想靠輕鬆的話題來逃避現實。

「嗯，是啊。」

「吵架了？」

「啊，對。」

「怎麼突然說話吞吞吐吐的？」

「老實跟你說好了，」阿一低頭看著腳邊說：「她說現在要過來。」

「原來如此。」青柳立刻站起來，拿起背包，點點頭說：「既然是這樣，我該離開了，你們趕快和好吧。」

「啊，嗯。」或許是感到過意不去，阿一的語調變得有氣無力。「不過，青柳，你真的不要緊嗎？」

「沒什麼大不了的。」青柳逞強道。

「那個，出了這棟公寓往左轉，走一陣子會看見一家連鎖餐廳，招牌是紅色的。」

「怎麼？」

「能不能在那裡等我一下？」阿一微微拉高了音調。

「在連鎖餐廳？」

「我等等會跟女友說明情況，結束後打電話給你，到時候你再回來吧？」

「不用勉強啦。」

「我們那麼久沒見，一定要多聊聊。把你趕走，再怎麼說也太過分了。」阿一認真地說。

青柳雅春當然沒有拒絕的理由，高興都來不及了。「好吧，總之我先到那家店打發時間，不過別太勉強。」

「真的非常抱歉。」

阿一走到門口送青柳離開。青柳揹上背包說：「我先走了，快跟你的女朋友和好吧。」

「喔，嗯。」

「啊，對了，有件事想問你。」青柳想起了一個遙遠的記憶，開口說道。

「什麼事？」阿一似乎有點緊張。

「很久以前的事。我們還是學生時，有一次，我跟森田不是突然跑來你家嗎？」

「啊，就是為被甩作預演的那一次嗎？」阿一的表情頓時放鬆了些。

「對。我當時並沒有馬上發現，可是後來仔細一想，不禁懷疑起一件事。」

「什麼事？」

「那時候，你的女朋友是不是躲在壁櫥裡？」

阿一不禁笑了出來。「現在才提這件事？」

「猜錯了嗎？還是年代太久遠，你也忘了？」

「我還記得。那時候女朋友在我家，我們正打算要親熱，結果你們就跑來了。」

「那時候你不是穿了一件很呆的體育服嗎？」

「沒辦法，那是臨時套上去的。穿上衣服之後，趕緊讓她躲進壁櫥。」

「真抱歉。」

「不過，你們走了之後，她笑得很開心呢，還說這兩個學長真有趣。」

「啊，不過，」青柳此時又想到一件事：「等等要來的那個女朋友，是當時那個女生嗎？」

「當然不是。」阿一以理所當然的口氣說：「都過了這麼多年，早就分手了。」阿一回想著

「不過，真令人懷念啊，不知道她現在過得如何。當初我們要分手時，兩人大吵一架，她還拿起公寓裡的滅火器亂噴呢。」

「真是讓人印象深刻的分手方式。」

「就連戀愛的火焰，也被滅火器噴熄了。」

「形容得真好。」

「你還會想念樋口嗎？」阿一突然問道。青柳感覺冷不防被人敲了一記悶棍。

「早忘了。」

「女朋友這種東西，雖然交往的時候總是黏在一起，互相那麼了解，一旦分手之後，真的就是毫無瓜葛了呢。」

「是啊。」青柳打從心底認同這句話，接著穿上鞋子，道別後走出大門。

「親熱完了之後再打電話給我也沒關係。」青柳揶揄道。阿一彆扭地笑了，接著又說：「那個……」

「怎麼？」

「青柳，真對不起。」

「是我不該突然來打擾。」

「我也不知道該怎麼辦。」阿一說道。青柳看到他滿懷歉意的模樣，反而不知如何應對。

青柳見走廊上放著滅火器，於是開玩笑說：「跟女朋友吵架時，這玩意還是藏起來比較好吧？」阿一剛開始愣了一下，接著馬上領悟這句話的意思。「也對。」他苦笑道，臉上的肌肉也微微放鬆了。

青柳轉身邁步而去。就在此時，阿一又開口問：「青柳，說真的，你真的沒做嗎？」

他停下腳步，轉過了頭來。實在懶得再解釋，於是說：「老實告訴你吧，做了。」阿一一聽，張大了雙眼說：「真的假的？」

青柳雅春帶著苦笑走向電梯。

連鎖餐廳的紅色招牌十分顯眼。或許還不到晚餐時間，店內客人不多，稀稀落落地坐了幾張桌子。除了有一桌是兩名女客人之外，其他桌都是單獨一人。臉上沒笑容的女服務生原本將青柳帶到靠窗的位子，但他要求換到店內最深處，讓自己暴露在人來人往的地方，總覺得十分可怕。

雖然肚子不餓，還是點了義大利麵及飲料。一開始，他只是坐在椅子上發呆。或許是過於疲勞，後頸有些僵硬，他趴在桌上閉起了眼睛，心想或許睡一下會舒服點，但是電視新聞那些畫面及播報員說過的話卻在腦海中不停旋轉，也無法克制自己不去思考森田的事，即使睡意很濃，卻怎麼也睡不著。

服務生送上餐點之後，青柳拿出手機，放在桌上。

此時他才想到一個問題，既然要等阿一的電話，就得開機。青柳一邊以右手叉捲義大利麵，一邊以左手拿出手機。

一瞬間腦海閃過保安盒的模樣，那個像小型火箭又像圓弧形郵筒的裝置。收發電磁波的訊息或許已經受到了監控，何況就算沒有保安盒，手機的位置也是可以被查出來的。青柳一下子覺得打開電源實在太危險了，一下子又覺得只是開機而已應該不要緊。

於是他按下了開關，隨著小小的音樂聲，手機螢幕放出了亮光。接著，彷彿算準了時機般，手機突然響了起來，讓青柳嚇了一跳。

一開始，他以為是自己的行蹤被發現了，接著心想應該是阿一打來的，但是仔細一看來電顯示，竟是井之原小梅。青柳不及細想，便將手機放到了耳邊。

「啊，」手機中傳來井之原小梅的聲音。「青柳？我從剛剛一直打電話給你，怎麼都打不通？」井之原小梅雖然比青柳雅春小兩歲，說起話來卻是直來直往，她就是這樣的個性。

「是嗎?」青柳在店裡左右看了看,壓低聲音說:「我遇到了一點事情,不方便接電話。」

「不是你自己先打電話給我的嗎?我聽到留言了。」

「因為遙控直升機惹出了大事,我嚇了一跳。」

「說到遙控直升機,就想到我?」

「嗯,差不多是這個意思。」

「青柳,你現在在哪裡?」

井之原小梅如此問道。青柳不禁緊緊握住了手機。

這女的很可疑!森田森吾警告過。對任何人都必須保持戒心,否則你就會變成第二個奧斯華!

「現在在朋友的……」青柳邊說邊想該怎麼回答,同時問著自己,可以相信她嗎?在這個時機點,她打電話過來,問我現在在哪裡,真的只是偶然嗎?

或許更應該問的是,她出現在我身邊,只是一場偶然嗎?第一次見面時,她在Hello Work的求職情報螢幕前,向我抱怨機器沒反應,整件事難道都是被設計好的?真的有可能嗎?

「我正要去朋友家。」青柳給了一個曖昧的回答。

「喔。」井之原小梅說道,語氣中無法分辨她是在意,還是毫不在乎,聽起來跟平常的她沒什兩樣,卻也似乎在揣測自己心思。所謂的杯弓蛇影,就是這麼回事吧,一旦起疑心,任何人看起來都很可疑。「話說回來,這個事件鬧得真大呢。被遙控直升機炸死的首相倒也稀奇。」

「的確,這種死法難得一見。」井之原小梅的話讓青柳忍不住笑出來。聽她這種天真的言詞，青柳微微安心。看來她真的是局外人吧。「犯案的遙控直升機機型已經查出來了嗎？」

「我沒什麼興趣，所以也沒仔細看新聞。不過，聽說落合先生作了許多分析，今天晚上還會上電視呢。」

「落合先生？」

「遙控飛機用品店的店長，你的遙控直升機就是在那裡買的。」

「喔。」當初買遙控直升機的時候，井之原小梅曾經跟自己介紹過那間店。青柳一邊講手機，一邊望向窗戶。窗外有一座停車場，紅色招牌的燈光將停車場照得明亮。

「老實說，我現在不太方便，得先掛電話了。」心想阿一可能快打電話來了，便說：「我會再打給妳。」

「什麼嘛，青柳，你太無情了吧。等等要不要見面？」

青柳認為見個面也好。住在阿一家、跟井之原小梅見面，這兩個選擇似乎也沒有太大的不同，何況阿一那邊還有他女朋友要搞定，或許投靠井之原小梅才是比較合適的辦法。

此時，一名女服務生偶然通過青柳身旁，看了他一眼之後走過去。不知是因為講電話的行為引起女服務生的不快，或是有其他理由，總之她的眼神透著警戒，至少從青柳眼中看來似乎是如此。女服務生走進了廚房，便再也沒有出來。

心中的不安逐漸膨脹。

「我得掛了，會再打給妳。」青柳匆忙說道。

「告訴你，我這個人的直覺很準的。」

「什麼？」

「青柳，你真的沒事嗎？是不是遇到什麼麻煩了？」

「沒事。」青柳趕緊撒了個謊。

「我絕對不想變成一個若無其事說謊的大人。」青柳彷彿聽見了這樣的回答，但這是樋口晴子的聲音。學生時代，有一次兩人在住處悠閒地看著電視上的國會現場轉播時，樋口晴子眼看那些政治人物不斷重複「我不記得說過那樣的話」、「我不知道」、「我忘記了」之類的話，曾如此輕蔑地說道。「就算是非得說謊不可，也應該先經歷相當程度的苦惱與痛苦掙扎。」樋口晴子對那些表情漠然的政治人物嗤之以鼻。

結束通話之後，青柳愣愣地看著手機螢幕，心想是否要關閉電源，但最後，還是忍不住緩緩按下了撥號鍵，聽見了通話鈴聲。端著盤子走過來的女服務生正以厭惡的眼神看著自己，那眼神似乎正在罵著：「怎麼還在講！」

「怎麼了？」另一頭傳來阿一的聲音。

「啊，我想跟你說……」

「怎麼了？」阿一沒等青柳說完，便又重複了相同的話，語氣顯得有些焦慮。

「抱歉，你們還在談吧？」

「倒也沒有，怎麼了？」

「呃，我的手機快不能用了。」

「沒電了嗎？」

「啊，是啊。」青柳雅春說道，苦笑地想著，看來我已經變成一個可以若無其事說謊的大人了。「所以假如我可以過去打擾的話，能不能麻煩你來接我，或是打這家店的電話？抱歉，給你添麻煩了。」

「喔，原來是這麼回事。」阿一說完之後，便不再言語。

「喂，阿一？」

「抱歉，青柳。」

「怎麼？」青柳因阿一的態度感到愕然。

「真的很抱歉。」

「幹麼這麼說。」青柳本來想要說的是「快跟女朋友和好吧」，卻失去了說出口的時機。「喂，阿一。」這句話才剛說完，電話已經被切斷了。青柳看著手機，猶豫了一下，不曉得該不該再打一次，但最後還是關掉了電源。此時突然驚覺，女服務生就站在眼前。由於剛剛完全沒察覺，一時之間青柳嚇得整個人往後仰，大腿撞上了桌子，桌上的杯子晃了晃。「請問……」女服務生開口問道，眼皮微微顫抖。

青柳想要立刻起身逃走，但就在想要抓住背包的時候，卻聽到女服務生說：「請問，您是那個送貨員先生嗎？」

青柳再次仔細觀察眼前的女服務生。

兩眼不停眨動的女服務生微笑說：「我自從看了電視報導，就非常崇拜您。」

「喔。」青柳頓時全身放鬆。

女服務生翻開了一本類似筆記本的東西，說：「能不能請您簽名？」

「我只是個普通人，簽名也沒什麼意義。何況，我現在已經不送貨了。」

自己當初在送貨的時候，曾經拜訪無數人家，對無數的人說過「請蓋章或簽名」，如今竟然拒絕幫別人簽名，這種感覺真奇妙。如果被她回一句「你不是常常要我們簽名嗎？」的話，還真不知如何反駁。

「啊，是嗎。」女服務生顯得有點失望，但也沒有執意遞出筆記本，乖乖地轉身離開了。青柳看著她的背影，心裡有點過意不去。

接著青柳站起身來，打算去上廁所，這麼做或許多少也是想化解尷尬的氣氛吧。為了保險起見，他拿起了背包，走向位於店內深處的廁所。

他小解之後，看著鏡子，太陽穴附近有道傷痕。心想，現在全身上下應該都撞傷了吧，雖然傷勢不嚴重，但一想到不知道還得逃到什麼時候，便忍不住直冒冷汗。伸手在下巴被膝蓋撞到的部位一摸，頗為疼痛，眼皮也有點腫脹。洗手之後在烘乾機下將手烘乾，離開了廁所。沿著狹窄的通道前進，正打算回到座位上時，恰巧看見餐廳的自動門打開了。

青柳停下腳步，下意識地往後退了一步。

五個男人走進店內，青柳一個也不認識，有的穿西裝，有的沒有，但每個人的體格都很結實，簡直像是社會組的橄欖球選手。每個人臉上的表情都很嚴肅，看起來完全不像加班前一夥人來餐廳填飽肚子的上班族。

站在最前面的一個矮小的中年男人朝著走過來的店員迅速拿出類似身分證件之類的東西，另外四個人則在店內左右張望。這幾個人肯定就是出現在稻井先生家的那些人，或是他們的同伴。

其中又屬站在最後面的一個身高將近一九〇公分的男人最顯眼。這個人比其他人高出許多，肩膀極寬，胸肌結實，留著平頭，宛如格鬥家般的外型固然引人側目，更奇妙的是他戴了一副大型頭戴式耳機。不僅如此，手上還提著一根細長的管狀物，不管怎麼看，都像是一把槍。然而他只是若無其事地拿著，彷彿只是隨身帶著一把摺傘。男人右手拿著槍，左手扶著槍管。在這個國家的縣市中心地帶，而且是在連鎖餐廳內，竟然會出現一個公然持槍的男人，實在是令人難以想像的畫面。坐在其他桌的客人並沒有鼓譟，或許他們也以為那只是看起來很像槍的雨傘吧。

青柳一步又一步地往後退，這些人的目標顯然是自己，就算再怎麼天真，也不至於認為自己多心了。青柳回到廁所，打開隔間內馬桶上的窗戶，將背包丟向窗外，然後爬到馬桶蓋上，抓住窗框，撐住身子往上舉，心臟撲通撲通地跳個不停。一定要趕快逃走，那些西裝男子隨時會衝進廁所。一想到這一點，便感到驚慌失措。腳沒辦法先跨出去，只好先將上半身探出窗框。雙腳隨時會被抓住的恐懼感讓青柳不禁背脊發麻，只有拚命挺腰擠過窗框。此時牛仔褲被窗戶突出的部分勾住了，雖然很痛，但也沒空管這種小事。他頭下腳上地把手伸向地面，整個人終於翻滾了出來，以相當難看的姿勢摔在地上。

由於腦袋受到震盪，頓時分不清楚方向，他痛得發出呻吟，站起身來，輕輕拍去沙土。

這時，旁邊的牆壁突然劇烈晃動，耳邊傳來巨大的聲響及尖叫聲。青柳吃了一驚，腳下一滑，跪倒在地上。有人在店裡開槍了，得趕快逃到安全的地方，青柳焦急地想著。接著又不禁自問，到底哪裡才是安全的地方呢？

## 青柳雅春 

「法律上並沒有規定距離多遠才是安全的地方。」

青柳雅春等人像守規矩的小學生一樣盤腿坐在地上，轟廠長則站在眾人面前如此說道。轟廠長穿著白色圓領內衣，以及不知去哪裡買來的水藍色長褲。圓領內衣很薄，以至於不去注意轟廠長腹部贅肉的晃動也很難。

「雖然是夏天，但現在可是晚上，不必多穿一點衣服嗎？」森田森吾從剛剛就一直調侃他。

「少囉唆，只穿一件內衣才性感。」轟廠長這個肥胖中年男人笑道，在場所有人都忍不住哀號。太陽已下山，天空呈現深藍色。「今天沒雲，好久沒遇到這麼棒的天氣了。」、「去年可是下了小雨呢。」幾名煙火師傅剛剛在閒聊中說道。今天確實是最適合放煙火的好天氣。

青柳雅春等人如今來到了廣瀨川的河岸邊，成員還包括樋口晴子、森田森吾及阿一，也就是冬天曾在轟煙火工廠幫忙鏟雪的那幾個人，如今都來到了仙台七夕煙火大會的特等座位區，這是大家出賣勞力所獲得的報酬。

「什麼特等座位，這裡只有地面，哪來的座位啊，洛基！」森田森吾盤腿坐在地上說道。「洛基」是轟廠長在工廠內的綽號。或許是因為「轟」這個漢字的發音是「托托羅基」（註），

註：TODOROKI

經過變化之後又省略，才變成了「洛基」吧。原本青柳雅春等人根本不敢直呼轟廠長的綽號，一開始都乖乖稱呼「轟先生」或是「廠長」，但是在冬天最寒冷的一到三月數次前往工廠鏟雪的那段期間，大家漸漸地拉近了跟轟廠長之間的距離，不知不覺全都改口叫他「洛基」了。

「法律上沒有規定放煙火的時候一定要距離幾公尺之類的嗎？」樋口晴子問道。

「嚴格來說在條例中是有規定距離的，但是這個距離會隨地區及條件而異。所以，就算離了一百公尺遠，只要發生了事故，就不算是安全距離。」

「真是莫名其妙的法律。」阿一笑道。

「不過，我們是專家，不可能發生什麼事故的。就算要我在市中心放煙火，我也不怕。」轟廠長的笑容中，浮現出那種身經百戰的專家才有的自信與自負，讓青柳不禁大感欽佩。「我是專家」這種充滿自信的話聽起來相當悅耳。

河岸邊已經準備好了一個個煙火筒。以一次施放為單位，煙火筒被綁在一起，東一堆西一堆地放置著。師傅剛剛做完了最後的檢查，拉好了導火線，再次確認配線。

「我一直以為放煙火時是將火柴丟入筒裡，然後趕快跑，等著煙火被炸上天呢。」不知是誰開口這麼說道。

「是啊，我也這麼認為。」青柳也點頭稱是。

四個人得知現在的煙火都是用電腦控制的，全都嚇了一跳。施放的時機及點火的指示能夠以電腦來操縱，這件事本身就令人難以置信，更重要的理由是，轟廠長那種穿著白色內衣的肥胖中年男子模樣和電腦實在是最不協調的組合。

森田森吾肆無忌憚地指著準備好的煙火筒、導火線及帳棚內的電腦說：「洛基，你真的會用電腦？」

「告訴你，煙火在古代可是貴族的娛樂活動，不但優雅，而且走在時代尖端。我身為一個煙火師傅，區區電腦根本難不倒我。」

轟廠長一邊說，一邊伸手模仿敲打鍵盤的動作，只見他用一根食指上上下下地移動，一看就知道是門外漢，包含森田森吾在內的所有人都被逗笑了。

「這個手勢不太對吧？」阿一說道。「是啊，不太對吧？」青柳也附和道。

「對了，青柳按電梯按鈕的時候，都是這麼按的呢。」晴子突然一邊說，一邊舉起了拇指，似乎是突然想到了這件事。

一瞬間，青柳沒有會意過來。

「啊，沒錯沒錯。」森田森吾苦笑道：「豎起拇指，好像在比『幹得好』的手勢，真好笑。」

「這很正常吧？」青柳不解地答道。用拇指按電梯開關及樓層的按鈕，明明一點也不奇怪。

「我爸媽都是這麼按的。」

「這麼做真的很怪。」森田森吾毫不遲疑地說道。

「確實很怪。」就連轟廠長也用力點頭說道：「用拇指按，有點不自然吧？」

阿一也頻頻點頭，說：「一般人都是用食指吧？」

「是嗎？」青柳豎起右手拇指，往前推出，實在不覺得這是奇怪的動作。「好吧，我改。」

「這種長年以來的習慣是改不掉的。」森田森吾毫不留情地說道。

「不不，人是會成長的。」青柳堅持著。

「不可能、不可能。」晴子笑說：「青柳到現在吃飯還會留下飯粒呢。」

「什……什麼？」

「沒錯，確實如此。」森田森吾再次用力點頭，說：「老大不小了，吃飯也不吃乾淨。」

的確是事實，青柳雖非故意浪費食物，但是吃飯時總是習慣將黏在碗上的飯粒留下來。關於這一點，青柳也不認為這很奇怪，自己的雙親也是這樣，所以他不曾細想過這個問題。

「真是暴殄天物。沒有把飯吃乾淨，太浪費食物了。」

「把飯粒全部吃完，等於是不留活口，這麼做不是很殘忍嗎？」青柳雖然自覺理虧，還是拿出了小時候曾經聽父親說過的那句名言來反駁。當年的青柳因父親說了這句話而對他欽佩不已，從此受到父親的感化。但是如今從自己的嘴裡說出來，才發現這句話實在不知所云。「這是我老爸說的。」

「你老爸真是個怪人。」

「確實如此。」青柳無法否認。

「不過，在電腦上按個按鈕，煙火就會被打上天空，實在有點沒意思呢。」晴子說道。

轟廠長一聽，露出了牙齒，笑說：「不能這麼說。裝火藥的是人，切火藥的也是人。煙火都是手工製作的。就算點火和施放由電腦來執行，也沒什麼不同。總有一天啊，放煙火只要拿起手機『嗶嗶嗶』地按個號碼就行了呢。」

「『嗶嗶嗶』嗎？」森田森吾撇著嘴說道。

「用手機放煙火嗎？」青柳有點不敢苟同，認為這樣實在太隨便了。不過，轟廠長卻自信滿滿地說：「別抱怨了，就算用手機放煙火，煙火的優點還是不會改變。」青柳聽了之後才稍稍放心，或許煙火就是這樣的東西吧。

天色愈來愈暗，從頭頂的橋上傳來的說話聲也愈來愈嘈雜了。前來看煙火的人相當多，到處都是人。晴子將手放在背後，抬頭上仰。「煙火打在正上方，一定會看得脖子很疼吧。」

「是啊。」青柳雅春說道。

「不過，能夠在這麼近的地方看煙火，可是很難得的經驗呢。」

「是啊。」

「啊，對了，忘了跟你們說，煙火放完後可別急著回家，得幫忙收拾善後。」

「你說誰得幫忙收拾善後？」森田森吾皺眉問道。

「當然是你們啊。」

「現在才說，太慢了吧！」不止是森田森吾，連青柳及晴子也出言抗議。

「對了，洛基，你兒子還不打算繼承工廠嗎？」森田森吾問道。據說轟廠長有個獨生子，比青柳雅春等人大三歲左右，現在在青森上班。

轟廠長的臉色沉了下來。那個據說跟轟廠長是一個模子刻出來的兒子，似乎是轟廠長最大的煩惱。「嗯，那傢伙很古靈精怪。不過，總有一天會回來吧。」

「聽說他在學生時代曾經擅自放煙火，結果被警察逮捕，是真的嗎？」青柳把以前曾經聽工廠師傅說過的話提出來詢問。

轟廠長滿面的愁容已經是無言的答案。「那傢伙從小就常幫忙放煙火，他的技術只能用神乎其技來形容。」轟廠長首先說了句不知是在稱讚還是在抱怨兒子的話，接著又說：「可是那傢伙的個性很彆扭，而且做事不經大腦，不適合放煙火這種纖細的工作。」

「既然你做得來，你兒子應該也做得來。」森田森吾笑道。

「嗯，有一天或許會回來吧。」轟廠長自暴自棄地說道。接著，轟廠長又喃喃地對大家說：「煙火大會最重要的其實不是煙火的規模。」

「怎麼突然說這句話？」

「雖然每個村、每個鎮的煙火預算都不一樣，但是一到夏天，嫁出去的女兒就會帶著小孩回娘家，然後大家一起去看煙火，這一點在任何地方都一樣。從事各種行業、過著不同生活的人，為了看煙火而聚集在一起，欣賞煙火被打上天空的美景，大家心裡都會想著『啊，好大，好漂亮』，然後互相約好明年再來看，這就是煙火大會最讓人感動的地方。」

言行舉止總是隨性、粗魯的轟廠長突然說出這麼感性的話，青柳等人反而不知如何應對。

「說得真好啊，洛基。」森田森吾一邊說一邊扭動身體，彷彿全身都在發癢。

「更好的還在後頭呢。」轟廠長張著鼻孔說：「同樣的煙火，總是有形形色色的人，在不同的角落看著，說不定自己現在看到的煙火，在另一個地方，有一個老朋友也正在看著。這麼一想不是很令人開心嗎？而且啊，那個老朋友很可能也跟你想的一樣呢。我一直這麼認為。」

「一樣？」青柳不自覺地開口詢問。

「回憶這種東西啊，常常在類似契機下被喚醒。既然自己想起來了，對方很可能也想起來了。」

「說得好！轟屋（註）！」森田森吾大喊，似乎是在煽動轟廠長繼續說下去。

「洛基屋！」青柳喊道。「樋口屋！」晴子也興奮地喊道。接下來，大家各自喊起了自己的名字。「森田屋！」「青柳屋！」轟廠長不禁感到啼笑皆非，繼續著手進行準備工作。

煙火的震撼力遠超過眾人的預期，跟在遙遠的大學校舍觀看，完全是天壤之別。若說從遠處看煙火只是欣賞，那麼從近處看煙火則是用全身去感受。煙火帶著讓人震撼的巨大聲響，垂直地被打上天空，接著炸裂，綻放光彩，帶著閃閃發亮的尾巴落下，融入黑夜之中，然後消失。所有人都張大了嘴，目不轉睛地盯著天空，包含青柳在內，大家都不發一語，目光完全被吸引。聲音在胃部引起共鳴。黑暗的天空中，一瞬間綻放出巨大的花朵，花瓣帶著閃光垂落的聲音聽起來異常舒服。

煙火一發又一發地衝上天空，層層交疊。煙火炸開的聲響，撼動著正下方的青柳雅春等人。「享受美景」四個字已不足以形容那無與倫比的震撼力，宛如人工的星星撒滿天空，那種盛大的炸裂畫面令人嘆為觀止。

註：傳統習俗中，日本人在欣賞煙火的時候會高喊「玉屋」（TAMAYA）或是「鍵屋」（KAGIYA），所以眾人此時開玩笑地在自己的姓氏後面加上「屋」字。

接著停歇了片刻，這是為了等待那些瀰漫在天空中的煙被風吹散而安排的空檔。

青柳等人望向前方那些煙火師傅，每個人眼中都閃耀著光芒，表情單純得像小學生。煙火帶來的那種原始的暢快感，洗滌了在場所有人的疲累與各種無意義的執著，讓每個人都回到了最天真無邪的孩提時代。

只穿著一件內衣的轟廠長也在其中。他往青柳他們看了一眼，接著擺出滿足的笑容，豎起兩根手指，似乎在跟大家說：「好好看清楚了。」

「真壯觀啊。」森田森吾吐出了憋著的一口氣，如此說道。

「是啊。」阿一隨聲附和。青柳一邊聽著兩人的對話，一邊轉頭望向坐在左邊的晴子的側臉，只見她依然凝視著天空，似乎正享受著餘韻。

「呃，樋口。」青柳以只有她聽得見的聲音說道。

「嗯？」晴子轉過頭來。

青柳又「呃」了一聲，接下來卻是張口結舌地說不出話來，心中不禁感慨，昨天練習了那麼久竟然沒有發揮一點效果。

「什麼事？」

「呃，有句話一直很想跟妳說。」青柳感覺自己的臉部肌肉非常僵硬，試著微微抖動下巴，讓緊繃的雙唇鬆弛，接著說：「妳願不願意跟我在一起？」

一開始，晴子的表情暗了下來。「啊啊，完蛋了。」青柳在心底哭喊著，早知道就不說了，一股懊悔的情緒沿著血液流遍全身。

「跟你一起去哪裡？」晴子接著說道，語氣中似乎帶了三分不明就裡。「廁所？」

「我又不是小孩子。」青柳臉上的表情更扭曲了。「我的意思是在一起，不是一起去哪裡。」

一陣巨大聲響撼動了身體。

煙火再度開始施放，巨大的星星再次在天空中綻放，宛如碳酸氣泡般的聲音在夜晚的空氣中迴盪，令人感到無比舒暢。

晴子將視線拉回頭頂上的煙火。青柳感到欲哭無淚，看來同樣的話還得再說一次才行了。他看著晴子的側臉，一句「呃，樋口」正打算要脫口而出時，一直凝視著星星在聲響之中墜落的晴子卻先開口了。「現在才說，太慢了吧！」她帶著微笑，模仿森田森吾剛剛說過的台詞。

「咦？」

「現在才說，太慢了吧！」晴子帶著笑容轉過了頭來。

「好，大家一起喊！預備……」耳邊傳來森田森吾的聲音：「轟屋！」

## 樋口晴子

剛開始下雨時，天空還殘留著淡淡的明亮，樋口晴子本來預期雨馬上會停，只要忍一下就過去了。但是過了一會兒，雨不但沒有停，雲層的顏色反而愈來愈深，最後變得幾乎像黑夜一樣昏暗，天空只能以烏雲密布來形容。雨勢愈來愈強，沒有帶傘走在街上的晴子一聲哀號，慌張地左右張望。

寬廣的人行道上一處屋簷也沒有，毫無棲身之處。

「怎麼辦？」她望向身旁的青柳雅春。雨勢之大，彷彿要將說話聲全部打落，雨滴在地面上四散飛濺。

青柳把頭髮往上撥，看了一下手錶。「距離我們預約的時間還有一個小時。」

「重點不是時間吧？現在這個樣子，我們怎麼走到店裡？」晴子也伸手摸著頭髮，說道。

「窮人還想吃法國料理，這是我們的報應。」

「有什麼關係，慶祝一下嘛。」

當晴子提出為了紀念兩人交往三個月應該慶祝一番的時候，青柳原本是興趣缺缺的。他如是說：「所謂的慶祝，應該是在更重大的時間點實施才對吧？譬如一週年之類的，就算再短，至少也要半年吧？」接著又表示：「說真的我過去從來沒有這麼做過。」

「我也沒有啊。」晴子道。「不過，就連車子，每個月也要定檢一次吧？」她試圖以莫名其妙的論點說服青柳：「所以嚴格來說，這不是交往三個月的紀念，而是交往三個月的定檢。」

其實，晴子只是想找個藉口到仙台市新開張的知名法國料理餐廳體驗一下。

「啊，對了。」青柳說道。

「什麼對了？」

「我想起來了。」青柳雖然已淋成了落湯雞，表情卻突然變得非常開朗。他抓起晴子的手往前跑，繞過人行道的轉角，來到一條通往大學校園的大馬路上。雨勢完全沒有減弱的趨勢，簡直像洩洪的瀑布，馬路上的車子都將雨刷開到了最高速，雨刷忙碌得彷彿隨時會折斷。道路中央的輪胎凹痕積滿了雨水，馬路變成了一條河。

青柳往人行道的外側鑽進去。這條馬路似乎原本就是在一塊長滿樹木、雜草叢生的土地上開拓出來的，路邊雜草茂密程度雖然還不至於是一片荒野，但至少稱得上是雜草叢生。青柳大踏步往草叢中走去，晴子根本沒機會發問，只能緊跟在後。每一腳踏在地面上，都會濺起泥水。

「就在前面。」青柳指著前方說道。周圍的草既長又密，以樋口晴子的體型而言可以完全被掩蓋。直到走至近處，才發現在雜草叢中停著一輛車。那是一輛褪色的黃色轎車，雨滴撞在引擎蓋上發出聲響。

「上車吧。」青柳一面說，一面走向駕駛座旁。

「上車？」

青柳蹲下身子，把手伸進了車下，站起身來，說道：「我現在要開門了。」接著響起了門鎖彈開的聲音，晴子拉開副駕駛座的車門，坐進車內。

「好大的雨啊。」坐在駕駛座上的青柳看著雨滴打在前方擋風玻璃上，慢條斯理地說道。

「這是誰的車呀？」

「不知道。」青柳撥一撥頭髮，把水珠甩掉。「轉一轉就會有水跑出來呢。」他一邊說，一邊扭著額頭上的頭髮，讓水滴滴到座位前方，接著又轉頭看了一下後座，伸手取來一條毛巾。

「真巧。」他把毛巾遞給晴子。「拿去用吧。」

「這是誰的毛巾？」

「不知道。」青柳笑了一下，把毛巾湊到鼻子前聞一聞，說：「似乎不舊。」

「不要，噁心死了。」

「不用的話會感冒的。」

以十一月來說最近的天氣還算溫暖，但全身濕淋淋畢竟不是好事。

「我想應該是阿一的毛巾吧，倒也沒那麼來路不明。」

「這是阿一的車？」

「不，不是。」青柳將鑰匙插進方向盤旁邊的鑰匙孔內試著轉動，但引擎毫無反應。「電瓶果然沒電了。」

晴子心驚膽跳地用毛巾擦起了頭髮，畢竟不曉得原物主是誰，愈擦愈覺得好像有什麼神祕物質沾在頭髮上，感覺非常不舒服，但總比感冒好。大致擦乾了之後，晴子將身子靠在椅背上，淋濕的部位感到一陣冰涼。

「你怎麼會知道有這輛車？」

青柳應了一句「嗯」之後，顯得有些不好意思，好像還帶了三分心虛。「這輛車被丟在這裡好久了，從以前就很有名呢。大家都說車主懶得把車拿去報廢，才丟在這裡。」

「你怎麼會有鑰匙？」

「鑰匙就放在輪胎上。」

「喔？」晴子嘴裡說著，眼睛望向窗外。一波又一波強烈的雨勢令人怵目驚心，雨滴以彷彿帶著血海深仇的氣勢砸下來，不禁佩服引擎蓋竟然可以承受得了撞擊而不凹陷。

「就在這裡避一下雨吧。」

「也好。雨這麼大，有雨傘也沒用。車子如果能發動就更好了，最好能開個暖氣。」

「買個電瓶來換，應該可以發動吧。」

「真的嗎？」

「真的。」青柳回答。接著他一面望向窗外，一面哼起了輕快的旋律。

「那是什麼歌？」

「這輛車的廣告主題曲。」青柳淡淡地說道，接著又重複地哼唱了起來，彷彿上了癮似的。晴子受到感染，也想跟著唱了。本來預期這種傍晚時分突然下的滂沱大雨應該馬上就會停，結果卻是事與願違，雨勢不見減弱，車頂及引擎蓋被雨滴打得微微震動。

晴子笑說：「看來沒辦法去吃法國料理了，你心裡該不會鬆了一口氣吧？」青柳一愣，反問：「我鬆了一口氣？為什麼？」

「你看起來一副吃不慣法國料理的樣子。」

「而且吃飯還會留下飯粒？」青柳苦笑道。

「沒錯、沒錯。」

「沒那回事，為了今天，我可是預先看了用餐禮儀的書呢。」青柳坦率地說道，並裝模作樣地做出拿餐具的動作，似乎想要強調「我知道餐具要從最外側開始用」。接著他轉頭往窗外看了一眼，喃喃說：「不過雨這麼大，大概沒辦法去了。」望了一下手錶，又說：「再等一下子，如果真的趕不及，還是打電話取消吧。」

「雨這麼大，就算遲到一下子也沒關係吧？」

「可是我們淋得像落湯雞，他們應該不會放我們進去。」青柳低頭看著自己的外套及襯衫，又望了望晴子，撇著嘴說：「妳更誇張，內衣隱隱若現呢。」

晴子急忙低頭看自己的襯衫。被這麼一說才發現確實如此，內衣在吸飽了水分的白襯衫下浮現，不過不仔細看是看不出來的。「有嗎？」晴子反問。「那是你帶著有色眼光看我吧？」

「被妳說對了。」青柳回答得乾脆，晴子不禁感到好笑。

「啊！」就在此時，晴子突然叫了出來。「我想起來了。」

「想起什麼？」

「前一陣子我們在學校餐廳吃飯時，你跟阿一不是一直在講悄悄話嗎？我那時候聽到了一點，他好像說了一句『沒錢上賓館的時候可以用』什麼的。」

「哪有這回事？」青柳矢口否認，眼神卻是四處游移，看起來相當心虛。

「那句話指的應該就是這輛車吧？」晴子的話宛如一把長劍，貫穿了駕駛座上的青柳。「我沒說錯吧？你們都把這裡當成了賓館吧？」

在晴子的嚴詞逼供之下，青柳滿臉通紅，最後也只能招認了：「我可沒這麼做過。不過，阿一想跟女生親熱時，確實是常常來這裡。」

晴子又想起了一件事，整個人從椅背上跳起來，問道：「剛剛那條毛巾，該不會是做那件事時用過的吧？」

「不，我想應該是新的。那條毛巾似乎是用來墊在椅子上的，阿一曾說過，為了下一個人著想，他都會更換新的毛巾。」

「什麼下一個人，什麼意思？」此時車內的空氣沉重得令人不舒服，晴子將手放在車窗上說：「開窗戶通風一下吧，真噁心。」

「雨會打進來的。」

「這裡簡直跟廉價賓館沒什麼兩樣嘛，噁心死了。」

「話是沒錯，」青柳顯得有點歉疚。「不過剛好可以避雨，妳就別抱怨了。」

「啊，我想起來了。」晴子邊說邊按下車窗的開關鈕，不過因為引擎沒有發動，窗戶絲毫沒有反應，她忍不住咂了個嘴。「那時候阿一不是說了一句『青柳學長也可以善加利用』嗎？」

「有嗎？不過我真的從來沒用過。」

「我要說的重點不是那個。阿一是不是只有在別有用意的時候才會叫別人學長？他平常不是只叫你青柳嗎？」

「是這樣嗎？」

「以前有一次，森田在學校餐廳說教授的壞話。」

「那不是常有的事嗎？」

「那時候，教授剛好就坐在旁邊。」

「聽起來真是驚險刺激。」

「可是森田完全沒察覺，還是口沫橫飛地說著，於是阿一拚命喊他『森田學長』。」

當時的森田森吾皺著眉說：「怎麼了，為什麼突然叫我森田學長？平常不是都不這樣叫嗎？」然後馬上又開始批評了起來：「還有，那個教授的品味也很差。上次他還打了一條章魚圖案的領帶呢，真令人不敢相信。」當時在場的阿一與晴子不禁往隔壁教授脖子上的領帶望了一眼，領口真的垂著一條印著一排排粉紅色章魚的領帶，令兩人忍不住想要捧腹大笑。

「教授聽到了嗎？」

「應該聽到了吧。不過那個教授的修養不錯，什麼話都沒說。森田後來知道了這件事，氣得對阿一大罵『為什麼不跟我說』。」

當時阿一說：「依當時狀況，根本沒有機會告訴你，我有什麼辦法。而且我暗示過你了，我不是一直叫你森田學長嗎？」阿一一邊埋怨一邊辯解：「以後我叫你學長時，請提高警覺吧。」

就在此時，青柳的手機響了。「該不會是餐廳打來的吧？」晴子開玩笑地說道，但心底並不認為餐廳會因為下雨而向預約的客人一一打電話確認。

青柳一看螢幕上顯示的電話號碼，便說：「是我老媽。」

「你媽？真難得。」

「不知道是什麼事。」青柳心不甘情不願地接了電話，一開始以冷漠的口吻應了幾聲，接著是以一貫不耐煩的語氣跟母親對答了一陣，然後輕輕笑說：「他真是一點也沒變。」接下來又說了句似乎是在安慰母親的話：「沒關係啦，不然能怎麼辦？勸也不會改。」說完便掛了電話。

「怎麼了？」

「我老爸雖然是個相當平凡的上班族，卻是世界上最討厭色狼的人。」

聽到青柳突然開始介紹起自己父親，晴子愣一下，不過還是說：「這樣很好啊，很了不起。」

「問題是他的情況太極端了。」青柳挑著單邊眉毛說：「我高中時，有一次因學校活動補假，在家裡突然接到附近一位伯母打來的電話，她是從離我家有點距離的某個車站打來的，她跟我說『你爸正在車站跟人大打出手』。」

「怎麼回事？」

「我跟老媽急忙趕到車站，發現老爸在月台上，正騎在一個男人身上，拚命揮拳。」

「什麼？」晴子過去從沒聽過色狼被人騎在身上痛毆這種事。

「聽說老爸在電車上發現色狼，就把那個人拉下車，拚命揍他。真是太亂來了。」

「好偉大。」

「我媽慌了手腳，在旁邊哭了，一些看起來像鐵路警察的人也趕來制止我爸，簡直像一場惡夢。」青柳露出了彷彿正在作惡夢的表情說：「剛剛我媽打電話給我，告訴我同樣的事情又發生了。老爸發現一個色狼，把那傢伙痛打了一頓。」

「色狼殺手的威風不減當年？」

「我媽很慌張，趕緊打電話給我，真是莫名其妙。」

「我倒是認為你爸很了不起呢。」

「他做事不經大腦，一旦血氣衝腦，就想以暴力解決問題。身為文明人，怎麼可以被衝動牽著鼻子走呢？應該更冷靜才對。」

「文明人啊，別用那麼誇張的字眼好嗎？」晴子笑得渾身亂顫。

後來，青柳打電話到法國料理餐廳取消了訂位。掛斷電話後，他聳聳肩說：「被對方冷嘲熱諷了一番。也罷，畢竟錯在我們。」晴子則罵著：「就算是知名餐廳，也不必那麼跩吧？」

## 樋口晴子

「媽媽妳怎麼了，為什麼在發呆？」七美問道。

樋口晴子坐在餐桌前，瞪著電視。不管轉到哪一台，不管哪個節目，都可以看到青柳雅春。七美靠在晴子的腳邊不斷嚷著：「我們去玩嘛，我們去玩嘛。」對七美而言，幼稚園難得放假，當然想把握機會好好玩一天。

「可是昨天發生了那樣的事，今天到外面玩很危險呢。」

「是那個爆炸嗎？爸爸好像也很擔心呢，死了一個大人物。」

「對呀。」晴子一邊說，一邊想著，原來小孩子都是在不知不覺中學會了「死」這樣的概念與現象。至於學會的契機是來自電視、漫畫還是電玩遊戲，就不得而知了。有一次，七美拿著一隻抓到的蝗蟲跑過來，用寂寞的口吻說：「死掉了。」晴子與丈夫聽了不禁面面相覷。

「爸爸、媽媽，這隻蝗蟲死掉之後會去哪裡？」七美問道。

丈夫樋口伸幸的反應非常快，他先指著女兒手中的蝗蟲屍體說：「已經不在這裡了。」接著又指著女兒的胸口說：「在這裡。」

「這裡？」

「在七美的心裡。」

這樣的回答雖然有點故弄玄虛，但就「死去的人會在別人的回憶中不斷重生」這一點來看，其實還滿貼切的。然而就在晴子打從心底感佩丈夫說了句好話時，七美卻不停在胸口揮掃，還將蝗蟲的屍體丟了出去，喊著：「人家不要蝗蟲在裡面，好噁心！」晴子不禁感到好笑。樋口伸幸見狀慌忙說：「沒有在裡面，沒有在裡面，已經死掉了，這種小蟲子，死掉就死掉了。」接著撿起蝗蟲屍體，打開窗戶，以彷彿要從外野將球回傳本壘的氣勢，奮力投了出去，蝗蟲屍體以飛快速度越過了隔壁人家的屋頂。力道之強，令人擔心蝗蟲會不會因為這股衝擊力而活過來。

「這個人是凶手？」七美喃喃地說道。晴子往電視一看，畫面上正播出青柳雅春的模樣。這個錄影畫面已經重播好幾次，畫面上的青柳還穿著送貨員的制服。晴子不知道該怎麼回答，只是默默地拿起餐桌上的馬克杯。七美說：「他看起來不像壞人呢。」

「啊，是嗎？」

「嗯，看起來像個普通人，而且長得很帥，是七美喜歡的類型。」

晴子拚命忍住了笑意。「我們真不愧是母女。」

接著，青柳雅春的影像好幾次在電視上被放大。

「當年大家心目中那個帥氣爽朗的英雄，如今用這張畫面上的表情仔細一看，似乎懷抱著某種負面情感呢。」穿著高級西裝的某來賓嚴肅地說道。螢幕上出現的是青柳雅春背對著鏡頭，正轉過頭來的靜止畫面，青柳瞇著眼，看起來一臉凶相。

「啊，好像真的是壞人。」敏感的七美說道。

「不愧是電視台。」晴子對這樣的手法大感佩服。不論是誰被人從後面以粗魯、挑釁的口氣喊了名字，轉過頭來的時候當然會露出這種緊繃的表情。被一個沒有禮貌的人突然拍下照片，任誰都會不高興。電視台只擷取那一瞬間的畫面，刻意強調其負面形象，不論是不是故意扭曲，都是一種極不高尚的做法。不過，卻很有效。

忽然間，眼前的視野變得模糊，電視螢幕中彷彿出現了一條醜陋的怪魚。怪魚以高傲的表情望向自己，說了一句忠告：「不要再活在小框框裡了。」晴子心想，青柳該不會就是聽了這個「不要再活在小框框裡了」的忠告，想要「做一件大事」，因而殺害了首相吧？

過了一會，某豬排店的店長出現在畫面中。不知為何，晴子總覺得這個店長的鬱悶表情跟遊戲裡那條醜陋的怪魚似乎有三分神似。

「那時候還不到中午，店裡還很空，他就坐在那個位子一邊看電視，一邊吃炸豬排定食。」店長指證在金田首相遊行的當時，青柳雅春正在他的店裡。

「您確定那個人就是青柳雅春嗎？」記者再次確認。店長頗為不悅地說：「妳不相信我嗎？是真的啦。在我們店裡吃定食，白飯是無限供應的，那傢伙吃完又添了兩次，把碗裡的飯粒吃得一粒也不剩。我就知道會幹出那種詭異行為的傢伙，一定不是普通人。一般人如果準備要殺人，怎麼會那麼有食慾，添了好幾次飯，還吃得乾乾淨淨？妳說對吧？」

晴子的視線宛如被釘在畫面上，完全無法移開。

「媽媽，怎麼了？」七美出言詢問，但她一開始甚至沒聽見。

「沒什麼。」晴子一邊回答，一邊望著電視，腦袋裡反芻著店長所說的話。

把碗裡的飯粒吃得一粒也不剩？

青柳會做這種事嗎？

晴子所熟知的青柳雅春，並不是一個會把飯吃得很乾淨的人。大部分的情況，他都是被揶揄吃不乾淨。每次當他說「我吃飽了」的時候，往他的餐盤或碗裡一看，總是有大片的高麗菜絲及不少飯粒殘留著，好幾次跟他說「還是吃乾淨吧，不然太浪費了」，他總是點頭同意，但是下一次等他說了「我吃飽了」並擱下筷子之後，再看他的碗底，還是一樣殘留著許多飯粒。他也不是故意的，只是習慣難改。或許是受雙親的影響，在他心裡幾乎沒有「東西必須吃乾淨」的觀念。根據店長的證詞，青柳在暗殺首相前去過豬排店，把飯吃得一粒也不剩。

那真的是青柳雅春嗎？

「他怎麼可能把飯吃乾淨？」晴子不禁想要對著電視這麼說道。「當年他被笑了那麼多次，還是改不過來呢。」

難道跟自己分手之後，青柳改變了吃飯的習慣？當然這也不是不可能。當初跟他交往時，也沒想到他會成為從歹徒手中拯救女明星的英雄。同樣的道理，在跟他失去聯絡的這段時間，或許他改變了飲食習慣。

但是在即將幹下大案子的前一刻吃了好幾碗飯，而且吃得乾乾淨淨，怎麼想都怪怪的。若是因緊張或興奮而沒吃完飯，或許還能理解，現實狀況卻完全相反。青柳為什麼要刻意改變從小到大的習慣，把碗裡的飯吃得一粒不剩？難道是為了討個吉利嗎？

想到這裡，晴子才突然發現女兒不見蹤影，心裡一驚，趕緊呼喚女兒的名字。來到門前走廊上一看，發現她正在門口穿鞋。

「媽媽不陪七美出去玩，七美自己一個人去。」

「好啦。我去、我去。等我一下。」

在住家附近的公園，大家所聊的話題還是金田首相的暗殺事件。走到設置了鞦韆及滑梯的遊戲區，已經有三個帶著小孩的母親站在那裡聊天了。樋口晴子雖然記得那些小朋友的名字，對母親的姓名卻沒什麼印象，想來大家也都如此吧。

「真可怕呢。」幾個母親異口同聲地說道。

「說真的，實在很難想像，凶手可能還躲在這個市裡呢。」一個短髮母親說：「我是去年才從新潟搬來的，那個凶手在新潟也很有名。當然，他那時候還不是凶手。」她接著笑說：「當時在電視上常常看到他呢。」

「是啊。」一個棕髮母親感觸良深地點了點頭。「在仙台這邊更是紅得不得了呢。我曾經見過本人一次。」

一個小孩正攀在她的腳邊，宛如是爬上了尤加利樹的無尾熊。

「樋口太太在仙台住很久了吧？」另一個腳邊黏著兩隻無尾熊的母親開口說道。晴子趕緊應了一句：「啊，對呀。」接著又忍不住說：「不過那個人也只是剛好救了女明星而已，仔細想想，也不過是個普通人嘛。」

幾個母親七嘴八舌地附和。「這麼說也是」、「只是個送貨員」、「不過真的滿帥的。」

晴子正煩惱著不知道該做出什麼回應，在一旁聽著的七美此時卻開口說：「七美也喜歡那個大哥哥呢，因為他長得很帥。」逗得大家都笑了出來。

「不過啊，」短髮母親突然沉著臉說：「真是人不可貌相呢。」

「暗殺首相的事雖然讓人吃驚，但讓人更吃驚的是他還是個色狼呢，剛剛電視上說的，真是太讓我失望了。」

晴子不禁愣愣地看著她。

「那個凶手以前曾經在電車上對女生性騷擾，後來逃走了。有一些當時的目擊者出來證實這件事，真是個大爛人。」

「他長得那麼帥，為什麼要當色狼呢？」

「色狼這種行為是一種病，一旦上癮是戒不掉的。這跟帥不帥、受不受歡迎沒關係，只有騷擾別人才能讓他獲得滿足。」

「真是可惡。」

「色狼……」晴子輕聲說道。

一個母親說：「真希望他趕快被抓住。」另一個母親說：「對了，最近這附近聽說也出現一個奇怪的男人在四處遊蕩呢，有個叫小健的小朋友還被那個人搭訕過。」又有另一個母親說：「該不會也是那個青柳吧？」

幾個母親七嘴八舌地說著，彷彿全國所有變態性犯罪都是青柳雅春一個人幹的，只要他被捕，並且以某種方式將他處理掉，天下就可以太平似的。除了可笑，晴子還感到一陣恐懼，如果此時坦白說出那個姓青柳的男人其實是自己以前的男朋友，說不定會遭到大家的輕蔑與指責，最後恐怕連七美也無法在這個社區繼續生活。晴子一邊跟大家閒談，一邊看著正在拔野草玩耍的七美，內心不停地祈禱自己沒有露出慌亂與緊張的情緒。

「啊，對了，樋口太太，那個凶手的年紀好像跟妳差不多？」其中一個母親如此問道，語氣中似乎不帶什麼特別的意思。

晴子沒有自信能夠裝模作樣地反問「是嗎」，但又覺得立刻回答「是啊」頗為不自然，完全不知如何回應，最後只好眨了眨眼，應了一聲：「嗯？」假裝自己沒聽清楚。

就在此時，七美拉著她的手說：「媽媽，我想上廁所。」晴子趕緊藉機說：「啊，那我們先離開了。」接著便帶著七美離開了公園。

「能夠忍到回家嗎？」走出了公園，晴子在十字路口前問道。

「別擔心，七美不想上廁所。」

「咦？可是剛剛……」

「七美是看媽媽好像覺得跟她們說話很累，才故意那麼說的。」七美手上不知何時弄來了一根樹枝，正在搖晃揮舞。

「特地幫助媽媽逃走？」晴子笑道。遇到什麼事都以「上廁所」為藉口逃走，確實是七美的慣用伎倆，沒想到她今天竟然會為了媽媽而應用，真了不起。「七美，妳愈來愈聰明呢。」

「七美本來就很聰明。」或許為了掩飾害羞，七美微微嘟著嘴道。「七美有幫上忙嗎？」

「嗯，有幫上忙。」

「那七美下次再幫媽媽忙。」七美開心地大聲說道。

「下次如果媽媽摸摸鼻子，妳就說要上廁所吧。」晴子也附和道。

在回家的路上，晴子嘴裡不知不覺地喃喃念著：「色狼……」

「在哪裡？色狼在哪裡？」七美左右張望，兩手向前伸出，彷彿是電視裡的變身超人，擺出迎敵的姿勢。

晴子想起自己以前曾與青柳雅春的父親見過一次面。平常總是聽青柳說他父親非常討厭色狼，在電車上遇到色狼就會氣得怒髮衝冠，非得要跟色狼拚個你死我活，晴子不由得感到好奇，想要見識看看他父親到底是個什麼樣的人物。實際見了面之後才知道，原來青柳的父親個頭並不高，但是體格及肌肉非常結實，看起來像個柔道家，行為舉止其實還不到特立獨行的地步，只是比較正直、頑固。

那天原本是兩人開車去迪士尼樂園玩，在回程時順道去了青柳的老家，雖然青柳原本的說法是「把妳介紹給他們認識之後就走」，但實際進了屋裡後卻沒那麼容易抽身，最後只好留下來一起吃晚餐。青柳的父親雖然還不至於認為兒子帶回來的女朋友就是將來的媳婦，但還是低聲跟晴子說：「雅春就拜託妳了。」接著又說：「別看雅春這樣，其實他這個人很粗線條的。不過，他是個有男子氣概的堅強男人。」

「咦？真的嗎？」第一個問這句話的，是青柳雅春的母親。

「咦？真的嗎？」晴子也模仿其語氣，如此問道。

「真的嗎？」就連青柳雅春本人也這麼反問，讓他父親倍感壓力，只好補一句：「大概。」

「大概？」晴子問道。眼見青柳家所有人的碗裡都留著飯粒沒吃乾淨，不禁露出苦笑。

「或許吧，至少我是這麼期望的。」

「說得愈來愈沒信心了。」青柳苦笑道，臉上露出了象徵軟弱的溫柔笑容。

「不過，我敢肯定他這個人絕對不會當色狼。」青柳的父親挺著胸膛說：「就算哪天他可能會殺人，但絕對不會當色狼。」

晴子詫異地說：「這樣的價值觀好像有點怪怪的。」

「當然，我的意思並不是認為殺人正當，但是有時為了保護自己或家人，還是有可能陷入非得要殺人的狀況。老實說，我認為某些時候殺人是可以被原諒的。」

「可以被原諒嗎？」樋口晴子忍著笑意說道。

「可以被原諒。當然這只是假設，並不是說他一定會殺人，但總之可能性並不是零，誰能保證他將來不會遇到那樣的狀況呢？可是色狼就不同了，無論用什麼藉口，都不能讓色狼的行為被原諒。我想不出來有什麼理由讓一個人非得當色狼不可。總不可能是為了保護孩子而去當色狼吧？總之，我要說的就是這個意思。」

「真是莫名其妙的理論。」青柳的臉色愈來愈難看。眼前這個口沫橫飛地說著荒謬論點的男人竟然是自己的親人，還是一等血親，似乎讓他相當沮喪。「不過，自從看見老爸壓在色狼身上把人家牙齒打斷的模樣後，恐懼感已經深深烙印在我心上，我一定沒辦法當個稱職的色狼。」

「這不是稱職不稱職的問題吧……」母親一句話還沒說完，父親已經指著青柳，搶著說：

「沒錯，你還差得遠了。」

樋口晴子牽著七美的手走著，「那個青柳竟然會去當色狼？」嘴裡不禁喃喃自語。

「那個青柳竟然會去當色狼？」七美也模仿著大人的口氣說道。

晴子一聽，不禁露出了微笑，心裡卻又不禁想到，青柳的雙親看到那個新聞會有什麼反應？尤其是他父親，在電視上看見自己的兒子就是仙台爆炸事件的嫌犯，而且還曾經對人性騷擾，不知內心有何感想？晴子不禁擔憂起來。他的雙親目前的心情想必相當激動吧，他們家周圍恐怕已經擠滿了記者。

「青柳媽媽，妳還好吧？」

晴子下意識地從皮包內取出手機，搜尋電話簿中的號碼，找出森田森吾的名字，按下撥號鍵，她撥森田森吾的手機號碼。通話鈴聲響了一陣，一名年輕女性的聲音從電話中傳來。「我想找森田先生。」晴子問道，對方卻冷冷地回答：「什麼？妳打錯了。」接著便掛斷電話。

這個號碼是去年在車站前的百貨公司與森田森吾巧遇時記下的。自那一天到現在，晴子從來沒有打過這個號碼，也沒接到過森田森吾打來的電話，說不定這個號碼從一開始就是錯的。接下來晴子撥給小野一夫，也就是阿一的電話號碼，這個號碼也是以前遇到阿一時留下的。為了不給自己猶豫的機會，晴子迅速地按下了撥號鍵。

通話鈴聲響了好一會，晴子突然有種可怕的錯覺，彷彿森田森吾和阿一根本不存在這個世界。本來以為想要聯絡隨時都可以聯絡得上，但實際嘗試了才知道，竟連電話也打不通。

「喂？」此時有人接了電話，晴子卻在一聽之下瞬間感到無比絕望，因為又是女生的聲音。

「請問……」晴子發了話，卻不知道該說什麼。對方的性別明顯不同，讓她煩惱著是不是應該直接道歉後掛斷算了。

然而電話另一頭的女子卻主動說：「喂喂，請問是樋口小姐嗎？」晴子一聽之下，精神一振，重新挺直了腰桿。站在旁邊的七美也模仿著挺直了腰桿。

「啊？」

「這是小野的手機。剛剛您打來時，螢幕上顯示了樋口小姐的名字。您跟小野是學生時代的社團朋友吧？我曾經聽他說過。」

「啊，對。沒錯、沒錯。」晴子匆忙回答，速度之快連自己也吃驚，好像在追趕一班開走之後就再也不會有下一班的電車。電話彼端的人對如今的自己而言，彷彿是唯一的一線生機。

「我是小野的女朋友。呃，說自己是某人的女朋友感覺真奇怪。」

「好像有一點。」不過自稱戀人應該會更不好意思吧，晴子想。「我有點事想問小野。」

「他現在沒辦法接電話。」電話另一頭的聲音變小了，似乎不是因為介意周圍環境而故意降低音量，而是情緒的低落反映在聲音上了。

「啊，這樣子嗎？他現在在哪裡？」

「他在醫院，目前還沒醒來。」

「還沒醒來？小野生了什麼病嗎？」

「他昨天晚上受了傷。」

「小野受傷了？」

蹲在地上玩樹枝的七美也模仿著說：「小野受傷了？」

「我到他家時，他已經倒在地上了，好像跟人家打架，全身都是瘀血和傷痕。」

「瘀血？傷痕？打鬥？難道是有小偷闖進家裡了？」晴子問完之後，自己在心中否定了這個推論。數年不曾打電話給阿一，如今一打就剛好碰到阿一被小偷襲擊，這可能性太低了。

「您應該認識一位青柳先生吧？」

電話另一頭的女子問道，晴子不知該如何回答，只能曖昧不明地說：「嗯，青柳最近好像遇上了大麻煩呢。」

「事實上，救了小野的人，就是那位青柳先生。這是小野在救護車上跟我說的。」

「青柳救了小野？可是青柳現在不是在逃的嫌犯嗎……」

「對呀，他就是那個人吧？」電話另一頭的女子加重語氣：「所以我現在也一頭霧水。」

晴子腦中再次湧上過去的回憶，她想起了當年唯一一次拜訪青柳雅春老家時的那個場面，並非刻意回想，而是回憶像洪水一樣不斷地湧出，把青柳雅春父親的臉孔沖進腦海中。

「總之我可以保證這孩子至少不會變成色狼。」青柳雅春的父親滿足地說道。

「小學的寒假作業，有一項是過年要寫新年度的第一篇書法，老師說題目可以自訂……」青柳坐在父親旁邊，皺眉說：「大家寫的都是『新春曙光』之類的字，只有我被老爸慫恿寫了『變態都去死』。」

晴子捧腹大笑。青柳的父親說：「當時你自己不是也寫得很開心？」

「那時還是小孩子，只是覺得有趣。真是的，我怎麼會有這樣一個老爸？總之啊，從小受到這樣的教育，就某種意義來說，我已經有色狼恐懼症了。」

青柳的母親在一旁完全沒有進入狀況，慢條斯理地說了一句：「變態這兩個字寫起來也挺麻煩呢。」

## 青柳雅春

從連鎖餐廳的廁所窗戶逃到店外的青柳雅春，繞一圈回到入口旁的人行道上，朝店內窺探。天色已變暗，明亮的店內彷彿像一座受到聚光燈照射的舞台。剛剛走進店內的那幾個看起來像搜查員的男人正在幾桌用餐中的客人之間來回走動。女服務生及一個看起來像是店長的男人與那個矮小的男人面對面。矮小男拿著一個不知道是筆記本還是照片的東西，正遞給眼前的兩人看，女服務生伸手指了廁所的方向。

青柳將背包揹在肩上，取出手機，確認處於關機狀態。是這玩意的關係嗎？這玩意暴露了自己的所在位置？他沿著人行道走去，想要盡量遠離連鎖餐廳，但是就在這時，突然聽見一陣巨響。青柳感受到一股巨大的衝擊力，宛如被人從背後推了一把，趕緊停下腳步，回頭一望，只見連鎖餐廳的門口附近一塊大玻璃已經碎裂，客人都從椅子上站起來，瞪大了雙眼，店內所有人的動作都停止了。

那個頭戴耳機、五官分明、體格壯碩的男人威風凜凜地站在那塊玻璃正前方，手上持著霰彈槍。日本的連鎖餐廳、破掉的窗玻璃、高大的男人、霰彈槍，這樣的組合簡直像一場可笑的幻覺，現實感彷彿隨著四散的玻璃碎片消失得無影無蹤，客人的尖叫聲傳來。

青柳向著人行道踏出一步，但是膝蓋一軟，差點摔倒在地，腳下奮力一撐，繼續往前快步走去。一定要趕快離開這個地方，一定要遠離這裡才行，青柳如此催促著自己，腦袋不停地空轉，在人行道上跌跌撞撞地前進。旁邊的車道上，一輛貨車以飛快的速度往前駛去，車頭開著大燈，車身印著某貨運公司的鯨魚標誌。即使發生了首相遭到暗殺這種大事，貨車還是得開，如今到處都是塞車及路檢，想必送起貨來一定相當辛苦吧，青柳不禁同情起這些貨運司機了。

「如果沒有我們運送貨物，這個國家就無法運轉了。網路什麼的就算再方便，實際運送貨物的還是我們這些人。」以前曾經聽某個同業這麼說過。「網路能夠運送情報，卻沒辦法運送貨品。所以，我們送貨員應該享有更好的待遇，不是嗎？」那名同業如此說道，其他在場的送貨員也高聲附和：「沒錯、沒錯！」當然，這種話說再多也不會讓實際的待遇獲得改善。

兩年前，青柳雅春被當成了拯救偶像的英雄人物，在電視上受到大肆吹捧的時候，在某節目中曾有人說：「大家在馬路上看見大貨車都會露出厭惡的表情，把送貨員當成麻煩人物，其實這些人的工作正是維持經濟運作的基礎呢。」不少同業聽了這番話之後，曾對他說：「多虧了青柳，讓我們送貨員的地位提高了呢。」雖然只是句玩笑話，大家卻顯得頗為開心。而如今，自己被迫四處逃亡，恐怕那些同業此時正在大罵「都是青柳那傢伙，害得我們的形象受損」吧。

來到大馬路上，青柳放慢了腳步，整齊排列的路燈照亮了自己的身影。雖然路上幾乎沒有行人，但他總覺得如果用跑的會非常醒目。

阿一不會有事吧？青柳突然擔心了起來。阿一跟女朋友和好之後，可能會到那家連鎖餐廳找他。到時候，阿一可能會被那些看起來像搜查員的男人纏上，不知道他會不會遇上麻煩？

「抱歉，青柳。」阿一剛剛在電話中說的那句話掠過腦海。仔細回想起來，當時阿一的聲音似乎非常痛苦。

「啊！」一瞬間，青柳幾乎停下了腳步，再一次看著手機，嘴裡喃喃說：「該不會是……」自己的所在位置曝光，該不會根本不是因為手機的訊號，而是因為阿一吧？青柳此時完全停步，抬起頭來左右張望。一對年輕夫妻走過眼前，另一頭則有三個身穿學生制服、髮型時髦的少年一邊打鬧一邊走過來，與年輕夫妻擦身而過。

青柳仔細看著這些人的一舉一動。身穿學生制服的男孩中，最前面的那一個對著他看，與他四目相交。青柳的心臟緊縮了一下，感覺這些人似乎都在監視自己。忽然間，路燈的燈光彷彿都消失了，只有自己在燈光之下，與周圍格格不入，一股受到注視的恐懼湧上心頭。

「包含我在內，看起來不像壞人的人，都是你的敵人。」

森田森吾曾經這麼說過。數個小時前，他就坐在車子的駕駛座上，用著過去從來不曾展露過的嚴肅表情如此說道。「我如果逃走，我家人會有危險。」他還撇著嘴這麼說過。

就在此時，行人專用號誌剛好亮起了綠燈，青柳快步橫越了車道。

位於仙台車站東口的那間網咖，青柳只去過一次。數年前，家中的電視機故障，但是他無論如何都想觀看日本隊在世界盃足球賽的預賽，在無計可施的情況下，只好在深夜造訪了那間店。他雖然知道有網路咖啡廳這種店，也聽同事說過在店內可以看電視，但完全不清楚消費模式。青柳還記得，當初剛走進店裡時頗為忐忑不安，但待了一會之後發現其實還滿舒適的。

走下樓梯，穿過自動門。店內的制度還是一樣馬虎，既不需要出示證件，也不需要辦會員證。聽說最近很多店家都會在門口裝設監視器，但這間店也沒這麼做。青柳指定了一個可以使用電腦的座位，坐在椅子上，連接網路，開始閱讀網路上的新聞。本來以為自己的照片會出現在每一個網站上，就好像西部片中的懸賞海報，大大秀出自己的長相與姓名。實際一看，卻沒找到任何一篇與青柳雅春這個名字有關的新聞。除了愕然，卻也感到說不出的安心。

雖然森田森吾說過「你會變成第二個奧斯華」，但目前並沒有相關消息被公布。

你想太多了，森田。雖然不知道是誰殺了金田首相，但新聞根本沒說我是兇手。

青柳心裡很想這麼說，但是森田森吾那哀傷的表情、阿一說過的那些話，加上追捕自己的那些人的強硬態度、持槍男子從陽台上俯視自己的模樣、扔出去的飛鏢、被槍擊中的酒類專賣店老闆、在眾人面前被擊發的霰彈槍與連鎖餐廳破裂的窗玻璃，一幕幕景象宛如跑馬燈出現在腦海。

青柳伸手摸了摸太陽穴，擦傷的地方已經逐漸結痂，他愣愣地看著鏡子，告訴自己這絕對不是想太多，自己正遭到追捕是無庸置疑的事實。

消息只是尚未公布，那也是遲早的事。到時候勢必會發生一場宛如洪水般的大騷動，包括自己及周遭所有人的生活都會被捲入洪流之中，絕對不會錯的。他一想到這一點，胃又狠狠地抽痛了起來。

青柳並不擅長使用電腦，學生時代雖然用電腦寫過報告，也曾上網搜尋過哪裡有便宜的居酒屋之類的，但是自從開始工作就沒有再使用過，加上當初自己被媒體大肆炒作時，網路上到處都是關於自己的一些來源不詳、毫無事實根據的情報，也在他心中深深埋下了厭惡感與恐懼感。

在搜尋欄位中輸入自己當初任職的那間貨運公司的名稱，點進公司的網頁之後，發現網頁比自己在職時變得華麗了一點，就連公司拿來當成吉祥物的米格魯插畫似乎也變得可愛了些，青柳原本緊繃的臉頰不禁微微放鬆。據說這隻米格魯是以老闆兒子所畫的圖為藍本設計出來的。

青柳記得，只要將網址稍微更改，就會跳到員工專用的系統畫面。

成功進入到員工系統的登入頁面，畫面上會出現輸入員工帳號與密碼的欄位。自己已經離職，帳號應該被刪除了，這一點是可以預期的。不過青柳還是試著輸入自己的帳號，期待著公司會不會忘記將自己的帳號刪除。結果，畫面上果然出現了輸入錯誤的標示，看來世事果真沒那麼盡如人意。

青柳接下來憑記憶打進另一組帳號，然後在密碼欄中輸入「ILOVECAT」。

他期待這個密碼沒變，慢慢地按下滑鼠左鍵。當初還在公司上班時，上司是個非常喜歡貓的人，領帶上永遠都是貓咪的圖案，辦公桌上也擺滿了貓咪的照片與玩偶，據說離婚是讓這名上司變成愛貓人士的契機。簡單來說，就是他從此相信只有貓能夠真正理解自己，也只有貓絕對不會背叛自己，就連員工系統的登入密碼，也被他設定為「ILOVECAT」。不但如此，他還把這個密碼告訴大家，藉此向大家吹噓他有多愛貓。因為這件事情，他甚至曾經受到高層半開玩笑的指責：「把密碼說出來，不就人人可以用你的帳號登入？」

青柳心想，如果這一次還是密碼錯誤就放棄吧，再想別的辦法。結果，登入成功，畫面進入了系統內部的頁面中。他不禁輕輕握起拳頭，喊了一聲「yes」。心裡一驚，急忙摀住嘴巴，擔心被鄰桌的人聽見了。

他很清楚接下來要做的事情。首先點進了送貨員的名單頁面中，仔細看一覽表，從中找到心裡想要找的那個名字，在名字上點一下，出現了遞送區域及排班預定表，嘴裡不禁又喊了一聲「yes」。

接著由員工專用的網頁登出，返回一開始開啟的那個一般客戶可以進入的網頁，在「委託取件」的標示上點了一下，打開申請資料填寫頁面，開始輸入文字。對他而言，這還是第一次由自己提出取件申請，打字動作相當生疏。

他首先在姓名欄上填入了假名。

取件地點則填入了一棟綜合商業大樓的地址，該大樓位於車站的東北方，就在剛剛查到的遞送區域內，他也曾經因工作的關係去過好幾次，距離這家網咖並不遠。

那棟綜合商業大樓的三樓應該有家咖啡廳，他憑記憶鍵入了店名。那間咖啡廳的老闆開那間店似乎只是玩票性質，一個星期大概有一半的日子是拉下鐵門不做生意的狀態。

貨物大小則設定為三個尺寸最大的紙箱。但是，接下來選擇取件時間的地方卻讓他遇到了瓶頸，因為上面寫著一行字「請選擇次日以後的時間」。

可以的話，青柳雅春希望能將取件時間設定為一個小時之後，實際上卻做不到。假如以情況緊急為由直接打電話過去拜託，公司的人或許有可能通融。事實上，他確實曾經遇過這種給人添麻煩的客人。但如果這麼做，公司的人很可能會起疑心。一次又一次看了電腦上的時間，怎麼看都是晚上六點多。委託取件的時間中最早的卻是「次日早上九點」。

明天早上九點距離現在還有十五個小時，青柳不禁整個人癱倒在椅子上，誰知道十五個小時之後的自己處於什麼樣的狀況呢。但是不管怎麼說，總是比不採取任何行動要來得好一點。他按下「送出取件申請」的標示。

接著，他關掉電源。剛剛倒的熱咖啡早已冷卻，他將咖啡一飲而盡，到櫃檯結帳離開。

青柳選擇往北方走，並不是有什麼特別的意圖或打算，只是希望能夠盡量遠離車站周圍。每一次與路人擦肩而過，胃都感到一陣抽痛，走了好一會之後才想到，乖乖待在網咖裡或許才是比較聰明的做法。

他漫無目標地往前走，等紅綠燈時，偶然看見一具公共電話。這具公共電話在眼鏡行的旁邊，在一棟大樓的入口處角落，與自動販賣機並排放著。青柳一邊想著：「在手機這麼普及的時代竟然還有公共電話，真是稀奇。」一邊望著它，彷彿正在看著一座孤零零被插在稻田中的稻草人。就在燈號遲遲不變綠燈，讓青柳開始不耐煩的時候，突然想起了一件事：「手機的語音留言系統中或許有人留言。」用公共電話應該也能聽取手機的留言。雖然不敢開啟手機電源，但以公共電話來聽留言應該不要緊吧。

他從錢包中取出硬幣，投入公共電話中。從背包中取出筆記本，查到了語音留言服務系統的電話號碼，按下按鍵，依照指示輸入手機號碼與密碼，便聽見電子語音以既刺耳又冷淡的聲音說：「您有一通留言。」背後的車聲相當吵雜，他用力將話筒壓在耳邊。

接著，他聽見了留言內容：「啊，是我，我是小野。」一瞬間，青柳心想：「小野是誰？」但馬上察覺這是阿一的聲音。「對了，阿一是姓小野沒錯。」

「青柳，你沒事吧？你雖然說手機沒電了，但是，呃，我還是放心不下。」阿一這句話說得吞吞吐吐，聽起來像是不敢向對方說出口的愛的告白。

「如果你聽到這通留言，趕快離開那間餐廳。說實在的，希望你趕快聽到留言。我現在立刻趕過去。說實在的，我還是不相信你會做出那麼可怕的事情。說實在的，那些跑到我家的警察反而可怕得多。」

「說實在的……」青柳忍不住將留言中阿一重複說了好幾次的發語詞學著念了出來，同時緊緊握住話筒。什麼警察？難道警察去找過阿一了？

「在你第一次打電話來之前，警察已經跟我聯絡過了。」阿一說道。青柳心想：「在我打電話過去之前？」

「我還是覺得不對勁，如果你聽到留言，趕快離開那家店，青柳。」

青柳雅春皺眉，輕輕嘆了一口氣，又細又長的一口氣。阿一的忠告來得太遲了，自己已經從那間餐廳逃到這裡來了。

接下來不再聽見任何說話聲，青柳本來以為留言應該到此結束了，沒想到過了一會兒，電話的另一頭又傳來聲音：「你……你們幹什麼……」青柳發現阿一的聲調變了，趕緊將注意力又移回話筒上。

「你們為何擅自進來？我不是上鎖了嗎？」阿一怒吼，語氣中驚懼的成分明顯超過憤怒。

留言就在這時結束了，刺耳的電子語音道出了留言的日期與時間，竟是短短的十五分鐘之前。阿一到底遇到了什麼事？這個問題的答案，青柳其實大致猜得出來，那就是有人擅自闖入了阿一家中。推想起來，這些人很可能就是正在追捕著自己的那些搜查員的同伴。不知道這樣的推測是否正確？

一輛汽車從自己身後駛過。巨大的引擎聲嚇得青柳急忙撲向一旁，為了保護自己而將身子蜷在一起。背包裡的東西發出了聲響，或許是營養食品破掉了吧。青柳有股預感，接下來如果不慎重行事，破掉的將會是更重要的東西。

## 青柳雅春

青柳雅春決定撥打阿一的手機。即使從公共電話打，還是很有可能暴露自己的行蹤，但是剛剛留言中阿一那種驚恐的語氣就像敲擊大鼓所產生的震動在他腦海中深刻停留，揮之不去。

阿一沒事吧？

為了查詢阿一的手機號碼，青柳開啟了手機電源，內心七上八下，擔心在這一瞬間自己的所在位置就會被看不見的電磁波發送到全市各個角落。彷彿世界上所有人都會在這一刻察覺他的行蹤，開始追蹤並攻擊他。青柳迅速看了來電清單，按下公共電話的按鍵，心跳愈來愈快，胸口異常疼痛。

「喂？」聽聲音，接電話的人是阿一。

「阿一嗎？」青柳提高了嗓門問道。

「青柳。」

「你的聲音好沙啞，不要緊吧？」

「青柳，你這麼做很危險。為什麼還要打給我？」阿一聲音非常虛弱，聽起來含糊不清。

「喂，你沒事吧？」

電話另一頭傳來沙沙的移動聲響，正當青柳心想「果然旁邊有人」的時候，電話另一頭的人以粗魯的口氣問：「你是青柳雅春？」

「你是誰？」

「你是誰？」

「我是青柳雅春。你是誰？」

對方立即以低沉的聲音回說：「警察廳警備局綜合情報課。」青柳心想，這是隸屬的單位，可不是名字。看來，對方不打算報上名來。

「雖然尚未對外公布，但我們知道你就是凶手，你是逃不掉的。如果乖乖配合，我們可以做一些讓步，說不定能認定你是自首投案。」

「那件事不是我做的，我不是凶手。」過去從來沒想到，在自己的人生中，竟然會有說這麼一句話的一天。

「凶手絕對不會承認自己是凶手。」對方絲毫不為所動地說道。

青柳用力搖晃公共電話，忍不住想要破口大罵「為什麼不相信我」。眼角偶然瞄到有一座保安盒隱身在人行道旁的杜鵑花叢內，小小的半圓形頂部有紅色及白色的信號燈正在不停閃爍，就是這台機器負責監視在這裡打公共電話的人嗎？青柳轉頭背對保安盒，心裡有種正在被警犬或是警衛注視的恐懼感。

「青柳，你還是趕快逃吧，這些人絕對有問題。」阿一在後面如此高聲大喊，透過電話傳了過來。接下來，卻傳來一陣呻吟聲。

「喂！」青柳問：「你們做了什麼？」

「你認為呢？」對方以平淡的聲音反問。

「你們該不會對阿一暴力相向吧？」既然對方是警察，應該不會那麼做，但青柳還是忍不住質問。

「我們不會做那種事的。」

聲音的後方傳來以前從未聽過的阿一的痛苦哀號。

「喂！」

「你犯下的這個案子非常嚴重，竟然殺了首相，現在已經是非常時期了，在異常緊急狀態下，我們被迫動粗也是莫可奈何，你知道為什麼嗎？」

「我沒有理由知道。」

「這是為了不讓異常緊急的非常時期繼續延長。」

「真愚蠢的論調。」

「一點也不愚蠢。」對方的語氣在此時才微微顯露不悅。「看看美國的一連串恐怖攻擊事件吧，要逮捕主謀，需要殺死多少無辜的人(註)。」

「這裡可不是美國。」

「沒錯，幸好這裡不是美國，而且凶手就是你。」

「這件事跟阿一沒關係，要找麻煩的話，找我一個人就夠了。」

「有一個方法可以讓你的朋友平安被釋放。」

「你們沒有權力逮捕他，談什麼釋不釋放？」

「你現在立刻到最近的警察局自首，或是到這棟公寓。只要你這麼做，小野就能夠重新過安穩的生活。」

「你們就算凌虐阿一，也得不到任何好處的。」

「我們衷心期盼你的到來。」

剛剛投進公共電話的硬幣似乎快用完了，青柳正猶豫著該不該繼續投入硬幣，但這個位置或許已經被查出來了，焦躁與不安讓他不由自主地抖腳。

「凶手不是我。」青柳再次強調。

「凶手都是這麼說的。沒有一個凶手會承認自己是凶手。」

註：二〇〇一年九月十一日，在美國本土同時有數架飛機遭到恐怖分子挾持之後進行自殺式恐怖攻擊，包含世界貿易中心的六棟建築物完全被摧毀，在事件中共有兩千多人喪生。事後美國發兵攻打了阿富汗及伊拉克。

倒也不是心有不甘，只是對方那種一口咬定的傲慢態度實在讓人生氣。青柳忍不住脫口而出：「好，凶手就是我。」

一瞬間，對方陷入沉默。

「這樣一來，我就不是凶手了？」這樣算是反將了一軍嗎？

「你根本沒有搞清楚狀況。」

「對了，森田呢？森田怎麼了？」

「森田？」對方似乎並非裝傻，而是真的愣了一下，過了一會，才說：「喔，就是你那個朋友嗎？被你殺死的那一個。」

「被我殺死？你在說什麼？」

「你在車上裝炸彈，把車子炸了。」

青柳瞬間愕然無語。白天在坐上計程車前所聽見的那陣爆炸聲再次迴盪在耳邊，腦袋一片空白。「森田」兩個字在空白的腦海中慢慢浮現。

「事到如今何必再裝模作樣。」對方說完這句話，便掛斷了電話。青柳愣愣地站在公共電話前，心中有股想要一屁股坐在地上的衝動，但還是竭力忍住了。

「人類最大的武器，是習慣與信賴。」森田森吾說的這句話掠過腦海。森田沒事吧？青柳用力搖晃腦袋，拚命將森田森吾的事情從腦中甩掉，搖了一次又一次，要讓附著在腦海中的「森田」兩字跌落。

青柳雅春

到阿一的公寓是一件很危險的事，這麼簡單的道理，連三歲小孩也知道，就好像一隻鹿揹著標靶傻傻地接近一群手持獵槍的獵人一樣。

但是阿一說的那句「真的非常抱歉」以及那些虛弱的呻吟，不斷地在青柳雅春腦中迴響。

「有一個方法可以讓你的朋友平安被釋放。」電話中的男人如此說過。

青柳感到氣血上衝，臉部開始扭曲，明明不癢，卻忍不住想搓臉頰，他想起了森田森吾在學生時代曾以高傲的口氣說明那個關於旅鴿的故事。愈是強迫自己不要去想，關於森田森吾的回憶愈是在腦海中湧出，眼前彷彿看見森田森吾一個人留在車上的模樣，彷彿又聽見逃走過程中的那個爆炸聲。

旅鴿是種成群結隊飛翔的鳥類，數量曾高達二十億隻，最後還是因為人類的濫捕而絕種。據說當時的獵人會先將一隻旅鴿的雙眼刺瞎，失去視力的旅鴿會在地上掙扎跳動，在天空的其他同伴看見這隻旅鴿的模樣，會誤以為牠在吃飼料，因而全都靠過來，獵人就可以趁機射下其他旅鴿。

「很殘酷的故事吧？」當年的森田森吾喜孜孜地述說著這個人類的殘酷行徑。

如今的自己，就好像旅鴿一樣。

阿一現在正受到凌虐。

阿一就是眼睛被刺瞎的旅鴿，當我這隻旅鴿為了確認他發生什麼事而靠近之後，就會被一槍打死，就算沒被打死，也會被銬上手銬。

如果這是電影，這樣的劇本實在是再老套也不過了，何必傻傻地趕去配合爛劇本的演出呢？何況旅鴿只是被欺騙，自己卻是明知有陷阱還是跳進去，這樣的行為可以說是比旅鴿還要愚蠢。

「沒錯，太愚蠢了。」青柳點了點頭。「傻瓜才會去。」

但是，他的雙腳卻是朝著阿一的公寓方向前進，步伐愈來愈大，踏出的力道愈來愈強。「我要去救朋友。」這樣的想法從背後推著他前進。

沿著人行道向前走，過了行人穿越道時，不知為何腦中突然浮現了父母的模樣。在車站月台，父親騎在色狼身上，一邊揮拳一邊說：「等我把這隻色狼搞定，就可以回家洗澡睡覺了。」至於母親，則是手足無措地站在一旁。

青柳雅春此時停下了腳步。

「身為文明人，怎麼可以被衝動牽著鼻子走呢？應該更冷靜才對。」

一道聲音在記憶中響起，無庸置疑，聲音的主人是過去的自己。但是青柳已經不記得，自己是在什麼時候、什麼樣的契機下，對誰說了這句話。推想起來，應該是對樋口晴子說的吧。總之，這句自己當年用來揶揄父親的話，讓他停下了腳步。

就這麼衝進阿一的住處，有多少勝算呢？

雖然無法得知有多少人守在那棟公寓中，但既然他們預期自己可能會出現，想來應該會安排為數不少的同伴。

青柳緊握手機，轉身，走上回頭路。

車站附近的人潮比平常少，青柳走進的這間電器量販店內也沒什麼客人。一走進店裡，便聽見了嘈雜的廣播，氣氛雖然熱鬧，客人卻是寥寥無幾。

在燈光明亮的店內，那種安穩的日常氛圍讓青柳有一種如夢初醒的感覺，一直到剛剛還抱持的恐懼、緊張、憤怒及焦慮的情緒都像汗水一樣蒸發了。

中午與森田森吾見面之後所發生的一連串奇妙騷動都像幻覺，眼前店裡的冷氣、鬈髮專用吹風機、掛著「嶄新離子技術」廣告看板的吸塵器等等，各式各樣與生活密切相關，甚至可以被視為和平象徵的家電製品彷彿才是真正的現實，或者該說青柳打從心底如此期望著。

然而，排列在大型電視賣場的十多台電視螢幕上，都播出了金田首相的遊行畫面，把青柳拉回真正的現實之中。這些影像跟當初在稻井先生家看到的影像相同，發生在這個城市的那起令人難以置信的爆炸事件，不斷在螢幕上被重複播放。

旁邊的另一台電視正播放著另一個節目。

「這是九〇吧。」畫面上一名白髮男子如此說道，旁邊幾個人也用力點頭。這些人雖然都是男性，年紀和穿著卻各不相同，令人不禁懷疑這些人的共通點在哪裡，但是繼續看下去，馬上知道了答案。

九〇指的是遙控直升機所使用的引擎大小。這些人都是遙控直升機玩家。青柳依稀對那個白髮男子有點印象。

「大岡的AIR HOVER。」另一名男性肯定地說道。

青柳緊緊握住拳頭。自己家裡的那台遙控直升機確實是這個機型。如今，那台遙控直升機還放在自己的房間。青柳很清楚，自己的遙控直升機跟犯案所使用的遙控直升機是同一機型，絕對不是偶然。

這個局布得相當周密。怎麼想都是這個結論比較合理。

那井之原小梅呢？

青柳在電器量販店內所陳列的電視機前面愣愣地站著。自己是因為井之原小梅的邀約才買了遙控直升機，如果沒遇到她，自己根本不會去碰那種東西。一個今天已經在腦海中出現過無數次的疑問再次浮上水面：能夠信任井之原小梅嗎？

或許是站著不動的模樣看起來很可疑，也可能是被當成了有購買意願的客人，店員走上前來詢問：「請問您想找什麼樣的電視？」青柳很想問他「到底能不能信任井之原小梅」，但是他當然知道這麼做毫無意義，只好靦腆地隨口應了一聲，踱步離開。

青柳買了一支數位錄音筆。就在打開皮夾，取出信用卡時，突然擔憂起來，害怕信用卡的使用紀錄也受到了監控。雖然應該不至於這麼可怕，但是一想到那些人敢在連鎖餐廳內大膽開槍，並且以殘酷的手段對待阿一，又開始覺得那些人什麼事都做得出來。然而決定要用現金支付之後，卻又遲疑了一下，最後還是選擇以信用卡結帳。以當下的狀況來說，或許被查出所在位置反而對自己有利。

接下來，青柳走向深處的電動玩具賣場，買了一台鉛筆盒大小的掌上型遊樂器。這項產品前一陣子因缺貨被媒體大幅報導，如今架上已同時擺著好幾台。

「需不需要買遊戲軟體？」店員問道。

「這個也可以當電視看吧？」

「當然可以。沒問題、沒問題。」店員帶著自豪的表情誇耀，彷彿這台遊樂器是他開發的。「它性能相當優越，不管在屋內或移動中的車上，訊號都很清楚，任何地方都可以看。」

青柳走出電器量販店，來到車站後面，在垃圾筒前將遊樂器從盒內取出，裝上電池，將說明書塞進背包中，把盒子丟了。

他一邊研究錄音筆的操作方法，一邊試著錄下自己的聲音。練習了好幾次之後，先將錄音筆內的資料全部刪除，然後趁著四下無人時，扯開嗓子，開始正式錄音。雖然對著機器煞有其事地說話，實在有點不好意思，卻非做不可。「我現在要離開仙台市了。」青柳對著錄音筆如此說道。錄音完畢之後，他朝著電動遊樂場走去，看了手錶一眼，心想：「拜託，希望他還在那裡。」一邊前進一邊哼起了披頭四的〈*Help*〉的歌詞。

## 青柳雅春

當青柳雅春看到阿一公寓的屋頂時，忍不住想要停下腳步，最後還是緊咬牙關，重新上緊發條，繼續往前走。不知何時開始，嘴裡唱起了〈*Golden Slumbers*〉的歌詞。

「Golden slumber fill your eyes／Smiles awake you when you rise／Once there was a way to get back homeward」保羅．麥卡尼一邊這麼唱著，一邊想要讓分崩離析的團員重新凝聚在一起，想像著那條通往過去的道路，但最後樂團還是沒辦法復合，保羅．麥卡尼只好將後半段的曲子以組曲的方式呈現。

這些話一定是學生時代在速食店內閒聊時聽來的，說出這些話的人，不是阿一就是森田森吾。青柳第一次聽到這些話的時候，腦袋裡浮現一間兩坪大的房間，保羅．麥卡尼一個人縮著肩膀窩在房間裡，面對多重錄音器材，戴著耳機，正拚命將八首曲子連接起來。那種孤獨感令青柳深深感慨。

「什麼兩坪大的房間，歌當然是在錄音室裡錄的。」森田森吾嘲笑道。仔細想想確實沒錯，但青柳還是認為保羅．麥卡尼一定是在團員四分五裂的情況下，一個人默默地製作組曲，希望大家能夠重新「回到過去」吧。

保羅．麥卡尼心裡到底有沒有「回到過去」的想法，沒有人知道。但至少對青柳而言，「一定要回到過去、一定要拯救那時候的伙伴」的想法肯定是推動自己不斷向前走的力量。

公寓的周邊區域有一條自外部連接到公寓門口的通道，兩旁種著植物。在昏暗的天色中，可以看見後面有一塊小小的兒童遊戲區。青柳沒有踏入公寓的周邊區域，而是藏身在人行道旁的圍牆後面，將背抵在圍牆上，看著手錶，想著剛剛在電動遊樂場前與那個身穿黑豹標誌體育服的雜誌小販對話的內容。

「只要在東口用這支手機打電話就行了？」下巴鬍鬚參雜著幾根白毛的男人握著青柳遞給他的手機，再次進行確認。

「按重撥鍵就可以了。」青柳心想，這樣應該可以打到阿一的手機了。

「我不用說話嗎？」

「只要播放錄音筆裡錄好的聲音讓對方聽就行了。」青柳拿著錄音筆，說明了操作方法。

「我是個老古板，實在不擅長操縱這種機器。」男人害臊地搔了搔頭髮，接著又說：「我是舊時代的人了。」頭皮屑紛紛從男人的頭頂跌落，但更令青柳在意的是男人的靦腆笑容看起來竟帶點稚氣，只見他把玩著錄音筆，臉上的表情好像正在嘗試新玩具的小孩子，青柳完全無法判斷這個人到底幾歲。

「不用管對方說什麼，只要播放錄音內容就行了。」

「這樣能好好溝通嗎？」

「對方本來就不是能好好溝通的人。」

「愈是自認為高高在上的人，愈是這樣，根本不管別人說了什麼。」

「只知道一意孤行，把人當成罪犯看待。」青柳說道。男人一聽，也埋怨說：「沒錯，我也常常遇到這種事。」

「真抱歉，在工作中麻煩你做這件事。」

穿著黑豹體育服的男人一邊將腋下的一大疊雜誌重新夾穩，一邊露出不太乾淨的牙齒笑了，以標準的英文發音說：「I help you.」

這是一個很簡單的點子。既然那些人能夠透過手機及保安盒得知自己的所在位置，那麼應該也能反過來利用這一點，只要請那個穿黑豹體育服的男人幫忙播放錄了自己聲音的錄音筆，阿一公寓內的那些警察或許就會從中找出發訊位置，因而將注意力轉到仙台車站東口那邊。

在那段期間，青柳就可以大刺刺地前往其他地方，例如阿一的公寓。

青柳已經跟身穿黑豹體育服的男人說好了，對方應該會在晚上七點執行任務。「全看你的了，大叔。」他在心中祈禱。

他從圍牆邊探出身來，仔細確認阿一家在公寓中的位置，是在二樓的正面最右邊，距離電梯最遠，就在安全梯的旁邊。

遠處傳來腳步聲與說話聲，青柳急忙轉身，整個人貼在圍牆上。

「在東口。」一個男人的聲音傳來。此人正從公寓門口的方向走來，一邊拿著手機在說話。「這邊接到電話了，從手機打來的，確定是青柳雅春的號碼，聲音也沒錯。我馬上就趕過去，你們也趕緊過來。他說會搭公車，但有可能是在說謊。」

青柳像個忍者貼在牆上，觀察男人的一舉一動。從公寓走出來的男人不停對手機說話，根本沒有注意圍牆邊有個人，就這麼筆直地橫越了車道。青柳沿著他所走的方向望去，看見一輛轎車正停在對向車道的路邊。在夜晚的路燈照射之下，無法分辨顏色。但車體十分龐大，或許是高級轎車吧，車身有數條橫線，造型很特別。

男人打開了駕駛座的車門。在路燈下，青柳微微看清楚他的長相。頭髮微卷，體型修長，看不出年紀。男人似乎發動了引擎，車子像野獸打呼一樣微微震動。

此時，突然有另一道影子出現在不遠處。青柳吃了一驚，整個人差點撞在圍牆上。是那個人。體格壯碩、戴了巨大的耳機、右手拿著霰彈槍。那副模樣在日本的仙台市不可能有第二人。絕對不會錯，他就是曾經出現在連鎖餐廳的那個人。只見他威風凜凜地向前走去，跟前一個男人一樣橫越了馬路。

接著，轎車載著兩人往前駛去。

應該是那個黑豹體育服男按照約定播放了青柳預先錄進錄音筆內的聲音吧，利用手機，將「我不會到阿一那裡去的，我要搭公車離開了，你們在阿一的公寓裡等也沒用」這段預先錄好的聲音放給那些人聽了。

聽到電話內容的警察全都趕往了車站東口，剛剛開走的那輛轎車也是其中之一吧。他們愈是正確掌握手機的位置，就愈容易掉進這個陷阱。

至於阿一家中還有幾個警察，則無從得知。不過，至少走了兩個，而且包含拿霰彈槍的人。運氣好的話，說不定阿一的房子裡一個人也沒有了，就算沒那麼幸運，好歹敵人的數量也減少了。

「去吧！」青柳彷彿聽見某個聲音如此催促自己，應該是自己的聲音，但又感覺是森田森吾的聲音。「去吧！」那聲音又說了一次。森林的聲音到底又告訴了你什麼，森田？青柳離開牆邊，走近公寓，但沒有從大門口進入，而是朝右手邊走去，目標是安全梯。

## 青柳雅春

沿著安全梯來到二樓走廊上，左手邊第一扇門就是阿一的家。眼角望見走廊旁邊放著一具滅火器，青柳雅春毫不遲疑地拿了起來。阿一以前跟女朋友鬧分手時，被女朋友以滅火器噴過，這時候讓滅火器再度上場實在再合適不過了。青柳將背包穩穩地揹在肩上，左手抱著滅火器，右手抓住噴管，拉開保險栓，將滅火器微微舉起，手掌放在壓柄上。

他抱穩了滅火器，站在對講機前面，伸出拇指就快碰到電鈴按鈕的瞬間，腦中突然想起了阿一曾經說過的一句話：「一般人都是用食指吧？」當初幾個社團成員曾笑自己用拇指按電梯按鈕太不自然，阿一這句話就是那時候說的吧。

青柳放下拇指，改為伸手抓住門把。既然剛剛才有兩個人從這裡離開，何況又是一群警察在這裡進進出出，特地把門鎖上的機率應該不高吧。

他緩緩轉動門把往後一拉，門板輕而易舉被拉開了，青柳忍不住想為決定高聲歡呼。

應該謹慎小心地潛入，還是應該以雷霆萬鈞的氣勢衝進去呢？青柳想了一下，決定採行後者。想要讓敵人措手不及，最好的方法就是虛張聲勢。但其實也有部分原因是自己沒有自信可以繼續保持高度警戒、謹慎行動。

青柳奮力將門完全拉開，一邊以滅火器敲著牆壁，一邊奔進屋內，也不脫鞋，直接三步併作兩步衝入客廳。

第一眼看見的，是仰天倒在左手邊沙發附近的阿一，他眼皮腫脹，嘴角泛黑。

「阿一！」青柳才這麼一叫，突然看見一個巨大的影子從右邊向自己撲來。他無暇細想，趕緊將右手的滅火器打橫用力一揮，並讓滅火器隨著力道飛出。

身穿警察制服、舉起雙手撲來的男人完全無法閃避突如其來的滅火器，臉上狠狠被砸中，往後一翻，高舉著雙手倒在地上，像隻投降的青蛙。

青柳雖然擔心那個警察被滅火器砸中後的傷勢，但還是先奔向阿一，摸著他的臉頰，喊：「喂！」接著以手背湊近阿一的鼻孔，確定他還有呼吸後，才鬆了一口氣。「喂！快起來，別再睡了，阿一！」

一瞬間，阿一張開了雙眼，確認眼前的人是青柳雅春後，輕輕喊了一聲：「青柳。」接著又張嘴似乎想說些什麼，卻再次閉上眼睛。

青柳感到胸口似乎有股熱氣正伴隨著濕氣迅速上湧，心裡才一喊「糟糕」，豆大的淚滴已經從眼角溢了出來，他急忙伸手將眼淚擦掉，淚水卻不停地傾洩而出，好一陣子停不下來。這眼淚與其說是悲傷或憤怒，更該說是因為自己真的不明白為何會發生這種事而感到混亂所流下的。

這到底是怎麼回事？森田，這到底是怎麼回事？阿一，這到底是怎麼回事？

倒在滅火器下的男人開始蠢蠢欲動。青柳抬起上半身，轉過去盯著他，心想只要他一站起來，就要對他施展下一波攻擊。當然，所謂的攻擊，也只有大外割一招。幸好，看來沒有必要。

青柳將背包從肩上取下，掏出繩索，走近那個倒地的男人，粗魯地將他的雙手湊在一起，以繩索綁住。男人的雙眼微張，以朦矓的眼神看著青柳，好像想說什麼，卻一句話也沒說。雖然是自己以滅火器砸他，但還是很慶幸他沒有受重傷。

青柳站起來，再次看了阿一一眼。與其自己通報醫院或警察，倒不如把阿一交給隔壁鄰居照顧。他抱定主意之後，走出了大門。

他按了隔壁住戶的電鈴，等待回應的期間，害怕臉被對講機的鏡頭拍到，因而把頭轉向一旁。不知道是不是這樣，久久無人應門。青柳將耳朵湊近門板，可以聽見細微音樂從門內傳出。明明有人，卻不來開門，青柳不禁怒火中燒。現在這麼緊急，裡面的人在搞什麼鬼？

青柳敲起了門，一開始只是以手背輕輕敲打，後來變成了握拳猛捶，大喊：「喂，開門！快開門！」

青柳完全沒察覺有人來到自己身後。

「青柳先生，送貨員的態度這麼惡劣，不太好吧？」背後傳來了說話聲，同時還聽見喀嚓一聲，似乎是子彈上膛的聲音，轉頭一看，只見一管霰彈槍正對準了自己。

## 青柳雅春 

青柳雅春被迫坐進了那輛車身有橫線的轎車，就是剛才親眼看見它駛離這棟公寓的那輛轎車。車內非常寬敞，還鋪著地毯，感覺相當高級。

坐在駕駛座上的男人依然戴著耳機。青柳被押進後座的最內側，手上既沒有手銬也沒有繩索，身體可以自由移動，但那個警察廳派來的男人就坐在身旁。他自稱是佐佐木一太郎，有著微微的波浪卷髮、尾端下垂的雙眼皮，給人一種含著金湯匙出生的名門大少爺的印象，然而不是那種脆弱的優等生，而是像一個從來不曾吃過苦的天之驕子，散發出一股傲人的氣勢。

「你們要帶我去哪裡？」青柳問道。被奪走的背包如今正擱在佐佐木一太郎身旁，被脫掉的毛帽也塞進了背包。

「一開始，我以為你在東口。」佐佐木一太郎沒有回答青柳的問題，只是面無表情地說道。「一通來自你手機的電話，打到小野的手機。調查發訊位置，確定是在車站東口的圓環處，聲音也是你的。所以，我跟他前往東口。」佐佐木一太郎往開車的男人望了一眼。「但是在途中，我接到了搜查本部打來的電話。本部告訴我，在你打手機的那個地點，有一座保安盒，保安盒所拍到的影像中看不到你的身影，只有一個男人正以生疏的動作操作手機跟一台小小的儀器。」

「那是數位錄音筆。」青柳全身無力地說道。

「原來是錄音筆。」

「看來一切都在你們的監視之中。」

「我在電話中說過了，如今正處於非常時期。」

「那個保安盒的系統在非常時期之前就存在了。」

「難不成我們要等到下雨了才來修補屋頂嗎？」

青柳雅春非常害怕，不知自己何時會被毆打，而且也有了一定會被修理的心理準備。佐佐木一太郎就坐在自己身邊，只要他想，隨時可以出手。何況照他的說法，現在正處於「非常時期」，他似乎有權這麼做。

但是佐佐木一太郎只是靜靜地坐著，一動也不動。青柳的心裡閃過一個疑問：「這個佐佐木一太郎相信我就是凶手的程度到底有多深？」他的眼神極為冷漠，宛如一個觀察者或研究人員，完全感受不到對犯罪者的厭惡，或是對工作的使命感。青柳忍不住說：「其實你心裡很清楚，我是被冤枉的吧？」佐佐木一太郎一聽，兩眼微睜。

「你早就知道凶手不是我吧？」

「這我也在電話中說過了，大部分的凶手都是這麼主張的。」

佐佐木一太郎面無表情地如此說完之後，接著又說：「明天我們就會公布你的情報，包括照片、姓名及一切資料。你是個名人，應該會比一般人更令社會大眾震驚吧。」

「我根本不是什麼名人。」

「你不是救了女明星嗎？」

「我只是被當成了名人炒作。」

「把人捧上天再摔下地，是世人共有的興趣。」

「有什麼證據證明我是凶手？」

「證據已經一樣一樣冒出來了。」

「一樣一樣冒出來？怎麼冒？從哪裡冒？」

「很可惜，證據這種東西就是會冒出來。」

佐佐木一太郎閉上雙眼，再緩緩張開，依序說明：「你今天在殺害首相前曾到豬排店吃飯，店長已經出來作證了」、「你買遙控直升機的那間店，也提供了監視錄影帶」、「你在河岸邊練習操縱遙控直升機的模樣，被民眾以攝影機拍下來。」

「太荒謬了。」青柳激動地說道。唾液從口中飛濺而出，沾在佐佐木一太郎的鼻子旁，他卻毫不在意。「我今天根本沒去過豬排店。」中午跟森田森吾一起吃的是速食。「而且，我的遙控直升機也不是自己買的。」遙控直升機是井之原小梅買了之後直接交給自己，我只是付了錢。

「監視器的影像已經留下了證據。」佐佐木一太郎依然維持冷靜。

轎車左轉，青柳的重心不由得往右移，佐佐木一太郎卻依然端坐不動。

「你確實出現在畫面上，每個人都相信，就是這麼回事。」

「那是冒牌貨。」青柳說完這句話，也不禁覺得「冒牌貨」這個字眼聽起來多麼荒誕無稽。

「我打算給你一個機會。不，正確來說，是上面的人希望給你一個機會。」

「機會？」由佐佐木一太郎的語氣聽來，似乎不是什麼多開心的事。

「讓你自首的機會。現在我還沒有給你上手銬，我可以讓你在警察局前下車，只要你願意在被通緝之前自首，承認自己殺害首相就行了。」

「即使我根本不是凶手，也得承認？」

「一旦公開情報，除了你之外，你的家人、朋友、職場上的熟人，全都會受到牽累，媒體記者會追著他們跑。你應該可以想像吧？在事態演變到那個地步之前，勸你還是自首吧。」

「就算自首也一樣，到頭來媒體記者還是會在我的生活圈打轉。」對於媒體的難纏與影響力，青柳早已有深刻的體驗了。

聽到他這句話，佐佐木一太郎緊緊閉上了嘴。

「我不可能自首，因為我不是凶手。」青柳打定主意，不管說多少次，都會是這句話。

「你不自首，我只能把你帶進警察局。」佐佐木一太郎以絲毫感受不到溫度的語氣說道。然後又說：「聽著，如果你肯自首，」頓了一下，接著說：「也就是說，如果你認罪的話，」接下來，微微加強了語氣：「我們會努力讓你的生活周遭不發生麻煩。的確，今天這件事實在引人注目，也相當恐怖，但身為犯人的你可能也有一些苦衷，例如一些讓媒體也能夠微微感到同情的背景因素，我們會特別強調這些部分。」

「我沒有那種背景。這跟背景都無關，因為我根本不是凶手。」青柳依然如此主張著。

「我的意思是，我們可以讓社會大眾認為你有那樣的背景因素。」

青柳一瞬間沒有聽懂這句話的意思，想了一下才說：「你的意思是捏造？」

「我的意思是控制情報。你雖然是凶手，卻不是一個令人憎恨的可怕凶手，你的行為雖然無法原諒，卻頗值得同情，我們可以幫你塑造這樣的形象。」

「製造假情報？」

「製造印象。」佐佐木一太郎簡潔有力地說道。「所謂的印象，不就是這麼一回事嗎？就算沒有任何明確根據，大家還是會對事物抱持著某種印象。印象可以改變世界上所有的一切。一家餐廳，餐點的味道完全沒變，但是客人增加，那是因為大家對餐廳的印象變好了；原本大受歡迎的演員突然接不到工作，那是因為大家對他的印象變差了；暗殺首相的凶手變得不再那麼可惡，那是因為大家對他的印象產生了共鳴。」

姑且不論佐佐木一太郎心中是否認為青柳雅春真的是凶手，但至少可以肯定的是，這個人並不打算將青柳直接帶往警察局，而是想盡辦法說服他自首，這點讓青柳產生懷疑。這是一件如此嚴重的大案子，佐佐木一太郎明明可以不管三七二十一就把他拉進警察局，何必多費唇舌在這裡跟他談條件呢？有什麼理由讓佐佐木一太郎想要這麼做？

漸漸地，青柳理解了狀況。想必這個人的目的，或者應該說「他們」的目的，是想要盡量低調地解決這件事。

他們並不想知道真相。

他們對金田首相被暗殺的真正理由、動機、手法以及真凶的身分都沒有興趣。

他們只是想以一個大家都能接受的方式收拾善後。

如果強行逮捕青柳雅春，他很可能徹頭徹尾地強調自己的清白。雖然有遙控飛機用品店的影像及豬排店店長的證詞，但對青柳來說這些都是偽證，一定會在法庭上全盤否定，就算最後「他們」在法庭上獲勝，還是會在一般民眾的心中留下疑竇，不見得能令所有人接受。

所以，他們才打算說服青柳雅春認罪，以「管他什麼證據，凶手本人都認罪了，肯定不會錯的」這個論點來讓社會大眾信服吧？

這樣的計畫執行起來比較簡單，問題也較少。只要向世人如此主張，並獲得媒體的認同，一切就搞定了。

想通這一點的青柳雅春並未因此情緒激動，反而是全身無力。

既然他們對真相絲毫沒有興趣，那麼有什麼辦法能證明自己清白呢？

就算找出真正的凶手放在他們眼前，情況也不會改變。青柳感到一陣暈眩，深深的無力感，讓他背上的寒毛一根根倒豎。

「你覺得自首不划算嗎？」佐佐木一太郎問道。

「怎麼可能划算。」

「犯下這麼可怕的案子，你還奢望什麼？」

「不是我做的。」

「你現在快要淹死，正逐漸沉入沼澤中，不管你再怎麼拚命掙扎，也只是增加下沉的速度，而且還有可能連累其他人。如果你乖乖不動，照著我們的指示去做，說不定水只會淹到你的肩膀。」佐佐木一太郎依然以不帶感情的口吻說道。

「別哄我了，你們根本打算讓我滅頂，完全沒有存活的機會。」

佐佐木一太郎並沒有立刻回答這句話，只是目不轉睛地凝視著青柳雅春，似乎是在研究著他的反應。佐佐木在觀察，就好像動物園的飼養員為了掌握自己所照顧的動物的習性一般，張大眼睛、豎起耳朵地觀察著，他的表情極為認真。車子停下來，本來以為警察局到了，但仔細一看還在馬路中央。往前一望，原來是遇上紅燈。

「遇到紅燈時不是可以打開警笛，直接衝過去嗎？」

「如果情況緊急的話。」

「現在不緊急嗎？」

「凶手已經抓到了，接下來只要把你帶到東京就行了。」

「東京？」

「這個國家的特徵，在於任何重要事情都在東京進行。」

「能夠到那麼美好的東京，我真是太榮幸了。」

眼前閃了一下。一開始，青柳並未理解自己被揍了，只知道臉頰受到某種撞擊力道，脖子同時扭向一旁，視線變得模糊。拉回身子一看，一旁的佐佐木一太郎依然是一副若無其事的模樣，剛剛應該是被他以左手揍了一拳，但完全看不出他曾經做過任何舉動。

窗外的景色依然毫無異狀地向後流去。

「現在是警戒狀態，新幹線不是停駛了嗎？」身體的深處在發抖。驟然而來的暴力比臉頰上的疼痛更讓青柳雅春感覺到緊張與恐懼。但他還是勉強振作那幾乎要退縮的意志，他知道這種時候絕對不能顯露脆弱的一面，否則一切就完了。

「長時間的完全封鎖是做不到的，交通運輸系統正逐漸恢復正常，這條路也一樣。雖然還是有路檢，但目前已經可以自由進出仙台了。路檢跟封鎖都是為了逮捕兇手，只要抓到兇手，就沒有必要繼續下去，不是嗎？當然，新幹線也開始行駛了。」

「是啊，我也這麼認為。」青柳雅春附和說：「所以才更糟吧？兇手現在還在逃亡中，很有可能趁這個機會逃走。」

「你還想逃走？」

「我不是兇手。」

又被揍了一拳。這一次青柳確實看見了佐佐木一太郎的肩膀動作，在那一瞬間，臉頰一陣劇痛，脖子又再扭向一旁。雖然已經下定決心不讓疼痛與恐懼顯現，卻難以掩飾疼痛與恐懼確實存在的事實。他無法完全裝作若無其事，只好趕緊望向窗外。

就在此時，青柳察覺了幾件事，先後順序並不清楚，或許是同時也不一定。

燈號還是紅燈，車子處於停車狀態。

對向車道的路邊停著一輛貨車。

這裡是仙台市北四番丁附近的一條東西向道路。

那輛罩著帆布的貨車看起來很眼熟。

是前園先生。青柳想看手錶確認時間，又怕被佐佐木察覺，只好忍下來。

前園先生沒事吧？青柳仔細觀察貨車的載貨平台。數個小時前，從天橋跳到那塊帆布上的感覺再次湧現，那時候一定壓壞了好幾個箱子吧，一想到這會對前園先生造成困擾，胸口便一陣疼痛。白天閒聊時，他曾說過「今天有指定夜間送達的貨物」，還說為了趕回家看電視，會將送貨時間提前，看來時間應該差不多吧，可見得送貨很順利，沒有造成太大麻煩，真是太好了。

可以向前園先生求救吧？

青柳將視線由車窗往下移，看見門把時，腦中閃過了這個念頭。只要一伸手，就可以碰到門把。佐佐木一太郎不知是因為勝券在握，還是胸有成竹，並沒有把他的手腳綁住，更令人吃驚的是，連車門也沒上鎖。

青柳在腦海中拚命將整個流程順過一遍：打開車門，立刻衝出去，穿過對向車道，跳進前園先生那輛貨車的副駕駛座。想必他會非常吃驚，但應該會幫助自己。應該會的。

如今正在等紅燈，這可以說是唯一的機會。往對向一看，前園先生正準備坐進貨車的駕駛座上，再也沒有比現在更好的時機了。

「去吧！」某個人的說話聲再次從體內響起，既像自己的聲音，又像森田森吾的聲音，也像阿一的。去吧，逃走吧！

青柳也沒有望向佐佐木一太郎，微微抬起臀部，以左手拉住門把，將門把向後一扯，以右手推開車門，衝出車外……

原本的計畫，是這樣的。

然而事與願違。拉了門把之後，不知為何車門竟然文風不動，門把拉起來鬆垮垮的，似乎跟車門的開關完全沒有連結。

「很可惜。」旁邊傳來佐佐木一太郎的聲音。

青柳感覺自己的臉因羞恥而泛紅，接著又倏地刷白。

「那邊有門把，卻是假的。這輛車就跟一般警車一樣，那邊的門一定要從外面才能打開。」

## 青柳雅春

「果然跟我猜的一樣。」青柳雅春只能逞強地如此說道。整個人癱在椅背上，假裝平靜地看著窗外。前園先生所駕駛的貨車開始前進，在路燈與車燈的照耀下，在車道上與自己乘坐的這輛車交錯而過。

「沒能成功逃走，真是可惜。」佐佐木一太郎冷冷地說道。

「開車的這個人，」青柳將力量凝聚在腹部，不想再被佐佐木看見自己軟弱的模樣，以下巴比著駕駛座，說：「他一直像這樣戴著耳機嗎？」

「你說的是小鳩澤嗎？」

青柳說：「小鳩澤？他一點也不像一隻小鴿子（註）呀。」嘴上雖然這麼開玩笑，卻一點也笑不出來。「這麼可愛的名字一點也不符合他的形象，這就叫做不實廣告嗎？」

如果不說一些話，彷彿隨時會被恐懼與不安擊垮，但又想不到該說什麼。青柳用力從鼻孔吸入一口氣，讓胸口完全鼓起，停頓了一會，吐出去的瞬間，力量又迅速流失，身體開始發抖，完全想不到任何計策。

轎車開始前進。小鳩澤手握方向盤，一板一眼地開車，向右轉，朝南邊前進。青柳在心裡祈禱著，希望至少在此時能夠遇上塞車，偏偏路上幾乎一輛車也沒有，車子的速度愈來愈快。

「到了車站之後，我會幫你銬上手銬。」

「為什麼現在不銬？」

「沒有必要欺負弱者，不是嗎？」

這還是青柳第一次被人當面稱為弱者，那種感覺當然很不舒服，但是除了不舒服，生殺大權掌握在他人手上的恐懼感更為強烈。

「我……」青柳以顫抖的聲音說：「我會有什麼下場？」

佐佐木一太郎凝視著他。開車的小鳩澤嘴裡似乎喃喃說著什麼，但聽不清楚，不知道在哼歌，還是在自言自語。

「你，」佐佐木一太郎說：「你會被我們帶到東京，以殺害首相的凶手身分被捕。不過，不用害怕，現代的日本是個法治國家，你不會遭到刑求或拷問。但是，電視新聞及雜誌可能會把你的事情大肆渲染，你的家人及親戚朋友可能也會遭受責難。」

對青柳來說，媒體的攻勢正是最可怕的刑求和拷問。「我該怎麼做？」

「你現在能夠做的最佳選擇，」佐佐木一太郎重複了剛剛的話：「就是自首，承認一切。」

「一切？」

「我們很清楚你做了什麼事，所以你只要認罪就可以了。這樣一來，你跟你的家人所受的傷害將可以降至最低。」

「我做了什麼事？」青柳在朦朧的意識中如此回答，心想：「但我什麼都沒做呀。」或許是因為太累，也或許是車子的搖晃令他覺得很舒服，或是為了逃避眼前的現實，青柳感到一陣睡意襲來。也許最後一點才是真正的理由吧。

「你不需害怕。」佐佐木一太郎靜靜地說：「一切交給我們處理，不用擔心。」

青柳雖然想著：「到底要把什麼交給你們處理呢？」卻無法做出反應，甚至開始覺得與其採取什麼新的行動，倒不如就這麼乖乖坐著。我已經嘗試抵抗過了，也努力過了，青柳看著窗外一道道向後延伸的路燈燈光，心裡如此想著。我並沒有乖乖就範，能做的我都做了，雖然最後還是

註：日文中的「小鳩」是「小鴿子」之意。

被捕，但我已經盡了全力。他在昏沉的腦海裡把一條條藉口排列出來。我已經做得很好了。

佐佐木一太郎所說的那句「不用擔心」在青柳雅春的內心不停迴盪。原來如此，不用擔心，有一種鬆了一口氣的感覺。現在的青柳就好像一個在沙漠中即將渴死之人，「不用擔心」這幾個字彷彿一股誘人的泉水，接下來的事情，就交給他們處理吧，「不用擔心」。

車子突然停了下來，原以為到車站了，仔細一看原來又是紅燈。此時的青柳開始覺得，既然到了這個地步，倒不如趕快搭新幹線到東京，把一切都交給佐佐木一太郎處理吧，眼前的紅燈反而讓他不耐。

當他想將身子靠向車窗時，視線一角突然看見一輛車子迅速逼近。「啊，危險。」他說。一輛車子從右後方衝了過來。青柳才剛理解那是一輛白色的舊款輕型汽車，兩輛車子已經撞在一起了。

一開始，由於視線劇烈晃動，青柳以為自己又被毆打了，就在他愣了一下的同時，轎車開始以逆時針方向打轉。

青柳趕緊抓住眼前的駕駛座座椅，旁邊的佐佐木一太郎則伸手在空中亂抓，接著倒向另一邊的車門。車子因撞擊力道打滑，從旁邊撞過來的輕型汽車將青柳雅春等人所乘坐的轎車擠到了左側的路邊護欄。接著，輕型汽車停了下來，擋在轎車前方。

青柳無法理解發生了什麼事，頂在前座座椅上的脖子異常疼痛。

重新坐穩的佐佐木一太郎迅速採取行動，在轎車停下的同時，便打開車門衝了出去。小鳩澤也粗魯地打開駕駛座的車門，走到了車外。

青柳腦袋一片空白，往窗外一看，那輛從旁擠過來的輕型汽車裡也有個人打開駕駛座的車門走了出來，副駕駛座前的擋風玻璃下方有一團頭髮，仔細一看原來是一個人趴在那裡，一動也不動，不知道怎麼了。

「那是你的同伴嗎？」旁邊傳來說話聲，剛剛走出車外的佐佐木一太郎將頭探進後座，問青柳雅春：「他是來救你的？」

此時青柳才想到，剛剛應該趁機逃走的，不禁為自己的愚蠢感到愕然，但已經太遲了。

忽然間聽見「咚」的一聲巨響。

不明白發生什麼事的青柳吃驚地縮著身體，往右手邊的後座窗外看去，看見一個背影正貼在車門上，一個矮小的男人正以背部靠著眼前的車窗，原來是剛剛從輕型汽車的駕駛座裡走出來的那個男人。他穿著黑色連帽T恤，正在與小鳩澤搏鬥。

穿著黑色連帽T恤的男人不高，看起來頗為柔弱，數次被小鳩澤推撞在轎車上，他年紀看似不大，幾乎跟路上隨處可見的那種參加文藝性社團的國中生沒什麼兩樣。

青柳將視線移回左邊的車門。佐佐木一太郎就站在開啟的車門外，勸著小鳩澤：「喂，別打得太過火。」看起來一副已經對小鳩澤這種突發性的暴力傾向感到相當不耐煩。接著，他取出手機，撥了號碼。

連帽T恤男一次又一次撞在青柳旁邊的車門上。這個看似少年的男人，說不定早已昏厥了。

「喂，把手伸出來。」

這句話在耳邊響起，令青柳嚇得全身一震。佐佐木一太郎不知何時已經坐在他旁邊，一手拿著手銬，一手抓著他的手腕。「出來，我們換車。」

看來這輛轎車已經動彈不得，佐佐木一太郎決定要換一輛車，剛剛他打的那通電話應該是為了安排另一輛車吧。青柳只能任由擺布，不知何時兩手已經被銬上手銬。佐佐木一太郎一邊喊：「出來。」一邊拉扯手銬。

走出車外，天空一片漆黑，馬路在整排路燈的照耀下顯得頗為明亮。轎車被夾在路旁護欄與輕型汽車中間，看來確實是動彈不得了。

車道上還有數輛汽車，但這些車子都沒有停下來，似乎是想要盡快遠離麻煩，接連變換車道從青柳的面前駛過。人行道上聚集了一小群圍觀路人。佐佐木一太郎舉起了手冊之類的東西，大喊：「請各位迅速離開。」路人一聽，紛紛四散而去。

小鳩澤以雙手向前推出，連帽T恤男的背部撞在轎車上，車身微微晃動。男人一陣踉蹌，宛如一個貧血的國中生。人行道上傳來尖叫，有人大喊：「快叫警察！」

「我們就是警察，請不用擔心。」佐佐木一太郎立刻說道。

青柳兩隻手腕被銬在一起，只能愣愣地站著，心想：「那個穿黑色衣服的男人有危險，恐怕不是受點小傷而已。」

小鳩澤打開駕駛座的車門，探身進去，抓住放在副駕駛座上的霰彈槍，再將身子退出來。霰彈槍看起來像一支有著防滑握柄的巨大原子筆，旁邊圍觀的路人都看得目瞪口呆。小鳩澤毫不遲疑地以槍口對準連帽T恤男，將前托部往後一拉，喀啦一聲，子彈上膛。

青柳也看傻了眼，心想，有必要做到這種地步嗎？或許小鳩澤以為那個連帽T恤男是他的同伴，所以發起狠來想要好好教訓他吧。

「住手。」佐佐木一太郎指著小鳩澤說道。戴著耳機到底能不能聽見指令，實在頗令人懷疑，不過小鳩澤確實是停下動作，接著放下了霰彈槍。靠在轎車上的那個黑色連帽T恤男，雖然由青柳的方向只能看得見背影，但恐怕已奄奄一息。

「好了，走吧。」佐佐木一太郎說著，扯動青柳的手腕。小鳩澤緊跟在他身後，讓他感到極大的壓迫感，偶然間轉頭往那輛撞在護欄上的輕型汽車一看，在路燈的映照下，副駕駛座上坐著一名女性，一動也不動，不知道要不要緊。那個女人穿著白色襯衫，胸口位置有一小塊呈現深黑色，形狀不規則，看來應該不是衣服的花紋。正當青柳懷疑那是不是血跡時，背後突然傳來小鳩澤的呻吟。

青柳一愣，停下腳步回過頭去，佐佐木一太郎也停了下來。

連帽T恤男就站在小鳩澤旁邊，目露凶光，動作迅速，手上握著一個閃閃發亮的東西，看不出來是菜刀還是小刀，只知道是一把亮晃晃的刀子，而且刀身很長。連帽T恤胸前的白色星星圖案扭曲變形。

小鳩澤慌忙閃避刀鋒。

青柳此時終於從正面看清楚連帽T恤男的長相：額頭寬大，臉孔像個國中生，也像偶然鑽出地表的土撥鼠，給人一種整天只會關在房間裡，從沒曬過太陽，每天只吃零食過活的感覺，但是他的動作敏捷到令人吃驚，這就叫做人不可貌相吧。

只見他一轉身，不知何時刀子已經換到了左手，朝小鳩澤砍來，而且動作相當純熟，並非只是慌張地拿著護身用的小刀亂揮，而彷彿是一個老練的舞者，朝著小鳩澤不停攻擊，完全不給予喘息機會。

一開始，小鳩澤也慌了手腳，只能拚命閃避，後來抓住機會舉起霰彈槍，也不管這裡是市區，毫不猶豫地開了槍。

連帽T恤男迅速撲向一旁。以那副文弱書生的模樣，動作竟然這麼迅速，實在令人難以置信。霰彈槍發出撕裂空氣的巨大聲響，將停在旁邊的轎車擋風玻璃擊碎，一旁的路人高聲尖叫。

這一陣突然的槍響令青柳想要摀住耳朵，但因兩手被銬上手銬，無法自由擺動，只能閉上雙眼，祈求這些聲響趕緊平息。

等到張眼一看，卻看見小鳩澤正以左手按住持霰彈槍的右手，與連帽T恤男相對而立，肩膀上插著一把刀子。

連帽T恤男人從外表實在看不出來運動神經那麼發達，在一發發的槍擊之下，他不知用了什麼方法，竟然能夠逼近小鳩澤，令青柳大感詫異。只見他一副泰然自若的神情，站在頭戴耳機的小鳩澤眼前。

小鳩澤想要重新舉起霰彈槍，但男人的右腕再次破空而來，手上又出現了另一把刀子，後頭剛好一輛車經過，車燈將刀鋒照得發出白色閃光。

小鳩澤揮動右手，避開了刀子，但刀尖似乎還是隔著衣服劃傷了皮膚，他臉上的肌肉微微扭曲。連帽T恤男瞇起雙眼，仰望著比自己高兩個頭的小鳩澤，眼神極為冰冷。此時，站在青柳身旁的佐佐木一太郎突然扯起嗓子大喊：「不准動！」

佐佐木一太郎舉起手槍，準確地對著連帽T恤男。只見他兩手持槍，青柳的背包則被丟在地上。距離大約十公尺，但佐佐木一太郎所擺出的沉穩架式，透露出絕對不會打偏的氣勢。

連帽T恤男只能停下動作，鼓起了腮幫子，露出不滿的表情，好像心懷不滿的年輕人被問了一句「你到底在不滿什麼」之後，顯得更加不滿的模樣。

青柳往佐佐木一太郎看了一眼，發現他的注意力已經被手持刀子的男人所吸引。

青柳接著看看自己的雙手。

「你現在能夠做的最佳選擇就是自首，承認一切。」佐佐木一太郎剛剛說過的這句話再次浮現在他腦中，接著又想到佐佐木一太郎所提出的交換條件：只要自首，他可以幫忙製造出博取媒體同情的劇情。

有可能嗎？

讓世人同情暗殺首相的凶手，真的有可能嗎？

「你會變成第二個奧斯華。」他腦中響起了森田森吾的聲音。

青柳曾經看過在甘迺迪暗殺事件後遭到逮捕的奧斯華在移送途中被傑克．魯比槍殺身亡那一瞬間的照片。傑克．魯比從圍觀人群中突然衝出來，奧斯華完全沒有察覺。

這就是答案嗎？

這就是答案吧。

勸我自首，讓我乖乖地跟著他們走，然後派另一個人暗殺我。死人是不會說話的，到時候他們想要安插什麼樣的角色給我，都是輕而易舉。

青柳未及細想，即已展開了行動，宛如祈禱般，將戴著手銬的雙手交握，然後像鐵鎚一樣用力揮出，打在佐佐木一太郎的後腦勺上，拳頭感到一陣疼痛。佐佐木一太郎失去平衡，青柳趁機抓住他腳邊的背包，踏穩腳步，往前狂奔。以戴著手銬的雙手抓著背包，這樣的姿勢實在很醜、很彆扭，但也只能用這樣的姿勢奔跑。耳邊傳來「站住」的聲音，接著槍聲響起，青柳瞬間面無血色，擔心自己是不是被擊中了，但是既沒有疼痛感，也沒有感到任何衝擊力。遠方某處似乎聽見有人在喊叫，喇叭聲及尖叫聲傳入耳中。

## 青柳雅春

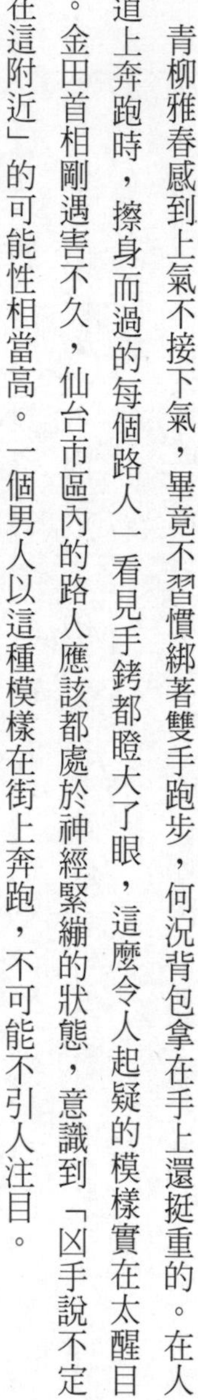

青柳雅春感到上氣不接下氣，畢竟不習慣綁著雙手跑步，何況背包拿在手上還挺重的。在人行道上奔跑時，擦身而過的每個路人一看見手銬都瞪大了眼，這麼令人起疑的模樣實在太醒目了。金田首相剛遇害不久，仙台市區內的路人應該都處於神經緊繃的狀態，意識到「凶手說不定就在這附近」的可能性相當高。一個男人以這種模樣在街上奔跑，不可能不引人注目。

青柳躲進小巷，打算在沒人的地方稍作休息。他踢翻了塑膠水桶，但沒時間理會，繼續往前奔跑。遠處再度傳來尖叫聲，或許是小鳩澤又開槍了吧。

他跑進一棟骯髒小公寓，沿著樓梯朝下走，來到狹窄樓梯間，整個人靠在牆上，將背包放在腳邊，調整呼吸，愣愣看著手銬，明知沒有用，還是試著將雙手往兩邊拉扯。果然拉不斷。

「啊，我來幫你把手銬拿掉吧。」

一個聲音突然從樓梯入口處傳來，青柳吃了一驚，兩腳一軟，從樓梯上滾下，一屁股摔在下方約第三階的階梯上。

「啊，嚇一跳嗎？」一個男人緩緩走下來，青柳一眼就認出他。是個額頭很寬，神色帶著三分怯懦，身材矮小的青年，他就是剛剛拿刀刺傷小鳩澤的男人。仔細一看，年紀應該比國中生大得多，但還是給人一種內向、生澀的感覺。「我來拉你一把吧？」男人伸出了手，但青柳不予理會，以雙手銬在一起的姿勢奮力一扭，靠自己的力量站起來。

「啊，手伸出來。」男人迅速舉起右手，青柳一驚，以為他要拿刀子砍自己，仔細一看，他手上拿著一支小鑰匙。只見他伸手，輕輕鬆鬆打開了手銬。

「這鑰匙是……」

「這是我從剛剛那位警官身上拿到的。你不是揍了那傢伙一拳嗎？我趁機摸了他的口袋，就找到這支鑰匙。」男人顯得很平靜，但突然冒出一句不合宜的敬語，或許他不太習慣與年長者往來。他緩緩從扣在皮帶上的小袋子中取出眼鏡戴上。

「你……」青柳看著恢復自由的雙手說：「為什麼要救我？」

「這算救了你嗎？說真的，小哥，你是誰啊？」

「咦？」

「我是偶然看見那個高頭大馬的男人，才趕緊追上來的，我找了他好久呢。小哥，你只是剛好在現場。」

「那輛被你開來衝撞的輕型汽車，又是怎麼回事？」

「喔，那只是我偶然弄到的車子。」

接下來從他口中說出來的話，彷彿是某種常見的電影情節，以電影劇情來看雖然很老套，出現在現實裡卻令人難以置信。

男人說，他偶然間看見佐佐木一太郎與小鳩澤帶著青柳走出阿一的公寓。「我心想，啊，終於找到了。那個耳機跟霰彈槍，一定是他不會錯。我急著想要追上去，但你們開著車，我只好趕緊攔下那輛剛好路過的輕型汽車，開著那輛車追趕你們。我不知道有幾年沒開車了呢。」

青柳感到相當疑惑，那輛輕型汽車又不是計程車，怎麼會停下來？但是他沒有把這個問題說出口。那名坐在副駕駛座上，趴在擋風玻璃前動也不動的女子應該就是那輛輕型汽車的車主吧。她的衣服上那塊黑色污痕應該是血，可以想像那塊血漬是這個男人以刀子刺殺造成的。

「人家不是說，敵人的敵人就是朋友嗎？小哥，你一看就知道是被他們抓住的人，所以我們算是同一國的，我這樣想應該沒有錯吧？」

「小鳩澤他們現在在哪裡？」青柳反射性地看一看男人手上有沒有刀子。那個巨無霸該不會被這個男人打倒了吧？

「小鳩澤？」

「就是那個拿霰彈槍的男人。」

「啊，原來那傢伙叫小鳩澤啊？真是太好笑了。」男人像個天真少年露出笑容。「老實說，那傢伙以為我好欺負，實在太小看我了。他大概認為自己人高馬大，手上又有槍，一定天下無敵吧。話說回來，今天我還是只有逃走的份，這是第二次敗北了，實在沒臉說他什麼。」

「你為什麼特地幫我偷來手銬的鑰匙？」

「沒什麼特別的理由，只是覺得讓他們以為我們兩個是同伴應該不錯。」

「我跟你？」

「愈是混淆情報，對我們愈有利，不是嗎？只要我伸手搶奪手銬鑰匙，他們應該就會認為我們是同黨，不管是警察還是媒體，都會這麼認為，但其實我們兩個毫無關係。像這樣把對手搞糊塗，做一些沒有必要的動作，讓他們誤以為其中必有深意，這可是逃亡的金科玉律呢。所以我本來的目的只是拿走鑰匙，但心想，送佛送上西天，乾脆幫你解開手銬好了。我這個人很好心吧？明明人這麼好，為什麼我沒有朋友呢？真奇怪。」

兩個人擠在樓梯間對話，青柳感覺自己好像是在陰暗小巷裡遭到不良少年勒索的國中生。不過，眼前這個男人的外表看起來這麼斯文，反而比較像是遭恐嚇的那一方。

「話說回來，那個戴耳機的彪形巨漢竟然叫小鳩澤，真是太不搭調了，他那副德行跟鴿子根本是天差地別呢。」

青柳此時忍不住將所想的事情說了出來：「不過，你也一樣吧？」

「什麼？」男人鏡片後方的細眼稍微變得銳利了些。

「你不是也被別人取了一個怪名字嗎？」青柳說出這句話的瞬間開始害怕，感覺自己會被捅一刀，不禁背脊發涼，但無法阻止自己的嘴巴繼續說：「你就是切男吧？那個攔路殺人魔。」

男人在一瞬間將眼睛瞇得更細了，接著臉頰一緩，說：「嚇一跳吧？」

青柳點了點頭。「很久以前，你連續犯案的那段期間，我曾經看到某寫真週刊所刊登的報導。一個拿著槍的壯漢正在跟連續殺人魔一決高下，簡直像漫畫一樣。」當時是一個送貨員同事拿著雜誌給青柳及其他人看的，大家還笑著說：「這篇報導實在太誇張了，簡直像美式漫畫。」但是如今回想起來，那個拿著槍的壯漢應該就是小鳩澤吧。青柳說：「我想起了那篇報導。」

「原來是那篇報導啊。」男人噘著下唇不再說話，看不出是否對這件事感興趣。過了一會，他說：「繼續在這個樓梯間聊下去也不是辦法，要不要跟我來？」他伸出手指打橫一指，朝著暗巷深處走去。

青柳揹起背包，緊跟在後，不知為何，內心毫無恐懼與遲疑，讓全仙台市民心驚膽顫的連續殺人魔明明就在眼前。

男人也曾一度回頭問：「你怕不怕我？」

「怕是怕，不過……」青柳老實回答：「我今天遇到太多莫名其妙的事，腦袋已經一片混亂。」好像一台已經把多種水果打成稀泥的果汁機，就算加進新的水果繼續打，混雜程度也不會改變。「大概就是這麼回事吧。」青柳試著如此說明。

「小哥，你到底做了什麼事？」

「我只是一直逃亡。蒙上了不白之冤，只能選擇逃亡，剛剛其實已經被警察逮到了，又被你救出來，但我真的好累……」青柳在心裡接著說：「所以我已經沒有力氣再從你身邊逃走了。」

男人不發一語，只是目不轉睛地看著他。不止是臉，就連自己身上的衣服鞋子也都被對方仔細打量了一番。「怎麼了？」青柳這句話還沒問出口，男人已舉起一隻手伸了過來，他大吃一驚，整個人差點向後彈。男人在他牛仔褲的後腰位置一摸，拿起一個看起來像是長尾夾的東西，說：「你看，這玩意可以將你的位置情報發送出去，可見得警察做事是很小心的。這玩意就夾在你的皮帶旁邊。」

「他們什麼時候在我身上放了這種東西？」青柳難掩驚訝。男人若無其事地說：「大概是剛剛押你上車的時候放的吧。」接著，他將發信機丟進旁邊的信箱內，說：「好了，走吧。」

男人以慣熟的步伐在狹窄的巷道內穿梭前進，來到一間頗為骯髒的汽車旅館，走進旅館旁邊的公寓，周圍亮光不多，只能仰賴汽車旅館的招牌燈光前進。這是一棟老舊的木造公寓，走進公寓爬上樓梯，扶手摸起來有生鏽的粗糙感。男人上到二樓，打開第一道門，門似乎未上鎖。

他往牆上的開關一按，室內的燈亮起來。那是盞有著橙色傘狀燈罩的小燈，把屋內照成橘子色，呈現難以言喻的寂寥感。這是一間只有三坪大的住屋，散發著一股刺鼻的榻榻米臭味。

「小哥，你叫什麼名字？」

「青柳。」青柳回答。到了這個地步，也沒必要隱瞞本名。

「喔。」

「你呢？」

「我叫三浦。」男人報出名字時，依然是一臉不滿。

「這是你家？」

「怎麼可能。」男人想也不想地說道。

屋子中央有張沒有毛毯的桌爐，男人在桌前坐下，青柳也在男人的對面坐下。

「到處都是監視系統，快把我煩死了。」男人說：「剛開始完全找不到一個可以好好休息的地方，好不容易才找到這裡。」

「這裡是安全的？」

「嗯，至少目前是。」

「這不是你家？」明知會被嫌煩，青柳還是忍不住又問了一次。只見牆邊有個小小的彩色置物櫃，上面放著一個相框，裡面的照片是一個身穿皮外套的濃眉男人與一個小男孩的合照。

「那就是這間屋子的主人。」三浦察覺青柳的視線，嘟著嘴說道。

「原本的主人？」

「我跟他暫借這個屋子。」

「他現在在哪裡？」

一臉斯文的三浦緊閉著嘴唇沉默了一陣子，才開口說：「我給了他一些錢。那對父子的夢想是開著敞篷車在日本到處旅行，所以我給了他一筆足以實現夢想的錢，請他將這個屋子借我。這樣的交換條件不賴吧？他現在應該在某個地方開著紅色敞篷車吧。」

青柳緊咬臼齒，心想：「一聽就知道是謊話。」忍不住將視線從照片上移開。

「小哥，你該不會以為我已經把那對父子砍死了吧？」三浦以帶刺的口吻說道。

「沒有。」青柳說道。總不能告訴他，你說對了。

「老實說出來吧。」

「沒有。」青柳含糊地回答著。在這時候發揮正義感，大喊「你這個殺人魔，我要報警抓你」的選項是不存在的，一旦報警，第一個被抓的人會是自己。

「他們說那個監視系統是為了抓我而裝設的，根本是胡扯。抓我只是藉口，藉口。表面上看來似乎是為了市民的利益，骨子裡是為了監視市民，真是虛偽。」

「不管是不是藉口，讓他們有這個機會的人總是你。」青柳老實地說道。

「不，我不這麼認為，就算沒有我，他們也會找到其他藉口。那些政治人物只有在找藉口這方面是天才。不管是任何事情，殘殺猶太人也好，發動戰爭也好，只要告訴大家『這樣下去很危險』，大家就會聽話照做，就是這麼一回事。仙台的監視系統也一樣，為了我這麼一個拿刀亂揮的危險分子，有必要建立起這麼一套大手筆的基礎建設嗎？」

「那個系統的性能有多強？」

「就我所知，」三浦微微撐開鼻孔，說：「整個城市有著為數不少的保安盒，對吧？每一個都可以擷取半徑數十公尺內所有電磁波，包含電話及電腦的無線網路，聲音也可以錄下來。保安盒頂部的球形攝影機可以拍到幾乎是三百六十度的影像。當然，那麼廣大的攝影範圍，要將影像全部錄下來是不太可能的，但就跟監視攝影機一樣，可以經由操控，掌握即時畫面。」

「這些情報都會被傳送到某個地方嗎？」

「每一個保安盒都像一台連接網路的電腦，所以不會主動傳送情報，而是由管理者連線進入保安盒的資料庫中，讀取情報，也可以用搜尋方式尋找情報。」

「像這樣的監視社會，在虛構的故事中倒是滿常見的。」

「你說的是東尼．史考特（註）？還是文．溫德斯？那兩部片子還滿像的。」三浦的雙眼突然綻放光采，呼吸也變得急促，整個身子湊了過來。青柳對這些名字毫無概念，只能以過去讀過的小說標題來回應：「例如《一九八四》。」

「八〇年代？」三浦回了句有點牛頭不對馬嘴的話，接著又說：「不過，有一點很重要的是，在現實之中不可能監視任何角落，例如這棟破公寓的屋內，他們就看不到。不管是偷拍還是竊聽，他們都不會把機器裝在這種地方，那些人應該認為除了少數特別人物的住家之外，其他地方都沒有監視的必要吧。不過，如果要問我，其實我認為像這樣的地方才最應該裝設監視系統。那些人做事情總是抓不到重點。」

青柳此時想到，當初自己在稻井先生家中撥打手機之後，行蹤立即曝光，他將這件事告訴三浦，三浦以一副理所當然的語氣說：「那還用說，這年頭的手機只要電源是開啟的，就可以查得到所在位置。一般而言，手機發出通話訊號後，基地台都會先確認號碼是否正確，然後才會將訊號傳給對方的手機。」

「是這樣嗎？」

「當然是這樣。」此時的三浦看起來就像一個被腦袋不好的笨學生問得不耐煩的老師。「位置情報會被記錄在主記憶體，並且會不斷更新。所以只要想查，就可以查得到電話是由誰的手機打出去的，當然也查得到位置。據說那個保安盒可以分享電話系統的主記憶體資訊，同時應該也會有更加詳細的位置情報，所以如果真的想要躲起來，最好還是把手機丟了吧。」

「已經丟了。」正確來說，是交給了那個賣雜誌的遊民，不過結果是一樣的。

「聰明。」對方第一次開口稱讚。青柳不禁想要點頭說聲「謝謝」。

「你最好要有一個觀念，就是絕大部分的手機談話內容都是同步被竊聽的。」

「什麼？」

「當然，並不是真的有人用耳機偷聽，我的意思是會被錄音。」

「被機器竊聽？」

「沒錯。聲音會被儲存在機器中，等到需要時，就可以從中搜尋出來，保安盒就是這樣的系統。所以警方可能是從這些資訊搜尋到跟你的手機號碼有關的情報。但反過來說，他們只能從手機號碼來判斷是否是關於你的情報，所以只要用其他的號碼來打電話，就不太會被抓到。」

「原來是這樣啊？」

「以常識來思考就知道，想要用你的聲紋來搜尋情報，並不是件輕鬆的事。你不這麼認為嗎？愈是模糊的條件，搜尋起來愈困難，就算做得到，也會花很多時間。最簡單而明確的條件就是手機號碼，打出去跟接收的號碼。」

「這麼說來，只要我用其他人的手機打電話……」

註：東尼．史考特（Tony Scott，1944-）是著名的電影導演，出身於英國，代表作有《捍衛戰士》（Top Gun）等。文．溫德斯（Wim Wenders，1945-）亦是著名導演，出身於德國。此處所說的兩部片可能是將東尼．史考特於一九九八年公開的《全民公敵》（Enemy of the State）與文．溫德斯於一九九七年公開的《終結暴力》（The End of Violence）這兩部電影拿來比較。兩者皆談及了監視社會的問題。《一九八四》（Nineteen Eighty-Four）則為英國作家喬治．歐威爾（George Orwell）在一九四九年出版的政治諷刺小說。

「被發現的可能性一定會降低。不過，接電話的人如果跟你有關係，警方可能會用對方的號碼來搜尋。」

青柳的腦中立即想到阿一，自己打給阿一的電話被掌握，這一點也不奇怪。接下來，又想到井之原小梅。那她呢？她跟自己的關係也已經被警方知道了嗎？又或者，她其實是警方為了陷害自己而安排的人呢？這個苦惱已久的疑問再次冒出。

「不過，要一直將聲音及影像錄下來，資訊量應該大得嚇人吧？」青柳說出心中的疑問：「就算僅限於仙台市內，應該也會很快就耗盡容量才對。」

「所以，我想情報應該只會儲存一段時間。」三浦說起話來頗為木訥，卻散發出一股高級知識分子的帥氣。「以現實狀況來看，要儲存整個仙台的情報，頂多只能儲存一、兩天份。換句話說，這個機器對調查以前的案件完全沒有幫助，因為過去的資料會被刪除。」

「完全沒有幫助？」

「但是如果發生了重大案件，就能派上用場了，因為警方可以進行即時監控。」三浦說道。「例如今天發生的遊行爆炸事件，那個凶手就很適合以即時監控的方式追蹤。」三浦伸手撫摸著眼鏡的腳架，突然喊出一聲「啊」，接著嘴角上揚，說：「小哥，你該不會就是那個殺害首相的凶手吧？」

青柳不知該怎麼回答，一時間啞口無言。

「咦？就是你嗎？真的假的？」三浦顯得很興奮。青柳才剛想「他該不會要跟我握手吧」的時候，三浦已經伸出了右手說：「請跟我握個手。」

「我不是凶手，只是被當成了凶手。」

三浦一聽，不再說話，眼睛眨了眨，以滿臉認真的表情一邊摸著眼鏡，一邊湊近青柳仔細觀察。「真有意思。」接著他露出參差不齊的牙齒，戲謔地笑了。「你被人誣陷了嗎，青柳？你看起來那麼老實，真是可憐，太好笑了。」

「一點也不好笑。」

「難怪那個叫做小鳩澤的壯漢會來抓你。我猜那傢伙應該是隸屬於特殊單位，若不是暗殺首相的凶手，也不必他出馬。啊，青柳，你知道嗎？一般警察可不能像那樣拿霰彈槍亂開槍的。」

「我也這麼想。」青柳語帶諷刺地說道。「公務員戴著耳機工作應該也不太妙。」

此時屋外傳來聲音，青柳的背脊敏感一震，轉頭凝視著窗戶，雖然很想走近窗邊查看，但又怕自己的身影被人從窗外看見，因而不敢行動。三浦似乎察覺青柳的心思說：「別擔心，那是客人進出汽車旅館的腳步聲。」接著又說：「就算首相死了，上汽車旅館的人還是照上不誤。」

三浦站起來，從冰箱內取出兩罐啤酒，將其中一罐遞給青柳，拿起桌上的碗裝泡麵，以熱水沖泡。熱水散發出溫暖的熱氣，讓青柳緊繃的神經稍稍放鬆。

「話說回來，被人誣賴是暗殺首相的凶手，這樣的經驗也不是每個人都有的。能不能將事情來龍去脈告訴我？在麵泡好前的這幾分鐘就好。」三浦說，一面拉開啤酒罐拉環，以一副看好戲的態度說了聲「乾杯」，拿著啤酒罐在青柳的啤酒罐上敲了一下，湊向嘴邊。「真令人好奇。」

對青柳而言將自己遇到的這些事告訴別人，並不為難，或許心裡早就希望將這些事對某個人一吐為快了。「該從何說起呢？」

「不如從頭開始說起吧？新郎，青柳某某，身為父親青柳某某與母親某某的長男，出生於某某市，從小就開朗活潑、成績優秀、運動全能……」三浦開玩笑地模仿婚禮司儀的台詞。

青柳很自然地露出笑容，毫無理由地感到放鬆，但又覺得這樣的自己很可笑。他決定從早上遇到森田森吾時開始說起。

三浦聽著青柳的話，不停輕浮地說著「喔」、「哎呀呀」或「那可真糟糕」之類的話，表情卻相當認真，彷彿在鑑定一顆新發現的寶石。「真有意思。」聽完之後，他如此說道。「這樣誣陷別人真是太過分了，你確實有生氣的權利。」

「對呀，真是過分，好讓人生氣。」

「由你所說的狀況來判斷，你完全是被設計陷害嘛。從很久以前開始，他們就已經挖好了各種陷阱等著你來跳。可是，為什麼會挑上你呢？跟那個首相關係更密切的人，應該多的是吧？」

「我怎麼知道。」青柳將啤酒罐放在唇邊，但想了一下還是沒喝。這樣的動作全被三浦看在眼裡。青柳心裡一驚抬起眼來，兩人四目相交。「你擔心我在啤酒裡下毒嗎？」三浦說：「嗯，什麼事情都是謹慎一點比較好，可是懷疑我，對你完全沒幫助，你認為我會檢舉你嗎？」

「我也不知道。」青柳只能如此回答。透過窗簾的縫隙，可以看見窗外透著微微的亮光，應該是路燈吧。

「吃泡麵吧。」三浦說著，遞了一碗過來。熱氣從碗蓋的縫隙間透出。「不過這個可能也有毒喲。」

青柳心想拒絕他的好意似乎也太不識大體，於是接過了筷子，想也不想便掀開碗蓋吃了起來。好長一段時間沒吃到溫熱的食物，眼角不知為何微微濕潤。

「啊！」過了一會，三浦突然大叫一聲，打破了沉默。只見他嘴巴張得大大的，說了聲：「咦？不會吧？」放下泡麵，將上半身湊過來說：「我認識你。」

「咦？」

「不會吧？真的假的？」三浦的表情似乎是頗為感動。「你不就是那個人嗎？很久以前救了女明星的那個送貨員，我在電視上看過你，看過好幾次呢。」

青柳雅春只能苦笑著回答了聲「喔」。到了這種時候，還是有人提起這個話題，而且竟然連眼前這個讓整個仙台、甚至是鄰近縣市以至於全國都陷入恐懼的連續殺人魔也認識自己，讓青柳哭笑不得。

「原來如此，他們就是算準了這一點。」三浦恍然大悟地說道。「大家都喜歡看見英雄變成狗熊，何況青柳你又長得帥，對我們這些平凡男人來說，十足是令人嫉妒的對象，見你蒙上不白之冤，大家反而會拍手叫好呢。真是高明的做法，你真是首相暗殺計畫的最佳凶手。」

「那所謂的英雄形象也只是被任意塑造出來的假象。」

「凶手竟然是一個被認為絕對不會做這種事的人，這樣才更讓人興奮。」

三浦開始大口吸著泡麵，他那豪氣的吃相看在青柳的眼裡，不禁也感染了那種豪爽的氣息。青柳也在片刻之間將泡麵吃完，連湯也喝得乾乾淨淨，將麵碗往桌上一擱。很巧的是，兩個人放開麵碗的時間完全相同。

「青柳，真是辛苦你了，接下來呢？」

「什麼接下來？」

「接下來打算怎麼逃？」

「完全沒主意。」青柳老實承認。「事實上，剛剛坐在警車上時，我就已經放棄希望了。」

青柳被佐佐木一太郎與那個小鳩澤押上車載往車站的路上，曾經一度認為自己能做的都做了，那心情就好像參加了一場雙方實力懸殊的比賽，雖然盡了全力，最後還是敗北收場。雖然與高中棒球隊不同，沒辦法安慰自己就算這次輸了也還有夏季比賽，但除了乖乖束手就縛之外，也沒有第二條路可走。「喔。」三浦取下眼鏡，以布擦拭鏡片。「的確，要逃是很困難的。仙台幾乎徹底受到監視，即使交通運輸系統已解除全面封鎖，但到處都有路檢據點。想得到的做法大概只有……」

「大概只有？」

「在市內找一戶值得信賴的人家，一直躲著，這個方法或許不錯吧。警察除非將仙台的房子全都翻過一遍，否則是抓不到你的。不過，如果那是一戶跟你原本就有關係的人家，應該會先被搜索。」三浦一邊說著一邊戴上眼鏡。「想得到跟你毫無關聯的藏身之處嗎？」

青柳根本想都不用想。「沒有。」

「而且不管躲在哪裡，要是被附近鄰居看見，還是有可能被檢舉。我想警方應該也快公布你的消息了。」

「咦？」

「你想想，你剛剛用那樣的方式逃走，他們應該也不再認為可以用低調的方式逮住你了吧。」三浦說著，拿起遙控器打開電視。「說不定已經被公布了。」

電視螢幕在映照著橙色燈光的房間內逐漸變亮。青柳目不轉睛地盯著，還是老樣子，每一台都製作了特別節目，播放著金田首相遊行與爆炸瞬間的影像，來賓的組合也已了無新意，讓人體會到節目製作人也不是好當的，不禁感到有點同情。

「這場騷動都是你引起的，真是了不起。」

「一點也不。」

三浦轉了幾台之後，說：「看來還沒有公布。」語氣彷彿是在向青柳道賀。「不過，我猜明天早上之前就會公布了，只是時間早晚的問題。」

「到時候……」

「到時候，外頭每一個人都會變成你的敵人。」三浦言詞犀利地說：「你只要一走上街，就會有人報案，到那時你就變成所有人認定的暗殺首相的凶手了。」

「至少我自己不這麼認為。」青柳反駁道。接著望向窗戶，說：「在那間汽車旅館內躲一陣子，你覺得如何？」

「這點子不太高明。」三浦立即否定。「你一個人沒辦法進汽車旅館，一定要找一個女人陪你。你當然可以上街搭訕，但是隨便搭訕一下就傻傻跟你走的女人，你覺得可以信任嗎？」光聽三浦這番話，會令人以為他是個身經百戰、早已厭倦縱慾人生的花花公子，但是他的外表，卻像一個在女人面前講話會打結的靦腆少年。「而且，警察也不是傻子。再過一陣子，他們應該就會針對這些住宿設施展開調查了吧。膠囊旅館也一樣，你的照片會在每個員工之間傳閱。」

「網咖呢？我稍早之前才去過。」

「應該也愈來愈危險吧。等到你的消息被公開之後，就沒辦法再去了。」

「既然如此，」青柳看著眼前的電視機說：「不如跟電視台或報社聯絡看看，如何？告訴他們『我是被冤枉的』、『我是無辜的』，他們就算不信，也可能有興趣報導。」

「這一點確實可行。大眾媒體選擇報導題材的條件不在真假或善惡，而是有不有趣。你這件事很有話題性，他們一定會爭相報導的。當然，這麼做也是有危險性。」三浦沉著地說道。「而且，你打算怎麼跟他們說？難道你要告訴他們『我因被控涉嫌暗殺首相而遭到追捕，但我是冤枉的，請將這件事報導出來』嗎？」

「我只是個普通民眾，卻被誣陷為重大案件的凶手，光是這點就很有話題性了吧？」

「你認為電視台的人會願意保護你，為你辦一場現場直播節目嗎？」

「有可能。」是否真的可能？疑問在青柳心中一閃而過。接著，他突然想到以前也曾經發生過類似的事，在社會上引起一陣軒然大波。「對了……」青柳望向三浦，只見他不停微微點頭。

「沒錯，以前有一個偽裝成我的假貨找上電視台。那時，電視台的高層樂不可支，打算安排一場獨家的現場直播節目。」

「結果因內部舉發，被警方知道了。」

「後來，那個假貨被逮捕，電視台似乎也吃了很多的苦頭。」

「都是你的錯。」

「才不是我的錯咧。不知道哪個笨蛋妄想取代我的地位，跟電視台搭上了線。」三浦在說出

「妄想取代我的地位」這種話時，臉上的表情相當認真。「不過，自從發生那件事，電視台應該都沒有膽量為了節目收視率包庇罪犯了。就算你打電話過去，電視台也不敢給你正面回應。」

「但這是個相當重大的事件。」

「正因為事件重大，所以除非膽量過人，否則電視台是不敢不將凶手交給警方的。」

青柳反駁：「做這種大膽妄為的事情，不是電視台的拿手把戲嗎？」但三浦卻說：「媒體絕對不會做沒把握的事。他們雖然喜歡趁勢起鬨，但再怎麼亂來也總是在安全範圍之內。他們做的每一件事都是先確認沒有問題之後才做的。」

「你討厭媒體，這只是你的偏見。」

「打不打電話是你的自由，但如果你傻傻地出面，很有可能會中警方的埋伏，這一點最好要有心理準備。而且，說不定他們會在節目中趁亂開槍把你打死。」

「警察會做這種事？」

「對那些政府高層來說，你是眼中釘。」

青柳沒辦法將這個警告一笑置之，只有無意義地伸手拿起泡麵的碗，朝空碗底看了一眼，又放回去，感覺腦袋開始變得遲鈍。

「青柳，你自己沒有什麼逃跑的點子嗎？」

青柳察覺三浦正在問自己，趕緊抬起頭來，張開雙眼。換句話說，自己竟然不知不覺閉上眼睛，睡意讓腦袋異常沉重。

「點子……」青柳發現自己說話變得喃喃吶吶，不禁有些焦躁，那種感覺就好像以遲鈍的手腕拉動一組生鏽的滑車。他想起來了，點子是有的，應該是有的，他拚命回想。當初在網咖坐在電腦前輸入訊息，就是為了這件事。「點子只有一個。」

接下來，青柳雅春將自己所設定的唯一計畫說明一遍，口齒不清的狀態讓他感到全身不對勁且急躁不安。

「這點子滿有趣的。」三浦聽完之後，像個小孩子一樣雀躍，眼神綻放光芒。「不愧是曾當過送貨員的人，利用送貨員收取貨品的機會的確是個不錯的點子。」

「其實沒什麼勝算。」青柳半自虐地說道。

「不過，成功的可能性並不是零。那個人會相信你說的話嗎？」

「我也不知道。」青柳回答。「不過，我現在唯一擁有的武器，只剩下對他人的信賴了。」

「真有趣。」三浦一股笑意噴了出來。「被騙得那麼慘，還能相信別人？你真是個怪人。不過，既然如此，你就在這個房子裡休息到早上吧。到了明天，你再依照你的那個計畫行動。這時候，休息是最重要的。」

「這樣的狀況下，怎麼可能睡得著。」青柳環顧室內，不知為何覺得天花板變低了，斑駁的牆壁看起來相當脆弱，似乎只要輕輕一刮就會在兩個房間之間開個洞。青柳看著看著，睡意愈來愈濃了。

「對了，順帶一提，就算一直躲在這個房子裡，也是沒辦法解決問題的，除非你想永遠住在這裡，但那是不可能的。或者你可以試試看在這裡拚命吃東西，吃到變成胖子，讓現在這張帥氣臉孔完全消失，到時候或許可以光明正大地走在外面吧。」三浦說道：「努力一點，說不定半年就又肥又腫了。」

「咚」的一聲，讓青柳張開了眼睛，剛剛似乎又不知不覺閉上雙眼了。就算再怎麼疲累，也不應該會突然變得如此想睡，他不禁心生懷疑，往前一看，桌上放著手機，轉頭望向三浦，問：「這是？」

「那是某人的手機，應該還可以用，送你吧。」

「某人？」

「屍體還沒有被找到，所以手機還能用，我剛剛試過了。」

青柳被「屍體」這個字眼嚇一跳，愣愣地望著三浦。換句話說，他所殺死的人至少還有一個尚未被警方發現。

「總是有需要打電話的時候吧？這支手機的號碼還沒有被警方鎖定，不必擔心被發現電話是你打的。」三浦淡淡地說道。

青柳拿起手機，正想要開啟電源時，卻發現眼皮已經掉了下來，心中萬分不解，為什麼會那麼想睡呢？

「抱歉。」三浦點頭致歉道。

「咦？」青柳趴在桌上回應。

「我在泡麵裡下了藥。青柳，你還是休息一下比較好。我是一片好心，如果沒有先恢復體力，原本可以逃得掉的情況也會變成逃不掉。你剛剛說的那個計畫必須到明天早上九點才能實行，現在剛好可以好好睡一覺。」

「藥？」青柳已完全無法思考，腦袋只有一種被堆滿了沉重石塊的感覺。

「那我先離開了。」三浦說了最後一句話。「我想到了什麼能幫助你逃走的好點子，會再跟你聯絡。」

「等等……」青柳哀求的聲音小得幾乎沒有人聽得見。在下一個瞬間，意識便已飄走，眼前一片黑暗。

## 樋口晴子

樋口晴子到達醫院之後，發現鶴田亞美正在等著自己，就是剛剛在打給阿一的電話中自稱是「小野的女朋友」的那名女子。她站在掛號櫃檯附近，穿著黑色毛衣，身旁帶著一個小男孩。小男孩是鶴田亞美的兒子，名叫辰巳，今年四歲，跟七美同年，劈頭就模仿著大人的口氣說「小野真是惹上麻煩了」。

鶴田亞美既然自稱是阿一的女朋友，應該是單身才對，卻有個兒子辰巳，或許是離過婚吧。

「來這裡很不容易吧？路上是不是塞得很嚴重？」

「我是搭計程車到中途，然後再走路過來的。」晴子說道。一開始本來打算自己開車，但擔心會塞在路中，因而改變心意。

「媽媽，小野是誰？」七美牽著晴子的手，天真地問道。

「是媽媽的朋友。」晴子答道。鶴田辰巳不肯示弱，高傲地說：「小野是我媽媽的男朋友。」鶴田亞美一聽，顯得有些不好意思。

鶴田亞美的年紀大約二十五歲左右，可以肯定的是比晴子年輕一些。

「小野還沒有恢復意識。」在搭電梯前往病房的途中，鶴田亞美如此說道。

「鶴田小姐，妳剛見到他時，他的意識還清醒？」晴子回想著剛剛通話內容，如此確認。

「當時他還有一點意識，嘴裡一直喃喃念著關於青柳先生的事。」

根據鶴田亞美的說法，她昨晚是突然造訪阿一的公寓。「該說是心裡有不好的預感嗎？其實只是覺得小野的態度很奇怪，所以起了疑心。」她苦笑道。原本鶴田亞美剛好回到位於仙台市內的老家住了幾天，昨晚兒子睡著後，鶴田亞美打電話到阿一的手機，卻發現阿一的態度相當不自然，心想「一定有問題」，所以才無預警地前往阿一的公寓。

「我本來懷疑他劈腿。」鶴田亞美害羞地說道。「自從被前夫背叛過後，我就變得神經兮兮。」接著又泫然欲泣地說：「沒想到走進屋內卻看見他整個人倒在地上。」站在腳邊的辰巳此時緊閉著雙唇，握住了鶴田亞美的手，似乎是在為她加油打氣，一副值得依靠的模樣。

電梯抵達五樓，電梯門伴隨著聲響開啟。鶴田亞美與辰巳走在前面，樋口晴子與七美緊跟在後，相隔約半步的距離。

「小野說了些什麼？」

「都是些聽不懂的囈語，不過中間聽到了『警察』、『慘了』、『青柳救了我』這些字句。我以前常常聽他提起學生時代的事，因此馬上便想到那個青柳是誰。但是，後來我陪他來到醫院，早上打開電視新聞一看……」鶴田亞美雖然外表看起來頗為沉著，但此時內心應該也是一片混亂吧，她在說明昨晚狀況時無法保持冷靜，敘述顯得有點沒有條理。

「我看了新聞也嚇一跳呢，沒想到青柳竟然是凶手。」晴子也坦率以告。

「請問，青柳先生應該不是那樣子的人吧？」鶴田亞美看著晴子，疑惑地問道。雖然「那樣子」這三個字實在是個模糊的形容詞，晴子卻明白她的意思。

「我認識的青柳，當然不是會做出那種可怕事情的人。」晴子說道，但接著又補了一句：「不過，也不是會去拯救女明星的人。」

「從我一認識小野開始，他就常常拿青柳先生的事跟我炫耀呢。」鶴田亞美以既懷念又悲傷的語氣說道。「他總是說，大學時代的某個學長是個超級名人。」

「小野也曾經跟我炫耀過。」鶴田辰巳也一臉認真地說道。

「樋口小姐，妳大學畢業後，跟青柳先生也不常聯絡嗎？」

晴子心想，由鶴田亞美的這句話聽來，她似乎不知道自己跟青柳雅春曾經交往過。「最近完全沒聯絡。」

「話說回來，小野到底是為什麼會被打成那樣呢？」當鶴田亞美說到「打成那樣」的時候，表情是悲痛莫名。

「而且，連那位森田先生也死了呢。」

「咦？」

晴子一瞬間不明白鶴田亞美這句話是什麼意思，愣了一下。

「咦？」鶴田亞美也愣了一下。「森田先生那個時候不是也跟你們同社團嗎？」

「森田確實是跟我們同社團沒錯。」

「那位森田先生的事，電視新聞也播出來了。」鶴田亞美見晴子詫異的程度遠超過自己想像，也大感詫異。「咦？是我搞錯了嗎？」

晴子張著嘴，好一陣子無法說話，七美在旁邊拉著她的袖子問：「怎麼了？」晴子卻無法做出反應，只能勉強搖了搖頭，說：「應該沒有錯。」森田森吾死了，這件事情固然令人難以接受，但以目前的狀況來看，要斷言說「絕對不可能有這種事」反而更困難。「可能只是我漏掉這則新聞吧。」想來應該是如此。

「森田先生當時似乎是在爆炸地點附近的一輛車裡，後來那輛車子也爆炸了，警方在車裡發現他的遺體。」

怎麼會有這種事？晴子感到頭暈目眩，甚至已經搞不清楚自己現在在哪裡，幾乎要貧血昏厥。「難道那也是青柳做的？」

「記者的語氣似乎是這麼暗示的。」

「森田死了？」晴子喃喃自語：「怎麼會有這種事？」一點真實感也沒有。

「是啊。」鶴田亞美看著晴子，眼神中露出擔憂與同情。

森田死了？晴子在心中不厭其煩地再三反芻這個消息。這是怎麼一回事？

晴子一行人沿著走廊前進，來到深處的一間病房前，鶴田亞美說：「就是這一間。」門上貼著一塊牌子，上面寫著「小野」。「其實到剛剛為止都是禁止探病的。」鶴田亞美一邊說，一邊開了門。

晴子走進病房，看見阿一躺在病床上，閉著雙眼，過去的回憶湧上心頭，阿一身上的繃帶也令她怵目驚心，不禁手足無措。

「這個人怎麼了？」七美抬起頭來問道。「媽媽的朋友怎麼了？」

「他在睡覺，他受傷了。」晴子勉強擠出這個回答。如果將學生時代到今天的漫長歲月以直線的方式畫在紙上，現在就宛如將紙對摺，把兩個端點湊在一起，時光的距離瞬間縮短，晴子眼前彷彿看見第一次參加社團活動的阿一。「我本來以為青少年飲食文化研究社的人每天吃漢堡，一定很不健康，但是樋口卻很瘦，看起來也滿健康的。請問妳是不是有胃下垂的毛病？」阿一那一副好像跟大家已經很熟的態度，及誠摯卻少根筋的發言彷彿是剛剛才發生的事情。當時森田森吾在旁邊悠悠哉哉地問他：「胃下垂的人不會胖，是真的嗎？」青柳雅春則是警告阿一：「每天只吃漢堡可是會沒命的，自己要管理好自己的健康狀況才行。」

數年未見的阿一如今卻躺在晴子的眼前，戴著透明的氧氣罩，罩上連接著管線。別說要自己管理好自己的健康狀況，此時的阿一甚至還得仰賴機器替他管理。

晴子完全想不通，為什麼會發生這種事？她同時想起了森田森吾。森田死了？雖然一點真實感也沒有，但看了眼前阿一的模樣之後，實在沒辦法對森田的死訊以一句「胡扯」一笑置之。對晴子而言，現在似乎任何事情都有可能是真的。

「真希望他快醒來。」鶴田辰巳天真地說道。站在旁邊的鶴田亞美以輕鬆的口氣回答：「是啊。」眼角卻泛著淚光。

「聯絡他的雙親了嗎？」晴子環視整間單人病房，完全沒有看到其他來探病的客人。「我記得他的老家好像在新潟？」晴子努力回想著。從早上到現在，簡直像是在對學生時代的回憶進行總檢查。

「昨天晚上打過電話了，他們現在應該正從新潟趕過來，不過仙台對外的交通網絡好像還處於癱瘓狀態。」

晴子立即點了點頭。今天早上雖然已解除全面封鎖，但進出仙台地區還是相當不便。

此時，背後突然傳來說話聲：「兩位是小野先生的朋友嗎？」轉頭一看，背後站著一個過去從沒見過的男人，西裝皺巴巴，肩膀很寬，一張國字臉，表情極冷漠。只見男人取出警察手冊說：「我叫近藤守，隸屬於警察廳綜合情報課，目前正針對仙台這起爆炸案進行搜查工作。」

青柳雅春是以遙控直升機炸彈暗殺首相的凶手。

在醫院對面的咖啡廳內，近藤守對著樋口晴子及鶴田亞美如此斬釘截鐵地說道。

「有證據嗎？」鶴田亞美詰問。近藤守臉上絲毫沒有不悅的表情，只淡淡地問說：「您沒有收看電視嗎？監視器拍到了青柳雅春購買遙控直升機的影像，而且青柳雅春在逃走的過程中，曾被很多人目擊。他不但傷了一位酒類專賣店的老闆，而且還在一家連鎖餐廳內開了槍。」接著又說：「此外我們還有一件目前尚未公開的情報，那就是我們昨晚其實曾經一度逮捕青柳雅春。」

晴子一邊注意著坐在兒童座椅上七美的心情，一邊聽著近藤守的解釋。

根據近藤守的說法，青柳雅春在離開阿一公寓時曾經遭到逮捕，但是在前往仙台車站的途中卻逃走了。

「青柳先生昨天晚上為什麼會到小野的公寓來？」鶴田亞美問道。在同一時間，晴子也開口問：「怎麼逃走的？」

近藤守面對同時丟過來的兩個問題，仍舊是一副不慌不忙的表情。仔細想來，這個人從剛剛一見面到現在都沒有露出任何明顯的情緒，簡直像是戴了張正經八百的國字臉面具。

「事實上，我們曾經接到小野先生的通報，他告訴我們，青柳雅春跟他聯絡了。或許是因為青柳雅春發現他報警，於是衝進小野先生的住處對他暴力相向吧。我們同仁就在此時趕到現場，將青柳雅春逮捕。就是這麼一回事。」近藤守簡潔有力地說：「事情其實很單純。」接著又說：「小野先生好心協助我們辦案，我們卻讓他遭遇危險，實在深感抱歉。」

晴子張了嘴，卻猶豫著該不該把心裡的話問出來，雖然很想釐清疑慮，但又怕這麼做的代價是遭到警方懷疑。就在她遲疑不決的時候，四歲的鶴田辰巳竟然剛好問出了她心中的那個問題。

「為什麼小野知道那個人就是凶手？」

阿一為什麼會報警？他怎麼知道要報警？這就是疑點所在。昨晚的那個時候，警方應該還沒有公開青柳雅春就是凶手的消息。

「詳細理由我不能說。但總而言之，青柳雅春在打電話給小野先生時，似乎說了一些跟暗殺金田首相有關的事。小野先生是青柳雅春學生時代的朋友，又是學弟，青柳雅春應該是想叫他幫自己逃亡吧。得知此事的小野先生報警求助於警方，我們那時剛好已將青柳雅春列為調查對象，所以時間點上算是相當巧合。」

「喔……」鶴田辰巳看起來沒有聽懂近藤守的說明，但也沒有繼續追問。

「至於青柳雅春是如何逃走……」近藤守接著又不厭其煩地回答起晴子的質問。「有一個男人，應該是青柳雅春的同伴，開著一輛輕型汽車衝撞行駛中的警車，讓青柳雅春趁機逃走。」

「同伴？」樋口晴子反射性地問道。

「那輛衝撞警車的輕型汽車是一般民眾的車子，被青柳雅春的同伴強行奪取，車主是位女性，被……」近藤守說到這裡稍微停頓，向樋口七美與鶴田辰巳望了一眼，壓低聲音說：「利刃刺死。」

鶴田亞美嚇得張大眼睛。

晴子也愣住了，腦袋裡的迷霧似乎愈來愈濃，記憶中的青柳雅春跟近藤守所描述的凶手行徑實在無法湊在一起。

「我們現在正盡全力追查青柳雅春的下落，除了藉由仙台市內的保安盒獲得情報之外，也會將青柳雅春的照片發送到各級飯店、醫院及大眾運輸系統。我們認為他很有可能會再度找上小野先生，所以我才來這裡保護小野先生的安全。」

「青柳先生可能會來這裡？」鶴田亞美聽了近藤守的話之後突然變得不安起來，臉上顯露出擔憂害怕的神情。

「只是可能。我能不能向兩位請教手機號碼？」

「手機號碼？」

「樋口小姐，您是青柳雅春大學時代的社團同學；而鶴田小姐，您是小野先生的朋友。青柳雅春說不定會試著與兩位接觸。」

「與我們接觸？」

「事實上就在剛剛，青柳雅春也聯絡了一個朋友。」近藤守以不帶感情的口吻說道，但卻沒有明白說出那個朋友是誰、兩人接觸的結果如何。「所以，他也有可能會跟兩位聯絡。請兩位將號碼告訴我，如此一來，當他打電話給兩位時，我們才能夠掌握情報。」

「你的意思是監聽嗎？」晴子皺眉道。近藤守的用字遣詞客氣，但說穿了就是那麼一回事。

「自從設置了保安盒之後，我們有辦法取得各種的情報，但這些事情都是為了保護民眾安全，我們絕對不會擅自窺探這些情報或加以利用。只不過，在這一次的緊急事態中，我們有必要善加使用這些情報。兩位可以想成跟記錄汽車車牌的N系統（註）是相同的立意。」

晴子突然想起好朋友平野晶的男友就是保安盒維修保養員，不禁脫口說：「可怕的監視社會。」

近藤守聽了之後既沒生氣也沒露出傷腦筋的表情，只是開口說：「我們會過濾所有撥打至兩位手機的號碼，目的不是要聽取內容，只是要確認打電話來的人是誰，一旦發現是青柳雅春或其他可疑人物，我們會立刻前往處理。」

「電話被偷聽的感覺很不好。」

「懇請兩位配合。」近藤守說得相當客氣，卻不帶絲毫的情感。

「我無所謂，我可以配合。」鶴田亞美說道。晴子能體會她的心情，阿一都已經變成了那副模樣，她當然會希望事情早點解決。

「我也答應。」晴子說道。就算不答應，警方一定也能輕易地查到自己的手機號碼，隱匿不說根本沒有意義。

「假使接到可疑人物打來的電話，請至少交談三十秒以上。」

「三十秒？」

「短於三十秒的電話內容基本上不會被儲存，這是系統的設定，所以請盡可能拖延時間，我們會針對被儲存的情報進行搜尋。」

「若是青柳先生打電話給小野，該怎麼處理？」鶴田亞美問道。

「可以的話，請接起電話，盡量問出一些訊息。如果跟他約好在某處見面，那就更好了。」

近藤守在紙上記下了晴子等兩人的手機號碼及住址，一臉滿意地點點頭。一直到最後，他自己所點的那杯冰紅茶他一口也沒喝。

「請問，為什麼青柳雅春會做出這些事？」就在近藤守站起身來的時候，晴子如此問道。

近藤守的回答很簡單。「抓到他之後，我們也打算問他這個問題。」

晴子回到病房再看了一眼昏睡中的阿一之後，才離開醫院。走出醫院的途中，鶴田亞美問晴子住在哪裡，晴子說明了住家的位置。鶴田亞美一聽，說：「啊，我知道那裡，我以前曾經住在那附近。」只有這時候，她的聲音才顯得開朗了些。

註：在日本，N系統是「汽車車牌自動記錄系統」的簡稱，被裝設在各重要路口，當汽車經過的時候就會自動拍下車牌號碼。

來到醫院門口時，鶴田亞美說：「小野醒了之後，我會通知妳。」接著忽然仰頭向上望。晴子見了，也不禁望向天空。天空中幾乎沒有雲，只是一大片絲毫感覺不出深淺遠近的淡藍色，陽光明亮耀眼，感覺相當舒服。

「每次看見這種藍得讓人驚訝的天空時，總是不敢相信在相同的天空下，某些地方正發生戰爭、有人正死去或是受到他人欺凌。」鶴田亞美說道，臉上似乎帶著笑容，卻又彷彿在哭泣。

「咦？」

「這是小野以前說過的話。他說，雖然好天氣會讓人很開心，但也會忍不住想到那些正在困境中的人們。」

「原來如此。」晴子不禁大為感動，過去那個無憂無慮的阿一竟然開始會思考這種事情了。

「不過，他說這番話其實是他從青柳先生那裡聽來的。」鶴田亞美說道。

「從青柳那裡聽來的？」

「好像是青柳先生曾經說過『天氣好的時候就會忍不住想像那些在遠方受苦的人』之類的話，小野一直記在心裡。」

「青柳確實挺有可能說這樣的話。」晴子的心中產生一種感覺，彷彿思緒只要一鬆懈，懷念的心情就會在胸口開一個大洞。

「掰掰。」兩個小孩子互相道別。晴子帶著七美離開醫院。

「媽媽媽媽，你的朋友是壞人嗎？」走上狹窄的人行道時，七美開口問道。「就是電視上那個人，對吧？媽媽，妳沒有說過那個人是媽媽的朋友。」

「因為是很久以前的朋友了。」晴子說完這句話之後，在心中問著自己：「這麼說來，是現在已經不是朋友了嗎？」

此時晴子突然想起以前平野晶曾經斬釘截鐵地主張說：「情人跟朋友的差別，就在於情人分手之後基本上是沒辦法再退回到朋友關係的。」

「也是有人可以，不是嗎？」

「不可能、不可能。當然也是有例外啦，但基本上前男友跟自己的人生是毫無瓜葛的，不管對方在哪裡做什麼事情，都跟自己沒關係。否則，對現任的情人或配偶太失禮了。」

「配偶」這個生硬的字眼讓晴子感到好笑，因而留下了深刻印象。

「不過，真不可思議啊。交往的時候每天都互通信息，一旦分手，短短數年就變成毫無關係的陌生人，在接下來的人生中更是永遠不會有交集，太不可思議了。」平野晶也如此感慨道。

「真可惜，他看起來不像壞人呢。」七美再次說：「長得又帥。」

晴子不及細想，嘴裡已經先說：「是啊。」

接近中午時分，太陽高高掛在空中。晴子漫步向前，瀏海被微風輕柔地吹動。心想，在這個令人感到舒服暢快的藍色天空下，腳下所走的這片地面延伸至遠方的那一頭，青柳正躲躲藏藏逃避著警察的追緝？怎麼想，都不認為這是一件發生在現實的事。

晴子帶著喊肚子餓的七美，走進北四番丁附近的連鎖餐廳。選了窗邊的桌子坐下後，突然想到，剛剛近藤守曾說青柳在某家連鎖餐廳內開了槍。青柳開槍？晴子愈想愈難以置信。整件事不自然得就好像不會演戲的青柳被迫參與電視連續劇的演出，只好以學生才藝表演水準的演技硬著頭皮上場。

這一切是真的嗎？

店內牆上掛著一台大尺寸的寬螢幕液晶電視，正播放著新聞節目。這台電視平常多用來播放體育競賽的即時轉播，但現在播放的當然是關於金田首相暗殺事件的特別節目。

「啊，媽媽，又出現了！」七美放開了原本含著的吸管，指著畫面大喊。

青柳又出現在螢幕上了，又是當年救了女明星時的採訪畫面。那種畏縮低調的說話方式，跟晴子所熟知的他非常相近。「啊，原來我認識的青柳雅春，躲在這個地方。」晴子心想。

用餐的過程中，晴子接到了好幾通電話。

第一通是丈夫樋口伸幸打來的。「啊，是爸爸。」放在桌上的手機一響起，手機螢幕出現來電者姓名的瞬間，七美立刻喊道。樋口伸幸這個人心思敏銳，雖然絕對稱不上精力十足，但卻有著一想到什麼事都會立刻採取行動的積極個性。他也許有點太急性子，但也是個容易被猜透的人。晴子一接起電話，樋口伸幸便開門見山地說：「我剛剛看了電視新聞。那個凶手不是妳以前的朋友嗎？」晴子一聽，不禁心想：「真不愧是我老公。」

「您真清楚。」

「挖掘妻子過去的人生是我個人的嗜好。」樋口伸幸開玩笑道。「從前電視大肆報導的時候，妳不是跟我說過，那個救了女明星的送貨員是妳學生時代的社團朋友嗎？沒想到現在卻變成了重大犯罪的凶手，我嚇了一跳，趕緊打電話給妳。」

「我也嚇了一跳。」

「妳還好吧？」樋口伸幸問道。雖然是很抽象的一個問句，但晴子卻深感安慰。

「我說不好，你會回來嗎？如果我是你，一定會回來。」

樋口伸幸笑說：「會呀。」

「我開玩笑的，別擔心。剛剛因為青柳雅春的事被警察約談，但除此之外沒什麼事。」

「被警察約談？」

「警察說，我跟他以前是朋友，他可能會跟我聯絡，接到他電話就要趕快報警。不過，現在整個仙台市的電話好像都會被監聽呢，假使青柳真的打電話給我，警察可能馬上就知道了。」

「這麼說來，現在這通電話，可能也有警察在偷聽？」樋口伸幸馬上掌握狀況。「這種感覺真不舒服。」

「是啊，不過警察應該也沒那麼無聊，一旦知道不是青柳打來的，大概不會刻意偷聽吧。」晴子雖然這麼說，心裡卻也毛毛的，擔心現在所講的每一句話都會被人聽見。往窗外一看，在人行道旁的綠化植物附近，看見一台保安盒的圓形頭部，上面的訊號燈不停閃爍。「不過，警察說，三十秒之內不會被錄音。」

「聽起來確實合理。追查電話來源似乎還挺費工夫的，機器從啟動到開始運作所需要耗費的時間其實比我們想像要來得長，這是很正常的。」

「好吧，下次打電話給我，三十秒內把事情講完。」晴子笑道，丈夫也跟著笑了。「總之我會儘早回去的。」樋口伸幸說完之後便掛了電話。

「爸爸說什麼？」喝乾果汁的七美問道，一邊正用手抓著盤中剩下的炒飯。

「爸爸說他很擔心我們。」

「嘴巴上說擔心，誰不會？」女兒學著大人的口氣說道，令晴子不禁感到好笑。

此時晴子的手機再度響起，拿來一看，又是丈夫打來的。「怎麼了？」她立刻接了電話。

「三十秒之內。」樋口伸幸帶著笑意急促地說道。「他真的是凶手嗎？晴子怎麼可能跟會做那種事的人交往？凶手應該另有其人吧？」

晴子突然有種被人從背後搥了一下的感覺，趕緊在腦袋裡將過去的回憶全部翻了一遍。青柳雅春是自己的前男友，這件事應該沒有跟丈夫提起過才對。「你是什麼時候知道的？」

「看妳的反應就知道了哦，這位太太。」樋口伸幸說完之後，補了一句：「就這樣，掰掰。」接著便掛了電話。

「什麼事情被知道了？劈腿嗎？」七美興奮地說道。

晴子不禁笑了起來，這小女孩明明連劈腿是什麼意思都不知道。這時候，手機又響了起來，原本以為又是丈夫，但一看螢幕，卻是平野晶。「好多電話，媽媽真受歡迎。」七美說道。「是啊。」晴子邊說邊按下通話鍵。

「啊，晴子？」平野晶的聲音還是跟昨天見面時一樣開朗。「妳後來回家還順利嗎？那時候街上很亂吧？」

「真的很亂。妳呢？沒事吧？」

「整個公司都在談論這件事。話說回來，真是不可思議呀，國家的元首被殺了，班還是得上，無聊的工作還是一大堆。我猜就算地球毀滅了，公司這種東西還是會存在吧。」

平野晶這一番像抱怨又像閒聊的話，讓晴子整個人放鬆下來，開口問道：「現在不是上班時間嗎？」平野晶則給了個莫名其妙的答案：「現在是午休時間的延長賽。」

「而且啊，我男朋友好像也很忙呢。」

「保安盒的保養工作？」

「是啊。現在仙台的治安好像全仰賴那個看起來像可愛機器人的玩意呢，而我們的將門肩負著把那玩意清潔乾淨的職責，可以說是掌握著大家的命運。」

「黑桃10掌握著我們的命運嗎？」晴子想起昨天的談話。

「臉倒是長得像J。」平野晶說著說著，自己笑了出來。「說真的，沒想到凶手竟然是那個送貨員。我們昨天才提到這個人呢，真是太巧了。」

「巧得令人害怕。」晴子打從心底贊同。

「先這樣吧，希望下次見面時能聊久一點。」平野晶說道，接著又笑說：「其實如果可以，今晚就想找妳去喝酒呢。」

「是啊。」晴子回答。但是對她而言，晚上將女兒一個人留在家中，可能比表演高空特技還要高難度，而且也無法靠膽量或訓練來達成。

晴子掛了電話，一旁的七美默默地吃著炒飯，晴子捏起沾在七美嘴邊的飯粒，餵她吃下。

晴子繼續吃起了自己的義大利麵，就在快吃完時，再次將視線移向電視畫面，竟看見畫面上正播放著有點眼熟的景象。「那是哪裡呢？」晴子帶著懷念的心情仔細凝視。許多攝影機及手持麥克風的記者出現在畫面中，每個人看起來都相當嚴肅，卻缺了一股緊張感。氣氛不像遊山玩水也不像看熱鬧，比較像是在舉辦一場已經辦過很多次的祭典。

過了一會，晴子才想到，那是洛基的工廠。學生時代跟社團同學一起造訪多次的那間位於仙台市北郊的煙火工廠。

「啊，原來如此。」晴子頓時省悟。媒體得知青柳雅春曾在這家工廠打工的消息後，想必會做出一些聯想。他們一定認為既然煙火工廠必須用到火藥，可見得青柳對火藥一定很熟悉，換句話說，他一定對炸彈不陌生，所以可想而知，青柳雅春確實就是爆炸案的凶手。果然不出所料，只見手持麥克風的記者開口說：「據說青柳雅春就是藉由在這裡工作，學到了關於黑色火藥的知識。」晴子眨著眼睛心想：「別開玩笑了。」繼續盯著電視。

樋口晴子等人在學生時代雖多次到轟煙火工廠打工，但所做的事情不外乎是冬天鏟鏟雪、平時打掃工廠及搬運貨物。轟廠長雖然為人豪爽，不是個會拘泥小節的人，但卻有著很強的專業意識，對煙火及火藥的使用也相當神經質，根本沒有將任何製造煙火的方法及火藥知識教給當時還是學生的晴子等人。如果認為青柳雅春曾經去過幾次轟煙火工廠就做得出炸彈，就跟認為只要吸了工廠的空氣就可以知道如何製造炸彈一樣無稽。

晴子一動也不動地凝視著電視，只見記者認真地說著，攝影棚內的主持人滿臉嚴肅頻頻點頭。晴子深深體會到這些人說出來的話是多麼毫無根據、多麼違背現實。

「全都是胡說八道。」

「媽媽，怎麼了？」

七美的聲音讓晴子回過神來。「啊，嗯，媽媽原本以為電視上的人說的一定都是真話，原來並不是這樣。」

「這一點我早就知道了。」七美自豪地說：「所以電視上才常常有人在道歉嘛。」七美指的似乎是企業傳出醜聞後所召開的記者會。

晴子拿起手機，在電話簿中尋找號碼。自己的手機號碼雖然與學生時代的不同，但電話簿中登錄的號碼大部分都還留著。

「媽媽打個電話。」晴子向七美如此說道，接著便坐在椅子上打起電話，眼睛一邊看著電視照出工廠景象，一邊想像著如今正在工廠內的轟廠長突然接到自己的電話時的模樣。

手機空洞地傳出通話鈴聲。或許如今每個人都想要打電話到轟煙火去吧。

晴子接著想打電話給森田森吾，但忽然想到手機中所登錄的號碼是錯的。「森田，你真的死了嗎？」好想親口問他這個問題，總覺得他一定會故弄玄虛地說：「嗯，這個嘛，一切聽從森林的引導。」青柳雅春成了殺人犯正在四處逃亡，森田森吾死於爆炸，阿一受了傷躺在醫院。好想找個人來逼問，這一切是怎麼回事。晴子將手機放回桌上，繼續望向牆上的電視機。

不知何時進入廣告時間。一開始，整個畫面都是熊熊烈火，彷彿是火災現場，接著鏡頭逐漸拉遠，原來是間廚房，一個蓄著鬍子的中年男子自豪地說：「嘗嘗看我做的特製白醬吧。」看來是個推銷白醬的廣告。

畫面中的中年男子是知名法國餐廳的廚師。那家法國餐廳在仙台也設有分店，晴子想起以前曾跟青柳去過。第一次，兩人在路上遇到大雨，最後不得不取消預約。一個月後兩人抱著一雪前恥的心情再度前往，卻發現那家餐廳雖然高級，待客態度卻很差，而且味道也不怎麼樣，最後兩人無奈地走出店門。回想起來，不知道是不是錯覺，總覺得當年跟青柳一起去的餐廳大部分都不怎麼樣。每一次，晴子都不禁懷疑自己跟青柳的組合是否到哪裡都不受歡迎。源源流出的回憶讓晴子措手不及，忍不住望向窗外，遙遠的天際依然不帶一片雲彩。

轟廠長在數年前的煙火大會上說過的那段話也再度響起：「同樣的煙火，總是有形形色色的人，在不同的角落看著，說不定自己現在看到的煙火，在另一個地方，有一個老朋友也正在看著。這麼一想不是很令人開心嗎？」

舊情人青柳說不定也正在仙台市內的某個地方看著這個廣告，想起了相同的回憶，沉浸在相同的感慨之中。晴子一想到這樣的可能性，害羞、寂寞與不禁覺得可笑的心情同時湧上心頭。

「他真的是凶手嗎？」丈夫的這句話在腦中迴響著。電視上所公開的每一項消息都令人感到難以置信。豬排店、色狼、煙火工廠與炸彈的事，全都不太對勁。青柳殺害了森田，簡直就是一場笑話。如果青柳真的不是凶手，那麼他現在正為了這不白之冤而東逃西竄。

晴子怎麼可能跟會做那種事的人交往？

樋口晴子雖然並不認為自己很有識人之明或是挑男人的眼光，但是對於判斷前男友青柳雅春這個人會做什麼、不會做什麼，至少還有點自信。

不管怎麼說，自己對青柳的了解，總是比電視裡拿著麥克風的那些人多。晴子如此想著，下一秒便抓起帳單站了起來。

## 青柳雅春

被三浦下的藥，或許只是發揮了推波助瀾的功效吧，青柳雅春陷入熟睡的真正理由恐怕不是藥力，而是大量累積的疲勞。他醒來時，已是隔天早上八點了。身上穿著原本的衣服，躺在地板上，蜷曲著身體的姿勢就好像是從樹枝上掉下來的幼蟲。

窗簾是拉開的，但或許這棟公寓不是位於向陽處，日照不強。三浦已不知去向，沒留下任何字條。當然，他如果真的留下字條，內容恐怕也令人頭疼。沒有毯子的桌爐上只放著一把鑰匙，這意思應該是要自己離開時把門鎖上吧。

青柳雅春打開電視，看見自己出現在畫面中的瞬間，突然有種錯覺，彷彿房間的地板開了一個洞，自己正在不斷墜落，背脊上一股涼意逐漸往上爬，脖子一陣寒冷，就跟昨天從天橋上跳到前園先生的貨車上時，那種墜落的感覺一模一樣。

「您以前便知道凜香小姐住在那棟公寓嗎？」記者問道。兩年前的青柳雅春回答：「不，我不知道。」

畫面上播放了這段當年影像，接著攝影棚的主持人語重心長感嘆：「沒想到會是他。」

「一定要保持冷靜才行。」青柳如此告誡自己。這一刻終於到來，自己的通緝照終於被公布了。但是，青柳拚命對自己說：「這是可以預想得到的結果，絕不能慌了手腳。」如果不這麼說服自己，被當成凶手的那種恐懼感恐怕會讓青柳崩潰。他拿起遙控器，關掉電視。畫面瞬間消失，整個屋內變得一片安靜。

青柳站起身來，衝動地走向門口，發現背包忘了拿，立刻又走回來，將背包揹在肩上，重新走向門口，卻突然開始擔心開門之後可能會看見一群人正拿槍對著自己，再一次快步走回屋內，轉而從窗戶向外窺探，小巷子裡一個人影也沒有，視線一轉，看見一隻原本停留在電線桿上的烏鴉展翅飛走。

青柳再次打開電視。兩年前的自己對著麥克風，心不甘情不願地回答問題，那模樣看起來實在天真又無知。青柳感到無法承受，想將電視關掉，此時看見畫面角落寫著一排文字：「若您有任何事件相關情報請聯絡我們」。後面有電話、傳真號碼及電子信箱。

青柳想起昨天與三浦的對話。雖然三浦認為投靠電視台的做法不可行，但青柳還是無法完全放棄這個點子。一般人惹上麻煩時，第一個想到的總是警察，其次應該就是媒體。

要是再繼續猶豫不決，恐怕將永遠無法採取行動。青柳拿起三浦給的手機，撥打畫面上的電話號碼。為了保險起見，事先設定成不顯示來電者號碼。或許是打進去的電話太多，通話中的鈴聲響了好一陣子，大約十分鐘後才接通。

「那個……」青柳才起了話頭，對方已經用熟練的語調催促：「關於這次的事件，您想提供什麼情報？」聲音聽起來是名女性，簡潔有力但帶著公式化的口氣。

青柳緊張地說：「那個……」接著鼓起了勇氣，一口氣說完：「那個，我是青柳雅春。」在青柳的想像中，對方一聽到這句話，應該會驚訝得忘了呼吸，為這個自己送上門來的特殊情報、大新聞而感到興奮，連說話聲也變得高亢，但實際與想像卻是大相逕庭，完全不是那麼回事。

「喔，是嗎？」對方的聲音中竟然帶著一點不耐煩，反倒讓青柳吃了一驚，趕緊接著說：「我就是現在電視上報導的那個青柳雅春。」

「能不能將您的住處等資料告訴我們？」對方說道。

青柳雖然有點疑惑，卻也漸漸理解狀況，一定是有太多人自稱青柳雅春，這些人不知是開玩笑還是認真的，但總之人數一定不少。所以接電話的這名女性才會顯露出「又來了」的態度。

青柳很想把電話掛掉，但忍了下來，耐著性子向對方說明自己就是青柳雅春，目前正在逃亡，希望透過電視台告訴觀眾自己並不是凶手。

青柳不敢說太久，就在要掛掉電話時，聽見電話另一頭的那名女性正在跟別人說話，雖然不明白詳細狀況，但她似乎正將這件事告訴一個剛好從身後走過的男性。過了一會，換那人接了電話，說：「我是製作人矢島，您是青柳雅春先生嗎？」

「對。」青柳不知不覺加強了語氣。

「請原諒我們的失禮，太多人自稱青柳雅春。不過，絕大部分都是很自豪說自己是凶手，幾乎是沒有人像您這樣主張自己是被冤枉的……」似乎是因為這樣，才引起了他的興趣。

「因為我是冤枉的。」青柳簡潔地說道，擔心說太多，自己會忍不住開始哽咽。

「您能證明自己就是青柳雅春嗎？」

青柳一時之間答不出話來。有誰能證明自己是自己呢？「如果我能證明自己是青柳雅春，你們能保護我嗎？」

「保護？」

「警察正在追緝我，但我明明不是凶手。」

「為什麼不向警察好好解釋？」

青柳忍不住想要咂嘴。「是啊，任誰都會這麼想吧。」這句自暴自棄的話幾乎要脫口而出。「現在的狀況沒辦法讓我把話說清楚，所以我想要透過電視台訴諸輿論。」青柳邊說邊想著那些窮追不捨的警察、拿著霰彈槍的壯漢以及一次又一次擊發的槍。「我希望電視台能將我藏起來，直到警察承認我的清白為止。」

矢島沉默不語。青柳原本還有點期待他能馬上回答「沒問題、沒問題，放一百二十個心吧」，不禁感到絕望。

就在青柳偷偷嚥下一口唾液時，矢島開口說：「這或許有點困難。首先，我們必須證實你說的都是真的，我們不能胡亂報導。」

「你們現在不是正胡亂報導著我是凶手嗎？」青柳語帶諷刺地說道。明知無謂，卻無法克制自己不說出這句話。

矢島再次陷入沉默，過了一會，才接口說：「我們昨晚已經決議，一旦獲得關於你的情報，就必須通報警方。雖然我們會盡可能保護你的安全，但是也一定會把你的消息告訴警察。」這樣的回答確實合情合理。

青柳的腦中浮現一個畫面：自己前往電視台，被帶進攝影棚內，好幾台攝影機對準了自己，但操縱攝影機的都是制服警察，就在自己還來不及反應之際，即已被他們開槍射殺。被蒙在鼓裡的電視台工作人員當然會一片譁然，此時佐佐木一太郎會若無其事地走出來告訴大家：「青柳雅春身上藏有手槍，我們不得已只能將他射殺。」雖然這樣的說法難以讓人信服，勢必引得陰謀論滿天飛，但真相將永遠消失在黑暗之中，就像當年奧斯華死後一切便不了了之。

「你還在嗎？」在矢島的呼喚下，青柳才回過神來。

「總之讓我考慮看看，我會再打電話。」青柳只能這麼回答。

矢島遲疑了一下，似乎無法決定該不該出言挽留，不過最後還是說：「有什麼地方能幫上忙，請打電話給我。」接著並說了一串手機號碼，應該是他的私人手機。青柳雅春急忙抓起桌上的筆，將號碼寫在左手腕上。掛斷電話，關掉了電視，深深地感覺到，到剛剛為止是孤單一人，從現在開始也還是孤單一人。

「快逃吧。」森田森吾昨天在車裡曾對自己這麼說道。

「就算一直躲在這個房子裡，也沒辦法解決問題。」三浦曾這麼說道。

青柳從背包中取出毛帽，這是離開稻井先生家之後便一直帶著的東西。然而，他又立刻想到昨天被佐佐木一太郎逮捕時，自己正戴著這個毛帽，警方可能已經將這頂毛帽列為自己的特徵之一了，雖然不清楚保安盒的攝影範圍有多廣，解析度有多高，但似乎可以想像這頂毛帽在電視上清楚地被拍出來的畫面。青柳趕緊將毛帽丟向角落，什麼都別戴似乎還好一點，心裡忽然覺得反正不論如何掙扎，被捕只是時間早晚的問題。

青柳走出公寓，低著頭朝北方前進，目的地是位於仙台車站東北方的那棟綜合商業大樓。步行雖然花時間，但也想不到其他移動方式。搭巴士太引人注意，計程車司機可能早已拿到自己的通緝照片。緊張的程度較昨天倍增，覺得路人隨時可能對著自己大喊「兇手」，或是抓著自己的手腕喊道「你就是電視上那個人」，也可能會暗中通報警察。

青柳在大馬路旁停下來等紅綠燈，感覺身旁的路人都在偷看著自己，不禁心裡發毛，趕緊轉身走向天橋，接著又擔心自己突然改變行進方向可能更加引人側目，緊張地加快腳步走上天橋。來到天橋的中央時，看見了一座保安盒藏匿在天橋下的植物旁，反射性地想要蹲低身子，趕緊提醒自己忍住。此時一輛救護車從天橋下駛過，青柳的目光忍不住被警示聲及紅色燈光牢牢吸引。一切的行動都是如此不協調，所有的舉止都相當不自然，連移動身體半寸都是一件痛苦的事。

他往車道一看，車流似乎比昨天順暢了些。路檢據點或許尚未撤除，但應該放寬許多。一輛送貨的大貨車停在路邊，送貨員正將貨品搬出。

青柳來到綜合商業大樓，沒有搭電梯而是沿著昏暗的樓梯爬上三樓。位於三樓的那間咖啡廳，果然還是拉下鐵門，店長看心情開店的方針似乎依然沒變。

青柳躲進咖啡廳旁的公共廁所，裡面不僅昏暗，還充滿灰塵與臭味。整個三樓的空間除了咖啡廳之外皆無人使用，所以應該是不會有人進來這間廁所，但躲了一陣子之後還是感到不安，忍不住躲進隔間之中，可是隔間內的狹窄卻令青柳更加害怕，想到如果有什麼萬一，在隔間內將無路可逃，最後還是選擇站在小便斗前。水滴不停地從洗手檯的水龍頭滴落，不管關得再怎麼緊，水滴還是滴個不停，飛濺的聲音一次又一次在耳中迴響。

大約九點十分左右，聽見電梯運轉的聲音。接著，門外傳來了「果然沒開」的抱怨聲，然後是「請問是不是有人委託送貨」的呼喚聲與敲門聲。

青柳緩緩打開廁所的門，走了出去。「岩崎前輩。」

岩崎英二郎轉頭過來一看，不禁瞪大雙眼。他依然梳了個飛機頭，一點也沒變。

「喔喔。」岩崎目瞪口呆，一動也不動，腳邊放著一台搬貨用的推車。「青柳，你在這裡幹什麼？我剛好來這裡取貨。」

「岩崎前輩，真是對不起，那個委託申請是我提出的。」

「什麼？」岩崎一臉不解。

「昨天，我查到這附近是你負責的區域後，就在網頁上提出委託取件申請。」

「什麼？真的假的？」岩崎英二郎每次困擾時臉上都會露出笑意，這個習慣還是沒改。他正淡淡笑著，可見得他現在既不是在生氣，也不害怕。「話說回來，你現在的處境可真要命啊。」

「你看電視了？」

「今天早上看了。當時我正準備要出門，我老婆把我叫住，我本來還不知道是什麼事，一看電視，才知道逃亡中的凶手竟然是你。整個公司為這件事炒翻天，電話也響個不停呢。」

「真是非常抱歉。」青柳低頭賠罪。自己以前上班的公司受到世人注目，也是可以預見的事。

「害你們沒辦法好好工作。」

「唉，別介意啦。」岩崎英二郎似乎慢慢冷靜下來。「反正那一定不是你幹的，對吧？」

「咦？」

「你真的是那個事件的凶手嗎？不是吧？」岩崎英二郎皺眉說道。青柳愣愣地看著岩崎英二郎，想起從前剛進公司還跟著他實習的時候，在送貨的過程中也常常從側面看見他這個表情。每當車內音響傳來流行歌曲，他總會不耐煩地說：「這種歌哪裡好聽了？一點也不搖滾。」當時臉上就是這種表情。青柳不禁緊緊抿住嘴。

岩崎英二郎似乎看穿了青柳的心情，說：「何必哭喪著臉呢？」接著又道：「青柳，可別告訴我，你真的是凶手喲。」

「不是。不過岩崎前輩那麼輕易就相信我，讓我嚇了一跳。」青柳靦腆地說道，以手背在眼角擦了擦，才想到今天還沒洗臉。

「我以前或許跟你說過，只要聽見電視上的流行歌，或完全看不出來哪裡搖滾的樂團莫名其妙大受歡迎，我就會覺得很煩。老實說，那些賣座的音樂或小說，都讓我覺得膚淺又虛假。」

「你以前常常這麼說，岩崎前輩。」

「所以啦，」岩崎英二郎的目光如老鷹銳利。「我向來認為電視上說的事都不是真的。」

「嗯。」青柳有種恍然大悟的感覺，不過更讓自己開心的是岩崎英二郎這個人一點也沒變。

「好了，你想要我幫你送什麼東西？」岩崎英二郎微微抬著下巴說道，並向他自己帶來的推車望了一眼。整台推車都貼上了代表公司形象的淡藍色貼紙。每當需要搬運一件以上的大型貨物時，送貨員就會使用推車；或要將貨物送到禁止停車的區域時，也會由集貨據點使用推車以徒步的方式運送。

「能不能……」青柳說：「幫助我逃出仙台？」

岩崎英二郎眨了眨眼睛，嘴角再度上揚。

青柳拚命向岩崎英二郎說明：委託取件時如果註明是大型貨物，送貨員應該會帶一台有蓋子的大推車來取貨，我想要躲在推車裡，然後藉由貨車移動，離開仙台。

「喔。」岩崎英二郎說：「話說回來，你怎麼會知道這裡是我負責的區域？」青柳說：「我看了員工專用網頁中的送貨員負責區域資料。」接著又老實地說：「我認為如果是岩崎前輩，或許願意幫助我。」

岩崎英二郎邊搔著鼻子，邊將脖子左右擺了擺。

「拜託前輩這樣的事情，真是非常抱歉，可是我已經想不到其他可以投靠的人了。我知道這樣一點也不搖滾，真是對不起。」

青柳不停地低頭懇求，岩崎英二郎低聲說：「不，這還滿搖滾的。」接著開心地笑了。「進來吧，這貨物我幫你送。貨到付款嗎？」

## 青柳雅春

這是青柳雅春第一次坐在推車裡被人推著走。

「貨車的位置有點遠。」岩崎英二郎說道。「你縮著身子，乖乖躲在裡面別動。」

青柳坐進推車內之後，岩崎英二郎又在上面壓了一個空紙箱。青柳雅春彎著身體，環抱膝蓋，任由搬運。推車雖然有輪子，但並不平穩，前進時左右晃動，讓青柳的屁股疼痛不已。

憑感覺知道推車進了電梯，關門聲響起，電梯逐漸下沉，隨即又停了下來，微微震動，電梯門開啟。「啊，岩崎。」一個男人的聲音傳入耳中。聽聲音應該是這棟大樓的所有者，也是剛剛那間咖啡廳的店長。

「怎麼，來這棟大樓送貨？」男人向岩崎英二郎問道。

「老闆，從二樓到一樓，走樓梯就行了吧？」岩崎英二郎笑道。「這樣才能減肥呀。還有，咖啡廳看心情才開，實在不太好吧？」

電梯抵達一樓，電梯門打開。先傳來老闆走出電梯的腳步聲，然後推車開始前進。電梯門在此時關閉，夾了一下推車，青柳的身體也感受到衝擊力。

「岩崎，你們公司現在應該很頭大吧？」老闆說道。「青柳搞出這麼大的事，你們課長什麼的應該很傷腦筋吧？」

「咦？老闆，您也認識青柳嗎？」

「以前他來過幾次。那個人細心又認真，還滿可靠的。而且，以前電視炒得火熱時，他可是很出名呢。」

「那傢伙沒那麼了不起啦。」岩崎英二郎故意大聲否定。

「不過，真是人不可貌相啊，沒想到他會做出那麼可怕的事，你們公司也被連累了吧？」

「跟我們這些送貨員沒太大關係啦，也沒遇到有人向我們丟石頭。何況，青柳早辭職了。」

「不過，一般人怎麼會跑去暗殺首相？」

「一般人當然是不會。」

青柳抱膝仔細聆聽，以前每次來這裡送貨時，這個老闆都會扯著大嗓門跟自己說話，當時總覺得應付他是一件很累的事，現在卻很感謝他的大嗓門。

「不過他到底是不是凶手，應該還沒有確定吧？」岩崎英二郎說道。

「電視上公布了很多影像，裡面的人怎麼看都是青柳，再加上許多證據一一冒出，應該是不會有錯了。真不曉得他為什麼要幹那種事。」

岩崎英二郎沒有立即回話，只是推著推車前進。過一會，老闆的聲音又從背後傳來：「對了，岩崎，你來這棟大樓做什麼？送貨？」

推車停了下來。「我是來收貨的。有人叫，我就來了。」

「不可能吧？我這棟大樓，除了我那間咖啡廳，其他的公司行號都退租了。」

岩崎英二郎愣了片刻之後說：「不過，就是有貨要送呀。老闆，你這棟大樓該不會有妖怪吧？委託送貨妖怪，會出聲叫人『快把貨拿去、快把貨拿去』。」同時推著推車繼續前進。以無聊的玩笑話矇混過去確實是個不錯的點子，但也有可能讓對方更加起疑心。

「怎麼可能會有妖怪。」老闆高聲笑道。

推車在路上一邊前進一邊劇烈搖晃，小小的車輪粗暴地左傾右倒，讓青柳的屁股一次又一次彈起，腦袋不停晃動，也多虧如此，才沒有餘裕擔心害怕。

推車停了下來，接著聽見沉重的開門聲。青柳抬起頭來。

頭頂傳來說話聲：「我一把箱子拿掉，你就立刻跳到貨倉裡。」接著，周圍整個亮了起來，頭上的紙箱被拿掉了。一看見陽光，青柳似乎覺得全身的衣服都已濕透了，有一種穿著濕掉的衣服（註）被丟在馬路上的錯覺，腦中浮現可怕的幻想，彷彿在群眾的環視之下，自己正穿著不停滴水的衣服。青柳站起身子，爬進眼前的貨倉內，抱在手上的背包一度撞上貨倉門。

「到後頭去。」岩崎英二郎也立刻爬進了貨倉。「今天我負責的貨物很少，貨倉裡很空，雖然不太好躲，但只要窩在角落的箱子裡，應該不會被發現吧。」

青柳看著一箱箱疊起的紙箱，確實並不多，但還不至於找不到藏身之處。

「或許是因為昨天那場爆炸，貨物送到集貨據點的時間有點延誤了，所以今天要送的貨不多。不過，這樣也好。」

「這樣也好？」

「剛好有時間把你載到遠處。」岩崎英二郎撫摸著整齊的飛機頭，接下來他翻著行程表說：「不過，我中午還有一件貨物要收，必須回到市區內。」

貨倉的倉門是打開的，可以看見外面，青柳感到頗為不安，邊將身子往角落移動，邊說：「那就在趕得及回來的前提下，能走多遠就走多遠，然後找個地方讓我下車吧。」

「什麼地方才安全呢？」岩崎英二郎將手臂交抱在胸前，煩惱了起來。這句話似乎不是在詢問青柳的意見，而是在自言自語。他接著問：「好吧，總之，你想往北還是往南？」

「往北還是往南？」

「當然往西也可以，往東就只有跳海了，總之我會負責把你送到仙台市外。對了，根據從外縣市來的送貨員提供的消息，由北邊的泉區穿過富谷上國道四號，路檢比較沒那麼嚴格。」

「那就往北吧。」

岩崎英二郎此時又呵呵地笑了起來。「青柳，你真是太單純了，對我說的話完全不懷疑。如果我是騙你的呢？好吧，總之我就盡量往北開了。你最好還是躲進剛剛那個空箱裡，就算遇上路檢，貨倉門被打開，警察應該也不至於把貨車裡的所有箱子全都打開來檢查吧。」

「給你添麻煩了，真是抱歉。」

「是你自己把我叫來的，事到如今何必多說這些。」岩崎英二郎搔著鼻頭說道。

「嗯，這麼說也沒錯。」

「而且，我曾經到處拿你跟別人炫耀呢。以前你救了女明星的時候，不是有陣子很有名嗎？那時我到處跟別人說，我曾經指導你工作過。」

「例如跟你太太說嗎？」青柳曾見過岩崎英二郎的妻子。

「還有酒家的小姐。」岩崎英二郎露出了高中生般靦腆的笑容說：「我拿你的事情當話題，去泡酒家小姐，最後被我成功搞上了。」

「原來有這種事？」青柳一時不知該如何回應。

「所以呀，我欠你一份人情。」岩崎英二郎似乎對自己的論點相當滿意，說了聲「好」之後，便開始談起向北行時該走什麼樣的路徑。他不打算走縣道，改為穿過大學附設醫院旁邊，利用輪王寺的地下道進入環狀線，再接上國道四號。

註：在日文中，「穿著濕透的衣服」同時也是「遭到冤枉」的雙關語意。

「你決定就可以了。」青柳說道。貨物沒有選擇路徑的權利。

「嗯，交給我，保證沒問題。」岩崎英二郎說著便走向貨倉尾端，跳到馬路上，接著轉過身來，拉起倉門關上。

「啊，青柳。」倉門關到一半，岩崎英二郎突然說道。

「什麼事？」青柳有一種即將要被問一個重要問題的預感，不禁嚥了口口水。岩崎英二郎此時竟然一反常態，一副欲言又止的模樣。

「什麼事？」青柳又問了一次。

「我問你……」岩崎英二郎開口說了這幾個字之後卻又閉口不語，隔了一會才又開口問：「我問你，你搞上那個女明星了嗎？」

青柳忍不住笑了出來。「怎麼每個人都問這個問題？」

倉門被關了起來，整個貨倉內一片漆黑。倉門確實扣上之後，青柳忽然開始擔心再也見不到天日了。

## 青柳雅春

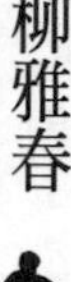

貨車的引擎發動了。青柳雅春坐在離貨倉門最遠的位置，也就是駕駛座的正後方。車體的搖晃，讓人聯想到巨大肉食性猛獸的氣息；這是一隻壓抑著吼聲，一面沉著地呼吸，一面搖擺著獸毛的巨獸。

我現在正在野獸的肚子裡。青柳感覺自己彷彿被生吞下肚，正在等著被消化。

他藏身在紙箱中，但沒有闔上箱蓋。四周雖然黑暗，但眼睛習慣了之後大致上可以辨別周圍的輪廓。青柳打開背包，取出營養食品，放進嘴裡，肚子雖然不餓，但接下來不知何時才有機會進食，還是趁此時先吃吧。營養食品吃起來甜甜的，但也稱不上美味，只是一連串咀嚼與吞嚥的動作。回想起來，昨天吃的泡麵至少還勉強稱得上是「餐點」，如今在紙箱內吞嚥乾巴巴的營養食品，感覺就像是為電器換上新電池一樣令人感到索然無味。

接著，青柳看見背包裡的掌上型遊戲機。當初在那家電器量販店買這台遊戲機，好像是極久遠前了。開啟電源後，響起細微音樂聲，按了幾個按鈕，出現了電視的畫面。不愧是令那個店員大感自豪的產品，即使是在移動中的貨車後方貨倉內，影像依然清晰。青柳伸手調整音量。

出現在小螢幕上的，又是兩年前的自己。青柳不忍多看，趕緊切換頻道，卻發現不管轉到哪一台都可以看見自己的模樣，不禁有種滑稽的感覺，直到轉到一台民營的頻道，才停了下來，仔細凝視。

一看就知道，節目中正在播放的是某種監視器拍到的影像，它的位置是在結帳櫃檯的後方，所以可以看見老闆的後腦勺。

「這就是青柳雅春購買遙控直升機時的影像。」主持人說道。

櫃檯的另一頭有個男子，與老闆面對面站著。男子抬起頭來，似乎發現了監視器，視線一瞬間向著監視器望來，接著馬上將頭轉向一邊。那張臉孔，是青柳雅春。

「這是……誰啊？」

青柳根本從來不曾親自走進遙控飛機用品店。遙控直升機的購買與組裝都是由井之原小梅代勞，自己根本沒有走進店內，也不可能有購買遙控直升機的影像。但是從靜止畫面來看，購買遙控直升機的男子卻與自己極為神似。青柳陷入一片混亂。

接著又在另一個節目中看到，某個豬排店店長出面作證：「凶手就坐在那張桌子前，把飯吃得乾乾淨淨。」店長說完之後還拿出一張簽著青柳雅春名字的信用卡給記者。

「這又是誰？」

昨天，在那場遊行爆炸案發生之前，自己正與森田森吾在速食店內吃午餐，什麼豬排店，自己根本連門口都沒經過，但是卻有一個不是自己的自己出現在那裡。青柳將環抱著膝蓋的手用力握住，感受那股觸感。現在我所摸的這個人才是青柳雅春，電視上說的那些人都不是真正的青柳雅春。愈是這麼想，愈是這麼告訴自己，青柳愈是不安。

貨車不時停下來，似乎在等紅綠燈，不久又繼續前進。

青柳緊緊盯著遊戲機。畫面上開始播放一段據說是由觀眾以家用攝影機拍到的影像。一群少年在河邊比賽棒球，後方遠處可以看見青柳正在操縱著遙控直升機。到了這個地步，他已經不再感到驚訝了。畫面中的人雖然長得跟自己一模一樣，卻不是自己。當初確實曾在河岸邊練習遙控直升機，但總是有井之原小梅及其他玩家在旁邊指導，自己從來沒有獨自玩過。更何況，畫面中那個青柳所穿的衣服，自己根本沒有。那不是青柳雅春，只是一個跟青柳雅春很像的人。

過了一會，他想到一件事。

他們該不會是找了一個體格、面貌跟我很像的人，讓他做整形手術吧？一開始，青柳只是單純地想到這個可能性，接下來卻愈想愈覺得一定是這樣沒錯。此時他又想到了兩年前那個自己意外搭救的女明星凜香。

「大家好像總是認為我動過整形手術。」在飯店房間內，正在玩電視遊樂器的凜香突然如此說道。「連我的胸部都被當成是假的。」只見她毫不掩飾地揉著胸部，青柳急忙移開了視線。

在制伏歹徒事件之後，青柳每天被記者及快速增加的崇拜者追著跑，凜香則在事件中受到驚嚇而生了一場病，一樣是處於被媒體窮追不捨的麻煩狀態，所以兩人完全沒有再見面，過了半年之後，青柳雅春才接到一通「雖然晚了些時候，但希望能聊表謝意」的電話。不久，凜香的經紀人開車前來迎接，將青柳送到了凜香所住的飯店。

由於經紀人從頭到尾都在場，青柳也不期待能與凜香來個一夜春宵。一番客套話說完，凜香突然說：「要不要一起打電動？」讓他吃了一驚。

「請陪陪她吧。」經紀人也低頭懇求。

「這裡的『陪』不是『交往』(註)的意思吧？」

兩人就這麼玩了將近一個小時的格鬥遊戲。在過程中，凜香數次向青柳道謝，不停地說「你真是我的恩人」，但是在遊戲上，凜香卻是絲毫沒有放水，一次又一次打敗青柳。「一邊說感謝我，一邊揍我，這樣不太對吧？」青柳如此主張，卻只是引得她笑得花枝亂顫。每當她快要被打

註：日文中的「陪伴」有「交往」的含意。

倒，就會大喊「啊啊、我快死了」。過了一會，她開始抱怨起工作上的不愉快，然後不知為何，話題扯到了整形手術。

「我的臉從來沒有整形，但是只要照片上的我看起來跟平常不太一樣，大家就會說我一定整了眼睛或在鼻子裡墊東西，真是太過分了。」

聽她這麼說，青柳也不知該回答什麼，而且一直盯著她的側臉也很失禮，不知道該看哪裡。正當青柳不知所措的時候，自己所操縱的角色被凜香的女格鬥家打倒。凜香揮舞著拳頭，發出可愛的歡呼聲。

「整形真的能讓臉變得完全不同嗎？」青柳並沒有多想，只是將腦中的疑問說了出來。

「可以呀。」凜香立即答道，接著又慌慌張張地補了一句：「不過我沒整過喔。」顯得有點欲蓋彌彰。她又說：「其實啊，只要稍微改變一點點，整個人的形象就不一樣了。當然也要醫生的技術夠好，例如在仙台就有一個技術超強的醫生呢，對吧？」凜香一邊說，望向經紀人。

經紀人突然被問這麼一句，也有點手足無措，但還是滿臉無奈地承認：「嗯，是啊。」

「前一陣子不是有個超有名的外國歌手到日本嗎？」凜香說了一個家喻戶曉的洋名，然後說：「聽說他就是來拜託那個醫生幫他的替身整型呢。」凜香把玩著遊樂器的遙控器說道。

「替身？」聽起來像是時代劇裡才會出現的字眼。

「好像是因為媒體實在太煩人了，想靠整形弄出幾個跟自己一樣的人。」

「能夠整得一模一樣？」

「聽說只要骨骼大致相同，就可以整得非常像呢。」凜香說完之後，又強調了一句：「我沒有整喔，只是聽說而已。」接著望向經紀人說：「對吧？」

「嗯，是啊。」經紀人再次無奈地點點頭。

難道是故意找個人把臉整得跟我一模一樣嗎？坐在貨倉內的青柳望著掌上型遊戲機，如此心想。青柳仔細凝視影像中那個被認為是「青柳雅春」的男子，想著搞不好他們真的會幹這種事。因為整個計畫的規模實在太龐大了。首相遭到暗殺，這件事背後到底有什麼因素，隱藏著什麼人的意圖？推測這些問題的答案，就好像是仰頭看著一個巨人，想像巨人頭部的模樣，對青柳這種平民百姓來說，根本看不出任何端倪。唯一可以確定的是，不管巨人長什麼樣子，只要他一腳踏出，腳下的一切都會被踏扁。

「我能做什麼？」青柳如此自問。我能對巨人做什麼？就算拚了命抵抗，青柳也想不出任何一種可能性，可以讓自己平安獲釋，回歸原本安定的生活。

青柳抱著一絲微渺的希望，開始想像電影或連續劇的劇情。主角因蒙受不白之冤而四處逃亡，這在電影或連續劇中是很常見的橋段。主角為了證明自己的清白，一定會東奔西走，而且為了博取觀眾的同情，無論如何都會拚命逃亡。

青柳努力回想，這些主角最後都是如何迎接美好結局的？

揪出真凶。沒錯，就是這樣。遭到冤枉的主角在逃亡過程中一定會追查事件的真相，最後找出真凶，洗刷了自己的冤屈，可喜可賀、皆大歡喜。然後觀眾心滿意足地離開電影院，或是關掉電視機。

揪出真凶？青柳感到背脊發涼。

巨人研擬了周詳的計畫，安排假證人，準備假的青柳雅春，偽造信用卡，甚至不惜將青柳周遭的人都捲入其中，只為將青柳塑造成暗殺首相的凶手。自己真有辦法在遭到逮捕以前，找出真凶嗎？

何況，所謂的真凶，真的存在嗎？

看看甘迺迪暗殺事件吧。沒有人相信奧斯華是真正的凶手，但真凶是誰呢？當然，一定有一個人動手開槍，但大家也不會認為這個人就是真正的凶手，因為真正的凶手是此人背後的某個巨大組織。

就算奧斯華沒被殺死，而且在群眾面前大喊「凶手是某個巨大的組織」，他有辦法證明自己的清白嗎？

怎麼想都不切實際。在甘迺迪死後過了數十年的歲月，人們才漸漸開始找到一些類似真相的東西，而且，各派說法還不相同。即使花了這麼長的時間，也找不到一個最完美的真相。

奧斯華能做什麼呢？青柳思考著。

我現在能做什麼呢？青柳思考著。

有什麼事情，是我能做的？

青柳坐在貨倉內，內心幾乎陷入絕望，不停地用鞋子敲著地板，無法說服自己保持冷靜。

岩崎英二郎開著貨車，企圖幫助自己逃出仙台市。但是接下來呢？青柳用力抱膝，哼起了〈*Golden Slumbers*〉。「晚安，乖孩子。」他一邊唱著這首搖籃曲，一邊想起了森田森吾。當時的森田，也像這樣唱著這首歌。

## 青柳雅春

車子行駛了一段不短的時間之後，停了下來。一開始，青柳雅春當然以為是在等紅綠燈。接著卻發現車子緩緩靠向左側，然後有好一陣子完全不動，可以想像車子停在路邊了。

青柳關掉用來看電視的掌上型遊戲機，收進背包。雖然沒看錶計時，但確定貨車至少已經停了將近五分鐘，看來真的發生狀況了。他猶豫著到底該躲到紙箱，還是準備好隨時衝出去。

貨車會不會在警察的指使下停車？岩崎英二郎會不會被拉下駕駛座了？青柳心中充滿了不祥的預感，轉身，將耳朵貼在貨倉上，試著聽聽看有沒有聲音。如果貨車是被警察攔下的，或許可以聽見警察與岩崎英二郎的說話聲。但怎麼聽也沒有半點聲響。

青柳的腦中浮現一個畫面，貨車不知何時開進了市內警察局的停車場裡，岩崎英二郎從駕駛座下來，大批武裝警察將貨車團團圍住。

「人類最大的武器，是習慣與信賴。」青柳在心中不斷反芻當初森田森吾說得斬釘截鐵的這句話。

過了一會兒，貨倉門開始震動。青柳不禁將兩手交握，就像祈禱的姿勢，彷彿一個正在教會內祈禱的少年。但是青柳不知道該向誰祈禱，他心裡想著，自己從來沒有祈禱過。忽然間，他想起來了，事實上過去曾經祈禱過一次，就在當年父親騎在色狼身上拚命揮拳的時候，自己曾祈禱這一切趕快結束。

這次的停車應該沒有什麼特別的意義才對。等下門一打開，岩崎英二郎一定會以他那一貫的輕佻態度走過來，問一句「抱歉，我能不能先去送一件貨？」就是這麼簡單。青柳雙手緊扣，如此告訴自己。接著倉門伴隨著聲響被拉開了。他的胃一陣抽痛。

外面的陽光照進了貨倉。青柳屏住呼吸，抵抗著想要閉上雙眼的衝動。

原本的擔憂沒有成真，既沒看到警察也沒看到槍，只有岩崎英二郎一個人。

「怎麼了?發生了什麼事？」青柳匆促地問道。從岩崎英二郎那嚴肅的表情即可以知道，一定發生了什麼事。

岩崎英二郎站在他面前，低頭看著他。

「青柳，計畫必須變更了。」岩崎英二郎說道。在同一時間，青柳也剛好開口說：「岩崎前輩，不用隱瞞，儘管說吧。」兩個人說出來的話彷彿在貨倉內撞出了火花，但岩崎英二郎一點也不在意，繼續說：「我喜歡搖滾樂，因為搖滾樂單純易懂，拿起吉他豪邁地彈奏，惱人的事情就會瞬間被丟在一旁，不需要複雜的道理，也不需要任何藉口。」

青柳不知該不該回答「是啊」或「是嗎」，只能愣愣地看著他。

「所以，來龍去脈我就省略了，現在我直接跟你說重點。」岩崎英二郎一邊摸頭髮，一邊說：「我現在要把車子開到八乙女地鐵站前，警察已經在那邊等了，我會把你交給警察。」

青柳並不覺得受到了背叛，畢竟岩崎英二郎一定有苦衷。

「我剛剛接到一通電話。你猜是誰打來的？」

青柳看著自己的背包，嘴裡輕輕念說：「警察……」接著以上揚的語氣又說了一次：「警察？」

岩崎英二郎聳了聳肩，噘著下唇，肯定了這個答案。「應該是剛剛那棟大樓的咖啡廳老闆聯絡了公司吧。他看我在搬紙箱，可能起了疑心。沒想到那整棟大樓除了老闆的咖啡廳，竟然都沒有人承租，怎麼會有這種事？」

「那個老闆的警覺性真高。」

「真是人不可貌相。」

「所以，警察就接到了通報？」

「然後，公司就打電話給我了。還跟我說：『你膽敢包庇凶手，應該知道會有什麼後果吧？』」岩崎英二郎模仿著壞人的語氣說道。這年頭恐怕連電視上都很少出現這種反派角色了。「總之就是用這些拐彎抹角的話狠狠地警告我。」

「如果包庇我，會有什麼後果？」

「其實我除了送公司的貨，在沒有排班的日子還會以個人名義幫人送貨，算是打零工吧。反正地址跟地圖都記得很熟，我的價格也比較低廉，所以私下接一些熟客的委託。」

青柳不明白他為何突然提這件事，不知該如何回答。

「警察真可怕，他們竟然連我私底下做的副業也知道，到底是怎麼查到的呢？而且還把這件事告訴公司，簡直像是愛打小報告的國中生。所以課長就說了，『岩崎，依照就業規則，這種行為是被禁止的，你應該知道吧？不過，如果你好好協助警方，這次我就睜一隻眼閉一隻眼。』」

岩崎英二郎從以前就很會模仿上司及同事，從前青柳還是新手的時候，常常坐在副駕駛座欣賞他的模仿秀，不禁感到十分懷念，嘴角微微上揚。

「你還笑得出來？這對你來說可是大麻煩哩。總之，我剛剛就在車上用手機跟他們大吵一頓。」

「聽你講起來好像只是夫妻在吵架。」

「老實說我女兒最近開始學才藝，這時候我沒有收入會很慘，所以只能出賣你了。」

「好的，請把我賣了吧。」

「你看得真淡。」

「不能給你添那麼多麻煩啊。」

「我已經跟警察說好了，在前方那個地鐵站前，會連人帶車把你一起交給他們。」

「在那之前，想要見我最後一面？」

「沒錯、沒錯。」岩崎英二郎愉快地「呵呵」笑了兩聲，抖動著肩膀。「我來看一看即將被賣掉的小牛。」然而，接下來卻以沙啞的聲音說：「騙你的啦，你覺得我可能那麼做嗎？」

「什麼意思？」

「哼，我怎麼可能去幫警察。」岩崎英二郎以不屑的語氣輕聲說道。

「那你打算怎麼做？或許以我的立場不該這麼說，但還是要告訴你，現在幫助我可是相當危險。」青柳認真地說道。但這些話對已經下定決心的岩崎英二郎來說只是煩人的說教，只見他邊掏著耳朵邊說：「少廢話了，別看我這副吊兒郎當的模樣，我當初看《辛德勒的名單》（註）時可是感動得痛哭流涕呢。」接著又露出牙齒笑說：「我是屬於那種只要看到有人遭受迫害，就一定會拚命拯救的人。」

「問題是，你打算怎麼做？」

「總之，我會照著他們的指示，把你帶到地鐵站前面。」岩崎英二郎說：「真不好意思，我還會把錯全推到你頭上，這一點只好請你原諒。」接著他揚起一邊眉毛，說明了他的計畫。不愧是自稱喜歡單純事物的岩崎英二郎，計畫相當簡單，而且了無新意，但似乎也只有這樣才能讓青柳在不連累岩崎英二郎的前提下逃走了。

「好了，我們走吧。」說完了計畫之後，岩崎英二郎伸手拍了兩下，轉身走出貨倉。「接下來就正式上場了。」

「真的很不好意思。」

「等等可別搞砸了喲。」岩崎英二郎說完之後便跳到馬路上。在關起倉門時，似乎又想到了一件事，開口說：「對了，我得告訴你，在我們家夫妻吵架可是比反抗警察還要火爆得多呢。」

註：《辛德勒的名單》（Schindler's List）是美國著名導演史蒂芬・史匹柏（Steven Spielberg）於一九九三年所執導的電影。影片描述二戰期間納粹集中營裡猶太人遭受凌虐的情形與商人奧斯卡・辛德勒試圖拯救猶太人的行動。

## 青柳雅春

青柳雅春在腦袋中畫出路徑，想像自己開車的感覺，他很清楚貨車現在已經開到了八乙女車站。他從紙箱裡站了起來。如今根本沒時間仔細思考了，他忽然驚覺自己竟然不緊張。兩眼望向貨倉門，雖然眼睛已經習慣了黑暗，還是覺得周圍昏暗無光。圍繞著自己的紙箱彷彿屏住了氣息，壓抑興奮的心情，默默地期待即將重見天日的那一刻。青柳忍不住覺得好笑，自己竟然把紙箱也當成同伴，看來是沒救了。就在此時，倉門開始微微震動。

門擋被拉開，門鎖被抽掉了。外面傳來了說話聲，聽來十分尖銳而嘈雜。「不准動！」、「別動！」、「站住！」、「等一下！」

陽光照射進來，貨倉內的黑暗在空氣中蒸發，頓時變得明亮了起來。

「別擔心、別擔心，交給我就行了。」岩崎英二郎粗魯的聲音傳入耳中，只見他「嘿」地一聲，跳上了貨倉。

「快下來！離開車子！」男人的聲音由岩崎英二郎的背後傳來，應該是警察吧。

「少囉唆，青柳是我的後輩，我的話他一定會聽。」岩崎英二郎喊著，大步走過來。

「就算他們逮捕你的手段再怎麼亂來，也不至於開槍打我這個協助警方的人吧。」說明計畫的時候，岩崎英二郎笑著如此說道。「所以我一打開倉門之後，就會立刻跳進來抓你。警察可能會阻止我，但我絕對不會被他們擋下的。」

岩崎英二郎走得大搖大擺，身體卻將外面警察的視線完全擋住了，使得他們沒有機會朝青柳開槍。青柳壓低身子，輕輕將背包揹在身上，然後從後褲袋中取出岩崎英二郎交給他的蝴蝶刀。

「這玩意我一直放在前座置物匣，臨時要用的時候很方便呢。」岩崎英二郎說道。「我一走近你，你就用這玩意抵住脖子，不是你的脖子喲，是我的，然後立刻繞到我後面，把我當人質。」岩崎英二郎指示：「等等，一下子就把我制伏，也太假了，最好先揍我一拳或把我打倒。」

「揍你？」

「這樣比較逼真。」

青柳聽話照做了。

岩崎英二郎一走過來，青柳立刻起身，衝過去抱住他，奮力踢出右腳。簡單來說，就是施展了唯一的那招大外割。岩崎英二郎漂亮地仰天摔倒，讓青柳想起了學生時代，森田森吾在學校餐廳將阿一摔倒的畫面。

同一時間，車外傳來了數句怒罵聲。「青柳！」有人大喊。青柳趁著撲倒的瞬間往外一看，好幾道槍口正對準了自己。

「一旦打倒我之後，就要立刻把我拉起來，拿我當盾牌。動作不夠快的話，他們可能會開槍。」青柳想起了岩崎英二郎的指示，於是用力一踏，將岩崎英二郎的手腕往上扯，立刻緊貼在他背後，以蝴蝶刀抵住他的脖子。岩崎英二郎舉起雙手，擺出投降的姿勢，大聲喊道：「喂喂，青柳，別這樣。」

其實岩崎英二郎一開始所提出的計畫是將車子停在即將抵達八乙女車站的地方，然後由青柳將岩崎英二郎以繩子綁住，岩崎英二郎假裝被制伏。但這樣的做法還是很有可能遭到警方的懷疑，既然要做，倒不如直接在警察面前，讓他們親眼看到岩崎英二郎被當成人質的過程。

青柳躲在岩崎英二郎的身後，朝貨倉外走去。警察的人數大約十名，接下來可能還會有增援，警笛聲從遠方傳來，右手邊的公車站牌附近也停著好幾輛警車。看到眾多槍口正指著自己的瞬間，青柳的心臟劇烈跳動，視線模糊，幾乎快要向後摔倒。

「別開槍、別開槍。我會被他殺死。」岩崎英二郎大喊。警察紛紛破口大罵。

青柳雅春一從貨倉內跳到了地面，警察便全都靠攏包圍。「青柳，你這麼做是沒有用的。」迎面一個便衣男子說道。他的眼神相當銳利，彷彿已說明一切。「你絕對逃不掉的。」

青柳大喊：「你們一靠近，我就殺了他；一開槍，我也會殺了他。」

警察不可能做出太冒險的舉動。岩崎英二郎的推測果然沒錯，現場所有警察都繃著臉，一副莫可奈何的模樣。「離我遠一點。」青柳喊道。

剛剛說話的便衣似乎是在場的指揮官，只見其他舉槍的制服警察全望向他。「警察其實跟一般上班族沒兩樣，他們沒辦法任意開槍，一定會等指示。」岩崎英二郎的這句話切中了事實。

便衣無奈地點點頭，揮手叫眾人退後。

青柳靠在路旁的圍牆上，這樣一來，就不用擔心警察從後面開槍了。接著，他帶著岩崎英二郎一步步向後退。警察跟了上來，與他們保持一定的距離。

「你聽著，」岩崎英二郎對著緊貼在身後的青柳輕聲說道。

「岩崎前輩，真是對不起。」

「你聽著，」岩崎英二郎毫不理會，繼續說：「再走一小段路，會進入一個住宅區，你也知道吧？車子無法進入那個區域，你可以穿越住宅區，從另一端逃走。離開住宅區以後，可以沿著河岸，逃到公園那裡。總之，接下來拚命跑就對了，把你當送貨員時的精力拿出來吧。」

「真是對不起。」

「不必跟我道歉，」岩崎英二郎急促地說道。青柳有些擔心他跟自己說話會遭到警察懷疑，但又覺得在警察眼中應該只會認為他是在說服自己。「我能泡上酒家小姐，全是你的功勞呢。」

「小心我跟你太太告狀。」

「只要你能平安逃走，儘管來告狀吧。」

青柳聽到這句話，差點笑了出來，趕緊忍住，擔心自己的演技會被看穿，但往前一瞧，警察依然嚴肅地舉著槍。然而就在這時，他突然感覺背上寒毛直豎，不知是直覺還是預感，他在一瞬間感覺到他們要開槍了。

雖然岩崎英二郎曾拍著胸脯說：「放心吧，他們絕對不會開槍打我的。」但那畢竟是在一般的情況下，然而現在並不是一般情況，是特殊情況。

腦中想起了小鳩澤在連鎖餐廳內開槍，又想起警察對阿一施加的暴力行為。這一切的一切都證明警察如今所採取的辦案方式已經異於常態了。如今自己就在他們眼前，他們絕對不會輕易放過這個機會。對巨人的計畫而言，就算多犧牲一個岩崎英二郎，把他和自己一起擊斃，也沒什麼大不了。一想到為自己付出這麼多的岩崎英二郎有可能被開槍射殺，青柳彷彿被人潑了一盆水，全身冷汗狂冒。

那個便衣如今正站在其他警察旁邊拿著手機正在通話。青柳當然聽不到對話內容，但可以想像得出來，他正在問：「能不能連同人質一起射殺？」

他在徵詢高層的指示，而那個高層，或許是佐佐木一太郎吧。

「看熱鬧的人真多。」岩崎英二郎的喃喃自語傳入了青柳的耳中。

他不禁抬頭一看，在相隔一段距離之處，有棟十層樓高的白色公寓，外觀看起來不新不舊。公寓陽台上有許多人影，全都看著這邊，他們都是被這場騷動引出來的民眾。想必這群圍觀者同時懷抱著不安、好奇心與恐懼感。

「別開槍！」青柳連忙大喊，接著以左手指著公寓說：「有人在攝影。」此時，青柳放開了岩崎英二郎，岩崎英二郎當然沒趁機逃走，而警察這時也沒有多餘心思懷疑他為什麼沒逃走。

制服警察與便衣皆轉頭望向青柳所指的方向，他們看見陽台上有人正拿著數位攝影機。警察那麼容易就被歹徒轉移注意力實在是太不應該了，但現在也不是擔心這個的時候。總之，警察看見陽台上有近八成的人都拿著攝影機或手機。

在那麼多民眾的圍觀與拍攝之下，警方是沒辦法開槍了。便衣轉頭，臉色相當難看，或許他已經領悟到，此時不能亂來。

青柳靠在圍牆上，以岩崎英二郎當盾牌，繼續向後退，來到轉角處，他丟下岩崎英二郎，拚命狂奔，衝進了住宅區。

## 青柳雅春

青柳雅春沿著七北田川的河堤奔跑，來到一座大橋邊，刻著橋名的牌子已嚴重磨損無法辨識。他在橋墩下的陰影處休息片刻，穿過住宅區又毫不停歇地跑了這麼遠，早已氣喘如牛了。岩崎英二郎的預料非常正確，警察在住宅區內確實沒有開槍，但是警車的警笛聲響徹雲霄，似乎隨時會有人撲上來，內心的恐懼令青柳數度想坐倒在地。他靠在橋墩上，屈膝並兩腿微張，兩手撐在後面。為了不被人從堤防或道路上看見，只有盡量縮著身體。周圍的野草茂密，地面的冰涼逐漸透過牛仔褲滲入皮膚。

他只想將吐出去的氧氣吸回來，完全沒辦法思考其他事情，兩眼茫然地望著眼前的河水。水流不斷向遠方流去，河面上只看得出一波波的細微波浪，在規律與不規律之間取得平衡，隨性地令人心情舒暢。水流聲似乎透過土地，將搖擺的力道傳到了青柳坐著的位置。

他沒有閉眼，但肩膀及腦袋相當沉重，視線模糊，眼皮不知不覺愈來愈低，一切都好沉重，雖然擔心自己可能再也站不起來了，但連這份擔心都變得極為麻木。

救護車的聲音讓青柳雅春忽然回過神來，那聲音非常遙遠而微弱。青柳從背包中取出掌上型遊戲機，拉起天線，打開電源，希望藉由電視新聞，了解警方目前正採取什麼樣的行動，接下來將以什麼方式追捕他。

他很擔心節目影像一出現的瞬間，就會在畫面上看到如今正面對著河水的自己，聽到的會是記者以激動語氣實況轉播：「凶手青柳雅春竟然在這種地方悠閒地玩著遊戲機！」但實際出現在畫面上的，只是個過度誇飾的廣告。

那廣告先出現熊熊烈火配上劈啪聲響，一開始以為是一家中菜館的廚房，繼續看下去才知道原來是某知名法國餐廳廚師所調製的醬料。

「啊，這家餐廳以前去過。」青柳心裡湧起了過去的回憶，因而捨不得轉台。以前曾跟樋口晴子去過這家餐廳。如果沒記錯的話，應該是在學生時代，兩人剛交往的時候，樋口晴子吵著說要慶祝兩人的交往，因此便去了這家法國餐廳。不，正確來說並不是這樣，事實上原本想去的那一天，後來並沒有去成，突如其來的大雨，讓兩人趕不上預約的時間，只好取消，過一陣子才另外找時間實現了這個計畫。但這家法國餐廳卻辜負了兩人的期待，不僅餐點不如預期的美味，服務生還擺出一副瞧不起人的態度，實在太令人不愉快。「什麼嘛。」、「真是的。」兩人曾為此你一言我一語地抱怨起來。

真令人懷念啊。青柳忽然覺得如今自己的處境好滑稽，不禁想哈哈大笑，但不知為何，眼角卻是濕潤的。但那應該不是眼淚，而是冷汗濡濕了眼角。

廣告結束後，畫面上出現一塊頗為寬廣的土地，看起來有點眼熟。手持麥克風的記者以憂心忡忡的表情及聽起來不太憂心的聲音說明了自己的位置。

「洛基……」青柳喃喃說道。

那是轟煙火工廠。

「為了不給別人添麻煩，我把工廠蓋在距離市區很遠的地方。後來工廠附近的住宅愈蓋愈多，結果他們竟然跟我說，煙火工廠很危險，叫我搬走。先到這個地方的人可是我哩，真是太過分了。」轟廠長當年經常如此抱怨。不過，畫面上拍到的這家工廠，似乎還是青柳等人在學生時代常去的地方，並沒有搬遷。

「我們正嘗試聯絡轟廠長，卻完全聯絡不上，真是傷腦筋。」記者以聽起來一點也不傷腦筋的語氣說道。口氣頗為隨性，似乎不是在對觀眾說話，而是在對節目主持人或工作人員說話。「青柳雅春是不是在這裡學到了製作炸彈的技術，因而得以運用在這次的爆炸事件中呢？現在下定論還言之過早，不過這樣的可能性卻不容忽略。」

記者一方面說下定論還言之過早，另一方面又說了跟結論幾乎沒什麼兩樣的話。但是青柳已經沒有力氣訕笑，也沒有多餘心思憤怒了。連洛基也受到牽累，讓他感到更沮喪。

過了一會，他站了起來，緊緊握著遊戲機說：「別隨便誣賴人。」這些人明明什麼都不清楚，為什麼可以說得那麼煞有介事？雖然敵人是誰依然毫無頭緒，但青柳心中已經產生了「絕不認輸」的想法。

就在拿起背包揹在肩上的時候，青柳的腦中出現了一個畫面：下著滂沱大雨的那一天，與樋口晴子一同棲身在草叢中那輛斑駁的黃色轎車裡。

## 樋口晴子

樋口晴子將七美放在兒童安全座椅上，為她扣上了安全帶。「媽媽，我們要去哪裡？」

從連鎖餐廳離開，回到家，晴子甚至沒踏進家門，直接走向停車場。

「媽媽有點事要辦。」晴子關上後座的車門，繞到駕駛座，坐了進去。這輛車有著可愛的造型與粉色系的色調，晴子本人也相當喜愛。她調整完後照鏡的角度，開始調整座位。

「媽媽、媽媽。」後頭的七美說：「要去吃哪一家的蛋糕？」

「我們什麼時候說要去吃蛋糕了？」女兒這種誘導式的發言讓她不禁莞爾。

「要去買什麼玩具？」

「我們不買玩具。」晴子發動引擎，踏下油門，忽然想到最近有好一陣子沒開車了。「媽媽，我們要去哪裡？」七美再次問道，晴子沒有回答，轉動方向盤，離開了停車場。

手機就放在手煞車的旁邊。一想到自己的電話正受到監聽，便感覺相當不舒服。

晴子在腦中把從這裡到目的地的路徑思考了一遍。最近完全不曾到那附近，實在沒有把握還能以相同的路線抵達該地。「早知道就裝衛星導航器了。」她不禁喃喃自語。當初買車時，丈夫曾極力主張要裝，是自己說服丈夫「反正用不到」的。

「我們要去一個沒去過的地方嗎？」七美問道。

「倒也不是沒去過，可是有衛星導航的話比較不會繞遠路吧。」

「要去哪裡？」

「充滿回憶的地方。」晴子開玩笑道。

「衛星導航連媽媽充滿回憶的地方也知道？」

晴子一聽，不禁笑出來，女兒這問題很難回答。只能憑記憶了。沿著國道四十八號向西前進，在十字路口右轉，進入一條小路，路幅很窄，道路迂迴多彎。雖然還不到壅塞的地步，但前後一直是有車的狀態，對向車道也一樣，感覺一個不小心就會發生擦撞，心裡有點怕怕的。

雖然對路線的記憶早已模糊，卻沒遇到意料之外的死巷或從來沒見過的路口，一路走得非常順利。但是就在晴子心想「還滿順利的」時，七美忽然在後座大喊：「廁所、廁所！媽媽，廁所！」接著還自顧自地分析：「我應該是果汁喝太多了。」

「好像逮捕到凶手了呢。」正當樋口晴子在便利商店等七美上廁所時，突然聽見背後一個正在翻閱雜誌的高中女生如此說道。晴子內心一震，差點想回頭問她：「妳說的凶手，是青柳嗎？」店內裝潢以藍色系為主，給人一種簡潔的感覺。

「妳說的是那個首相暗殺者嗎？」另一個高中女生恰巧問道。「首相暗殺者」這樣的字眼聽起來頗有震撼人心的氣勢。

「對呀。剛剛我們班的人在八乙女車站附近看見他從貨車裡走出來，被警察包圍。」

晴子豎耳聆聽，雖然對架上的化妝品毫無興趣，還是裝出一副專心挑選的模樣。「逮捕」這個字眼讓腦袋變得好沉重。一開始，腦中閃過的念頭是「太遲了、來不及了」，接下來，不知為何也有一種「原來青柳真的是凶手」的想法。或許是因為在無意識的片刻中，腦中跑出「被逮捕的人一定是凶手」的刻板印象吧。

「媽媽，我回來了。七美剛剛技術很好喲。」晴子聽見聲音，低頭往腳邊一看，七美正把剛洗過的手往她的牛仔褲上擦拭。

為了買包糖果，晴子排隊等著結帳，剛剛那兩個高中女生也排在前面，手上的籃子裡塞滿了零食與雜誌。這兩個高中女生不管是髮型還是化妝，看起來都大同小異。忽然間，一陣手機鈴聲傳來，左邊的高中女生迅速接起。

「喂，是我。現在嗎？現在正在結帳啦，正在排隊。」高中女生把語調拖得長長的，似乎在表達心中的不滿。「啊，真的？妳還在八乙女？啊，真的？又逃了？沒被抓到？啊，真的？電視台的人也來了？妳可能會上電視？」

高中女生相當規律地以「啊，真的？」來回應對方，並且不斷地重複對方的話，讓晴子也大致了解了談話內容。身邊的七美似乎也發揮了敏銳的洞察力，以若有深意的眼神抬頭望著晴子，接著突然對前面的高中女生喊：「大姊姊，是誰逃走了？凶手嗎？」高中女生驟然聽見陌生人用這麼親熱的口氣跟自己說話，頗為不快，但發現說話的人是個嬌小可愛的小女孩時，頓時鬆懈了不少。「對呀，凶手好像逃走了。」

「請問，是那個爆炸案的凶手嗎？」晴子趁機插嘴問道。

「好像是。真可怕呢。」高中女生說道。「聽說他是靠一把刀子逃走的。」

「刀子？」

此時，隔壁的櫃檯也出現了店員，晴子往隔壁移動，結了帳。

回到車上，晴子撥了通電話。雖然很想弄清楚青柳現在在哪裡，是否還在逃亡，或是已經被捕了，卻沒有管道得知。本來以為一定又是通話中，沒想到按下撥號鍵後，竟然聽見了通話鈴聲，晴子感到頗為意外。

「誰啊？」電話另一頭傳來粗魯的聲音。這種學生時代聽了無數次的粗魯語氣，除了轟廠長之外不會有別人。

「是我、是我，樋口晴子。」晴子急忙說：「學生時代曾跟森田他們一起受過您的照顧。」對方沉默了一會。晴子有些擔心對方會不會已經忘了，或是因為不想再蹚渾水而掛斷電話。

「喔喔，晴子。」沒想到轟廠長卻提高了音量喊道。

「您還記得嗎？」

「當然記得。而且我這裡正因為你們那個青柳的事搞得雞飛狗跳呢。」

「你們那個青柳」這樣的稱呼令晴子不禁莞爾，說：「真是抱歉。」

「不用道歉，禍又不是妳闖的。」

「我們那個青柳給您添麻煩了，被一堆媒體包圍，應該很頭疼吧。我剛剛看電視，還看到您的工廠呢。」

「這下子出名了。」

「這下子應該沒辦法好好工作了吧？」

「話是沒錯，不過現在不是旺季，所以還好啦。員工雖然有點不安，但攝影機應該不至於拍攝他們。何況，如今認識青柳的員工也沒幾個了，那些記者應該很想直接採訪我吧，真是煩死了，電話跟門鈴一直響個不停。」

「您以前不是說過，煙火師傅都是站在幕後的角色嗎？」

「現在不想站在幕前似乎也不行了。」

「那些記者到底想問您什麼?」

「還不就是青柳到底對炸彈熟不熟悉之類的。」

「可是,他怎麼可能熟悉炸彈?」

「是啊。」轟廠長呵呵笑了。「那傢伙要是會做炸彈,我就會做火箭飛彈了。電視台的人第一次來找我的時候,我曾問他們『青柳真的是凶手嗎』,他們沒有回答,我就老實不客氣地跟他們說了,『我不認為那個人會做這種事』。」

「電視上沒這段,看來是被剪掉了。」晴子也只能笑著這麼說。媒體只會公布多數人的意見、社會輿論以及觀眾感興趣的話題,其他消息都會被剔除。當然,這並不表示媒體就是萬惡之首,但至少說明媒體及報導的價值也不過就是這種程度。媒體不會說謊,但會對消息進行增刪取捨。「我也不相信青柳是凶手。」晴子說道。

「還有,那個森田也被炸死了?那是真的嗎?這一點我也不相信。」

「我也不信。」

「那種既煩人又愛裝神弄鬼的傢伙,怎麼可能那麼容易就死了?」

「我也這麼想。」晴子以心中的期望來回應轟廠長,右拳緊握。

「真是莫名其妙。」

晴子在心裡意識著,這通電話是用手機打的,電話內容可能會被竊聽。雖然不清楚警察會不會即時監聽,但至少應該會做基本的過濾。既然通話的對象是煙火工廠的廠長,應該會引起警方的注意。所以，如果自己與轟廠長在電話中說了一些「我不認為青柳雅春是凶手」之類的話，或許能對警方造成某方面的影響，例如對「青柳雅春真的是凶手嗎？」這件事開始產生懷疑，至少自己是這麼期待的。

「對了，妳打給我有什麼事？」

晴子被這麼一問，不知該如何回答。「也沒有什麼特別的事，只是想到您那邊現在應該是一個頭兩個大，就覺得很抱歉。」

「感謝妳的關心，不過這些又不是妳的錯。」轟廠長再次強調。「話說回來，聽說那傢伙還在逃亡呢。雖然電視還沒報導，但是那些電視台的人曾提到那傢伙把一個送貨員當人質，趁機逃了。不曉得他想逃去哪裡。」

「說不定會逃到廠長您那裡去呢。」晴子開玩笑道。說完之後心想這也不是不可能。雖然不清楚青柳雅春最近的人際狀況，但是能夠投靠的人應該不多。事實上，一個人能夠信賴的朋友，大概也沒幾個吧。「從我們打工那時候到現在，煙火的技術有沒有進化？」

「唉，多多少少啦。」轟廠長自嘲地說道。「不過，優點是不會改變的。夏天一到，大家都會呼朋引伴來看煙火。」

「帶著家人或情人。」晴子說著說著，開始懷念起以前看煙火的時光了。「不打擾了，下次再聊吧。」晴子說完，正想將手機號碼告訴轟廠長，轟廠長卻說：「就是妳打來的這個號碼吧？現在的電話也會顯示來電號碼。」

「真的進化了。」

「這算很了不起的進化嗎？」

「啊，對了。廠長，有件事想請教您。」

「什麼事？如何製作炸彈嗎？」

晴子心想：「這玩笑可開不得。」不禁皺起了眉頭。「不是啦，我想問的是，汽車的電瓶要去哪裡買？」

「電瓶？壞了嗎？」

「是啊。」晴子一邊撫摸方向盤，一邊說道。「我老公叫我有空的時候換一換。」

「原來妳結婚了呀？」

「我也是會進化的。」

「電瓶的話，汽車用品店或加油站都買得到，不過加油站賣的可能比較貴。我的員工現在很閒，不如派幾個去幫妳吧？」

「這麼閒？」

「事情搞得這麼大，根本沒辦法工作嘛。尤其我兒子，被那些記者一氣就跑去打小鋼珠。」

「你兒子回來繼承家業了？」晴子微微提高了音量。轟廠長當年常常感嘆獨生子跑到青森工作，不曉得願不願意回來繼承煙火工廠。

「一郎那傢伙呀，回來是回來了，還是老樣子，技術雖好，個性卻很糟，想到什麼就做什麼，完全不考慮後果。就像剛剛他說了些『不給那些記者一點顏色瞧瞧，難消心頭之恨』之類的鬼話，就拿起小型煙火想要朝那些記者丟呢。」

「如果這麼做，記者一定開心死了。」

「是啊，所以我才把他趕去打小鋼珠。啊，對了，不然就讓一郎去幫妳換電瓶吧？他就在那家小鋼珠店。」轟廠長接著說了一家小鋼珠店的店名。

「不用了，不必麻煩，我自己買就可以了。」晴子道了謝之後，掛斷了電話，接著朝七美說：「久等了，我們出發吧。」

晴子發動引擎，由便利商店的停車場駛入車道，變換了車道後，踩下油門，加速前進。

車子進入北環狀線，沿著坡道下行。跟平常一樣，車潮不至於到壅塞的地步，卻無法加速。是因為發生了可怕的爆炸事件，大家都想要逃離仙台嗎？又或者是昨天封鎖交通所造成的影響，讓大家今天變忙了呢？總之，車流量似乎比平常增加了五成。朝車道的遠端望去，只見車子一輛輛停了下來，明明是綠燈卻完全沒有前進的跡象。結果，還是遇上了塞車。晴子眼角瞄見一塊汽車用品店的招牌，反射性地轉動了方向盤，進入停車場停車。「這裡就是充滿回憶的地方？」七美問。「不是、不是。」晴子說道。

她把七美從後座的兒童安全座椅抱出來，鎖上車門，走向店門口的路上，不自覺地往車道看了一眼。在這種塞車的情況下，車與車之間的距離這麼狹窄，假如有人跟蹤一定會知道吧。不過，謹慎一點總是不會錯的。

晴子向櫃檯的女店員說：「我想買汽車的電瓶。」店員一臉缺乏服務熱忱的表情反問：「哪一種？」接著又短促地補了一句：「什麼車？」

「呃，就是普通的車。」晴子的回答也不知不覺變得不客氣了起來。

「輕型汽車？一般汽車？」

「應該不是輕型的。」晴子努力回想。雖然對黃色很有印象，但應該是車體，而不是車牌的顏色（註）。「一定要知道車子的型號嗎？」

店員一瞬間露出了輕蔑的眼神，說：「電瓶的種類很多，一定要看型號。有時就算是車款相同，如果出廠年分不同，電瓶也會不一樣。」

「咦？原來是這樣啊？」晴子錯愕地說道。她根本不曉得那輛車的車款，更別提出廠年分了。

「媽媽，那是什麼歌？」七美拉著晴子的袖子問道。這時她才驚覺自己正在哼歌，不禁面紅耳赤。青柳的側臉在腦海中一閃而過，原來是想起了當年跟他一起在車上避雨的回憶。「這是當年那款車的廣告歌。」晴子紅著臉繼續把歌哼給臭臉店員聽。由於年代已久，她擔心以這個店員的年紀恐怕沒聽過，但沒想到女店員卻「啊」了一聲，露出恍然大悟的表情，說：「我知道了。」接著說出了車子的廠牌與車款。

「不過我不知道出廠年分。」

「如果是那一款……」女店員冷冷地沿著走道往店內深處走去，晴子趕緊跟上。女店員指著架上的電瓶商品說：「應該是這個或這個。」接著又說：「兩種應該都能用吧。」

「對了，能不能順便教我怎麼裝？」晴子懇求道。店員一聽，臉上的疑慮更深了，但或許是認為送佛乾脆送上西天，因此不耐煩地說：「好吧，我用您停在停車場裡的車子來說明。」被這個極度不適合從事服務業的店員以「您」相稱，晴子感到全身不對勁。

兩人走到停車場，店員打開晴子的車子引擎蓋，開始上起更換電瓶課。

「在引擎沒發動的狀態下，打開引擎蓋。」店員依序說明：「先拔掉負極接頭，再拔正極。」

「一定要照這個順序？」

「不照順序，會造成短路。」

「短路是什麼意思？」

「反正照順序就對了。」店員接著說：「拿掉舊電瓶，如果接頭上有鐵鏽就磨掉，再放進新電瓶，然後從正極開始接。」

晴子嘴裡一邊「嗯、嗯」地回答，一邊仔細看著。一旁的七美踮起了腳尖，興致盎然地看著眼前塞滿了引擎及其他裝置的空間，嘴裡也發出兩聲「嗯、嗯」。「拆下電瓶和裝新電瓶時最好使用扳手。」店員說道。接著立刻又說：「加油站也有換電瓶的服務，費用不貴。」言下之意，是建議晴子別自己來。

「我馬上要用，能不能幫我把紙盒丟掉？」晴子問道。

## 樋口晴子

「這個是做什麼用的？」坐在兒童安全座椅上的七美望著身旁的大袋子說道。那裡頭放著剛

註：根據日本「道路運輸車輛法」的規定，輕型汽車的排氣量爲六六〇CC以下（車身大小亦有所限制），車牌爲黃色。

買的電瓶。

「希望能派上用場。」樋口晴子沒有回她，只顧著自言自語。

為了避開塞車路段，晴子離開了環狀線，朝北方前進。原以為這條路的車子會比較少，但馬上又看見前面車輛亮起了煞車燈，最後還是不得不停車。停了好久，車子只緩緩前進一點，馬上又停下來，就這麼走走停停了好一會，才發現原來前面有路檢。

路邊停著警車。制服警察站在馬路上，手持交通指揮棒不停揮舞，將一輛輛車子引導到路邊停車，然後數名警察上前盤問駕駛。

晴子來不及緊張，也來不及做好心理準備，她的輕型汽車已經來到路檢據點前了。將車子往左側移動，一停車，警察迅速包圍上來，彷彿像是從地面冒出來的蒸氣，一點聲音也沒有，整個把車子擋住了。

晴子打開駕駛座的車窗，看見一張男人的臉。一般來說一個人就算戴著帽子也應該多少看得出表情，但這個警察不知是工作太累或使命感太強，臉上竟然絲毫看不出表情。

「很抱歉耽誤您的時間。由於目前爆炸事件的凶手逃進了泉區，為了安全起見，我們必須過濾每一輛車。」

「啊，原來如此。」晴子思考著該怎麼回答才自然，但思考本身就已經很不自然了。

「能不能讓我們看看後車廂？」

晴子彎腰，拉起座位下方的小拉桿，挺身往後照鏡一看，車後不知何時已經站了好幾名警察，正在檢視後車廂，雖然裡面沒有什麼不能見人的東西，但被盤查的感覺畢竟不好。

「這是您的女兒嗎？」警察湊近打開的車窗，望著車內。

「對。」晴子說道，看了警察一眼，又趕緊移開視線，手指不自覺地玩弄著車鑰匙，或許是因為想要早點發動引擎吧，下一刻又擔心心情被看穿，趕緊放開了手指，鑰匙上的吊飾晃了兩晃，發出聲響。「請問凶手是一個人嗎？」

警察的雙眼射出了光芒，至少晴子看來是如此。她害怕雙方就這麼保持沉默，於是丟出了這句話。過了一會，警察才回答：「是的。」

「他是開車逃亡的？」

「這一點我們不清楚。」

晴子無法分辨對方是不想說，還是真的不清楚，但也沒有繼續追問下去。

「請問您要去哪裡？」警察問道。

「這個問題，我一定要回答嗎？」

「這附近很危險，建議您不要四處走動。」

「哦，好吧，我會小心的。」晴子努力不讓自己的緊張顯露出來。警察關上了後車廂，車身微微晃動。「真是粗魯。」晴子一邊如此埋怨，一邊望向後照鏡，隔著後方擋風玻璃，看見後面的警察比出了ＯＫ的手勢。

「打擾了，請離開吧。」一旁的警察說道。

晴子轉動了車鑰匙。

「我跟你說，那個凶手是媽媽的朋友呢。」就在這時，坐在後座的七美以可愛的聲音如此說道。晴子吃了一驚。當一個人面對突如其來的狀況時，是沒辦法掩飾表情與動作的。她與窗外的警察四目相交，滿臉淨是慌張之色。警察皺起眉頭，顯得頗為訝異。她不予理會，放下手煞車，踩下了油門。

「等等。」警察說道。晴子假裝沒有聽見，關了車窗，往車側後照鏡一看，警察正目不轉睛地看著自己，另一個便衣男子正向他走去。

## 樋口晴子

「媽媽，七美剛剛是不是說了奇怪的話？」七美問道。

「別擔心，沒事的。」

穿過路檢據點之後，一路暢通，一下子便回到了主要幹道。晴子沿著一條微彎的三線道大路前進，人行道上等間隔排列的櫸樹彷彿正列隊目送著自己離開，葉片落盡的樹枝就像骨節明顯的細長手指。晴子切換到左邊車道，緩緩踩煞車，周圍的景色逐漸放慢了速度，最後完全停止。

「怎麼了？這裡就是充滿回憶的地方？」七美一邊左顧右盼一邊說道。

晴子隨口應了一聲，望向左手邊的草叢中，按下故障指示燈，停好車子。「應該在這附近吧？」晴子努力讓記憶與眼前的景色重疊在一起。

然而她完全沒發現另一輛車也在後頭停下來，所以當她右側的車窗傳來敲打聲時，她嚇得整個人彈了起來，被身上的安全帶卡住，並驚叫出聲。一時之間也無法細想，只能打開車窗。

「樋口小姐，請原諒我再度打擾。」一個國字臉的男人說道。

晴子心想：「這個男人好眼熟啊。」過了片刻才想到，他就是之前去探望阿一時，在醫院遇到的那個刑警，又過了一會，想起他的名字叫做近藤守。在剛剛那個路檢據點，走向制服警察的那個便衣男子似乎就是他。

「在這裡遇到，應該不是巧合吧？」

近藤守依然是一副宛如機器人的表情，絲毫不為所動。「請問妳要去哪裡？」

「我要去哪裡，一定要跟你說嗎？」晴子的心跳愈來愈快，甚至擔心他會從自己嘴巴看見心臟正在劇烈跳動。

「可以的話，請告訴我。」

「我只是去找朋友。」晴子臉色不悅地說：「你在懷疑我什麼嗎？」

「真抱歉，因為青柳雅春目前尚在逃亡中。」

「你認為我是去找他？」

「這只是可能性的問題。」近藤守此時才微微加重了語氣說：「我知道這樣的懷疑相當失禮，但我非這麼做不可。」

「那可真糟糕。」晴子諷刺。但近藤守依然無動於衷說：「是的，目前情況相當糟糕。」

「叔叔，你好可怕喔。」坐在後面的七美說道，或許是想跟他比比看誰才是真正的「口無遮攔」吧。

近藤守將臉微微湊近，看著七美說：「因為凶手可是比叔叔還要可怕呢。」

「那個凶手是媽媽的朋友喔。」七美又說一次。一瞬間，晴子感覺一陣涼意沿著脖子滑到背部，不禁寒毛直豎。不過，近藤守對這件事似乎早就瞭然於胸了，只是回答：「是啊，所以叔叔才更擔心妳媽媽的安全呢。」

「啊，媽媽。」七美突然以清晰的聲音叫道。能夠這麼唐突地叫出來，應該是小孩的特權吧。

「怎麼了？」

「我想上廁所。」七美說道。「快要忍不住了，可以在這裡上嗎？」

「能不能再忍耐一下？」晴子一邊摸著鼻子，一邊看著後照鏡。

「可以在這裡上嗎？」

「不行。」晴子露出無奈的表情，朝窗邊的近藤守微微點頭，說：「抱歉，我能帶她到草叢裡上廁所嗎？」

「法律上是禁止這麼做的。」近藤守說道，但語氣並未顯得特別為難。

「一般情況我們也不會這麼做，但是現在事態緊急。」晴子語帶揶揄地向近藤守懇求道。

「事態緊急。上廁所、上廁所。」七美喊道。

近藤守的警戒心似乎下降了一些，他向後退了一步，說：「請快去快回。」

「如果青柳跟我聯絡，我一定會通知你的。」晴子一邊說，一邊抓起手機搖了搖。近藤守似乎放心不下，但又不忍心虐待小孩子的膀胱，只好妥協了。「我相信樋口小姐會這麼做的。」

「你會相信才有鬼。」晴子如此想著，嘴巴上說：「謝謝你。」點頭致意後關上車窗，拔出鑰匙，走出駕駛座，從後座抱出七美，並將旁邊的袋子揹在肩上。

近藤守原本要坐進後面的車子，但銳利的目光往樋口晴子肩上的袋子一掃，大聲問：「樋口小姐，請問那個袋子裡裝的是什麼？」

「私人物品。上完廁所後有點事情要處理。」晴子回答。雖然是個非常曖昧的答案，但她認為這樣就夠了。近藤守也只能坐回自己車子。

裝電瓶的袋子比想像中重，晴子努力不讓臉上出現痛苦的表情。「我們走吧。」說著便拉著七美的手走向草叢。

「媽媽，七美幫上忙了嗎？假裝要上廁所，有沒有幫上忙？」

「幫了好大的忙呢。」晴子向七美道謝。「虧妳還記得。」說著又摸了摸鼻子。

兩人背對著近藤守的車子，朝著長滿野草、宛如小小森林的草叢走去。

## 樋口晴子

「媽媽，這個要用來做什麼？」七美打開袋子，壓低聲音興奮地說道。晴子沒有回答，只是看著眼前的車子，愣愣站著不動，她既感慨又訝異，沒想到這輛車真的還在。

學生時代曾與青柳一同躲雨的車子，如今看來幾乎跟當年沒不同。雖然不至於將眼前景象當成夢境，卻有種正在看著一齣滑稽喜劇的錯覺。在喜劇中的這輛淡黃色車子由於太過笨重遲鈍，趕不上周圍的時間變化，因而被遺棄在這種地方，恣意生長的野草將車體巧妙地遮掩住。

「媽媽，這輛車怎麼了？」七美拉著晴子的袖子問：「好髒喔。」

確實髒得嚇人。車體雖然是黃色的，上面卻布滿了灰塵與泥土，宛如剛從地層下被挖出來的化石。晴子不禁再次慶幸車子還在。

彎腰一摸，鑰匙還放在前輪上，從以前到現在都沒變。晴子將鑰匙插進車門上的鑰匙孔，轉動，向七美說：「七美，坐到副駕駛座。」

「怎麼會有這輛車？」

「以前就有了。」晴子也坐進了駕駛座，環顧車內，一股混雜著塵埃與濕氣的氣味滲入鼻中，印象中當年也是如此。車內雖然不乾淨，卻也稱不上污穢。晴子將鑰匙插進方向盤旁邊的鑰匙孔一轉，果然不出所料，只聽見「喀」的一聲，絲毫沒有發動的跡象。

「從以前就有了？以前是什麼時候？」

「七美還沒出生之前。」

「真的？在我出生之前？」

「很長壽吧。這輛車的命很硬呢。」

「命很硬卻動不了？」不知何時，七美已從副駕駛座將上半身湊過來，趴在晴子的膝上，注視著插在鑰匙孔內的鑰匙。

「是啊。不過，媽媽早就猜到會這樣了。」晴子說著，將七美拉起來，然後彎下身子，在座椅右下方尋找拉柄。她感覺手指好像勾到了東西，向後一拉，雖然觸感不明顯，但可以感覺到引擎蓋已輕輕彈起。前擋風玻璃很髒，上面積著一層厚厚的灰塵與花粉。「好了，我們來實踐剛剛那個店員教的事吧。」

換電瓶的作業比預期順利，晴子自己也嚇一跳，平常可是連看著說明書操作電器都不太行，如今竟然會換電瓶，不禁心想世事果然沒有絕對。而且買到型號正確的電瓶，也真是走運，多虧汽車用品店店員的判斷正確，晴子不禁想向那個態度惡劣的店員好好道謝。就在她將上半身湊進引擎蓋內，正在接著電極接頭時，旁邊的七美突然喃喃唱著：「白山羊寄出了信……」

晴子一驚，望向七美，卻見七美的表情平淡，並非有什麼深意，似乎只是受到野草搖曳的暗示才唱起這首歌。「白山羊寄出了信，黑山羊看也沒看就吃掉了。黑山羊也寫了信，白山羊你那封信裡寫了什麼？」

晴子一邊聽著，一邊繼續換電瓶。仔細想來，這首歌似乎是描寫年輕人單相思及與愛情擦身而過的心情，聽來頗令人感傷。

「好了。」她說道。蓋上引擎蓋的瞬間，車子晃了一下，厚厚的灰塵全都跳了起來。「這樣就會動了嗎？會動了嗎？」七美眼神發亮，坐進了副駕駛座。晴子也坐進了駕駛座，將鑰匙再度插進鑰匙孔，正準備轉動。

「這樣就會動了嗎？」

「希望會囉。」

晴子也不明白，自己為何會想要修好這輛車，找不到任何合理的理由，只是認為，就像看煙火的人會想到相同的事情，如今這時候正在逃亡的青柳可能也會想起這輛車子。雖然不曉得青柳遇到了什麼事，也不明白詳細的狀況，但他絕對不是凶手，至少這一點是可以肯定的，既然如此，實在應該為他做點什麼，晴子只是有著這樣的想法。坐在副駕駛座上的七美正一邊唱著山羊之歌，一邊搖晃著身體。

「好，我們試試看吧。」晴子以祈禱的心情用力轉動鑰匙。

## 青柳雅春

青柳雅春的手放開了鑰匙，不管他怎麼轉，引擎也毫無反應。他心裡其實很清楚，天底下不可能有那麼幸運的事，但是在轉動鑰匙的瞬間，多少還是有點期待，希望引擎能發動。正為了這個想法，才從河堤走到這裡來找這輛車，同時心想「如果那輛車還在那裡，我一定會得救」，這種推論就跟把鞋子丟出去，認為如果正面朝上明天就會是晴天一樣毫無根據。車鑰匙一定還是跟當年一樣放在同樣的地方，只要把鑰匙插進鑰匙孔，引擎就會發動，可以開車逃走，而且一定能成功逃脫。雖然從頭到尾都是毫無根據的妄想，但推動青柳繼續前進的力量，正是這毫無根據的渺小希望。

然而，車子一動也不動。

這才是現實。

青柳坐在車子發不動的駕駛座上，激動地敲擊、搥打方向盤，車體因而不停搖晃。這輛車不是從學生時代就無法發動了嗎？何況從那時到現在又隔了那麼多年，整輛車髒得令人不忍卒睹，光是鑰匙還在原處，就已經算是極為僥倖的了。

青柳再次轉動鑰匙，只聽見了「喀」的一聲輕響，試著放下手煞車，踩下油門，抓住方向盤，將油門踩到底，接著再次搥打方向盤，最後只有將臉埋進方向盤。

多虧長得極高的野草與附近的樹木，不管從車道或人行道都看不到這輛車。青柳猶豫著是不是應該在駕駛座上睡一覺，休息一下。

應該先買個電瓶的。他也不是沒想到這一點，只是一路上沒看見汽車用品店，又沒有勇氣去加油站買，怕被加油站的人看見自己的長相。還是睡一覺吧，等到睡醒之後，或許已過了漫長的歲月，世界上所有人都已經忘了爆炸案，也忘了青柳雅春是誰。像這樣毫無意義的妄想，一次又一次出現在他的腦袋裡。

他望了副駕駛座上的背包一眼，再次轉動鑰匙。不知這是第幾次了，車子依舊毫無反應。

他打開置物匣看了看。當年有很多朋友都把這輛車當成了賓館，聽說置物匣內放著保險套。「說不定早就被人刺了小洞，誰敢用啊。」當時的森田森吾經常這麼說，青柳等人也認同，又髒又不安全，絕對不想拿來用。唯一一次跟樋口晴子在這輛車內避雨時，也不停地提醒自己別打開置物匣。

置物匣內沒有保險套，只有一本筆記本及一支沾滿灰塵的原子筆。青柳不由自主地將筆記本撕下一頁，抓起原子筆，想也不想地便寫了起來。

「我不是凶手。青柳雅春」

寫完的瞬間，忽然感到好空虛，想笑卻笑不出聲。他不禁苦笑，這樣的一行字連俳句都稱不上。如此單純而理所當然的幾個字，為什麼沒有人相信呢？青柳將紙對摺，夾進了遮陽板。或許有一天，會有人看到這張紙。

那會是在多久之後呢？看見這行字的人，到底會困惑、心生同情、還是發出冷笑呢？

那時候的我，會在哪裡呢？

「不要再活在小框框裡了。」

不知為何，腦中浮現了這句話。這是以前那個養醜魚的遊戲中，那隻醜魚說過的話。正因為這句話，讓樋口晴子下定決心與自己分手，「我總覺得，我們繼續在一起，頂多也只能拿到『甲』。」晴子曾經這麼說道。

青柳垂著頭坐在駕駛座上，忽然一時興起抬起頭，伸出手指抵在駕駛座旁的車窗玻璃，想畫一朵花，在裡面寫個「優」字。但是玻璃上的灰塵似乎都是從外側沾上的，怎麼寫也寫不出痕跡。

耳邊好像聽到晴子正在告訴自己：「看吧，你果然是拿不到『優』的。」他嘴裡忍不住開始哼起：「青柳寄出了信，白山羊看也沒看就吃掉了。」伸手抓住鑰匙，帶著死馬當活馬醫的心情再次轉動，引擎依然默不作聲。

青柳雅春再次走在河岸邊。車子發不動，讓他相當失望，只能沿著來時路往回走。現在需要電瓶，必須有電瓶才能發動那輛車，現在應該去買一個電瓶。青柳拐進小橋旁邊的碎石路，在兩旁長得極高的野草之間前進。這條遊覽步道與河川平行，不過這裡既不是著名的觀光景點，也沒有什麼具有特色的風景，大概只有鄰近居民散步時會使用這條路吧。路上都沒有人，青柳微微低頭前進，雖然想要買電瓶，卻不把此當作前進的目的，完全是自暴自棄了。

「你真的認為那輛車發得動嗎？」青柳在心中自問。

「其實我也不相信那輛車能夠發動。」青柳在心中自答。「我只是抱著一絲希望，期待車子發得動，幫我脫困。但如果失敗了，還是會失望。」

此時，他忽然感覺背包傳來震動，似乎是手機的來電震動，他趕緊拉開背包一看，原來是三浦臨走前給的那支手機發出的，螢幕上正顯示著一通隱藏號碼的來電。青柳按下通話鍵，對方沒有報出姓名，劈頭就說：「真可惜啊。」一聽便明白是三浦。「真可惜，向以前的同事求救，利用貨車逃走，這個點子我認為不壞呢。」

「是啊。」

「沒想到會被逮到。是那個同事告的密嗎？」

「不是。」青柳堅決地否認，岩崎英二郎並沒有背叛自己。

「如果我告訴你，其實告密的人是我，你會不會嚇一跳？」三浦輕浮地說道。

「咦？」

「開玩笑的。」三浦輕輕笑道：「我怎麼可能幫警察。」

青柳將手機放在耳邊，卻一句話也說不出來。

「啊，你該不會當真了吧？」

「隨機殺人魔說的話能信嗎？」

「喔喔！」對方一聽大聲歡呼，似乎頗開心。「我不是救了你嗎？怎麼可能去告密？」

的確，他曾幫自己解開手銬，並且讓自己進入公寓內休息，但這些可能都只是他一時興起。因為一時興起，幫助了自己；因為一時興起，又出賣了自己。以此人的行為模式而言，這樣的論點比什麼正義感或同情心都要來得有說服力。

「你不用相信我沒關係，但我有兩件事要告訴你。」

「是好消息嗎？」青柳問道。如果不是好消息也不想聽了。

「算是好消息吧。正確來說，是一個好建議與一個有趣的情報。」三浦自信滿滿地說道。

「建議？什麼建議？」

「讓你逃出魔掌的建議。」

「怎麼做？」

「我剛剛在電視上看到你在店裡買遙控直升機，還在空曠的地方練習操縱遙控直升機的影像。」

「那不是我。」

「我想也是。」三浦說道。青柳對自己說的話那麼容易就被相信，反而愣了一下。三浦接著說：「果然我猜的沒錯。想要陷害你的，並不是一個人，也不是什麼小組織，而是一個非常大的集團。」

青柳連擠出一句「是啊」的精力也沒有了。

「對他們而言，為了陷害你而準備一個跟你長得很像的人，肯定不是什麼困難的事。」

「是啊。」這一次，青柳成功地擠了出來。

三浦輕輕一笑，說：「不過，這或許是一個機會。」

「機會？」

「只要逮住那個冒牌貨就行了。如果你能夠帶著那個跟你很像的冒牌貨，衝進電視台之類的地方，你覺得會有什麼樣的結果？大部分的人看到兩個長得一模一樣的人都會懷疑吧？大家會開始認為，這個事件並不單純，就算是原本認定你是凶手的人，也會稍微起疑心，而這樣的懷疑，或許就能為你帶來轉機。」

「我想那個人應該是動過整形手術吧。」

「應該是。」三浦輕描淡寫地斷定道，接著說：「在仙台，有個技術很好的醫生。」

「你怎麼知道？」青柳不禁開口問，同時也想起女明星凜香從前說過的話。

「你以為我這張大額頭的臉是真的嗎？我原本的長相更帥呢。」三浦不悅地說：「總之，你的冒牌貨一定在某個地方，這一點不會錯的，只要把這傢伙揪出來就行了。」

「但是，要怎麼做？」青柳發現自己已經被三浦的提案吸引了。「怎麼樣才能找出那個人？我怎麼可能知道那個冒充我的人躲在哪裡？」

「交給我吧。」

「咦？」

「作賊的最懂賊。關於這件事，我也不能算是毫無頭緒。」

「也不能算是毫無頭緒？」青柳推敲著這句拐彎抹角的雙重否定。

「那個冒充你的人既然長得跟你一模一樣，就不可能四處走動，如果不小心被看見而被誤以為是你，情況會變得很麻煩。但是接下來或許還會有需要冒牌貨上場的機會，所以這個人也不可能離開仙台。我認為，這個人很有可能正躲在仙台市的某個角落待命。」

「好像隨時準備上場的代打選手？」

「沒錯，比喻得真好。」三浦說道。「我會試著找出那個冒牌貨，你等我的消息吧。」

「希望在你找到之前，我還沒被抓到。」

「找一個大型購物中心或小鋼珠店的停車場，躲在車上睡覺如何？這是比較安全的做法。」

「停車場？如果我有車就好了。」青柳不知不覺用起了自嘲的口氣。

「車子是有的。」三浦吐了一口氣，說：「這就是我另外要告訴你的有趣情報。」

青柳大感疑惑，不知他到底想說什麼。三浦接著說：「青柳，你剛剛不是跑到附近的草叢，嘗試發動一輛車嗎？」他一聽，不禁倒抽一口氣。「為什麼……」過了好一會，才以嘶啞的聲音問：「你為什麼知道？」

「因為我跟蹤你。」

「跟蹤我？」

「你生氣了嗎？對不起。」三浦雖然口頭上道歉，聲音卻顯得很興奮。「我很想知道你的到府取件大作戰能不能成功，所以一直躲在附近觀察。」

「你躲在哪裡？」青柳感到一股莫名的恐懼，忍不住左顧右盼，自己竟然完全沒發現被跟蹤。青柳認為自己一刻也沒有鬆懈過，在行動的過程中一直非常謹慎。

三浦現在該不會也在某處看著我吧？青柳抬起脖子四處張望，左手邊是平緩河堤，自己剛剛從橋邊沿著那裡走下來，右手邊是河水，河的另一邊是陡峭的天然峭壁，完全看不到人影。

「你在東張西望什麼？」三浦在電話另一頭笑道，聽起來像是隨口胡猜，也像是真的將自己看得一清二楚。

「青柳，你能在警察的包圍下逃走，實在了不起，太厲害了。我很好奇你接下來會去哪裡，所以一直跟在你後面，後來看見你走進草叢裡，嚇了一跳呢，你怎麼會知道那裡有一輛車？」

青柳改為低調地移動視線。

「別再東張西望了。」三浦再次說道。「後來你從發動不了的車子下來，垂頭喪氣地離開了，如今正沮喪地走在河岸邊，沒錯吧？」

「那輛車沒電了。」

「你離開之後，有別人來了。」

青柳不懂這句話的意思，沉默了片刻。

「你走後不久，又有人坐上了那輛車，還對車子動了手腳，我想應該是換了新電瓶吧。所以我猜，那輛車現在可以發動了。」

「換新電瓶？誰會做這種事？」

「不是你朋友嗎？」

「我朋友？」

「那個人也真古怪，你現在到處都是敵人，完全是四面楚歌的狀態，作為你的同黨，難道不覺得危險嗎？」

「我沒有什麼同黨。」

「那麼或許是一個主動想幫你的人吧。」三浦思考之後說道。「不過，可別把那麼可愛的小孩也捲進來喲。」

「小孩？」青柳如此反問時，電話已經被掛斷了。

在河岸對面高聳的峭壁上，有一隻土黃色的鳥兒正在展翅盤旋，應該是老鷹吧。只見牠穩穩地飛著，不發出一點聲音。或許是看見老鷹盤旋之後心有所感，青柳轉頭朝著來時的方向走去，腳步愈來愈快。

青柳雖然不相信剛剛毫無反應的引擎在他沿著河岸來回走一趟之後就能發動，但除了回到那裡沒有其他選擇，再說後方的小路是平緩的上坡路，對疲累的身體而言走起來並不輕鬆。黃色的車體隱約在草叢中露出身影，青柳抱著背包快步走過去，什麼都沒辦法思考，蹲下來摸了一下前輪，鑰匙還在，一坐進駕駛座，立刻將鑰匙插入鑰匙孔。

他面對著前方擋風玻璃，吐出了一口氣。真的發得動嗎？

手指微微用力，踩著煞車，在心中默念著：「發動吧。」或許真的從嘴裡說了出來。「發動吧、發動吧。」一開始，青柳沒有理解發生了什麼事，只知道腳下微微顫抖了一下，聽見連串類似哀號的聲音。

引擎似乎快要發動。

雖然沒有馬上發動，但很有希望。或許是因為油箱中的汽油經過長時間擱置已經氧化了。就算沒有氧化，也一定只剩下揮發性較低的成分。如果多轉幾次，或許有機會發動。青柳在深呼吸之後，不停地轉動鑰匙，車子持續發出哀號聲，彷彿是一個賴床、鬧脾氣的小孩。

「快發動吧。」青柳在心中再次默念，就在同一瞬間，屁股感受到一陣彈力，方向盤開始微微顫動。青柳沒有多餘的心思懷念這個死而復生的老朋友，因為整個腦袋早已因興奮而陷入一片空白。往車側後照鏡一看，大量白煙正從排氣管冒出。

青柳就這麼手握方向盤，腳踩著煞車，好一陣子動彈不得，過了一會，才終於伸手，調整車內後照鏡的角度。然而偶然往鏡中的自己一瞧，卻嚇了一跳，不是因為臉色疲累不堪，畢竟那也是可以預期的，而是兩道眼淚正從眼角流過，自己竟然沒發現。「森田，你看看我。」心裡突然很想對森田森吾這麼說。「森田，人類竟然會因為一輛車子發動而流下眼淚。」

即使走到了這個地步，青柳還是期待聽見森田的回答。

青柳因自己的懦弱與可笑而皺起了臉，從鏡中可以看見自己的嘴角也不自覺地下垂，一臉哀愁。他正想踩離合器，將排檔桿推至一檔的時候，決定先翻開遮陽板，把裡面那張對摺的紙拿出來。這張數十分鐘前夾的紙片，如今已經不需要了。

青柳將紙片揉成一團，想要塞進口袋，忽然轉念一想，將紙片攤開來看了一眼。就在皺巴巴的紙片被攤開的瞬間，他大吃一驚，心臟劇烈地跳了一下。

「我不是凶手。青柳雅春」紙上斜斜地寫著這行熟悉的文字，這是自己剛剛寫的，但是在這行字的旁邊，竟然多了一行墨色較淡而筆跡整齊的字。

「我想也是。」

青柳愣愣地看著紙片好一陣子，接著閉上雙眼。自己對這行字的筆跡有沒有印象、寫下這行字的人真正的意圖是什麼，這些都不重要了。青柳不禁想哭出聲音。車子持續震動，彷彿在提醒「還是快出發吧」。沒想到短短的一句「我想也是」，竟然可以讓人這麼感動。

打檔，放下手煞車，踩下油門。車子從草叢中飛出。

外頭正好有人。一個散步的老人正彎著腰面對草叢，一副想要一探究竟的模樣。青柳所駕駛的車子突然衝出來，把對方嚇得向後仰，一屁股摔在地上。青柳心裡雖然感到抱歉，還是更用力踩下油門。車子一衝入車道，趕緊轉動方向盤。車體一邊發出聲響，一邊搖搖晃晃前進，速度比想像中還慢，他忍不住粗暴地猛踩油門。輪胎胎壓不夠，畢竟長年遭到棄置，裡面的氣體已經耗去了大半。這種搖搖擺擺的前進方式或許會更引人側目。

車道雖然很寬，青柳卻很害怕與其他車相撞，前方的擋風玻璃雖然勉強看得見，左右邊的窗戶卻相當模糊。忽然一道黑影襲來，他急忙轉動方向盤避開，一輛RV休旅車擦身而過，將車身方向拉回來，加速前進。

青柳想起了自助式加油站。以前送貨時曾經數次經過那間加油站，在那裡除了加油之外，應該也可以幫輪胎打氣，而且不用擔心被看見。眼前的景色與剛剛走在岸邊所看見的朦朧景色已經完全不同了，一切事物都開始有了清晰的輪廓。

## 樋口晴子

「好厲害，媽媽，果然有心就做得到。」坐在副駕駛座上的七美為了引擎可以發動而興奮不已，不停地在座椅上動來動去。「不過，煙好大呢。」七美望向後頭冒出的大量白煙說道。

「是啊，只要有心就做得到。」晴子握著方向盤，心中有小小的感動，接著熄掉了引擎。

「不開這輛嗎？那我們來這裡做什麼？」

「是啊，我們到底來這裡做什麼呢？」

「有人會開這輛車嗎？」

晴子笑了。逃亡中的青柳想起這輛車並且來開走的可能性有多大，自己也毫無把握。「如果有人來開這輛車卻發不動，一定會很失望，總是希望車子開得動，不是嗎？」

晴子抽出了鑰匙，她不認為警察還等在外面，但如果車子被發現的話恐怕會很麻煩。「下車吧。」就在她對七美說這句話的時候，突然發現遮陽板露出了紙片的一角。她不及細想，已經伸手抽出紙片，在攤開紙片的瞬間，一行令人懷念的筆跡映入眼簾，讓晴子不禁瞇起了眼睛。紙片上寫著「我不是凶手。青柳雅春」。

「我想也是。」晴子從提包中取出原子筆，在那行字的旁邊寫下這幾個字。好希望紙片可以告訴自己，這行字真的是青柳寫的嗎？晴子忽然一陣不安，擔心自己是不是來得太遲了。

晴子帶著七美回到路旁走近自己的那輛輕型汽車，仔細觀察附近有沒有警車或制服警察，但除了一輛輛通過的車子之外，沒看見什麼可疑的事物。天空依然一片浮雲也沒有，所呈現的藍毫無遠近感，宛如藍色圖畫紙。

「抱歉。」背後突然傳來說話聲，嚇得晴子差點跳起來。她緊張地回頭一看，眼前站著一個不知是少年還是青年的矮小男子，穿著黑色連帽T恤，額頭頗為寬大，看起來一副怯生生的模樣，臉上帶著微笑。他牽著一輛腳踏車，車頭呈一字形，輪胎極細，給人一種輕巧靈活的感覺。

「有什麼事嗎？」晴子問道，心裡並不認為這男子是那些警察的同伴，因為他所流露的氣質完全不同於警察或公務員。

「抱歉，我碰巧看到了。」男子摸著眼鏡，噘著嘴說道。

「什麼？」

「呃，請問妳們剛剛在那裡做什麼？」男子指著草叢方向問道。

「我帶我女兒去上廁所。」晴子撫摸著七美的頭說道。「這很沒有公德心，我知道。」

「我不是想指責這件事啦。」

晴子隨口應了一聲，走向車子，同時喊：「七美，走了。」

「大哥哥，那台腳踏車是你的嗎？」七美抬頭望著矮小男子，以天真無邪的聲音問道。

「嗯，算是吧。」男子回答。

接著，兩人不約而同地唱起歌：「白山羊寄出了信，黑山羊看也沒看就吃掉了。」

面無表情地跟小孩子一起唱歌的男子在晴子的眼中實在不像個成熟的大人，令她不禁加重了語氣喊：「走了，七美。」並打開了後座的車門。「掰掰。」七美朝他揮手道別。不知道是不是錯覺，晴子彷彿聽見男子在一瞬間將歌詞改成了「青柳寄出了信……」。

晴子開車一路朝回家的方向前進。如今已不再懷疑青柳是暗殺首相的凶手了，那張夾在遮陽板的紙片上的那行「我不是凶手」已經說明了一切。

「剛剛那輛車的事不能說出去喲。」晴子說道。但往後照鏡一看，坐在兒童安全座椅上的七美已經睡著了。

回到自家公寓，她看見門口附近停了一輛車，不是警車，也沒有閃著紅色警示燈，只是普通的車子，但她有不好的預感。

通過公寓門口，將車子停進停車場。晴子抱起仍熟睡著、沉重得像塊蒟蒻的七美，朝家門口走去，一名西裝男子靠了上來。晴子一邊從提包中取出鑰匙，一邊說：「在這裡遇到，不會又是巧合吧？」

「我在這裡恭候多時了。」近藤守點頭致意後說道，陽光從他背後射來，看不清楚他臉上的表情。他走上前來，朝著熟睡的七美看了一眼。

「有什麼事，打電話不行嗎？」

「怕妳不接。」

近藤守依然沒什麼表情，但態度明顯比剛剛在路旁臨檢時要嚴厲許多。

「樋口小姐，請妳說真話，妳真的沒有跟青柳雅春聯絡嗎？」

「沒有。你繼續跟著我只是浪費時間。」

接著兩人互瞪，彷彿在比賽耐力。近藤守觀察著樋口晴子的表情，樋口晴子也毫不畏懼地回看，與他正面對峙。一開始晴子很怕自己可能會流露出不安，後來她開始把對方當成機器人，也就不怎麼怕了。

近藤守似乎不想再僵持下去，開口說：「以後妳在採取任何行動前，請先通知我們。」

「採取任何行動？真是曖昧的說法。」晴子雖然這麼想，但為了可以早點擺脫他，還是給了一個好學生式的回答：「我會的。」

她在近藤守的注視下，走進了公寓，搭上電梯，來到自家大門前，正拿著鑰匙準備要開門時，不知何時醒來的七美跳了下來，以輕鬆的語氣說：「媽媽，那個人真討厭。」

晴子轉頭望向天空，心想如今正躲在某處的青柳雅春，不知是否順利逃走？可憐的青柳。

## 青柳雅春

可憐的車子，手握方向盤的青柳雅春一副事不關己的態度。這車子不知道有多少年沒被使用了，竟然還能動。

他依循著記憶，找到了自助式加油站，雖然有工作人員，但除了特殊狀況，基本上是採自助式加油，一旁還放著調整胎壓的工具，這部分也沒有改變。車子雖然被棄置了很長的時間，但似乎沒有耗去太多內胎的空氣，他扭開灌氣口，將打氣機的噴頭塞進去，不久，輪胎便恢復成原本的形狀。為了保險起見，他也加了油。由於車體實在太髒，又用水管引水沖洗車身。當然，洗過之後也還稱不上是乾淨，但總是像樣了一點。於是，他立刻發動車子離開了加油站。

車子隨時可能拋錨。踏著油門的時候還好，一旦減速、打入低檔或停下來等紅綠燈，青柳都很擔心車子會熄火。如果在路中央動彈不得，那可就麻煩了。

青柳將車子駛進泉區環狀線沿線的一間大型購物中心的停車場內。老舊的黃色車體稱不上低調，也不至於太醒目。何況警方目前還不知道自己正用車子逃亡，光是這點就值得慶幸了。

這座停車場是平面式的，相當寬廣，入口處還有員工拿著旗子指引，青柳低著頭拿了停車券，沿著規畫路線在一排排車輛的間隔中前進，他看見一輛黑色自用車正要離開，於是將車子停進了空出來的車位。他熄掉引擎，靠上椅背，旋即擔心起車子可能無法再發動，於是再轉動鑰匙，確定可以發動後，才又熄掉引擎。

青柳解開安全帶，將椅背放倒，整個人躺下，如此從外面便看不到他。他伸手從副駕駛座上的背包裡取出營養食品，拆開來一口口吃著，其實肚子並不餓，只是勉強咀嚼。

打開掌上型遊戲機的電源，拉出天線，看著電視節目。他撥動轉盤，將音量調高，雖然看見自己出現在畫面上，卻不再大驚小怪。又是這個人，又是我。兩年前的影像以及操縱遙控直升機的影像，一次又一次地被播放。

「疑似青柳雅春的男人在若林區的便利商店搶了麵包之後逃逸。」

「疑似青柳雅春的男人被目擊出現在松島海岸的觀光渡輪碼頭前。」

「疑似青柳雅春的男人在野蒜海岸附近奔跑，有多位目擊民眾向警方報案。」

青柳忍不住想笑，怎麼到處都有我呀。雖然局勢並未好轉，但到了這個時候，他已經麻痺了，何況這麼多目擊情報反而令人搞不清楚他真正的所在位置，這未嘗不是好事。但轉念一想，不禁懷疑這說不定是警察的詭計，警方也許是故意放出許多偏離真相的情報，讓他感到安心並鬆懈，可說是一種卸除心防的戰術。確實不無可能，對如今的自己而言，除了「回歸平穩的日常生活」之外，世界上已經沒有什麼不可能的事情了。

青柳雅春感到一陣尿意，一開始刻意忽視，但是膀胱膨脹的感覺愈來愈強烈，最後再也無法忍耐。然而一旦嘗過待在車裡的安全滋味後，就會不敢走到外頭去了，他甚至開始猶豫要不要在車上解決算了，反正是輛車主及年分皆不詳的中古車，從駕駛座爬向後座，偷偷在後座小便似乎也沒什麼大不了，除了必須忍受尿騷味，對車子的性能並無實際影響。青柳甚至已經伸手要拉下褲頭拉鍊，但就在最後一刻，還是改變了心意。

在車中小便當然不是大問題，但一旦做了那樣的事，恐怕會難以承受那種「為什麼我這麼可憐？」的悲慘心情。他張望了一下四周，確定沒人，揹起背包打開車門，快速朝建築物走去。

青柳站在小便斗前小解時，一名年輕人突然出現在他右邊，左邊同時也有一名西裝男子湊了過來，開始小解。右邊的年輕人先瞄了他一眼，接著左邊的西裝男子也向這邊望了過來，雖然不是帶有深意的視線，卻讓青柳大感緊張，急著想離開。

他心跳愈來愈快，只能一直低著頭，假裝看著自己的性器官。結束之後，走向洗手檯，在水柱下輕輕一搓手便閃身走出廁所，揮著手將水滴甩掉。

從廁所走回停車場，彷彿是條相當遙遠的道路，青柳忍不住小跑步前進，一路上的心情就好像正站在舞台上被人觀看一樣緊張。眼前偶然看見一群染髮的年輕人，大約是五個人，全都蹲在停車場內一輛小型休旅車旁邊，叼著菸，皺著眉，身上穿著顏色鮮豔的衣服，脖子上戴著項鍊，有的還戴著有色鏡片的時髦眼鏡。

看起來應該是十幾歲的年輕人吧。青柳突然好羨慕他們的悠閒，可以在這種地方廝混、打發時間。他想起了學生時代，自己也曾經跟社團的人聚集在學校餐廳或速食店消磨時間。有一次與同伴並沒有什麼惡意，只是覺得好玩而打罵笑鬧，突然有個西裝男子走了過來，像著了魔一樣破口罵道：「你們這些傢伙別以為可以永遠這麼玩下去，人生可沒那麼好混。」就在青柳正回想著當時到底回了什麼話的時候，眼前那五個年輕人的其中一個忽然「啊」地一聲大叫，伸手指向他，其他四人見狀也紛紛站了起來，頃刻之間便將他包圍。

「大叔，就是你吧？」其中一人說道。

「你就是那個凶手吧？」另一人說道。

這五個年輕人的髮型及服裝大同小異，看不出來有何分別。青柳雅春拚命思考，要怎麼應付這五個一臉奸笑的年輕人。雖然他們的體格也沒多壯碩，但總不能一人賞一記大外割，何況在這裡引起騷動，絕對不是明智之舉。過了片刻，青柳只能開口說：「能不能請你們讓開？」心裡當然知道這句話毫無意義，如果這群人就這樣乖乖退開，還配當什麼不良少年？

然而世事難料，眼前一個金髮年輕人竟然滿臉認真地說：「好的，請過。」青柳嚇了一跳，反而開口問：「咦？這樣好嗎？」

「你在逃亡嘛。」另一個年輕人說道，其他人也紛紛附和：「加油啊，大叔。」、「我們只是想跟你打個招呼。」、「是啊、是啊。」、「雖然很想跟你拍照，但我們會克制自己的。」

一時之間青柳啞口無言，一頭霧水。正面一個年輕人伸出右手，對他說：「加油啊。」

青柳忍不住想要伸出右手跟他對握，但又怕被他拉住，壓制在地上，卻聽見年輕人繼續說：「大叔，加油啊。」又說：「你一定是被冤枉的吧？」青柳一聽，久久說不出話來。

「我們也常常被冤枉呢。」

「我們很明白你的心情，世界上沒有什麼比被冤枉更難受。」

「只要一發生事情，就會有人懷疑是我們幹的，簡直跟美國一樣倒楣。」

接著，幾個年輕人不約而同地讓出一條路，伸手向前一擺，做出「請通過」的手勢。丈二金剛摸不著腦袋的青柳只好點頭致謝然後離開，雖然覺得應該說幾句場面話，但卻不知該說什麼。

回到停車場，他發現自己的那輛髒車正孤零零地停在停車格內，周圍的車子都消失了，不知道是不是偶然。青柳想要早點離開，趕緊從口袋中取出鑰匙。就在這時，塞在背包裡的手機突然震動了起來，取出一看，這次有來電顯示號碼。

「青柳山羊收到了信……」電話另一頭傳來三浦的歌聲，接著問：「你還好吧？」

「還好。」青柳回答，一面回頭一看，剛剛那五個年輕人已經消失得無影無蹤了。

「雖然花了一點時間，但我終於知道了。」

「知道了?知道什麼?」

「冒牌青柳的所在位置。」

## 樋口晴子

回到家,樋口晴子的一顆心依然七上八下。她打開電視一看,絕大部分的頻道依然在報導首相遭暗殺的相關新聞。

「媽媽,完蛋了呢。」七美說道。

「媽媽不會完蛋,完蛋的是青柳。」

「青柳,加油。」七美指著電視機說道,但是那語氣並沒有感情,倒是帶了點事不關已的悠哉。青柳雅春的模樣正出現在電視畫面上,不知道又是哪個監視器拍到的影像。

目擊情報一件又一件被公開,當然不可能每一件都是正確的,有不少情報甚至矛盾,電視台卻毫不介意,似乎認為這些矛盾所帶來的混亂也是青柳雅春的責任,電視台完全沒有過失。「警方目前藉由仙台市內各處的保安盒取得影像及聲音,如今正在過濾分析當中。」播報員說道。晴子一邊想著保安盒,一邊在沙發上坐下。自己的手機通話內容也正被警察監控著,一切都逃不出警察的法眼。對於這些利用監視器掌握一般民眾的警察及有力人士,晴子所感受到的憤怒甚至超越了對青柳雅春的同情。

「那些有權有勢的人一定正悠哉地喝紅茶，蹺著二郎腿，坐在高處觀察我們的一舉一動。真是氣死人了，對吧？」森田森吾從前說過的這句話，突然出現在晴子的腦中。

她依循著回憶的絲線，回到了當年讓森田森吾說出這句話的場景。

那應該是在清掃市立游泳池的時候吧。那是阿一找到的打工，包含青柳在內的四個人聚在一起，赤著腳以長柄刷刷洗池內的污垢。雖然已入初夏，氣溫依然有寒意。向來討厭勞動的森田森吾沒幾分鐘便開始受不了了，嘴裡碎碎念著「這游泳池怎麼這麼大」或「游泳池髒一點有什麼關係」之類的埋怨和歪理，接著偶然抬頭看見監視器，又說：「那些有權有勢的人一定正悠哉地喝紅茶，蹺著二郎腿呢。」

「有權有勢的人觀察我們打掃游泳池幹什麼？」青柳雅春苦笑道，宛如在安撫一個不聽話的小孩，「而且，為什麼一定要喝紅茶？」

「像我們這樣的平民老百姓，只能被那些有權有勢的人戲弄，當我們還在拚命工作或談戀愛的時候，他們已經決定了所有事情，然後拿一些沒有道理的規定要求我們遵守。不但如此，那些有權有勢的人一定都在監視器的另一頭嘲笑我們這些埋頭苦幹的人呢。」森田森吾簡直像是被清潔劑毒昏了頭似的，愈說愈起勁。

晴子聽了森田森吾這些話，也只能苦笑以對，不過森田森吾接下來說的這番話卻讓她印象深刻。「當我們被那些有權有勢的人欺壓的時候，能做的只有逃命。」森田森吾說道。「一旦被盯上了，只能趕快找個地方躲起來，逃出那些人的視線。」

「什麼意思？」青柳問道。

「你想想，如果在海裡被鯨魚攻擊，你會怎麼做？」

「鯨魚會攻擊人類嗎？」青柳不解問道。

「當然會囉，任何動物都討厭人類。在那樣的狀況下，你會選擇跟鯨魚搏鬥嗎？應該不會吧？難道要跟抹香鯨正面對決，把抹香鯨幹掉嗎，青柳？就憑你這種貨色，一定三、兩下就像小木偶一樣被吞下肚了。」

「難道森田你就不會被吞下肚？」

「所以說啦，最聰明的做法就是……」

「是什麼？」

「逃走。拚命游，游得愈遠愈好，這是唯一的活路，再怎麼窩囊也無所謂，總之就是要拚了老命逃走。」

「再怎麼游，也是會被吞下肚吧？」

樋口晴子一邊想著當年的這些對話，一邊望著沙發上的七美。七美靠在自己身上，似乎累了，正在與睡魔搏鬥，眼睛開了又闔，闔了又開。

伴隨著游泳池邊的記憶，另外一個記憶也被帶了出來。

那是某一次在速食店聚會發生的事。遲到的阿一帶了他那正在念短期大學的女友一起出現。那個女生個性隨和開朗，一下子就跟大家打成了一片。

就在大家天南地北地閒聊著一些沒有意義的話題之際，森田森吾卻三不五時便喊著「轟隆」之類的聲音。晴子一頭霧水地望著他，他給了一個莫名其妙的理由：「沒什麼，我只是覺得偶爾來一點誇張的音效也不錯。」接下來，每當有人說完一句話，森田森吾都會奮力拍手，或是以過度誇張的語氣喊：「不會吧，真的假的？」

晴子詢問阿一：「森田今天怎麼了？」阿一卻冷冷說：「今天可能流行那種誇張的反應吧。」

「不必理他。」就連青柳雅春也如此說道。但是森田森吾不時大叫的行為，還是把晴子惹得心情煩躁，直到阿一的女友去上廁所時，晴子才明白真相。森田森吾看那女生已走入店內深處之後，朝阿一問：「喂，結果如何？」

「嗯，我也不太確定。」阿一一邊說，一邊將手放在桌子下方，不知道在做什麼。

「你們在幹什麼？」

「阿一說他想偷看女友的手機。」森田森吾說道。

「什麼？」

「所以我們決定想辦法引開他女友注意，讓阿一趁機從她包包中將手機拿出來。」

晴子用力皺眉說：「真是太過分了。」

阿一聽到這句話，忍不住抬起頭來，滿臉通紅。

「這有什麼大不了的？劈腿的女生才過分呢。」森田森吾若無其事地說道。

「她劈腿？」

「現在正在查啦。」森田森吾擺出一副跋扈的態度。

「太過分了。」晴子又強調了一次。「所以你才像個傻瓜一樣大喊大叫？」

「我教妳一件事。」

「不用了，我並不想學。」

「不管任何動物，一旦聽到巨大的聲音都會被吸引，因為動物必須先看清楚聲音的來源是不是具有危險性。」

「說得跟真的一樣。」青柳不禁露出苦笑。

「喊了幾次之後，她應該也習慣了吧？」

「嗯，話是這麼說沒錯，」森田森吾老實地承認，但接著又自信滿滿地說：「不過，這個戰術確實發揮了效果，阿一已經成功地偷看到了。」

「不是戰術發揮效果，而是阿一的女友剛好去上廁所吧？」青柳冷靜地分析道。

「而且不管怎麼說，偷看別人的手機實在太過分了。」

結果，阿一忍受不住罪惡感的苛責，在女友從廁所回來之後，向她坦承了偷看手機的行為。晴子還記得，當時那個女生大發雷霆，青柳雅春與自己只好拚命安撫她。阿一慚愧地低頭不語，森田森吾則不知何時加入了指責的一方，對著阿一罵：「阿一，你太過分了，別以為道歉就可以被原諒。」

「好懷念啊。」晴子想，接著對於森田是否真的在爆炸中喪生相當掛心，她有股衝動想立刻打話到電視台或醫院確定，但不敢知道真相的恐懼又將這股衝動壓抑下來，於是她決定不多想。

過了一會，晴子撥了電話，帶著急迫的心情，將手機放在耳邊。

「啊，喂喂？晴子，怎麼了？」平野晶馬上接了電話，開朗地問道。

「現在方便講話嗎？」

「現在是上班時間，不過不要緊。」平野晶說道，然後又特地補了一句：「現在是上班時間，所以不要緊。」而且完全沒有壓低聲音的意思。接著傳來紙張的窸窣聲響，以及平野晶的說話聲：「啊，課長，這個影印好了。」晴子回想自己當初還在公司的情景，心想：「這個人真是一點也沒變呢。」明明昨天才見過面，卻有一種懷念的感覺。「怎麼了？有急事嗎？還是要找我吃午餐？」平野晶問道。

「能不能介紹男朋友給我？」晴子沒想到自己情緒竟如此激動，這句話從雙唇間洩出。

平野晶一聽也不禁拉高嗓音說：「晴子，妳不是結婚了嗎？除了老公，妳還想要男朋友？」

「不是啦，我說的是妳的男朋友，就是那個平將門。」晴子急促地說道，匆忙計算時間，希望能在三十秒之內結束通話。

「將門？怎麼突然想認識他？」

「啊，等我一下，我再打給妳。」晴子說完後便掛斷了電話。打電話的人是自己，卻又任性地掛斷電話，晴子知道這樣很失禮，但這也沒辦法。過了一會，她又撥了電話。

「怎麼了，晴子？」平野晶一接起電話，劈頭便問。

「我知道這很唐突，但我想跟他見面，有件事想拜託他。」

「好吧，這個週末一起吃飯吧？妳還得顧孩子，應該約中午比較方便吧？」

「如果可以的話，最好是現在。」這句話雖然令晴子有點難以啟齒，但沒有時間想太多。她一邊盯著沙發旁矮桌上的時鐘，不停告訴著自己：三十秒之內、三十秒之內。「能不能就在公司附近那家咖啡廳？」晴子問道。

「或許忘了跟妳說，現在是上班時間。」平野晶笑道。

晴子立刻說：「現在電視上不是一直在報導那個逃亡的凶手嗎？」

「喔，妳說的是那個離職的送貨員？」

「那個人是我以前的男朋友。」

「咦？妳說什麼，晴子？」

「我想請妳男朋友幫忙的事情跟這件事有關。」

就在時鐘的指針即將指向三十秒的瞬間，電話另一頭響起了平野晶的報告聲：「課長！我今天能不能請特休？」

## 青柳雅春

坐在駕駛座上的青柳雅春將手機放在耳邊問說：「真的嗎？你真的找到我的冒牌貨了？」

由於冒牌貨本身就是難以置信的事，青柳的心情就像置身在一團迷霧，看不清、摸不著。

「說這個謊對我有什麼好處？」三浦半開玩笑地淡淡道。「我知道冒牌青柳的藏身處了。」

青柳的心中同時浮現兩個疑問。在哪裡？怎麼找到的？

三浦似乎同時察覺青柳的這兩個疑問，開始解釋：「老實說，雖然我在你面前說了大話，但一開始我也不知道該去哪裡蒐集情報。」口氣中或多或少帶了些自吹自擂。「但從最根本的地方開始思考，既然冒牌青柳接受過整形手術，那麼最快的方式不就是直接問那個整形醫生嗎？」

「喔。」青柳問：「就是那個曾替你動過手術的醫生？」

三浦沒有回答這個問題，接著說：「我知道那個醫生的電話號碼，而且很幸運地，那個醫生的電話號碼也沒有更換，所以我打去問，他就告訴我了。那個被整形成青柳雅春的可憐冒牌貨就躲在仙台醫療中心的病房。」

「怎麼可能？」青柳激動地說道，連口水都噴了出來。

「不可能？」或許是對青柳的反應有些意外，三浦冷漠地問：「怎麼不可能？」

「那個醫生怎麼會把這麼重要的事情告訴你？」

此時，眼前有一輛車正在倒車，想要停入青柳右邊的停車格。明明停車格那麼多，為什麼這輛車要故意停在自己旁邊呢？青柳一邊聽電話，一邊將身體壓低，往車窗外一看，開車的是個年輕女性，駕駛技術似乎不太好，對方正小心翼翼地在車內後照鏡與車側後照鏡之間來回觀看。但青柳的心裡不禁擔心，這樣的舉止說不定只是演戲，目的是希望藉由技術不好的模樣來降低自己的戒心，其實這名女子也是來追捕自己的。

「這個嘛，那位醫生並非任職於大醫院，也不是可以光明正大打著招牌的名醫，只是個偷偷幫人整形的醫生。換句話說，跟警察或媒體比起來，你不認為他跟我們是站在同一邊的嗎？」

「別把我跟你相提並論。」青柳說道。隔壁的女子停好車子，下車。

「真無情啊。」

「就是那個醫生幫我的冒牌貨整形？」

「不，不是這樣的。我剛剛說了，那個醫生跟我們是同路人。」

「別把我跟你相提並論。」

「這是一個很龐大的計畫，非常詳細，規模非常大的計畫，幕後黑手絕對不是等閒之輩。」青柳想像一個大巨人抬起腳想把自己踏扁的畫面。「應該吧。就像暗殺美國總統甘迺迪的幕後黑手絕對不是小人物。」暗中策畫的絕對是股龐大的勢力。

「想出這個計畫的，是那些高高在上、手握權勢的傢伙。所以那位醫生拒絕了複製冒牌貨的委託工作，因為他不想替國家的掌權者做事。不過，整形業界是很小的，另一個他也認識的醫生，接受了這份委託工作。」

「接受委託？是接受警察的委託，還是接受國家的委託？」

「嗯，委託者或許沒有說出自己的身分，不過推想起來，大概就是那些人吧。總之，根據我的情報，冒牌青柳如今正躺在醫院的病床上。」

「他受傷了嗎？」雖然是自己的冒牌貨，還是有一種分身受到傷害的錯覺。

「應該是在等著下一次的上場機會吧。醫院病房可以管控人員進出，而且不會被一般民眾看見，何況還提供三餐，確實是不錯的藏身之處。啊，你不如學學他，躲在病房裡吧！」

「除非醫院願意幫忙，否則應該沒辦法吧？」

「是啊，不過有一個方法。」

「什麼方法？」

「把你跟那個冒牌貨掉包。告訴你一件天大的好消息，你跟那個冒牌貨長得很像呢。」三浦以自認為很幽默的語氣開心地說著。

青柳想像自己代替那個長相相同的男人躺在病床上的畫面。雖然無法估計天數，但應該會有很長的時間必須在病床上喬裝病人，或許多少有些不自由，但至少是安全的。然而青柳馬上想到一個問題：「這麼一來，那個冒牌貨該怎麼辦？難不成要請他代替我逃亡？」

「這麼說也有道理。」三浦說道，言下之意好像是在說，剛剛那句話只是開玩笑，不必太認真。「總之你快到醫院來吧。我們在醫院後頭的停車場碰頭，我帶你到病房。」三浦接著說道。

「藏匿冒牌貨的醫院，應該警衛重重吧？」

三浦「啊」了一聲，似乎顯得相當開心。「你真敏銳，青柳。你明明應該很累了，腦筋還是這麼清楚。」

「我快累垮了。」

「其實我現在已經在醫療中心了，這裡的警戒沒有想像中那麼嚴密，或許是因為他們認為你不可能找得到這裡吧，他們真是太大意了。」

的確，如果沒有認識三浦，青柳根本不可能從整形醫生那裡獲得情報。

「所以你只要若無其事地將車子開進停車場，就可以光明正大地走進醫院。相信我。」彷彿就要吹起口哨的三浦輕佻地說道。

「相信你？」

「你知道人類最大的武器是什麼嗎？」

一聽到這句話，青柳立刻想到的是「習慣與信賴」，這是當初森田森吾以無奈且明確的聲音告訴自己的答案。

「是豁出去的決心。」當然，三浦說了一個跟森田森吾不一樣的答案。「到醫院之後，打電話給我，撥現在這個號碼就可以了。」接著又說：「啊，你知道醫院的位置嗎？」

「你以為我是誰？」雖然青柳內心一樣焦慮，但為了鼓舞自己，他決定說句帥氣的台詞。「暗殺首相的凶手？」

「離職的送貨員。」

掛斷了電話，青柳下車。打開的車門差點撞上剛剛停在旁邊的那輛藍色車子，青柳這才發現兩車之間距離好近。他側身穿過縫隙，由寬敞的停車場朝建築物的方向走去。

「該不會已經走了吧？」青柳一邊如此想著，一邊四處張望。剛剛發生的那件事該不會只是幻覺吧？以現實來看，那件事確實有點荒誕不稽，就在青柳這麼想著的時候，突然聽見有個年輕人的聲音從旁邊飛來：「大叔，你怎麼還在這裡？趕快離開吧。」轉頭一看，那五個年輕人還是跟剛剛一樣蹲在地上聊天。

「喔，」青柳朝他們微微點頭，說：「有件事想拜託你們。」

五個年輕人蹲在地上先是露出驚愕與不耐煩的表情，但又立刻湧起了興致，急問：「什麼事、什麼事？」

「能不能跟我交換衣服？」

這種半吊子的變裝恐怕難以期待效果，但總比什麼都不做要來得好。五個年輕人都吃一驚。青柳本來以為他們一定會生氣或感到可笑，沒想到其中一人立刻說：「大叔，看來你是認真的。」另外四個人接著說：「好，我幫你。」青柳見五個人同時開始脫衣服，反而慌了手腳。

「一人份的衣服就夠了。」

他拿到的衣服之中，一件黑色羽絨外套看起來頗為高級，但年輕人非常慷慨，直說：「沒關係，穿上它吧。」青柳滿懷不安地將那件外套穿上，確實相當保暖，不禁再次開口問：「真的可以拿走嗎？」

「可以、可以。」五個年輕人笑道，不但如此，還不停地將零食及ＣＤ塞進青柳的背包中。「那大叔的衣服我就收下了。」年輕人之一穿上了青柳的外套。「這反而有價值呢。」他開心地說道。

「大叔，加油。」五個年輕人舉起手來說。青柳決定這次一定要說句精闢的場面話，沒想到說出口的卻還是「我得告訴你們，人生可沒那麼好混」這種老掉牙的論調，自己也不禁笑出來。五個年輕人同時哈哈大笑，說：「從你口中說出來真有說服力。」

走向車子的途中，青柳曾一度回頭想再跟他們道別，沒想到那群年輕人又像煙霧一樣消失。就在這時，一黑一白的兩輛轎車毫不減速地先後開進停車場，無視原本規定的行車方向，在一排排車子的縫隙間穿梭而過。

青柳急忙奔向自己的車子。雖然可能性不大，但那兩輛車難保不是來追捕自己的。黑車煞了車，剛好就停在青柳的車子左邊，而後頭的白車則以倒車的方式嘗試停入黑車對面的停車格。兩輛車彷彿刻意要擋住青柳車子前方的道路。

青柳坐進了車內，心裡喊著「發動吧」，伸手轉動鑰匙。如果引擎在這時候發不動，一切就完了。一瞬間，寂靜無聲。過了片刻，腦中好像聽見有人喊：「你出局了。」但下一秒鐘，車身傳出了震動。

青柳將排檔打入倒車檔，放開離合器，奮力踩下油門。車子瞬間衝出後方的空間，他立刻轉動方向盤，朝停車場出口的方向奔馳而去。

## 青柳雅春

青柳雅春開著車，眼前卻一片模糊，當然不是真的看不清楚景色，而是有一種宛如發高燒，全身飄在空中，視線與現實的景象宛如隔了一層膠膜的感覺。或許是因為緊張所帶來的恐懼感與身處狹窄車內所帶來的安全感，兩種感受互相衝突，讓腦袋變得一片混亂吧。

青柳相當清楚仙台醫療中心的所在位置，路徑圖瞬間在腦中完成。雖然不至於將整份地圖記在腦海中，但大致上對每一個轉角及十字路口都有印象，所以腦袋中可以產生「走這條路接那條路，在那個轉角轉彎之後就可以到達目的地」之類的圖像。仙台醫療中心並不在自己以前負責的區域內，但他曾經數次代替同事送貨到那裡。如果沒記錯的話，那裡的停車場很大，而且出入口只有一台自動取票機。

最大的問題在於一路上是否能夠完全躲過路檢。自己開的這輛車並不顯眼，如果勉強要舉出特徵，大概只有「非常骯髒」。然而世界上骯髒的車子其實意外地多，在骯髒的車子中混進了一輛非常骯髒的車子，也不至於太醒目。

車子前進的速度不快也不慢，總之，至少還在前進。青柳心想，如今的這輛車就跟自己一樣，至少還在前進，至少還在逃亡，至少還活著。

但另一方面，他也不禁感慨，如今距離首相被炸死只隔了一天，整個社會的混亂竟然只有這種程度。車子行駛於路上所造成的風壓會颳起任何東西，重要的證據難保不會這麼消失。一瞬間，青柳不禁懷疑，說不定那些人就是故意要讓證據消失。

醫療中心位於仙台市鬧區的東北方，距離頗遠。青柳以順時針方式繞著環狀線，下了坡道，雖然卡在車陣中動彈不得很可怕，但周圍車子變少也頗令人不安。

每當前方車子減速，青柳便開始擔心是不是遇上了路檢。在接近路檢據點時才突然改道一定會被懷疑，可以的話，最好在距離尚遠的時候改走別條路。

等紅綠燈時，青柳從副駕駛座上的背包取出眼鏡戴上。這是在大型購物中心遇到的那幾個年輕人送他的。這副眼鏡的造型頗符合不良少年的形象，但不知道適不適合暗殺首相的嫌犯。青柳怎麼看都覺得不太自然，最後還是拿掉了。

他接著從背包中取出了那些年輕人硬塞進來的ＣＤ，一看封面，不禁露出苦笑。雖然是沒聽過的歌手，但從封面照片的風格來看，很明顯是被分類為嘻哈的音樂，將「別聽嘻哈音樂」當作口頭禪的岩崎英二郎頓時浮現在腦海中。青柳心想，或許這也是緣分吧，於是將ＣＤ取出，放進汽車音響中。

這輛車的汽車音響不知有多少年沒被使用了，裡面應該積了許多污垢。青柳本來擔心ＣＤ會被卡死在裡面拿不出來，但喇叭順利傳出了音樂。

青柳一邊開車，一邊享受音符跳躍的節奏感，音樂的旋律中帶有三分的自暴自棄，仍不忘展現開朗熱情的一面，彷彿正踏著輕快的腳步，一次又一次地攻擊對手，令人感覺相當舒服。

「聽起來還不差。」

青柳抵達仙台醫療中心，從自動取票機抽了停車券，進入停車場。停車場非常大，到處畫著行進方向與停車區域的指標。青柳找了一個沒有遮蔽物的角落停車。

才要熄掉引擎時，便看見車門旁閃出一個人影。

青柳驚愕不已，轉頭一看，是個身穿白色制服的人，他擔心會不會是自己做錯了什麼事，因而引得院內員工上前指責，戰戰兢兢地打開車窗，問：「請問有什麼事嗎？」原本迴盪在車內的嘻哈音樂向車外傾洩而出。

「你換衣服了嗎？」白衣人說道。定睛一看，原來是三浦。「我也穿上白色制服，這就叫角色扮演嗎？」

青柳坐在駕駛座上，仔細打量三浦。三浦身材矮小、長相年輕，簡直像扮成醫生的少年。青柳關掉引擎，拿著背包下車。三浦依然是一副怯懦的模樣，卻又同時兼具豪放不羈的架勢。

「你瘦了一點？」青柳並未多想，只是隨口問道。

「咦？我嗎？跟昨天比起來？」三浦卻顯得有些驚訝。

青柳也不明白，為何三浦看起來瘦弱了一點。

「如果一天就能變瘦，那我可以出減肥書了。」三浦如此開玩笑道，但表情有些僵硬。「話說回來，你來得真慢。」

「這一路上算是很順利了。」

「總之，幸好你趕上了。」

「趕上了？什麼意思？」

「再晚一點，你就看不到我了。」

「你……你要去哪裡？」

「我也很忙，很多事情要做的。」

三浦一邊說，一邊邁步而行。青柳完全不知道他要走去哪裡，只能緊跟在後，兩人走進了醫院大樓的後門。

「在這種地方大剌剌地走動，不會有問題嗎？」青柳微低著頭，看著腳尖走路。

「這家醫院很大，不過我大致摸清裡面的格局了。冒牌青柳就住在五樓最角落那一間病房。」三浦說著，按下了電梯上樓鈕。「這座電梯主要供院內員工使用。」

電梯抵達一樓，電梯門打開，走出了一對身穿白色制服的年輕男女。青柳嚇得差點當場跳起來，幸好及時克制。「啊，辛苦了。」三浦立即對他們打招呼，這也讓青柳稍微冷靜了點。

「辛苦了。」兩人機械式性打招呼，從三浦與青柳身旁走過，途中卻停下腳步，滿臉懷疑地轉過頭來，三浦不予理會。青柳一進電梯，立刻縮在角落說：「該不會被發現了吧？」

「他們或許有點起疑，但應該沒發現你就是青柳雅春。一般民眾認出通緝犯的機率其實意外地低。」三浦按下了五樓的按鈕。

「真的嗎？」

「跟我在一起應該也是原因之一。根據電視上的報導，青柳是獨自逃亡，而你現在跟身穿白色制服的我走在一起，大家應該比較不會聯想你就是青柳雅春。」

或許確實如此。如果一個人戰戰兢兢地在這裡走動，那兩個人可能馬上就報警了。

電梯門伴隨著聲響開啟。三浦以慣熟的腳步走入右方的通道。這條走廊充滿了醫院特有的冰冷氛圍，雖然整體被包覆在溫柔的暖色系中，但總是帶了股莫名的冰涼感。

「就在盡頭的病房內。」

「這裡的住院病房沒有受到特別管制嗎？」青柳原本以為那個冒牌貨會躲在備受嚴格監視的地方而難以接近。

「看那邊。」三浦以下巴比了比，前方有座相當眼熟的儀器。

「保安盒。」青柳喃喃說道，忍不住想打退堂鼓，雖然變了裝，還是很害怕被保安盒拍到。

「別擔心。」三浦抓著青柳的手腕說道，沒想到他的力氣還不小。三浦若無其事地說：「我剛剛來的時候已經動過手腳了，我們的影像跟聲音應該不會被錄下。」青柳問：「怎麼辦到的？」三浦說：「那玩意當初本來就是為了我而設置的。當然，事實上那些政客並不是為了我，而是為了他們自己。」

「為了監視民眾，而設置了保安盒？」

「是為了謀取利益吧。這些儀器的開發與設置不是應該有個專門負責的廠商嗎？這麼一來，政客們退休後就多了一個可以掛名當顧問的好去處。我頭腦雖然不好，但也知道政客跟所謂的高層人士，永遠只為了個人利益，才沒有什麼品格或志向可言，全部都一樣。咦？怎麼會談到這個？啊，對。總之，我對那玩意很熟，畢竟是為我而設的，我有辦法讓它暫時失效。」

「關掉電源嗎？」

「不可能。電源一被切斷，警察馬上就會收到訊號。我的做法是在儀器裡的配線動手腳，將輸出端子與輸入端子連接在一起。由於影像跟聲音會暫時存在硬碟裡，只要連接輸出與輸入，相同的訊號就會不斷重複。」

「這麼簡單？」

「需要一些知識與技術，不過對具備相關知識且手指靈巧的人來說並不會太難，畢竟連我都做得到。」

「換句話說，你剛剛已經來過一次了？」

青柳問道，不知怎麼回事，總覺得不對勁，並非直接的危險性，而是覺得三浦的說話方式及步伐似乎不太尋常，語調中帶了些許焦躁。

「在帶你來這裡之前，我想先確定那個冒牌青柳是不是真的在這裡。」三浦面朝著前方說道。「看，就是盡頭右邊的房間。」

「對了，怎麼連一個員工也沒看到？」

青柳心想，不論什麼樣的病房區，應該都會設置詢問處或護理站。就像剛剛走出電梯的正面就有櫃檯，只是櫃檯內一個人也沒有。

「你的洞察力真是犀利，青柳。」三浦急促地說道。「正確來說，這一層樓似乎還沒開放，要到明年才會正式啟用。」

「這層樓平常無人使用？」

「是啊。」

「這麼說來，」青柳把從剛剛就一直壓抑在心中的疑慮說出來：「這該不會是陷阱吧？」

「犀利。」三浦再次說道。「真是犀利，青柳。」

青柳愣愣地看著身旁的三浦，心想既然知道是陷阱為何不回頭？接著又開始害怕，設下陷阱的說不定就是三浦本人。青柳想要停下腳步，卻被三浦強拉著走，原本感覺無比漫長的走廊似乎瞬間縮短了，抬起頭來一看，一扇病房門扉已矗立在眼前，上面的牌子寫著「５０２」。三浦轉動門把，開了門。剎那之間，青柳幾乎想要轉身飛奔而逃。房內詭異的空氣讓他的身體反射性地震了一下，房內的牆壁是白色的，似乎是高級單人房，相當寬敞，正前方有張床，從高高隆起的棉被看得出來，床上似乎躺著一個人。

「青柳，你來這裡的機率有多高？」三浦說道。

「什麼？」

「如今你站在這裡，是因為我剛好獲得情報，然後把你叫來，對吧？」

「是啊，全是你的功勞。」

「如果沒有我，你自己找到這裡的機率應該很低吧？」

「是啊，全是你的功勞。」青柳又說了一次，語氣中不帶嘲諷。

三浦一邊說，一邊走進房內。「但是，就算你不會出現在這裡的可能性很高，為了保險起見，還是得做好萬全準備，對吧？」

青柳不明白三浦到底想說什麼。

「那些追捕你的傢伙當然也做了萬全準備，萬一你真的想把冒牌貨揪出來，就用假情報把你引誘到錯誤的地方。」

青柳突然感覺腳下的地板變得像海綿一樣柔軟，整個人幾乎快要癱倒。

「假情報？」

「對，冒牌青柳躲在這家醫院的病房，這就是假情報。如果你真的找到這裡來，就在這裡將你逮捕，這就是他們的如意算盤。」

「既然如此，為何我看不到任何一個想要逮捕我的人？」青柳一邊說，一邊想：「負責逮捕我的人該不會就是你吧？」但這句話無論如何都不想說出口。

「外頭不是有保安盒嗎？我想他們原本的計畫是等到確定你上勾之後才會派人過來。或許因為你來這裡的機率相當低，他們認為這樣的安排就夠了。」三浦走向窗邊，往窗外望去。「但是他們沒想到，我會來這裡對保安盒動手腳。」

「我已經被搞迷糊了。」

「所以——」三浦滿臉歉意地說道。

「怎麼？」

「我必須跟你道歉，看來我獲得的情報是假的。」

「假的？怎麼說？」青柳不知道自己周圍有什麼可以依靠，因而有股想蹲在地上的衝動。

「我的情報是從醫生那裡取得的，但是那個醫生似乎也上了別人的當。」

如果青柳想找出那個動過整形手術的冒牌貨，很可能會在整形業界四處打探消息，敵人早已預料到這一點，因而對整個業界放出了假情報，當然，這麼做只是要以防萬一。而那個醫生獲得了這份假情報，又將假情報告訴了三浦，似乎就是這麼回事吧。「看來你的敵人真的很可怕。」三浦不禁稱讚起對手。

「可怕，指的是組織規模還是手段？」

三浦的臉頰微微抽動。「都是。嗯，真教人生氣。」

青柳靜靜地移動，來到床邊。「這麼說來，睡在這裡的是個假人？」一邊說，一邊翻開棉被，就在這個瞬間，背後傳來三浦的開懷笑聲。

映入眼簾的是一具人體，橫躺在床上，彎著膝蓋。一開始，青柳還天真地以為是一具製作精巧的人偶，但等到察覺床單上暈染開來的那團色塊是鮮血時，不禁瞠目結舌，久久說不出話來。

「計畫似乎分兩個階段。」三浦不知何時來到了身旁。「除了以保安盒監視，還讓這個人躲在床上，如果青柳雅春出現就加以逮捕。我想，這個人應該受過專業訓練吧。」

仔細一看，躺在床上的男人雖然稱不上高大，但從病人袍下襬露出的腳踝及腳掌卻異常粗壯，看來體格相當結實。

「是你殺了他？」青柳不想以手指指著屍體，只是以視線瞄了瞄屍體沾滿血跡的腹部。

「我一拉開棉被，他就跳了出來，我只能匆忙反擊。」三浦俯視著病床說道。

「我們得趕快逃離這裡才行。」青柳雖然還沒有完全掌握狀況，但眼前有一具屍體卻是無庸置疑的。醫院及警方一旦知道這件事，一定會趕來這裡，只是時間早晚的問題。

「不用那麼急吧？」不同於青柳的焦急，三浦卻顯得相當沉穩。「外頭的人應該還沒有察覺這裡發生的事。」三浦轉頭望向一旁，在他視線前端的病床後方，有個相當眼熟的圓形球體。

「他們太依賴那玩意了。」

那座保安盒應該也已經被三浦動過手腳了。

「只要安分一點，短時間內應該不會被察覺。我不是去停車場接你，又回到這裡了嗎？」

青柳看著病床上的那個男人，與自己長得完全不像。「冒牌貨的冒牌貨。」

「我本來想幫你卻幫倒忙，一直到剛剛打電話給你，我都以為情報是正確的，真抱歉。」

「怎麼會變這樣？」青柳喃喃自語。倒在床上的這個男人一定也有家人，看著他像拋棄式道具躺在那平白送命，讓青柳有種無處宣洩的悲憤感。「到底是誰做了這種事？」

「啊，是我。」三浦絲毫不以為意地舉起了手。「是我殺了他。不過，別對我道德勸說，那只是白費力氣。」

「不。我指這一切。我遭追捕，我的朋友受到傷害，如今你又殺了他，這一切到底是為什麼？」

「我本來就這樣，我是一個殺人犯，殺人不會讓我有罪惡感。」

青柳凝視著三浦，再次體認到這個人真的是個連續殺人魔，卻不再感到恐懼。

「不，」青柳再次說道。「以前你犯下的案子，應該是出於自己的意志，但這次不同，今天發生這樣的事，是出於別人的意志。」

「某些組織規模跟手段都相當可怕的傢伙？」

「那些我們連姓名和長相都不知道的傢伙。」

三浦此時嘆了一口氣，似乎笑了一下，忽然走向窗邊的牆壁，將身子倚靠在牆壁上逐漸下滑，最後坐在地上。「有點累了。」三浦以平淡的口吻說道。

「你還好吧？」

「你的敵人是個大得嚇人又抽象的東西。我想，應該挺適合用國家或公權力之類的字眼來稱呼吧。」

「這一點，我們不是早就知道了嗎？」

「如果要詳細指出敵人的首腦，或許可以舉出某某大臣或某某社長之類的名字，但基本上，殺害首相的罪魁禍首是個曖昧的名詞。就好比我剛剛提到的，關於利益的問題一樣。」

三浦突然談起了有深度的論點，青柳也不禁緊繃起來。

「仔細想想，他們總是在我們還搞不清楚狀況的時候，就已經制定了法律，改變稅金跟醫療制度，恐怕有一天，他們說要向某國宣戰，我們也無法反抗，一切好像就是這麼運轉，當我們還在發呆的同時，他們已經擅自決定所有事情。以前我讀過的一本書提到，國家根本不是為了保護人民的生活而存在的。仔細想想，確實是這樣。」

青柳發現三浦的話變多了，開口問：「你想說的是，我與巨人為敵，是沒有勝算的？」

「我不知道你認為怎麼樣才算勝利，不過唯一的勝算……」

「唯一的勝算？」青柳問道，忽然有種感覺，彷彿整個人被拉到了另外一個地方，雖然不知道那是哪裡，但天氣很好，周圍站著幾個朋友沒穿鞋子，眼前有個男人正一臉嚴肅地在說話，原來是森田森吾。這傢伙總是以嚴肅的表情說一些無聊的話，青柳不禁同情起那個聽他說話的人，仔細一看，原來那個人就是自己。「一旦遇到大鯨魚襲擊，」森田森吾開口說道：「最聰明的做法就是……」原來如此，這傢伙也說過類似的話。

眼前的三浦開口了。

「大概就是逃命吧。」

「逃命。」從昨天到現在，這句話不知已經聽過幾次了。

「逃到一個沒人能追到的地方，就只有這個辦法。一旦與國家或公權力為敵，能做的事只有逃命。」

「就像從鯨魚的攻擊中逃走嗎？」青柳感覺自己似乎同時被好幾個人抓住領口，「快逃吧！」他們對自己下命令。不，與其說是下命令，更像是託付希望。接著，青柳感覺自己的臉頰放鬆了。「結果還是只有這個答案。」也好，讓自己更加下定決心。「不過，怎麼逃？」

「啊，抱歉。」三浦靠在牆上，白色制服略顯凌亂，他卻沒有動手整理的打算。說出來的話依然像是帥氣男主角的台詞，但發自矮小的他口中卻顯得有些滑稽。

「何必道歉？」青柳問道，心想，如果要道歉，應該對所有過去被你加害的人道歉吧？

「我本來想要幫你想想看，接下來你能怎麼做，但看來我是沒時間了。」

青柳一聽，想起他剛剛曾說過他很忙。

此時三浦身上的白色制服偶然翻開，裡頭是一件淡茶色襯衫，腰側顏色似乎不太一樣，好像一塊影子。下一秒，青柳意識到那是鮮血，三浦身上的襯衫似乎吸了不少鮮血，整個膨脹起來。

「床上那個人手裡拿著一把小手槍，聲音、口徑都很小的護身手槍。受過訓練的人果然難對付，我一刀刺中他的同時，他也對我開了槍。」三浦的嘴角微微扭曲，彷彿是在笑，又像是在忍受疼痛。「我本來還以為不會是致命傷，看來我太天真了，竟然流了這麼多血。」

「快到醫院……」青柳急忙說道。三浦笑了出來，說：「這裡不就是醫院嗎？」

「為什麼……」青柳說到一半，不知道該怎麼說下去，自己也不明白自己想要說什麼，不是「你為什麼會死」，也不是「你為什麼為我付出這麼多」。最後，青柳只能說：「為什麼會變成這樣？」

此時窗簾輕輕揚起，陽光照進病房，讓整個室內變得明亮起來，所有鬱悶、陰暗的氣氛似乎都被帶走。

「看來一時興起，覺得幫助你逃走很好玩是我最大的災厄。」三浦說道。

「是啊。」青柳的聲音微微顫動。

「都是你的錯。」

「你這個殺人魔，有資格抱怨嗎？」青柳逞強道。

「也對。」三浦回答，似乎也沒有特別裝模作樣。

「為什麼剛剛見面的時候沒有馬上告訴我？」青柳甚至無法靠近三浦，整個人快要坐倒在地上，趕緊扶住床緣，站穩了腳步。「我完全沒有發現。」

三浦從停車場走到這間病房，一路上侃侃而談事情的來龍去脈與各種推論，完全不像是受了重傷的樣子，現在回想起來，剛剛確實覺得三浦似乎變得瘦弱了些，或許那正是他最根本的生命能量正在逐漸流失的徵兆吧。三浦微微點頭，面無表情地說：「啊，嚇一跳嗎？」接著，便再也不動了。

## 青柳雅春

三浦再也不動後，青柳雅春只是愣愣地望著他，似乎過了好長的一段時間，青柳忽然間回過神來，一看，手錶原來只經過幾分鐘。接著，轉頭望向病床上那具應該是警方相關人士的屍體，此時聽見一陣細微的震動聲，一開始，他以為是自己的手機響了，但是伸手在口袋上一摸，一點動靜也沒有。接著，想到會不會是地震或是附近正在施工造成建築物產生震動，但往病床及貼在牆上的紙張一看，似乎也不是。就在即將認定是錯覺時，他突然想到，是三浦的手機在響，於是將手伸進三浦的白色制服領口內。襯衫的口袋正不停顫動，宛如躲了一隻小動物在裡面。

青柳拿起手機一看，螢幕上雖然顯示了來電號碼，卻沒有顯示姓名。他迅速衡量了一下接這通電話的危險性，覺得應該不至於會有太大影響，因此按下了通話鍵。

「你是誰？」手機傳來不帶感情的男人聲。「這不是三浦的手機嗎？」

「這是他手機沒錯，但他現在不方便接電話。」青柳回答，並在心中告訴自己，我沒說謊。

「就是你嗎？」

「咦？」

「你就是那個正在逃亡的人嗎？」

「你是誰？」

「我是醫生。」男人毫不遲疑地回答，聲音聽起來確實像個沉著冷靜的醫生。由於自己現在正在醫院裡，一開始青柳還以為自己的行蹤已經被發現了，但轉念一想，既然會打電話到三浦的手機，絕對不是這裡的醫生。「你是那個整形醫生？」

「我打電話給三浦是為了跟他道歉，說給你聽也無妨，我獲得的情報是假的。」

「仙台醫療中心裡並沒有我的冒牌貨，對吧？」青柳開門見山地說道。

「你們已經知道了？」

「剛剛知道。」

「你們到仙台醫療中心去了？」醫生雖然用的是敬語，但卻是直來直往，完全感覺不到一絲人情味。「三浦呢？」

「他現在沒辦法接電話。」青柳一邊說，一邊走向病房門口，總不能一直待在這個地方。雖然沒有詳細說明，醫生卻似乎已理解發生什麼事了，說：「真的很抱歉。」

「情報的真假是很難判斷的，這也沒辦法。」青柳對著電話說道。若要他把自己如今面臨的狀況跟某個人說，恐怕也很難說得清楚吧，這世界上可能不會有人比自己更能體會情報這種東西有多麼不可靠。

「接下來，你有什麼打算？」對方問道。

「我想，」青柳坦率地回答：「也只能逃命了。」

「怎麼逃？」

青柳沒有回答，直接掛斷了電話，因為連自己也不知道答案。他轉動病房的門把，擔心打開門會看到一整排人氣勢十足地拿著手槍對準自己，幸好只是杞人憂天。他回到走道上，來到電梯旁，按下按鈕，心跳再次加快。電梯門一打開，裡頭竟然有名身穿白色制服的女子，青柳嚇得幾乎要叫出聲，但還是走了進去，靠在內側牆邊。女子站在樓層按鈕旁，開口問：「幾樓？」

「一樓。」青柳的聲音再次變得嘶啞，背上流滿了汗水，心想自己穿著便服、出現在尚未正式啟用的樓層，肯定已經引起她的懷疑。

電梯抵達一樓，開門。雖然不知道該往哪個方向走，但總不能站在這裡東張西望，青柳毫不遲疑地跨步而行，總之先往右邊走再說。在即將走入另一條寬敞走廊時，他實在放心不下，明知道這麼做不是明智之舉，還是忍不住回頭看了一眼。剛剛那個身穿白色制服的女子還站在電梯門口，正拿著院內用的ＰＨＳ在講電話。

那女子或許沒有發現自己就是青柳雅春，但很可能認定自己是可疑人物，正在通報院方。此時她剛好抬頭，青柳急忙避開視線，快步前進。一定要趕快離開醫院，到停車場去才行，焦急的心情讓青柳的舉止變得更加可疑。

他每一次與身穿病人袍的住院病人或拿著點滴移動的老人擦身而過時，都心驚膽跳，就跟走在大街上一樣可怕。這條走廊的兩側都有窗戶，透著一股無機質的冰冷氛圍，每踏一步，地板便發出一聲帶著膠著感的腳步聲。

「啊，就在那裡。」背後傳來了聲音。

剛剛跟自己一起搭電梯的女子，正在自己的後方，旁邊跟著警衛。她嬌怯怯地伸出食指，指著自己。

青柳拿不定主意，不知該不該發足狂奔。警衛的腳步聲從背後逐漸逼近，有一種洪水即將到來的感覺，青柳害怕得兩腳發軟，胸中作嘔，幾乎想要當場跪下。此時驟然看見右手邊有一扇門，上面寫著「逃生門」，便毫不遲疑地衝了出去。

門後的空氣相當冰涼潮濕。樓梯呈螺旋狀向上延伸。好不容易到一樓，卻不得不朝樓上逃。

「喂，小哥，爬樓梯時要看路，不然會撞到人的。」這樣一句話突然從頭頂傳來，青柳嚇得差點摔倒。定睛一看，一個中年人正盤腿坐在樓梯間，一手拿著章魚燒，一手以長竹籤指著自己。

「我不知道你在慌張什麼，但走路不看前面，很容易出事。」

「喔。」青柳壓低了聲音說道，努力維持著正常的呼吸。

「啊，小哥。」中年男人突然大叫。仔細一看，他的身旁放著枴杖。「小哥，你就是現在電視上炒得火熱的那個人吧？」

青柳拚命思考著該如何回答。

「小哥，我可是有看電視喲。雖然你逃得很努力，但以我這個局外人來看，你大概已經快被困死了吧。」滿頭白髮的男人帶著戲謔的笑容說道。

## 樋口晴子

「快說，到底是怎麼一回事，晴子？」平野晶坐在咖啡廳最內側的一張四人座的桌前，雙眼綻放著光芒說道。她全身散發著激動的情緒，不停地說著「快告訴我、快告訴我」，咖啡色頭髮綁成一束，看起來簡直像某種水果的蒂頭，她還滿適合這種髮型。

「幸會，我是菊池將門。」坐在平野晶身旁的男子說道，他將雙手放在膝蓋上，腰桿挺得筆直，或許是因為手臂太長，姿勢顯得有點奇妙。對男生而言算是頗長的頭髮，蓋住了耳朵，下顎蓄著鬍鬚。長相雖然被平野晶喻為撲克牌裡的那張J，但親眼一見卻也不覺得有多像。

「突然把您找出來，真是抱歉。」

「別介意、別介意。反正只要一擦神燈，他就跑出來了。」平野晶說道。

平野晶為了立刻與晴子見面，試著臨時向上司請特休假，但後來還是失敗了，一直到下班之後，三個人才見面。此刻外頭天色已暗，已是晚上了。

菊池將門乍看之下像個極受歡迎的花花公子。但他笑嘻嘻地坐在平野晶身旁，乖乖地以吸管喝著杯中的柳橙汁，卻又像一條安分有教養的家犬。

晴子開始解釋起關於青柳雅春的事。如今正在逃竄的那個嫌犯以前曾與自己交往過，雖然兩人自從分手後便沒有再見面，但以自己對他的了解，他絕對不是會做出那種事的人。晴子以幾乎是平淡無奇的語氣一五一十地說道。

「不過，沒有人知道一個人的個性會在什麼時候變成什麼樣子呢。」平野晶調侃道。

「話是這麼說沒錯。」

「但是，妳還是相信他。」菊池將門說道。晴子見他散發出一股似乎想要說「愛可以戰勝一切」的純真氣息，不禁遲疑了一下，但最後還是說：「嗯，我相信他。」接著又說：「或者應該說，那是一種信賴感吧。」

「信賴一個分手的男人嗎？」平野晶不懷好意地笑說：「好想拿這句話向妳老公告狀。」

晴子笑著回答：「那個人大概不會有什麼反應吧。」樋口伸幸永遠都是一副令自己難以體會的超然態度。

「好吧，那妳想怎麼做？對了，妳那個四歲又九個月的女兒呢？」

「我讓七美暫時待在鄰居家。」住在樋口家隔壁的望月八重子是個五十多歲的家庭主婦，兩個兒子皆已獨立，而她又天生喜歡小孩，因此常常代為照顧七美。

「不惜做出這種事？」

「是啊，不惜做出這種事。」晴子也不禁覺得好笑。不惜做出這種事，到底是為了什麼呢？

「將門，能不能向你請教一些關於那個保安盒的事情？」

「可以啊。」

「青柳如果想要逃亡，那玩意應該會是一大障礙吧？」

「障礙啊……」菊池將門的臉微微抽動。「樋口小姐，沒想到妳會用這麼嚇人的字眼。」

平野晶頻頻點頭，說道：「沒錯，這個女人常會說出驚人之語呢。」接著又說道：「例如突然說要結婚，就辭掉工作。」

晴子其實沒有什麼明確的目標或勝算，只是認為在不與青柳接觸的情況下還能幫助他，唯一的做法就只有讓散布於街上的那些保安盒失去功用。無論如何，絕對不能讓那些監視百姓還自以為是的傢伙稱心如意。

「妳想知道些什麼呢？」

「有沒有什麼辦法能讓保安盒暫時失靈？這麼一來，青柳的逃亡行動應該可以比較輕鬆。」

「問題是，要讓哪一座保安盒暫時失靈？」

「全部。」晴子說道。菊池將門一聽立刻拚命搖頭，簡直像是努力將身上的水甩掉的小狗。

「不可能。妳知道全市有多少座保安盒嗎？」

「別這麼說嘛，將門，做人應該要正向思考。」平野晶說道。

「沒錯，沒有不可能的事。」菊池將門慌忙改口，不禁令人覺得可愛。

「有沒有什麼神不知鬼不覺的辦法可以切掉保安盒的電源？」

「保安盒電源一旦被切斷，就會自動向警方發出異常狀態的警訊，所以這方法是行不通的。不過如果對裡面的線路動些手腳，就可以讓錄音跟錄影功能不斷空轉。」

「空轉？」

「把輸入端子與記錄器的輸出端子連接在一起，當然這麼做需要有轉接頭，但這麼一來，舊的訊號就會不停地重複被輸入，大概有半天的時間，保安盒會失去功用。」

「這方法不錯呀。」

「但是，想要對街上每一座保安盒動手腳，是不可能的事。」

「又來了，不可能宣言。」平野晶揶揄道。

「假如是為了侵入某棟建築物而偷偷讓數台保安盒失效的話，這方法是可行的，」菊池將門結結巴巴地說：「但如果是全市的話就……」

「想辦法在保安盒旁製造噪音呢？」晴子此時說出了另一個點子。「不能故意發出一些妨礙的聲音，讓某些人的說話聲傳不到警察的耳中嗎？」

「什麼意思？」平野晶皺著眉頭問道。菊池將門相當機靈，立刻「啊啊」地叫了出聲，似乎是明白晴子的用意。

「人類的注意力不是會被比較大的聲音吸引嗎？同樣的道理，我想，假如在保安盒的旁邊用收音機什麼的製造噪音，能不能吸引它的注意？」晴子說明道。原本以為這樣的想法一定會被嘲笑，沒想到菊池將門卻答：「確實有可能。雖然保安盒號稱可以完全保存半徑數十公尺至一百公尺內的所有聲音與影像，但事實上要將訊息全部捕捉並不容易，而且容量也有限。假使周圍出現突發性的聲響，可能會占去較多容量，據說影像畫質也會因此變差。」

「這麼爛？」平野晶訝異地說：「政府投入了大把稅金，費了那麼多工夫才建立的重要設備，竟然只有這樣的能耐？」

「政府投入大把稅金，費了許多工夫才建立的重要設備，絕大部分都只有這麼點能耐。」菊池將門滿懷歉意地說道。

「以聲音妨礙的做法可以立即實行嗎？」晴子迫不及待地問道。

「這個嘛……」菊池將門雙手插在胸前，沉思一會說：「問題在於，怎麼發出噪音？」

「也對。」

「晴子，原來妳也沒有好點子？」

「沒有。」晴子答得相當坦率。

「對了，那個保安盒難道沒有死角嗎？」

「有。」菊池將門也說得坦率。「保安盒的正後方接合處由於影像較為模糊不清，只要待在那裡不發出聲音，應該是不會被發現的。」

「但是總不能永遠抱著膝蓋窩在那個死角吧。」晴子苦笑道。

「而且，不管對保安盒動什麼手腳，像將門這樣的清潔員每天都會清潔保安盒，應該馬上會發現吧？」

「確實是如此。」菊池將門點頭同意。「我負責的範圍大概只有全市的三分之一左右，若是其他區域，應該會被其他負責人員發現吧。」

「清潔跟維修是每天都會做？」

「原本是平均每三天會檢查一次保安盒，但是自從發生昨天那起事件後，警方也變得很神經質，要求我們必須一天早晚檢查所有保安盒兩次。」

「早晚各一次啊……」晴子將手放在唇邊，努力思考著，卻想不出什麼好方法。

「唉，晴子，我能體會妳想幫助前男友的心意，但實際想要幫上忙好像不容易呢。」

「只有心意而沒有行動，還是沒辦法解決任何問題的。」

菊池將門依然將手插在胸前苦苦思索，不停呻吟。

「快想啊，將門！」平野晶在一旁鼓舞。

「拜託快想出個辦法。」晴子也做出誇張的膜拜動作。沒多久，菊池將門比了個叉叉，再次作出「不可能宣言」。

「果然還是沒辦法嗎？」晴子沮喪地說道，接著抬起頭來環顧四周，想要請服務生來加水，卻偶然看到一張熟悉的臉孔，那人正坐在門口附近的桌子前看著報紙。

「如果我想到了什麼事，可以打電話給你們嗎？」晴子對眼前的兩人說道。

「我今晚也會巡視保安盒，若是有我幫得上忙的地方，請打電話給我。」菊池將門不知何時已將手機號碼寫在紙巾上，伸手將紙巾遞了過來。

「在上班時間打電話給妳，真是抱歉。」晴子對平野晶說道。「這麼有趣的事，儘管打給我沒關係。」平野晶豁達大度地回答，真不曉得該說是太有責任感還是太沒責任感。接著平野晶與菊池將門起身。「咦？晴子，妳不回家嗎？」

「我想在店裡再待一會。」

「真是巧合啊。」

平野晶與菊池將門才剛走出店門沒幾分鐘，兩個男人便走到了樋口晴子的面前。

「這是第幾次的巧合了？」晴子端坐不動，抬頭看著近藤守。他的西裝皺巴巴，領帶也是歪的，沒徵求同意便在晴子對面坐下。身旁還有看起來像格鬥家的高大男子，理著平頭，輪廓很深，不知為何戴了一副巨大耳機，此人跟近藤守一樣面無表情，板著臉孔，在他旁邊坐下。

「真的只是偶然。」近藤守帶著撲克臉說道。「惹惱妳了嗎？」

「惹惱是沒有，但是感覺一舉一動受到監視，相當不舒服。」晴子一邊說，一邊在心中懷疑消息是怎麼走漏的。為了不讓通話內容被記錄下來，打給平野晶的電話都控制在三十秒以內。難道，家中的電話甚至是屋內早已直接遭到監聽？

「我們並沒有監視妳的一舉一動，只是剛好看到妳走進這間咖啡廳。」

晴子一聽，轉頭望向窗外，看到馬路對面的杜鵑花叢中有一座保安盒。原來如此，可能是那玩意剛好捕捉到晴子一行人走入這間咖啡廳的畫面，才把近藤守引了來。

「像這樣追著平民老百姓跑，很有趣嗎？」

「這是我的職責。」

「好吧，也對。」

近藤守身旁的高大男子坐在椅子上動也不動，簡直像尊門神，不但沒有開口說一句話，甚至連有沒有在呼吸都令人懷疑。

「請告訴我，剛剛那兩位跟妳的關係。」近藤守說道。

「你們應該一查就查得到吧？」晴子嘆了一口氣說：「女的是我以前的同事，男的是她男友，我們只是見個面聊聊天。」

「你們是如何取得聯絡的？」

晴子頓時恍然大悟，自己打給平野晶的電話控制在三十秒內，沒有留下紀錄，反而引起警方的懷疑，他們不明白自己是如何與平野晶取得聯繫的。

「大約一個星期前，我剛好在路上遇到他們，那時候就約好今天要見面了。」晴子撒了謊。警方對自己的監視行動就算再怎麼早，應該也是從昨天才開始。

「原來如此。」近藤守的聲音不帶任何感情，聽不出來他到底信了幾分。

「青柳還在逃亡嗎？」晴子問道。

近藤守目不轉睛地盯著她，不放過任何一個細微反應。「妳希望他不要被我們抓到嗎？」

晴子不再像之前敷衍應對，反問他：「近藤先生，你有幾分把握認為青柳就是凶手？」

「沒有什麼幾分把握的問題。」近藤守回答：「我確信他就是凶手。」

「你真的認為青柳這樣的普通人，能夠犯下那麼重大的案子嗎？」

「絕大部分的重大案子都是普通人犯下的。」

「被冤枉的應該也不少吧？」

「妳想袒護青柳雅春？袒護那個暗殺首相的凶手？」

晴子以吸管將冰可可一口吸乾，冰塊發出了清脆的碰撞聲。近藤守身旁的高大男子似乎正凝視著杯中的冰塊。晴子拿著吸管的手不禁微微發抖。

「我能明白妳相信以前的朋友不會是凶手的心情，但是……」近藤守板著臉說到一半，晴子笑著打斷他說：「既然明白，何必一直找我麻煩呢？」

近藤守臉上毫無笑意，但也沒有生氣，只說：「遇到任何狀況，請務必與我們聯絡。」接著便起身。

晴子感覺面無表情的近藤守與看起來像塊大岩石的壯漢散發出一股莫名的氣勢，那是一種冰冷無人性的壓迫感，彷彿他們只要接到命令，隨時可以揮拳毆打，甚至是開槍射殺自己。

## 青柳雅春

白髮男帶著青柳雅春從樓梯間走上三樓，進入走廊，來到西側最角落的病房內。

「這裡是哪裡？你的病房嗎？」青柳問道。但病床上沒有棉被，窗簾也是緊閉著，實在不像有人使用的樣子。

「我叫保土谷。保土谷康志。」

「在剛剛那個樓梯上講話，不是太危險了嗎？這是一間空房間，原本是間集體病房，但是空調壞掉了，目前無人使用。我住在另外一間集體病房，這裡只是我偷偷用來歇腳的地方。」

「你的腳骨折了？」

保土谷康志的兩隻腳都打著石膏，看起來走路相當不方便，但是他把枴杖拿在手上當成路邊摘來的樹枝一樣把玩，實在不像是受了傷的樣子。

「雙腳骨折。不過，其實早就治好了，我只是覺得住院生活也不錯，才一直待著。這個石膏也是簡簡單單就可以拿下來。」保土谷康志說著就要將石膏脫下來給青柳看。

青柳的視線在昏暗的房間內掃了一圈。陽光由窗簾的縫隙透進來，灰塵在陽光中飛舞，看起來相當優雅。青柳不禁懷疑，住院的時間難道可以隨病人的意願自由延長嗎？他向保土谷康志提出這個疑問，保土谷康志將鼻孔撐得大大的，說：「我這個人啊，做的是些見不得光的工作，所以認識一些朋友可以幫我。」

「見不得光的工作。」青柳複述一遍。

「你在笑什麼？」

「拿著見不得光的工作向他人炫耀的你可以悠哉地在這裡吃章魚燒，安分守己的我卻必須東躲西藏，這個世界這麼不公平，除了笑之外還能怎麼辦呢？」

「我了解你的心情。」保土谷康志以輕佻的語氣說道。「老實說我正開始感到無聊，幸好發生你這件案子，讓看電視變成有趣的事，住院生活也變得多采多姿呢。」

「通緝犯就在這裡，你不報警嗎？」

「你希望我報警嗎？」

「我是那件重大案子的嫌犯呢。」

「第一，」保土谷康志舉起瘦削的手指說：「我可不是一般的善良百姓。我剛剛說過了，我做的是見不得光的工作，所以什麼盡市民義務的想法，根本不存在於我的腦袋中。第二，」保土谷康志舉起了第二根手指說：「我不太相信你是真正的凶手。」

此時窗簾突然高高揚起，耀眼的陽光照在保土谷康志的身上，讓他看起來彷彿綻放出光芒。

「你在警察的大舉追捕之下，獨自一個人逃亡，雖然我不知道你是怎麼逃進這間醫院的，但應該是相當辛苦吧？」

「我現在唯一能做的事，也只有拚命逃。」

「如果此時我又報警的話，原本已經處於劣勢的你，處境將更加艱難。我認為那有點不公平呢。」保土谷康志不知何時弄來了掏耳棒，開始掏起耳朵。仔細一看，原來是剛剛用來吃章魚燒的長竹籤。青柳不禁看傻了眼，使用這種東西來掏耳朵不會有衛生上的問題嗎？但他不想再跟這個態度輕浮的中年男子繼續糾纏下去，因此只是淡淡地說：「謝謝。」

「你很努力，但是很可惜。」

「可惜？」

「差不多已經走投無路了吧？連我都看得出來呢。」保土谷康志摸著下巴，賊頭賊腦地笑著，眼角垂了下來。「應該快被困死了吧？」

「好戲現在才要上場。」

「沒想到你這個人還挺有骨氣的。」

「我不是有骨氣，而是從昨天到現在已經有太多人叫我『快逃』，讓我產生了使命感。」青柳靠在床邊說道。

「你想怎麼逃？」保土谷康志以剛剛掏過耳朵的長竹籤指著青柳問道。那根長竹籤被拿來插過章魚燒，接著是掏耳朵，現在又被拿來指人，實在也挺忙碌的。

「到了這個地步，也只能開車強行突破了。」

「突破路檢嗎？」

「我曾經當過送貨員，對開車還滿拿手的。」雖然不知道仙台市通往外縣市的道路上有多少處路檢據點，但只要拋開對衝撞與受傷的恐懼感，強行突破的話，應該是有一線希望的。路檢是針對乖乖配合排隊出示身分證件的車輛而設的，所以只要毫不掩飾地正面高速衝撞，想來是可以突破得了。

「不可能。」保土谷康志斬釘截鐵地說道。「剛剛電視上已經報導了，警方在仙台市周邊道路設置了重重關卡。」

「但是跟昨天比起來，警戒程度應該是寬鬆得多。」

「即使如此，如果只有一輛車的話，正面衝撞還是非死不可，你一定會當場撞死。」保土谷康志帶著嘲笑的語氣說到一半，突然臉色一變，問：「你該不會是認為撞死也沒關係吧？」

青柳沒有任何反應，也沒說任何一句話。

「你是不是覺得與其被逮捕，倒不如死了算了？」

青柳還是沒開口。

「死了就沒意義了，那可不算逃亡成功。」

「如果我死了，那些人不知道會不會良心不安？」

「誰？」

「那些看電視的人。」

「你腦袋裡竟然在想這種事情？」保土谷康志張大了嘴巴，接著像指揮家一樣揮動著長竹籤說：「好吧，既然如此，」右手手指一彈，發出聲音。「反正你也沒有什麼好點子，我就給你一個建議。」

青柳愣愣地看著保土谷康志，剛剛照射在他身上的陽光已經消失，如今他彷彿蒙上了一層陰影，整個人看起來相當陰暗。

「要不要試試看走下水道？」

## 青柳雅春

保土谷康志提出「走下水道」的這個建議充滿了荒謬、虛假與不切實際，甚至令人擔心這股詭譎的氣氛會隨著空氣飄出病房，讓外面的人察覺不對勁。

「我那群同伴以前曾經安排了一個竊盜計畫。」保土谷康志說道。「當時仙台市博物館正展出一顆大得誇張的寶石。」

「我還記得。」青柳雅春說道。當時某個同為送貨員的朋友還自豪地說他也參與那顆寶石的運送工作。「你們偷了那顆寶石？」

「沒有，只是計畫。」保土谷康志有點不好意思地道。他一屁股坐在沒棉被的床上，俐落地將套著石膏的腳抬上來。「那時候我們本來打算，路上有路檢據點的話，就用下水道移動。」

「下水道嗎？」青柳腦中浮現了一條充滿污水的巨大管子。

「下水道其實分成兩種，一種是排放雨水的雨水管，一種是排放廁所污水的污水管。污水管裡永遠都有家庭污水在流動，所以無法進入，但雨水管只要不遇到下雨就沒有這個問題。有些地方的雨水管相當大，人可以在裡面移動。」保土谷康志接著說：「以前仙台市區的污水跟雨水使用的是相同的管線，但是不久之前已經全部分開，大概是幾年前吧。不曉得工程預算是怎麼生出來的，不過一定可以讓某些人獲得利益吧。」

「高層人士只會為了個人利益而為。」青柳雅春想起三浦的這句話。

「你真有見識，沒錯。這句話真應該寫在教科書上才對。」

「你的意思是，利用地底下的管線逃走？」青柳試探地問道。「從哪裡到哪裡？能逃多遠？」

「再怎麼樣也沒辦法離開仙台市。直徑超過一百八十公分，能夠讓人通過的管線畢竟不是到處都有，而且雨水管到最後不是通到河裡就是通到雨水處理設備的抽水機。也就是說，想靠雨水管逃到其他縣市是不可能的。」

保土谷康志以平淡的語氣如此說著，青柳卻是大感錯愕。「這麼說來，還不是逃不了？」

「嗯，是啊。」

青柳頓時哭笑不得，想氣也氣不了。「看來是沒轍了。」

「但是在某些情況下還是很有用的，就像魔術師一樣，在這端吸引大家的目光，然後從相反的另一端冒出來，很適合拿來應用在聲東擊西的戰術上，從這個下水道孔進去，再從另一個下水道孔出來。市區內有幾條不錯的路線，我之前已經查得一清二楚了。」

「但是下水道的人孔蓋能夠被輕易打開嗎？」

「大部分的人孔蓋都只是靠重量壓在洞口，只要推得動，就打得開。但是直徑六十公分的人孔蓋，重量卻有六十公斤，想要從下面向上推開，相當不容易。如果是從外面，可以用一種像這樣的鐵鉤勾住蓋子，然後拉開。」保土谷康志一邊說，兩手一邊做出拉扯的動作，看起來就好像正在將大阪燒翻面。

青柳想像著自己站在某處的大馬路上，拿出工具將人孔蓋拉開的模樣。「那樣的舉動太可疑了，拉蓋子時，應該已經被人發現了吧。」

保土谷康志卻顯得頗為開心，彈了一下舌頭，露出戲謔的笑容。青柳忽然有一種熟悉的感覺，自己也不明白為什麼，仔細一想，才想到從前森田森吾每次想到無聊玩笑的時候，也會露出類似的笑容。一句「森田，原來你躲在這裡」差點就要脫口而出。「是啊，所以當初我們在計畫的時候，打算用假模型。」保土谷康志說道。

「什麼假模型？」

「人孔蓋的假模型。」

一時之間，青柳不明白他指的是什麼。「人孔蓋的假模型」只令人聯想到塑膠模型玩具，腦中浮現出迷你街道的模樣。

「長得跟人孔蓋一模一樣，但是很輕，可以輕鬆拿起。當初計畫偷博物館裡的寶石時，我們打算事先將附近的人孔蓋換成假模型，這樣一來，逃走時就可以立刻逃進下水道。」

「特地事先換掉蓋子嗎？」

「偷了之後才來動手腳才奇怪吧，只有在事情發生前布置好，才不會被發現，不是嗎？」

「但是以我的情況，做這種事的意義似乎不大。」

「派得上用場就叫我一聲吧。」保土谷康志說道，語氣就像是邀朋友有空一起喝個酒般輕鬆，他將章魚燒的包裝紙翻到背面，以原子筆在上面寫了電話號碼，然後將紙摺起來，交給青柳。「打電話給我就行了。」保土谷康志說道。「不過，一遇上下雨天，這個計畫就完蛋了，就算躲進下水道，一旦水沖了過來，也是吃不完兜著走。對了，你接下來有什麼打算？」

「至少得先平安離開這間醫院才行，剛剛警衛已經把我當成可疑人物，正在追趕我。」

「你不是可疑人物，你是暗殺首相的嫌犯。」

「我的車停在停車場。」青柳此時想起了剛剛離開的502號病房，想起在病床上鮮血滿布、動也不動的屍體，以及兩眼微張坐在窗邊死去的三浦，本來想將樓上有屍體的事也告訴保土谷康志，但又怕他大聲宣揚，讓自己失去逃走的機會。

「好吧，那我帶你去開車。」保土谷康志若無其事地以包著石膏的腳踏在地上。

「你的骨折還好吧？」青柳揶揄道。保土谷康志帶著微笑皺眉，說：「痛死我了。」出了病房，保土谷康志說：「我每次都走這條路溜出醫院。」接著便走在前頭帶路，青柳乖乖跟在後頭。他們首先搭乘大型貨物專用電梯來到一樓，然後沿著一條狹窄的員工專用通道前進。剛剛追趕青柳的人如今已不見蹤影，或許已經放棄了吧。

掛號櫃檯的窗口裡坐著一個小眼睛、白頭髮的女性，看起來一副快睡著的模樣。保土谷康志與青柳通過時，她朝兩人瞪了一眼，保土谷康志向她微微點頭致意，她只是露出了「真拿你沒辦法」的表情，彷彿是個對不良少年蹺課溜出學校的行為睜一隻眼閉一隻眼的保健室老師。

走出建築物，才發現太陽快下山了，天色變得非常昏暗。

「如果你最後決定自首，」保土谷康志一邊走，一邊露出了難得的嚴肅表情說：「一定要找一個人多的地方，攝影機跟看熱鬧的群眾愈多愈好。」

「這樣觀眾才會開心嗎？」

「不，在人多的地方，警察才不敢隨便對你開槍。」

從昨天到現在，青柳已經看過好幾次警察開槍的畫面了，但是即使如此，還是不敢相信警察會對自己開槍。

「我不認為你是凶手，我猜的應該是不會錯，但是警察拚命追捕你，換句話說，警察想要讓你變成凶手。」

「我有同感。」

「所以，最簡單的方法就是趁亂開槍，把你打死，只要封了你的口，他們就可以收工了。」保土谷康志將右手的枴杖向前舉起，做出開槍的動作。「既然如此，你還是盡量待在觀眾多的地方比較好，在攝影鏡頭前，他們也沒辦法隨便開槍。」

青柳想起不久前，自己曾利用岩崎英二郎作為人質逃走。當時附近公寓陽台有許多目擊者，警察才不敢開槍。反過來說，當時要是沒有那些目擊者，警察很可能已將自己連岩崎英二郎一起擊斃了。想到這一點，青柳才深深體會到，警察很有可能對自己開槍。

走進停車場，看見了車子。「我快被困死了嗎？」青柳試著問道。

「嗯……」保土谷康志一副難以啟齒，最後還是停下枴杖，搔著鬢角說：「應該快了吧。」

## 樋口晴子

樋口晴子結束與平野晶的談話，又與刑警近藤守說完話之後，離開了咖啡廳，走路回家。市區的商店街人來人往，一點也不像昨天才發生了重大事件。但是爆炸現場附近，滿是黃色封鎖線，以及許多板著臉的警察守在一旁。仔細一看，人群中還有很多看來像是臨時派駐仙台的攝影師與記者，果然還是跟平常的街道有所不同。附近不少店家拉下鐵門，貼上「臨時休業」的紙張，或許是為了避免捲入騷動之中吧。

晴子從大路彎進一條小巷，朝北方前進。途中，想要走進地下道時，看見一群年輕人聚集在地下道入口，令她吃了一驚。這群年輕人穿著顏色鮮豔的襯衫及西裝外套，但沒有打領帶。不知道是不是錯覺，晴子總覺得他們正不懷好意地笑著，盯著自己。

晴子明知是自己想太多了，還是快步穿過那群年輕人，走入地下道。自己的腳步聲彷彿正從後方追趕著自己，晴子不禁愈走愈快，但這麼一來腳步聲也變得愈來愈急促，最後跑了起來，三步併兩步地踏上階梯，回到地面上，才將手撐在腰上，調整呼吸。

此時天色已經頗為昏暗，但是每喘氣一次，天空的黑暗似乎更加深一分。

「咦？剛剛警察來把她帶走了。」晴子回到家，到隔壁要接回七美的時候，平時溫和穩重的望月八重子憂心忡忡地如此說道。

剎那之間，晴子感覺到背脊一陣寒。望月八重子見晴子臉色蒼白，理解事情的嚴重性，擔心自己是不是做了不可挽回的錯誤決定，下巴微微顫抖，以嘶啞的聲音說：「他們還亮出警察手冊。」接著忍不住伸手掩著嘴，喃喃說：「難道那是假的嗎？」

「我想應該是真的。」晴子望向公寓走廊，正因是真的警察才更棘手。「他們什麼時候走的？」

「剛剛。妳在路上沒遇到嗎？」

「沒有。」

「就是剛剛而已。來了兩個警察，說妳受傷了，所以要帶走七美……」望月八重子不停解釋著，但似乎不是為了正當化自己的決定，只是因擔憂與不安而陷入混亂。

晴子心不在焉地向她道別，回頭往走廊上狂奔而去。電梯停在一樓，她心急如焚，決定走樓梯。雖然只有三層樓，在螺旋狀樓梯上奔跑的晴子還是好幾次差點摔倒，她趕緊抓著扶手，踉蹌踉蹌地飛奔下樓。「如果七美發生什麼事……」她不停地在心中念著，接著不安的聲音開始從口中傾洩而出：「如果七美發生什麼事……如果七美發生什麼事……」但是後面的話卻怎麼也說不出口。途中晴子曾一度腳底打滑，踏空了數階階梯，臀部狠狠地摔在階梯上，尚未感到疼痛，腦袋已經先感到一陣暈眩。終於來到一樓，跌跌撞撞地往前奔去，看見一輛車身由黑色與白色組成的警車，就停在公寓正面的馬路上，旁邊還站著數名警察。晴子感到大腿痠麻，但沒有時間理會。前方被電線桿與圍牆擋住，看不清楚全貌，心中更加焦急，下意識地尋找著女兒的蹤影，視線來來回回移動，但似乎不在警察的身旁。

晴子奔近一看，發現警車旁有兩個制服警察，正與一名女性相對而立。這名女性挺著筆直的腰桿、一頭俏麗的短髮，身著清新洗練的淡粉紅色外套，竟是鶴田亞美。她的兒子鶴田辰巳就躲在她的身後，七美則站在鶴田辰巳的身旁。

「七美！」晴子邊喊邊奔上前去。兩名制服警察轉過頭，站在另一側的鶴田亞美表情也放鬆些，雖然沒露出笑容，但獨自與警察對峙的緊張感終於得以解除。「樋口小姐，剛剛……」

「樋口小姐。」制服警察之一說道。

「為什麼帶走七美？」晴子毫不遲疑地劈頭質問，呼吸急促，也無法克制音量。「而且還撒謊說我受傷了，你們這種做法會不會太奇怪了？」

「我們沒說過那種話。」右邊的警察說道。

「少騙人了。」晴子在內心咒罵。

「考量到青柳雅春很有可能會找上樋口小姐，所以……」左邊的警察說道。

「找上我又如何？」

「為了避免小孩遭遇危險，我們打算先將小孩帶到安全的地方。」

「我真替你們感到難過，竟然變成這種說謊不打草稿的大人。」晴子察覺自己的呼吸非常紊亂，剛剛跌倒時撞到的臀部與腳踝也隱隱作痛。灼熱的疼痛感與激動的心情互相交錯，讓身體十分緊繃。「我雖然不知道青柳現在在哪裡、正在做什麼，但他還比你們這種人安全得多。」兩名警察面無表情，只以玻璃彈珠般冰冷的眼球冷漠地望著樋口晴子。七美悄悄地走向晴子的腳邊。鶴田亞美說：「我來找妳，正好看到警察要把七美帶走。」或許是因為緊張，鶴田亞美的聲音顯得不自然而急促。「我問他們發生什麼事，他們也不理我，堅持要把小孩帶走。」

「這些人好可怕。」鶴田辰巳指著警察說道，語氣中除了害怕，還帶了三分氣憤。「真是危險人物。」

七美緊緊抓著晴子牛仔褲上的皮帶。

「你們擅自帶走我女兒，想要把她帶去哪裡？」

「我剛剛說過了，」警察淡淡地說：「帶到一個青柳雅春不知道的地方。」

「我們只是想保護她。」另一人說。「請母親也一起來吧。」

兩名警察這種令人無法反擊的態度更讓晴子怒火中燒，但仔細一想，與警察正面衝突實在不是明智之舉。

「我們不需要。」晴子斬釘截鐵地拒絕。

「樋口小姐，我們可不是推銷員在推銷商品。」

「我跟青柳已經多年沒有見過面，根本已經沒有關係了。」

「現在不聽我們的話，等到發生什麼事的時候可就來不及了。」左邊的警察說道，話中隱隱帶著威脅，暗示著「現在不配合，遇到危險時我們可不會出手搭救」。

「等到真的遇上麻煩，你們再來吧。」

「媽媽，我們快走吧，這些人好可怕。」鶴田辰巳拉著母親的衣服下襬，望著休旅車說道。鶴田亞美也向晴子催促說：「樋口小姐，我們走吧。」

晴子隨即回答：「好。」此時此刻也不必問要去哪裡。

「請等一下。」警察嚴厲地喊道。聲音之中完全感受不到保護百姓的使命感，反而像是在嚇阻嫌犯逃走。

「真不曉得剛剛那些警察為何要帶走七美。」坐在駕駛座，手握方向盤的鶴田亞美透過車內後照鏡望著樋口晴子說道。車內空間意外地寬敞，鶴田辰巳坐在後座的兒童安全座椅上，旁邊還坐了晴子與七美，卻依然不感到侷促。七美跟鶴田辰巳彷彿已經忘了剛剛警察的事，正在爭著玩一條小小的吊飾。

「或許是警察懷疑我會做出什麼不該做的事情，想把我安置在方便監視的地方吧。」想必他們認為只要先把七美帶走，晴子就會自行上鉤。

「不該做的事情？」

「例如幫助青柳逃亡。」

「怎麼幫？」

「如果有辦法，我早就幫了。」晴子說道。鶴田亞美一聽，笑道：「妳想幫呀？」

休旅車平順地前進。每當轉彎時，晴子都會回頭看看後方有沒有車子跟蹤。

「鶴田小姐，謝謝妳阻止他們帶走七美。」想起來，鶴田亞美應該沒有任何理由懷疑警察，竟然會與兩個警察當面爭執，令晴子頗感意外。

「不能相信警察。」鶴田亞美說道，語氣聽起來像是在說服自己。「他是這麼跟我說的。」

「誰？」

「小野。」

「咦？」晴子一愣，才想到還沒詢問鶴田亞美現在要去哪裡。「對了，我們的目的地是？」

「醫院。小野剛剛醒了，所以我才來找妳。」

第二次來到醫院，這裡與早上相比變得安靜多了，或許是來看病的人變少了吧，氣氛就像放學後的小學校園。晴子一行人由停車場走進後門，前往病房。「醫院打電話給我，跟我說小野恢復意識了，我剛剛已來看過他一次。」鶴田亞美說道。「小野的雙親應該也快抵達仙台了吧。」

他們走出電梯，筆直朝病房前進，就在鶴田亞美伸手想要開門時，醫生剛好從裡面出來，兩人差點相撞。醫生的頭髮黑白參半，頭頂微禿，幾乎沒有眉毛。鼻子很細，嘴角周圍都是皺紋，說不上來有沒有醫生的架式，看起來既像名醫又像庸醫。

「小野還好嗎？」鶴田亞美緊張地問道。

「不好也不壞。」醫生回答，態度雖然冷淡，但與刑警近藤守及剛剛的兩個警察相較之下，至少還像是有血有淚的人。「他還昏昏沉沉的，最好早點休息，明天我們還會再做檢查。」

晴子站在醫生與鶴田亞美背後，聽著兩人的對話，很想插嘴說：「能這麼做當然最好，但恐怕等等警察就要進來問東問西了。」

阿一躺在病床上，頭上包著繃帶，眼睛周圍的腫脹也還未消退，一見晴子便露出笑容，以帶點撒嬌的語氣喊：「樋口！」跟學生時代幾乎沒什麼不同。

「好久不見。」晴子盡量以輕鬆的語氣說道。「好久不見。」七美也模仿著說。

「七美，妳還記得我呀？」

「完全不記得。」七美淡淡地回答。

「真是苦了你。」晴子來到阿一的身旁彎腰，清楚地看見他身上那些可怕的瘀血與傷痕，忍不住想要呻吟。「好可憐。」

「可憐的是青柳。」阿一說道。

「聽說是青柳把你打成這樣的？」

「是電視新聞說的嗎？真是可怕。」阿一嘆了一口氣說：「根本是胡扯。」接著又說：「我剛剛聽亞美說，青柳還沒被抓到？」

「是啊，至少目前還沒。」晴子點頭。

「小野，不准你直呼我媽媽的名字。」鶴田辰巳高傲地說道。

「樋口，妳認為青柳是凶手嗎？」

「我已經知道真相了，因為我看到了留言。」

「什麼留言？」

「在一輛破舊汽車的遮陽板上夾著一張紙，打開來一看，上面寫著『我不是凶手』。」

阿一聽了這番話，當然沒有當真，只是苦笑道：「樋口，妳怎麼也會說這種無聊的笑話，妳以前不是還滿正經的嗎？」

「對了，真的是青柳救了你嗎？」

「那時候我快昏過去了，但記得很清楚，真的是青柳，把我打成這副德行的是警察。」

「真的是警察嗎？」晴子忍不住再次確認。

「可惜我沒有證據，他們自稱是警察。啊，不過，那個在電視上講話的刑警好像也在場。」

「不會吧？」晴子提高音量問道：「那個佐佐木什麼的？」

「是啊，他好像也在。」

「怎麼會有這種事？」

「其實一開始是我背叛了青柳。」阿一望著天花板，露出了自嘲般的笑容。

「什麼意思？」

「昨天，金田首相的事剛發生不久，我就接到了警察的電話，對方跟我說，如果青柳跟我接觸，一定要通報他們。一開始，我完全不明白警察這麼說是什麼意思，還懷疑是惡作劇，但是後來警察說，青柳是重要關係人。」

「咦？這麼快？」晴子不禁感到驚訝。「那時候，警察應該還沒發現青柳是凶手吧？」一直到今天，電視新聞才公開這項消息。

「是啊。當時我跟青柳也已經好久沒見面了，所以我就告訴警察，青柳應該不會來找我。然後警察就對我說，為了保險起見，可能會對我的手機通話內容進行監控。這些人難道以為只要講話客客氣氣，不管什麼要求我都會答應嗎？」

「什麼可能會進行監控，說穿了根本是打算竊聽你的電話內容。」晴子憤憤不平地說道。

「我跟鶴田小姐也被竊聽了，真是太沒道理了。」

「但是，老實說，我那時候還覺得沒什麼，也不認為青柳會打電話給我。」阿一臉部表情扭曲，似乎正為自己的愚蠢感到可恥，傷痕累累的臉孔變得更加可怖。「那時候我還不知道事情的嚴重性，但是就在我跟警察說話的時候，我的手機接到了青柳的來電。他還留下了訊息，只說了一句『我是青柳』。」

「青柳這個人運氣常常很不好呢。」

「沒錯。」阿一笑道。「後來，隔了一會，我打電話給青柳，因為擔心警察可能在偷聽，不知道該說什麼好，也不知道如何應對，是否該通報警察也拿不定主意，想要暗示青柳『事情好像不太對勁』，青柳卻沒有發現，真的跑到我家來，後來警察又打電話來，我被搞得一團亂了，只好叫青柳在餐廳等我。」阿一的話說到一半，似乎已經不是在說明狀況，而是嘮嘮叨叨地懺悔起了自己的罪過，內容顛三倒四。

「小野，你不必內疚。」晴子說道。「青柳在危急的時候向你求救，這表示他很信任你，不是嗎？」

「他可能是不好意思向妳求救吧。」

「連警察也沒打電話給我呢。」

「警察可能認為情人一旦分手就毫無瓜葛了吧。」

「是啊，確實是毫無瓜葛。」晴子試著用輕快的語氣說，但是同時也想像著，說不定警察亦曾打電話來，只是那時候自己正好外出跟平野晶聚餐，才沒接到電話。

「我背叛了青柳的信任。」阿一沮喪地喃喃道。

## 樋口晴子

「對了，我昏迷時作了一個夢。」阿一的手腕抽動了一下，似乎是想要彈手指，但或許是牽動傷口，動作做到一半就停了，痛得整張臉皺在一起。

「什麼樣的夢？」樋口晴子問道。

「我們還是學生的時候，大家不是曾經到山形的溫泉勝地集訓過嗎？」

「是啊，我記得。」三年級的時候，社團的固定成員加上其他幾個要好的朋友，曾舉辦一次旅行。雖然名為集訓，卻沒有什麼特別的目標或目的。事實上一個以聚集在速食店閒聊為主要活動的社團也沒有什麼好訓練的，說穿了只是泡在溫泉裡繼續閒聊。「大家發現住的不是古色古香的溫泉旅館，而是相當平凡的飯店，都很失望呢。」

「豈止平凡，根本是破破爛爛，老舊又沒情調。交給森田來安排，真是錯誤的決定。」阿一以懷念的口氣說道。提到森田的名字時，阿一的表情明顯沉了下來。晴子見狀，明白阿一已從鶴田亞美的口中聽到森田森吾的死訊，內心暗暗決定盡量不要再提及這件事。「我就是夢到那時候的事。」阿一說道。

「那不是夢，是實際發生過的事吧？」

「那時候我們不是待了四天三夜嗎？大家都去了大澡堂好幾次。」

「那裡的水到底是不是溫泉，實在令人懷疑呢。」原本已經遺忘的記憶，被阿一的話題一引，又源源流出，就好像拿出鑰匙打開一扇門，門內的東西不停向外傾洩。

「就在第三個晚上，大家在大澡堂洗澡時，好多人開始驚叫連連。」

「驚叫？」

「突然叫著『哇』或是『啊』之類的。因為大家把洗髮精跟潤髮乳搞錯了。」

「怎麼一回事？」鶴田亞美問道。一個身受重傷，好不容易才恢復意識的病人竟然談起了洗髮精跟潤髮乳的話題，讓她一頭霧水。

「洗髮精、潤髮乳跟沐浴乳的瓶子是並排在一起的。有趣的地方在於，大家用了幾次之後會記住排列順序，漸漸就不再確認瓶身了。」

「我還是會確認。」晴子刻意劃清界線。

「第三天的傍晚，他們潛進澡堂把所有的洗髮精跟潤髮乳都調換了位置。」

「誰？」

「森田跟青柳。」阿一笑道。腫脹的眼皮不停顫動。

「為什麼？」

「為了讓大家嚇一跳。因為大家早已記住了順序，才會用錯。更有趣的是，森田竟然自己也搞錯了，順手就用了潤髮乳。」

「真是無聊的惡作劇。」晴子朝著天花板將這句話像煙霧一樣噴出。

「確實很無聊。」阿一說道。「這麼無聊的遊戲，那時候怎麼會玩得那麼開心呢？」

「小野，你在哭？」鶴田辰巳取笑道，然後走上前來，伸手摸了凝聚在阿一眼角的水分。阿一的嘴角微微上揚，沒有回答，只是哼起了一首英文歌。

「披頭四？」晴子問道，以前曾經聽過這個旋律。

「〈*Golden Slumbers*〉。」阿一停了下來，重複念了一次歌詞中的句子：「Once there was a way to get back homeward……」接著說道：「這是我現在的心情，大家已經無法回到那個時光了。以前，曾經有一條可以回去的路，但是不知不覺之間，大家都上了年紀。」

「確實如此。」晴子心想。從學生時代那種悠閒自在、毫無牽掛的生活，轉瞬間大家都變成社會人士，開始穿西裝、穿公司制服，互相不再聯絡。但即使如此，大家還是各自過著生活，努力活著，雖然不足以稱為成長，但總是一點一滴地改變著。「尤其是青柳的人生，真是令人料想不到。」

「我長大之後絕對不想變成那樣的大人。」阿一不忘調侃不在場的青柳。

晴子一聽，忍不住笑了出來。「沒錯。」

沒聽見敲門聲，後方的門便被打開了，轉頭一看，西裝筆挺的近藤守正站在門口。只見他面無表情地說：「小野先生，能請教你一些問題嗎？」

「你們根本不想理會我的證詞。」阿一瞪著天花板喃喃說道。的確，既然對阿一施加暴力的就是警察，可想而知他們根本不打算問出什麼證詞，只想設法封住阿一的口。

「他是病人，有什麼問題，過一陣子再說吧。」鶴田亞美起身，激動地說道。

「沒關係、沒關係。」阿一隨即說道。「有什麼想問的就問吧。」

近藤守與另一個之前沒見過的刑警一同走進病房，低頭瞪著晴子，以強硬的語調說：「能請妳們到外面去嗎？」

「小野，」晴子站了起來，故意以近藤守也聽得見的音量說：「我勸你還是跟警方多多配合，雖然他們曾對你做了很過分的事，但為了今後著想，你還是答應他們不會多嘴說出不該說的話吧。否則，真不曉得這些人還會做出什麼事。」

這不是諷刺，而是晴子的真心話。為了逮捕青柳雅春，警察對阿一所做的行為根本只能以無法無天來形容。一般情況下，確實應該明確地表達心中的憤怒，但如今這麼做很可能讓阿一的處境更加危險。雖然這樣的想法或許有點神經質，但這次的事件實在有太多匪夷所思的疑點，似乎任何事情都有可能發生。說不定警方原本就打算讓阿一從此開不了口，才會下手這麼重也說不定，沒想到阿一竟然還能死裡逃生，難保他們不會再度對他下封口令。

如今對阿一來說最重要的，不是正義感或憤怒，而是能不能平安與鶴田亞美及辰巳渡過未來的人生，無論如何，都應該以自身的安全為第一考量。阿一雖然才剛恢復意識，但似乎也相當清楚這一點，帶著若有深意的表情微微點頭，說：「嗯，我會的。」

原本一直盯著晴子的近藤守默默地移開了冰冷的視線。

## 青柳雅春

青柳雅春不敢肯定警察知不知道自己正駕車逃亡，不過，警察很可能認為他已經沒有能耐弄到一輛車，就這點來說，多少也算是跳脫了敵人的算計。雖然只是微不足道的抵抗與小小的勝利，對如今的青柳來說卻是重要的精神支持。拿起副駕駛座上的掌上型遊戲機，按下電源開關，轉至新聞頻道。一件件不禁讓人想問「那到底是誰啊」的消息依然在節目上不斷被公布。青柳雅春走在高速公路的路肩、青柳雅春牽著一個幼稚園小朋友的手走出餐廳、青柳雅春正駕駛著一輛大貨車逃亡……每一項都與青柳的實際狀況天差地遠。雖然也有青柳駕駛著轎車逃亡的目擊情報，但是對車種與顏色的描述卻跟他現在所駕駛的這輛車完全不同。

接下來要去哪裡呢？三浦已死，冒牌貨到底躲在哪裡依然是個謎，青柳已經失去所有的方向，不禁開始自暴自棄，覺得不必想那麼多，反正遇到十字路口就隨便轉彎，漫無目的地前進，一旦碰上路檢，一切就結束了，這樣似乎也不錯。但是每當青柳有這種想法時，內心都會響起一聲：「快逃！」每次這聲音都讓他重新振作起精神。腦袋裡一點計畫也沒有，隨時可能被發現。但是，又還不到放棄希望的地步。

青柳離開醫院好久，才想到：「不如回稻井先生家吧？」

雖然不是什麼高明妙計，但至少覺得「曾經去過的地方可能會變成盲點」。

自己昨天曾經一度闖入因屋主出門旅行而空無一人的稻井家，沒多久便被警察發現，趕緊從陽台倉皇逃走。如今已整整過了一天，說不定警方已經撤掉監視警哨了。他們可能認為青柳也不是笨蛋，絕不會傻傻地回到曾經被查到的空屋。「事實上，我就是個笨蛋。」青柳喃喃說道。

青柳開著車子，來到了稻井先生的公寓，將車子駛進停車場，停在正門旁的停車格內，以前來這裡送貨時，經常將貨車停在這個地方。

他關掉引擎，走出車門，抬頭仰望公寓，室內的燈光從幾扇拉上了窗簾的窗戶中透出。那裡有著安安穩穩的日常生活，與四處逃竄的自己所處的世界完全不同，羨慕與空虛感讓青柳不禁想要高聲咆哮。他低頭掩面，走進公寓，彎著腰快步通過管理員室前方，搭上電梯，來到稻井家門口。門上那張寫著「短期間内不會回家，包裹請寄放在管理員處，等我長大了就回來」的紙依然貼著。

青柳在門把上微微施力，確定門沒上鎖，輕輕轉動門把，拉開門後立刻閃身入內。門口水泥地板上沒有鞋子。手繞到背後將門關上，卸下背包，以左手拿著，脫掉鞋子，跨上屋內走廊。

「稻井先生，我又來打擾了。」青柳輕輕打聲招呼之後，走了進去。

就在此時，青柳看見走廊盡頭處有個房間，房門並未掩上，裡頭有個男人，他頭髮斑白，臉型圓潤，一臉就像是「似乎聽見聲音，又懷疑是錯覺，為了保險起見還是轉頭看一下」的表情，驟然看見青柳雅春就站在眼前，眨了眨眼，忍不住「咦？」地一聲。

青柳雖然也同樣吃驚，但要比警戒心及緊張感，青柳是略勝一籌，絲毫不猶豫地向前衝去。那男人還沒有理解狀況，但青柳已經勉強明白了，一把將背包往走廊一丟，伸手抓住眼前的男人，左腳踏出，踩在對方的右腳邊，抓起對方的制服衣領，左手一拉，右腳奮力一踢，腦裡大喊：「摔倒吧！」

青柳的大外割再度發威，稻井家到處散亂著紙箱，他成功將男人壓制在紙箱上。滿頭白髮的制服警察張著嘴不停喘氣，青柳的手剛好就壓在他的喉頭上。

接下來依然是驚險萬分。警察揮舞著右手伸向腰間，明顯想要拔出手槍。青柳擠出全身的力量，將對方緊緊壓住，以腳踩住對方的手腕，然後用空出來的另一隻手往對方的皮帶掏摸，一摸到類似手銬的東西，立刻抽出來，銬在對方的手上。青柳雅春完全無法思考，呼吸急促，唾液橫飛，但心裡很明白，如果讓對方有機會重整攻勢，一切就完了，心裡不停念著「老伯，對不起」，卻沒有發現自己真的把這句話喊了出來。

男人的雙手被銬上手銬，腳踝綁上膠帶，嘴巴也被膠帶封住。

「會不會不舒服？」青柳讓他倚靠著牆壁後問道。男人兩眼布滿血絲，用力喘氣，肩膀上下起伏，或許是遭到制伏的屈辱與任務失敗的焦慮讓他變得情緒相當激動吧。

從他鬆弛的臉頰，以及額頭、眼角的皺紋看來，應該是個個性溫和的人。在剛剛的對決中可以發現，他的贅肉多於肌肉，可猜出他是一個工作認真、生活安穩、退休在即的公務員。但是，如今他卻露出充滿恨意的眼神，瞪著青柳雅春。

「對不起，我沒有傷害你的意思，只是我絕對不能被逮捕。」

青柳從男人的制服口袋中取出警察手冊，確認上面的照片與姓名。姓名欄上寫著兒島安雄四字。「兒島先生。」青柳喊了他的名字，反令他不悅地皺眉。

「兒島先生，你應該知道我是誰吧？」

兒島安雄一臉憎恨，張大了雙眼，似乎說了什麼，或許是「我當然知道，你這個暗殺首相的凶手」吧，無奈嘴巴被膠帶封住，傳不出聲音來。

「我不是凶手，我是冤枉的。」青柳直視著兒島安雄的眼睛說道，期待自己的誠懇與真摯或許能取得對方的信任。但兒島安雄卻是不停扭動身體，看來身為警察的使命感令他忍不住想要立刻解開手銬、撕斷腳上的膠帶，將青柳繩之以法。

「是真的，那個案子不是我做的，不知究竟為什麼，我被當成了凶手，只好拚命逃亡。」

兒島安雄臉上肌肉扭曲，露出輕蔑與嘲笑的表情。

「肚子餓了請跟我說，雖然不是什麼好料，但我可以將我的食物分給你。」青柳從背包中取出營養食品。「不過，這些其實原本也是這個屋子裡的東西。」青柳搔了搔鼻頭說道。「對了，想上廁所的話，也可以跟我說。但是在我離開這個屋子之前，我不能讓你走。」

打算何時離開這個屋子呢？青柳問自己。接著又想，或許這個問題應該改成「何時必須離開這個屋子」比較恰當。

過了二十分鐘之後，兒島安雄不知是放棄抵抗還是累了，只見他靠著牆閉上了眼睛，或許他心裡認為自己必死無疑了吧。青柳一想到這點，便感到良心不安，忍不住在他耳邊說：「我真的不會傷害你。」但兒島安雄似乎是睡著了，絲毫沒有反應。青柳坐在兒島安雄旁邊，抱著雙腳，將頭埋在膝蓋裡。「好累。」青柳不自覺地說道。一瞬間，感覺兒島安雄似乎往自己看了一眼，但青柳沒有抬起頭來。

青柳醒了過來，察覺兒島安雄正不停地擺動身體。

「想上廁所嗎？」青柳雅春問道，兒島安雄點了點頭。「真是抱歉，我馬上讓你去。」他急忙起身，將兒島安雄腳上的膠帶撕開。「我不能解開你的手銬，不過只要坐在馬桶上，應該是沒問題。」青柳解釋道，並將兒島安雄扶起，穿過走廊，帶他到廁所，讓他走進去後，關上門，自己則在門旁等候。在這麼近的地方等一個人上廁所實在令人彆扭，但也沒辦法。

兒島安雄的雙手是銬在身體前方，而且手銬的長度也夠長，應該可以順利地解開皮帶並脫下褲子。過了一會，聽見沖水聲，然後又聽見敲門聲。

青柳站穩了馬步，擔心兒島安雄一出來就會向自己衝撞，但兒島安雄並沒有這麼做，雖是一臉不悅，卻沒有任何反抗的舉動。

回到房間之後，青柳讓兒島安雄坐下，將膠帶再度綁回他的腳上。膠帶的黏性雖然降低了，卻沒有特地換新。

「造成你的困擾，真是抱歉。明天一早，我就會離開。」青柳說完，自己也嚇了一跳，自己真的打算明天一早離開嗎？在沒有任何目標與方向的情況下，就要離開這裡？

兒島安雄望著青柳雅春，彷彿也在問：「你要去哪裡？」

「總不能一直將你綁在這裡。」青柳回答，隨手拿起身旁的遙控器，按下了按鈕，牆上的電視機發出低沉的聲音，畫面霎時變亮。一看手錶，已是晚上七點半，自己睡了不短的時間。

「還是一樣，到處都是我。」不管轉到哪一台，都可以看到報導首相暗殺事件的特別節目，唯有一台或許是認為「跟別人做一樣的事也沒有意思」，因而改變了方針，播放起了由年輕藝人擔綱的搞笑節目。但是看了一會，也覺得沒什麼意思，轉頭一看，發現兒島安雄也是一臉興趣缺缺，於是再度轉台。畫面上出現青柳雅春的照片，以及仙台市的地圖，正在公布著目擊情報。

攝影棚內，幾個節目來賓依然高談闊論。「如果青柳雅春目前還潛伏在仙台市內，可見得他應該有同伴，應該對老舊住宅區出租公寓及他學生時代的住處一帶進行地毯式搜索。」一個曾經當過警察的來賓說道。「凶手現在應該已經相當疲累了，而且還可能因睡眠不足而情緒十分不穩定，如果不趕快將他逮捕，恐怕將導致最糟糕的事態。」另一個身為心理學家的來賓說道。

「最糟糕的事態。」青柳試著念了一遍。所謂最糟糕的事態，指的是自己可能選擇在某處結束自己的生命嗎？又或者是自暴自棄地決定抓一票人質，好好大鬧一場？「全都是胡說八道。」

兒島安雄望向青柳雅春。

「全是胡扯。」青柳說道。「兒島先生，或許你不相信。」接著又指著電視機說：「但媒體其實很會說謊。」

青柳本來以為兒島安雄現在一定是滿腔怒火瞪著自己，但轉頭一看，卻發現他的眼神並沒有原本預期的那麼生氣，是放棄抵抗，還是累了？又或者，是故意讓自己安心，然後找機會反擊？

「兒島先生，真是對不起，把你牽連進來。」

嘴上貼著膠帶的兒島安雄既沒有點頭，也沒有搖頭。

這時背包中傳來震動的聲音。當初從三浦的襯衫口袋中取走的手機有了來電顯示，一看螢幕，是不久前才見過的號碼。青柳轉頭望向兒島安雄，說：「抱歉，我接個電話。」

「青柳先生嗎？」整形醫生在電話另一頭說：「我獲得了新的情報。」

「關於我的冒牌貨嗎？」一瞬間，青柳的腦海浮現身材矮小的三浦在醫院逐漸死去的模樣。

「冒牌貨似乎躲在某個同業的私人診所內。」

「當初『躲在仙台醫療中心』的情報就已經是個騙局了，這次呢？」青柳忍不住說道，如果再一次被類似的陷阱欺騙，可就太愚蠢了。

「據說剛剛警察已經帶走了那個冒牌貨，那是晚上六點多的事，所以大約是兩個小時前吧。我認識的那個醫生剛剛打電話給我，告訴我這件事。」

「那個醫生為什麼事到如今才突然告訴你這個情報？」這一點怎麼想都很可疑。

「冒牌貨似乎是被警察強行帶走的。既沒有說明理由，也沒有道謝，讓藏匿冒牌貨的醫生相當不滿，再加上警察以粗魯的手段將冒牌貨從後門押走時，又撞傷了掛在門口的日本畫畫框，連一句道歉也沒有。」

「日本畫被撞壞有這麼罪大惡極嗎？」

「總之，那個醫生非常生氣，所以將情報透露給我，他知道我正在尋找你的冒牌貨，這個業界是很小的。總之為了洩憤，他說出了情報。」

「說出這麼重要的情報，只是為了洩憤？」

「你知道引發古巴危機（註）的卡斯楚為什麼會與蘇聯合作嗎？因為卡斯楚認為他訪美時，美國人的態度太差了。在訪美之前，卡斯楚說過，他並不特別討厭美國，但是從美國回來之後，卻開始覺得跟蘇聯合作也不錯。人就是這麼一回事，對手的態度不佳，就會想要報復。」醫生淡淡地說著，似乎比起人心，人的皮膚及血肉更加令他感興趣。

「我的冒牌貨會被帶到哪裡？」

「我不知道。但如果你繼續躲著不出來，那個冒牌貨可能會在某個地方被處理掉。」

醫生的口中雲淡風輕地說出可怕的言詞，讓青柳一時啞口無言。

「既然抓不到你，他們可能會拿假貨當真貨，對外宣布青柳雅春已死的消息。這是很可能發生的，你不這麼認為嗎？」

青柳的腦中浮現一個畫面，一個長相跟自己相同的人仰天倒在荒郊野外。或許是心臟被射穿，也或許是手腕上的血管被切斷，而電視新聞則是播報著「發現了青柳雅春屍首」的消息。

「我死了，就可以解決一切嗎？」

「死人是不會說話的。」

「但是，真正的我還活著。如果我又站了出來呢？他們打算怎麼辦呢？他們不怕社會大眾發現，死的是冒牌貨嗎？」

「或許他們認為你不會再出現了。」

「也或許是認為，等我出現之後，再把我處理掉就好了嗎？」殘酷的現實讓青柳皺起了臉。

「對了，你為什麼特地告訴我這個消息？」

「我覺得既然獲得了真正的情報，還是應該跟你說一聲，畢竟我的假情報給你添麻煩了。」

「這種程度的麻煩，跟我從昨天到今天所遇到的比起來，根本沒什麼大不了。」

「另外還有一項情報，但我不知道兩件事有沒有關係。」

「希望沒有關係。」

「我認識的那個醫生，另外還接了別的手術，但手術後是跟你完全不同的長相。」

「這是他的工作，有什麼好奇怪的？」

「不，這件工作據說也是警察或類似的機關所委託的。而且，那個接受手術的男人在昨天便被帶走了。」

「那又如何？」

「以下只是我的臆測，你隨便聽聽就好。」

註：古巴危機又稱爲加勒比海危機，指於一九六二年的冷戰期間，因蘇聯於古巴境內設置導彈的行動而引發的美蘇之間衝突對峙，當時的古巴領導者是菲德爾・卡斯楚（Fidel Alejandro Castro Ruz）。

「我會隨便聽聽的。」

「說不定被拱出來當代罪羔羊的人，不止你一個。不，或者應該說，原本不應該是你。」

「什麼意思？」

「要被當作凶手的人，原本另有其人，而且連冒牌貨也早已準備好了。但是因為某些理由，那個人沒辦法變成代罪羔羊。」

「因為他臨時安排打工？」即使已經被對話的內容搞得一頭霧水，青柳依然故作鎮定。「總之，我成了那個人的代替品？」

「或許不是代替品，而是第二候補。」

設計陷害自己的那股勢力是相當龐大的，這種假設確實很合理。「確實很合理。」青柳坦率地說，「不過，就算知道了這一點，對改變現況也沒有任何助益。管他第一順位還是第二順位、正式選手還是代打，現實的情況是一樣糟糕。」

「不過，如果這個假設成立，」醫生冷靜地說：「這整個陷害你的計畫或許可以找得到破綻。雖然計畫還是相當周詳嚴謹，但跟第一候補比起來，找你來頂罪應該算是倉卒成事，來不及配合的部分應該也不少。」

「總歸一句話，你想告訴我的就是『加油、別放棄』嗎？」

「或許吧。」

青柳也沒道謝，便掛斷了電話，低頭嘆了一口氣，感覺兒島安雄正盯著自己。

「兒島先生，以下我要說的話，或許你還是不相信，但我希望你聽我說。」青柳看著電視上一個不知名的政治評論家，說：「我不是凶手。所以那些人……」說到一半，青柳想到連自己也不明白所謂的「那些人」到底是指誰，不禁打了個冷顫。我的人生竟然被一群我連名字也說不出的人給毀了，他感到背脊發涼。「那些人利用整形，準備了一個我的冒牌貨。那個冒牌貨就是你們在電視上看到的我。」

兒島安雄臉上依然帶著警戒，但更加明顯的是困惑。他一定在心裡抱怨著，自己都快退休了，實在不想再徒增莫名其妙的麻煩。

「而且，我的冒牌貨或許會在近期被殺害，他是我的替死鬼。因為抓不到我，只好抓另一個跟我長得一模一樣的人。」青柳維持著冷靜說到這裡，突然感覺到一股怒火從胸口延燒到頭頂，滿腔怒氣幾乎要從嘴裡迸裂而出。他趕緊將情緒壓抑下來，此時此刻胡亂吼叫，沒有任何意義，原本差點噴發出來的情感彷彿被擠壓成了細細的一條絲線，輕輕地從口中透出：「這一切到底是怎麼回事。」

身旁的兒島安雄嘴上的膠帶產生了皺紋，青柳知道他想要說話，正要問他「你想說什麼？」的時候，電視畫面上出現了一張令人懷念的臉孔。

## 青柳雅春

「父親先生！父親先生！父親先生！」手持麥克風的記者不停地在畫面中呼喊。

「吵死了，你們又不是我兒子，也不是我女兒，叫什麼父親先生，笑死人了。真是一群厚臉皮的傢伙。」

出現在畫面上的是一棟熟悉的房子，鏡頭深處是玄關大門，前方有著門柱與門扉，上面掛著門牌，青柳雅春上次來到這裡是去年底。現在站在鏡頭正前方像個粗暴不良少年大吼大叫的，正是自己的父親，只見他用力揮動著雙手，大喊：「你們這些傢伙，憑什麼擅自闖進我家！」

「我們沒闖進去啊。」一個常在時事節目露臉的記者賊頭賊腦笑說：「這裡可是房子外面。」

「你叫什麼名字？」青柳雅春的父親以下巴指著這名記者問道，口氣還是一樣粗魯。

「為什麼我要跟你說？」

「我再說一次。你們這些傢伙，尤其是你，已經闖進我家來了。所謂的我家，可不是只有這棟房子，還包括我的心情。你們憑什麼把我跟我的家人當罪犯看待？」

「您的兒子是嫌犯，正遭到通緝，警方已經認定他是凶手。我們也收到觀眾與市民的許多線報。對兒子所作所為，您想不想說幾句道歉的話？」一名看不出年紀的女記者將麥克風湊過來。

「我想妳大概也不敢報上妳的名字吧。」青柳雅春的父親慢條斯理地說：「妳對雅春的事情了解多少？說啊，妳知道多少？」

記者群一時之間默然無語，並非無言以對，而是思考著該用哪一句話來回應。

「我從他光溜溜地被生下來的那天，就認識他了。他媽媽對他更是了解，從懷孕時就知道他這個人了。他開始會走、會說話的時候，我都在旁邊看著。這麼長的一段歲月陪在他身邊，而你們是這兩天才開始調查雅春的事，憑什麼一口咬定他是凶手？」

「父親先生，您相信兒子是清白的，這樣的心情我了解……」女記者以飛快的速度說道，一大堆麥克風全圍了上來。

「妳了解？」青柳雅春的父親回答得簡潔有力，雙眼直盯著女記者。「妳了解我的心情？妳真的了解嗎？告訴妳，我不是相信他，我是知道他。我知道他不是凶手。」

青柳的視線彷彿被釘在畫面上，他感到心跳加速，血液在血管中迅速奔流，尋找出口，衝擊手腳的每一處頂端，由於心臟的鼓動太過劇烈，身體甚至開始微微晃動，眼前的畫面跟當初騎在色狼身上揮拳痛毆的父親模樣重疊在一起。一方面覺得父親還是老樣子，動起怒來便管不住性子，另一方面又覺得父親看起來畢竟還是蒼老了些。

「他國中時也遇過類似的事，唱片行的店員懷疑他偷了ＣＤ。那時候我也很清楚，他沒有做。妳聽好，要我說幾次都可以，雅春不是凶手。」

「可是，父親先生……」的聲音此起彼落。

「少囉唆！少囉唆！」青柳雅春的父親舉起右手，像趕蒼蠅一樣揮舞。「好，你們要不要跟我打賭？賭我兒子是不是真正的凶手。」他指著圍繞在身邊的其中一名記者，說：「你們這些不肯報上姓名的正義使者，如果你們相信雅春真的是凶手，就跟我打個賭吧。不是賭錢，而是賭你們人生中某樣最重要的東西，你們現在的所作所為，就是這麼嚴重的事。你們單靠一窩蜂的氣勢，就想摧毀我們的人生。聽著，我知道這是你們的工作，工作就是這麼一回事。但是既然自己的工作可能會毀掉別人的人生，你們就應該要有所覺悟。看看那些公車司機、大樓建築師、廚師，他們一定會盡自己最大的努力，嚴格審視每一個細節，因為他們的工作，關係著別人的人生。你們也一樣，要用你們的覺悟來為自己的工作負責。」

記者一聽，鬧哄哄地吵了起來。有些人指責青柳雅春的父親發言失當，有些人強調爆炸事件的受害者人數，每個人都憤怒地大罵青柳雅春的父親強詞奪理。但是事實上，這些人並非真的生氣，只是裝出憤怒的樣子。到頭來「我也賭上我的人生」這樣的話，沒有一個人說出口。

「真是亂七八糟。」青柳不禁嘴角上揚，彷彿電視上正在演出一場毫無真實感的喜劇。

過了一會，青柳雅春的父親朝右邊一指，以明確的口氣說：「那邊那台攝影機，讓我對著鏡頭說幾句話，可以吧？」接著他說：「喂，雅春，你一直不出面，現在事情變得很棘手。」接著不知為何，又用很客套的口氣重複了一遍：「你知道嗎？現在事情真的挺棘手呢。」

「事情真的挺棘手呢。」青柳看著電視，不禁苦笑。

「不過呢，」青柳雅春的父親接著和顏悅色地說：「這些事情我來想辦法解決，你媽媽也還好，你就好好加油吧。」

這種形同鼓舞凶手逃亡的發言對現場的激動氣氛宛如是火上加油，記者全都為之瘋狂，抓著麥克風衝上來。

但是青柳雅春的父親絲毫不為所動，接著說：「總之呢，雅春，逃得機靈點。」

青柳感覺一股沉重的氣團從胸口朝著喉頭逐漸上湧，他很明白，如果不壓抑，將會發生什麼事。衝上喉嚨的感情將撼動雙眼，引出眼淚；眼淚一旦流下，便無法停止，接著會開始哽咽，泣不成聲。青柳咬緊牙關忍耐，他知道一旦哭了出來，憤怒與鬥志都會消失；一旦哭了出來，一切就完了。如今支撐著自己的那股力量，那股可以稱之為燃料的能量，肯定會因哭泣而減少。

青柳感覺旁邊有股空氣在震動，就像紙張被揉成一團的感覺，雖然看不見，卻可以感受到空氣產生了扭曲。他轉頭一看，兒島安雄的臉正在微微顫抖，眼淚不停流下，鼻水也滴了出來，貼在嘴上的膠帶邊緣都沾濕了。

青柳微感驚訝，接著，胸口感到一陣輕輕的暖意。「為什麼反而是兒島先生哭了呢？」

即使青柳替他撕掉了嘴上的膠帶，兒島安雄還是持續哭泣著，不停地哽咽抽搐，並以戴著手銬的雙手彆扭地擦拭著雙眼。他哭了好久好久，完全沒有大喊「青柳雅春在這裡」或是「救命」的意思。

青柳關掉電視，房間陷入一片沉靜反而讓人感到不自在，他於是打開音響，昨天聽的《*Abbey Road*》還放在裡面。青柳選擇播放ＣＤ後按下快轉，直接跳到後半段的組曲，溫柔而輕快的旋律從音響傳出，彷彿可見鳥兒正搖擺著尖喙鳴叫。

「披頭四一直到最後一刻，還是推出傑作之後才解散。」學生時代，在速食店中，阿一熱血澎湃地說道。

「明明團員間的感情已經那麼差了。」森田森吾說道。

「努力將曲子編成組曲的保羅不知道是什麼心情。」已經想不起來說這句話的是誰，「想必是很想讓四分五裂的團員再次凝聚在一起吧。」

青柳靠著牆壁，彎著膝蓋，閉上雙眼，並未刻意仔細聆聽，但是音樂不停地被身體吸收。失去了伙伴，一個人努力製作著組曲的保羅．麥卡尼心中那份孤獨感，彷彿覆蓋在青柳的背上。蕩氣迴腸的歌聲繚繞在屋中，〈*Golden Slumbers*〉震撼著青柳的五內。拉上了窗簾的窗外不知天色已變得多暗了，青柳忽然覺得，這個屋子以外的人聽不見這歌聲非常不可思議。

最後一首曲子〈*The End*〉的旋律響起。保羅、喬治、約翰依序表演吉他獨奏。「嗯，三個人各有千秋呢。」阿一曾假充內行如此說道，其他人笑罵：「你真的聽得出其中的差異嗎？」

ＣＤ停止旋轉，青柳立刻按了按音響的按鈕，再次從第一首〈*Come Together*〉開始播放。

「你真的不是凶手嗎？」兒島安雄突然問道。青柳將臉轉向他，見兒島安雄正閉著眼睛，雖然已不再哭泣，臉上卻依然殘留著淚痕。

「我不是有能力做出那種事的大人物。」

「我沒辦法馬上相信你，因為我一直認定你就是凶手。」

「我明白。」青柳說道。「我不是凶手，我是被冤枉的，但是你也有你的職責跟立場，這也是沒辦法的事。」

「我雖然身為警察，但能力並沒有受到肯定，何況也快退休了，他們認為你返回這個屋子的可能性幾乎是零，才把留守的工作交給我。」

「沒想到你中了大獎囉，兒島先生。」

披頭四的歌聲持續迴響著。青柳與兒島安雄的模樣映照在關了電源的電視螢幕上。

「你父親，真令人感動。」兒島安雄說道。

「一點也不令人感動。兒島先生，你有兒子嗎？」

「年紀比你還大一點。」

「所以你才會被感動。」

「終究還是只有雙親才是永遠的支持者。除非遇上什麼特殊狀況，否則我也一定相信我兒子。」兒島安雄閉著眼睛說道。

「暗殺首相，應該有資格算是特殊狀況了。」青柳說道。兒島安雄難得露出了笑容，部分牙齒閃耀著銀色光芒。「而且，剛剛我老爸提到的偷CD那件事，我是真的做了。」青柳說道。

「咦？」

「當時我被朋友慫恿，一時糊塗，我並不是被冤枉的。可見我老爸的直覺也不過如此。」青柳笑道，兒島安雄也忍不住呵呵笑了。

接著，青柳閉上了雙眼。他在腦中反芻著〈*Golden Slumbers*〉的歌詞：「Once there was a way to get back homeward」同時回想著那些令人懷念的過往。

「Golden slumber fill your eyes／Smiles awake you when you rise」

「金色搖籃曲」這樣的字眼浮現在腦中。青柳不禁希望尋找可以溫暖地包覆自己的陽光，希望在金色的陽光下安祥地睡著。原本想要大喊「這一切到底是怎麼回事」的憤怒情緒逐漸平息了；想要抱怨「為什麼是我遇到這種事」的衝動也被壓抑了下來。青柳握起了拳頭，腦中努力回想著父親對電視台記者大呼小叫的那個滑稽的畫面，跟自己比起來，老爸看起來還更像凶手。剛剛出現在電視上的父親，就好像溫暖的太陽，逐漸安撫了青柳的心。

「身為文明人，怎麼可以被衝動牽著鼻子走呢？應該更冷靜才對。」

自己以前說過的話，在腦中再次響起。「冷靜地思考吧。」

自己手上到底有些什麼武器？青柳靜靜地、慢慢地讓心情歸於平淡，就好像把一首首的曲子編成組曲，開始試著串聯手邊的所有訊息。眼角的餘光看見稻井先生堆積起來的一箱箱紙箱旁，有一小捆細繩狀的東西，似乎是手機用小型麥克風。青柳看著麥克風，腦袋飛快轉動。

當你醒來。

就在保羅・麥卡尼唱到〈*Golden Slumbers*〉之中的這一句時，青柳張開了雙眼，站起身，拿出手機。兒島安雄訝異地轉過頭來。

青柳將左手湊向眼睛，將左手手腕翻來覆去地看了又看，接著說：「有了。」

「什麼有了？」兒島安雄抬頭望著青柳問道。

青柳指著自己的手腕，上面有著早上所寫的十一個數字。「字跡沒消失，是個好兆頭。」接著在手機上按下了這串數字。

臉上淚痕未乾的兒島安雄張口，愣愣地看著青柳。青柳數著通話鈴聲的次數，正猶豫著該在第幾聲放棄時，另一頭已傳來說話聲：「嗨，在下矢矢矢矢島。」聽見這麼輕浮又有節奏感的語氣，青柳沒有生氣，反倒覺得好笑。

「這麼接電話，以後恐怕大家會認為電視台的人都像你這麼開朗呢。」青柳帶著笑意半認真地對他提出忠告。

「您是哪位？」

「青柳雅春。」

「啊！」矢島忽然大叫一聲，接著一陣乒乓聲響，矢島的聲音消失了，然後又是一連串的慌亂雜音過後，才又傳來說話聲：「抱歉，剛剛手機掉了，我是矢島。」講話方式突然變得像一個嚴肅的上班族。

「不是矢矢矢矢島先生嗎？」

「那個是……」矢島聽起來充滿羞愧與懊悔。「一種儀式，或說是因應事務需要的手段。」

「貴台有很多個矢島嗎？」青柳拚命忍住笑意，即使在這樣的狀況下，自己卻還是笑得出來。「人類最大的武器，是習慣與信賴。」森田森吾說過的這句話掠過腦海。

喂，森田，人類最大的武器應該是「笑」吧？好想對森田森吾這麼說。不管遭遇多大的困難，不管陷入多悲慘的狀況，如果能夠一笑，就會有重新充電的感覺。

「光是我們局裡就有三個人姓矢島。」矢島辯解著。「我這麼做是為了好區分。」

「好了，這種事情不必多解釋了。」青柳說道。「我早上曾經打電話到你們部門。」

「我記得，你叫我們不要通報警察。」

「你真的相信我就是青柳雅春本人嗎？」

「不知道這對你而言是幸還是不幸，基本上我是相信的。」矢島的實際年齡恐怕比第一次對話時的感覺還要年輕，聲音中充滿了朝氣與幹勁。

「老實說，我打電話給你，是想拜託你一件事。」

「我想也是。」

「我早上已經說過了，我希望你們能夠在節目上播出我的聲音，讓我有機會向觀眾說明我遇到的事，包括我的清白、周遭許多人因為這件事而遭連累的詳情、以及……」

「真凶的姓名嗎？」

青柳頓時無語，過了一會才老實地說：「我不知道真凶是誰。」又微微加強語氣說：「矢島先生，這個事件沒那麼單純。」青柳不停提醒自己，千萬要保持冷靜。「凶手並非個人。」

「難道你想說，凶手是個神祕的組織？」

「一點也不神祕的組織。」青柳回答。視線一轉，看見兒島安雄正憂心忡忡望著自己，關心事情的發展。「總之，我希望你給我一個機會。」

「我該怎麼做呢？當然，能夠播放你的聲音對我們來說是求之不得的。」

「因為我可以提高收視率？」青柳自嘲地說道。

「假使你到攝影棚來，我們就非得報警不可。當然我可以假裝不知道，但最近我們電視台的高層都很謹慎，何況這次警方的態度又特別強硬……」

「明天，我會站出來。」矢島還沒說完，青柳已打斷了他的話。「我會出現在市區內的某個地點，能不能請你們先架好攝影機？我會告訴警方我要投降，觀眾應該也會很感興趣。」

矢島沉默了片刻，似乎是在腦中整理著青柳的要求。「你要站出來？在哪裡？」

「地點我再想想，應該會選擇市區內某個空曠的地方。警方想必會封鎖現場、禁止攝影，所以這個地點必須從遠處也能夠一覽無遺。」

「你要在那個地點現身？」

「警方應該會將那裡包圍起來。」

「你希望我們把你被逮捕的過程拍下來？」

「遭警方包圍時，我會以手機打給你，能不能請你將通話內容以即時轉播的方式播出？」

「手機？」矢島的聲音愈來愈宏亮。

青柳突然感到不安，不曉得說那麼多會不會有危險。雖然警方應該還未掌握到這支手機的號碼，但也不是沒有可能早已遭到監聽。事到如今再遇上任何狀況也沒有什麼好奇怪的。

「在警方的包圍下，我所說的話，觀眾應該不會認為是假的吧？你不這麼覺得嗎？以實況轉播的方式出現在電視上的人所說的言論，應該具有滿大的說服力。」

青柳為了將自己的聲音在不受干涉的情況下傳達給社會大眾，煩惱了好久，最後才決定採用這個方法。既然親自走進電視台實在太危險，錄下來的聲音又可能會被斷章取義，那麼只能採取戶外的即時轉播了。

「在前往那個地點之前，我會打電話給你。我會使用手機麥克風，讓手機保持通話狀態，所以當我來到警方面前時，你那邊應該還是可以聽得見我的聲音。」

「你的意思是希望把手機通話內容直接播放出來？」

「就技術上來說，做得到嗎？」

「應該可以。」矢島回答。語氣顯得相當興奮，似乎有著排除萬難也要達成的決心。「接下來呢？你有什麼打算？」

「也只能乖乖被逮捕了。但是，如果我說的話被播出去後能夠引起觀眾的懷疑，讓大家開始認為這個事件並不單純，或許我在遭到逮捕後會有轉機出現。就算被認定是殺死首相的凶手，應該也不會立刻被判處死刑。為此，我希望愈多人聽見我的聲音愈好，所以才主動安排這麼一個讓自己受到世人注目的場面。」

「我想幫你！」矢島以驚人的氣勢喊道，青柳感覺耳膜彷彿要被刺穿，不禁苦笑著將手機暫時拿遠，過了一會才又湊近，說了自己的另一個目的：「而且在攝影機的拍攝下，警察也不敢隨便對我開槍。」

假如自己所扮演的角色是奧斯華，很有可能會在現身的一瞬間便被抹殺。策畫了這整個事件的人，一定不想聽自己說任何一句話，也不想讓真相大白，他們一定想找機會殺死自己，就好像傑克·魯比殺死奧斯華。「所以我必須要找一個空曠的地方，好讓更多的民眾目睹整個經過。」

矢島再次陷入沉默，或許是在煩惱著該不該接受這個提案吧。但是，青柳相信他一定會接受，畢竟這個計畫對包含矢島在內的所有電視台人員幾乎沒有任何風險，如果拒絕了這件事而讓其他電視台撿便宜，肯定是個大失策。

「青柳先生，」過了一會，矢島開口說：「我接受這個提案。」

「謝謝你。」

「明天幾點？攝影機要對準哪裡？」

「一大早，說不定是天還沒亮的時候。」

「什麼？」矢島吃了一驚，似乎整個人跳了起來。這也難怪，距離明天清晨只剩下不到半天的時間。

「今天之內，我會再跟你聯絡。」

「好吧，我明白了。」矢島說道。最後，他還吞吞吐吐地說：「或許這麼說很無情，但這個提案確實對我們來說沒什麼風險。」

真是老實人，青柳心想。

青柳掛了電話之後，看見兒島安雄依然直盯著自己。「你有什麼打算？」兒島安雄問道。

「就像你剛剛聽到的，明天早上，我會向警方自首。但我可不想被一槍打死。」

「警察是不會胡亂開槍的。」兒島安雄反射性地回答。「會開槍。」青柳斬釘截鐵地反駁道，聲音大得連自己也嚇了一跳，過了片刻，又壓低音量重複了一次：「會開槍的。」

「兒島先生，我不想說你們警察的壞話，但是這次的事件真的很不尋常。關於這件事，我知道的應該比你清楚，所以我可以很明確地告訴你，有很多人根本不希望逮捕我，只想一槍將我打死，好讓我閉嘴。」

「為什麼？」

「因為我不是凶手。一旦我被逮捕，說出來的話會對他們很不利，所以他們希望我以嫌犯的身分被殺死。」

「一大清早就採取行動？」時間的倉卒，似乎也令兒島安雄頗為驚訝。

「一旦準備就緒，當然是早點行動比較好，免得夜長夢多。」青柳一邊想著在早晨來臨之前必須完成哪些事情，一邊說道。

兒島安雄皺起了眉頭，以正看著詭異事物的眼神望著青柳。他剛剛才被青柳的父親所感動，宛如一個看著感傷電影流下眼淚的純真青年，如今卻又充滿了身為警察的使命感，喃喃地說：

「兒島先生，請你再忍耐一下吧，明天我就離開了。」

兒島安雄點了點頭，過了一會，突然「啊」地一聲，就像猛然想起忘了帶作業的小孩，看起來一點也不像假裝的。

「再不聯絡可不妙了。」兒島安雄看著自己的腰間說道。

「聯絡？」

「雖然我快退休了，能力也不受肯定，但畢竟還是搜查人員之一，既然在這裡留守，晚上必須打電話回報狀況。他們或許會主動打來，但為了不被懷疑，還是我打過去比較好。不過，搜查本部現在應該忙得一團亂，說不定早就忘記我還留守在這間公寓的事了。」

「還是謹慎一點比較好。」

「沒錯，而且他們本來還說半夜會有人來跟我換班。不如讓我打電話過去，除了告訴他們這裡沒有異常之外，同時也說我願意留守一晚，如何？現在人手嚴重不足，他們應該會很開心省了一件事。」

青柳毫不猶豫地同意這個提議。「使用無線對講機嗎？」青柳一邊望著兒島安雄的皮帶，一邊說道。「不過，請原諒我不能解開你的手銬。」

「只要幫我拿起無線對講機，放在地上就行了。」兒島安雄認真地說道，接著他把銬著手銬的雙手向前一伸，說：「我的手勉強能夠移動，應該可以操縱無線對講機，趴在地上說話。話說回來，我看你一臉滿不在乎，難道不怕我在聯絡同伴時，大叫『青柳雅春就在這裡』嗎？」

「我真是摸不透你。」

「怕是怕，不過兒島先生，人類最大的武器，是信賴。」

兒島安雄愣了一下，心裡不知是想著「從來沒見過這麼笨的傻子」還是「從來沒見過這麼有膽識的人」。過了一會，開口說：「既然你這麼信任我，怎麼不幫我把手銬解開？」

「唉。」青柳沮喪地嘆了一口氣，說：「我心裡正覺得不妙，祈禱你不要說出這句話呢。」

「我想也是。」兒島安雄笑道。

「在你回報的同時，我也想順便再打一通電話。」青柳指著屋內走廊說道。

「你不想聽聽我說了什麼？」

「我相信你。」青柳半開玩笑地說道，接著便離開了房間。來到走廊上，回頭一看，兒島安雄正趴在地上，一邊踢開散落在地板上的紙箱，一邊努力將臉湊向無線對講機。這種旁人看來相當滑稽的姿勢，對本人來說一定非常彆扭，青柳不禁對他感到抱歉。

青柳來到走廊上，走進廁所，看見鏡中的自己竟是一副愁雲慘霧的模樣，著實嚇了一跳。雖不到萬念俱灰的程度，但憂愁已經在眼睛周圍、嘴角、眉心等處刻畫出陰影。他試著勉強擠出笑容，看見鏡中的自己表情扭曲。

這麼難看的笑容，實在讓人笑不出來。

他將手伸進背包口袋，取出稍早之前塞進去的紙片，依照那張原本用來包章魚燒的紙背上所寫的電話號碼，以右手迅速按下手機按鍵。

通話鈴聲持續響著。對方遲遲沒接電話，青柳正想要回到走廊上看看房間內兒島安雄的狀況時，電話終於接通了。

「我想請教有關下水道的事情。」

「喔喔，沒想到是你。」

「保土谷先生？我是青柳。」狹窄廁所裡的說話聲，微微帶來了回聲。

「喂喂？久等了，是我。」

## 樋口晴子

「青柳先生是個什麼樣的人？」鶴田亞美坐在樋口晴子的對面，開口問道。

沿著病房前的走廊來到電梯旁，有塊小小的飲食區，窗外一片漆黑，宛如罩上了一塊黑布。

「是個很平凡的人。」晴子忍不住笑說：「沒人想得到他竟然會被捲入這種大案子，變成家喻戶曉的大人物。」

「我想也是。」

晴子回想起從前在學校餐廳，曾經一邊和朋友吃飯，一邊從遠處觀察森田森吾與青柳雅春面對著面閒聊的模樣。兩個人似乎只是愉快地聊些沒意義的話題，但是周圍的朋友卻愈聚愈多，最後變成一場大型餐會，大笑的聲音此起彼落，像這樣的情形三不五時便會發生。

「小野常常感嘆，以前青柳先生與森田先生聊天時，場面真的很熱絡，但是自從自己接下社團之後，卻沒辦法好好維持下去呢。」

醫院內的飲食區差不多就像個小小餐廳，大約有六張四人座的桌子，後頭牆邊有台果汁自動販賣機，窗邊則放著熱水瓶及茶包，牆上貼著一張紙，上頭寫著「請在這裡使用手機」。鶴田辰巳與七美正站在自動販賣機前面，拉長了身子按著自動販賣機的按鈕遊玩。一開始兩人只是安靜地按著按鈕，但後來玩出了興致，變成用手掌大力拍打，愈拍愈興奮，甚至開始尖叫。

「別這樣，安靜一點。」

「可是，這裡又沒有人。」七美嘟著嘴說道。

剛好就在這個時候，一個男人走了過來。他的身高並不高，體型矮小且滿頭白髮，身上穿著褪色的水藍色病人袍。令人吃驚的是，他的雙腳都包覆著石膏，但卻不用枴杖支撐，仍可悠悠哉哉地漫步走來。他拿著手機放在耳邊，看見鶴田亞美似乎顯得有點開心，舉起了右手。接著，又對靠在自動販賣機上的鶴田辰巳也舉手打招呼。

「啊，伯伯。」鶴田辰巳舉起小手揮了揮。

「你們認識？」晴子小聲問道。

「今天才認識的。他似乎是這裡的住院病人，還滿有趣的，明明說自己雙腳骨折，卻還能走來走去，很奇怪吧？」鶴田亞美回答。

原來當初阿一恢復意識時，鶴田亞美立刻趕回醫院，卻沒辦法馬上進入病房探視，只好先在外面等著。就在那個時候，剛好在走廊上遇見了這個人。當時他正吃著章魚燒，還給了鶴田辰巳一顆，鶴田辰巳則以不久前撿到的原子筆蓋當回禮。

正在講手機的男人不知從何處摸出了一個原子筆蓋，在鶴田辰巳眼前晃來晃去。鶴田辰巳的眼睛亮了起來，似乎很開心男人還留著自己所送的原子筆蓋。

男人走向窗邊，小聲地對著手機說話。由於對方明顯是壓低了聲音，晴子不想偷聽其談話內容，但又不希望刻意放大自己的說話聲，鶴田亞美似乎也有著相同的想法，與晴子對望了一眼之後，站起身來示意「該離開了」，並對著鶴田辰巳喊：「辰巳，我們走了。」

晴子也站了起來，走出飲食區，與鶴田亞美及辰巳一同沿著走廊朝阿一的病房走去。走了一段距離之後，晴子才發現七美沒有跟上來，疑惑地轉過了身，又回到了排列著桌椅的飲食區。

「啊，媽媽。」七美站在一張桌子旁，嘟著嘴說：「我剛剛在跟伯伯說媽媽的事情呢。」

晴子視線一轉，看見雙腳打著石膏的男人就站在七美的身邊，一手拿著已蓋上的手機，朝她點頭致意，接著露出了輕浮的微笑，搔了搔頭，說：「我叫保土谷，妳是那個凶手的朋友？」

此時鶴田亞美與鶴田辰巳也回到了她身後，晴子有種冷不防被人從腰際打了一下的感覺，不禁全身劇震。

「剛剛這個伯伯……啊，應該叫老爺爺……」自稱保土谷的男人聽七美改了稱呼，趕緊說道：「叫伯伯就行了，叫我伯伯。」鼻子周圍的皺紋變得更加明顯了。

「這個老爺爺剛剛掛斷電話時，叫了青柳的名字呢，就是媽媽的那個朋友。」七美得意地說道。過去女兒這種什麼話都藏不住的個性經常讓晴子感到哭笑不得，但這次卻是冷汗直流，趕緊罵說：「別亂說一通，給人家添麻煩。」

「啊，對了，這件事是祕密。」七美一點反省的意思也沒有，反而轉過頭來伸出食指，對男人說：「是祕密喲。」

「沒關係、沒關係的，別緊張。」男人對晴子笑了笑，原本的用意似乎是想讓晴子安心，但賊頭賊腦的笑容卻讓她更緊張。

「呃，其實算不上是朋友，只是學生時代的同學。」明知道多解釋只會更讓人覺得是此地無銀三百兩，晴子還是忍不住說道。

「別擔心、別擔心。」男人說著，「嘿」地一聲，便坐在椅子上，俐落地把被石膏包得直挺挺的腳斜斜推出。看起來，他應該是個經常把「別擔心」掛在嘴邊的人。

晴子彷彿受到了暗示，也在男人對面的座椅坐下。

「我也是凶手的朋友呢。」保土谷康志撐大鼻孔，一臉自豪地說道。「妳是他以前的朋友，我是他最新的朋友，剛剛才跟他講完話呢。」說著，拿起手機揮了揮。

「跟青柳？」晴子當然沒有精神錯亂到認為青柳雅春就躲在手機中，但還是忍不住伸長了脖子仔細凝視著男人舉起的手機。不知何時，鶴田亞美也在身旁坐了下來，問：「怎麼回事？」

「那個小哥好像打算攤牌決勝負了呢。」

## 樋口晴子

「這種事情，不應該隨便告訴我們這些陌生人吧？」聽著保土谷康志神采奕奕、呼吸急促地壓抑著興奮的語氣將來龍去脈說了一遍之後，樋口晴子憤怒地說道。

「萬一我是青柳的敵人怎麼辦？你將所有的祕密都告訴我，不是會把他害慘嗎？」

保土谷康志卻絲毫沒有反省的樣子，只是眨了眨眼睛，說：「咦？妳是他的敵人嗎？那可真糟糕，能不能請妳忘了我剛剛說過的話？」

「媽媽才不是敵人呢。」七美挺著胸膛，湊過來說道。「對吧，媽媽？」

「嗯，我不是他的敵人啦。」晴子輕輕由鼻子噴出一口氣。「只是你那麼守不住祕密，讓我有點擔心。」

「別擔心、別擔心。」保土谷康志豎起了大拇指，開心說道。晴子又好氣又好笑地想著，眼前這個人的人生恐怕就是不停地說著毫無根據的「別擔心」吧。

「青柳為什麼會找上這種人幫忙呢？」

「媽媽，妳把心裡面的話說出來了。」晴子聽到七美的提醒，趕緊摀住嘴。眼前的保土谷康志卻絲毫沒有半點不開心，反而說：「是啊，那個小哥竟然來找我這種人幫忙，可見得是走投無路，快要被困死了吧。」

「不過，這個計畫真的可行嗎？」旁邊的鶴田亞美壓低了音量說道。「利用下水道移動？」

「正確來說，是雨水管。這個計畫確實可行，不過前提是我必須先發揮善心，幫他把一些麻煩的前置作業處理好。」保土谷康志一邊說，一邊輕鬆地將石膏拆下又裝回去。這麼馬虎的偽裝，讓晴子與鶴田亞美看傻了眼，連笑也笑不出來。

根據保土谷康志口沫橫飛的敘述，整個計畫是明天青柳會在市公所前的中央公園現身。警方雖然會事先收到通知，但青柳會在電視台的實況轉播下登場。他認為與其這麼心驚膽跳地逃亡下去，倒不如將自己的清白告訴社會大眾後束手就縛。

「這麼說來，他放棄了？」晴子察覺自己的語氣變得嚴峻。「這不就跟認輸一樣嗎？既然是清白的，應該更加堂堂正正地……」

「堂堂正正地怎麼樣？」保土谷康志反問，態度中突然展露出身為人生前輩的威嚴，令晴子頓時愣然無語。保土谷康志說：「他能堂堂正正地做什麼事？以目前的狀況來看，他什麼也做不到。所以他決定堂堂正正地束手就縛。」

「但是一旦被逮捕，一切不就完了嗎？」鶴田亞美凝視著自己放在桌上交握的雙手。

「他說，他打算讓電視台將自己所說的話轉播出去。到目前為止，都是電視台任意操弄著自己，如今他想要反過來利用電視台。」

「就算在電視上演講，又能夠讓多少人相信呢？」

幾乎所有遭逮捕的人都會主張「我是清白的」。但世人都有先入為主的觀念，認為說這種話的人反而是凶手。或許正因為如此，被指控性擾騷的人就算再怎麼主張自己的清白，最後通常還是會被判有罪。嫌犯的辯解之詞，只會被當閒話家常的題材，卻難以推翻觀眾既有的印象。

「如果不是青柳，恐怕連我也會認為凶手只是想要大鬧一場，實在是不見棺材不掉淚呢。」晴子說道。保土谷康志也點了點頭，說：「不過，他也只剩下這條路了。」

青柳如今已決定大方向。問題是，在他現身前，絕對不能被逮捕。他一旦作出「自己會在哪裡現身」的預告之後，警方一定會加強監視周圍所有的道路，試圖在事情還沒鬧大前逮捕他。

「所以，他想要藉由下水道偷偷地移動到公園附近。」保土谷康志說道，這就是青柳雅春請自己幫忙的理由。

「不過，下水道人孔蓋那麼容易就打得開嗎？」鶴田亞美宛如也成了計畫的審查員之一，提出心中的疑問。「如果還要費點工夫才能打開，這計畫的風險不就很高？人孔蓋不重嗎？」

「很重，所以才需要我出馬。」保土谷康志神采飛揚地說道，接著解釋了人孔蓋模型的事。「這玩意我們以前就做好了，只是沒派上用場，今晚我只要準備好這玩意，拿去跟真正的人孔蓋交換就行了。」

「換哪一個下水道人孔蓋？市區內應該到處都是下水道孔吧？」晴子感覺自己好像又回到當年公司的會議桌上，為了舉辦一場絕對不容許失敗的活動，必須事先將所有令人不安的因素在會議中全部攤開來討論。「青柳要從哪裡進去，哪裡出來？下水道孔的位置已經掌握清楚了嗎？」

「別擔心、別擔心。」保土谷康志再次豎起了大拇指說道。「雨水管有粗有細，深度也不一樣。剛好有一條雨水管從車站附近一處大型腳踏車停車場旁邊通到中央公園，直徑大概一百八十公分左右，勉強可以通行。只要朝著下游筆直前進，就可以抵達公園了。」

「一般人也能夠在裡面自由移動嗎？」

「可以，不過裡面一片漆黑。」

「那怎麼辦？」

「關於這一點，好心的保土谷先生也會做好萬全準備。」保土谷康志挺起胸膛說道。「我會在下水道孔裡頭的梯子旁放手電筒，還會放一張紙，上面畫著大致的路徑圖。如何，是不是服務到家？」

飲食區接著陷入一片安靜，晴子望向窗戶，窗外是黑茫茫的一片，窗戶玻璃像鏡子映照出內側的景色。鶴田辰巳與七美又玩起了拍打自動販賣機的遊戲。

「看兩位的表情，似乎想問的問題還很多呢。」保土谷康志表現出一副兵來將擋水來土掩的態度，伸出手指朝自己的方向搖了搖，示意「有什麼問題儘管問」。

「與其冒這種險……」晴子說出了心裡一直想不透的疑問。

「妳想問的是，與其冒險到現場去，還不如乾脆利用下水道逃得遠遠的，對吧？」

晴子點了點頭。

「有一個理性的理由跟一個感性的理由。」保土谷康志說道，原本令人感到不負責任、輕佻、膚淺的表情突然嚴肅了起來，聲音也變得清晰透澈，令晴子忍不住猛眨眼睛。

理性的理由，簡單來說在於下水道的結構問題。雖然在水量少時，人可以進入雨水管內，但某些地方的管徑非常狹窄，有些甚至用爬的也爬不過去。所以，遲早會遇到再也無法前進的狀況。換句話說，雖然可以在仙台市區內移動，但如果想要離開仙台市，就一定得爬出下水道回到地面才行。而且有些管線連接到抽水機，運氣不好的話，說不定會跟其他垃圾一起被絞碎。

「所以，在市內的下水道來來去去是行得通的，但是卻沒辦法逃到遠方，頂多只能用來當作前往中央公園的祕密通道。」

「原來如此。」晴子說道。「那感性的理由呢？」

「這是小哥親口告訴我的，他說，不想再讓任何人因為自己受到傷害。」

「讓別人受到傷害？」

「他應該是認為只要自己站出來主張清白並直接就縛，就不會再有人被這件事牽累了。」

「這種時候還有心情擔心別人？」鶴田亞美訝異地說道，臉上帶著笑意。

「他說，這還關係到某個人的性命安危。」

「誰？」晴子問道，首先想到的是躺在病床上的阿一，接著又想到了據說已經死亡的森田森吾。森田真的死了嗎？

「『我的冒牌貨』。」保土谷康志說道。「小哥是這麼跟我說的。」

「青柳的冒牌貨？」

「他沒告訴我詳情，但似乎有這麼一號人物存在，大概就是所謂的替身之類的吧。」

晴子也不明白所謂的冒牌貨指的是什麼，但是幕後黑手為了陷害青柳而使出冒牌貨及假情報，似乎也不是什麼奇怪的事。

「總之，我現在要回家去拿模型蓋子，然後到街上去工作了。唉，看來今天晚上會非常忙碌呢。」說著這句話的保土谷康志感覺臉上皺紋少了點、肌膚變得紅潤，整個人充滿精力。

「不會被懷疑嗎？」晴子開口問道。保土谷康志此時已站了起來，抬高雙手、彎起手肘，做起了柔軟操，彷彿是在熱身。

「三更半夜打開馬路上的人孔蓋，不會太顯眼啦，而且一下就搞定了。」

「我不是那個意思。青柳不是打算告訴警察跟電視台，自己會在公園現身嗎？警察可不是笨蛋，事前一定會在預告的地點嚴加戒備，檢查所有可疑的事物吧？這時你去換下水道的人孔蓋，不會被發現嗎？」

「那個小哥可也不是傻瓜。」保土谷康志的嘴角向兩旁延伸，露出笑容。「等我換好蓋子之後，小哥才會聯絡警察。做好萬全的準備才動手，這可是基本原則。而且，小哥應該會先指定一個錯誤的地點。」

「什麼意思？」

「一開始不說是在公園，直到最後一刻才變更地點。像這種聲東擊西的戰術，可說是很基本的。假裝是那裡，其實是這裡，先用一個假情報引開警察的警戒重點，而且為了不讓警察發現人孔蓋被換過，小哥將現身的時間設定在天色未明的凌晨。所以說，整個計畫可是經過精打細算的。」

晴子長長嘆了一口氣，說：「這麼重要的計畫，怎麼可以輕易告訴我們呢？如果我們是敵人怎麼辦？」

「啊，妳們是敵人嗎？那麻煩幫我守住祕密。」

「不是啦。」晴子忍不住抓了抓頭髮，心想應付這個人真累。「啊，我知道有一個人，可以在夜晚的街道上移動而不被懷疑。」

「什麼？」

「運送人孔蓋也需要車子吧？我有一個很好的人選。」

保土谷康志的手機應該沒有被警察監聽吧。晴子心想，可以用他的手機打電話給菊池將門。

## 青柳雅春

青柳雅春一看時間，快要午夜十二點了。他坐在牆邊靠在牆上，仰望著天花板，一直到剛剛

為止都閉著眼睛，卻睡不著，好希望能夠睡一覺，但可惜自己的神經沒有那麼大條。過了十二點之後，再經過幾個小時，他就要離開這間公寓，朝著那個警方與媒體嚴陣以待的地方去自投羅網。雖然不知道藉由下水道移動的計畫能不能成功，但如今也只能走一步算一步。

「喂，」身旁的兒島安雄喊道，自從不再被封住嘴巴之後，他也沒說幾句話，除了上過兩次廁所之外，一直安分地戴著手銬坐在地上。「你是認真的嗎？」

「認真什麼？」青柳不明白他指的是哪一點。

「你真的要離開這間屋子？」

「總不能一直把你關在這裡。」青柳想笑，卻笑得很不自然。「而且，也沒有其他的路可走了。除了做好萬全準備之外，也只能……」

「也只能？」

「盡人事聽天命。」青柳說道，心裡忍不住覺得這一句說得真是好。

保土谷康志在數十分鐘前曾經來電表示，更換人孔蓋的作業應該可以順利完成。目前的仙台市依然處於戒備森嚴的狀態，青柳原本擔心換蓋子的作業可能會遇上麻煩，但保土谷康志說，準備要動手腳的目標剛好位於建築物之間的死角，而且行動過程會使用工程車，應該不會令人起疑。

「工程車？」

「我這裡來幫忙的人可不少呢。」保土谷康志說道。青柳一聽，不禁開始擔心這個人到底將計畫洩漏給多少人知道，只能以全身「不寒而慄」來形容。聽保土谷康志不停地說「別擔心、別擔心」，事到如今也只能選擇相信他了。

青柳決定再過一會，便和警方及電視台聯絡。

「兒島先生，你不睡嗎？」青柳一句話問出口，才想到他可能因為戴著手銬難以入眠。

「不用，別擔心我。」兒島安雄說道，語氣雖然帶點逞強，但畢竟是警察，並未流露出絕望與疲憊的神情。

青柳拿起遙控器，打開電視，想著或許明天之後便再也看不到電視了。黑暗的房間中，電視螢幕逐漸綻放光芒，好像是一座發射出詭異光線的神祕洗腦裝置。

青柳跟兒島安雄並肩坐在電視前，氣氛宛如以家庭劇院組觀賞電影，令他感到有些哭笑不得，接著一看電視的影像，竟然又是父親在說話的畫面，忍不住笑了出來。這段影片數小時前便已經看過了，可見得電視台又將影像重複播放。

老爸，這下子你出名了。畫面上在自家門前面對著麥克風的父親，與前一次所看到的現場轉播影像，當然有著相同的穿著、相同的動作、相同的魄力、相同的粗魯舉止，最後當然也說了相同的話。

「總之呢，雅春，逃得機靈點。」

坐在旁邊的兒島安雄如今是什麼樣的表情呢？該不會又再次流下眼淚了吧？還是開始覺得可笑？青柳沒有轉頭確認，只是以雙手撐住地面，站了起來。

他拿起三浦的手機，按下按鍵，撥了大約一個小時前由兒島安雄口中得知的搜查本部專用電話號碼。本來的計畫是打電話到一一〇並詳加說明狀況，但既然有可以直接聯絡上正主的電話號碼，當然選擇少費一點唇舌。

「打電話最好在三十秒之內結束。」兒島安雄如此建議，接著，又若有深意地說：「以上只是我的自言自語。」青柳雖然不知道理由，但見兒島安雄的態度，便明白自己最好照著做。

隨著鈴聲次數的增加，青柳感到愈來愈緊張。過了一會，聽見一個男人粗魯地說了聲「喂」，看來對方並沒有自報姓名的打算，這種粗魯的說話方式，正像個警察。

「請問佐佐木一太郎先生在嗎？」青柳說道。

「你是哪位？」

「青柳雅春。」

對方散發出來的威嚇氣勢瞬間下降，似乎陷入了片刻的迷惘與思索，接著才回答：「請稍等。」青柳心想，這時候電話應該被連接到擴音器上了吧。

「我是佐佐木。你在哪裡？」電話另一頭傳來聲音。

## 樋口晴子

樋口晴子醒了過來，發現臉頰微微發麻，原來自己趴在餐桌上睡著了。身旁的手機正不停震動著，一看時間，已接近凌晨三點半。

抬頭向背後一看，和室內沒有棉被，也不見七美的身影，內心一驚，但冷靜回想，才想起昨晚將七美暫時安置在鶴田亞美家了。對七美而言，除了一次幼稚園所舉辦的活動之外，從來沒有任何一個晚上是沒有母親陪伴在身旁的。晴子原本擔心七美會因為寂寞而不肯乖乖聽話待在鶴田家，但她似乎跟鶴田辰巳玩得很開心，竟然若無其事地說：「好啊，媽媽，妳去幫助青柳吧。」於是，晴子從晚上十點多便跟在保土谷康志的身旁幫忙。雖說並沒有一定要參與的必要，但畢竟將菊池將門拉進來蹚渾水的人是自己，總不好意思說句「那我先走了，兩位晚安」便回家睡大覺，何況一想到青柳現況，晴子不禁也想要為這件事出點力，或許這一點才是真正的理由吧。

與菊池將門約在醫院附近一條狹窄的單行道上會合。「反正還有將近一個小時的時間。」菊池將門表示保安盒的維護及監控工作是從晚上十一點之後才開始，於是保土谷康志與晴子便接納他的好意，決定先一起去取人孔蓋的模型。「東西放在我家，先前沒派上用場，所以一直擱著。」保土谷康志道。

保土谷康志的家位於上杉區內某高級住宅區的一角，是棟豪華的宅邸，令晴子感到有些詫異，不禁問說：「自己的家這麼舒適，何必住在醫院裡？」保土谷康志沉默不答。

保土谷康志所拿出來的模型，製作極為精巧，但一行人沒有時間觀賞讚嘆，直接將人孔蓋搬進菊池將門的廂型車，朝目標下水道孔前進。保土谷康志準備得相當充分，取出橡膠手套要晴子他們戴上，並說：「留下指紋可是會惹麻煩的。」

另外，為了抬起人孔蓋，保土谷康志還準備了一根前端彎曲成鉤狀，看起來像釘拔的鐵棒，將前端的鉤子勾住蓋孔奮力一拉，蓋子便隨著摩擦地面的聲音被拉開了。「這個真貨有六十公斤，想要一下子就拿起是不可能的事。」保土谷康志一邊說，一邊換上模型蓋子。模型蓋子確實輕多了，一隻手便可以輕鬆抬起。

「那位青柳先生，會到這裡來嗎？」菊池將門還是覺得這件事教人難以置信。

晴子試著將腳邊的模型蓋子拿起，往下水道望去，裡頭又深又暗，看不到底。一旁的保土谷康志拿起手電筒一照，底面才在燈光下隱隱浮現。洞口附近有一排簡易梯子向下延伸，想下去時應該就是藉助這排梯子吧。下方看起來非常深，晴子想像著明天早上青柳出現在這裡，沿著梯子爬下去的模樣。模型蓋子下方垂著一條鐵鍊，前端還有個彎鉤。「進入下水道後，只要把這個彎鉤掛在裡頭的梯子上，外頭的人便很難將蓋子拉開了，這是為了避免被輕易追上的小創意。」保土谷康志自豪地說道。接著又說：「啊，差點忘了。」說著便爬進孔內，晴子正感到疑惑時，只見保土谷康志將自己帶來的另一支手電筒勾在模型蓋子下。「雨水管路徑圖也一併附贈，真是服務到家呀。」保土谷康志心滿意足地說道。

晴子看著闔上的蓋子，有種不可思議的感覺，雖然青柳跟自己可能永遠都不會有交集，但如今他依然在某處生活著，而且不久之後將會來到這裡，明天一大清早，天色尚暗時，他會獨自打開這個蓋子，爬到洞裡。晴子好想對著眼下的深孔詢問：「你沒事吧？」好想對數個小時後的青柳詢問：「青柳，你沒事吧？」

換蓋子的作業不到三十分鐘便結束了。保土谷康志對兩人說：「一起慶祝大功告成吧。」於是一行人便照他的提議，在便利商店的停車場喝起果汁與罐裝啤酒。菊池將門多次對保土谷康志雙腳的假石膏表達欽佩之意，頻頻問：「為什麼假骨折也可以住院？醫院不會說什麼嗎？」

「這個嘛，因為我有門路。」保土谷康志驕傲地說道。雖然聽起來只像是在吹牛，但看了那些製作精巧的人孔蓋及他換蓋子時的俐落手法之後，倒也信了他三分。

「雖然忙了這麼久，我還是有點懷疑，那個小哥真的能平安無事嗎？」保土谷康志一邊喝著啤酒一邊說道。或許是受到酒精的影響，如今的他一副悠哉，說話的語氣彷彿是在預測自己喜歡的職棒隊伍能夠得到第幾名。

「既然幫了那麼多忙，就別說喪氣話了。」晴子笑道。「而且『平安無事』是什麼意思？難道警察會對他開槍嗎？」

「警察也好，那些高層人士也好，遇到事情時一開始都很膽小，但是一旦被逼急了，就會胡搞一通。為了怕麻煩而開槍殺他，也不是不可能的事。」

「即便是在觀眾面前，也在所不惜？」菊池將門問道。「應該不至於吧？」

「或許警察不會自己出手，而是交由某個非官方的人去做，最後再告訴大家，某個不知事情嚴重性的傢伙為了好玩而殺死了凶手。」

「希望青柳感覺到危險時，可以趕緊逃走。」晴子喃喃說道。

「逃走？」菊池將門問道。

「總之先試著照計畫行動，萬一情況不妙就趕緊撤退，有什麼不對嗎？」

「主動走進警察的天羅地網，想要再逃走可是難如登天呢。」保土谷康志說道。「不過，或許再次逃進下水道，也是一種方法吧。」

「走到公園正中央之後才覺得不太對勁，放棄計畫跑回下水道嗎？剛剛我們換了蓋子的地方，與公園之間可是有一段不短的距離。」菊池將門苦笑道。「大概逃到一半就被開槍打死了吧。」

「公園裡也有幾個下水道孔，我們只要一起換掉蓋子就行了。對了，我有一個好點子。」保土谷康志指著晴子說：「萬一情況不妙，妳就暗示小哥逃走，譬如在一旁大叫『我才是真正的凶手』，吸引警方及媒體記者的注意力，小哥就可以趁機脫逃了。」

「我又不是凶手，而且為什麼我要為青柳撒那種謊？」

「真是無情啊。」保土谷康志說道，還一臉開心。正當晴子想說「已分手的情侶就是這麼一回事」時，腦海中閃過另一個點子。

電話是丈夫樋口伸幸打來的。

「怎麼這麼晚還打回來？」

「四點不是有電視轉播嗎？我想妳應該也會看吧？」

晴子一開始不明白他在說什麼，過了一會才恍然大悟。「已經公布了？」

「大概三十分鐘前吧。凶手終於要現身了，電視台炒得沸沸揚揚，一大群人圍在車站東口的公車轉運站，燈火通明，簡直像是世界盃足球賽開幕前夜。」

「可是，你為什麼一大清早就在看電視？」

「一個晚上沒睡啦。」樋口伸幸自嘲道。「今天會議資料一直搞不定，現在還在趕呢。」

「那可真是……」晴子又看了一次時鐘，說：「太辛苦了。」原本以為出差很輕鬆呢。

「妳朋友更辛苦。」樋口伸幸說道。「我一直在這裡的會議室確認資料，剛剛公司的後輩看到網路新聞，才趕緊打開電視，還跟我說仙台發生大事了呢。」

晴子原本睡昏的腦袋逐漸開始運轉。當然，這通電話一定被竊聽著，通話時間早就超過三十秒，樋口伸幸應該也知道這一點，不會說什麼不該說的話。晴子抓起遙控器，打開電視。

「七美呢？」樋口伸幸問道。

「睡了。」晴子回答。七美雖然不在家裡，但現在應該正在鶴田亞美的家裡睡著，所以這句話並不算是謊話，晴子如此告訴自己。「青柳接下來打算怎麼做，電視上怎麼說？」

「據說他跟警方聯絡，說他會出現在車站東口的公車轉運站，在那裡就逮。不過他還說他會帶著人質，叫警方不准靠近，應該是怕警察開槍吧。」

「人質？」

「根據我的猜想，這是為了不讓警察靠近的手段吧。他不希望一出現便馬上被銬上手銬或開槍打死，所以才會帶著人質，說不定根本沒有人質。但是只要這麼說，警方就會保持距離。」

「真是敏銳。」晴子不禁稱讚道。的確，這應該就是青柳的目的。「你怎麼不去當警方的軍師？」

「這麼簡單的推論，警方應該也想得到吧。」

「咦？」

「另外，雖然沒有正式發表，但根據傳聞，某家電視台將會即時轉播青柳雅春的聲音。」

「真的嗎？」晴子心臟猛然一震，從青柳的立場來看，這件事情應該是個祕密才對呀？

「這是網路上流傳的消息。某電視台會即時轉播青柳雅春投降時的說話聲。」

「會不會就是那個電視台的人在網路上說的？」

「或許吧。」

「如果真是如此，電視台應該很想在黃金時段播出吧。」晴子想像著，假如自己是電視台的人，一定會感到可惜，大嘆青柳雅春為何要選在清晨四點現身。

「對了，警方似乎會帶著最近才獲准使用的麻醉槍上場呢。」

「咦？」一個完全意想不到的字眼，讓晴子陷入一片空白。麻醉槍？

「畢竟在攝影機拍攝之下，警方應該不敢用實彈射殺他，但若是麻醉槍，事後就比較好對大眾交代。青柳雅春出現後，如果做出什麼可疑的舉動，警察應該就會用麻醉槍將他擊倒，然後加以逮捕吧。看來警察也是騎虎難下了。不過，應該還是不至於胡亂射擊，畢竟那個畫面也太衝擊了。」

晴子突然擔心起來，青柳知道這些嗎？希望他已經從電視新聞上得知這個消息，畢竟有沒有預先想到麻醉槍，採取的行動應該是完全不同的。最令人擔心的是，青柳現在可能已進入花京院腳踏車停車場旁的下水道，正沿著雨水管前進了。

「晴子，妳有什麼打算？」樋口伸幸突然問道。

「好好看清楚青柳一生一次的帥氣表現囉。」晴子一面故作鎮定地說著，一面看著電視畫面。畫面中天空依然陰暗，但被燈光照射之處卻亮得像白天。鏡頭在連結著車站的高架步道與其下方的公車轉運站之間來回移動。攝影機無法靠近現場，應該是架設在周圍的飯店及大樓的頂樓吧。清晨第一班列車的發車時間還沒到，位於鏡頭角落的鐵軌看起來一片灰濛濛，彷彿依然沉睡在夢鄉中，畫面裡還可以看見某家電器量販店的頂樓及旁邊的廣大停車場。

到處都是照明燈的燈光。

聲東擊西。保土谷康志所言果然不假，所有人都以為青柳會在這裡出現在鏡頭前，就連警方也在這附近戒備著。車站另一頭的西口，中央公園附近，應該是一個人也沒有。

「妳還是乖乖在家裡看電視轉播吧。」數個小時前，保土谷康志對晴子如此說道。「我也會回到醫院裡，透過電視好好欣賞小哥的表現。如果被醫院的人或我的同伴看見我在公園附近閒晃，可有點麻煩。」

「我不用留在公園附近打電話嗎？」

「清晨四點，妳丟著孩子不管，在現場附近鬼鬼祟祟的，警方一定會起疑吧？妳還是待在家裡比較好。」

「在家裡一邊看電視一邊打電話？」

「不，可以的話，電話最好是在現場附近打。」保土谷康志說道。「不然，沒有順利啟動時就無法採取因應措施。換句話說，最好由妳以外的人來執行。」

「那要由誰待在公園附近打電話？」晴子問道。保土谷康志的視線移向旁邊那個一直以為沒自己的事，正在看著手機簡訊的菊池將門。「咦？我嗎？」菊池將門驚訝地問道。

晴子結束了與丈夫之間的通話，將視線拉回到電視上，畫面裡的氣氛變得鬧哄哄。數架攝影機原本是架設在可以清楚俯視車站東口公車轉運站的地方，想來應該是某飯店的頂樓吧，周圍的工作人員突然開始匆忙地跑來跑去，觀眾透過鏡頭一覽無遺。

接著畫面切回攝影棚內。

明明是一大清早，西裝筆挺的播報員臉上卻絲毫沒有倦意，他宣布說：「剛剛我們獲得最新消息，大約在十分鐘前，一名自稱是青柳雅春的人打電話告訴本台，他要將現身地點從仙台車站東口改成仙台中央公園。經過我們向警方求證，確認警方也接到了相同的電話。如今記者正趕往中央公園，警方也立刻對中央公園周圍展開封鎖。」

電視台所有人似乎都因這場祭典般的騷動而情緒激昂，工作人員慌亂的吆喝聲在攝影棚裡此起彼落，棚內充滿了亢奮與殺伐之氣。接著畫面一片黑暗，晴子正感到奇怪，便看見模糊的亮光從畫面右側往左側飄移，原來是從車上拍攝的夜晚街景，有點類似業餘電影的拍攝手法，完全不在乎畫面的晃動。

「我們現在正朝著中央公園前進。」女記者的聲音從一旁傳來，卻不見人影。

看來電視台連移動至公園過程中所拍到的影像也不放過，不知該說是好神聖的使命感，還是好偉大的商業精神。路燈的燈光不斷向後方流走。由於是清晨，道路應該是空蕩蕩的，但畫面上偶爾可以看見紅色的煞車燈，看來前後亦有其他媒體的轉播車。過了一會，車子停了下來，畫面也不動了。

「怎麼回事？」攝影棚內的播報員問道。

「目前正在等紅燈。」女記者興致索然地說道，語氣中帶著一股不耐煩，似乎認為這種緊要關頭應該愈早抵達中央公園愈好，還不到凌晨四點的紅綠燈何必遵守，若不是現場即時轉播，恐怕早就闖過去了吧。隨著轉播車逐漸接近公園，記者開心地說：「啊啊，快到了。」接著又抱怨：「警察已封鎖現場，看來只好在這附近停車，找個合適的拍攝地點。」

就在這一瞬間。

或許是因為車子在十字路口轉彎，正拍著街景的攝影機晃了一晃，原本只能看見路燈不斷向後飄移的鏡頭，在右轉的瞬間，拍到對向的車道。一輛廂型車與警車，正停在對向車道的路邊。

一開始，晴子並未特別在意，只覺得那輛車似乎在哪裡見過。仔細一想，就是自己數小時前才坐過的那輛菊池將門的工程車。雖然只是極短暫的片刻，但鏡頭的一角還是拍出了菊池將門下車的畫面，另外似乎還看見有另一個男人從副駕駛座飛奔而出。

廂型車旁邊站著制服警察。

「啊，剛剛路上有警察。」轉播車內的女記者說道，但現在最重要的是趕往中央公園，這件事並未引起她的興趣。

看見這個畫面的晴子立刻起身，伸手抓起不久前丟在沙發上的外套。

## 青柳雅春

雨水管的直徑不到兩公尺，大約是一百八十公分左右，青柳雅春站在正中間剛剛好不會撞到頭。在裡面正常步行沒有問題，但若改成奔跑，彈起來的瞬間很有可能會撞到管頂，青柳只好微彎著身子向前跑，地面殘留著少量的積水，每踏一步便濺起水花。

青柳將手電筒的背帶揹在肩上，以右手持著，照亮前方。原本一直帶著的背包已經扔了，當初年輕人送的羽絨外套也放在稻井家，如今身上穿著黑色針織毛衣，這樣的打扮是為了讓動作更加靈活，這種時候根本沒心思去管冷不冷了。

「從花京院進入下水道後，沿著粗大的管線朝西邊前進。這裡會跟許多其他的管線會合，但只要朝著下游的方向走就沒錯。如果地上還有一些水，就跟著水流的方向前進，這些水會流入廣瀨川，在抵達廣瀨川之前，你就可以看見通往中央公園的路。」保土谷康志說：「你只需要祈禱老天別下雨，以及雨水管裡有氧氣就行了。」

沒有下雨，管內也有足夠的氧氣，光是這兩點，或許就該謝天謝地了。青柳在黑暗中不停地奔跑，管線似乎沒有盡頭，鞋底濺起的水花製造出回聲，空氣異常地冰冷。

保土谷康志放在下水道人孔蓋下方的地圖上寫著由該處到中央公園市民廣場的路徑，以及大約的距離。青柳數著步數，不斷地往前奔，估計應該已經抵達，便停下腳步，抬頭上望，將手電筒左右照射，發現了梯子。

他毫不遲疑地抓住梯子，爬了上去，慎重地移動手腳，一步步爬上去。

頂端是下水道人孔蓋。青柳以頭頂及背部將人孔蓋往上一頂，便頂開了。

保土谷康志確實遵守了約定。青柳小心翼翼地將人孔蓋往上推，探出地面，腦中閃過了被警察包圍的畫面，眼前可能看見警察的鞋底，頭頂上可能有無數槍口正對著自己，想著想著，不禁背脊發寒。如果保土谷康志其實跟警察是一夥，這樣的結局可說是一點也不令人吃驚。

青柳將人孔蓋頂起，露出頭，吐出一口氣，吸入新鮮空氣，周圍的砂塵全都飛進嘴裡，忍不住想要咳嗽。

外面一個警察也沒有。

青柳先將人孔蓋放回洞口蓋上，沿著梯子爬至底部，然後從口袋中取出手機，再將連接著手機的小型麥克風別在領口，接著，再一次爬出地面。

他打開人孔蓋，迅速跳了出去，並立刻將蓋子蓋上。模型的精巧程度令他大感佩服，外觀看起來跟真的沒兩樣。仙台中央公園位於東西向的主要幹道與發生遊行爆炸事件的東二番丁大道相交的路口北端。這裡沒有噴水池也沒有階梯，除了環繞周圍的樹木之外，就是一大片長七十公尺、寬四十公尺左右的市民廣場。

這裡的地形相當空曠，電視台的攝影機應該可以清楚拍出自己的模樣，如此一來，警方應該也不敢隨便對自己開槍吧。

自己剛剛爬出來的下水道孔位於市民廣場的南側，在兩棟建築物的狹窄夾縫之間，一邊是以瓷磚貼出幾何圖案裝飾的大型公共廁所，另一邊則是細長型的商業大樓。

一棵棵圍繞著公園的喜馬拉雅杉粗大樹幹映入眼簾，每一棵樹幹都需要兩個大人才能夠環抱，無數的葉子從分枝上垂下，看起來彷彿像是詭異的唾液。

青柳靠在公共廁所的牆壁上。喜馬拉雅杉旁邊，還矗立著好幾棵紅楠，宛如是不會說話的警衛。從樹葉的縫隙之間可以看見夜空，看起來比陰暗的樹葉還要明亮，此外還可以看見通往地下鐵的電梯及手扶電梯入口。自己臨時將現身地點改為中央公園之後，警方應該也已經趕緊監控地下鐵的出入口了吧。

舞台在哪個方向，可說是一目了然。往右手邊一看，有一個充滿了炫目燈光的空間，在那裡完全感受不到黑夜的氣氛，無數的照明燈光都集中在那個區域。

「上場的時間到了，請登台吧。」森田森吾似乎來到了自己的身旁，如此揶揄道。「青柳雅春先生，您是這場戲的主角。」

青柳將手機從口袋中取出，按下了撥號鍵，心想，說不定已經有眼尖的攝影師發現躲在廁所後面的自己了，不過事到如今，也不必再躲躲藏藏了。

通話鈴聲響了幾聲之後，電話接通了。「喂，我是矢島。」

「矢矢矢矢島先生？」青柳感到頗為欣慰，自己還有心情開玩笑。

「青柳先生，你現在在哪裡？」

「矢島先生，你那邊的攝影機都準備好了嗎？」

「中央公園拍得一清二楚。你竟然臨時變更地點，幸好他們開放了縣廳的頂樓。」從縣廳到市民廣場之間的距離並不算短，但以專業攝影機的性能，要拍特寫應該不是問題吧。

「這也是原訂計畫的一部分。好了，我要上場了，請將我的聲音播送出去，沒問題吧？」青柳調整了麥克風的角度。「接下來，我不會將手機拿在耳邊，所以無法聽見你的聲音。」

「等等我就見機行事吧，請加油。」矢島的聲音聽起來非常認真，宛如是社團學弟在為學長祈禱，希望他能有好表現。

就在青柳要將手機從耳邊移開時，通話突然中斷了。他一愣，立刻按下重撥鍵，但是連通話鈴聲也聽不見，一時之間，青柳不明白發生什麼事，腦袋一片空白。

掛斷之後再重撥，還是一樣，試著關機再打開，還是沒用。

被發現了嗎？

杉木的葉子隨風搖擺，煽動著不安的情緒。警方應該尚未掌握這支手機的號碼，但是他們可以監控所有在這公園附近的通話，也有可能是在撥給電視台之後，這支手機就已被鎖定了，接著他們可能從通話內容隱約察覺自己的意圖，因而鎖住這支手機的通話功能。

試著按下報時台的電話號碼，放在耳邊一聽，還是沒有聲音。

這支手機的所有訊號都被截斷了。警方有辦法在一瞬間做到嗎？看來，答案似乎是肯定的。

青柳將別在領口上的麥克風取下、扔了，蓋上手機，放進口袋，嘆了一口氣。敵人太過強大，以自己的淺薄智慧根本無法對抗，錯愕的心情比膽怯更加強烈。與巨人的王者為敵是毫無勝算的。三浦曾說過，唯一能做的事只有一件；森田森吾也說過相同的話。

「逃吧。」

青柳高舉雙手，深呼吸之後，下定了決心，雙腳停止顫抖了，到剛剛為止，他根本沒有察覺自己的雙腳在顫抖。昨晚父親在電視上所說的話在耳畔響起。

老爸，我會逃得機靈點的。

## 樋口晴子

樋口晴子從公寓的腳踏車停車處將丈夫樋口伸幸通勤用的腳踏車拉出來，她搞不懂如何開鎖，花了不少時間，內心焦急無比，明知道現在的狀況是分秒必爭，但愈急躁愈是失敗連連。

不久終於開了鎖，踢開腳架，跳上腳踏車。這輛腳踏車的車頭是一字形的，屬於一般道路與越野兩用車，當初樋口伸幸買回來時，曾問晴子「要不要騎騎看」，她曾試騎了一下。但自從那次之後，她便再也沒碰過這輛腳踏車，今天是第二次騎。

晴子抓住握把，才發現身體比原本預期的還要往前傾，輕輕一踩踏板，腳踏車便衝了出去。三更半夜，腳踏車車速快得令人心驚，如今已沒有時間遲疑了。雖然穿著外套，依然感受到冷風酷寒。

睡意已消失得無影無蹤，管他什麼清晨四點，現在不是在意這些的時候。晴子回想起剛剛在電視上看到的畫面，菊池將門的廂型車與警車一同停在路旁，不祥的預感非常強烈。

由於剛剛電視台轉播車持續拍出了車窗外的街景，晴子大概知道廂型車的位置在哪裡，往西邊前進，就在十字路口的右邊，晴子一邊在腦中描繪出地圖，一邊擺動大腿。

清晨四點，路上沒車也沒人，路面、天空與周圍的建築物都呈現藍色，濃淡各異的藍色。

街燈的亮光不斷向後方流走。身旁沒有七美跟著的感覺相當奇妙，一點也沒有解放感，反而像是心上壓了一塊大石。晴子呼吸急促，雙腳沉重，見馬路上沒車，乾脆斜著穿越雙向四線道的大馬路，腳下停止踩動，腳踏車發出咔啦咔啦的聲音持續向前滑行，來到對向的路旁，前輪往人行道路緣一撞，微微彈起。

## 青柳雅春

在眾人的環視之下，青柳雅春跨步而出，心想，如今應該有數不清的眼睛正盯著自己。

他高舉雙手，一步一步踏出去，可以感覺得到位於遠處的攝影機彷彿正伸長了脖子向著自己凝視。周圍完全看不到媒體與警方的身影，眼中只看得見朝自己照射而來的強烈光線。

一步又一步地往前走。公園的廣場很寬闊。

哪裡有攝影機，哪裡有照明燈，哪裡有槍口，青柳一無所知，自己唯一能做的只有朝著這個燈光聚集的廣場前進。

青柳剛剛打電話通知「將現身地點變更為中央公園」時，曾向佐佐木一太郎再次提醒自己的手上有人質，並以粗魯、下流的口氣提出威脅，要求公園與周邊道路上不准有任何人，只要讓他看見人影，人質將會沒命，殘酷的畫面會被攝影機拍得一清二楚，打給電視台的電話裡也說了相同的話。雖然不知道警方對這番言詞信了幾分，但至少現在廣場上確實一個人也沒有，想來警察應該跟電視台的工作人員一樣，擠在附近建築物的頂樓或道路的外側伺機而動吧。

「佐佐木先生，你一個人到市民廣場來，我就乖乖投降。」青柳提出條件，對方也接受了。

「我只要在你預定現身的公園裡等你就可以了嗎？」

「不行。」青柳以強硬的語氣說道，無論如何必須避免一現身便發生扭打的狀況。青柳當然是打算在這時透過電視將自己的話轉播出去。「我會抱著人質走到廣場正中央，然後揮動手帕，這時你才可以出來，待我釋放人質之後，你再逮捕我。」

「為何需要這麼麻煩的程序？」

「我想盡量在攝影機前停留久一點。」這是真心話，轉播時間必須盡可能拉長。

「人質是誰？你為何要帶人質？」

「我如果不帶人質，大概一現身就被你們開槍打死了吧。」

如今警方看見自己沒有帶人質，除了驚訝之外，應該也鬆了一口氣吧，指揮人員或許認為其中可能有詐，因而作出了「暫時別開槍」的指示。但是，恐怕拖不了太久。雖然原本預期警察在公眾及電視觀眾面前開槍的可能性不高，但畢竟沒有把握。

說不定當自己察覺時，子彈已經打在身上了。青柳只能不斷地確認身體是否有疼痛感。還沒有開槍、還沒有開槍，他一邊確認，一邊前進，努力振作起精神，不讓自己失去意識。

在這些照明燈光的背後，攝影機鏡頭的另一端，想必有成千上萬的人正盯著電視機，想要一睹首相暗殺嫌犯的模樣，其中有多少人真的相信青柳雅春就是凶手，則不得而知，但恐怕絕大部分的人根本不在意這一點吧，這些人只是將這場即時轉播的大騷動當成足球賽來欣賞，青柳是不是真正的凶手並不重要。

遠處隱隱傳來機車行駛的聲音，應該是送報生的機車吧。

青柳此時再次深深體會，就算如今的我正陷於九死一生的狀況之中，送報紙的依然做著他的工作，將報紙送到家家戶戶的門口。接著早晨來臨，又是嶄新的一天，上班的上班、上學的上學，跟朋友抱怨「為了看那個即時轉播，害我現在睏得不得了」，就像看了世界盃足球賽日本之戰的隔天，回到跟往常絲毫沒兩樣的日常生活。

青柳停下了腳步，將雙手伸得更加筆直，挺起胸膛，抬高視線。攝影機在哪裡呢？

不知道這麼做，能否證明至少現在這個時刻，我確實存在於這裡？不是冒牌貨，而是真正的青柳雅春，如今就在這裡。而且，我不是凶手。好想將這件事，傳達給電視機前的人知道。

遠處又傳來了機車的聲音，不知道是從哪裡傳來的？好想對那位素未謀面的送報生說一聲工作辛苦了。老爸跟老媽在哪裡呢？雖然我沒辦法證明自己的清白，至少我可以揮動我的雙手。

## 樋口晴子

行人穿越道的號誌亮著紅燈。樋口晴子本來想要直接衝過去，但見對向近處停了一輛警車，只好煞車，尖銳而短暫的煞車聲在清晨的街道上迴盪。一瞬間，寧靜的高樓窗戶彷彿正凝視著自己，四周籠罩在冰冷而黑暗的空氣中，天空的顏色尚暗，飄著零碎的幾片薄雲。警車車頂正閃著紅色的警戒燈，但並未發出警笛聲。

路口的轉角有一棟高聳的銀行大樓。現在還未到營業時間，鐵門是拉下的。鐵門前，站著一個男人，是菊池將門。只見他將雙手放在鐵門上，制服警察正蹲著觸摸他的鞋子與腳，檢查有無攜帶可疑物品。

晴子心急如焚，踏板一踩，也不管燈號尚未改變，便衝過行人穿越道，前輪再次撞上人行道路緣。她緊急煞車，粗魯地將腳踏車丟在路旁，一個轉身，大喊「將門！」身體跟著衝了出去。

「樋口小姐！」菊池將門的雙手貼在鐵門上，轉過頭喊道。周圍的警察一同站起，望向樋口晴子，一瞬間，便有兩個警察擋在眼前。「站住！」警察喊道。

晴子毫不理會，試圖從兩個警察中間穿過，但是下一刻，發現自己已經倒在路上了。連是哪一個警察動的手都沒看清楚，就這麼輕易地被摔倒。晴子抬起膝蓋，以手撐地，站了起來，向警察質問：「喂，他做了什麼嗎？」聲音極為嘶啞。「他是我的朋友！」

忽然間，晴子感覺背後似乎有一股巨大的影子襲來，她一驚，急忙轉頭，看見一個體格壯碩的男人正站在眼前，才想著不妙，肩膀已被抓住，甚至還來不及感覺疼痛，已經再次橫躺在人行道上，牛仔褲在地面上磨擦出聲，運動鞋幾乎脫落。

晴子抬起頭來，看見壯漢，戴著耳機，理著平頭，眼睛極細。在咖啡店與平野晶及菊池將門商量的那一次，與近藤守一起出現的男人就是他，肌膚黝黑，額頭寬闊，鼻梁高得像是假的。片刻之後，才驚覺他左手拿著的，竟然是一把槍，原本還以為是某種工具或是玩具。在外國電影中，似乎看過黑社會分子以這樣的槍與敵人對戰。整把槍就像一根野蠻的鐵棍，令人不寒而慄，光是用砸的恐怕就可以讓人身受重傷。

「我們開著警車在這附近巡邏，看見這輛廂型車停在路邊，因此查了一下車牌號碼。」制服警察一邊說，一邊伸出右手，想要將晴子拉起來。

晴子不借助警察的手，靠著自己的力量站了起來，此時左肩一陣劇痛，表情不禁扭曲。

「我們馬上便查到這輛車是負責維修保安盒的工程車，駕駛者是維修人員菊池將門，本來以為應該沒有問題，但是我們一靠近，馬上有一名男子從副駕駛座衝出來逃走。我們看見有人逃走，當然會起疑，不是嗎？」另一個警察說道。

每一個警察都是面無表情，宛如毫無感情的幽靈。從副駕駛座逃走的人是誰，晴子心裡有數，但不打算對警察說明，正因為絕對不能說出口，菊池將門才拚命抵抗吧。

「樋口小姐，真對不起。我本來想把車子停下來，看那邊的電視，但是警察突然出現，我嚇了一跳。」站在鐵門前的菊池將門已經轉過身來，他的視線指向晴子剛剛騎著腳踏車出現的方向，只是角度相當高。晴子轉頭一看，原來某大樓的外側架設著一面正方形的電視牆，畫面中可以看見公園內燈火通明的景色，看來正播放著中央公園內的即時轉播。

她眯起了眼睛，凝視著畫面，警察也不約而同地抬頭望去。

畫面的正中央，聚集了所有燈光的市民廣場上，出現了一個人。同一時刻，宛如地震般震天響起的歡呼聲瞬間由西邊傳出，就好像看見期待已久的超級巨星終於登場的觀眾一樣興奮。

晴子內心七上八下，許久未見的青柳就在眼前，輪廓相當清晰，由臉部特寫可以看見他的臉上滿是疲憊與髒污，但卻不見悲壯的情感。這不是自暴自棄，而是看開了一切的表情。

晴子的心臟劇烈鼓動。

凶手竟然是一副滿不在乎的神情，電視上播報員或許正如此批評著吧。

「警察先生，你們也快趕到現場去吧。」菊池將門說道。

「閉嘴！」警察吼道，接著又喊：「你在做什麼？」

一轉眼間，菊池將門已經倒在地上，左腕被往後扭住，遭到壓制，有支手機掉在腳邊。「你想打電話給誰？」警察高聲喊道。

「打給我女朋友啦。」菊池將門撒了謊，接著大聲喊疼，故意誇張地哀號。彪形大漢這時有了舉動，只見他筆直朝著菊池將門走去。晴子不知道他想做什麼，但有不祥的預感直上心頭，趕緊從背後追上去，說：「等一下！」

就在她打算再喊一次時。

彪形大漢停下腳步，毫不遲疑地揮出了拳頭。嚴格來說，晴子根本沒看清楚他的動作，只知道眼前先是突然一片花白，接著失去了平衡，一瞬間全身似乎浮在空中，下一秒鐘臉部已經撞在人行道上，一時之間無法理解發生了什麼事，是不是被他以那支看起來像巨大原子筆的槍狠狠揍了一下呢？比起疼痛，太陽穴附近隱隱發燙的感覺更為明顯。

晴子腦袋一片混亂，身體宛如被薄膜包覆，無法確實掌握周圍的狀況，連自己是怎麼站起來的都不知道，臉頰右側似乎有些疼，伸手一摸，已經擦傷了。

「樋口小姐！」被警察拉起來的菊池將門一邊喊，眼睛一邊朝上方指去。晴子會意，轉頭望向身後的大型電視牆。

青柳雅春孤零零地站在市民廣場的正中央。毫無防備的他，宛如成了全世界的射擊標靶。晴子一想到麻醉槍的子彈隨時會插入他的身體，便感到背上寒毛倒豎。

青柳開始用力揮動雙手，看起來既像示意投降，又像對某個站在高處的人發出指示。

「啊啊，來不及了。」菊池將門心急如焚地喊道。他用力一甩，將左右兩邊警察的手甩開，接著拾起掉在腳邊的手機，小跑步遠離鐵門，將手機湊在耳邊。

戴著耳機的壯漢將原本手上所持的霰彈槍放在地上，接著將手伸往身旁警察的腰間。

晴子正感疑惑的同時，即已聽見槍響。

往前一看，菊池將門露出滿臉錯愕的表情。

壯漢握著從警察腰間抽出的手槍。

菊池將門抱住大腿，蜷起了身子。

壯漢接著大搖大擺地走向菊池將門。沒有使用霰彈槍，或許是因為他心裡還有些許的慈悲，也或許是認為殺雞焉用牛刀。

晴子再一次向前奔出，速度比剛剛還快，抱定了整個人撞上去的決心。壯漢一察覺，迅速轉身面對晴子。他要開槍了！晴子感覺恐懼像一盆冷水從頭上潑下來，但腳下停不住了。雖然只有短短數公尺的距離，腦海卻閃過了一段影像，就像突然被人將奶油派砸在臉上一樣措手不及。

學校餐廳，那個畫面是學校餐廳。

畫面裡有森田森吾跟青柳雅春，其中一人正抓住阿一的身體左搖右擺，看起來很像是正在練習跳土風舞。

「你們在幹什麼？」樋口晴子走上前問道。「練習啦，練習。」森田森吾回答。「大外割的練習。」

原本以為這兩人又在欺負阿一的晴子笑了出來。阿一嘆了口氣，說：「我不是被欺負，只是被當成了做實驗的白老鼠。」

「如何？樋口要不要也試試看？」青柳雅春說道。

當時的動作浮現在腦海中。

樋口要不要也試試看？

身體下意識地做出了動作，踏出左腳，放在對方的右腳旁邊，心裡大喊：「讓你見識一天到晚抱著女兒走路的母親力氣有多大！」右腳奮力抬起，以自己的腳卡住壯漢的右膝，抓住對方腹部的衣服，使盡吃奶的力氣拉扯。

試試看吧，樋口。這次換成了森田森吾的聲音。

晴子「嘿」地一聲，把腳踢出。結果，被摔出去的人又是自己。但她連自己是怎麼被摔出去的，都搞不清楚，身體在地面上翻滾，全身劇痛，已分不清痛的是哪個部位，皮膚擦傷，手腕和腳也都撞傷了，膝蓋疼痛不已，手上沾著血跡，但不曉得是哪裡流血。

壯漢簡直像座巨大的岩石，厚實的胸肌堂堂而立，他朝著倒在地上的晴子舉起了手槍。

這下子真的完了。晴子正打算閉上雙眼時，卻看見壯漢的身體微微晃動。原來是菊池將門從後面撞了上來。拖著一隻腳的菊池將門，抱住了壯漢，壯漢甩動身體。「那傢伙習慣對別人唯命是從，簡直像神燈精靈。」晴子腦中響起平野晶的玩笑話，如今的菊池將門散發出一股視死如歸的氣勢，絲毫不負「將門」這個古代武將的響亮名字。

菊池將門發出慘叫，他再度被摔倒在地。甩動身體的反作用力，讓壯漢的耳機掉了下來。他面無表情，將槍口轉向菊池將門。

就在此時，手機滑到晴子腳邊，原來是倒在地上的菊池將門一邊翻滾，一邊將手機丟來。

晴子將手機撿了起來。

壯漢的目光被手機吸引，訝異地轉頭。

「樋口小姐，按重撥鍵就行了！」菊池將門喊道。

晴子抓住手機，抬起膝蓋，勉強站了起來，望向身後。

畫面上，青柳正揮著雙手。警方還沒有開槍。

忽然間，晴子想起數年前自己還是學生時，曾有一次跟青柳約好要看電影，結果卻錯過開場時間。當時的青柳帶著無奈與些許怒氣，說了聲：「算了。」最後只是苦笑說：「麻煩妳下次別遲到。」

「雖然已經晚了好幾年……」晴子心想。

但我這次一定會趕上。

樋口晴子按下重撥鍵，她知道壯漢及警察都在看著自己。

她站起身來，將手機高舉在頭頂上，輕聲說：「來，大家一起喊！」壯漢奔到眼前。晴子將手機放在耳邊，聽到另一端傳來線路接通的聲音，說：「上吧，青柳屋！」

整個城市的數個角落都響起了「唰、唰、唰」輕快的發射聲，彼此的時間差並不明顯，幾乎可說是同時發出，就好像尖銳的笛聲，拉著長長的尾音，一道道光芒在黑暗的天空中上升了大約一百五十公尺的高度，然後伴隨著震撼人心的爆炸聲，凝聚在一起的火藥之星綻放成巨大的花朵，向四面八方飛散，掩蓋整片天空。

光芒以直徑一百五十公尺的同心圓狀向外炸裂。

菊花形狀的光點在大樓的背後不斷擴散。過去煙火向來不曾在市區內施放，這樣的景象相當奇特，給人一種這是由建築物自身散出光線的錯覺。夜晚的黑暗瞬間隱遁，整座城市變得明亮。火花拖著長長的尾巴，朝地面降落，既像汽水中冒泡的碳酸，又像飄落的小雪花，悅耳動聽的聲音綿延不絕。

警察與壯漢皆愣愣地看著天空。晴子趁機衝上前去，朝著壯漢的兩腿之間奮力踢出。

## 青柳雅春

青柳雅春再次奔跑於雨水管。每踏出一步便發出聲響，而聲響又產生了回聲，在管內形成類似吶喊的聲音。雖然以手電筒照著前方，但卻照不了多遠，感覺自己不是在雨水管中奔跑，更像是在跳過一個又一個的大圈圈，圍繞著身體的黑暗之圈，一個個被自己跨越。不知道還能跑多遠，總之只能不斷向前跑，心裡戰戰兢兢，害怕眼前突然出現牆壁，自己會收不住腳撞上去。

那應該是用遙控操縱的吧？剛剛的煙火不只一處，而是由市區內的數個地點同時發射，應該不可能每個地點都有人負責點火，一定是統一由某人在某處以遠端遙控的方式點火。「總有一天啊，放煙火只要拿起手機『嗶嗶嗶』地按個號碼就行了呢。」以前曾聽轟廠長說過這樣的話，當時他還說：「即使如此，一點也不會減損煙火的美麗。」完全展現出專業的自負。

昨晚，打電話來報告「人孔蓋已順利換成模型」的保土谷康志興奮地對自己說：「另外，我還有個提案。」

青柳為了不讓戴著手銬的兒島安雄聽見通話內容，先走進了廁所，接著才說：「什麼提案？」

「你的計畫是透過電視台表達自己的清白，這當然很好，我也希望能夠順利成功。但是，萬一失敗了呢？是不是也該計畫一下該如何逃走呢？」

「失敗了就認命吧。」青柳不打算再增加煩惱了。

「我跟你說，市民廣場的正中央也有下水道孔呢。」保土谷康志不理會青柳的回答，繼續說：「你走到市民廣場之後，如果發現情況不妙，不如就利用那個下水道孔逃走吧，如何？事實上，那個下水道孔人孔蓋也已經換成模型了，這是我們幫你想出來的點子。」

「我們？」青柳再次感到不安，除了保土谷康志外還有誰參與這件事？

「我身邊有群智囊團呢。」

「市民廣場的四周一定會被警察拿著槍團團包圍，廣場中央又沒有遮蔽物，難道要我在眾目睽睽下鑽進下水道？」就算人孔蓋再怎麼容易打開，警察也不可能眼睜睜看著自己鑽進下水道而無動於衷。「假如我那樣做，警察一定會開槍的。」

「我們會幫你引開警方的注意。」保土谷康志呵呵笑了兩聲。「總之，如果你決定逃走，就高舉雙手用力揮舞吧。到時候，我們會讓大家眼睛一亮。」

「眼睛一亮？」青柳剛說完，腦袋裡已經浮現了轟廠長的臉。「煙火？」

「小哥，你以前不是在煙火工廠打工過嗎？我們打電話過去，沒費什麼唇舌，對方就答應幫忙了呢。」

「等一下，那間工廠現在應該也遭到警察的監控才對。」轟煙火工廠的電話很有可能同樣也被監聽著，若是在電話中請求對方準備煙火來幫助青柳雅春，警方馬上會知道。

「那個廠長說他兒子受不了記者的騷擾，跑去打小鋼珠了，應該會待到小鋼珠店關門，於是我們直接到小鋼珠店去找廠長的兒子，說明了來龍去脈，廠長的兒子聽了相當興奮，竟然一副躍躍欲試的樣子，連我也沒想到呢。」

「轟廠長的兒子？」以前打工時，經常聽轟廠長談起那個在青森上班的兒子。「他回來繼承家業了？」

「廠長的兒子二話不說便答應幫忙，所以我們現在就要出發去裝設煙火，明天只要看見你揮手，我們就會點火。任誰看到天空突然出現煙火，都會大吃一驚的。小哥，你就趁那個時候鑽進下水道。」

「你們要從哪裡發射煙火？」青柳問道。「這點就讓我賣個關子。」保土谷康志笑著回答，接著補充：「逃走時，就由中央公園向西邊前進，通過西公園的下方。那條雨水管連接到廣瀨川，你可以從廣瀨川的對岸回到地面。」

「廣瀨川？」

「雨水管的盡頭是以板子做成活動水門，平常只要水壓較強，板子就會向外側被推開。板子的另一面模擬成岩石的形狀，這是為了不破壞景觀而設計的障眼法。你推開那個板子，就能離開雨水管，進入廣瀨川。河水很淺，可以走到對岸，抵達汽車教練場附近。」

「接下來呢？」

「接下來你就自己想辦法吧。」

青柳根本沒時間回頭，只能不停地往前狂奔，他不時聽見聲響，總覺得一旦鬆懈下來，就會被漆黑的管壁壓扁。

警方如今應該已察覺自己是藉由下水道逃走了吧，就算一時被突然打上天空的煙火分散了注意力，電視台的攝影機應該還是會清楚地拍攝到自己逃入下水道的畫面。不過，短時間內想要封鎖所有的下水道出口應該是不可能的，如今警方大概還在努力過濾所有可能的下水道孔吧。而且剛剛逃回下水道時，已把蓋子下面的鐵鍊勾在梯子上了，一時半刻想要打開並沒有那麼容易。

必須比警察早一步抵達出口才行。青柳的腦海中除了這件事情之外，幾乎一片空白，但還是有個模糊的想法：「我的人生已經結束了。」他耳中聽見自己的腳步聲，前方手電筒光線可及之處浮現著淡淡的輪廓，但是更遠的彼端以及自己的背後，卻是一片漆黑，如同自己現在的處境，過去與未來皆黯淡無光，只能勉強看見腳下。

「既然能製作出我的冒牌貨，應該也能把我變成別人吧？」

昨晚，接受了保土谷康志的煙火提案後，青柳雅春打電話給整形醫生。雖然已是深夜，醫生的態度依然冷靜，反問：「你的意思是幫你換一張臉？」

「假設到最後已經走投無路，我打算把這當成最後一個手段，捨棄原本的面孔，變成另外一個人，繼續逃亡。所以，我希望你的診所能暫時收留我。」

「換張臉，過不同的人生？」

「非不得已，我不想這麼做，但至少有個備案。」青柳坦率地說道。如果可以，當然希望繼續過自己的人生；如果可以，當然希望洗刷冤屈。

「你也只能這麼做吧？」醫生毫無顧忌，言詞犀利地說道。

「如果只剩下這條路可走，也不失為一種策略。」青柳對著電話另一頭如此說完之後，又告訴自己：「沒錯，這也是一種選擇。」面對著巨大的敵人，有時是顧不了太多的，就算在逃亡中捨棄了原本的自我，也是莫可奈何的事，就像被洪水捲走時，為了活下去必須捨棄行李與衣物一樣，雖然失去了很多東西，至少沒有完全失去人生。

「可是，你要怎麼過來？你知道我家在哪裡嗎？」醫生問道。青柳於是懇求醫生告知地址，並說：「只有在萬不得已的時候，我才會過去叨擾。」

「我家有點難找，我看還是派個人去接你過來好了。」

「派誰？」

「一個我認識的人。這個人非常擔心你，還特地跟我聯絡，問我知不知道你的消息。我就讓這個人去接你吧。」

青柳雅春問清楚帶路者的名字之後，恍然大悟地說：「原來如此。」接著又說：「明天清晨四點，若看見煙火，就來接我吧。」青柳表示自己屆時會出現在仙台西郊汽車教練場旁邊的廣瀨川河岸邊，希望帶路者能夠在那裡等候。

「但願你不必走到這個地步。」醫生說道。

「我想，應該是不會走到這個地步。」青柳說道。如果可以，當然希望藉由電視台將自己的話播放出去，雖然被逮捕，最後還是證明了自己的清白。

沒想到，真的走到了這個地步。

沒想到，真的必須捨棄自我。但是，非活下去不可。

「快逃吧。就算把自己搞得再窩囊也沒關係，逃吧，活下去吧。活著才是一個人最重要的事。」

森田森吾說過的話，彷彿在雨水管中迴響。

「森田……」青柳一邊喘著氣一邊問：「這是森林的聲音說的嗎？」

耳中好像聽見了森田的回答：「不，是我說的。」

前方似乎起了些微的變化，走到雨水管盡頭了。青柳回想起保土谷康志說過的話，走上前去，站穩了馬步，試著以右肩向牆上推去，牆板逐漸朝外翻開，同時聽見潺潺的流水聲，聽起來像某種野生動物躺在身旁打呼的聲音。

青柳雙腳一撐，更用力地將板子推出去，腳下一滑，整個人向前栽了下去，下一個瞬間，上半身已經沉在河中。青柳急忙潛入水裡，將臉往上抬，腳底一站穩，才發現水面甚至不及腰際，伸手將臉上的水抹掉，聞到了植物的味道。四周既沒有警車的紅色警示燈，也沒有攝影機的照明燈。身體一邊左右擺動，雙手一邊向前划，朝著對岸前進。

好不容易從水裡走上岸邊，一個人影逐漸逼近，定睛一看，是個戴著棒球帽，帽簷壓得很低的嬌小女生，青柳深深吸了一口氣。

「你真的來了。」少女說道。

「好久不見。」青柳點頭致意。

「你全身都濕了。」

「沒辦法，這也是情非得已。」

「我們快走吧，我的車就停在附近。」少女說著，拉起青柳的右手。

「妳現在還住在仙台？」少女當年曾寫了一封信給青柳，信上說自己已經退出演藝圈，如今回到仙台的老家居住。

「是啊，我看到新聞，嚇了一跳呢。」少女一邊說，一邊沿著狹窄的道路前進。「這下我終於可以報恩了。」

「沒想到我不但被當成了重大犯罪的凶手，最後還得易容，偷偷摸摸地渡過餘生。」青柳忍不住感嘆道。

「如果是電影主角有這種遭遇，應該不能算是好結局吧。」少女輕描淡寫地笑道。

「我能問妳一個問題嗎？」青柳一邊忙著跟上少女的步伐，一邊問道。

「請說。」

「其實妳真的整過形吧？」

少女沒有回答，只是噗哧地笑了，說：「醫生家裡有遊戲機，等你動完手術之後，我們再一起玩吧。」

青柳雅春擠出最後的一絲力量，一步一步往前踏出，鞋裡的水溢了出來，沾濕地面。

11

# 第五部　事件發生的三個月後

「要我說多少次，我們是被威脅的，你煩不煩啊？」轟廠長對著坐在桌前的刑警近藤守說道。近藤守身旁坐著另一個年紀頗大的刑警，正挖著鼻孔。

窗外還殘留著兩天前所下的雪。從年初到前一陣子，天氣一直晴朗，轟廠長才跟員工閒聊著今年降雪不足，天空就下起雪來了。回想起來，似乎有人說過，仙台每年會下一定分量的雪，分毫不差，只是時期及降雪次數不同。

青柳雅春在清晨逃走時突然打上天空的煙火是轟煙火製造的，這是人盡皆知的事，這三個月來，刑警不知來過工廠多少次了。每一次轟廠長的回答都一樣，總是說青柳雅春在前一天曾出現在小鋼珠店，拿槍指著轟廠長的兒子轟一郎，並威脅「如果不想死，就幫我架設煙火」。

「但是，我們已經看過無數次小鋼珠店的監視器錄影帶，根本沒看到青柳雅春的影子，甚至連一郎先生本人也沒看到。」

「那當然，我一直坐在監視器照不到的角落打小鋼珠嘛。」大剌剌地翹著腿坐在門旁的轟一郎邊掏著耳朵說道。「雖然監視器沒拍到，但我真的被威脅了，我好害怕會被殺呢。難道監視器沒拍到，警察就不保護我嗎？」

這小子真是個狠角色，連轟廠長自己也感到哭笑不得。「我無計可施，只好將手邊所有的大型煙火、發射筒、導火線跟遠端操縱裝置全都拿出來，交給一郎帶走。我也不想幫忙，只是無奈受到威脅。」轟廠長撒謊道。

「當天深夜聚集在貴工廠周圍的記者確實曾目擊一輛廂型車從這裡出去。」近藤守的心情就像重複聽著同一段相聲令他厭煩不已。事實上，相同的報告他確實已不知聽過多少遍了。

「沒騙你吧？當時那些記者腦中只有青柳雅春，一看他不在車裡，馬上就失去了興致，二話不說便讓車子通過了。」轟一郎笑道，接著又說：「那些記者的腦袋才是最令人擔憂的吧？」

「那時候你為什麼不跟記者說，你被青柳雅春威脅，車子裡的煙火都是為了他準備的？」年長的刑警不耐煩地說道。

「他們又沒問我。」轟一郎哼了一聲。

「總之，你們還是堅持自己是在威脅下架設煙火的？」近藤守的態度平淡，並未顯得多麼惱怒，似乎只是在念著一些非念不可的台詞。

「開那輛廂型車的保安盒維修小哥也一樣，他也是被青柳威脅，只好三更半夜跟我一起到處架設煙火。」

「菊池先生也是這麼說的，當時在場的樋口小姐也一樣。你們到處將煙火架設在保安盒看不到的死角，理由只是因為……」

「被威脅了嘛。」轟一郎以掏耳棒指著近藤守說：「我們可是很怕死的。」

近藤守大大嘆了一口氣，說：「樋口小姐還說，青柳雅春以她女兒的性命來威脅她，所以她無論如何必須完成任務，甚至不惜與員警發生衝突。」

「那當然，要不是受到威脅，誰會做那種事。我們可都是善良的市民呢。」

「後來，你們把車子停在公園附近的十字路口，等待青柳雅春的指示。此時剛好被巡邏警車發現，員警上前盤查，坐在副駕駛座上的你就逃走了。如果你真的遭到威脅，不是應該當場請求警方的保護嗎？」

「誰知道那是不是真正的警察？當時我太害怕了，一心只想著要逃走。」轟一郎避重就輕地說道，這番話雖然毫無道理可言，但是自從事件發生之後，他便一口咬定是這麼回事，就連轟廠長也開始認為，這傢伙恐怕真的是一時膽小才拔腿就跑。

轟廠長繼續聽著近藤守與轟一郎一來一往，不禁嘆了一口氣，心想，如今調查這些又有什麼意義呢？煙火確實幫青柳製造了逃亡機會，但是煙火是誰準備的卻不是問題的重點，可見，警方只是想要將責任往外推。轟廠長的視線來回巡視著掏著耳朵的轟一郎、正在挖鼻孔的老刑警、以及帶著冰冷的撲克臉不停發問的近藤守。

「轟廠長，你再不說真話，」過了一會，近藤守說：「貴工廠恐怕將無法經營下去。」

「這威脅真是簡單易懂啊。」轟廠長差點笑了出來。「可以啊，不過少了我們，仙台的煙火可是會遜色不少呢，這樣好嗎？當然，如果你堅持要我關掉工廠，我也不會不配合的。」

年老的刑警似乎有點坐不住了，大大伸了個懶腰。

「我知道你們的工作也很辛苦啦。」轟廠長接著說道，然後身體湊近近藤守，問：「但我很想開門見山地問你一個問題。」

「什麼問題？」

「你真的認為青柳雅春是凶手嗎？」

近藤守沉默片刻，靜靜地閉上了雙眼，回答：「當然。」接著似乎遲疑著不知該接什麼話。

「當然是？還是當然不是？」

鎌田昌太將車子停進了公寓的停車場。兒子在副駕駛座上睡著了，鎌田昌太撫摸著他的臉，喊了聲「喂」，想把兒子喚醒。他的年紀也不小，明年該上小學了，但睡相仍是一臉稚氣。或許是太累了吧，他一直沉睡不醒。鎌田昌太心想，抱著他進公寓倒也麻煩。

已經一年半沒回家了，有點擔心屋裡不知變成什麼樣。當初就算拿到再多的錢，也不該把租來的屋子借給不認識的人使用，現在才開始後悔似乎也來不及了。

「你這個人做事總是不經大腦，想什麼就做什麼，我實在是受不了了。」前妻曾如此對自己說道。婚前還把自己這樣的個性當成優點，婚後卻完全換了一套講法，鎌田昌太也只能苦笑。

鎌田昌太決定坐在車上等兒子醒來，於是解開了安全帶，拿起放在後座的體育報讀了起來。反正公寓裡一定很冷，倒不如先待在車上。

有三個月前在仙台發生的首相暗殺事件後續報導。

報導中寫著，嫌犯青柳雅春藉著煙火遁逃之後過了數天，在仙台港出現一具屍體。警察宣布這具屍體就是溺水而亡的青柳雅春，但撰文者認為警方的判斷毫無根據。某作家更出書爆料，以警方沒有進行DNA鑑定為由，懷疑那具屍體只是警方為了結案而安排的冒牌貨。警方對此沒有任何回應，媒體也只是抱著隔岸觀火的心態加以報導。

「愈大的案子，好像愈容易搞得不了了之呢。」鎌田昌太喃喃自語，接著一看報紙上青柳雅春的照片，又幸災樂禍地說：「帥哥果然都沒好下場。」

就在這時，有人敲了敲駕駛座的窗戶。鎌田昌太抬頭一看，窗外有個男子正彎腰看著自己。那男子的雙頰微微下垂，單眼皮，看起來無精打采，年齡不明，一副鬼鬼祟祟的模樣。鎌田昌太立刻提高警戒，放下窗戶。冰冷的空氣灌了進來。

「幹什麼？有什麼事嗎？」

「啊，突然打擾你，真是抱歉。」男子露出參差不齊的牙齒說道。「我在找一個人，他也開這樣的紅色敞篷車。」

「你弄錯人了，我們已經好久沒回來了。」

「請問，你是不是一直在日本各地旅行？」男子問道。

「你怎麼知道？」

「你是不是把公寓借給別人，拿到一筆錢？」男子彷彿看穿了一切似的，滔滔不絕地說著，令人發毛。

「你為什麼知道這些事？」鎌田昌太解除車門鎖，開門走了出來。

男子的身體跟臉比起來顯得瘦了些，體格看起來年輕結實，長相卻頗為陰沉，雖稱不上是其貌不揚，但實在是帶了三分土氣。

「你到底想要說什麼？」

「啊，沒什麼，我原本以為你已經不在世上了，沒想到還能見到你，實在很開心。請問，你是住在這棟公寓沒錯吧？」男子指著身旁的公寓說道。「前一陣子我曾上去叨擾過。」

「你在說什麼鬼話？」鎌田昌太高聲說道，接著擔心吵醒兒子，回頭看了一眼車內。

「看見你還活著，真是太高興了。」鎌田昌太聽見男子在身旁如此說道，見兒子在睡夢中伸了個懶腰，才將頭轉回來，卻發現那個詭異的男子已經消失得無影無蹤了。

岩崎英二郎打開公寓大門，走進屋內時，便發現家裡的氣氛異常沉重。沒看見女兒的鞋子，應該是出去玩了吧，或許跑去附近殘雪尚存的公園，跟朋友堆起了小雪山也不一定。

一看時鐘，已是下午四點多。他今天排休，因此一直在街上閒晃，直到現在才回來。

「呼，外面真冷。」岩崎英二郎一邊誇張地說道，一邊走進屋裡。

廚房傳來妻子切菜的聲音，一句回應也沒有。

根據長年相處的經驗，妻子現在的心情一定很不好。岩崎英二郎皺眉，偷偷以眼角瞄了妻子一眼。乍看之下，妻子似乎只是專心地做著菜，但岩崎英二郎心裡很清楚，她生氣了。

是什麼原因呢？

岩崎英二郎絞盡腦汁思考。放假日一個人在街上閒晃，這種事也不是今天才第一次。岩崎英二郎問自己，今天我還做了什麼？上廁所的習慣太差、衣服脫了之後隨手亂丟，所以惹她生氣了？左思右想，似乎都不是那麼一回事。岩崎英二郎故意製造一些沒有意義的聲音，坐在榻榻米上，打開了電視。

過了一會，妻子從廚房走過來，收拾起桌爐上的雜誌，完全不看岩崎英二郎一眼。唉，看樣子她真的火大了，岩崎英二郎心想，胃開始抽痛。

「我跟你說，」妻子說話了，但不滿的情緒絲毫不加掩飾。「剛剛家裡來了一個奇怪的男人。」

「奇怪的男人？」

「我沒有拿開大門的鏈條，只打開一道小縫。那個人突然跟我說了一句話。」

「說了什麼？」

「他說『岩崎英二郎先生曾經上酒家找小姐偷腥』。」妻子一邊說，一邊以濃縮了憤怒與懷疑的眼神望著岩崎英二郎。

「什麼？」岩崎英二郎完全糊塗了，腦中一片混亂。

「我看那個人怪怪的，馬上想要把門關上，但是他卻很有禮貌地說了一句『請代我向岩崎先生道謝』，然後就走了。」

「啊！」岩崎英二郎叫了出來，全身顫抖，喃喃地說出了「青柳」這個名字。

「不，青柳我也見過，剛剛來的那個人眼角下垂，表情看起來很灰暗，不是青柳。」接著轉念一想，又說：「而且那個事件之後，青柳不是已經死了嗎？」

岩崎英二郎此時已經完全聽不見妻子的話，深深吸了一口氣，雙手扶著後腦，仰望著天花板，說：「原來如此。」

「什麼原來如此？」

「原來如此。」岩崎英二郎小聲地重複說了幾次。原來那傢伙順利逃走了。

「你有沒有在聽我說話？酒家小姐是怎麼回事？」

岩崎英二郎站了起來，心想，一定要喝杯啤酒好好慶祝啊。

「你還在裝什麼傻？說，你是不是去偷腥？」妻子朝岩崎英二郎的肩膀用力一拍，他痛得連聲哀號，忍不住小聲地說：「青柳，你真是夠搖滾。」

青柳平一坐在桌爐裡，剝著橘子皮，一邊看著電視。從玻璃窗望去，可以看見外頭的庭院裡還積著殘雪。

「要不要養條狗？」約一個小時前，青柳平一對妻子昭代問道。妻子一愣，「咦」了一聲。

「既然我們家有庭院，總覺得不養條狗挺可惜。」

「嗯，也是。」

自從兒子青柳雅春的事在電視上炒得沸沸揚揚，已經過了三個月。警察宣布在仙台港發現屍體時，自己曾斬釘截鐵地說「那不是雅春」。如今，自己突然說出「想要養狗」這種話來，或許在妻子的心中，這代表丈夫已經承認兒子的死訊也不一定。眼前的妻子露出了落寞的神情。媒體記者的電話幾乎已經平息，只有偶爾還是會接到一兩通。另一方面，警察目前也依然在屋子附近監視著。青柳平一認為警察還盯著這裡，或許代表他們也不確定雅春是否真的死了。所以每次看見員警，青柳平一並不感到多麼不耐煩，反而是鬆了一口氣。

大約半個月前，青柳平一剛好撞見平常守在對面公寓裡的員警，於是將手上剛買的咖啡遞了過去，說了聲「你也真是辛苦」。蓄著滿臉鬍碴的員警雖然還是面無表情，但卻懇切地回說：

「別這麼說，父親先生您比較辛苦。」接著還低頭致歉道：「雖然對您感到非常抱歉，但我還是得忠於我的工作。」

「我可不是你父親。」青柳平一說完這句話便離開了。

青柳平一把橘子放進嘴裡一咬，汁液噴了出來，濺在桌爐上，趕緊以手掌的側面擦拭，接著朝廚房的方向問：「喂，還有沒有橘子？」過了片刻，沒聽見妻子的回應，突然感到一陣不安。一個月前青柳昭代或許是精神過於疲勞，曾因不明原因的腹痛病倒。當時也是叫了之後沒有回應，自己感到不對勁走過去一看，才發現妻子蜷曲著身子倒在地上。

「喂。」青柳平一又喊了一聲，實在放心不下，趕緊從桌爐的毛毯中鑽出，站起身來。就在此時，看見妻子從大門走了進來。「啊，原來妳在這裡。」

「我只是去拿個信。」

「害我緊張了一下呢。」青柳平一苦笑道，順便走進廚房，兩手各抓一顆橘子，才又回到桌爐裡。

青柳昭代跪坐在榻榻米上，審視著信件，拿起一枚白色的信封搖了搖，說：「這封信沒有寫寄件人呢。」

「一定又是寫來罵人的信吧？真受不了，這些傢伙這麼想逼我們自殺嗎？」青柳平一說完之後，又笑著說：「多虧這些信，把我們的臉皮練厚了。」妻子一聽，想也不想地回答：「你的厚臉皮是天生的。」

「話說回來，沒想到妳也挺堅強的。」青柳平一坦率地說道。妻子生性文靜，本來以為她應該是一遇到麻煩或危險就會被擊垮，沒想到遇到兒子的這件事，除了有些不知所措，她的表現大致還算沉著鎮定。

「我只是看開了。」青柳昭代一邊拿起剪刀將信封剪開一邊說道。「不過我也學聰明了，看到這樣的信就知道要先檢查裡面有沒有暗藏刮鬍刀片。」

青柳平一將拇指插進橘子底部，剝開橘子皮，正想說「冬天果然還是吃橘子最好」時，突然聽見妻子的笑聲。青柳平一愣了一下，問：「怎麼？」

「真是一封有意思的信。」妻子將信紙遞了過來。

青柳平一見妻子雖然笑容滿面，眼淚卻似乎隨時要掉下來，他知道事情不對勁，慌慌張張地接過了信紙。

手一拿到信紙，便覺得觸感很怪，仔細一看原來是張薄薄的和紙。攤開信紙，上頭寫著「變態都去死」這幾個大大的毛筆字，簡直像是新年開春時所寫的書法。

青柳平一張大了嘴，呆呆地看著信紙，擠出兩聲「啊啊」，卻說不出一句話。

就在這時，門鈴響起。青柳平一見妻子已泣不成聲，便站起身去開門，外頭站著一位熟面孔的刑警。「請讓我檢查一下剛剛收到的信件。」刑警說道。這個刑警幾乎每天都會來家裡檢查信件，或許是案情的調查上需要這麼做吧。

青柳平一就像平常一樣，將所有信件遞了過去。刑警如往常，帶著滿臉的歉意一封一封檢查。看見那紙「變態都去死」的毛筆字時，臉上滿是同情，說：「沒想到都過了這麼久，還有人寄這種責難的信來。」

擦拭眼角。

「真是煩死了。」青柳平一努力裝出平靜的模樣，搔了搔頭，趁著刑警不注意時，偷偷伸手

隔了兩個半月，青柳雅春又回到了仙台。動了整形手術之後，在醫生的住家兼診所療養了兩個星期，便搭夜間巴士到了新潟，白天找些領日薪的工作，晚上則在便宜的旅館或網咖棲身。工作相當不好找，就算找到了，也都是些又累又廉價的勞動，但是青柳並無怨言，能夠做些勞動身體的工作而不用躲躲藏藏，已經是相當幸福的了。

這次回到仙台，目的是為了到森田森吾的墳前膜拜。一直到開始在新潟討生活之後，青柳才得知森田森吾在那起爆炸事件後的消息。原本他一直避免接觸網路消息或是雜誌報導，但是有一天，青柳偶然在便利商店的雜誌架上看見一本寫著「青柳雅春好友背後的真相」的雜誌，忍不住拿起來翻閱，才知道森田森吾在那輛車子的爆炸中死了。雜誌還以詼諧的行文方式敘述森田森吾所揹負的債務及家人的問題。

我活下來，但森田死了。在整個事件之中，受害者應該不在少數。原本想要拯救的冒牌貨，也成了一具在仙台港被人發現的屍體。自己誰也救不了，只能苟且偷生。就像甘迺迪暗殺事件，無數的人遭到滅口，奧斯華死了，其他許多人也死了。

青柳不因存活下來而感到慶幸，反而有種自己什麼也做不到的罪惡感。

下定決心到文章中所載明的森田森吾埋葬之地一訪，並未花費太久的時間。

墓園距離仙台市區約一小時的步行路程，位在一座小山坡上，視野非常遼闊。森田森吾就沉睡在這半山腰，冰冷的四方形黑色墓石上，寫著「森田家之墓」幾個大字。青柳不知道自己是不是想太多了，當他正想對墓碑問「這裡聽得見森林的聲音嗎」時，剛好吹起了一陣風，輕撫著他的髮絲。青柳確認周圍沒有人之後，試著大聲喊了森田的名字。沒辦法聽見好友戲謔地回答「你還真是青春熱血吶」，令青柳感到悲愴莫名。

青柳回到了仙台車站，走進車站旁一棟十層樓的商業大樓。這棟大樓雖然是一個月前才剛開幕的，但裡頭的人潮卻算不上擁擠。青柳在頂樓獨自一人吃著午餐，一邊俯視到處殘留著積雪的市區，尋找當初爆炸的地點。那段日子到底是怎麼回事呢？東奔西走，整天活在恐懼之中，最後甚至不得不改變容貌。

首相死了，自己的長相跟身分變了，就連冒牌貨也死了，但這個世界卻依然照常運轉。

青柳走出店門，電梯剛好來了，他走了進去。電梯內一個人都沒有，牆上貼著鏡子，青柳看見鏡中的自己，一時間愣了一下。一直到現在，他還是不習慣自己的新面容。

「請盡量平凡一點。」當初青柳是如此拜託醫生的。「我希望我的新容貌適合過著平凡、毫不起眼的人生。」

醫生似乎沒有什麼感觸，只淡淡說了聲：「好。」接著還拿出一瓶類似指甲油的東西推薦給青柳雅春，說：「我暫時不幫你變更指紋，所以外出的時候最好塗上這個。」青柳也搞不清楚，這個醫生到底是好心還是太會做生意。

電梯停在五樓，電梯門打開，有人走了進來，是一個小女孩跟她的雙親，總共三個人。按著開門鈕的青柳雅春一看見那個母親，差點叫出聲，趕緊移開視線，望著眼前的樓層按鈕。

站在電梯深處的那一家人正欣賞外頭的景色。「媽媽，接下來要去哪裡？」小女孩問道。青柳偷眼一看，小女孩手上拿著類似玩具印章，正不停揮舞。「啊，不能蓋在這裡啦。」樋口晴子試圖從小女孩手中拿走玩具。

「啊，爸爸，媽媽要把這個搶走了！」小女孩叫道。父親笑了出來。

這三個人當然沒有發現站在電梯門旁的自己就是青柳雅春，就連樋口晴子見到自己這張臉也沒有認出來。

青柳偷偷在心裡想著，當初自己能從警察的魔爪中逃走，必須感謝許多人的幫助，而這些人之中，肯定包括了樋口晴子。「多虧了妳的幫忙，謝謝。」青柳在心中悄悄說道。就在此時，電梯抵達一樓。青柳趕緊讓向一旁，伸手按住開門鈕，低著頭，做出「請先出去」的示意動作。

小女孩、父親及樋口晴子先後走出電梯。青柳雅春此時驚覺自己正用拇指按著按鈕，趕緊換成食指。以眼角餘光望向樋口晴子，不確定她是否已經發現。看來，既然要過與青柳雅春完全不同的人生，就必須拋棄所有的習慣才行。

青柳見三人出了電梯後朝右邊走去，他也出了電梯。片刻之間，樋口晴子便已不見蹤影，青柳於是朝左邊邁步而行。

「叔叔。」走了幾步之後，青柳聽見有人叫住自己，回頭一看，剛剛那個小女孩正站在眼前，趕緊向四周張望，卻不見樋口晴子及小女孩父親的身影。

「什麼事？」青柳低頭看著小女孩。

「媽媽叫我幫叔叔蓋印章。」小女孩說著，便拿起玩具印章，蓋在發愣的青柳左手背上，看來是個橡膠印章。一頭霧水的青柳沒有抵抗，也不知道該說些什麼，正不知如何反應時，小女孩說了聲「掰掰」便掉頭跑走了。

青柳低頭一看，左手背上已經有個印子，是一個可愛的小花圈圈內寫著「優」字。

周圍人潮來來往往，青柳雅春卻彷彿被川流不息的人群遺忘了似的，痴痴地站著不動。再一次朝小女孩消失的方向望去，然後將左手湊近嘴邊呼呼地吹氣，希望印子趕快乾。

（全文完）

# 謝辭

本書於寫作過程中，曾參考、引用以下書籍內容。

《行動電話是如何接通的？關於行動音聲與資料通訊的基礎知識》中嶋信生、有田武美著　日経ＢＰ社

《街坊的中國論》內田樹著　三島社

《美中代理戰爭的時代　戰爭已經開始了！》藤井嚴喜著　ＰＨＰ研究社

《殺了甘迺迪的副總統　血、金錢與權力》McClellan Barr著　赤根洋子譯　文藝春秋

《30秒的說服戰略　美國總統大選的電視廣告》岡部朗一著　南雲堂

《思考首相民選　其中的可能性與問題點》大石真、久保文明、佐々木毅、山口二郎著　中公新書

《ＪＦＫ暗殺——相隔40年的衝擊性證詞》William Reymond、Billie Sol Estes著　廣田明子譯　原書房

《中傷與陰謀　美國總統選舉狂騷史》有馬哲夫著　新潮社

《ＮＨＫ特別專輯　十月的惡夢——一九六二年古巴危機・令人戰慄的紀錄》阿南東也、ＮＨＫ取材班著　日本放送出版協會

《決定版　二〇三九年的真相》落合信彦著　集英社文庫
《遙控直升機的聖經　成為完美玩家之路》RCF an編集部編　洋泉社

本書中所描述的暗殺事件，相信不用說，各位讀者也明白，是以約翰・甘迺迪的暗殺事件為藍本。第三部中的事件內容及背景皆是根據參考文獻所寫成。在本故事中，日本採行的是首相民選制度，與現實中的日本並不相同。

感謝評論家吉野仁在事先看過原稿之後，告訴我「國家監視著你（国家があなたを監視する）」這個電視節目的存在。謝謝您。

這一次寫作過程中，我同樣獲得各方協助，以下只列出參與具體取材活動的協助者姓名。

關於煙火，感謝芳賀火工提供的資料，讓我學到了很多有趣的知識，謝謝您。

另外，關於下水道，感謝仙台市公所的加藤公優先生和東海香小姐提供的意見。實地參觀下水道的過程中，受到稻村哲明先生、鎌田清孝先生、小松孝輝先生的照顧，感謝幾位撥冗協助。

關於汽車，則徵詢了東北馬自達南吉成店的鈴木忍先生及各位員工、Honda Cars東京中央井荻店的茅野尚義先生等幾位的意見，感謝各位的詳細解說。

當然，這個故事是虛構的。除了參考文獻及取材活動中所獲得的情報之外，還參雜了許多我個人的想像，由於情節上的需要，有不少內容與現實相差甚遠，希望各位讀者不要當真。

解說

# 面對老大哥的催眠曲，我們搖滾！——關於《Golden Slumbers》

臥斧

※本文涉及《Golden Slumbers》一書情節，請自行斟酌是否閱讀。

有個法子可以對抗老大哥。那叫搖滾。

——《*School of Rock*》

考慮過許多切入談論《Golden Slumbers》這個故事的角度。

大量時空跳躍敘事方式令人想起動畫監督今敏擅長使用的剪接手法，媒體公布嫌犯所引發的各界議論，也與今敏的深夜動畫作品《妄想代理人》中的部分想法呼應，值得聊聊；故事中首相金田貞義的暗殺事件是以美國第卅五屆總統甘迺迪（John F. Kennedy）為藍本虛構的，該椿發生在一九六三年的刺殺案件謎團多多，有許多可供討論之處；而本書情節當中出現的安全系統「保安盒」，明顯是向歐威爾（George Orwell）名作《一九八四》致敬，關於「國家安全」與「個人思考及隱私」兩者之間的權衡，很有議辯的空間；作者伊坂幸太郎這種一方面架空歷史，一方面將現實中的音樂及地理背景置入，以及本書特殊的敘事架構，也有不少有趣的想法可以討論。

但幾經思索，發現或許最合適的切入角度，正是「搖滾」。

伊坂幸太郎喜歡在作品當中置入「音樂」這個元素的習慣，只要讀過他的幾本書就會發現，有時候只是一種概括性的提及（例如《奧杜邦的祈禱》），有時則會強調某個創作者或某一首歌（例如《家鴨與野鴨的投幣式置物櫃》中提到的Bob Dylan及歌曲〈*Blowing In The Wind*〉）；但在本書《Golden Slumbers》中，伊坂選擇的曲子——披頭四（The Beatles）的〈*Golden Slumbers*〉——不但直接就是書名，而且切題地將這個故事裡想說的東西、想表達的精神全數兜攏，搭配得十分巧妙。

〈*Golden Slumbers*〉是首什麼樣的歌呢？

這首曲子收錄在披頭四發行的倒數第二張專輯《*Abbey Road*》中，但這張在一九六九年發行的專輯，錄音時間比一九七〇年發行的最後一張專輯《*Let It Be*》還晚，也就是說，《*Abbey Road*》才是披頭四團員合作的最後一張唱片。用曲目計算，這張專輯一共收錄了十七首曲子，其中從第九首〈*You Never Give Me Your Money*〉到第十六首〈*The End*〉由團員之一的保羅．麥卡尼（Paul McCartney）編輯連綴成一首組曲，〈*Golden Slumbers*〉是其中的第六首歌。

在本書關鍵人森田森吾與主人公青柳雅春的對話裡，這首曲子第一次被提及。

森田森吾表示，這首曲子的第一句歌詞讓他想起曾與青柳相處的快樂學生時光；歌詞中的「Once there was a way……」不但表示「這條回去的路現今已然不存在了」，經過森田的解釋，也增加了「過去的純真歲月已經結束」的殘忍事實。在這個故事中，過去友伴的背叛與信任，正是推動情節的重要因素；在錄製《*Abbey Road*》時，披頭四其實已經處於分崩離析的狀態，麥卡尼將各個團員創作的短歌集合成組曲，原來就有期許大家重新聚首的意思（不過，組曲的最末一首曲目卻是不祥的〈*The End*〉），這種感覺，也靜靜地籠罩著全書。

此外，〈*Golden Slumbers*〉的「催眠」意象，在這個故事裡也多次出現。

青柳在整起事件中被外力強迫睡著了兩回：第一次是被自己的舊時好友森田下藥，青柳昏睡的時候，森田哼起了〈*Golden Slumbers*〉這首曲子，並在青柳醒來後告訴他陰謀已經啟動；第二回完全相反，青柳被初識不久的疑似連續殺人犯三浦迷昏，但三浦的用意在希望青柳好好休息，才能儲備氣力進行逃亡。此外，〈*Golden Slumbers*〉的歌詞為麥卡尼以十七世紀劇作家Thomas

Dekker寫成搖籃曲型式的詩作改編，而《Golden Slumbers》中以追捕連續殺人犯為由裝設保安盒對大眾進行監控作業、以製造暗殺事件的方式掩蓋權力鬥爭的事實，正可視為權力中心以恐怖音調對平民百姓吟唱的催眠曲，呼籲大家交出隱私及自由，換取高枕安眠的生活。

如果把〈*Golden Slumbers*〉在組曲中的位置拉出來看，這個故事以此為題，就有更多意在言外的趣味。

在第五首歌之後，組曲出現短暫的停歇，才響起〈*Golden Slumbers*〉的鋼琴前奏，而接在〈*Golden Slumbers*〉之後的〈*Carry That Weight*〉，則直接從〈*Golden Slumbers*〉的間奏接續了下去，聽起來像是首不可分割的曲子，森田哼唱著〈*Golden Slumbers*〉，正好預言了接下來青柳必須像〈*Carry That Weight*〉的歌詞一樣，扛起某種沉重的負擔。

這個沉重的負擔，正是被莫名栽到青柳頭上的「暗殺首相」罪名。

《Golden Slumbers》的故事，先從樋口晴子與朋友平野晶用餐時看到首相遭人暗殺的新聞講起，再以到田中徹及保土谷康志等住院病患在那幾天中對新聞的關注，勾勒非事件關係人在接收媒體報導的反應，接著插入事件發生的二十年後，某「寫實作家」對事件的調查綜論，以一種回顧歷史的角度試圖去客觀敘述事件的各個面向，最後再回到主角青柳雅春身上，描寫他在那幾天逃亡生涯當中的遭遇。這種如組曲一般的架構，不但兼顧了這個故事當中呈現的不同角度觀察，還巧妙地將看似完全無關的角色極有技巧地串連在事件當中，讀完全書之後，再回到前頭的段落看看，就會發現其中藏著十分有意思的伏筆，以及溫暖、正面的力量。

這就是《Golden Slumbers》；或者說，這就是搖滾。

明明是以謳歌友誼愛戀之類感情為主的作品，卻也蘊含著向國家機器及權力結構挑戰的力量。影星Jack Black在電影《搖滾教室》（*School of Rock*）中提及，搖滾不是美女俊男、性與毒品的集合，而是向體制中心「老大哥」發出怒吼的武器，這是搖滾的精神，也是《Golden Slumbers》一書的中心主旨；雖然故事中的三浦認為「面對這麼大的力量只能逃亡」，但伊坂卻在《Golden Slumbers》裡，找到了一個極具搖滾精神的積極角度。搖滾不可能改變世界，但它能夠改變人；或許繼承了搖滾精神的《Golden Slumbers》，也有相同的作用。

面對老大哥的催眠曲，讓我們一起搖滾吧！

作者介紹

**臥斧**，除了閉嘴，臥斧沒有更妥適的方式可以自我介紹。

伊坂幸太郎作品集11

**Golden Slumbers——宅配男與披頭四搖籃曲**

ゴールデンスランバー

作　　者　伊坂幸太郎
翻　　譯　李彥樺
原出版社　新潮社
責任編輯　王淑儀（初版）、詹凱婷（二版）
行銷業務部　徐慧芬
版 權 部　吳玲緯
發 行 人　涂玉雲
出　　版　獨步文化
城邦文化事業股份有限公司
100台北市中正區信義路二段213號11樓
電話：(02) 2356-0933　傳眞：(02) 2351-6320、2351-9179
發　　行　英屬蓋曼群島商家庭傳媒股份有限公司城邦分公司
104台北市中山區民生東路二段141號2樓
讀者服務專線：(02)2500-7718；2500-7719
24小時傳眞服務：(02)2500-1990；2500-1991
服務時間：週一至週五　上午09:00～12:00　下午13:00～17:00
讀者服務信箱E-mail：service@readingclub.com.tw
劃撥帳號：19863813　戶名：書虫股份有限公司
總 經 銷　大和書報圖書股份有限公司
電話：(02)8990-2588；8990-2568 傳眞：(02)2290-1658；2290-1628
香港發行所　城邦（香港）出版集團有限公司
新址：香港灣仔駱克道193號東超商業中心1樓
電話：(852) 25086231　傳眞：(852) 25789337
E-mail：hkcite@biznetvigator.com
馬新發行所　城邦（馬新）出版集團
Cite(M)Sdn.Bhd.(458372U)
11, Jalan 30D/146, Desa Tasik, Sungai Besi,57000 Kuala Lumpur, Malaysia
電話：(603) 90563833　傳眞：(603) 90562833

城邦讀書花園
www.cite.com.tw

美術設計　Bianco
排　　版　游淑萍
印　　刷　中原印刷股份有限公司

初　　版　2009年4月初版
二　　版　2023年9月
定價　599元
ISBN 9786267226742（平裝）
ISBN 9786267226773（EPUB）

國家圖書館出版品預行編目資料

Golden Slumbers：宅配男與披頭四搖籃曲／伊坂幸太郎著, 李彥樺譯. 二版. -- 台北市：獨步文化，城邦文化事業股份有限公司出版：英屬蓋曼群島商家庭傳媒股份有限公司城邦分公司, 民112.09

面； 公分. --（伊坂幸太郎作品集：11）

譯自：ゴールデンスランバー

ISBN 9786267226742（平裝）

ISBN 9786267226773（EPUB）

861.57 112012960

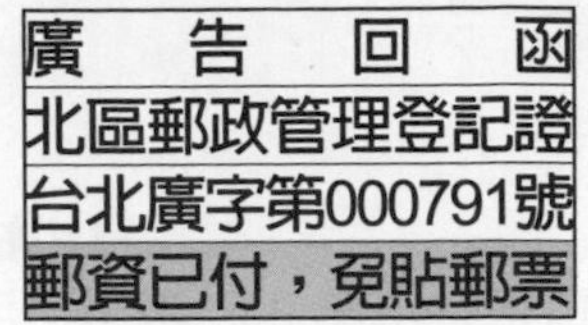


104台北市民生東路二段 141 號 2 樓

**英屬蓋曼群島商家庭傳媒股份有限公司**

**城邦分公司**

請沿虛線對摺，謝謝！

| 書號：1UF009X | 書名：Golden Slumbers | 編碼： |
|---|---|---|

請於此處用膠水黏貼

# 讀者回函卡

**謝謝您購買我們出版的書籍！**

**請費心填寫此回函卡，我們將不定期寄上城邦集團最新的出版訊息。**

姓名：＿＿＿＿＿＿＿＿＿＿ 性別：□男 □女

生日：西元＿＿＿＿＿年＿＿＿＿＿月＿＿＿＿＿日

地址：＿＿＿＿＿＿＿＿＿＿＿＿＿＿＿＿＿＿

聯絡電話：＿＿＿＿＿＿＿＿＿＿ 傳真：＿＿＿＿＿＿＿＿

E-mail：＿＿＿＿＿＿＿＿＿＿＿＿＿＿＿＿＿＿

學歷：□ 1. 小學 □ 2. 國中 □ 3. 高中 □ 4. 大專 □ 5. 研究所以上

職業：□ 1. 學生 □ 2. 軍公教 □ 3. 服務 □ 4. 金融 □ 5. 製造 □ 6. 資訊

□ 7. 傳播 □ 8. 自由業 □ 9. 農漁牧 □ 10. 家管 □ 11. 退休

□ 12. 其他＿＿＿＿＿＿＿＿＿＿＿＿＿＿＿＿

您從何種方式得知本書消息？

□ 1. 書店 □ 2. 網路 □ 3. 報紙 □ 4. 雜誌 □ 5. 廣播 □ 6. 電視

□ 7. 親友推薦 □ 8. 其他＿＿＿＿＿＿＿＿＿＿＿＿

您通常以何種方式購書？

□ 1. 書店 □ 2. 網路 □ 3. 傳真訂購 □ 4. 郵局劃撥 □ 5. 其他

您喜歡閱讀哪些類別的書籍？

□ 1. 財經商業 □ 2. 自然科學 □ 3. 歷史 □ 4. 法律 □ 5. 文學

□ 6. 休閒旅遊 □ 7. 小說 □ 8. 人物傳記 □ 9. 生活、勵志 □ 10. 其他

對我們的建議：＿＿＿＿＿＿＿＿＿＿＿＿＿＿＿＿＿＿

＿＿＿＿＿＿＿＿＿＿＿＿＿＿＿＿＿＿

＿＿＿＿＿＿＿＿＿＿＿＿＿＿＿＿＿＿

為提供訂購、行銷、客戶管理或其他合於營業登記項目或章程所定業務需要之目的，家庭傳媒集團（即英屬蓋曼群島商家庭傳媒股份有限公司城邦分公司、城邦文化事業股份有限公司、書虫股份有限公司、墨刻出版股份有限公司、城邦原創股份有限公司），於本集團之營運期間及地區內，將以 mail、傳真、電話、簡訊、郵寄或其他公告方式利用您提供之資料（資料類別：C001、C002、C003、C011 等）。利用對象除本集團外，亦可能包括相關服務的協力機構。如您有依個資法第三條或其他需服務之處，得洽詢本公司服務信箱 cite_apexpress@cite.com.tw 請求協助。相關資料不提供亦不影響您的權益。

□我已詳讀權利義務之相關條款，並同意遵守。

請於此處用膠水黏貼